"나에게 앤은 실제 인물이며, 언젠가는 꼭 만날 것이라 믿는다.
해 질 무렵 연인의 오솔길에서 상상에 잠길 때, 달빛 내리는 자작나무 길을 거닐 때
내 곁에 서 있는 앤을 발견할 것이다."

*Lucy Maud
Montgomery*

초록지붕집의 앤

아름다운 별들이 그대의 별자리에서 만나
영혼과 불과 이슬로 그대를 빚었도다.

- 로버트 브라우닝(영국 시인, 1812-1889)

빨간 머리 앤 전집 1

ANNE OF GREEN GABLES

초록지붕집의 앤

루시 모드 몽고메리 | 유보라 그림 | 오수원 옮김

현대
지성

아버지와
어머니를
추모하며

주요 등장인물

앤 셜리

이 책의 주인공으로 말이 많고 상상력이 풍부한 고아 소녀다. 빨간 머리에 주근깨가 난 자신의 외모를 좋아하지 않는다. 어렸을 때 부모를 여의고 남의 집에 더부살이하다가 보육원을 거쳐 에이번리의 초록지붕집에서 커스버트 남매와 살게 되었다. 크고 작은 실수를 저지르기도 하지만, 많은 사람에게 사랑받으며 성장한다.

매슈 커스버트

초록지붕집에 사는 독신 남성으로 수줍음이 많고 특히 이성과 대화하는 것을 어려워한다. 앤과 마음이 잘 통하는 사이로 언제나 앤을 지지하며 조건 없는 사랑을 베푼다.

마릴라 커스버트

초록지붕집에 사는 독신 여성으로 매슈의 동생이다. 깐깐하고 고지식하며 감정을 겉으로 잘 드러내지 않는다. 처음에는 앤을 엄격하게 양육하지만 점점 앤의 독특한 매력을 인정하고 앤이 꿈을 펼치도록 돕는다.

다이애나 배리

초록지붕집 근처에 사는 예쁘고 상냥한 소녀다. 앤과 처음 만난 순간부터 단짝 친구가 되어 많은 시간을 함께한다.

길버트 블라이드

잘생기고 똑똑한 동급생으로 앤보다 두 살이 많다. 학교에서 앤을 놀린 뒤로 앤에게 미움을 받는다.

레이철 린드

마릴라의 오랜 친구이자 수다스러운 이웃이다. 무척 부지런하고, 마을 일에 발 벗고 나서며, 남의 일에 참견하는 것을 좋아한다.

뮤리얼 스테이시

에이번리 학교에 새로 부임한 여교사로 이해심이 많고 쾌활해서 학생들에게 인기가 많다. 앤과 친구들이 퀸스 전문학교에 진학하도록 돕는다.

앨런 부인

앨런 목사의 아내다. 밝고 단정한 성품으로 앤과 가까운 사이가 된다.

배리 부인

다이애나의 엄마다. 앤이 실수로 다이애나를 취하게 만들자 몹시 화를 내며 딸과 놀지 못하게 한다.

차례

일러두기

1. 각주는 독자의 이해를 돕기 위해 역자가 단 것이다.

2. 어린아이의 말투나 글처럼 저자가 일부러 문법에 맞지 않는 단어 혹은 문장을 쓴 부분은 우리 문화에 걸맞은 표현으로 변형해서 옮겼다.

3. 성경에 있는 표현을 옮길 때는 우리말 역본 중 개역개정판을 기준으로 삼았고, 다른 역본을 사용할 경우 출처를 밝혔다.

1장

레이철 린드 부인, 깜짝 놀라다

레이철 린드 부인은 에이번리 마을 큰길이 작은 골짜기 쪽으로 경사져 내려가는 곳에 살았다. 오리나무와 푸크시아꽃이 부인의 집을 빙 둘러 싸안고 있었다. 커스버트네 낡은 집 근처 숲에서 솟아난 시내가 이 길을 가로지르며 흘렀다. 상류에서는 어두운 비밀이 서린 것처럼 보이는 연못과 작은 폭포를 곳곳에 만들어내면서 구불구불 세차게 흐르기로 유명한 시내였지만, '린드 부인네 골짜기'에 이르면 잔잔하고 얌전한 실개천으로 바뀌었다. 시냇물조차 예절과 품위를 지키지 않고서는 부인의 집 앞을 지날 수 없었던 모양이다. 부인이 창가에 앉아 길을 오가는 것이라면 시냇물이든 아이들이든 하나도 놓치지 않고 날카로운 눈초리로 살펴보다가, 조금이라도 이상하거나 엇나간 부분을 발견하면 이유를 낱낱이 밝혀낼 때까지 한시도 가만있지 않으리라는 사실을 아는 듯했다.

　에이번리와 주변 마을에는 자기 일을 제쳐두고 남의 일에 지나치리만큼 참견하는 사람이 많았다. 하지만 린드 부인은 그들과 달랐다. 자기 문제뿐 아니라 다른 사람의 걱정거리까지 가뿐히 챙길 만큼 유능했다. 그녀는 살림 솜씨가 야무진 데다 맡은 일을 언제나 똑 부러지게 해냈고 뒷마무리까지 깔끔했다. 또한 바느질 모임을 이끌었으며 주일학교 운영에도 손을 보탰다. 교회 봉사회와 해외 선교 후원회의 든든한 버팀목이기도 했다. 이 모든 일을 하고도 시간이 남았던 그녀는 짬이 날 때마다 부엌 창가에 몇 시간이나 앉아 무명실로 조각보를 이었다. 에이번리 주부들은 종종 "린드 부인이 벌써 열여섯 장이나 완성했다는군요" 하면서 혀를 내둘렀다. 조각보를 이을 때도 가파르고 붉은 건너편 언덕까지, 골짜기를 가로질러 굽이치듯 이어지는 큰길을 매의 눈으로 살폈다. 에이번리는 세인트로렌스만 쪽으로 튀어나온 삼각형 모양의 작은 반도에 있었는데, 양쪽이 바다였던 터라 마을을 드나들려면 반드시 이 언덕길을 지나야 했다. 그래서 누구도 린드 부인의 눈을 피할 수 없었다.

　6월 초 어느 날 오후, 린드 부인은 여느 때처럼 창가에 앉아 있었다. 따뜻한 햇살이 창문으로 환하게 비껴 들어왔다. 집 아래쪽 비탈에 펼쳐진 과수원에서는 새색시 같은 연분홍 꽃들이 흐드러지게 피었고, 그 위로 벌들이 윙윙거리며 날아다녔다. 에이번리 사람들이 '레이철 린드의 남편'이라고 부르는, 체구가 작고 온순한 토머스 린드가 헛간 너머 언덕의 밭에서 때늦게 순무씨를 뿌리고 있었다. 아마 매슈 커스버트도 지금 초록지붕집 근처의 개울가 붉은 밭에서 같은 일을 하고 있을 것이다. 어젯밤 카모디에 있는 윌리엄 블레어의 가게에서 매슈가 피터 모리슨에게 "내일 오후 순무씨를 뿌릴 생각이요"라고 말하는 것을 린드 부인이 들었기 때문이다. 물론 이 말은 그가 피터의 질문에 답한 것이다. 매슈는 지금껏 무슨 이야기든 자기가 먼저 꺼낸 적이 없었다.

그런데 어찌 된 일인지 한창 바쁠 때인 오후 3시 30분 무렵인데도 매슈는 골짜기를 지나 언덕 위로 차분히 마차를 몰고 있었다. 게다가 매슈는 그가 가진 옷 중 가장 좋은 양복에 흰 셔츠까지 차려입었다. 에이번리 밖으로 나가는 게 틀림없었다. 밤색 말이 끄는 마차를 탔다는 것은 꽤 먼 곳까지 간다는 뜻이니까. 도대체 매슈는 무슨 일로 어디에 가는 것일까?

에이번리의 다른 남자였다면 린드 부인은 이것저것 짜 맞춰서 꽤나 그럴싸하게 추측했을 것이다. 하지만 매슈는 좀처럼 멀리까지 다니지 않는 터라 그에게 무언가 긴급하고 심상치 않은 일이 벌어진 게 틀림없었다. 누구보다 수줍음을 잘 타는 매슈는 낯선 사람을 만나거나 입을 꼭 열어야 하는 자리는 한사코 꺼렸다. 그런 사람이 흰 셔츠까지 갖춰 입고 마차를 몰아 어딘가로 간다는 건 분명 예삿일이 아니었다. 아무리 생각해봐도 린드 부인은 도무지 영문을 알 수 없었다. 기분 좋은 오후는 그렇게 엉망진창이 되고 말았다.

현숙한 여인*은 마침내 결론을 내렸다.

---

* 　구약성경 잠언 31장 10절에 나온 표현으로 어질고 정숙한 여자를 뜻한다.

"차를 다 마시면 초록지붕집에 가봐야겠어. 매슈가 무슨 일로 어디에 갔는지 마릴라에게 물어보자. 매슈는 이맘때 시내로 나가지 않아. 누굴 찾아가는 일도 없지. 순무씨가 똑 떨어져서 사러 가는 거라면, 저렇게 번듯한 차림으로 마차까지 끌고 가지는 않을 거야. 다급해 보이지 않으니 의사를 부르러 가는 건 아닐 테고, 어젯밤 저 집에 무슨 일이 생긴 게 틀림없어. 아유, 정말 뭐가 뭔지 하나도 모르겠네. 매슈가 오늘 왜 에이번리 밖으로 나갔는지 알아내기 전에는 한순간도 마음이 편치 않겠어."

린드 부인은 찻잔을 비운 뒤 길을 나섰다. 커스버트 남매는 린드 부인네 골짜기에서 길을 따라 겨우 400미터 정도 떨어진 곳에 살았다. 하지만 구불구불한 오솔길이라 실제보다 멀게 느껴졌다. 과수원으로 둘러싸인 커스버트 남매의 집은 두서없이 크게 지어 올린 모습이었다. 매슈의 아버지는 아들만큼이나 수줍고 말수가 적은 사람이라서 되도록 사람들과 떨어진 곳에 집터를 잡으려고 했다. 그렇다고 숲속 깊이 틀어박힐 수는 없으니 자기가 개간한 땅의 가장 안쪽에다가 초록지붕집을 지은 것이다. 이곳은 에이번리의 다른 집들이 옹기종기 모여 있는 큰길에서 잘 보이지 않았다. 그래서 린드 부인은 거기 사는 건 사는 것도 아니라고 입버릇처럼 말하곤 했다.

린드 부인은 풀이 우거지고 들장미 덤불로 둘러싸인 오솔길을 걸었다. 길에는 바퀴자국이 움푹 나 있었다.

"이런 데서는 그냥 먹고 자는 게 전부지. 외딴곳에 틀어박혀 있으니 매슈와 마릴라 둘 다 별난 구석이 있는 것도 당연해. 자기들 딴에는 나무만 있으면 충분하다고 하는데, 나무가 말동무라도 된다는 거야? 난 사람들을 보는 게 더 좋아. 두 사람은 지금 생활에 만족하는 것 같긴 한데, 아마 익숙해져서 그럴 거야. '사람은 어디에든 적응할 수 있고 심지어 목을 매달아도 금세 익숙해진다'라는 아일랜드 속담도 있잖아."

린드 부인은 혼잣말을 하면서 오솔길을 벗어나 초록지붕집 뒷마당으로 들어섰다. 녹음이 짙은 그곳은 무척 깔끔하고 단정했다. 한쪽에는 오래되고 커다란 버드나무가, 다른 쪽에는 곧게 뻗은 롬바디포플러가 서 있었다. 마당이 어찌나 깨끗한지 "흙한 줌 먹었다 한들 사는 데는 지장 없다"라는 속담조차 무색할 정도였다. 땅에 떨어진 음식을 털지 않고 그냥 먹어도 될 것 같았다. 그래서 부인은 마릴라 커스버트가 집 안만큼이나 마당을 자주 청소할 거로 생각했다.

린드 부인은 부엌문을 탕탕 두드린 뒤 대답을 듣자마자 안으로 들어갔다. 초록지붕집 부엌은 지나치게 깨끗한 나머지 한 번도 쓰지 않은 응접실 같았다. 그렇지 않았더라면 오히려 훨씬 쾌적했을지도 모른다. 창문은 동쪽과 서쪽으로 나 있었는데 뒷마당이 내다보이는 서쪽 창문으로는 부드러운 6월의 햇살이 쏟아졌다. 반면 푸른색 포도덩굴로 뒤덮인 동쪽 창문으로는 왼편 과수원에서 하얗게 꽃을 피운 벚나무들과 시냇가 옆 골짜기에서 고개를 끄덕이는 호리호리한 자작나무들만 살짝 보일 뿐이었다. 마릴라는 꼭 동쪽 창가에만 앉았다. 햇빛을 달가워하지 않았기 때문이다. 그녀에게 햇빛이란 진지하게 살아야 할 세상에서 너무 자주 변하는 무책임한 존재였다. 이날도 마릴라는 동쪽 창가에 앉아 뜨개질을 하고 있었다. 뒤쪽 식탁에는 이미 저녁밥이 차려져 있었다.

린드 부인은 문을 닫기 전에 식탁 위를 살펴보았다. 접시가 세 개 놓인 것으로 보아 마릴라는 매슈가 식사 자리에 누군가를 데려올 것이라고 생각한 듯했다. 하지만 평소에 쓰던 접시를 꺼내놓은 데다 차려진 음식도 사과절임과 케이크 한 종류뿐이니 특별한 손님은 아닐 것이다. 그렇다면 매슈는 왜 흰 셔츠를 입고 밤색 말이 끄는 마차를 탔을까? 별다른 일 없이 늘 조용하기만 하던 초록지붕집에 생긴 뜻밖의 수수께끼로 린드 부인은 현기증이 날 지경이었다.

"안녕, 레이철. 오늘 저녁은 날씨가 참 좋네요. 여기 앉아요. 가족 모두 잘 지내지요?"

마릴라가 쾌활한 목소리로 말했다. 마릴라 커스버트와 린드 부인은 닮은 데가 전혀 없었지만 둘 사이에는 우정이라고 표현할 수밖에 없는 감정이 존재했다. 어쩌면 둘이 너무 달라서 그럴 수도 있을 것이다.

마릴라는 키가 크고 말랐다. 둥글둥글한 곳이라고는 하나도 없어 마치 각이 진 것 같은 외모였다. 군데군데 흰머리가 나서 희끗희끗한 머리카락을 뒤로 쪽 짓고, 쇠로 만든 핀 두 개를 꽂아 단단히 고정했다. 세상 경험이 적고 고지식해 보였는데, 겉모습뿐만 아니라 실제로도 그랬다. 그래도 입가에서는 미미하게나마 유머 감각으로 볼 수 있는 표정이 드러났다.

"우린 잘 지내요. 그런데 이 집은 그렇지 않은 것 같아서 걱정이네요. 아까 매슈가 멀리 가는 걸 봤거든요. 혹시 의사를 부르러 간 건 아니죠?"

린드 부인의 말을 듣고 마릴라는 그럴 줄 알았다는 듯 입술을 슬쩍 움직였다. 매슈가 뜬금없이 먼 곳으로 가는 걸 보면 린드 부인이 궁금해서 못 견딜 것이 불 보듯 뻔했다.

"아니에요. 어제 두통이 심하기는 했지만 나는 아주 잘 지낸답니다. 매슈 오라버니는 브라이트리버로 갔어요. 노바스코샤의 보육원에서 남자아이를 데려오기로 했거든요. 그 아이가 오늘 저녁에 기차를 타고 올 거예요."

차라리 매슈가 오스트레일리아에서 온 캥거루를 보러 브라이트리버로 갔다고 말했다면 린드 부인이 그렇게까지 놀라지는 않았을 것이다. 부인은 5초 남짓 아무런 말도 하지 못했다. 마릴라는 절대로 누구를 놀릴 사람이 아니었지만, 지금은 그렇게 오해할 만했다. 가까스로 말문을 뗀 린드 부인이 물었다.

"정말이에요, 마릴라?"

"네, 그럼요."

노바스코샤의 보육원에서 남자아이를 데려오는 일이 에이번리의 농장에서 봄이면 흔히 일어나는 일인 양 아무렇지도 않은 말투였다. 하지만 린드 부인은 큰 충격을 받았다. 마치 생각마다 느낌표가 붙는 것 같았다.

'남자아이라니! 다른 사람도 아니고 마릴라와 매슈가 아이를 입양한다고! 그것도 보육원에서 데려온다니! 세상에 이럴 수가! 앞으로 더 놀랄 일은 없을 거야! 암, 그렇고말고!'

린드 부인이 불만 섞인 표정으로 물었다.

"도대체 어쩌다 그런 생각을 한 거예요?"

마릴라가 자기에게 조언을 구하지 않고 이런 일을 저질렀으니 비난받아 마땅하다고 생각한 것이다.

"글쎄요, 그런 생각을 한 지는 조금 됐어요. 사실은 겨우내 고민했죠. 크리스마스가 되기 전 어느 날 알렉산더 스펜서 부인이 우리 집에 왔는데, 봄이 되면 호프타운의 보육원에서 여자아이를 데려오겠다고 하더군요. 거기 사는 사촌에게 들렀다가 자세한 사정을 알아보았다고 해요. 그때부터 매슈하고 남자아이를 데려오는 문제로 여러 번 이야기를 나누었어요. 매슈도 이제 예순 살이잖아요. 기운이 예전만 못하고 심장도 좋지 않아요. 게다가 도와줄 사람을 구하기가 얼마나 힘든지는 레이철도 잘 알 텐데요. 기껏해야 미련하고 덜 자란 프랑스 남자아이들뿐이죠. 그나마 한 아이를 고용해서 일을 가르쳐놓으면 바닷가재 통조림 공장이나 미국으로 가버린다니까요. 처음에 매슈는 영국의 보육원에서 아이를 데려오자고 했어요. 하지만 난 안 된다고 딱 자르면서 이렇게 말했죠. '그 아이들이 나쁘다는 건 아니에요. 괜찮은 아이들일 수도 있죠. 하지만 런던 거리를 떠돌던 아이들은 안 돼요. 차라리 캐나다 아이가 나아요. 물론 누굴 집에 들여도 위험하기는 마찬가지겠죠. 하지만 캐나다 아이라면 마음이 편할뿐더러 밤에 다리 뻗고 잘 수 있을 거예요.' 그래서 스펜서 부인에게, 여자아이를 데려올 때 우리 집에 올 만한 아이도 찾아달라고 부탁하기로 했어요. 그러다가 지난주에 스펜서 부인이 보육원에 갈 거라는 이야기를 듣고 카모디에 사는 그녀의 친척에게 말을 전했지요. 열 살이나 열한 살 먹은 똑똑하고 쓸 만한 남자아이를 데려다 달라고요. 그 또래가 가장 좋거든요. 당장 이런저런 일을 맡길 수 있고, 아직 어려서 제대로 가르칠 수

도 있으니까요. 우린 그 아이에게 포근한 가정이 되어주고 학교
도 보낼 생각이에요. 오늘 알렉산더 스펜서 부인에게 전보가 왔
는데, 저녁 5시 30분 기차로 온대요. 그래서 매슈가 아이를 데
리러 브라이트리버로 간 거예요. 스펜서 부인은 아이만 내려주
고 화이트샌즈역으로 갈 거라는군요."

린드 부인은 평소 자기 생각을 거침없이 말했고 자신의 그런
면을 자랑스럽게 여겼다. 그래서 이 놀라운 소식을 듣고 생각을
가다듬자마자 곧바로 속마음을 쏟아냈다.

"저기, 마릴라. 솔직히 말해서 두 사람은 지금 무척 어리석고
위험한 일을 하고 있어요. 자기들이 무슨 일을 벌이는지도 모르
잖아요. 낯선 아이를 가족으로 받아들이는 거예요. 아이 성격은
어떤지, 부모가 어떤 사람이었는지, 아이가 나중에 어떤 사람이
될지도 전혀 모른 채 덮어놓고 데려와서 어쩌자는 거예요? 지
난주에 신문을 보니까 우리 섬 서쪽에 사는 부부가 보육원에서
남자아이를 데려왔는데, 그 아이가 한밤중에 일부러 집에다 불
을 질렀대요. 하마터면 부부는 잠결에 타 죽을 뻔했고요. 그리
고 다른 얘기도 있어요. 어느 집에 입양된 아이는 날달걀을 빨
아먹는 버릇이 있었는데, 아무리 따끔하게 말해도 달라지지 않
았다고 하네요. 대체 왜 이런 문제를 내게 먼저 말하지 않은 거
예요? 그랬다면 그런 일은 꿈도 꾸지 말라고 조언했을 텐데요."

린드 부인이 욥의 친구들처럼 위로를 가장한 질책*을 퍼부었

---

* 욥은 구약성경에 나오는 인물이다. 고난을 당한 욥을 위로하려고 친구들이 찾
아왔지만, 그들은 도리어 욥과 논쟁하며 그의 태도를 질책했다.

지만 마릴라는 화내거나 불안해하지 않았다. 그저 뜨개질을 계속할 뿐이었다.

"일리 있는 말이에요. 나도 조금은 걱정이 되니까요. 하지만 매슈 오라버니가 전에 없이 고집을 부렸고 그럴 때는 수긍하는 게 도리라고 생각해요. 위험하다는 것도 알지만, 사람이 하는 일이란 늘 위험이 따르기 마련이잖아요. 그런 식으로 보면 아이를 낳는 것도 위험한 일이겠죠. 아이들이 항상 잘 크는 건 아니니까요. 노바스코샤는 이 섬에서 아주 가까우니 아이의 됨됨이가 우리랑 별로 다르지 않을 거예요. 영국이나 미국에서 아이를 데려오는 것보단 낫다고 봐요."

린드 부인이 석연치 않은 목소리로 말했다.

"뭐, 어쨌든 잘됐으면 좋겠네요. 행여 그 아이가 초록지붕집에 불을 질러 몽땅 태워버리거나 우물에 독을 타더라도 저더러 왜 말리지 않았냐는 말은 하지 말아요. 뉴브런즈윅에서 보육원 출신 아이가 우물에 독을 타서 온 가족이 고통스럽게 죽었다는 이야기를 들은 적이 있거든요. 뭐, 그때는 여자아이였지만요."

"우리는 여자아이를 데려오지 않아요."

마릴라는 우물에 독을 타는 일은 여자아이나 저지르는 짓이라서 걱정할 필요가 없다는 투로 말을 이었다.

"난 여자아이를 키울 생각은 꿈에도 해본 적 없어요. 알렉산더 스펜서 부인이 왜 그렇게 하는지 정말 궁금하네요. 하지만 그 부인은 마음만 먹으면 보육원을 통째로 입양하는 일도 마다하지 않을걸요?"

린드 부인은 매슈가 고아를 데려올 때까지 이 집에 눌러앉았고 싶었을 것이다. 하지만 그가 오려면 두 시간은 족히 걸린다는 사실을 깨닫고는 로버트 벨의 집에 가서 이 소식을 전하기로 했다. 린드 부인은 여기저기 말을 전해서 사람들을 놀라게 만들곤 했는데, 이처럼 마을을 한바탕 들썩거려놓을 만한 기회를 놓칠 수는 없었다. 린드 부인이 자리에서 일어서자 마릴라는 비로소 마음을 놓았다. 그녀의 비관적인 말을 듣는 동안 애초에 품었던 불안과 걱정이 되살아나려던 참이었기 때문이다.

한편 린드 부인은 초록지붕집에서 나와 오솔길로 접어들자 대뜸 소리를 질렀다.

"세상에 이런 일이 다 있네! 이게 꿈이야 생시야? 그 가엾은 애가 참 안됐어. 암, 그렇고말고. 매슈랑 마릴라는 아이에 대해 아무것도 몰라. 그 애가 자기들 할아버지보다 현명하고 착실하기를 바랄 거 아냐? 뭐, 할아버지 밑에서 자란 것도 아닐 테지만. 아무튼 저 집에 아이가 있다는 생각만으로도 묘한 느낌이 드는군. 지금껏 아이가 있었던 적이 없잖아. 집을 새로 지었을 때는 매슈하고 마릴라가 이미 어른이었으니까. 하긴 지금 두 사람을 보고 있으면 과연 저들에게 어린 시절이 있었는지도 의문이야. 난 절대로 그 아이 신세가 되고 싶지는 않아. 아, 그 애가 정말 불쌍하군."

린드 부인이 들장미 덤불에 대고 한 말은 진심이었다. 하지만 그때 브라이트리버역에서 참을성 있게 매슈를 기다리는 아이를 보았다면, 동정심이 더욱더 깊어졌을 것이다.

2장

—

매슈 커스버트, 깜짝 놀라다

매슈 커스버트는 밤색 말이 모는 마차를 타고 브라이트리버까지 12킬로미터가 넘는 길을 순조롭게 달렸다. 아늑한 농가 사이로 난 도로는 무척 아름다웠다. 향기를 풍기는 전나무 숲이나 투명한 꽃망울을 드리운 자두나무 군락을 지나기도 했다. 코끝에 스치는 공기는 과수원의 사과들이 내뿜는 숨결로 달콤했으며, 지평선 멀리까지 이어진 비탈진 초원에는 옅은 안개가 진줏빛과 자줏빛으로 아른거렸다.

> 오늘이 일 년 중 하루뿐인 여름날인 듯
> 작은 새들은 노래를 불렀다.[*]

---

[*] 미국 시인 제임스 로월(1819-1891)의 시 〈론펄 경의 비전〉에 나온 구절

매슈는 나름대로 이 시간을 즐겼다. 다만 여자들과 마주칠 때는 예외였다. 프린스에드워드섬에서는 안면이 있건 없건 길에서 만난 사람에게 고개를 끄덕여 인사하는 것이 예의였는데, 매슈는 마릴라와 린드 부인을 빼고는 여자라면 죄다 무서워했기 때문이다. 그는 여자라는 까닭 모를 존재가 자신을 몰래 비웃는 것은 아닌지 불안해했다. 사실 그의 남다른 생김새를 놓고 보면 그렇게 생각하는 것도 무리는 아니었다. 볼품없는 체구에 군데군데 하얗게 센 머리가 굽은 어깨까지 늘어졌고, 얼굴에는 스무 살 무렵부터 길러온 연갈색 턱수염이 덥수룩했다. 사실 그는 스무 살 때도 머리가 검은 것만 빼면 예순 살 노인처럼 보였다.

브라이트리버에 도착했을 때 기차는 다녀간 흔적도 없었다. 너무 일찍 온 모양이라고 생각한 매슈는 작은 호텔 마당에 말을 매어놓고 역으로 걸어갔다. 기다란 플랫폼은 한산했다. 플랫폼 끝에 쌓아둔 지붕널 더미에 앉아 있는 아이가 눈에 띌 뿐이었다. 매슈는 그 아이가 여자라는 사실을 확인한 뒤 가능한 한 눈길도 주지 않고 빠르게 지나쳤다. 만약 아이의 얼굴을 쳐다보기만 했어도 태도나 표정에서 드러나는 긴장과 기대를 읽었을 것이다. 아이는 누군가 자기를 찾아오거나 무슨 일이 일어나기를 고대하며 앉아 있었다. 당장 할 일이라고는 앉아서 기다리는 것뿐이라 아이는 온 힘을 다해 그 일을 해내는 중이었다.

매슈는 역장과 마주쳤다. 역장은 저녁을 먹으러 가려고 매표소 문을 닫는 중이었다. 매슈는 5시 30분 기차가 곧 도착하느냐고 물었다. 그러자 역장이 큰 소리로 대답했다.

"5시 30분 기차라면 벌써 30분 전에 떠났어요. 그런데 당신을 만난다면서 내린 승객이 한 명 있어요. 어린 여자아이였는 데… 아, 지금 저쪽 지붕널 위에 앉아 있네요. 여성 대합실에 들어가 있으라고 했더니 진지한 얼굴로 자기는 밖에 있는 게 좋다더군요. 상상의 범위가 더 넓어진다나 뭐라나 하면서요. 좀 별난 아이 같습디다."

"난 남자아이를 찾으러 왔어요. 여자아이가 아니라고요. 알렉산더 스펜서 부인이 노바스코샤에서 남자아이를 데려오겠다고 했거든요."

매슈가 멍한 얼굴로 말하자 역장이 휘파람을 불었다.

"뭔가 착오가 생겼나 보군요. 스펜서 부인이 저 아이하고 기차에서 내리더니 아이를 제게 맡기던걸요. 커스버트 씨하고 동생분이 보육원에서 여자아이를 입양하기로 했고, 곧 데리러 올 거라면서요. 제가 들은 얘기는 그게 답니다. 제가 다른 고아를 숨겨둔 건 아니니까요."

"이해할 수 없군요."

매슈가 기운 없이 말했다. 마릴라가 곁에 있어서 이 상황을 정리해주면 얼마나 좋을까 하는 생각이 들었다. 그때 역장이 무심하게 말했다.

"저 아이한테 물어보시죠. 어떻게 된 일인지 들을 수 있을 겁니다. 자기도 할 말이 있을 테니까요. 어쩌면 당신 마음에 들 만한 남자아이가 없었을 수도 있고요."

역장은 배가 고팠는지 얼른 가버렸고, 가엾은 매슈는 굴에 들어가 사자의 수염을 잡아당기는 것보다 어려운 일을 해야 할 처지에 놓였다. 여자아이, 낯선 데다 심지어 고아인 여자아이에게 왜 너는 남자아이가 아닌지 물어봐야 했다. 매슈는 속으로 투덜 거리며 아이 쪽으로 쭈뼛쭈뼛 다가갔다.

아이는 매슈가 지나친 뒤로 계속 그를 지켜보았고, 지금도 그 에게서 눈을 떼지 않았다. 매슈는 아이를 보지 않았다. 보고 있 었다 해도 아이의 생김새나 옷차림이 눈에 들어오지 않았을 것 이다. 평범한 사람 같으면 열한 살쯤 된 소녀가 짧고 꽉 끼는 데 다 볼품없어 보이는 누르스름한 혼방 원피스를 입었다는 것을 알아차렸겠지만 매슈는 그런 일에 무심했다. 소녀는 머리에 빛 바랜 갈색 밀짚모자를 썼으며, 유난히 붉고 풍성한 머리카락을 두 갈래로 땋아 등 뒤로 늘어뜨렸다. 조그맣고 마른 데다 창백 하기까지 한 얼굴에는 주근깨가 잔뜩 나 있었다. 아이는 입도 크고 눈도 컸는데, 눈동자는 햇빛이나 주변 환경에 따라 초록빛 이 돌다가 회색으로 보이기도 했다.

여기까지는 누구나 알아볼 수 있는 특징이지만, 관찰력이 뛰 어난 사람이라면 아이의 턱이 뾰족하게 튀어나왔고, 큰 눈은 맑 고 생기가 넘쳤으며, 입은 사랑스럽고 표정이 풍부한 데다 이마 가 넓고 도톰하다는 사실도 알아차렸을 것이다. 만약 예리한 관 찰자라면 이 의지할 데 없는 아이에게 예사롭지 않은 영혼이 깃 들어 있다고 결론 내렸을 것이다. 그런데 소심한 매슈는 우스꽝 스럽게도 아이를 무서워하고 있었다.

다행히 매슈가 먼저 말을 걸지 않아도 되었다. 그가 다가오자 아이가 낡은 가방을 들고 벌떡 일어나더니 햇볕에 그을리고 여 윈 손을 매슈에게 내민 것이다.

"초록지붕집에 사시는 매슈 커스버트 아저씨죠? 만나 봬서 정말 기뻐요. 혹시 절 데리러 오지 않으시면 어쩌나 걱정하던 참이었거든요. 못 오시는 이유를 이것저것 상상하고 있었어요. 만약 아저씨가 오늘 밤에도 오지 않으시면, 기찻길을 따라 내려가 저기 모퉁이에 있는 커다란 산벚나무 위에서 밤을 지새우려고 마음먹었어요. 조금도 무섭지 않았을 거예요. 온통 하얗게 꽃이 핀 산벚나무에 올라가 달빛을 맞으며 자는 것도 참 멋지잖아요. 대리석으로 꾸민 방에 머무는 거라고 상상할 수 있으니까요. 그리고 오늘 밤엔 안 오시더라도 내일 아침에는 꼭 저를 데리러 오실 거로 믿었어요."

아이는 유난히 맑고 듣기 좋은 목소리로 말했다. 매슈는 아이의 작고 가냘픈 손을 어색하게 잡고는 어떻게 할지 마음을 정했다. 눈이 유독 반짝이는 이 아이에게 무언가 착오가 있었다고 알려줄 수는 없었다. 일단 집으로 데려간 뒤에 마릴라를 통해서 말하면 된다. 어찌 되었건 이 아이를 역에 남겨둘 수는 없었다. 연유를 묻거나 자초지종을 파악하는 일은 초록지붕집에 무사히 돌아간 뒤로 미뤄두는 편이 낫겠다고 판단했다.

"늦어서 미안하다. 같이 가자꾸나. 말은 저기 마당에 매놨어. 가방을 이리 다오."

매슈가 수줍게 말하자 아이는 명랑하게 대답했다.

"괜찮아요. 제가 들고 갈게요. 여기에 전 재산을 넣어두었지만 하나도 무겁지 않아요. 그리고 이 가방은 제대로 들지 않으면 손잡이가 빠져버려요. 그래서 제가 드는 게 낫죠. 어떻게 들어야 하는지 정확히 아니까요. 정말 오랫동안 쓰고 있는 가방이에요. 참, 아저씨가 와주셔서 정말 기뻐요. 산벚나무에서 자

는 일이 아무리 멋지더라도 침대에서 자는 것만 하겠어요? 이제 한참 가야 되죠? 집까지 12킬로미터가 넘는다고 스펜서 아주머니가 말씀해주셨어요. 전 기뻐요. 마차 타는 걸 좋아하거든요. 아, 제가 아저씨하고 같이 살게 된 건 정말 멋진 일이에요. 전 지금껏 가족이 없었거든요. 한 번도요. 정말이에요. 보육원은 최악이었어요. 넉 달간 지냈을 뿐이지만 그것으로 충분해요. 아저씨는 보육원에서 지낸 적이 없을 테니까 그곳에 대해 전혀 모르실 거예요. 생각보다 훨씬 나쁜 곳이에요. 스펜서 아주머니는 제가 이런 식으로 말하자 말버릇이 고약하다고 하셨지만, 못되게 굴 생각은 없었어요. 자기도 모르게 못된 짓을 하기는 쉽잖아요. 안 그런가요? 다들 좋은 분들이었어요. 보육원 사람들 말이에요. 하지만 보육원에서는 상상의 범위라고 할 만한 게 없는 걸요. 기껏해야 다른 고아들을 상상할 수밖에 없어요. 물론 보육원 아이들에 대해 상상하는 건 꽤 재미있었어요. 지금 아저씨 곁에 있는 여자아이가 사실은 고귀한 백작 집안의 딸인데 어렸을 때 잔인한 유모에게 유괴되었고, 그 유모는 사실을 고백하기 전에 죽어버렸다는 식이죠. 전 밤에 자지 않고 누워서 이런 상상을 하곤 했어요. 낮에는 시간이 없었으니까요. 그래서 제가 이렇게 말랐나 봐요. 저 정말 끔찍하게 말랐죠? 뼈에 살이 하나도 붙어 있지 않잖아요. 전 팔꿈치에 살이 보조개처럼 움푹 들어갈 만큼 예쁘고 통통한 제 모습을 상상하는 게 좋아요."

매슈의 길동무가 된 아이는 이쯤에서 말을 멈췄다. 숨이 차기도 했고 마차까지 다 왔기 때문이기도 했다. 그 마을을 떠나 작고 가파른 언덕길을 내려갈 때까지 아이는 아무런 말도 하지 않았다. 부드러운 땅을 깊게 파헤쳐 만든 길이라 양쪽 가장자리가 둑처럼 불룩하게 솟아 있었고, 그곳에는 꽃을 활짝 피운 산벚나무와 하얗고 가냘픈 흰 자작나무가 늘어서 있었다.

아이는 손을 뻗어 마차 옆을 스치는 자두나무 가지를 꺾었다.

"예쁘지 않나요? 길가에 늘어진 저 나무는 꼭 하얀 레이스 같아요. 저걸 보면 무슨 생각이 드세요?"

아이가 묻자 매슈가 대꾸했다.

"음. 글쎄, 난 모르겠다."

"아이, 당연히 신부가 떠올라야죠. 새하얀 옷에 아름다운 망사 베일을 쓴 신부 말이에요. 아직 본 적은 없지만 어떤 모습인지는 상상할 수 있어요. 저는 신부가 되리라고는 한 번도 생각해보지 못했어요. 너무 못생겨서 아무도 저와 결혼하고 싶어 하지 않을 테니까요. 외국인 선교사라면 또 몰라요. 외국인 선교사는 별로 까다롭게 굴 것 같지 않아요. 하지만 언젠가는 하얀 드레스를 입고 싶어요. 그게 제가 바라는 가장 행복한 일이에요. 전 예쁜 옷이 정말 좋거든요. 살면서 한 번도 예쁜 드레스를 입어본 적이 없어요. 그러니까 더 기대되는 것 아닐까요? 그래서 화려한 옷을 입은 제 모습을 상상할 수 있는 거예요. 오늘 아침 보육원에서 나올 때 너무 창피했어요. 끔찍하게 낡은 이 원피스를 입어야 했거든요. 고아들은 모두 이걸 입어야 해요. 지난겨울 호프타운의 장사꾼이 보육원에 혼방 원단 300마를 기부했어요. 팔다 남은 걸 줬다고 말하는 사람들도 있지만 전 그분이 진심으로 착한 일을 했다고 믿을래요. 우리가 기차에 탔을 때 모든 사람이 절 동정하는 눈으로 바라보는 것 같았어요. 하지만 저는 제가 세상에서 가장 아름다운 연하늘색 실크 드레스를 입었다고 상상했어요. 이왕이면 근사한 상상을 하는 게 좋으니까요. 꽃이랑 깃털 장식이 가득 달린 큰 모자하고 금시계, 염소 가죽으로 만든 장갑과 구두도 상상했어요. 그랬더니 금세 기분이 좋아져서 이 섬으로 오는 여행을 즐길 수 있었죠. 배를 타고도 멀미를 전혀 안 했어요. 스펜서 아주머니도 괜찮으셨대요. 평소에는 뱃멀미를 자주 했지만 제가 배 밖으로 떨어질까 봐 지켜보느라 속이 아플 틈도 없었다고 하셨어요. 저처럼 여기저기 다니는 아이는 본 적이 없다나요. 그래도 저 때문에 멀미를 안 하셨으니까 제가 돌아다닌 게 잘한 일 아닌가요? 전 배 안에서 볼 수 있는 건 죄다 보고 싶었거든요. 그런 기회가 또 있을지 모르니까요. 와, 벚나무에 꽃이 활짝 피었어요! 이 섬은 꽃으로 가득한 곳이네요. 전 벌써 이곳이 좋아졌어요. 여기서 살게 되다니 정말 기뻐요. 프린스에드워드섬이 세상에서 가장 아름다운 곳이라는 말을 들었어요. 그래서 이곳에 사는 상상을 자주 했죠. 그런데 진짜 그렇게 되리라고는 꿈에도 생각을 못 했어요. 상상이 실제로 이루어지다니, 참 기뻐요. 그렇지 않나요? 그런데 여기 빨간 길은 정말 웃음이 나요. 샬럿타운에서 기차를 타고 오는데 빨간 길이 자꾸 보여서 왜 빨간 거냐고 스펜서 아주머니에게 물어봤어요. 그러니까 자긴 잘 모르니 제발 그만 좀 물어보라고 하시던걸요. 제가 벌써 천 번은 질문했을 거라나요? 그랬을 것 같긴 해요. 하지만 물어보지 않으면 모르는 걸 어떻게 알 수 있겠어요? 그런데 저 길은 왜 빨간 거예요?"

"저기, 그러니까, 난 모르겠다."

"뭐, 이것도 언젠간 알게 되겠죠. 나중에 알게 될 일들을 생각하는 것도 정말 멋져요. 그러면 살아 있다는 사실이 기쁘게 느껴지거든요. 세상은 재미있는 것으로 가득 차 있으니까요. 만약 모든 걸 다 알고 있다면 재미가 반으로 줄어들 거예요. 그렇죠? 상상할 거리가 없어지잖아요. 혹시 제가 말이 너무 많나요? 사람들이 제게 늘 그러거든요. 아저씨도 제가 입을 다물고 있는 게 좋으시겠어요? 그렇다고 하시면 조용히 있을게요. 전 마음만 먹으면 그럴 수 있어요. 어렵긴 하지만요."

매슈는 스스로 놀랄 만큼 즐겁게 아이의 말을 듣고 있었다. 조용한 사람들이 대부분 그렇듯 매슈도 말이 많은 사람을 좋아했다. 가끔씩 자기에게 대답을 기대하지만 않는다면 혼자 마음대로 떠들든 말든 상관없었다. 그런데 어린 여자아이와 함께 있는 것이 이처럼 재미있을 줄은 몰랐다. 사실 성인 여자를 대하는 것도 힘들었지만 소녀들은 그보다 더했다. 그는 여자아이들이 겁먹은 얼굴로 자신을 곁눈질하면서 슬금슬금 지나가는 것이 정말 싫었다. 마치 조심스럽게 한마디라도 건네면 매슈가 자기들을 한입에 삼킬 거로 생각하는 듯했다. 그것도 에이번리에서 교육을 잘 받았다고 하는 여자아이들이 그랬다. 하지만 이 주근깨투성이 마녀 같은 아이는 전혀 달랐다. 자기의 느린 머리로는 숨 가쁘게 전개되는 아이의 이야기를 따라가는 것이 버거웠지만, 그래도 매슈는 '이 아이의 수다가 그런대로 재미있다'라고 생각했다. 그래서 평소처럼 수줍게 말했다.

"뭐, 좋을 대로 하려무나. 난 상관없으니까."

"어머, 정말 기뻐요. 아저씨랑 제가 잘 지낼 줄 알았어요. 말하고 싶을 때 말하면 안심이 돼요. '아이들은 눈에 띄어도 되지만 조용히 있어야 한다'라는 속담이 있잖아요. 전 그 말이 정말 싫어요. 제가 무슨 말을 하려고만 하면 사람들이 이 속담을 백만 번 넘게 말해주더라고요. 또 사람들은 제가 하는 말이 너무 거창하다면서 웃어대요. 하지만 생각을 제대로 표현하려면 거창한 말도 쓸 수밖에 없잖아요. 그렇지 않나요?"

"그래 뭐, 맞는 말 같구나."

"스펜서 아주머니는 제 혀가 붕 떠 있는 게 틀림없다고 말씀하셨어요. 하지만 그렇지 않아요. 한쪽 끝은 잘 붙어 있거든요. 스펜서 아주머니가 그러는데, 사람들이 아저씨네 집을 초록지붕집이라고 부른대요. 전 이것저것 물어봤죠. 그랬더니 집 주위에 나무가 많다고 하셨어요. 그 말을 듣고 더 기뻤어요. 저는 나무를 좋아하거든요. 보육원에는 나무가 없었어요. 그나마 앞마당에 말라비틀어진 작은 나무가 몇 그루 있는데, 거길 흰색 울타리로 둘러놓은지라 나무들이 고아처럼 보였어요. 정말 그랬다니까요. 그 모습을 볼 때마다 울고 싶어졌어요. 그래서 이렇게 말하곤 했죠. '불쌍한 나무들아! 너희가 넓은 숲으로 가서 다른 나무들과 함께 지내고, 뿌리에는 이끼와 방울꽃이 덮여 있고, 멀지 않은 곳에 시냇물이 흐르고, 가지에는 새들이 앉아 노래한다면 너희도 잘 자랄 수 있을 거야. 그렇지? 그런데 너희가 있는 이곳에선 그럴 수 없잖아. 작은 나무들아, 난 너희의 기분이 어떤지 잘 알아.' 오늘 아침 나무들을 보육원에 두고 나와야 해서 마음이 아팠어요. 아저씨에게도 그렇게 마음 끌리는 무언가가 있나요? 혹시 초록지붕집 근처엔 시냇물이 있나요? 스펜서 아주머니한테 물어본다는 걸 깜빡했어요."

"음, 그래. 집 바로 아래쪽에 하나 있단다."

"와, 근사해요. 시냇가에 사는 게 꿈이었거든요. 그런데 실제로 이루어질 줄은 정말 몰랐어요. 꿈은 쉽게 이룰 수 없는 거잖아요. 꿈을 이룬다는 건 정말 멋진 일 아닐까요? 지금은 거의 완벽할 정도로 행복해요. 완벽하다고 할 수 없는 이유는… 음, 이건 무슨 색깔 같으세요?"

아이는 야윈 어깨 너머로 늘어뜨린 길고 윤기 나는 머리 한 갈래를 잡아 매슈의 눈앞에 내밀었다. 매슈는 여자들의 머리 색깔을 알아맞히는 데 서툴렀지만 지금은 전혀 어렵지 않았다.

"빨간색이잖니. 맞지?"

매슈가 대답하자 아이는 땋은 머리를 다시 내려놓으면서 세상 근심을 혼자 짊어지기라도 한 것처럼 땅이 꺼져라 한숨을 쉬었다. 그러고는 체념한 듯 말했다.

"맞아요. 빨간색이에요. 이제 왜 제가 완벽하게 행복하다고 할 수 없는지 아시겠죠? 머리색이 빨간 사람은 다 그래요. 주근깨랑 초록색 눈이랑 깡마른 몸은 별로 신경 쓰이지 않아요. 그런 것쯤은 상상으로 없앨 수 있거든요. 장미꽃처럼 발그레한 얼굴과 사랑스러운 보랏빛 눈을 가졌다고 상상하면 돼요. 그런데 이 빨간 머리만큼은 어떻게 할 수 없어요. '이제부터 내 머리는 윤기가 흐르는 검은색이다. 까마귀 날개처럼 새까맣다.' 이렇게 상상해보지만 아무리 애를 써봐도 제 머리가 새빨갛다는 걸 뻔히 알고 있어서 가슴이 찢어질 듯 아파요. 평생 이 머리카락 때문에 슬플 거예요. 슬픔을 짊어진 채로 사는 여자가 등장하는 소설을 읽은 적이 있어요. 물론 빨간 머리 때문은 아니었지만요. 그 여자는 눈부신 금발이 설화석* 같은 이마에서 물결치듯 흘러내렸거든요. 그런데 설화석이 뭘까요? 무슨 말인지 모르겠어요. 혹시 아저씨는 아세요?"

"음, 나도 몰라서 미안하구나."

매슈가 말했다. 조금씩 어지러워지던 참이었다. 철없던 어린 시절, 소풍을 갔다가 다른 친구가 졸라대는 통에 회전목마를 탔을 때와 같은 기분이었다.

"뭔지는 몰라도 아주 근사한 것이겠죠. 그 여자는 거룩할 만큼 아름다웠거든요. 그 정도로 아름다워지면 어떤 기분일지 상상해본 적 있으세요?"

매슈가 솔직하게 털어놓았다.

"음, 저기. 난 그런 건 해보지 않았다."

"전 해봤어요. 여러 번이나요. 그럼 아저씬 뭘 고르시겠어요? 거룩하게 아름다운 거랑 눈부시게 똑똑한 거랑 천사처럼 착한 것 중에서요."

"나, 난 잘 모르겠다."

"저도 모르겠어요. 결정을 못 하겠어요. 하지만 뭘 선택해도 마찬가지예요. 어느 쪽이든 그렇게 될 리는 없으니까요. 제가 천사처럼 착해질 수 없다는 건 분명해요. 스펜서 아주머니가 그렇게 말했거든요. 어머, 아저씨! 어머, 아저씨! 어머, 아저씨!"

이 외침은 스펜서 부인의 말이 아니었다. 아이가 마차에서 굴

---

* 흰 알갱이의 치밀한 덩어리로 되어 있는 석고

러 떨어진 것도 아니었고, 매슈가 놀랄 만한 일을 저지른 것도 아니었다. 그저 마차가 길모퉁이를 돌아 '가로수 길'에 접어든 것이 전부였다.

오래전에 한 괴짜 농부가 심은 커다란 사과나무들이 양쪽으로 가지를 뻗어 완벽한 아치 모양을 이루는 400미터 정도 길이의 이 도로를 뉴브리지 사람들은 '가로수 길'이라고 불렀다. 머리 위로는 눈처럼 하얗고 향기로운 꽃들이 지붕을 이루며 길게 펼쳐졌다. 그 아래쪽에는 보랏빛 어스름이 가득 차 있었고, 저 멀리에는 장미를 그려놓은 대성당 복도 끝의 큰 창문처럼 붉게 물든 석양이 빛나고 있었다.

아이는 아름다운 풍경에 감동해서 말문이 막힌 듯했다. 마차에 등을 기대고 여윈 두 손을 꼭 잡은 채로 머리 위로 하얗게 반짝이는 꽃들을 넋을 잃고 바라보았다. 마차가 그 길을 지나 뉴브리지로 이어지는 비탈길을 갈 때까지 아이는 꼼짝없이 입을 다물고 얼빠진 얼굴로 해가 지는 서쪽 하늘을 쳐다보기만 했다. 아이의 눈은 빛나는 저녁 하늘 속에 수없이 나타나는 멋진 공상의 장면을 보고 있었던 것이다. 작고 활기찬 마을인 뉴브리지를 지나면서 개들이 짖어대고 꼬마들이 고함을 쳐대고 호기심 어린 얼굴들이 창밖으로 고개를 내밀었지만, 두 사람은 여전히 아무런 말도 하지 않았다. 5킬로미터 정도를 더 가면서도 아이는 입을 다물고 있었다. 열정적으로 떠들 때와 마찬가지로 침묵을 지킬 수 있다는 말은 분명한 사실이었다.

"무척 피곤하고 배도 고플 것 같구나. 그래도 이제 얼마 남지 않았어. 1킬로미터 정도만 가면 된다."

드디어 매슈가 입을 열었다. 그것 외에는 아이가 이렇게 오래 입을 다물고 있는 이유를 짐작할 수 없었다. 그러자 아이는 숨을 깊이 몰아쉬며 공상에서 깨어났다. 그러고는 별을 따라 아득히 먼 여행을 다녀온 사람처럼 꿈꾸는 듯한 눈길로 매슈를 쳐다보며 목소리를 낮추어 물었다.

"아, 커스버트 아저씨. 우리가 지나온 길 말이에요. 그 새하얀 곳이요. 거긴 뭐라고 부르나요?"

잠시 곰곰이 생각하던 매슈가 답했다.

"가로수 길 말이구나. 뭐, 예쁜 곳이지."

"예쁘다고요? 아, 예쁘다는 말은 적당하지 않은 것 같아요. 아름답다는 말로도 부족하고요. 그곳은 정말 굉장해요. 네, 굉장하다는 말이 맞아요. 상상력을 보태서 더 멋지게 만들 수 없는 곳은 처음 봤어요. 마음에 쏙 들어요."

아이는 자기 가슴에 한 손을 얹었다.

"여기가 아픈 느낌이에요. 이상하게도 기분 좋게 아파요. 아저씨도 이렇게 아파본 적이 있으세요?"

"글쎄다. 기억이 나지 않는걸."

"전 그런 적이 아주 많아요. 진짜 아름다운 걸 볼 때마다 그랬죠. 저렇게 멋진 곳을 가로수 길이라고 부르면 안 돼요. 그런 이름에는 아무런 의미가 없잖아요. 그런 길이라면, 어디 보자, '새하얀 환희의 길'이라고 불러야 해요. 상상력이 가득 담긴 멋진 이름 아닌가요? 저는 어떤 장소나 사람의 이름이 마음에 안 들면 새 이름을 지어준 다음 그게 진짜 이름이라고 상상해요. 보육원에 헵지바 젠킨스라는 여자아이가 있었어요. 그런데 항상 전 그 아이 이름을 로살리아 드비어라고 상상했죠. 남들에게는 이곳이 가로수 길이겠지만 전 새하얀 환희의 길로 부를 거예요. 정말 1킬로미터쯤 가면 집에 도착하는 거예요? 기쁘면서도 아쉽네요. 마차를 타고 가는 게 정말 즐겁거든요. 전 즐거운 일이 끝나면 늘 아쉬워요. 앞으로 더 즐거운 게 있을지도 모르지만 확실하진 않잖아요. 그런 경우가 꽤 많은데, 어쨌든 제 경우에는 그랬어요. 그래도 집에 도착한다고 생각하니 기뻐요. 아저씨도 아시겠지만 저는 철든 뒤로 진짜 집을 가져본 적이 없잖아요. 진짜 집에 간다는 생각만으로도 다시 기분 좋게 아파요. 와, 저기도 참 예뻐요!"

마차가 언덕 꼭대기를 넘었을 때였다. 아래로는 길게 휘어져 있어 거의 강처럼 보이는 연못이 있었다. 중간쯤에는 다리가 가로질렀고, 그곳에서부터 연못 아래쪽 끝까지는 황갈색 모래언덕이 연달아 이어져 그 너머의 검푸른 만을 막고 있었다. 연못은 사프란색이나 장미색, 아련한 초록색을 비롯해 어떤 이름도 붙은 적 없는 오묘하게 다채로운 빛깔로 숭고하게 빛났다. 다리 위쪽의 연못은 전나무와 단풍나무 숲으로 이어졌고, 숲의 그늘을 짙게 비추고 있는 물은 잔잔하게 출렁거렸다. 연못 둑 여기저기에서 가지를 드리운 자두나무는 흰옷을 입고 발끝으로 서서 수면에 비친 자기 모습을 바라보는 소녀를 닮았다. 연못 안쪽의 습지에서는 개구리들의 맑고 구슬픈 합창이 들려왔다. 연못 너머 비탈에는 하얀 꽃망울이 만개한 사과밭으로 둘러싸인 집이 보였다. 아직 완전히 어두워지지 않았는데도 회색의 작은 그 집 창문에서는 불빛이 비치고 있었다. 매슈가 말했다.

"저기는 배리 씨네 연못이다."

"어머, 그 이름도 마음에 안 들어요. 저 같으면 저길, 뭐라고 해야 하나, 아! '반짝이는 호수'라고 부르겠어요. 그래요. 딱 맞는 이름이에요. 가슴이 떨리는 걸 보면 알 수 있어요. 저는 딱 맞는 이름이 떠오르면 늘 가슴이 떨리거든요. 아저씨에게도 가슴 떨리는 일이 있나요?"

매슈는 곰곰이 생각해보았다.

"음, 그래. 오이 모판에 가래질을 하다 보면 하얗고 못생긴 애벌레가 나오는데 그걸 보면 항상 가슴이 떨리는 것 같구나. 보기 흉한 벌레는 딱 질색이거든."

"그건 제가 말한 것과 완전히 다른데요. 아저씨는 같다고 생각하세요? 애벌레랑 반짝이는 호수는 아무런 관계가 없잖아요. 안 그런가요? 그런데 왜 여길 배리 씨네 연못이라고 부르죠?"

"배리 씨가 저 집에 사니까 그런 것 같은데. 저 집은 '비탈길 과수원집'이라고 해. 뒤쪽에 있는 큰 덤불만 아니면 여기서도 초록지붕집이 보일 텐데. 하지만 우린 다리를 건너서 큰길로 돌아가야 하니까 800미터 정도는 더 가야 한다."

"배리 아저씨네 집에는 여자아이가 있나요? 아주 어린 애 말고 제 또래 아이요."

"열한 살쯤 되는 아이가 있단다. 다이애나라고 하지."

아이는 "아!" 하고 길게 숨을 들이마셨다.

"정말 사랑스러운 이름이네요!"

"잘 모르겠다. 내게는 무서운 이교도 이름처럼 들리거든. 제인이라든가 메리라든가, 뭐 그런 평범한 이름이 좋은 것 같아.

아이가 태어났을 때 그 집에서 하숙하던 교장선생님에게 부탁했더니 이름을 다이애나로 지어줬다고 하더구나."

"제가 태어났을 때도 가까이에 그런 분이 계셨다면 좋았을 텐데요. 어머, 다리에 도착했네요. 전 눈을 꼭 감고 있을게요. 전 다리를 건너는 게 무서워요. 중간쯤 갔을 때 다리가 잭나이프처럼 접혀서 거기 끼이는 상상을 하게 되거든요. 그래서 눈을 감는 거예요. 그런데 다리 중간쯤 왔다는 생각이 들면 어쩔 수 없이 눈을 뜨게 돼요. 진짜로 다리가 무너질지도 모르니까요. 전 다리가 무너지는 걸 보고 싶거든요. 얼마나 엄청난 소리가 날까요? 전 우르릉대는 소리가 참 좋아요. 세상에서 좋아하는 게 이렇게 많다는 건 정말 멋진 일 아닐까요? 어머, 어느새 다 건넜네요. 이제 뒤를 돌아볼 거예요. 잘 자, 반짝이는 호수야. 저는 좋아하는 것들한테 잘 자라고 인사해요. 사람들한테 하듯이 말이죠. 그러면 게네도 좋아할 거예요. 저 연못도 저한테 미소를 보내는 것 같잖아요."

마차가 다시 언덕을 올라가 모퉁이를 돌자 매슈가 방향을 가리키려고 팔을 들어 올리며 말했다.

"이제 집에 거의 다 왔다. 초록지붕집은 저기…."

"아, 말하지 마세요."

아이는 숨 가쁘게 매슈의 말을 가로막으면서 그의 팔을 붙잡았다. 그러고는 그가 가리키려던 쪽을 보지 않으려는 듯 두 눈을 꼭 감았다.

"제가 맞혀볼게요. 꼭 알아맞힐 거예요."

아이는 눈을 뜨고 주위를 둘러보았다. 마차는 언덕 꼭대기에 있었다. 해는 이미 저물었지만 부드러운 저녁노을 덕분에 주위 풍경은 여전히 또렷했다. 서쪽에는 거무스름한 교회 첨탑이 마리골드꽃처럼 불그레한 하늘로 솟아 있었다. 아래로는 작은 골짜기가 있었고, 그 너머에는 길고 완만한 기슭에 아늑한 농가들이 드문드문 흩어져 있었다. 아이는 열망과 기대가 가득한 눈빛으로 농가를 하나씩 살펴보았다. 그러다가 마침내 길에서 왼쪽으로 멀리 떨어져 있는 곳에 눈길이 멎었다. 땅거미가 내린 주위 숲에서 한창 꽃을 피운 나무들이 하얀 빛을 희미하게 내고 있었다. 그 위로 구름 한 점 없는 남서쪽 하늘에는 수정처럼 맑은 별이 밝게 빛났다. 마치 집으로 인도하고 미래를 약속하는 등불 같았다. 아이는 손가락으로 가리키며 말했다.

"저기 맞죠?"

매슈는 기쁜 듯이 고삐로 말의 등을 탁 쳤다.

"그래, 맞다. 그런데 스펜서 부인이 어떤 집인지 자세히 말해줘서 네가 알아맞힌 것 같은데."

"아뇨. 아주머니는 아무런 말씀도 안 하셨어요. 정말이에요. 아주머니가 해주신 이야기는 다른 집에도 있는 것과 똑같은걸요. 전 아저씨 집이 어떻게 생겼는지 몰랐어요. 하지만 보자마자 바로 우리가 갈 집이라는 걸 알았어요. 아, 정말 꿈을 꾸는 것 같아요. 혹시 아세요? 제 팔꿈치 위쪽은 온통 시퍼렇게 멍이 들었을 거예요. 오늘 몇 번이나 꼬집었거든요. 잠깐잠깐 지독하게 토할 것 같은 기분이 들어서 이게 다 꿈일까 봐 정말 겁이 났어요. 그래서 진짜인지 확인하려고 꼬집었던 거예요. 그러다 문득 꿈이더라도 가능한 한 계속 꾸는 게 낫다는 것을 깨달았어요.

그래서 꼬집기를 그만뒀죠. 하지만 이건 진짜로 일어난 일이고, 이제 집에 거의 다 왔네요."

아이는 기쁨에 찬 숨을 내쉬더니 다시 침묵에 잠겼다. 매슈는 불안해졌다. 의지할 곳 없는 이 아이에게, 그토록 그리던 집에서 살 수 없다고 말해야 하는 사람이 자기가 아니라 마릴라여서 그나마 다행이었다. 마차는 린드 부인네 골짜기를 지났다. 꽤 어둑어둑했지만 린드 부인이 자주 앉던 창가에서 두 사람을 알아보지 못할 정도는 아니었다. 마차는 언덕을 올라 초록지붕집으로 이어지는 긴 오솔길로 접어들었다. 집에 가까워질수록 매슈는 왜 그런지 이해하기 어려울 만큼 묘한 기분이 들었다. 이제 곧 전말을 밝혀야 한다고 생각하니 몸이 절로 움츠러들었다. 그가 걱정하는 것은 마릴라나 자신이 아니었고, 착오 때문에 남매가 겪어야 할 귀찮은 일도 아니었다. 오직 이 아이가 얼마나 실망할지를 염려할 뿐이었다. 아이의 눈에서 황홀한 빛이 사라질 것을 생각하자 무언가의 생명을 빼앗는 일에 동조하는 것처럼 마음이 불편했다. 어린양이나 송아지처럼 죄 없는 어린 동물을 죽여야 할 때와 같은 기분이었다.

마차가 들어섰을 때 마당은 꽤 어두워져 있었다. 포플러 잎들이 사방에서 부드럽게 바스락거렸다.

매슈가 아이를 안아서 땅에 내려주었다.

"나무가 잠자리에 들면서 이야기하는 걸 들어보세요. 분명 멋진 꿈을 꾸고 있을 거예요!"

아이는 이렇게 속삭인 다음 '전 재산'이 담긴 가방을 꼭 쥐고 매슈를 따라 집으로 들어갔다.

3장

마릴라 커스버트, 깜짝 놀라다

매슈가 문을 열자 마릴라는 얼른 그를 맞으러 나왔다. 하지만 곧바로 그 자리에 멈춰 섰다. 뻣뻣하고 보기 흉한 옷을 입은 데다 빨간 머리를 길게 땋아 묶고 간절한 눈빛을 반짝거리는 별난 아이가 눈에 들어왔기 때문이다.

"매슈 오라버니, 이 아이는 누구죠? 남자애는 어디 있고요?"

"남자애는 없었어. 이 아이 하나뿐이었지."

매슈는 풀 죽은 목소리로 답하면서 고갯짓으로 아이를 가리켰다. 그러고 보니 아직 아이에게 이름도 묻지 않았다. 마릴라는 계속 다그쳤다.

"남자애가 없었다니요? 아뇨, 있었을 거예요. 난 분명히 스펜서 부인에게 남자아이를 데려와달라고 했다니까요."

"그게, 없더라니까. 대신 이 아일 데려왔나 봐. 역장한테도 확인한 사실이야. 그리고 뭔가 착오가 있었다 해도 아이를 역에 두고 올 수는 없잖아. 그래서 집으로 데려왔지 뭐."

마릴라가 목청을 높였다.

"아이고, 도대체 이게 무슨 일이래요?"

이런 대화가 오가는 동안 아이는 잠자코 서서 두 사람을 번갈아 바라보았다. 순식간에 아이의 얼굴에서 생기가 사라졌다. 두 사람이 무슨 말을 하는지 알아차린 듯했다. 아이는 소중한 가방을 툭 떨어뜨리더니 한 발짝 앞으로 걸어 나와 두 손을 모아 쥐고 이렇게 소리쳤다.

"저를 원하신 게 아니었군요! 제가 남자아이가 아니라서 그런 거예요! 그럴 줄 알았어요. 지금까지 아무도 저를 원하지 않았으니까요. 이렇게 아름다운 일은 오래가지 않는다는 걸 알았어야 했는데…. 절 정말로 원하는 사람은 아무도 없다는 걸 눈치챘어야 했어요. 아, 이제 어쩌죠? 눈물이 나올 것 같아요!"

아이는 식탁 의자에 주저앉아 탁자에 두 팔을 올리고는 얼굴을 파묻은 채로 서럽게 흐느꼈다. 마릴라와 매슈는 난로를 사이에 두고 나무라듯 서로를 바라보았다. 둘 다 무슨 말을 해야 할지, 어떻게 행동해야 할지 짐작도 가지 않았다. 마침내 마릴라가 이 난국에 대처하고자 어설프게 나섰다.

"자, 얘야. 그렇게 울 것까진 없다."

"아니에요. 전 울 수밖에 없어요!"

아이가 고개를 들었다. 얼굴은 눈물로 얼룩졌고 입술은 파르르 떨렸다.

"아주머니 같아도 우실 거예요. 고아였다가 겨우 집이 생겼다고 해서 가봤더니, 넌 남자아이가 아니니까 필요 없다는 말을 들으면 누군들 울지 않겠어요? 아, 지금은 이제껏 제게 일어난 일 중에서 가장 비극적인 상황이에요!"

마릴라의 굳은 얼굴에 어색한 미소가 떠올랐다. 오랫동안 잊고 있었던 탓에 상당히 서투른 웃음이었다.

"어쨌든 그만 울어라. 오늘 밤 널 밖으로 내쫓지는 않을 거다. 어쩌다 이렇게 된 건지 알아볼 때까지는 여기 있도록 해라. 그래, 네 이름은 뭐니?"

아이는 잠시 머뭇거리다가 간절한 얼굴로 말했다.

"코델리아라고 불러주실래요?"

"코델리아라고 불러달라니? 그게 네 이름이냐?"

"아, 아니요. 제 이름은 아니에요. 하지만 코델리아라고 불러주시면 정말 좋겠어요. 완벽하게 우아한 이름이니까요."

"무슨 말인지 당최 모르겠구나. 코델리아가 아니면 네 진짜 이름은 뭐지?"

"앤 셜리예요."

이름의 주인이 마지못해 말을 이었다.

"하지만 제발 코델리아라고 불러주세요. 제가 여기 잠깐만 머물 거라면 어떻게 불러도 상관없잖아요. 그렇죠? 앤은 정말 낭만이라고는 하나도 없는 이름이에요."

"낭만이라니 그게 무슨 소리냐! 앤이야말로 부르기 쉽고 점잖은 이름이다. 그러니 부끄러워할 필요 없어."

마릴라가 매정하게 말하자 앤이 해명했다.

"부끄러워서 그러는 게 아니에요. 그냥 코델리아라는 이름이 더 좋아서 그래요. 전 제 이름이 코델리아라고 쭉 상상해왔거든요. 적어도 지난 몇 년 동안은요. 어릴 때는 제럴딘이라고 상상했었지만 지금은 코델리아가 더 좋아요. 그런데 앤이라고 부르실 거면 마지막에 e를 꼭 붙여주세요."

"그렇게 하면 뭐가 다른 거니?"

마릴라는 찻주전자를 들고 어색한 미소를 지으며 물었다.

"어머, 정말 큰 차이가 나지요. 그게 훨씬 멋져 보이는걸요. 아주머니는 어떤 이름을 들으면 머릿속에 그 이름이 떠오르지 않으세요? 꼭 인쇄된 것처럼요. 저는 그렇거든요. 앤(A-n-n)은 끔찍해요. 하지만 e가 붙은 앤(A-n-n-e)은 훨씬 기품 있어 보이잖아요. 그러니까 끝에 e를 붙여 앤이라고 불러주시면 코델리아라는 이름이 아니라도 참을 수 있을 거예요."

"좋아, 그럼. 끝에 e가 붙은 앤. 어쩌다 이런 착오가 생겼는지 말해줄 수 있겠니? 우린 스펜서 부인에게 남자아이를 데려오라고 부탁했어. 보육원에 남자아이가 없었니?"

"아, 아니요. 아주 많았어요. 그런데 스펜서 아주머니는 두 분이 열한 살 정도의 여자아이를 원한다고 분명하게 말씀하셨어요. 그래서 원장님은 제가 적당할 거라고 하셨지요. 그 말을 듣고 제가 얼마나 기뻤는지 모르실 거예요. 어젯밤에는 너무 기뻐 한숨도 못 잤는걸요. 아!"

아이는 매슈를 돌아보면서 원망스러운 얼굴로 덧붙였다.

"왜 역에서 사실대로 말하고 절 거기에 내버려두지 않으셨어요? 새하얀 환희의 길이랑 반짝이는 호수를 보지 않았더라면 이렇게 힘들지 않았을 텐데요."

"얘가 대체 무슨 말을 하고 있는 거예요?"

마릴라는 매슈를 뚫어지게 바라보면서 물었다. 매슈가 허둥지둥 대답했다.

"이 아인, 그러니까, 우리가 길에서 나눈 이야기를 하고 있는 거야. 난 말을 우리에 몰아넣으러 가야 해. 내가 돌아올 때까지 저녁을 준비해줘."

매슈가 자리를 뜨자 마릴라가 앤에게 다시 말을 걸었다.

"스펜서 부인이 너 말고 다른 아이도 데려왔니?"

"아주머니네 집에 같이 간다면서 릴리 존스라는 아이를 데려왔어요. 다섯 살배기 아이인데, 얼굴이 아주 예쁘고 머리카락은 밤색이에요. 혹시 제가 그 아이처럼 사랑스럽게 생겼다면, 아주머니는 절 데리고 계실 건가요?"

"아니. 우린 매슈 오라버니를 도와서 농사일을 할 남자아이가 필요하단다. 여자아이는 우리에게 쓸모가 없으니까. 자, 모자를 벗어라. 가방하고 같이 현관 앞 탁자에 가져다 놓으마."

앤은 얌전하게 모자를 벗었다. 매슈도 곧 돌아와 함께 식탁에 앉아 저녁을 먹기 시작했다. 하지만 앤은 좀처럼 먹지 못하고 깨작거렸다. 빵과 버터를 조금씩 뜯어 입에 넣고 조개 모양 유리 접시에 담긴 사과절임도 쪼아 먹듯이 입에 대봤지만 제대로 삼키지 못했다. 먹는 것이 힘들어 보였다.

"아무것도 먹지 않는구나."

마릴라는 심각한 결점이라도 발견한 것처럼 앤을 쏘아보며 날카로운 목소리로 말했다. 앤은 한숨을 쉬었다.

"못 먹겠어요. 저는 절망의 구렁텅이에 빠졌어요. 아주머니는 절망의 구렁텅이에 빠졌을 때 뭔가를 드실 수 있겠어요?"

"절망의 구렁텅이에 빠져본 적이 없으니 이렇다 저렇다 말을 못 하겠구나."

"정말 그런 적이 없으세요? 그럼, 절망의 구렁텅이에 빠졌다고 상상해본 적도 없으신가요?"

"한 번도 없었다."

"그러면 그게 어떤 기분인지 이해하시지도 못하겠네요. 마음이 정말 어수선해요. 뭘 먹으려고 해도 금세 목구멍에서 다시 올라와 삼킬 수가 없어요. 초콜릿캐러멜이라 해도 마찬가지일 거예요. 2년 전에 딱 한 번 초콜릿캐러멜을 먹어본 적이 있어요. 진짜 맛있었어요. 그때부터 초콜릿캐러멜을 마음껏 먹는 꿈을 꾸었지만 막상 입에 넣으려고 하면 늘 잠에서 깨버려요. 제가 아무것도 못 먹는다고 해서 언짢아하지는 마세요. 차려주신 음식은 전부 맛있지만 지금은 먹을 수 없어요."

헛간에서 돌아온 뒤로는 한 마디도 하지 않던 매슈가 이윽고 입을 열었다.

"마릴라, 아이가 고단할 테니 그만 재우는 게 좋겠어."

마릴라는 앤을 어디서 재울지 고민하던 중이었다. 원래는 기다리던 남자아이를 위해서 부엌방에 작은 소파를 준비해놨었다. 하지만 아무리 깔끔하게 해놨다고 해도 여자아이가 잘 만한 곳은 아니었다. 그렇다고 언제 갈지도 모를 아이한테 손님방을 내줄 수는 없었다. 결국 남은 곳은 동쪽 다락방뿐이었다. 마릴라는 촛불을 켜고 앞장서면서 앤에게 따라오라고 말했다. 앤은 기운 없이 뒤따라가다가 현관 앞 탁자를 지날 때 모자와 가방을 집어 들었다. 현관도 지나치다 할 만큼 깨끗했지만 지금 앤이 들어선 작은 다락방은 먼지 한 톨 없어 보였다.

마릴라는 다리가 셋 달린 삼각형 탁자에 초를 놓고 침대에 깔려 있던 이불을 젖혔다.

"잠옷은 가지고 왔지?"

마릴라가 묻자 앤은 고개를 끄덕였다.

"네. 두 벌이요. 보육원 원장님이 만들어주신 거예요. 그런데 너무 꽉 껴요. 보육원은 모든 게 넉넉하지 않아서 옷도 꽉 끼게 만들어요. 적어도 제가 지내던 가난한 곳에서는 늘 그랬어요. 전 몸을 옥죄는 잠옷이 싫어요. 하지만 그런 옷을 입고 있든 밑자락이 끌리고 목에 주름 장식이 있는 예쁜 옷을 입고 있든, 꿈은 똑같이 꿀 수 있죠. 그게 그나마 위안을 주는 것 같아요."

"그럼 얼른 옷을 갈아입고 자라. 조금 있다가 초를 가지러 오마. 촛불 끄는 걸 네게 맡길 수는 없구나. 집에 실수로 불을 지르기라도 하면 큰일이잖니."

마릴라가 나가자 앤은 아쉬운 얼굴로 방 안을 둘러보았다. 회반죽을 바른 벽은 괴로울 정도로 텅 비어 있었다. 앤은 벽도 헐벗은 자기 모습을 아파할 것이라고 생각했다. 마찬가지로 바닥에도 변변한 물건이 없었다. 짜서 만든 둥그런 깔개 하나가 방 가운데 덩그러니 놓여 있을 뿐이었다. 앤이 한 번도 보지 못한 종류였다. 한쪽 구석에는 높다란 구식 침대가 있었는데 모서리에는 짤막하고 검은 기둥 네 개가 달려 있었다. 다른 쪽 구석에는 앞에서 말한 삼각형 탁자가 있었고, 그 위에는 아무리 단단한 바늘 끝이라도 부러뜨릴 만큼 두껍고 튼튼한 빨간색 벨벳 바늘꽂이가 장식품처럼 놓여 있었다. 탁자 위쪽 벽에는 가로 15센티미터, 세로 20센티미터쯤 되는 작은 거울이 걸려 있었다. 탁자와 침대 사이에 난 창문 위에는 얼음처럼 하얀 모슬린 장식이 걸려 있었다. 그 맞은편에는 세면대가 있었다. 말로는 표현할 수 없는 엄격함이 방을 가득 채우고 있어서 앤은 뼛속 깊이 한기를 느꼈다. 앤은 흐느끼며 서둘러 옷을 벗고 꽉 끼는 잠옷으로 갈아입었다. 그런 다음 침대로 뛰어들어 베개에 얼굴을 묻고 이불을 머리까지 뒤집어썼다. 마릴라가 촛불을 가지러 올라왔을 때 바닥에는 초라한 옷들이 어지럽게 널려 있었다. 침대에서 거세게 들썩거리는 움직임만이 이곳에 마릴라 외에도 다른 사람이 있음을 알려주었다.

마릴라는 천천히 앤의 옷을 주워 노란 의자 위에 가지런히 올려놓고는 촛불을 들고 침대 쪽으로 다가갔다.

"잘 자라."

마릴라가 말했다. 조금 어색하기는 했지만 무뚝뚝한 말투는 아니었다. 그러자 앤은 하얀 얼굴과 큰 눈을 이불 밖으로 불쑥 내밀었다.

"어떻게 잘 자라는 말을 하실 수 있죠? 제겐 이제까지 지내본 적 없는 최악의 밤이 될 줄 뻔히 아시잖아요."

원망이 가득 담긴 말투였다. 그러고는 다시 이불 속으로 고개를 쏙 집어넣었다.

마릴라는 무거운 발걸음으로 부엌에 가서 설거지를 하기 시작했다. 매슈는 담배를 피우고 있었다. 마음이 어수선한 게 분명했다. 그는 거의 담배를 피우지 않았다. 지저분한 습관이라며 마릴라가 얼굴을 찌푸렸기 때문이다. 하지만 특정한 시기나 계절이 되면 유달리 피우고 싶어지는 순간이 있었고, 그럴 때마다 마릴라는 모른 척 눈감아주었다. 남자라면 감정을 해소할 수단이 있어야 한다고 생각했기 때문이다.

"거참, 정말 귀찮게 됐어요. 우리가 직접 가지 않고 말을 전하는 바람에 생긴 일이에요. 누군가 말을 잘못 전한 거죠. 우리 중 하나가 내일 스펜서 부인을 만나러 가야 해요. 그래야 확실하게 일을 처리할 수 있을 테니까요. 저 아이를 보육원에 돌려보내야 하잖아요."

마릴라가 화가 난 듯 말하자 매슈가 마지못해 대꾸했다.

"그래, 그렇겠지."

"그렇겠지라뇨! 그래야 한다는 거 몰라요?"

"음, 마릴라, 정말 귀엽고 괜찮은 아이잖아. 저렇게까지 여기서 지내고 싶어 하는데 돌려보내야 하니 좀 안됐지."

"매슈 커스버트 오라버니! 설마 저 애를 우리가 키우자는 말은 아니죠?"

매슈가 물구나무서기를 좋아한다고 말했어도 마릴라는 지금처럼 놀라지 않았을 것이다. 자신의 뜻을 분명히 밝혀야 하는 상황에 몰리면서 불편해진 매슈가 말을 더듬었다.

"저기, 아니, 그런 건 아니고, 꼭 그렇진 않지만. 내 말은, 우리가 저 아일 키우는 건 좀 힘들겠지?"

"당연히 안 되죠. 저 아이가 우리에게 무슨 도움이 되겠어요?"

그때 매슈가 뜻밖의 말을 했다.

"우리가 저 아이에게 도움이 될 수는 있잖아."

"매슈 커스버트 오라버니, 저 아이에게 홀린 게 틀림없군요! 키우고 싶은 마음이 얼굴에 뻔히 드러나잖아요."

매슈는 물러서지 않았다.

"저기, 정말 재미있는 아이야. 역에서 여기까지 오는 동안 그 아이가 한 말을 너도 들어봤다면 좋았을 텐데."

"아, 말은 참 빠르더라고요. 그건 금세 알아봤어요. 하지만 그런 건 대수도 아니죠. 난 말 많은 아이를 좋아하지 않아요. 고아 여자아이를 원하지도 않고요. 설령 그렇다고 해도 저런 아이를 고르지는 않을 거예요. 저 아이에게는 이해할 수 없는 구석이 있어요. 아무튼 안 돼요. 왔던 곳으로 곧장 돌려보내야 해요."

"내 일을 돕는 것 때문이라면, 프랑스 남자애를 고용하면 되잖아. 저 여자아이는 네 말벗이 될 수도 있을 테고."

마릴라가 매슈의 말을 자르면서 대꾸했다.

"말상대가 없어서 힘든 적은 없었어요. 어쨌든 난 저 아이를 키우지 않을 거예요."

매슈는 일어서서 파이프를 정리하며 말했다.

"음, 물론 네 말대로 해야겠지. 난 이만 자러 갈게."

매슈는 침실로 갔다. 마릴라도 설거지를 마치고 잠자리에 들었다. 얼굴은 더할 나위 없을 만큼 단호한 의지로 잔뜩 찌푸린 채였다. 그 시각 2층 동쪽 다락방에서는 외롭고 정에 주린 외톨이 아이가 울다 지쳐 잠이 들었다.

4장

초록지붕집의 아침

날이 환히 밝았다. 자리에서 일어난 앤은 침대에 앉아 잠이 덜 깬 눈으로 창가를 바라보았다. 밝은 햇살이 방 안으로 쏟아졌고, 창밖에서는 파란 하늘을 배경으로 하얀색 깃털 같은 무언가가 아른거렸다.

잠깐 동안 앤은 자기가 어디 있는지 잊어버렸다. 처음에는 왠지 즐거운 기분이 들어 몸이 살짝 떨렸지만 곧바로 끔찍한 기억이 떠올랐다.

'여기는 초록지붕집이고 이 집에서는 날 원하지 않았어! 내가 남자아이가 아니라서 그런 거야.'

어쨌든 지금은 아침이다. 창밖에 꽃이 활짝 핀 벚나무가 보였다. 앤은 침대에서 벌떡 일어나 방을 가로질러 창가로 다가갔다. 창문을 밀어 올리자 마치 오랫동안 닫혀 있었던 것처럼 삐

걱삐걱 소리가 났다. 사실 그렇기는 했다. 창문이 워낙 꽉 끼어서 받침대가 따로 필요 없을 정도였다.

앤은 무릎을 꿇고 앉아 6월의 아침 풍경을 내다보았다. 두 눈은 기쁨으로 반짝거렸다.

'아, 정말 아름답지 않아? 참 멋진 곳이야. 그런데 여기서 살 수 없다니!'

하지만 앤은 자기가 이곳에서 산다고 상상할 수 있었다. 그러자 금세 상상의 범위가 넓어졌다.

커다란 벚나무에서 뻗어 나온 나뭇가지가 집에 닿을 정도로 가까이 있었는데, 꽃이 한가득 피어 잎은 거의 보이지 않았다. 집 양쪽으로는 과수원이 널찍하게 펼쳐졌다. 한쪽에는 사과나무, 다른 쪽에는 벚나무가 무리 지어 자랐다. 풀밭 곳곳에는 민들레가 피어 있었다. 아래편 정원의 라일락나무에는 보라색 꽃이 활짝 피었는데 숨이 막힐 정도로 달콤한 향기가 아침 바람을 타고 창가로 밀려왔다.

마당 아래쪽으로는 클로버가 무성한 푸른 들판이 비탈져 골짜기까지 이어졌고, 시냇물이 흐르는 골짜기에는 하얀 자작나무 수십 그루가 모여 있었다. 그 주변에는 고사리와 이끼 같은 숲속 식물이 기분 좋게 솟아났다. 골짜기 너머 언덕에는 깃털 같은 초록색 잎으로 덮인 가문비나무와 전나무가 있었다. 나뭇잎 사이로 반짝이는 호수 맞은편에서 보았던 작은 집의 회색 지붕 끝자락이 보였다.

왼편에서 조금 떨어진 곳에는 커다란 헛간이 있었고, 그 너머로 완만하게 비탈진 초록빛 들판을 지나면 반짝이는 푸른 바다가 어렴풋이 보였다.

아름다운 것을 사랑하는 앤은 이 모든 광경을 하나라도 놓치지 않으려고 열심히 눈에 담았다. 가엾게도 앤은 자라면서 사랑스럽지 않은 곳을 많이 봤다. 하지만 이곳은 이제껏 앤이 꿈꿔왔던 그대로 아름다웠다.

앤은 모든 것을 잊고 무릎을 꿇은 채로 주위에 펼쳐진 아름다움에 빠져 있었다. 그러다가 누군가 어깨에 손을 얹자 얼른 정신을 차렸다. 어느새 마릴라가 어린 공상가 곁에 소리 없이 다가와 서 있었던 것이다.

"이제 옷 갈아입을 시간이다."

마릴라가 퉁명스럽게 말했다. 아이에게 어떻게 말을 걸어야 할지 몰라서 몹시 당혹스러운 나머지 그럴 생각은 없었는데도 날카롭고 무뚝뚝한 말이 튀어나왔다.

앤은 일어서서 깊은 숨을 내쉬었다.

"아, 정말 멋지지 않나요?"

앤은 바깥에 펼쳐진 아름다운 세상을 향해 힘껏 손을 흔들며 말했다. 그러자 마릴라가 대답했다.

"큰 나무지. 꽃은 많이 피지만 열매는 별로야. 작기도 하고 벌레도 많이 생기고."

"나무만 그런 게 아니에요. 아, 물론 저 나무는 참 예뻐요. 눈부시게 아름답죠. 나무도 그걸 알고 꽃을 피우는 것 같아요. 하지만 전 이곳 전체를 말한 거예요. 정원이랑 과수원이랑 시냇물이랑 숲 같은, 저 커다랗고 소중한 세상 전부요. 이런 아침이면 온 세상이 마냥 사랑스럽게 느껴지지 않으세요? 시냇물이 온 힘을 내서 웃는 소리가 여기까지 들려요. 시냇물이 얼마나 밝게 웃는지 아세요? 시냇물은 언제나 웃고 있어요. 전 겨울에도 얼음 아래에서 물이 웃는 소리를 듣곤 했어요. 초록지붕집 근처에 시냇물이 있어서 참 다행이에요. 어차피 제가 이 집에서 살지도 않을 텐데 무슨 상관이냐고 하시겠지만, 절대 그렇지 않아요. 초록지붕집에 시냇물이 있었다는 사실을 전 항상 기억할 거예요. 다시는 보지 못한다 해도요. 시냇물이 없었다면 전 시냇물이 있어야 한다는 생각 때문에 계속 마음이 불편했을 거예요. 오늘 아침에는 절망의 구렁텅이에 빠지지 않았어요. 아침에는 빠질 수가 없어요. 아침이 있다는 건 정말 멋진 일 아닌가요? 하지만 그러면서도 무척 슬펐어요. 제가 바로 두 분이 원했던 아이고, 여기서 영원히 살게 될 거라 상상하던 중이었거든요. 그렇게 마음속으로 그려보는 동안에는 기분이 무척 좋았어요. 하지만 상상의 나쁜 점이 있어요. 언젠가는 그만둬야 하고, 그러면 가슴이 아프다는 거죠."

마릴라는 앤의 이야기에 끼어들 기회가 생기자 얼른 말했다.

"얼른 옷 갈아입고 아래층으로 내려오너라. 상상 같은 건 이제 그만두고. 아침 식사를 차려놨다. 세수하고 머리도 빗어야지. 창문은 그대로 열어두고 이불은 잘 개어서 침대 발치에 올려두면 돼. 제대로 해야 한다."

앤은 마릴라가 시킨 일을 야무지게 해냈다. 10분 만에 옷을 깔끔히 입고 머리를 빗어서 땋고 세수를 한 뒤 아래층으로 내려간 것이다. 앤은 자기에게 주어진 일을 다 해냈다는 생각에 의기양양했다. 하지만 이불을 개어 올려놓는 일은 깜빡했다. 앤은 마릴라가 가져다준 의자에 털썩 앉으면서 말했다.

"오늘 아침에는 배가 좀 고프네요. 세상은 어젯밤처럼 바람이 불어대는 황야가 아닌 것 같아요. 전 화창한 아침이 좋아요. 하지만 비 오는 아침도 참 좋아해요. 어떤 날이든 아침에는 마음이 설레요. 아주머니는 어떠세요? 오늘 하루 무슨 일이 생길지 모르잖아요. 상상할 수 있는 여지가 참 많아요. 하지만 오늘은 비가 오지 않아 다행이에요. 화창한 날에는 기분이 더 좋아져서 고통을 참기가 쉽거든요. 전 참아야 할 일이 너무 많은 것 같아요. 슬픈 이야기를 읽으면서 온갖 어려움을 극복하고 영웅적으로 살아가는 모습을 상상하는 건 좋지만, 진짜로 그런 일을 겪는 건 별로 멋지지 않잖아요."

"제발 입 좀 다물어라. 조그만 여자애가 무슨 말이 그렇게 많은지, 원."

마릴라가 말하자 앤은 순순히 윗입술과 아랫입술을 맞대고 한참 동안 가만히 있었다. 그래서 마릴라는 오히려 초조한 마음이 들었다. 무언가 부자연스러운 일이 눈앞에 닥친 것 같았기 때문이다. 매슈도 입을 열지 않았기에(물론 그건 자연스러운 일이었다) 아침식사 자리는 무척 고요했다.

식사를 하는 동안 앤은 점점 더 생각에 깊이 잠겼다. 무의식적으로 음식을 입에 가져가면서 큰 눈으로 멍하니 창밖의 하늘만 바라보았다. 그 모습을 보며 마릴라는 더욱 초조하고 불안해졌다. 이 엉뚱한 아이의 몸은 식탁에 있지만 영혼은 상상의 날개를 타고 아득한 구름 속 꿈의 세계에 가 있는 듯했다. 이런 아이를 누가 집에 두고 싶겠는가?

하지만 매슈는 이 아이를 키우고 싶어 했다. 이유는 설명하기 어려웠다. 마릴라는 매슈가 오늘 아침도 어젯밤과 똑같은 생각을 하고 있으며, 앞으로도 그럴 것이라는 느낌이 들었다. 참 매슈다웠다. 그는 한번 마음을 먹으면 놀라울 만큼 가만가만하면서도 끈질기게 고집을 부렸다. 그런 행동은 섣불리 무슨 말을 하는 것보다 열 배는 더 묵직하고 효과가 있었다.

식사가 끝나자 앤은 공상에서 깨어나더니 설거지를 자청했다. 마릴라가 미심쩍은 얼굴로 물었다.

"설거지는 할 줄 아니?"

"꽤 잘하는 편이에요. 아이 보는 건 더 잘하지만요. 전 아이를 돌본 경험이 제법 많거든요. 이 집엔 제가 돌볼 만한 아이가 없어 안타깝네요."

"지금 다른 아이가 있는 건 생각하기도 싫구나. 너 하나만으로도 충분히 애를 먹고 있잖니. 널 어떻게 해야 할지 모르겠어. 매슈 오라버니도 어처구니가 없고."

앤이 원망스레 말했다.

"아저씨는 좋은 분 같아요. 이해심도 참 많으시고요. 제가 아무리 말을 많이 해도 귀찮아하지 않으셨어요. 오히려 좋아하시는 것 같았다니까요. 전 아저씨를 보자마자 저랑 마음이 맞는 분이라는 걸 느꼈어요."

마릴라는 코웃음을 쳤다.

"두 사람 다 몹시 특이한 편이야. 마음이 맞는다는 게 그런 뜻이라면, 맞는 말일 거다. 그래, 설거지를 해보려무나. 뜨거운 물을 충분히 쓰고 그릇을 잘 말려야 한다. 난 오늘 아침에 무척 바쁘구나. 오후에 화이트샌즈로 가서 스펜서 부인을 만나려면 그 전에 마쳐야 할 일이 많거든. 아, 너도 나랑 같이 가야 해. 네 문제를 어떻게 해결할지 가서 결정할 생각이다. 자, 설거지가 끝나면 올라가서 침대를 정리해라."

앤은 능숙하게 설거지를 끝냈다. 날카로운 눈으로 주시하던 마릴라도 인정할 정도였다. 하지만 침대 정리는 미숙했다. 이처럼 푹신한 이불을 어떻게 정리해야 하는지 배운 적이 없었기 때문이다. 그래도 그냥저냥 해냈다. 그러고 나서 마릴라는 앤을 떼어놓을 생각에 점심때까지 밖에서 놀다 와도 좋다고 말했다.

앤은 환한 얼굴로 눈을 반짝이며 문간을 향해 뛰어갔다. 하지만 현관 바로 앞에서 갑자기 멈춰 서더니 다시 돌아와 식탁에 앉았다. 누가 물이라도 끼얹어 기쁨의 빛을 꺼뜨린 것만 같은 얼굴이었다.

"이번엔 뭐가 문제냐?"

마릴라가 묻자 앤이 세상 모든 즐거움을 포기한 순교자 같은 목소리로 대답했다.

"도저히 밖에 나가지 못하겠어요. 제가 여기서 살 수 없다면 초록지붕집을 사랑하게 돼도 아무런 소용이 없잖아요. 밖에 나가 저 나무랑 꽃이랑 과수원이랑 시냇물이랑 친해지면, 그것들을 사랑하지 않을 도리가 없는걸요. 지금도 충분히 힘든데, 저를 더 힘들게 만들진 않을 거예요. 실은 정말 밖에 나가고 싶어요. 모든 게 저한테 이렇게 말하는 것 같아요. '앤, 앤. 이리 나와. 앤, 앤. 우리랑 같이 놀자.' 하지만 안 나가는 게 좋겠어요. 어차피 헤어질 거라면 사랑하는 일 따윈 아무런 소용이 없잖아요.

게다가 사랑하지 않으려고 애쓰는 일도 너무 힘들어요. 그렇지 않나요? 그래서 여기 살게 된다고 생각했을 때 제가 그처럼 기뻐한 거예요. 여긴 사랑할 게 정말 많고 아무것도 절 방해하지 않을 거라 생각했으니까요. 하지만 그 짧은 꿈은 끝나버렸어요. 이제는 체념하고 제 운명을 받아들이기로 했어요. 또다시 체념하게 될까 봐 두려워 밖에 나가지 않는 거예요. 그런데 창턱에 있는 저 꽃은 이름이 뭐예요?"

"사과향 제라늄이다."

"아, 그런 것 말고 아주머니가 붙여준 이름 말이에요. 저 꽃에 이름을 지어주지 않으셨나요? 그럼 제가 해도 되죠? 어디 보자, '보니'는 어때요? 제가 여기 있는 동안 저 꽃을 보니라고 불러도 될까요? 아, 제발 허락해주세요!"

"이런 세상에, 마음대로 하려무나. 도대체 제라늄에 이름을 붙인다는 생각은 어디서 나온 거냐?"

"아, 전 뭐든지 이름 붙이는 걸 좋아해요. 그게 제라늄이라도요. 그럼 더 사람처럼 느껴지거든요. 그냥 제라늄이라고만 부르면, 제라늄이 기분 상할지도 모르잖아요? 사람들이 아주머니를 여자라고만 부른다면 좋아하시진 않을 테니까요. 맞아요. 전 이 꽃을 보니라고 부를 거예요. 아침에 제 방 창문 밖에 있던 벚나무한테도 이름을 붙였어요. '눈의 여왕'이에요. 참 새하얗잖아요. 물론 꽃이 항상 피어 있는 건 아니지만 그렇다고 상상할 수는 있으니까요. 그렇지 않나요?"

마릴라는 감자를 가지러 지하실로 내려가면서 중얼거렸다.

"평생 듣도 보도 못한 애야. 오라버니 말대로 재미있는 아이가 맞아. 다음에 또 뭐라고 말할지 이젠 궁금해질 지경이라니까. 머지않아 나까지 홀리려고 들 거야. 오라버니는 이미 홀렸어. 아까 나가면서 보여준 표정은 지난밤에 한 말과 내비친 속내를 그대로 되풀이하는 것이었거든. 다른 사람들처럼 속마음을 말로 털어놓으면 참 좋을 텐데. 그럼 대답도 할 수 있고 설득해볼 수도 있잖아. 그런데 마냥 쳐다만 보는 사람한테는 뭘 어떻게 해야 하는 거야?"

마릴라가 지하실을 한 바퀴 돌고 돌아오자 앤은 두 손으로 턱을 괴고 시선은 하늘에 둔 채로 공상에 잠겨 있었다. 그래서 마릴라는 앤을 내버려두고 이른 점심을 준비하기 시작했다.

"매슈 오라버니, 오후에 마차 좀 써야 될 것 같아요."

매슈는 고개를 끄덕이며 안타까운 눈길로 앤을 바라보았다. 마릴라는 그 눈길을 가로막으며 단호하게 말했다.

"화이트샌즈로 가서 이 문제를 해결하고 올게요. 앤도 데리고 갈 거예요. 스펜서 부인이 이 아이를 곧장 노바스코샤로 돌려보낼 채비를 할 수 있도록요. 저녁은 차려놓고 나갈게요. 소젖 짤 때까지는 돌아올 거예요."

매슈는 여전히 아무 말도 하지 않았다. 마릴라는 쓸데없는 말을 했다는 생각이 들었다. 대답을 하지 않는 남자보다 짜증 나는 건 세상에 없다. 그런 여자도 마찬가지겠지만.

시간이 되자 매슈가 마차에 말을 매어주었고 마릴라와 앤은 마차에 올랐다. 매슈가 마당 문을 열자 마차가 천천히 밖으로 빠져나갔다. 그는 딱히 누구에게랄 것도 없이 중얼거렸다.

"아침에 크리크에서 제리 부트라는 남자아이가 왔었어. 그 애에게 여름 동안 일을 시키게 될 것 같다고 말해두었다."

마릴라는 아무런 대답도 하지 않고 가엾은 말에게 인정사정 없이 채찍을 내리쳤다. 이런 대접이 낯설었던 뚱뚱한 암말은 분한 마음에 맹렬한 속도로 오솔길을 달려 내려갔다. 마차가 속도를 내자 마릴라는 잠깐 뒤를 돌아보았다. 그녀의 속을 뒤집어놓은 매슈가 마당 문에 기대어 안타까운 얼굴로 두 사람을 바라보고 있었다.

5장

—

앤의 지난날

앤이 비밀을 털어놓듯 말했다.

"저는요. 즐거운 마음으로 마차를 타겠다고 마음먹었어요. 마음을 굳게 먹으면 어떤 일이라도 즐길 수 있거든요. 거의 언제나 그랬어요. 물론 아주아주 단단히 먹어야 하지만요. 마차를 타는 동안에는 보육원으로 돌아갈 일을 생각하지 않을 거예요. 그냥 이 길만 생각할래요. 어머, 저기 좀 보세요. 벌써 들장미 한 송이가 피었어요! 정말 예쁘죠? 자기가 장미라서 다행이라고 여기는 게 틀림없어요. 장미가 말을 할 수 있다면 얼마나 멋질까요? 틀림없이 우리한테 사랑스러운 이야기를 해줄 거예요. 분홍색은 세상에서 가장 매력적인 색인 것 같아요. 전 분홍색을 좋아하지만 분홍색 옷은 못 입어요. 머리카락이 빨간 사람들은 다 그렇거든요. 상상 속에서조차 불가능한 일이에요. 아주머니는 어렸을 때 빨간 머리였다가 자라면서 다른 색으로 바뀐 사람을 본 적 있나요?"

"아니, 본 적이 없다. 네가 그렇게 될 것 같지도 않구나."

마릴라가 매정하게 말하자 앤은 한숨을 쉬었다.

"휴, 희망이 또 하나 사라졌네요. '인생은 희망을 가득 묻은 완벽한 무덤이다.' 전에 읽었던 책에서 본 구절이에요. 전 뭔가 실망할 때마다 이 구절을 되뇌면서 자신을 위로해요."

"그게 어떻게 위로가 되는지 모르겠구나."

"참 멋지고 낭만적으로 들리잖아요. 마치 제가 책 속의 주인공이 된 것처럼요. 전 낭만적인 걸 정말 좋아해요. 희망을 가득 묻은 무덤이라니, 상상할 수 있는 것 중에서 가장 낭만적이지 않나요? 이런 말을 알고 있어서 그래도 다행이에요. 그럼 오늘 반짝이는 호수를 지나가는 거예요?"

"네가 말하는 반짝이는 호수가 배리 씨네 연못이라면, 거길 지나가진 않을 거다. 우린 해변 길로 갈 거야."

앤이 꿈을 꾸듯 말했다.

"해변 길이라는 말도 멋져요. 이름만큼 멋진 곳인가요? 아주머니가 해변 길이라고 말씀하시자마자 제 마음에 그림이 하나 떠올랐어요! 화이트샌즈라는 이름도 예뻐요. 하지만 에이번리만큼은 아니에요. 에이번리는 정말 사랑스러운 이름이거든요. 꼭 음악 같아요. 화이트샌즈까지는 얼마나 걸리나요?"

"8킬로미터쯤 가야 해. 말하는 게 그리 좋다면, 차라리 네가 어떻게 자랐는지 이야기하는 게 그나마 나을 것 같구나."

앤이 간절한 얼굴로 말했다.

"아, 저 자신에 대한 이야기는 별로 할 게 없어요. 제가 상상했던 이야기가 훨씬 재미있을 거예요. 그래도 된다면요."

"아니, 네 상상 같은 건 듣고 싶지 않다. 그냥 사실을 있는 그대로 말해보렴. 처음부터 시작해보자꾸나. 태어난 곳은 어디고 나이는 올해 몇 살이냐?"

앤은 가볍게 한숨을 쉰 다음 체념한 듯 털어놓았다.

"지난 3월에 열한 살이 됐어요. 노바스코샤의 볼링브로크에서 태어났죠. 아빠의 이름은 월터 셜리고, 볼링브로크 고등학교 선생님이셨대요. 엄마 이름은 버사 셜리예요. 월터하고 버사는 참 멋진 이름 아닌가요? 부모님의 이름이 다 멋있어서 정말 좋아요. 아버지가 만약 '제데디아' 같은 이름이었으면 몹시 창피했을 것 같지 않나요?"

마릴라는 이참에 선하고 유용한 교훈을 아이에게 심어주어야겠다고 생각했다.

"이름은 아무런 문제도 안 된다. 행실이 바르기만 하면 돼."

앤이 생각에 잠긴 얼굴로 말했다.

"글쎄요. 전 잘 모르겠어요. 어느 책에선가 장미는 어떤 이름으로 불려도 향기로울 거라는 말을 읽었어요. 하지만 전 도저히 믿을 수 없어요. 장미의 이름이 엉겅퀴나 앉은부채였다면 지금처럼 예쁘지 않았을 거예요. 이름이 제데디아였다 해도 아빠는 좋은 분이셨을 테지만 그런 이름으로 사는 건 분명 비극이었을 거예요. 그리고 어머니도 고등학교 선생님이셨지만 아버지랑 결혼하면서 자연스럽게 그만두셨대요. 남편을 돕는 것만으로도 힘들잖아요. 두 분 모두 아기처럼 세상 물정을 몰랐고 교회에 사는 쥐처럼 가난했다고 토머스 아주머니가 말해주셨어요. 부모님은 볼링브로크의 아주 작고 노란 집에서 사셨대요. 전 그 집을 본 적이 없지만 수천 번도 더 상상해봤어요. 거실 창문에는 인동덩굴이 뻗어 있고 앞마당에는 라일락이 있고 문을 들어서자마자 활짝 핀 은방울꽃이 보일 것으로 생각했죠. 모든 창문엔 모슬린 커튼이 달려 있고요. 그런 집에서는 뭐라 말할 수 없는 분위기가 풍기잖아요. 전 그 집에서 태어난 거예요. 토머스 아주머니는 저처럼 못생긴 아기를 본 적이 없대요. 너무 마르고 쪼그매서 눈밖에 안 보였다나요? 하지만 엄마는 제가 아주 예쁘다고 생각했대요. 우리 엄마가 적어도 청소를 하러 온 가난한 여인보다는 보는 눈이 있었을 거예요. 그렇겠죠? 어쨌든 엄마가 절 좋아해서 다행이에요. 저를 보고 실망하셨다면 정말 슬픈 일이었을 테니까요. 엄마는 그렇게 오래 사시진 못했거든요. 제가 태어난 지 석 달 만에 열병으로 돌아가셨어요. 전 엄마라고 불러본 기억이 없어요. 그럴 수 있을 때까지만 살아계셨어도 좋았을 텐데요. '엄마'라고 부르면 가슴이 무척 설렐 것 같아요. 그렇죠? 아버지도 나흘 뒤에 열병으로 돌아가셨대요. 사람들이 고아가 된 저를 어떻게 해야 할지 몰라서 무척 난감해했다고 토머스 아주머니가 말해줬어요. 그때도 저를 원한 사람은 없었던 거예요. 그게 제 운명인가 봐요. 아버지와 어머니는 아주 먼 곳에서 오신 분들이라 친척들이 어디 사는지 아무도 몰랐다고 해요. 결국 토머스 아주머니가 절 맡아주셨어요. 가난한 데다 남편마저 주정뱅이였지만, 그래도 아주머니는 젖병까지 구해서 절 먹이셨대요. 하지만 그렇게 키운 아이가 다른 아이보다 더 나아야 할 이유가 있나요? 제가 말썽을 부릴 때마다 토머스 아주머니는 '젖병까지 구해서 키웠는데 어쩜 그렇게 나쁜 아이가 될 수 있니?'라고 하면서 나무라셨거든요.

토머스 아저씨하고 아주머니는 볼링브로크에서 메리즈빌로 이사했고, 저는 여덟 살 때까지 그분들과 살았어요. 그 집에서 아이 돌보는 일을 거들었지요. 저보다 어린 아이가 네 명 있었거든요. 정말 힘들었죠. 그러다 아저씨가 기차에서 떨어져 돌아가시는 바람에, 아저씨의 엄마가 토머스 아주머니랑 아이들을 집으로 데려가신다고 했어요. 하지만 저까지 원하시지는 않았죠. 토머스 아주머니는 절 어떻게 해야 할지 모르셨어요. 그런데 강 상류 쪽에 사는 해먼드 아주머니가 저를 맡겠다고 하셨어요. 제가 아이 돌보는 모습을 보신 거죠. 그래서 저는 상류 그루터기 사이에 있는 작은 개간지에서 살게 됐어요. 거긴 무척 쓸쓸한 곳이었어요. 상상력이 없었다면 절대로 버틸 수 없었을 거예요. 해먼드 아저씨는 거기서 작은 제재소를 운영했는데, 그 집에는 아이가 여덟 명이나 있었어요. 쌍둥이를 세 번이나 낳았거든요. 전 아이들을 좋아하는 편이지만 세 번 연속 쌍둥이는 좀 심하잖아요. 그래서 마지막 쌍둥이가 태어났을 때 해먼드 아주머니께 단호한 목소리로 너무하다고 말했어요. 사실 아이들을 돌보느라 녹초가 되곤 했거든요.

강 상류의 해먼드 아주머니 집에서는 2년 조금 넘게 살았어요. 아저씨가 돌아가시자 아주머니는 아이 양육을 포기했어요. 아이들을 친척집에 나눠 맡기고 미국으로 가버린 거죠. 전 호프타운에 있는 보육원으로 가게 되었어요. 아무도 절 원하지 않았으니까요. 보육원에서도 마찬가지였어요. 거기도 아이들이 너무 많았거든요. 하지만 어쩔 수 없이 절 받아주었고 스펜서 아주머니가 오실 때까지 넉 달 동안 그곳에 있었던 거예요."

앤은 말을 마치면서 또다시 한숨을 쉬었다. 이번에는 안도의 한숨이었다. 자신을 원하지 않던 세상에서 겪은 일을 털어놓고 싶지 않은 게 분명했다. 마릴라는 밤색 말을 해변 길로 몰면서 물었다.

"그럼 학교는 다닌 적 있니?"

"그렇게 오래는 못 다녔어요. 토머스 아주머니하고 살았던 지난해에 짧게 다녔죠. 강 상류에서 살 때는 학교가 너무 멀었어요. 겨울에는 눈 때문에 갈 수 없었고 여름에는 방학이 너무 길어서 봄하고 가을만 다닐 수 있었어요. 하지만 보육원에 있을 때는 당연히 학교에 갔어요. 읽기는 꽤 잘하고 시도 아주 많이 외우고 있어요. 〈호엔린덴 전투〉, 〈플로든 이후의 에든버러〉, 〈라인강 변의 빙겐〉 그리고 『호수의 여인』에 있는 시 여러 편이랑 제임스 톰슨의 『사계절』에 실린 시 대부분이요. 아주머니는 등골이 서늘해지는 시를 좋아하시나요? 5학년 읽기 책에 그런 시가 있어요. 제목이 〈폴란드의 함락〉인데, 정말 오싹해요. 물론 저는 5학년 읽기 책까지 배우진 못했어요. 아직 4학년이거든요. 하지만 언니들이 책을 빌려줬어요."

"그 아주머니들, 그러니까 토머스 아주머니하고 해먼드 아주머니는 너한테 잘해주셨니?"

마릴라는 앤을 곁눈질하며 물었다. 그러자 앤이 머뭇거렸다. 작고 예민한 얼굴이 갑자기 벌겋게 달아올랐고 이마에는 당혹한 기색이 역력하게 드러났다.

"어, 두 분 다 그러시려고 했어요. 될 수 있는 대로 잘해주고 친절하게 대해주려 애쓰신 건 알아요. 누군가 잘해주려는 마음을 갖고 있다면, 항상 그렇게 해주진 못해도 크게 신경 쓰지 않잖아요. 두 분은 다른 걱정거리가 많았거든요. 주정뱅이 남편이랑 사는 것도 버거운 일이고 세 번이나 연달아 쌍둥이를 낳는 것도 정말 힘든 일이 틀림없어요. 그렇겠죠? 하지만 그분들이 제게 잘해주고 싶어 하셨다는 걸 분명히 느꼈어요."

마릴라는 더 묻지 않았다. 앤은 넋을 잃은 듯 해변 길을 조용히 바라보았고, 마릴라는 깊은 생각에 잠겨 건성으로 말을 몰았다. 갑자기 앤이 가엾게 느껴지면서 감정이 북받쳐 올랐다. 이 아이는 얼마나 굶주리고 사랑받지 못하며 살아온 것일까. 고된 일과 가난에 시달리며 방치된 삶을 진절머리 나게 겪었을 것이다. 마릴라는 앤이 살아온 날의 행간을 읽고 진실을 알아내는 통찰력이 있었다. 진짜 집이 생겼다고 그토록 기뻐했던 것도 당연하다. 또한 앤은 마음씨가 곱고 가르칠 만한 아이 같았다. 다시 돌아간다는 건 정말 안타까운 일이다. 만약 마릴라가 매슈의 이해할 수 없는 고집을 이기지 못해서 이 아이를 집에 들인다면 어떻게 될까? 매슈는 이미 그렇게 마음먹은 듯했다.

마릴라는 찬찬히 따져보았다.

'말이 너무 많기는 해. 하지만 잘 가르치면 괜찮아질 거야. 아이가 하는 말 중에 거칠거나 속된 말은 없잖아. 숙녀다운 면도 있지. 좋은 사람들 밑에서 자란 게 틀림없어.'

해변 길은 '숲이 우거지고 거칠고 쓸쓸한' 곳이었다. 오른편에는 오랜 세월 바닷바람과 싸우면서도 꺾이지 않고 버텨온 전나무 잡목이 빽빽하게 자라났다. 왼편에는 붉은 사암 절벽이 가파르게 서 있었다. 절벽이 길 바로 옆까지 군데군데 바짝 붙어 있어서 이 밤색 말처럼 침착하게 달리지 않는다면 마차를 타고 가는 사람이 꽤나 불안하게 여길 만했다. 절벽 아래에는 파도에 깎여 둥글게 된 바윗돌이 쌓여 있었고, 보석 같은 조약돌이 곳곳에 박힌 자그마한 모래사장이 펼쳐져 있었다. 그 너머로 바다는 파랗게 빛났고, 하늘에서는 갈매기가 햇빛을 받아 은빛으로 날개를 반짝이며 날아올랐다.

눈을 크게 뜬 채 오랫동안 침묵을 지키던 앤이 입을 열었다.

"바다는 정말 멋지지 않나요? 메리즈빌에서 살 때 토머스 아저씨가 짐마차를 빌려서 우리를 모두 태우고 15킬로미터 떨어진 해변에 놀러간 적이 있었어요. 그날 전 매 순간이 즐거웠죠. 비록 아이들을 돌봐야 했지만요. 전 몇 년 동안이나 꿈속에서 그때를 행복하게 떠올렸어요. 그런데 여기는 메리즈빌에 있는 해안보다 아름다워요. 갈매기들도 정말 멋져요. 아주머니도 갈매기가 되고 싶으세요? 전 그러고 싶어요. 그러니까, 제가 사람으로 태어나지 않았다면요. 해가 뜰 때 깨어나서는 온종일 물 위로 빠르게 내려가다가 다시 아름다운 푸른 하늘로 날아오르는 모습이 참 멋지잖아요. 그리고 밤이 되면 둥지로 다시 돌아가는 거죠. 아, 제가 그렇게 하는 걸 상상할 수 있어요. 그런데 저기 앞에 보이는 큰 집은 뭔가요?"

"화이트샌즈 호텔이다. 커크 씨가 운영하는 곳인데, 아직 손님들이 올 시기는 아니야. 여름이 되면 미국인들이 많이 찾는단다. 미국인들은 이 해변을 무척 마음에 들어 한다더구나."

앤은 슬픈 얼굴로 말했다.

"저기가 스펜서 아주머니 집일까 봐 겁이 났어요. 거긴 가고
싶지 않아요. 어쨌든 모든 것이 끝나버릴 것 같으니까요."

6장

—

마릴라, 마음을 정하다

앤의 바람과는 달리 두 사람은 얼마 지나지 않아 스펜서 부인의 집에 도착했다. 화이트샌즈만에 자리한 커다랗고 노란 저택이었다. 부인은 놀라움과 반가움이 뒤섞인 표정으로 친절하게 문을 열어주면서 소리쳤다.

"어머나, 이런. 오늘 만나게 될 거라곤 생각도 못 했네요. 하지만 정말 반가워요. 우선 말부터 어디 매어놓아야겠죠? 앤, 그동안 잘 지냈니?"

"덕분에 잘 지냈어요. 감사합니다."

앤은 웃음기 없이 대답했다. 얼굴에 어둠의 그림자가 내려앉은 듯했다. 곧바로 마릴라가 말했다.

"말을 쉬게 할 정도만 잠시 머물다 갈게요. 매슈 오라버니한테도 집에 일찍 들어가겠다고 약속했거든요. 스펜서 부인, 사실 우리는 어디선가 착오가 생긴 것 같은데 왜 그런 일이 일어났는지 알아보려고 온 거예요. 저희는, 그러니까 매슈 오라버니하고 저는 보육원에서 남자아이를 데려오고 싶었어요. 그래서 그 말을 부인께 전해달라고 부인의 동생인 로버트 씨한테 부탁한 거죠. 열 살에서 열한 살 정도 되는 남자아이를 원한다고요."

"마릴라 커스버트, 정말인가요? 로버트는 제게 그 말을 전하라고 자기 딸 낸시를 보냈고, 낸시는 두 분이 여자아이를 원한다고 했어요. 안 그러니, 플로라 제인?"

스펜서 부인이 난처해하면서 계단에 나와 있던 딸에게 도움을 청했다.

"커스버트 아주머니, 낸시는 분명히 그렇게 말했어요."

플로라 제인이 확신에 찬 얼굴로 확인해주자 스펜서 부인이 곧바로 말을 이었다.

"일이 엉망으로 꼬여버렸네요. 참 딱한 일이에요. 하지만 보시다시피 이건 제 잘못이 아니에요, 커스버트 부인. 전 나름대로 최선을 다했고 두 분이 부탁하신 대로 했다고 생각했어요. 낸시가 워낙 덤벙거리잖아요. 조심성이 없다고 제가 그렇게 자주 야단을 쳤는데도 소용이 없어요."

"저희 잘못이에요. 직접 찾아뵙고 말씀드렸어야 했어요. 중요한 이야기를 그런 식으로 전하는 게 아니었는데…. 어쨌든 실수가 있었으니 이제 바로잡는 일만 남았네요. 아이를 보육원으로 돌려보낼 수 있을까요? 거기서 다시 받아주겠죠?"

마릴라가 체념한 듯 말하자 스펜서 부인은 생각에 잠긴 얼굴로 답했다.

"그럴 거예요. 하지만 이 아이를 다시 돌려보낼 필요는 없을 것 같네요. 피터 블루잇 부인이 어제 여기 들렀는데요, 자길 도와줄 여자아이를 데려와달라고 진작 부탁했더라면 얼마나 좋았겠냐는 거예요. 아시다시피 그 집은 가족이 많잖아요. 그래서 도와줄 사람을 구하기가 힘들었나 봐요. 앤이면 딱 적당하겠네요. 이거야말로 분명 하느님의 뜻이에요."

마릴라는 하느님의 뜻이 이 일과 도대체 무슨 상관이 있는지 의아하다는 표정을 지었다. 원치 않던 고아를 돌려보낼 좋은 기회가 뜻하지 않게 찾아왔지만 이상하게도 다행이라는 생각은 전혀 들지 않았다.

마릴라는 피터 블루잇 부인과 얼굴만 본 사이였다. 키가 작고 사나운 얼굴에 군살이라고는 하나도 없이 뼈만 앙상한 여자였다. 하지만 좋지 않은 소문을 들은 적이 있었다. 그녀는 '자기도 뼈 빠지게 일하지만 남도 지독하게 일을 시키는 사람'이라고 알려졌다. 그 집에서 일하다가 그만둔 여자아이들은 부인이 불같은 성깔머리에 씀씀이도 인색한 데다, 아이들도 버릇없고 싸움만 해댄다는 험한 이야기를 했다. 앤을 그런 여자한테 넘긴다고 생각하니 양심의 가책이 느껴졌다.

"그럼 안에 들어가서 이 문제를 이야기해보죠."

그때 스펜서 부인이 소리쳤다.

"어머나, 마침 그분이 오솔길로 오고 계시네요!"

그녀는 현관에 있던 손님들을 부산스레 응접실로 안내했다. 응접실에서는 싸늘한 냉기가 돌았다. 짙은 초록색 블라인드가 창문을 가리고 있는 탓에 공기가 오랫동안 머물다 지쳐서 본래 머금고 있던 온기를 모두 잃어버린 것만 같았다.

"정말 다행이에요. 곧바로 문제를 해결할 수 있으니까요. 커스버트 부인은 여기 안락의자에 앉으시고요. 앤, 너는 여기 등받이 없는 의자에 얌전히 앉아 있으렴. 모자는 이리 주려무나. 플로라 제인, 가서 주전자를 불에 올려두겠니? 안녕하세요, 블루잇 부인. 마침 여기 오셔서 정말 다행이라고 이야기하던 참이에요. 서로 인사하시죠. 이쪽은 블루잇 부인이고, 이쪽은 커스버트 부인이에요. 잠깐 실례할게요. 플로라 제인한테 오븐에서 빵을 꺼내라고 말하는 걸 깜빡했네요."

스펜서 부인은 블라인드를 걷고 나서 얼른 거실을 빠져나갔다. 앤은 말없이 의자에 앉아 꼭 쥔 두 손을 무릎 위에 올려놓고 겁에 질린 얼굴로 블루잇 부인을 바라보았다.

'저렇게 표정이 날카롭고 눈매가 매서운 아주머니네 집으로 간단 말이야?'

눈물을 참을 수 없을 것 같아 두려워지던 참에 스펜서 부인이 환하게 상기된 얼굴로 돌아왔다. 육체적 문제든 마음이나 영혼의 문제든 가릴 것 없이 아무리 어려운 일이라도 단번에 해결할 수 있다는 표정이었다.

"이 아이의 일이 무언가 잘못되었나 봐요, 블루잇 부인. 전 커스버트 씨 댁에서 여자아이를 들이려는 줄로만 알았어요. 분명히 그렇게 들었거든요. 그런데 두 분은 남자아이를 원하셨대요. 그래서 부인이 지금도 어제와 같은 생각이라면, 이 아이가 부인께 적당할 것 같아요."

블루잇 부인은 스펜서 부인의 말을 듣고 나서 앤을 머리부터 발끝까지 훑어본 다음 이렇게 물었다.

"얘, 너 몇 살이니? 이름은 뭐지?"

"앤 셜리예요. 저기, 열한 살입니다."

잔뜩 움츠린 아이가 더듬거리며 말했다. 이름 끝에 e를 붙여 달라는 말은 내뱉을 엄두조차 내지 못했다.

"흠! 어째 신통치 않아 보이는구나. 하지만 야무진 것 같긴 하네. 야무지면 됐지 뭐. 내가 널 데려갈 테니 앞으로 말을 잘 들어야 한다. 그러니까 내 말을 잘 따르고, 빠릿빠릿하게 굴고, 예의를 지키라는 뜻이야. 자기 밥값 정도는 해야 한다는 걸 꼭 명심해라. 좋아요, 커스버트 부인. 제가 이 아일 데려가죠. 우리 아기가 얼마나 짜증을 부리는지, 보고 있으면 진이 다 빠진다니까요. 괜찮으시다면 지금 당장 데려갈 수도 있어요."

마릴라는 앤에게 시선을 돌렸다가 얼굴이 파랗게 질려 아무 말도 못한 채 비참한 표정을 짓고 있는 아이를 보고는 마음이 흔들렸다. 한번 도망쳤던 덫에 다시 걸린 작고 힘없는 동물에게서나 볼 수 있을 법한 절망감이 얼굴에 가득했다. 이 간절한 표정을 무시한다면 죽는 날까지 괴로움에 시달릴 것이라고 생각하니 마음이 편치 않았다. 게다가 마릴라는 블루잇 부인이 도무지 마음에 들지 않았다. 이렇게 감수성이 풍부하고 '예민한' 아이를 저런 여자에게 넘겨주다니! 그런 무책임한 일을 할 수는 없다! 마릴라는 천천히 말을 꺼냈다.

"글쎄, 잘 모르겠네요. 매슈 오라버니하고 제가 이 아이를 키우지 않겠다고 확실히 결정했다는 말은 아니에요. 도리어 매슈는 아이를 집에 들이고 싶어 해요. 전 그냥 어째서 일이 어긋났는지 알아보러 온 거예요. 아이를 집에 다시 데려가서 오라버니와 이야기를 나눠보는 게 나을 것 같아요. 오라버니와 의논하지도 않고 제 맘대로 뭐든 결정해서는 안 되니까요. 우리가 키우지 않기로 결정하면 내일 밤에 이 아이를 데려다주거나 따로 보낼게요. 아이가 오지 않으면 우리가 키우기로 한 거니까 그렇게 아세요. 그러면 되겠죠, 블루잇 부인?"

블루잇 부인이 무례한 말투로 대답했다.

"그럴 수밖에요. 어떻게 할 도리가 없잖아요."

마릴라가 이야기하는 동안 앤은 아침 햇살이 떠오르는 것 같은 표정을 지었다. 절망이 사라진 얼굴에 희망의 빛이 희미하게 비치고 눈동자는 샛별처럼 또렷하게 반짝거리기 시작했다. 아이의 모습은 완전히 달라졌다. 당초 블루잇 부인은 요리책을 빌리러 온 것이라서 스펜서 부인과 함께 잠시 자리를 비웠다. 그러자 앤이 벌떡 일어나 방을 가로질러 마릴라에게 달려갔다.

"아, 커스버트 아주머니. 정말인가요? 제가 초록지붕집에서 살 수도 있다고 하셨잖아요. 정말 그렇게 말씀하신 것 맞죠? 아님 제가 그냥 상상한 건가요?"

앤은 숨을 헐떡이며 작은 목소리로 속삭였다. 큰 소리로 말하면 장밋빛 희망이 깨지지나 않을까 걱정하는 목소리였다. 마릴라가 퉁명스럽게 대꾸했다.

"앤, 넌 네 상상력을 조절하는 법부터 배워야 할 것 같구나. 이렇게 뭐가 진짠지 뭐가 가짠지 구별할 수 없다면 문제가 심각한 거야. 그래, 넌 내가 그렇게 말하는 걸 들었잖니. 그러니 이제 그만해라. 하지만 아직 아무것도 정해지지 않았어. 널 블루잇 부인에게 맡긴다고 결정할 수도 있지. 그 여잔 나보다는 훨씬 더 널 원하고 있거든."

"그런 사람이랑 살 바에는 차라리 보육원으로 돌아가는 게 나아요. 그 아줌마는 꼭 무슨, 그러니까 송곳 같다고요."

앤이 흥분한 얼굴로 말했다. 마릴라는 앤의 무례한 말을 꾸짖어야 한다는 생각이 들어서 웃음이 나오려는 것을 꾹 참고 엄한 얼굴로 말했다.

"너 같은 어린 여자아이가 어른에게, 그것도 낯선 사람에게 그런 말을 하는 건 옳지 않아. 네 자리로 돌아가 조용히 앉아 있어라. 얌전한 여자아이답게 행동해야지."

앤은 순순히 자기 자리로 돌아가면서 말했다.

"그럴게요. 절 데리고 있기만 하신다면, 아주머니가 원하시는 건 뭐든지 할게요."

그날 저녁 두 사람이 초록지붕집으로 돌아갔을 때 매슈는 오솔길까지 나와서 이들을 맞았다. 마릴라는 매슈가 길에서 어슬렁거리는 모습을 멀리서부터 알아봤고 그러는 이유도 짐작했다. 앤을 도로 데려가자 그 모습을 본 매슈의 얼굴에는 안도감이 떠올랐다. 마릴라가 예상한 대로였다. 하지만 마릴라는 스펜서 부인의 집에 갔던 일에 대해서 아무런 말도 하지 않았다. 소젖을 짜려고 둘이 함께 헛간 뒤뜰에 간 뒤에야 마릴라는 매슈에게 앤이 어떻게 살아왔는지, 스펜서 부인과 어떤 이야기를 나누었는지 짧게 이야기해주었다.

"블루잇 부인 같은 인간한테는 내가 아끼는 걸 줄 수 없어. 개 한 마리도 넘기지 않을 거야."

매슈가 전에 없이 열을 올리며 말했다. 마릴라도 공감했다.

"나도 그런 여자는 마음에 들지 않아요. 하지만 이 아이를 그 여자한테 보내지 않으면 우리가 키워야 하잖아요. 오라버니가 앤과 함께 살고 싶어 하니까 나도 그럴까 싶어요. 아니, 그래야 겠죠. 자꾸 그 생각을 하다 보니 그래야 한다는 생각이 드네요. 일종의 의무인가 싶기도 하고요. 난 아이를 키워본 적이 없어요. 더군다나 여자아이는 말할 것도 없고요. 그래서 엉망진창이 될 수도 있을 거예요. 하지만 최선을 다해볼게요. 어쨌든 내 생각에는, 매슈 오라버니, 우리가 앤을 키워도 될 것 같아요."

매슈의 수줍은 얼굴이 기쁨으로 빛났다.

"음, 그래. 난 네가 그렇게 결정하리라 짐작했다, 마릴라. 앤은 정말 재미있는 아이야."

"쓸모 있는 아이라고 말할 수 있다면 더 좋았을 텐데요. 하지만 그렇게 되도록 내가 맡아서 교육해야겠죠. 그리고 명심해요. 내 방침에 참견할 생각은 꿈도 꾸지 말아요. 늙은 독신녀라 아이 키우는 건 잘 모른다고 해도 늙은 독신남보다는 많이 알 테니까요. 그러니까 앤을 키우는 일은 나한테 맡겨줘요. 내가 잘 못했을 때만 끼어들어도 충분할 거예요."

마릴라가 쏘아붙이자 매슈는 그녀를 안심시켰다.

"그렇지, 마릴라. 네 마음대로 해도 돼. 다만 응석받이가 되지 않을 정도만 상냥하고 친절하게 대해줬으면 좋겠어. 내 생각엔 그 아이가 널 사랑하게만 해주면 아이를 데리고 뭐든 할 수 있을 거야."

마릴라는 매슈가 여자들 일에 이러쿵저러쿵하는 것이 기가 막혔다. 그래서 그를 무시하듯 코웃음을 치며 소젖이 담긴 통을 들고 낙농실로 갔다.

마릴라는 크림 분리기에 우유를 넣으며 생각했다.

'오늘 밤에는 여기서 살게 된 걸 그 애한테 알려주지 말아야지. 흥분해서 한숨도 못 잘 게 뻔하니까. 마릴라 커스버트, 너 참 골치 아프게 됐구나. 고아 여자아이를 키우게 될 날이 올 거라고 상상이라도 해본 적 있었니? 그것만으로도 충분히 놀랄 만한데 그게 매슈 때문이라니 더더욱 기가 막힐 일이지. 오라버니는 여자아이라면 죽을 만큼 무서워하는 줄 알았는데, 별일을 다 보는군. 어쨌든 우린 이제껏 해보지 않은 일을 하겠다고 결정했고, 앞으로 어떻게 될지는 하늘만 알겠지.'

7장

앤의 첫 기도

그날 밤 마릴라는 앤을 침대로 데려다 놓고 엄하게 말했다.

"자, 앤. 어젯밤에 보니까 넌 옷을 벗어서 방바닥에 아무렇게나 던져놓았더구나. 그건 단정하지 않은 습관이야. 나는 그런 걸 절대 용납 못 한다. 앞으로 옷을 하나라도 벗으면 가지런히 개어 의자 위에 올려놓도록 해라. 단정하지 않은 여자아이는 쓸모가 없는 법이야."

"어젯밤에는 속이 너무 상해서 옷 같은 건 전혀 신경 쓰지 못했어요. 오늘 밤에는 잘 개어놓을게요. 보육원에선 항상 그렇게 하라고 들었어요. 종종 잊어버리긴 했지만요. 얼른 편안하고 멋진 침대에 누워서 무언가 상상하고 싶었거든요."

"여기서 살게 된다면 좀 더 신경을 써야지. 그래, 이제야 좀 괜찮아 보이는구나. 그럼 기도하고 자거라."

마릴라가 타이르자 앤이 태연하게 말했다.

"전 기도를 해본 적이 없는걸요."

마릴라는 소스라치게 놀랐다.

"아니, 앤. 그게 무슨 소리냐? 기도하는 법을 배운 적이 없다는 거야? 하느님은 언제나 어린 여자아이들이 기도하기를 원하신다. 설마, 하느님이 누구신지 모르는 건 아니겠지?"

"하느님은 신이신데 그의 존재하심과 지혜와 권능과 거룩하심과 공의와 인자하심과 진실하심이 무한하시며, 무궁하시며, 불변하십니다."*

앤은 곧바로 막힘없이 외웠다. 마릴라는 비로소 안도의 한숨을 내쉬었다.

"뭔가 알긴 아는구나. 이교도가 아니라서 정말 다행이야! 그건 어디서 배웠니?"

"음, 보육원 주일학교에서요. 교리문답집을 죄다 외우게 했거든요. 전 그 책이 꽤 좋았어요. 어떤 구절은 굉장히 멋있잖아요. '무한하시며, 무궁하시며, 불변하십니다' 같은 구절이요. 정말 웅장하지 않나요? 마치 커다란 오르간이 울리는 것 같아요. 시라고 할 수는 없겠지만 시처럼 들려요. 그렇죠?"

"지금 시 얘길 하는 게 아니다, 앤. 기도에 대해서 말하는 거야. 매일 밤 기도를 하지 않는 건 아주 사악한 짓이라는 걸 모르니? 네가 나쁜 아이면 어쩌나 걱정되는구나."

앤이 원망 섞인 말투로 변명했다.

---

* 웨스트민스터 소교리문답 제4문

"아주머니가 빨간 머리였다면 착한 사람보다 나쁜 사람이 되기 쉽다는 걸 아셨을 거예요. 머리색이 빨갛지 않은 사람들은 그게 얼마나 힘든지 몰라요. 토머스 아주머니는 하느님이 일부러 제 머리를 빨갛게 만드셨다고 했는데, 그날 이후로 전 하느님을 좋아하지 않게 됐죠. 또 밤마다 몹시 피곤해서 기도하는 것조차 힘들기도 했고요. 쌍둥이를 돌봐야 하는 사람에게 기도까지 하라는 건 너무 가혹한 일이에요. 설마 그런 사람들이 기도할 수 있다고 생각하시는 거예요?"

마릴라는 앤에게 당장 종교교육을 시켜야겠다고 결심했다. 잠시도 머뭇거릴 시간이 없었다.

"앤, 이 집에 있는 동안 반드시 기도를 해야 한다."

앤은 흔쾌히 대답했다.

"물론 아주머니가 원하신다면 뭐든지 할게요. 하지만 이번만은 어떻게 기도해야 하는지 가르쳐주셔야 해요. 앞으로 할 진짜 멋진 기도는 침대에 누워서 상상하려고요. 지금 생각해보니까 그것도 재미있을 것 같네요."

"먼저 무릎을 꿇어야 해."

마릴라가 당황한 표정으로 말했다. 앤은 마릴라의 발치에 무릎을 꿇고 진지한 얼굴로 올려다보았다.

"기도할 때는 왜 무릎을 꿇는 거예요? 전 정말 기도하고 싶으면 이렇게 할래요. 혼자 넓디넓은 들판에 나가거나 깊디깊은 숲으로 들어가서 높디높은 하늘을 올려다보는 거죠. 푸른빛이 끝없이 펼쳐진 아름다운 하늘이요. 그러면 어떻게 기도해야 하는지 금세 알게 될 거예요. 뭐, 전 준비가 됐어요. 이제 뭐라고 하면 되나요?"

뜻밖의 상황 앞에서 마릴라는 어느 때보다 당혹스러웠다. 처음에는 널리 알려진 아이용 기도를 가르쳐줄 생각이었다. 하지만 이미 언급했듯이 마릴라에게는 반짝이는 유머 감각, 다시 말해서 상황에 따라 합리적으로 대응하는 판단력이 있었다. 하얀 잠옷을 입고 어머니 무릎 앞에서 혀 짧은 소리로 하는 간단한 기도가 이 주근깨투성이 마녀 같은 아이에게 전혀 어울리지 않는다는 사실을 깨달은 것이다. 인간의 사랑도 제대로 경험해본 적이 없는 아이였다. 하물며 이를 통해 나타나는 하느님의 사랑을 알 수도, 거기에 관심을 가질 수도 없었을 것이다. 마릴라는 가까스로 이렇게 말했다.

"이제는 스스로 기도할 나이야. 그저 네가 받은 은혜를 떠올리면서 감사드리고 네가 바라는 것을 하느님께 겸손한 자세로 구하면 된다."

"그럼 최선을 다해볼게요."

앤이 마릴라의 무릎에 얼굴을 묻으며 말했다.

"은혜로우신 하느님 아버지. 아, 교회에서는 목사님이 이렇게 시작하시던데 혼자 기도할 때도 똑같이 하면 되는 거죠?"

앤은 잠깐 고개를 들고 물어본 뒤 다시 기도를 시작했다.

"은혜로우신 하느님 아버지. 새하얀 환희의 길, 반짝이는 호수, 보니, 눈의 여왕을 주셔서 감사합니다. 이것들을 주셔서 정말 감사합니다. 감사드려야 할 하느님의 은혜 중에서 지금 생각나는 건 이게 다예요. 제가 원하는 건 너무 많아서 전부 다 이야기하려면 시간이 아주 많이 걸릴 테니까, 가장 중요한 두 가지만 말씀드릴게요. 제가 초록지붕집에서 살 수 있도록 해주세요. 그리고 제가 크면 예뻐지게 해주세요. 존경하는 마음으로, 앤 셜리 올림.”

앤은 자리에서 일어나며 간절한 얼굴로 물었다.

“제가 잘한 건가요? 생각할 시간이 조금만 더 있었더라면 훨씬 멋지게 기도할 수 있었을 거예요.”

마릴라는 기가 막혀서 쓰러질 지경이었지만, 앤이 불경해서가 아니라 영적으로 무지해서 이렇게 엉뚱한 기도를 했다는 사실을 떠올리며 가까스로 마음을 추슬렀다. 마릴라는 아이를 침대에 눕히면서 내일 당장 기도를 가르치겠다고 다짐했다. 그녀가 촛불을 들고 방을 나서려는데 앤이 이렇게 말했다.

“지금 막 생각났어요. ‘존경하는 마음으로’가 아니라 ‘아멘’이라고 해야 했죠? 목사님처럼요. 그걸 깜빡했어요. 기도를 끝낼 때 어떤 말이든 넣어야 할 것 같아서 그런 거예요. 혹시 문제가 될까요?”

“어, 뭐, 큰 상관은 없을 것 같구나. 착한 아이는 빨리 자는 거야. 잘 자라.”

“오늘 밤에는 안녕히 주무시라고 진심으로 말할 수 있어요.”

앤은 베개에 편안히 머리를 파묻으며 말했다. 마릴라는 부엌으로 돌아와 촛불을 식탁에 내려놓고는 매슈를 뚫어지게 쏘아보았다.

“매슈 커스버트 오라버니. 저 애는 훨씬 전에 누군가가 입양해서 가르쳐야 했어요. 앤은 이교도나 마찬가지예요. 저 아이가 지금껏 단 한 번도 기도해본 적 없다는 사실을 믿을 수 있겠어요? 내일 목사관에 보내서 아동용 성경공부 책*을 빌려오게 해야겠어요. 꼭 그렇게 할 거예요. 그리고 입을 만한 옷을 만들어 준 다음 최대한 빨리 주일학교에도 보내야겠죠. 할 일이 참 많을 것 같네요. 그래요. 누구나 각자 몫의 짐을 지고 살아야 해요. 지금까지는 꽤나 편하게 살아왔는데, 마침내 내 차례가 온 것 같아요. 어쩌겠어요. 최선을 다할 수밖에."

---

* 원문에는 *The Peep of Day*라고 되어 있다. 영국의 복음주의 어린이 책 작가 파벨 모티머(1802-1878)가 쓴 신앙 교육서로 1833년에 출판되었다.

8장

앤이 양육을 받기 시작하다

다음 날 오후가 될 때까지 마릴라는 앤에게 앞으로 초록지붕집에서 살 것이라고 말하지 않았다. 일단 오전에는 여러 가지 일을 시키면서 앤의 모습을 유심히 관찰했다. 정오가 되자 마릴라는 앤이 영리하고 고분고분하며 꾀를 부리지 않을 뿐만 아니라 무슨 일이든 빨리 배운다는 사실을 알게 되었다. 다만 공상에 빠져서 무엇을 해야 하는지 깜빡하는 바람에 야단을 맞거나 일이 엉망이 된 다음에야 정신을 차린다는 게 흠이었다.

앤은 점심 설거지를 마치고 최악의 소식을 들을 결심이 선 표정으로 마릴라 앞에 불쑥 나섰다. 작고 깡마른 몸이 머리부터 발끝까지 떨리고 있었다. 얼굴은 벌겋게 달아올랐고 눈이 커질 대로 커져 눈동자만 새카맣게 보일 지경이었다. 앤은 두 손을 꼭 맞잡고 애원하는 목소리로 말했다.

"제발요, 커스버트 아주머니. 저를 보낼지 말지 말씀해주세요. 아침 내내 견뎌보려고 했지만 더는 아무것도 모른 채로 버틸 수 없어요. 정말 두렵거든요. 제발 말씀해주세요."

하지만 마릴라는 흔들리지 않고 말했다.

"행주를 뜨거운 물에 헹구지 않았더구나. 그러라고 했잖니. 뭘 더 묻기 전에 그 일부터 해라."

앤은 행주를 헹구고 돌아와서는 간절한 눈으로 마릴라의 얼굴을 바라보았다. 더는 대답을 미룰 핑계를 찾지 못한 마릴라가 이윽고 입을 열었다.

"그래, 이젠 이야기해줘야 할 것 같구나. 매슈 오라버니와 나는 널 데리고 있기로 결정했다. 네가 착한 아이가 되려고 노력하면서 고마워하는 모습을 보여준다면 그렇게 하겠다는 거야. 아니, 얘야. 왜 그러는 거냐?"

앤이 어리둥절한 듯 말했다.

"저 울고 있는 거예요. 왜 그런지는 모르겠어요. 이보다 더 기쁠 수 없을 만큼 기쁘거든요. 아, 기쁘다는 말은 적당하지 않아요. 새하얀 환희의 길이나 벚꽃을 봤을 때도 기뻤잖아요. 하지만 이건요, 기쁨 이상이에요! 정말 행복해요. 착한 아이가 되도록 노력할게요. 힘든 일인 건 알아요. 토머스 아주머니가 저보고 지독하게 못됐다고 자주 말씀하셨거든요. 그래도 최선을 다할게요. 그런데 제가 왜 울고 있는 거죠?"

마릴라는 탐탁지 않은 얼굴로 말했다.

"너무 흥분하고 놀라서 그렇겠지. 의자에 앉아 마음을 좀 가라앉히도록 해라. 네가 너무 쉽게 울고 웃는 것 같아 걱정이구

나. 그래, 넌 여기서 지낼 거고 우린 널 잘 키우려고 노력할 거야. 학교도 다녀야 한다. 하지만 방학까지는 2주밖에 안 남았으니까 지금 당장은 좀 그렇고, 9월에 개학하면 가도록 해라."

"아주머니를 뭐라고 불러야 하죠? 지금처럼 커스버트 아주머니라고 부를까요? 혹시 마릴라 이모는 어때요?"

"아니. 그냥 마릴라 아주머니라고 부르는 게 좋겠다. 커스버트 아주머니처럼 성으로 불리는 건 익숙하지 않아서 귀에 거슬리기도 하고."

"이름으로 부르면 너무 버릇없어 보이지 않을까요?"

"네가 예의 바르게 말한다면 괜찮을 거야. 에이번리에서는 젊은 사람이든 나이 든 사람이든 모두 날 마릴라나 마릴라 아주머니라고 부르지. 단, 목사님은 예외야. 목사님은 커스버트 부인이라고 부른단다. 생각날 때만 그러시기는 하지만."

앤이 아쉬워하며 말했다.

"전 마릴라 이모라고 부르고 싶어요. 제게는 이모도 없고 다른 친척도 없거든요. 할머니도요. 이모라고 부르면 진짜 친척처럼 느껴질 거예요. 정말 마릴라 이모라고 부르면 안 될까요?"

"안 된다. 난 네 이모도 아닐뿐더러 친척이 아닌 사람을 그렇게 부르는 것도 좋아하지 않아."

"하지만 아주머니가 제 이모라고 상상할 수도 있잖아요."

"난 그렇게 상상할 수 없다."

마릴라가 엄한 얼굴로 말하자 앤이 눈을 크게 뜨고 물었다.

"아주머니는 지금까지 사실과 다른 것을 상상해본 적이 한 번도 없으신가요?"

"없다."

"어머!"

앤은 길게 한숨을 쉬었다.

"커스, 아니 마릴라 아주머니. 정말 안타까워요!"

"사실과 다른 걸 상상하는 게 뭐가 좋겠니? 하느님이 우리를 어떤 환경에 처하게 하셨는데 그걸 상상으로 없애버리는 것은 그분의 뜻에 어긋나는 일일 거다. 참, 그러니까 생각나는 게 있구나. 앤, 거실로 가서 신발을 깨끗이 닦고 파리가 집에 들어오지 못하게 해라. 그리고 벽난로 선반에 있는 그림 카드를 가져오너라. 오늘 오후에 시간을 내서 거기 적혀 있는 주기도문을 외우도록 해. 어젯밤에 내가 들었던 것과 같은 기도를 반복해선 절대 안 돼."

마릴라가 쏘아붙이자 앤이 변명을 늘어놓았다.

"제가 생각해도 정말 이상하기는 했어요. 하지만 전 기도해본 적이 없어서 그랬던 거예요. 설마 처음부터 기도를 아주 잘할 거라고 생각하신 건 아니죠? 침대에 누운 뒤에 아주 멋진 기도를 생각해냈어요. 제가 그렇게 할 거라고 했잖아요. 목사님 기도만큼 길고 마치 시를 쓴 것 같았어요. 그런데 놀랍게도 아침에 일어나보니까 하나도 기억이 나지 않는 거예요. 다시는 그렇게 멋진 기도를 생각해내지 못할 것 같아 걱정이에요. 왜 그런지는 모르겠지만 두 번째로 생각한 것은 먼젓번만큼 좋지 않더라고요. 아주머니도 그걸 아시나요?"

"앤, 네가 명심할 게 있다. 내가 뭘 하라고 했을 때 가만히 서서 이러쿵저러쿵하지 말고 곧장 해줬으면 좋겠구나. 어서 내가 시키는 대로 해."

앤은 얼른 나가더니 복도를 지나 거실로 갔다. 하지만 10분이 지나도 돌아오지 않았다. 마릴라는 뜨개질을 멈추고는 무서운 얼굴로 성큼성큼 거실에 갔다. 앤은 창문들 사이의 벽에 걸려 있는 그림 앞에서 뒷짐을 지고 고개를 든 채로 꼼짝도 않고 서 있었다. 앤의 눈은 꿈을 꾸는 듯했다. 창밖의 사과나무와 담쟁이덩굴 사이로 희고 푸르게 쏟아지는 햇빛이 기묘한 광채를 내면서 넋이 나간 아이를 비추고 있었다.

"앤, 너 도대체 무슨 생각을 하고 있는 거니?"

마릴라가 날카로운 목소리로 물었다. 깜짝 놀란 앤은 그제야 현실 세계로 돌아왔다. 앤은 〈아이들을 축복하는 그리스도〉라는 제목의 생생한 석판화를 가리키며 말했다.

"저거요. 저 아이들 중 하나가 저라고 상상하고 있었어요. 다른 사람들과 어울리지 못하는 듯 구석에 혼자 서 있는 파란 옷 여자아이가 꼭 저 같았어요. 외롭고 슬퍼 보여요. 그렇지 않나요? 쟤도 아빠나 엄마가 없는 것 같아요. 하지만 자기도 축복을 받고 싶어서 사람들이 모여 있는 곳으로 몰래 다가간 거죠. 예수님 말고는 아무도 눈치채지 못하길 바라면서요. 저 아이가 어떤 기분인지 전 잘 알아요. 가슴이 두근거리고 손바닥에서는 식은땀이 날 거예요. 여기서 살게 해달라고 부탁드렸을 때 제가 그랬거든요. 아이는 예수님이 자길 알아차리지 못할까 봐 걱정하고 있어요. 하지만 예수님은 알아봤을 거예요. 그렇죠? 전 그걸 전부 상상해보려고 했어요. 저 아인 아주 조금씩 다가가서 마침내 예수님 바로 옆까지 간 거예요. 그러자 예수님이 그 아이를 보고 머리에 손을 얹으셨죠. 아, 정말 기뻐서 온몸이 떨렸을 거예요! 그런데 화가가 예수님을 저렇게 슬픈 얼굴로 그리지 않았더라면 더 좋았을 것 같아요. 혹시 알아차리셨는지는 모르겠지만 그림 속 예수님은 다 그래요. 하지만 전 예수님이 저렇게 슬픈 얼굴을 하고 계셨거나 아이들이 예수님을 무서워했다고 생각하지는 않아요."

마릴라는 자기가 왜 앤의 말을 진작 끊지 않았을까 후회하면서 말했다.

"앤, 그런 식으로 말하면 안 된다. 아주 불경한 짓이야."

앤은 눈이 휘둥그레졌다.

"음, 전 아주 경건하게 말했다고 생각했는데요. 불경하게 굴 생각은 정말 없었어요."

"네가 일부러 그랬다고 생각하지는 않아. 하지만 그런 말을 스스럼없이 하는 건 옳지 않다. 그리고 말이다, 앤. 내가 뭘 가지고 오라고 시켰으면 얼른 가지고 와야지, 그렇게 멍하니 그림 앞에 서서 상상이나 하고 있으면 안 돼. 꼭 명심하렴. 자, 얼른 카드를 갖고 당장 부엌으로 오너라. 이제 저 구석에 앉아 기도문을 외워야지."

앤은 사과꽃을 꽂은 꽃병에 카드를 기대어 세워놓았다. 앤이 저녁 식탁을 장식하려고 꺾어온 것이었는데, 마릴라는 딱히 마음에 들지 않는 눈치였지만 뭐라고 나무라지는 않았다. 손으로 턱을 괸 채 몇 분 동안 입을 다물고 열심히 기도문을 외운 앤이 마침내 입을 열었다.

"전 이 기도문이 좋아요. 참 아름다워요. 전에도 들어본 적이 있어요. 보육원 주일학교 교장선생님이 이 기도를 처음부터 끝까지 하셨죠. 하지만 그때는 이 기도가 마음에 들지 않았어요. 선생님이 쉰 목소리로 아주 슬프게 읽어주셨거든요. 내키지는 않지만 의무라서 어쩔 수 없이 하는 게 분명하다는 생각까지 들었어요. 이 기도가 시는 아니지만 시를 읽을 때하고 똑같은 느낌이 들어요. '하늘에 계신 우리 아버지, 아버지의 이름이 거룩하게 하시며.' 마치 음악 같아요. 아, 이걸 외우게 해주셔서 정말 고마워요, 커스… 아니 마릴라 아주머니."

"그럼 입 좀 다물고 외우기나 하렴."

마릴라가 퉁명스럽게 말했다. 앤은 꽃병 쪽으로 몸을 기울여 분홍색 꽃봉오리에 살짝 입을 맞추고는 아까보다 조금 더 긴 시간 동안 열심히 기도문을 외웠다. 하지만 머지않아 다시 입을 열었다.

"마릴라 아주머니. 제가 에이번리에서 단짝 친구를 사귈 수 있을까요?"

"무슨 친구라고?"

"단짝 친구, 그러니까 마음이 잘 맞고 아주 가까운 친구요. 마음속 깊은 곳의 비밀도 털어놓을 수 있는 친구를 말해요. 그런 친구를 만나길 평생 꿈꿔왔어요. 정말 만날 거로 기대하지 않았지만, 제가 생각했던 가장 멋진 꿈들이 한꺼번에 이뤄졌으니까 어쩌면 그 꿈도 이뤄질지 몰라요. 어떻게 생각하세요?"

"저기 비탈길 과수원집에 다이애나 배리라는 아이가 살아. 너와 나이가 비슷하고 아주 착한 아이니까, 그 아이가 집에 돌아오면 너하고 잘 놀 수 있을 거다. 지금은 카모디의 친척 집에 가 있지. 하지만 얌전히 행동해야 해. 배리 부인은 무척 까다로운 사람이거든. 착하고 예의 바른 아이가 아니라면 다이애나와 놀지 못하게 할 거야.”

앤은 사과꽃 사이로 마릴라를 바라보았다. 좀 더 이야기를 해 달라는 듯 눈이 반짝였다.

“다이애나는 어떤 아이인가요? 머리가 빨간색은 아니죠? 아니었으면 좋겠어요. 제가 빨간 머리인 것도 지긋지긋한데 단짝 친구까지 그렇다면 견디기 힘들 거예요.”

“다이애나는 아주 예쁜 아이야. 눈도 검고, 머리도 검고. 뺨은 장밋빛이지. 게다가 착하고 똑똑하기까지 해. 그게 예쁜 것보다 훨씬 낫단다.”

마릴라는 『이상한 나라의 앨리스』에 나오는 공작부인처럼 도덕성을 중요하게 여겼고, 자라나는 아이에게 이야기할 때는 항상 교훈을 덧붙여야 한다고 굳게 믿었다. 하지만 앤은 이야기 중에서 교훈은 제쳐두고 재미있는 부분만 받아들였다.

“아, 그 아이가 예쁘다니 정말 기뻐요. 단짝 친구가 예쁘면 제가 예쁜 것 다음으로 좋거든요. 물론 제가 예뻐질 일은 없겠지만요. 제가 토머스 아주머니하고 살 때, 그 집 거실에 유리문이 달린 책장이 있었어요. 책은 한 권도 없었지만 대신 아주 좋은 접시와 과일절임 같은 게 들어 있었죠. 물론 넣어둘 절임이 있을 때만 그랬어요. 한쪽 유리문은 깨져 있었는데, 그건 어느 날 밤 그 집 아저씨가 술에 취해 들어와서는 주먹으로 쳐서 그런 거예요. 하지만 다른 쪽은 멀쩡했어요. 전 거기 비친 제 모습을 그 책장 안에 사는 여자아이라고 생각하곤 했어요. 이름도 케이티 모리스라고 짓고 무척 친하게 지냈죠. 그 애에게 한 시간 단위로 얘기도 들려주었어요. 특히 일요일에는 뭐든지 다 말했어요. 책장 속 케이티는 제게 위안과 힘을 주는 친구였거든요. 우린 책장에 마법이 걸려 있다고 생각했어요. 그래서 주문만 알아내면 절임과 접시가 들어 있는 책장이 아니라 케이티 모리스가 살고 있는 방으로 곧장 들어갈 수 있다고 상상했죠. 그러면 케이티가 제 손을 잡고 꽃이랑 햇살이 가득하고 요정이 사는 멋진 세계로 데려가는 거예요. 거기서 우리 둘이 영원토록 행복하게 사는 거죠. 제가 해먼드 아주머니네 집에서 살게 됐을 땐 케이트 모리스를 두고 가야 해서 정말 가슴이 아팠어요. 케이티도 괴로워했다는 걸 알아요. 책장 유리문을 사이에 두고 작별의 입맞춤을 했을 때 그 아이는 울고 있었으니까요. 해먼드 아주머니네 집에는 책장이 없었어요. 하지만 집에서 강을 따라 조금만 올라가면 작지만 긴 푸른 골짜기가 있었고 그곳에는 무척 사랑스러운 메아리가 살고 있었어요. 메아리는 말 한 마디 한 마디를 다 따라 했어요. 제가 큰 소리로 말하지 않을 때도요. 그래서 전 그 메아리가 비올레타라는 이름의 여자아이라고 상상했어요. 우린 아주 좋은 친구가 되었어요. 전 비올레타를 케이티 모리스만큼 사랑했어요. 완전히 똑같지는 않았지만 거의 비슷하게 마음을 주었죠. 보육원으로 가기 전날 밤 비올레타에게 작별인사를 했는데, 비올레타도 제게 아주아주 슬픈 목소리로 '안녕'이라고 해줬어요. 전 비올레타를 참 좋아했기 때문에 보육원에서는 단짝 친구를 상상할 엄두도 내지 못했어요. 그곳에 상상할 거리가 충분했다 해도 마찬가지였을 거예요."

마릴라가 은근슬쩍 비꼬았다.

"거기에 상상할 거리가 없어서 다행이다. 난 그런 행동이 마음에 들지 않아. 넌 상상한 걸 반쯤은 믿는 것처럼 보이는구나. 진짜 살아 있는 친구를 사귀는 게 좋겠다. 그러면 그런 말도 안 되는 생각을 머리에서 떨쳐버릴 수 있을 테니까. 그런데 배리 부인 앞에서 케이티 모리스나 비올레타 이야기를 꺼내서는 안 돼. 그런 이야기를 들으면 네가 거짓말쟁이라고 생각할 거야."

"아, 안 그럴 거예요. 그런 이야기를 아무한테나 할 수는 없죠. 그러기에는 너무나 성스러운 추억이니까요. 하지만 전 아주머니에게는 제 단짝 친구들을 알려드리고 싶었어요. 어머, 저기 보세요. 큰 벌이 사과꽃에서 나왔네요. 얼마나 살기 좋은 곳인지 한번 생각해보세요. 저기 사과꽃 속이요. 바람에 꽃잎이 흔들릴 때 그 속에서 잠드는 걸 상상해보세요. 제가 사람이 아니라면 벌이 되어 꽃들 사이에서 살고 싶을 거예요."

마릴라가 코웃음을 쳤다.

"어제는 갈매기가 되고 싶다더니, 넌 변덕이 죽 끓듯 하는구나. 입 다물고 기도문을 외우라고 했잖니. 하지만 넌 네 말을 들어줄 누군가가 옆에 있으면 입을 다물 수 없는 것 같아. 그러니까 네 방으로 올라가서 마저 외우도록 해."

"아, 이제 거의 다 됐어요. 마지막 줄만 외우면 돼요."

"그래, 알았다. 그래도 내가 시키는 대로 해라. 네 방에 가서 마저 다 외우고, 식사 준비를 도와달라고 부를 때까지 방에 있도록 해."

"사과꽃을 방으로 가져가도 되나요? 친구 삼아서요."

"아니. 꽃으로 방을 어지럽혀서는 안 된다. 애당초 나무에서 꽃을 꺾지 말았어야 했어."

"저도 그런 생각이 들긴 했어요. 꽃을 꺾어서 사랑스러운 삶을 단축시켜서는 안 되죠. 제가 사과꽃이었다면 꺾이고 싶지 않았을 거예요. 하지만 유혹을 이길 수 없었어요. 아주머니는 그렇게 거부할 수 없는 유혹이 생기면 어떻게 하세요?"

"앤, 네 방으로 올라가라는 말 못 들었니?"

앤은 한숨을 쉬더니 동쪽 다락방으로 올라가서 창가 의자에 앉았다.

"난 이 기도문을 다 알아. 마지막 문장은 계단을 올라오면서 외웠어. 이제부터 이 방에 있는 것들을 상상해봐야지. 그럼 그 물건들은 상상한 그대로 이 방에 계속 있을 테니까. 바닥에는 하얀 벨벳 카펫이 깔려 있고, 그 위로 분홍색 장미꽃이 잔뜩 흩뿌려져 있어. 창문에는 분홍색 실크 커튼이 드리워졌고, 벽에는 금실과 은실로 짠 벽걸이 융단이 걸려 있지. 가구는 전부 마호가니로 만든 거야. 마호가니를 본 적은 없지만 정말 근사할 것 같아. 여기에 소파가 있고 분홍색, 파란색, 진홍색, 황금색의 화려한 실크 쿠션이 의자에 잔뜩 쌓여 있지. 난 거기 우아하게 몸을 기대는 거야. 벽에 걸린 커다랗고 멋진 거울에 내 모습이 비치는데, 난 키가 크고 기품 있는 여인이야. 하얀 레이스 옷자락이 끌리는 드레스를 입고, 진주 십자가를 가슴에 달고, 머리도 진주로 장식했어. 내 머리카락은 칠흑같이 어두운 색이고 피부는 맑은 상아처럼 창백해. 내 이름은 코델리아 피츠제럴드야. 아니, 이건 아니다. 진짜 같다고 생각할 수 없잖아."

앤은 춤추듯 작은 거울 앞으로 다가갔다. 거울 속에서 주근깨 투성이 뾰족한 얼굴과 우중충한 회색 눈이 자신을 바라보고 있었다. 앤이 진지하게 말했다.

"너는 초록지붕집의 앤일 뿐이야. 아무리 코델리아라고 상상해봤자 지금 보이는 모습이 바로 나야. 하지만 어디에도 속하지 않는 앤보다는 초록지붕집의 앤이 백만 배는 더 좋잖아?"

앤은 몸을 숙여 거울에 비친 자신에게 다정스레 입을 맞추고는 열린 창문 쪽으로 갔다.

"안녕, 눈의 여왕아. 골짜기의 자작나무들도 안녕. 언덕 위의 회색 집아, 너도 안녕. 다이애나랑 단짝 친구가 될 수 있을까? 그랬으면 좋겠어. 그럼 난 그 아이를 아주 많이 사랑할 거야. 그래도 케이티 모리스랑 비올레타를 잊어서는 안 돼. 내가 잊는다면 걔네들은 상처를 많이 받을 테니까. 난 남에게 상처 주기 싫어. 그게 책장 속의 아이나 메아리 아이라고 해도 마찬가지야. 난 그 친구들을 잊지 않을 거고 날마다 입맞춤도 보내줄 거야."

앤은 손가락 끝을 입술에 가져다 댄 뒤 벚꽃 너머로 두어 번 입맞춤을 보냈다. 그러고는 양손으로 턱을 괸 채 황홀한 감정에 휩싸여 공상의 바다로 노를 저어 갔다.

9장

레이철 린드 부인, 단단히 기겁하다

앤이 초록지붕집에 오고 나서 2주가 지난 뒤에야 린드 부인이 앤을 살펴보러 왔다. 그녀가 게을러서 늦은 것은 아니었다. 초록지붕집에 다녀간 뒤로 때아닌 독감에 걸려서 밖으로 나다닐 수 없었기 때문이다. 레이철 린드 부인은 병치레를 거의 하지 않았다. 그렇다 보니 몸이 약한 사람들을 노골적으로 무시하곤 했다. 하지만 부인의 주장에 따르면 독감은 지구상의 그 어떤 병과도 다르고, 하느님의 특별한 뜻으로 해석할 수밖에 없는 질환이었다. 의사가 집 밖으로 나가도 된다고 하자마자 부인은 서둘러 초록지붕집에 갔다. 이미 에이번리에서는 매슈와 마릴라가 데려온 고아에 관해 이런저런 소문과 추측이 들끓었으며, 부인도 아이를 보고 싶은 호기심에 안절부절못하던 참이었다.

앤은 지난 2주 동안 깨어 있는 1분 1초를 알차게 활용하고 있었다. 주위의 모든 나무와 덤불을 죄다 파악했고, 오솔길이 사과나무 과수원 아래에서 시작되어 좁고 긴 숲속으로 뻗어나간다는 사실도 알아냈다. 더 나아가 그 길의 끝까지 탐험해서 시냇물과 다리, 전나무 잡목과 아치형으로 구부러진 산벚나무, 고사리가 가득한 구석진 곳, 단풍나무와 마가목 가지가 가득한 샛길까지 다채로운 풍경을 맛보았다.

앤은 골짜기의 샘물과도 친구가 되었다. 혀를 내두를 만큼 깊고 깨끗하며 얼음처럼 차가운 샘물이었다. 불그스름하고 매끈한 사암으로 둘러싸인 샘물가에는 커다란 손바닥처럼 생긴 물고사리가 가득했다. 샘물을 가로지르는 통나무 다리도 있었다.

춤추듯 가벼운 발걸음으로 다리를 건너자 나무가 우거진 언덕이 나타났다. 전나무와 가문비나무가 어찌나 곧고 빽빽하게 자랐던지, 밑동 쪽은 영원한 황혼이 덮인 것처럼 어두컴컴했다. 이 숲에서 가장 수줍고 우아한 방울꽃이 가득 피어 있었고, 가녀린 기생꽃 몇 송이가 지난해 핀 꽃들의 영혼인 양 드문드문 고개를 내밀었다. 나무들 사이로 거미줄이 은실처럼 반짝거렸고 전나무 가지와 꽃술은 친근하게 속삭이는 듯했다.

앤은 가끔씩 30분 정도는 놀아도 좋다고 허락받았는데, 그때마다 이처럼 황홀한 탐험을 했다. 집에 돌아와서는 매슈와 마릴라의 귀가 따가워질 때까지 자기가 본 것들을 이야기했다. 매슈는 앤의 그런 행동을 귀찮아하지 않는 것이 분명했다. 말없이 미소를 지으며 즐거운 얼굴로 앤의 이야기를 끝까지 들어주었다. 마릴라도 앤의 '수다'를 받아주었지만, 자기가 앤의 이야기에 넋 놓고 빠져든다 싶으면 이제 그만하라고 퉁명스럽게 말하며 아이의 입을 닫아버렸다.

린드 부인이 방문했을 때 앤은 과수원에 나가 있었다. 붉게 물든 저녁 햇살 속에서 하늘거리는 무성한 풀밭을 마음 가는 대로 헤매던 중이었다. 덕분에 린드 부인은 자기가 겪었던 일을 처음부터 끝까지 이야기할 수 있었다. 어디가 어떻게 아팠는지부터 맥박은 얼마나 뛰었는지까지 신나서 이야기하는 모습을 보며, 마릴라는 독감에 걸린 게 부인에게는 다행일지도 모른다고 생각했다. 독감에 대한 이야깃거리가 다 떨어지자 린드 부인은 이곳에 온 진짜 이유를 내비쳤다.

"당신과 매슈에게 놀랄 만한 일이 벌어졌다는 이야기를 들었지 뭐예요."

"아마 내가 더 놀랐을 거예요. 이제 좀 진정되는 중이죠."

린드 부인이 안타까운 얼굴로 말했다.

"그런 실수가 있었다니 정말 끔찍했겠어요. 아이를 돌려보낼 순 없었나요?"

"그럴 수도 있었지만, 그러지 않기로 했어요. 오라버니가 아이를 마음에 들어 했죠. 솔직히 나도 그렇다고 말할 수밖에 없겠네요. 물론 마음에 안 드는 구석도 있지만요. 아이가 온 뒤로 집 분위기가 몰라보게 바뀌었어요. 정말 밝은 아이거든요."

린드 부인의 얼굴에서 마뜩잖은 속내를 읽어낸 마릴라는 작정했던 것보다 더 많은 말을 해버렸다. 그러자 린드 부인이 어두운 목소리로 말했다.

"큰 책임을 떠안은 거예요. 더구나 당신은 아이를 키워본 적이 한 번도 없잖아요. 그 아이에 대해 잘 모르죠? 타고난 됨됨이가 어떤지도 모르고요. 그런 아이가 앞으로 어떻게 될지 누가 알겠어요? 아, 물론 실망시키려고 하는 말은 아니에요."

마릴라는 별다른 감정의 변화를 보이지 않고 대답했다.

"잘못된 결정이라고 생각하지는 않아요. 난 무슨 일이건 한번 마음을 먹으면 바꾸지 않거든요. 앤을 보러 오셨죠? 지금 들어오라고 할게요."

앤이 곧바로 달려왔다. 과수원을 즐겁게 돌아다닌 덕분에 얼굴이 무척 환했다. 하지만 낯선 사람을 발견하고는 부끄러워졌는지 문간에 멈춰 서서 머뭇거렸다. 확실히 앤의 외모는 평범하지 않았다. 보육원에서 나올 때 입고 온 원피스 차림이었는데 짧고 꽉 끼는 원피스 아래로 깡마른 다리가 볼품없이 길게 드러났다. 주근깨는 전에 없이 많아져 눈에 확 띄었고, 머리도 그 어느 때보다 빨갛게 보였다.

"음, 얼굴이 예뻐서 널 데리고 있는 건 아니구나."

레이철 린드 부인은 힘을 주어 말했다. 세상에는 속마음을 거리낌 없이 드러내면서 그런 자신을 자랑스러워하는 사람들이 있는데, 린드 부인도 그중 하나였다.

"끔찍하게 여위고 못생긴 아이네요. 얘야, 이리 와보렴. 어디한번 보자. 세상에, 이런 주근깨는 본 적이 없구나. 머리도 홍당무처럼 빨갛고! 이리 오라니까. 내가 오라고 했잖니."

이후에 벌어진 일은 린드 부인의 예상과 달랐다. 한달음에 부엌을 가로질러 린드 부인 앞에 선 앤의 얼굴은 벌겋게 달아올라 있었고, 입술은 파르르 떨렸으며, 가냘픈 몸은 머리끝에서 발끝까지 부들거렸다.

"난 아주머니가 미워요."

앤은 발을 바닥에 쾅쾅 구르면서 목멘 소리로 외쳤다.

"정말 미워요. 미워요. 밉단 말이에요. 저한테 어떻게 여위고 못생겼다고 할 수 있죠? 어떻게 주근깨투성이에 빨간 머리라고 말할 수 있냐고요? 아주머니는 정말 무례하고 예의도 없고 배려심도 없는 분이에요!"

앤은 밉다는 말을 할 때마다 더 크게 발을 굴렀다. 마릴라가 깜짝 놀라 소리쳤다.

"앤!"

하지만 앤은 개의치 않고 린드 부인을 계속 노려보았다. 고개를 꼿꼿이 들고 이글거리는 눈을 부릅뜨고 두 주먹을 불끈 쥔 채, 온몸에서 격한 분노를 증기처럼 뿜어내고 있었다. 앤은 격한 목소리로 말을 이어갔다.

"어떻게 저한테 그런 말을 하실 수 있어요? 제가 아주머니에게 그런 식으로 말하면 기분이 어떨 것 같으세요? 뚱뚱하고 둔한 데다 상상력이라고는 조금도 없는 사람 같다고 하면 어떨 것 같으시냐고요? 그렇게 말해서 아주머니 기분이 상하건 말건 전 상관없어요! 아니, 기분이 상했으면 좋겠어요! 토머스 아주머니의 주정뱅이 남편보다 훨씬 절 기분 상하게 했으니까요. 절대 용서하지 않을 거예요. 절대로, 절대로요!"

앤은 발을 쾅쾅 굴렀다.

"저런 성깔머리를 봤나!"

린드 부인이 기겁을 하고 소리쳤다. 가까스로 정신을 차린 마릴라가 말했다.

"앤, 네 방으로 올라가서 내가 갈 때까지 꼼짝 말고 있어라."

앤은 울음을 터뜨리며 복도 쪽으로 달려가더니 문을 쾅 닫았다. 그 여파로 현관 벽 바깥에 있던 양철 깡통이 짤그랑 소리를 냈다. 그런 다음 회오리바람처럼 복도를 가로질러 계단을 뛰어올라갔다. 멀리서 들리는 쾅 소리로 미루어 보아 2층 동쪽 다락방의 문도 험악한 기세로 닫혔다는 사실을 알 수 있었다.

"어머머, 기가 막혀서 원! 저런 아이를 키우는 건 조금도 부럽지 않네요."

린드 부인은 이루 말할 수 없을 만큼 근엄한 얼굴로 말했다. 마릴라는 뭐라고 사과해야 할지 어떻게 앤을 꾸짖어야 할지 모르겠다는 말을 하려고 입을 열었다. 그런데 그때는 물론 이후로도 두고두고 놀랄 만한 말이 입에서 튀어나왔다.

"생김새를 가지고 아이를 비웃지 말아야 했어요, 레이철."

"아니, 마릴라 커스버트. 설마 저렇게 고약한 성깔을 보고서도 저 아이를 편드는 건 아니죠?"

린드 부인이 분통을 터뜨리며 따지자 마릴라는 또박또박 말을 이었다.

"그런 건 아니에요. 저 아이의 행동을 두둔할 생각은 없어요. 버릇없이 군 건 따끔하게 나무랄 생각이에요. 그래도 우린 저 애를 너그럽게 봐줘야 해요. 앤은 뭐가 옳은지 배운 적이 없으니까요. 그리고 레이철도 너무 심했고요."

마릴라는 그런 말을 하는 자신에게 스스로 놀라면서도 마지막 문장을 덧붙이지 않을 수 없었다. 린드 부인은 기분이 상한 얼굴로 일어섰다.

"네, 다음부터는 말조심해야겠네요. 어디서 자랐는지도 모르는 고아의 예민한 감정을 세상 무엇보다 먼저 고려해야 하니까요. 아, 난 화가 난 게 아니에요. 걱정하지 않아도 돼요. 마릴라가 너무 안쓰러워 화낼 마음이 전혀 안 들거든요. 저 아이 때문에 얼마나 애가 타겠어요. 아이를 열 명이나 키우고 둘은 먼저 땅에 묻은 내 충고를 들을 생각이 없어 보이지만, 그래도 한마디 할게요. 당신은 적당한 크기의 자작나무 회초리로 '이야기'를 해주는 게 나을 거예요. 저런 아이는 그런 걸 가장 잘 알아먹으니까요. 성깔머리가 머리색과 똑같잖아요. 뭐, 잘 있어요, 마릴라. 평소처럼 자주 우리 집에 놀러 와요. 하지만 나는 당분간 이집에 오지 않을 거예요. 또 이런 식으로 대접받고 모욕을 당할지 누가 알겠어요? 정말 이런 일은 생전 처음 겪네요."

린드 부인은 말을 마친 뒤 후다닥 자리를 떴다. 항상 뒤뚱거리며 걷던 뚱뚱한 부인에게 '후다닥'이라는 표현이 어울리는지는 모르겠지만, 몸을 재게 놀린 것만은 분명했다.

마릴라는 굳은 얼굴로 동쪽 다락방을 향해 걸음을 옮겼다. 마음이 뒤숭숭한 그녀는 계단을 오르면서 이 일을 어떻게 수습해야 할지 고민했다. 방금 일어난 일 때문에 자신도 적잖이 당황했던 것이다. 운 나쁘게도 하필이면 린드 부인 앞에서 앤이 그처럼 버릇없게 굴었다. 마릴라는 앤의 성격에 심각한 문제가 있다는 걸 알게 되어 슬픈 것보다 하필 린드 부인의 화를 돋우어 망신을 당한 일에 대한 창피함이 더 크다는 데 당혹스러워하며 자신을 꾸짖었다. 그럼 앤에게 어떤 벌을 주어야 할까? 린드 부인의 아이들을 통해 효과가 입증된 방법, 즉 자작나무 회초리를 쓰라는 친절한 조언은 내키지 않았다. 마릴라가 아이를 때린다는 건 꿈에도 상상할 수 없는 일이었다. 그녀는 앤에게 자신의 행동이 얼마나 잘못되었는지 제대로 깨우쳐줄 만한 다른 방법이 있을 거로 믿었다.

마릴라가 방에 들어가 보니 앤은 침대에 얼굴을 파묻고 서럽게 울고 있었다. 진흙투성이 구두를 신은 채로 깨끗한 이불 위에 올라간 것도 의식하지 못한 상태였다.

"앤."

마릴라가 말을 건넸다. 야단치는 목소리는 아니었다. 하지만 대답이 없었다. 마릴라는 아까보다 조금 엄한 목소리로 말했다.

"앤, 일어나서 내가 하는 말을 잘 들어라."

앤은 슬금슬금 침대에서 내려와 옆에 있는 의자에 쭈뼛거리며 앉았다. 눈물범벅이 된 얼굴은 퉁퉁 부어 있었다. 앤은 고집스럽게 바닥만 쳐다봤다.

"퍽이나 잘하는 짓이다, 앤! 부끄럽지도 않니?"

"그 아주머니가 저를 못생긴 빨간 머리라고 했잖아요. 그럴 권리도 없으면서."

앤은 마릴라의 시선을 계속 피하면서 반항적인 태도로 톡 쏘아붙였다.

"네게도 그럴 권리는 없다. 아까처럼 버럭 화를 내면서 그렇게 말할 권리 말이야. 앤, 난 네가 부끄러웠어. 정말로 부끄러웠단 말이다. 린드 부인 앞에서 예의를 갖추길 바랐는데 도리어 내게 망신을 주다니, 원. 린드 부인이 네가 빨간 머리에다 못생겼다고 말한 걸 가지고 왜 그리 화를 냈는지 도통 이해할 수 없구나. 그건 네가 늘 스스로를 가리키면서 하던 이야기잖니."

앤은 목 놓아 울면서 말했다.

"제 입으로 이야기하는 거랑 남이 하는 말을 듣는 거랑은 완전히 달라요. 자기가 그렇다는 걸 안다고 해도 남이 다르게 생각해주길 바랄 수밖에 없다는 걸 아주머니도 알고 계시잖아요. 제가 성질이 못됐다고 생각하시겠지만, 저는 참을 수 없었어요. 그런 말을 듣자마자 제 안에서 무언가가 치밀어 오르고 숨이 콱 막혔어요. 그래서 화를 낼 수밖에 없었던 거예요."

"어쨌든 넌 웃음거리가 되기를 자초한 거야. 린드 부인은 온 동네를 다니면서 떠들어댈 만한 이야깃거리를 얻은 셈이지. 그렇게 화를 내봤자 너만 손해라고."

"그럼 아주머니도 상상해보세요. 누가 눈앞에서 삐쩍 마른 데다 못생겼다고 말하면 어떨 것 같으세요?"

마릴라는 갑자기 예전 기억이 떠올랐다. 아주 어렸을 때 어떤 친척 어른이 이렇게 말하는 것을 들은 적이 있었다.

"저 아인 참 불쌍해. 저렇게 시커멓고 못생겼으니…."

그 찌르는 듯 아픈 기억은 이후 50여 년 동안 상처로 남아 있었다. 마릴라는 앤의 말에 수긍하며 한결 누그러진 목소리로 타일렀다.

"린드 부인이 잘했다는 건 아니야. 원래 말을 좀 함부로 하는 사람이지. 하지만 그렇다고 해서 네 행동이 옳았던 건 아니다. 아주머니는 네가 처음 본 사람이고 너보다 어른이야. 우리 집에 찾아온 손님이기도 하지. 이만하면 네가 린드 부인에게 공손히 대해야 하는 이유가 충분하다. 그런데 넌 무례하고 주제넘게 행동했어. 그러니까…."

순간 마릴라는 적절한 벌이 떠올랐다.

"린드 부인에게 가서 버릇없이 굴어 정말 죄송하다고 사과하며 용서를 구해야 한다."

앤은 가라앉은 목소리로 고집을 부렸다.

"절대로 그럴 수 없어요. 어떤 벌을 내리셔도 좋아요, 마릴라 아주머니. 뱀이랑 두꺼비가 우글거리는 어둡고 축축한 지하 감옥에 절 가두시고 빵과 물만 주셔도 불평하지 않을 거예요. 하지만 린드 아주머니한테 가서 용서해달라고 빌 수는 없어요."

마릴라는 표정도 바꾸지 않고 말했다.

"우린 어둡고 축축한 지하 감옥에 사람을 가두는 일 따윈 하지 않아. 더구나 에이번리에 그런 곳이 있을 리가 없잖니. 어쨌든 넌 린드 부인에게 사과해야 돼. 그러겠다고 할 때까지 방에서 한 발짝도 나갈 수 없다."

앤이 간절하게 매달렸다.

"그럼 전 여기서 평생 나가지 못할 거예요. 그런 말을 해서 죄송하다고 린드 아주머니에게 사과할 순 없어요. 어떻게 그럴 수 있겠어요? 전혀 죄송하지 않은걸요. 아주머니를 난처하게 만든 건 죄송해요. 하지만 린드 아주머니에게 그런 말을 한 건 오히려 잘했다고 생각해요. 속이 시원해졌으니까요. 미안하지도 않은데 미안하다고 말할 수는 없잖아요. 저는 미안하다는 상상조차 할 수 없어요."

마릴라가 일어서서 방을 나가며 말했다.

"아마 내일 아침이 되면 네 상상력이 지금보다 나아질 거야.

오늘 밤에 네가 한 행동을 곰곰이 생각하고 마음을 가라앉혀보렴. 초록지붕집에 살게 해주면 착한 아이가 되겠다고 했잖니. 그런데 오늘 저녁에는 별로 그런 것 같지 않구나."

마릴라는 폭풍우가 몰아친 듯한 앤의 가슴에 쓰라린 한마디를 남겨놓고 부엌으로 내려갔다. 그녀 또한 마음이 무척 아팠고 정신도 혼란스러웠다. 앤에게 화가 난 만큼 자신에게도 화가 났다. 린드 부인의 어안이 벙벙한 얼굴을 떠올릴 때마다 웃음이 터진 나머지 입술이 씰룩거렸고, 절대 그래서는 안 된다고 생각하면서도 크게 웃고 싶은 충동이 들었던 것이다.

10장

앤의 사과

그날 밤 마릴라는 매슈에게 이 일에 관해서 아무 말도 하지 않았다. 하지만 다음 날 아침에도 앤이 고집을 꺾지 않은 탓에, 아이가 식탁에 나타나지 않은 이유를 설명해야만 했다. 마릴라는 매슈에게 자초지종을 이야기하면서 앤이 얼마나 잘못된 행동을 했는지 알려주려고 무진 애를 썼다. 잠자코 귀를 기울이던 매슈가 마릴라를 위로하며 말했다.

"레이철 린드가 한 방 먹었군. 그럴 만도 해. 오지랖도 넓고 남의 이야기를 여기저기 퍼뜨리길 좋아하는 사람이잖아."

"오라버니, 참 놀랍네요. 앤이 버릇없게 군 걸 알면서도 지금 그 아이 편을 들고 있잖아요. 이젠 그 아이에게 벌을 줄 필요가 없다고 하겠군요!"

매슈가 당황해하며 말했다.

"아니, 꼭 그런 건 아니고. 벌을 조금 받기는 해야겠지. 그래도 너무 심하게 혼내진 마라. 그 애한테 무엇이 옳은 일인지 가르쳐줄 사람이 이제껏 없었다는 걸 생각해야겠지. 그리고 저기, 그 아이한테 먹을 걸 주기는 할 거지?"

마릴라가 화를 냈다.

"내가 언제 아이를 굶기면서까지 가르친다고 했어요? 끼니는 제때 챙겨줄 거고, 내가 직접 갖다줄 거예요. 하지만 린드 부인에게 사과하겠다고 마음먹을 때까지는 그 방에서 못 나오게 할 테니까, 이 일에 대해서는 참견하지 마세요."

그날 아침, 점심, 저녁 식사 자리는 쥐 죽은 듯 고요했다. 앤이 여전히 고집을 부렸기 때문이다. 식사가 끝나면 마릴라는 매번 잘 차린 쟁반을 들고 동쪽 다락방으로 올라갔다가 거의 손도 대지 않은 음식을 다시 들고 내려왔다. 매슈는 앤이 밥을 먹었는지 걱정하는 눈으로 마릴라가 내려오는 모습을 쳐다보았다.

마릴라가 뒤편 목초지에서 젖소를 데려오려고 집 밖으로 나가자 헛간 주변에서 서성이며 눈치를 살피던 매슈는 도둑처럼 집 안으로 슬쩍 들어가더니 슬금슬금 2층으로 올라갔다. 평소 매슈는 복도 옆의 작은 침실과 부엌 사이만 오갔을 뿐이었고, 이따금씩 교회 목사가 차를 마시러 오면 불편해하면서 응접실이나 거실로 조심스레 발걸음을 옮기곤 했다. 하지만 2층만큼은 자기 집인데도 발을 붙인 적이 거의 없었다. 언젠가 봄에 마릴라를 도와서 벽지를 바르러 올라간 적이 있었는데, 그게 벌써 4년 전 일이었다.

매슈는 발끝으로 복도를 걸어가서는 동쪽 다락방 문 앞에 몇 분 동안 서 있었다. 그러다 마침내 용기를 내어 손가락으로 문을 살짝 두드린 다음 안으로 몸을 슬쩍 디밀고 들여다보았다. 앤은 창가의 노란 의자에 앉아 서글픈 얼굴로 정원을 내려다보고 있었다. 조그만 아이가 그렇게 있는 모습이 너무나 안쓰러워 매슈는 가슴이 저려왔다. 그는 살며시 문을 닫고 조용히 앤의 곁으로 다가갔다.

"괜찮니, 앤?"

매슈는 누가 엿듣기라도 하는 듯 속삭였다. 앤은 힘없이 미소를 지었다.

"괜찮아요. 이것저것 상상하고 있어요. 그러다 보면 시간이 잘 가거든요. 물론 외롭기는 하지만, 이런 일에도 익숙해지는 게 낫겠죠."

앤이 다시 미소를 지었다. 앞으로 오랫동안 겪어야 할 갇혀 지내는 생활에 용감히 맞서는 모습이었다. 매슈는 마릴라가 예상보다 일찍 돌아오기 전에 하려던 말을 해야겠다고 마음먹었다. 그는 나직한 목소리로 말했다.

"저기, 앤. 그냥 빨리 해버리고 끝내는 게 낫지 않을까? 어쨌든 해야 할 일이잖아. 마릴라는 고집이 아주 센 사람이야. 못 말리는 고집쟁이라고. 앤, 그냥 해버리고, 음, 끝내버려라."

"린드 아주머니에게 사과하라는 말씀이세요?"

"어, 사과… 그렇지. 말하자면 일을 좋게 끝내자는 거지. 내 말이 바로 그거야."

매슈는 간절한 얼굴로 고개를 끄덕이자 앤은 골똘하게 생각하며 말했다.

"아저씨를 위해서라면 그렇게 할 수 있을 것도 같아요. 제가 죄송하다고 말한다면 그건 거짓말하는 게 아니에요. 지금은 잘못했다고 생각하니까요. 어젯밤에는 그런 생각이 하나도 들지 않았어요. 미친 듯이 화가 났고 밤새도록 풀리지 않았어요. 밤에 세 번이나 잠에서 깼는데 그때마다 화가 나 있었으니까요. 하지만 오늘 아침에는 달랐어요. 더는 화가 나지 않았던 거죠. 그냥 뭔가 끔찍하게 지친 기분이었어요. 제가 너무 부끄럽기도 했고요. 하지만 린드 아주머니에게 가서 사과할 생각까지는 없어요. 너무 굴욕적일 것 같거든요. 그럴 바에는 여기서 영원히 갇혀 있겠다고 결심했어요. 그래도 아저씨를 위해서라면 뭐든 할 수 있을 것 같아요. 제가 정말 그러길 원하신다면요."

"저기, 물론 네가 그랬으면 좋겠다. 네가 없으니까 아래층이 너무 적적하더구나. 가서 일을 좋게 끝냈으면 싶다. 그래야 착한 아이니까."

앤은 체념한 얼굴로 말했다.

"좋아요. 마릴라 아주머니가 오시는 대로 제가 후회한다고 말씀드릴게요."

"그래, 그래야지, 앤. 하지만 내가 여기 와서 뭐라고 했다는 말은 마릴라에게 하지 마라. 마릴라는 내가 참견했다고 생각할 거야. 난 그러지 않겠다고 약속했거든."

"비밀은 꼭 지킬게요. '야생마가 비밀을 끄집어내도 입 밖에 내지 않는다'라는 속담처럼요."

앤은 엄숙하게 약속한 다음 이렇게 물었다.

"그런데 야생마는 어떻게 비밀을 끄집어낼 수 있는 걸까요?"

하지만 매슈는 이미 방을 나간 뒤였다. 일이 의외로 잘 해결되어 놀란 매슈는 자기가 2층에서 한 일을 마릴라가 의심하지 않도록 목초지에서 가장 먼 쪽으로 황급히 걸음을 옮겼다. 한편 마릴라는 집으로 돌아오자마자 2층 난간에서 "마릴라 아주머니"라고 애처롭게 부르는 소리를 듣고 살짝 놀랐다.

"무슨 일이니?"

마릴라가 현관에 들어서면서 말했다.

"성질을 내고 버릇없이 말해서 죄송해요. 린드 아주머니께 가서도 그렇게 말씀드릴게요."

앤이 고집을 꺾지 않으면 어찌해야 할지 불안해하던 마릴라는 속으로 안도의 한숨을 내쉬었다. 하지만 그런 기색을 내보이지 않고 무덤덤하게 대답했다.

"잘 생각했다. 소젖을 다 짜고 나서 데려다주마."

일을 마친 뒤 마릴라는 앤을 데리고 오솔길을 걸어갔다. 앞서가는 마릴라는 꼿꼿하고 의기양양한 데 반해 앤은 고개를 숙이고 의기소침한 모습으로 그 뒤를 따랐다. 하지만 절반쯤 갔을 때 앤의 낙심한 모습은 마법처럼 사라졌다. 고개를 들고 가벼운 발걸음을 옮기면서 저녁노을에 눈을 고정한 채 들뜬 마음을 애써 억누르려는 모습이었다. 마릴라는 앤의 변화를 못마땅한 듯 바라보았다. 심기가 상한 린드 부인 앞에 서기에는 어울리지 않은 태도였다. 자신의 잘못을 순순히 인정하고 뉘우치는 사람의 자세가 아니기 때문이다.

"무슨 생각을 하는 거니, 앤?"

"린드 아주머니에게 뭐라고 해야 할지 상상하고 있어요."

마릴라가 큰 소리로 묻자 앤은 꿈속에 잠긴 듯한 얼굴로 대답했다. 만족스러운, 아니 만족해야 할 대답이었다. 하지만 마릴라는 앤에게 벌을 주려는 계획이 어딘가 어그러지고 있다는 생각을 떨쳐버릴 수 없었다. 앤이 이렇게 황홀하고 즐거운 얼굴을 해서는 안 되기 때문이다.

앤의 밝은 표정은 부엌 창가에 앉아 뜨개질하는 린드 부인을 본 순간 갑자기 사라졌고, 애절한 참회의 빛이 얼굴 전체에 감돌았다. 앤은 누가 무슨 말을 하기도 전에 갑자기 무릎을 꿇고서, 깜짝 놀란 린드 부인에게 용서를 구하듯 두 손을 내밀고 떨리는 목소리로 말했다.

"린드 아주머니, 정말 죄송해요. 제가 얼마나 슬픈지 사전에 있는 말을 다 쓴다고 해도 절대로 표현할 수 없을 거예요. 한번 상상해보세요. 전 아주머니께 정말 버릇없이 굴었어요. 그뿐만 아니라 매슈 아저씨와 마릴라 아주머니가 망신을 당하게 했어요. 남자아이가 아닌데도 저를 초록지붕집에서 살게 해주신 고마운 분들께 큰 잘못을 한 거예요. 전 지독하게 못되고 배은망덕한 아이예요. 벌을 받고 훌륭한 분들께 쫓겨나도 당연해요. 아주머니께서 사실대로 말씀하셨는데도 그렇게 화를 내다니, 정말 나쁜 짓이었어요. 아주머니 말씀은 전부 사실이에요. 틀린 게 하나도 없었죠. 전 빨간 머리에 주근깨투성이고, 삐쩍 마른 데다 못생겼으니까요. 제가 아주머니께 한 말도 전부 사실이었지만, 그런 말을 해서는 안 됐어요. 린드 아주머니, 제발 절 용서해주세요. 만약 용서를 받지 못한다면 전 평생 슬픔을 떨치지 못하는 불쌍한 고아로 살아야 할 거예요. 비록 제가 성깔머리고약한 아이라 해도 그렇게 되기를 바라진 않으시겠죠? 그러지 않으시리라 믿어요. 제발 절 용서한다고 말씀해주세요, 린드 아주머니. 부탁드려요."

앤은 두 손을 꼭 맞잡고 고개를 숙인 채로 판결을 기다렸다. 앤의 입에서 나오는 한 마디 한 마디에 진심이 느껴졌다. 마릴라와 린드 부인도 그 점을 부인할 수 없었다. 하지만 마릴라는 앤이 이 굴욕의 시간을 즐기고 있다는 사실을 알아차리고는 당황했다. 앤은 자신을 철저하게 낮추는 일에 푹 빠져 있었다. 마릴라가 자신만만하게 고안해낸 바람직한 벌을 앤은 아주 즐거운 놀이로 바꿔버렸다. 순진하고 눈치가 없는 편인 린드 부인은 그런 사실을 전혀 알아차리지 못한 채 앤이 진심으로 사과했다고만 생각했다. 남의 일에 참견을 좀 심하게 해서 그렇지 심성은 착한 부인의 마음속에서 노여움이 눈 녹듯 사라졌다. 부인이 따뜻하게 말을 건넸다.

"일어나라, 얘야. 물론 용서하고말고. 어쨌든 나도 좀 심하게 대했던 것 같구나. 하지만 난 워낙 솔직한 사람이라서 그런 거니까, 내 말을 마음에 담고 있진 마라. 네 머리가 끔찍한 빨간색인 건 맞아. 예전에 알고 지낸 여자아이가 있었는데, 맞아, 학교를 같이 다닌 친구였어. 어렸을 때는 너처럼 머리가 온통 빨갛다가 자라면서 점점 짙어지더니 멋진 적갈색으로 변했단다. 나중에 너도 그렇게 될 수 있어. 암, 그렇고말고."

앤은 벌떡 일어나 깊이 숨을 내쉬었다.

"아, 린드 아주머니! 아주머니의 말을 듣고 희망이 생겼어요. 아주머니는 제게 은인이세요. 자라면 멋진 적갈색 머리가 될 거라는 생각만으로도 뭐든 참을 수 있을 거예요. 멋진 적갈색 머리카락을 가진 사람이라면 착하게 사는 것도 훨씬 쉽겠죠. 그렇게 생각하지 않으세요? 그럼 마릴라 아주머니하고 말씀 나누시는 동안 전 정원에 나가 벤치에 앉아 있어도 될까요? 저쪽이 상상할 수 있는 범위가 훨씬 더 넓어 보이거든요."

"아이고, 그래. 어서 가거라, 얘야. 원한다면 저쪽 구석에 있는 하얀 6월 백합을 꺾어 꽃다발을 만들어도 좋단다."

앤이 문을 닫고 나가자 린드 부인은 기분 좋은 얼굴로 자리에서 일어나 등불을 밝혔다.

"정말 별난 아이네요. 이쪽 의자에 앉아요, 마릴라. 지금 앉은 의자보다 이게 더 편해요. 그건 일꾼용이거든요. 마릴라도 알다시피 앤은 확실히 엉뚱한 아이예요. 그런데 뭔가 사람을 끄는 힘이 있네요. 이제 와서 생각해보니까 마릴라하고 매슈가 저 아이 맡는다고 해도 그렇게 놀랄 일은 아닌 것 같아요. 안쓰럽지도 않고요. 앤은 잘 자랄 거예요. 물론 말투나 몸짓이 조금, 아니 사실은 제법 특이하고 과장도 꽤 심하긴 하지만, 이제는 교양 있는 사람들과 같이 살게 되었으니까 점점 고쳐지겠죠. 그리고 성미도 꽤 급하기는 해요. 하지만 한 가지 다행스러운 점도 있어요. 성미가 급한 아이는, 그러니까 발끈했다가 금세 가라앉는 아이는 대체로 교활하지 않아요. 거짓말쟁이가 없는 편이기도 하고요. 교활한 아이는 딱 질색이거든요. 그러니까 마릴라, 난 저 아이가 그럭저럭 마음에 들어요."

마릴라가 집으로 돌아가려고 길을 나서자 앤은 하얀 수선화한 다발을 양손 가득 감싸 쥐고 향기로운 황혼이 깃든 과수원에서 모습을 드러냈다.

"저 오늘 참 잘했죠? 어차피 사과를 할 바에야 완벽하게 하는 편이 낫다고 생각했거든요."

오솔길을 따라 내려오면서 앤이 자랑스럽게 말했다.

"아주 완벽했지. 그 정도면 충분했단다."

마릴라가 대답했다. 방금 전 일을 생각하면 웃음이 나오려고 해서 몹시 당혹스러웠다. 그리고 앤이 사과를 너무 잘해서 도리어 꾸짖어야 할 것 같다는 묘한 기분까지 들었다. 하지만 그건 자기가 생각해도 말이 안 되는 일이었다. 그래서 엄격하게 당부하는 것으로 적당히 융통성을 발휘하기로 했다.

"더는 이렇게 사과할 일이 없었으면 좋겠구나. 이제는 화가 나도 감정을 잘 다스리려고 노력해야 한다."

앤은 한숨을 쉬면서 말했다.

"사람들이 제 외모를 두고 이런저런 이야기만 하지 않는다면, 화를 참는 건 그렇게 어렵지 않아요. 다른 일에는 별로 화가 안 나거든요. 하지만 제 머리 색깔 이야기는 정말 지긋지긋해서 그냥 폭발하는 거예요. 그런데 제가 자라면 정말 머리카락이 멋진 적갈색으로 바뀔까요?"

"그렇게 외모에만 신경 써서는 안 돼. 네가 허영심 많은 아이일까 봐 걱정되는구나."

"제가 못생겼다는 걸 알고 있는데 어떻게 허영심이 생기겠어요? 전 예쁜 게 좋아요. 거울을 봤을 때 예쁘지 않아 보이면 정말 싫거든요. 제가 보기 흉한 다른 걸 볼 때처럼 몹시 슬퍼요. 아름답지 않은 건 참 불쌍하다고 생각해요."

앤이 항변하자 마릴라는 속담을 인용해 말했다.

"행동이 아름다워야 외모도 아름다운 법이란다."

앤은 수선화에 코를 가져다 대면서 믿지 못하겠다는 말투로 대꾸했다.

"그런 말은 전에도 들은 적 있어요. 하지만 정말 그런 것 같진 않네요. 아, 참 예쁜 꽃이에요! 이런 꽃을 주시다니, 린드 아주머니는 참 고마운 분이에요. 이젠 그분에게 나쁜 감정이 없어요. 사과하고 용서를 받으면 즐겁고 편안해지거든요. 오늘 밤 별이 참 밝지 않나요? 만약 별에서 살 수 있다면 어느 별을 고르시겠어요? 전 저기 어두운 언덕 위쪽의 크고 밝은 별이 좋아요."

"앤, 제발 조용히 좀 하렴."

마릴라는 소용돌이치는 듯한 앤의 생각을 따라가느라 완전히 녹초가 되었다.

앤은 집으로 이어지는 오솔길에 접어들 때까지 잠자코 있었다. 오솔길에서는 이슬에 젖은 어린 고사리의 짙은 향기가 산들바람에 실려와 두 사람을 맞았다. 땅거미가 지고 멀리 초록지붕집 부엌의 불빛이 나무들 사이로 즐거운 듯 반짝거렸다. 앤은 갑자기 마릴라에게 다가가더니 굳은살이 박인 부인의 손에 자기의 조그마한 손을 슬며시 밀어 넣었다.

"집에 돌아가는 건 참 좋아요. 저기가 내 집이라니, 정말 멋져요. 전 벌써 초록지붕집을 사랑하게 됐어요. 지금까지 어떤 곳도 사랑한 적이 없었어요. 집이라고 생각한 곳도 없었고요. 마릴라 아주머니, 전 정말 행복해요. 지금이라면 당장이라도 기도할 수 있을 것 같아요. 별로 어려울 것 같지도 않아요."

앤의 가냘프고 작은 손이 닿자 따뜻하고 기분 좋은 느낌이 마릴라의 가슴에 차올랐다. 전에는 알지 못했던 모성의 두근거림이었는지도 모른다. 너무도 낯설고 달콤한 감정을 맛보자 마릴라는 당혹스러웠다. 그래서 평소의 차분함을 되찾으려고 서둘러 교훈적인 말을 던졌다.

"착한 아이가 되면 언제나 행복할 거다, 앤. 그리고 기도하는 것도 어렵게 생각해서는 안 돼."

앤은 생각에 잠긴 듯 말했다.

"엄밀하게 말하면, 기도문을 낭송하는 것과 그냥 기도하는 건 달라요. 하지만 제가 바람이라고 상상할래요. 저 나무 꼭대기에서 불어오는 바람이요. 나무가 지겨워지면 여기 고사리를 부드럽게 흔들 거예요. 그러고 나서 린드 아주머니의 정원으로 날아가 꽃을 춤추게 한 뒤 클로버 들판으로 단번에 휙 가버리는 거예요. 그런 다음에는 반짝이는 호수로 날아가 잔물결을 일으키며 반짝반짝 빛나게 만드는 거죠. 아, 바람에는 상상할 거리가 정말 많아요! 그래서 지금은 아무 말도 하지 않을 거예요."

마릴라는 안도의 한숨을 쉬었다.

"그래주면 고맙겠구나."

11장

앤이 주일학교에서 받은 인상

"자, 마음에 드니?"

마릴라가 물었다. 앤은 다락방에 서서 침대 위에 펼쳐둔 원피스 세 벌을 굳은 얼굴로 바라보고 있었다. 하나는 아주 튼튼해 보이는 갈색 체크무늬 면 원피스였는데, 지난여름 행상인에게 산 옷감으로 만든 것이었다. 다른 하나는 지난겨울 싼값으로 구입한 흑백 체크무늬 새틴으로 만든 옷이었다. 마지막 하나는 칙칙한 파란색 바탕에 촌스러운 무늬가 있는 옷이었는데, 이번 주 카모디 가게에서 구입한 천으로 만든 것이었다.

세 벌 모두 마릴라가 손수 만든 것으로 모양이 똑같았다. 허리가 딱 맞는 치마는 아무런 장식 없이 밋밋했고, 소매도 꽉 끼는 평범한 모양이었다.

"마음에 든다고 상상해볼게요."

앤이 우울한 표정을 짓자 기분이 상한 마릴라가 말했다.

"그런 상상은 안 했으면 좋겠구나. 옷이 마음에 안 드는 모양인데, 뭐가 문제니? 단정하고 깔끔하기만 한걸. 게다가 전부 새 것이잖아?"

"그렇죠."

"그런데 왜 마음에 안 든다는 거지?"

"저기, 그러니까… 예쁘지가 않아요."

앤이 마지못해 대답하자 마릴라는 콧방귀를 뀌었다.

"예쁘지 않다고? 난 네게 예쁜 옷을 지어줄 생각이 없었다. 그런 건 허영에 빠지게 만들 뿐이야. 앤, 지금 분명히 말해주마. 이 옷들은 모두 편하고 쓸 만한 것들이다. 주름이나 장식이 없어서 실용적이기도 하지. 올여름에는 이 세 벌만 입도록 해라. 갈색 옷과 파란색 옷은 학교에 다니게 되면 입고, 새틴 옷은 교회와 주일학교용이야. 단정하고 깨끗하게 입어야 해. 찢어지지 않도록 조심해라. 그동안은 몸에도 맞지 않는 면모 혼방 옷을 입고 있었으니 뭘 갖다줘도 고마워할 거라고 생각했다."

"아, 물론 고맙습니다. 하지만, 그러니까, 셋 중에 한 벌만이라도 주름을 넣은 퍼프소매가 달려 있었으면 훨씬 감사했을 거예요. 요즘은 퍼프소매가 유행이잖아요. 그런 옷은 입기만 해도 가슴이 두근거릴 것 같거든요."

"그러면 가슴이 두근거리는 일 없이 지내야겠구나. 퍼프소매 따위에 낭비할 천은 없어. 내가 보기엔 그런 건 우스꽝스러울 뿐이야. 단순하고 편한 소매가 더 좋은 거다."

앤이 애절한 얼굴로 버텼다.

"하지만 저 혼자만 단순하고 편한 옷차림을 하는 것보다는 다른 아이들처럼 우스꽝스레 보이는 게 훨씬 나아요."

"너야 당연히 그렇겠지! 자, 이제 옷들을 옷장에 잘 걸어놓고 앉아서 주일학교에서 배울 내용을 공부하도록 해라. 널 주려고 벨 씨에게서 교리문답을 얻어 왔어. 내일부터 주일학교에 가야 하니까 오늘 꼭 읽도록 해."

마릴라는 화가 잔뜩 나서 아래층으로 내려갔다. 앤은 두 손을 꼭 쥐고 옷들을 바라보다가 실망한 얼굴로 중얼거렸다.

"난 퍼프소매가 달린 하얀 원피스를 입고 싶었는데…. 그런 옷을 한 벌이라도 받고 싶다고 기도했지만 사실 별 기대는 하지 않았어. 하느님은 고아 여자아이가 입을 옷까지 신경 쓸 겨를이 없을 것 같았으니까. 그런 건 마릴라 아주머니의 뜻에 달려 있잖아. 그래도 셋 중 한 벌은 예쁜 레이스 주름으로 장식되었고 퍼프소매가 세 단이나 있는 새하얀 모슬린 드레스라고 상상할 수 있어서 다행이야."

다음 날 아침, 마릴라가 두통이 심해서 앤 혼자 주일학교에 가게 되었다.

"앤, 린드 부인 집에 가서 사정을 말씀드려라. 그러면 부인이 네가 어느 반에 들어가야 할지 알아봐줄 거야. 그리고 명심해라. 예의 바르게 행동해야 한다. 주일학교가 끝나도 남아서 설교를 들어야 해. 우리 가족석이 어디인지 린드 부인께 물어보고, 1센트를 줄 테니 헌금으로 내면 된다. 사람들을 빤히 쳐다보거나 안절부절못하는 일은 없어야 해. 집에 돌아오면 설교 본문이 성경 어느 구절이었는지 내게 말해줘야 한다."

앤은 빳빳한 흑백 새틴 옷을 입고 순순히 집을 나섰다. 길이와 품이 딱 맞는 옷이었지만 앤의 깡마른 몸이 두드러져 보였다. 머리에 쓴 밀짚모자는 작고 납작하며 광택이 나는 새것이었지만, 이것 역시 평범했던 탓에 리본과 꽃 장식을 은근히 바랐던 앤은 크게 실망했다. 다만 꽃 장식은 큰 길로 들어서기 전에 직접 마련할 수 있었다. 오솔길 중간쯤에는 바람에 흩날리는 황금빛 미나리아재비와 아름다운 들장미가 가득 피어 있었고, 앤은 곧바로 이 꽃들을 잔뜩 따서 화환을 만든 뒤 모자에 장식했다. 남들이 어떻게 보든 앤은 자기가 만든 것에 만족했다. 앤은 분홍색과 노란색 꽃으로 장식한 빨간 머리를 꼿꼿이 들고 경쾌하게 길을 걸어 내려갔다.

린드 부인의 집에 도착했을 때 부인은 이미 나가고 없었다. 앤은 조금도 주눅 들지 않고 혼자서 교회로 향했다. 교회 입구에는 여자아이들이 모여 있었는데 대부분 흰색, 파란색, 분홍색 옷을 화사하게 차려입은 모습이었다. 머리에 이상한 장식을 한 낯선 아이가 나타나자 모두들 호기심 어린 눈으로 쳐다보았다. 에이번리에 사는 여자아이들은 앤에 대한 소문을 이미 들어 알고 있었다. 린드 부인은 앤의 성깔머리가 보통이 아니라는 소문을 냈고, 초록지붕집에서 일하는 소년 제리 부트는 앤이 하루종일 혼잣말을 하거나 나무와 꽃에게도 말을 거는 이상한 아이라고 떠벌렸다. 아이들은 앤을 보면서 교리문답 책으로 입을 가리고 수군거렸다. 아무도 앤에게 먼저 다가가지 않았다. 첫 번째 예배가 끝나고 앤이 로저슨 선생님의 반에 갔을 때도 마찬가지였다.

로저슨 선생님은 20년 동안 주일학교를 맡아온 중년 여성이었다. 그녀의 수업 방법은 교리문답에 적힌 질문을 한 뒤 대답할 학생을 질문지 너머로 근엄하게 바라보는 식이었다. 로저슨 선생님은 앤을 그렇게 몇 번이나 쳐다보았고, 앤은 마릴라가 미리 연습을 시킨 덕분에 술술 대답할 수 있었다. 하지만 앤이 질문이나 답을 제대로 이해했는지는 확실하지 않았다.

앤은 로저슨 선생님이 별로 마음에 들지 않았다. 또 그 반 여자아이들이 모조리 퍼프소매 옷을 입은 걸 보면서 비참한 심정이 들었다. 퍼프소매가 없는 옷을 입은 인생은 살 만한 가치가 전혀 없다고 느꼈을 정도였다.

"그래, 주일학교는 어땠니?"

앤이 집으로 돌아오자 마릴라가 궁금해하며 물었다. 마릴라는 아직 앤이 모자를 꽃으로 장식한 사실을 몰랐다. 앤이 집에 오다가 시든 화환을 버렸기 때문이다.

"하나도 좋지 않았어요. 끔찍했어요."

"앤 셜리!"

마릴라가 나무라듯 목소리를 높였다. 앤은 긴 한숨을 내쉬며 흔들의자에 앉아서 보니의 잎에 입을 맞추고 활짝 핀 푸크시아 꽃을 향해 손을 흔들었다. 그런 다음 자기가 했던 몸짓의 의미를 설명했다.

"제가 집에 없는 동안 이 아이들도 외로웠을 거예요. 이제 주일학교 이야기를 해드릴게요. 아주머니께서 말씀하신 대로 예의 바르게 행동했어요. 린드 아주머니가 집에 안 계셔서 저 혼자 잘 찾아갔어요. 교회에 도착하니까 여자아이들이 많이 있었죠. 첫 번째 예배가 진행되는 동안 창가 쪽 구석에 앉아 있었어요. 벨 아저씨의 기도는 끔찍할 정도로 길었어요. 창가 쪽에 앉지 않았다면 기도하는 동안 지겨워서 죽었을지도 몰라요. 하지만 반짝이는 호수가 딱 보이는 자리였기 때문에 거길 보면서 온갖 멋진 상상을 할 수 있었어요."

"그러면 안 돼! 벨 씨의 기도를 잘 들었어야지."

"그런데 벨 아저씨는 제가 아니라 하느님한테 말하는 거였어요. 그분도 기도하는 게 별로 내키지 않아 보였죠. 아마 하느님이 너무 멀리 있다고 생각한 것이 아닌가 싶어요. 호숫가에는 하얀 자작나무가 길게 늘어서 있었고, 햇살이 그 가지 사이를 지나 물속으로 아주 깊게 떨어지고 있었어요. 마릴라 아주머니, 그 광경이 정말 아름다운 꿈만 같았어요! 참 아름다워서 가슴이 뛰는 바람에 '감사합니다, 하느님'이라고 두 번, 아니 세 번이나 말할 수밖에 없었죠."

마릴라가 걱정스러운 얼굴로 물었다.

"설마 큰 소리로 말한 건 아니겠지?"

"아니에요. 아주 작은 소리로 했어요. 뭐, 벨 아저씨의 기도가 끝나니까 사람들이 저보고 로저슨 선생님의 반으로 가라고 했어요. 거기엔 여자아이가 아홉 명이나 있었어요. 모두 퍼프소매 옷을 입고 있었죠. 저도 퍼프소매 옷을 입고 있다고 상상해봤지만 쉽지 않았어요. 왜 그랬을까요? 동쪽 다락방에서 혼자 있을 때는 퍼프소매 옷을 상상하기가 쉬웠는데, 진짜로 퍼프소매 옷을 입은 아이들 틈에서는 그러기가 너무 힘들었거든요."

"주일학교에 가서 소매를 생각하면 안 돼. 수업에 집중해야지. 그 정도는 알고 있을 거로 생각했다."

"아, 알고 있었어요. 전 대답을 많이 했어요. 로저슨 선생님이 제게 많이 물어보셨거든요. 선생님만 질문을 하는 건 불공평하다고 봐요. 저도 묻고 싶은 게 아주 많았으니까요. 하지만 물어보기는 싫었어요. 저랑은 마음이 맞지 않아 보여서요. 그리고 다른 아이들은 전부 찬송시를 암송했어요. 선생님은 저한테 아는 찬송시가 있냐고 물어보셨죠. 그래서 전 그런 건 모르지만 선생님만 좋으시다면 〈주인의 무덤을 지키는 개〉를 암송하겠다고 했어요. 3학년 읽기 책에 나오는 시거든요. 종교적인 시는 아니지만 그만큼 슬프고 우울한 느낌이에요. 선생님은 그건 안 된다고 하시고는 다음 주일까지 19번 찬송시를 외워서 오라고 했어요. 그래서 교회에 있을 때 읽어봤는데 정말 멋있었어요. 특히 두 줄은 가슴을 뛰게 만들었죠.

미디안*에 불행이 닥친 날,
학살당하는 기병대처럼 빠르게 무너졌도다.

기병대나 미디안이 무슨 말인지는 모르겠지만 비극적으로 들려요. 빨리 다음 주일이 와서 이 시를 암송하고 싶어요. 일주일 내내 연습할 거예요. 주일학교가 끝난 뒤에는 로저슨 선생님

---

* 　구약성경에 등장하는 민족으로 아브라함이 후처 그두라에게서 얻은 넷째 아들의 후손이다. 초기에는 이스라엘과 우호 관계였으나 이스라엘이 광야 생활을 마친 뒤부터 사이가 나빠졌다. 이후 이스라엘의 장군 기드온에게 대패했다.

에게 우리 가족 자리가 어디인지 물어봤어요. 린드 아주머니는 너무 멀리 떨어져 있었거든요. 전 가능한 한 가만히 앉아 있었어요. 설교에서 다룬 성경 말씀은 요한계시록 3장 2절부터 3절까지였는데, 정말 긴 구절이었어요. 제가 목사님이라면 더 짧고 멋진 걸 골랐을 거예요. 설교도 끔찍하게 길었어요. 성경 구절이 기니까 설교도 거기에 맞춰야 한다고 생각하셨겠죠? 사실 흥미를 끌 만한 내용이 하나도 없었어요. 목사님은 상상력이 부족하신 것 같아요. 설교는 그냥 적당히 들었어요. 그리고 생각이 자유롭게 흘러가도록 내버려두었더니 아주아주 놀라운 생각을 하게 되었어요."

마릴라는 이런 행동을 엄하게 꾸짖어야 한다고 생각했지만, 앤의 말 중에서 몇 가지는 딱히 틀린 것도 아니었기에 야단치기가 조금 주저되었다. 특히 목사의 설교와 벨 씨의 기도에 대해서는 마릴라 자신도 입 밖에는 내지 않았지만 오랫동안 그렇게 생각하던 터였다. 그동안 가슴에 묻어두고 차마 말로 하지 못했던 불만이 갑자기 눈에 보이는 비난으로 모습을 바꿔서 나타난 듯했다. 그것도 지금껏 누구의 돌봄도 받지 못한 채로 방치되었던 이 솔직한 어린아이의 입을 통해서.

12장

—

엄숙한 맹세와 약속

마릴라는 그다음 주 금요일이 되어서야 화환으로 장식한 모자 이야기를 들었다. 린드 부인의 집에서 돌아온 마릴라는 자초지종을 알아보려고 앤을 불렀다.

"앤, 린드 부인이 그러는데 지난 주일에 네가 모자를 들장미와 미나리아재비로 우스꽝스럽게 장식하고 교회에 왔다더구나. 도대체 왜 그런 짓을 한 거니? 꼴이 참 볼 만했겠어!"

"아, 분홍색하고 노란색이 제게 안 어울린다는 건 알아요."

"지금 그런 이야기를 하는 게 아니잖아! 무슨 색이든 상관없어. 모자에 꽃을 꽂은 게 문제라고. 그게 얼마나 우스꽝스러운 짓인지 알고는 있니? 넌 참 사람을 곤란하게 만드는구나!"

"옷에는 꽃을 달면서 모자에 꽃을 꽂는 건 왜 우스꽝스럽다고 하는지 모르겠어요. 거기 있던 여자아이들 중에는 원피스에 꽃을 단 애들도 많던데요. 뭐가 다른 거예요?"

앤이 따지고 들자 마릴라는 모호하고 추상적인 논쟁에 말려들지 않기 위해서 구체적이고 안전한 이야기를 이어갔다.

"그런 식으로 말대꾸하지 말아야지, 앤. 그건 아주 바보 같은 짓이었어. 네가 그런 장난을 쳤다는 이야기가 다시는 내 귀에 들어오지 않도록 해라. 린드 부인은 네가 그렇게 하고 왔을 때 꼭꼭 숨어버리고 싶었다더구나. 너무 멀리 떨어져 있어서 얼른 그 화환을 떼어버리라고 말해줄 수도 없었대. 사람들이 심한 말을 했다는 이야기도 전해줬어. 물론 사람들은 내가 분별없이 널 그렇게 꾸며서 내보냈다고 생각했을 테지."

앤은 눈물을 글썽거리면서 말했다.

"어머나, 정말 죄송해요. 아주머니께 폐가 될 줄은 생각도 못했어요. 들장미하고 미나리아재비가 어찌나 향기롭고 예쁘던지, 모자에 두르면 참 멋질 거로 생각했거든요. 다른 여자아이들도 모자에 조화를 꽂고 있었어요. 제가 아주머니한테 큰 짐이 될까 봐 걱정돼요. 차라리 절 다시 보육원으로 보내는 게 나을지도 모르겠어요. 물론 그건 너무 끔찍한 일이라 제가 견뎌낼 수 없을 것 같지만요. 그러면 아마 폐병에 걸리고 말겠죠. 이렇게 깡말랐으니까요. 하지만 아주머니의 골칫거리가 되는 것보다는 그게 나을 거예요."

마릴라는 아이를 울린 자신에게 화를 내면서 말했다.

"무슨 말도 안 되는 소릴 하는 거니? 널 다시 보육원에 돌려보내고 싶은 게 아니다. 절대로 아니야. 내가 원하는 건 네가 다른 여자아이들처럼 얌전하게 행동하는 것뿐이다. 자기 자신을 웃음거리로 만들지 말라는 거야. 아무튼 이제 그만 울어라. 좋은 소식이 있으니까. 다이애나 배리가 오늘 오후에 집에 왔어. 치마의 본을 뜨러 배리 부인에게 갈 건데, 괜찮다면 나랑 같이 가서 다이애나를 만나보겠니?"

앤은 단을 접던 행주를 바닥에 떨어뜨리고, 뺨에 눈물 자국이 가득한 채로 두 손을 꼭 잡으며 벌떡 일어났다.

"아, 마릴라 아주머니. 저 정말 겁이 나요. 기다리던 때가 막상 다가오니까 도리어 무서워졌어요. 만약 그 애가 절 좋아하지 않으면 어떡하죠? 제 인생에서 가장 크게 실망한 비극적인 날이 될 거예요."

"아이고, 야단법석 좀 떨지 마라. 그리고 그렇게 장황한 표현은 쓰지 않는 게 좋겠다. 어린아이가 그러면 아주 우습게 들려. 다이애나는 널 좋아할 거야. 네가 걱정해야 할 건 그 아이 엄마란다. 배리 부인이 널 마음에 들어 하지 않으면 다이애나가 아무리 널 좋아해도 소용없어. 네가 린드 부인에게 대든 거랑 미나리아재비를 모자에 꽂고 교회에 간 이야기를 들으면 배리 부인이 널 어떻게 생각할지 모르겠다. 거기서는 예의 바르고 점잖게 행동해야 한다. 그런 이상한 말투도 쓰지 말고. 이런 세상에, 너 정말 떨고 있구나?"

앤은 얼굴이 새파랗게 질린 채로 몸을 덜덜 떨었다. 그러면서도 서둘러 모자를 챙기며 말했다.

"단짝 친구가 되고 싶은 아이를 만나러 가는데 그 아이 어머니가 싫어할지도 모른다고 생각하면, 아주머니도 저처럼 떨게 되실 거예요."

잠시 후 두 사람은 시냇물을 건너 전나무 언덕을 오르는 지름길을 통해서 비탈길 과수원집에 도착했다. 마릴라가 부엌문을 두드리자 배리 부인이 나타났다. 키가 컸고 눈동자와 머리가 검은 데다 입매가 단호해 보였다. 부인은 아이들을 엄격하게 키우는 것으로 유명했다. 부인이 두 사람을 반갑게 맞이했다.

"안녕하세요, 마릴라? 들어오세요. 데려왔다던 아이가 바로 이 애군요."

"맞아요. 앤 셜리라고 해요."

"마지막에 e가 붙은 앤이에요."

마릴라가 대답하자 앤이 숨을 헐떡이며 말했다. 떨리고 흥분되었지만 중요한 사실만은 정확하게 전달해야 한다고 생각한 것이다. 배리 부인은 이 말을 듣지 못했는지 아니면 이해하지 못했는지, 그저 악수를 하면서 다정하게 말했다.

"안녕? 잘 지내니?"

"몸은 잘 지내요. 마음은 무척 어수선하지만요. 감사합니다, 아주머니."

앤은 아주 의젓하게 말했다. 그리고 마릴라 곁으로 다가가더니 누구에게나 들릴 만한 소리로 속삭였다.

"제가 이상한 말은 하지 않았죠, 마릴라 아주머니?"

다이애나는 소파에 앉아 책을 읽다가 손님이 들어오자 책장을 덮었다. 어머니를 닮아 눈과 머리카락이 검고 뺨은 장밋빛이었으며, 아버지에게 밝은 표정을 물려받은 아주 예쁜 아이였다. 배리 부인이 앤에게 다이애나를 소개했다.

"얘가 우리 딸 다이애나란다. 다이애나, 앤을 데리고 정원으로 가서 꽃을 보여주렴. 눈이 빠지게 책만 읽는 것보다 그게 너한테는 더 좋을 거야."

아이들이 밖으로 나가자 그녀는 마릴라에게 말했다.

"저 아인 책을 너무 많이 읽어요. 주의를 줘도 듣질 않네요. 남편이 아이 편만 드니까요. 항상 책에만 빠져 있어 걱정이었는데, 같이 놀 친구가 생겨서 다행이에요. 그러면 밖에서도 놀게 될 테죠."

정원에는 서쪽의 오래된 전나무들 사이로 부드러운 햇살이 가득 비쳤고, 앤과 다이애나는 아름다운 참나리 덤불 앞에서 서로를 수줍게 바라보았다.

배리 씨네 정원은 나뭇가지마다 꽃이 활짝 피어 있어서 운명을 결정하는 순간만 아니었다면 앤은 마냥 즐거워했을 것이다. 아름드리 버드나무들과 높게 자란 전나무들이 정원을 둘러싸고 있었으며, 그 아래로는 그늘을 좋아하는 꽃들이 가득했다. 조개껍질로 예쁘게 테두리를 두른 길은 촉촉한 빨간 리본같이 정원을 가로질렀고, 화단에는 고풍스러운 꽃들이 만발했다. 장밋빛 금낭화, 화려한 진홍빛 작약, 향기로운 하얀 수선화, 가시는 많지만 향긋한 스코틀랜드 장미, 분홍색, 파란색, 흰색의 매발톱꽃, 라일락처럼 연한 보랏빛의 비누풀, 개사철쑥 덤불, 은선초, 박하, 보라색 난초, 수선화, 솜털 같은 줄기에서 섬세한 향기를 내뿜는 하얀 클로버, 흰 물짜리아재비 위로 불꽃처럼 피어난 쥐오줌풀꽃 등이었다. 햇살이 오랫동안 머물렀고, 벌들은 윙윙 날아다녔고, 바람은 이곳을 떠나지 않으려는 듯 기분 좋게 나뭇잎을 살랑거리는 정원이었다.

마침내 앤이 두 손을 맞잡고 거의 속삭이듯 말했다.

"저, 다이애나. 단짝 친구가 될 만큼 날 좋아해줄 수 있니?"

무슨 말을 하기 전에 항상 웃음을 짓는 다이애나는 이번에도 웃으며 솔직하게 말했다.

"응, 그럴 것 같아. 네가 초록지붕집에서 살게 되어 정말 다행이야. 친구가 생겨서 얼마나 좋은지 몰라. 근처에는 같이 놀 만한 여자애가 없고, 여동생은 아직 어리거든."

"그럼 영원한 친구가 되겠다고 맹세할 수 있니?"

앤이 간절하게 묻자 깜짝 놀란 다이애나가 앤을 나무랐다.

"어머, 그건 참 나쁜 짓이잖아."*

"아니야. 네가 오해한 거야. 그 단어에는 두 가지 뜻이 있어."

다이애나가 미심쩍은 얼굴로 말했다.

"나는 한 가지밖에 들어본 적이 없는걸."

"진짜로 다른 뜻이 있어. 아, 나쁜 뜻으로 한 말이 절대 아냐. 그냥 엄숙하게 다짐하고 약속하자는 거지."

다이애나는 안심한 듯 고개를 끄덕였다.

"뭐, 그렇다면 괜찮아. 어떻게 하면 되니?"

앤이 진지하게 말했다.

"일단 손을 잡는 거야. 음, 이렇게. 원래는 흐르는 물에서 손을 잡아야 하지만, 지금은 이 길이 흐르는 물이라고 상상하자.

• 앤은 "Will you swear to be my friend forever and ever?"라고 물었는데, swear에는 '맹세하다' 외에도 '욕하다'라는 뜻이 있다. 다이애나는 '욕하다'로 알아들었기 때문에 이런 반응을 보였다.

내가 먼저 맹세할게. 나는 해와 달이 남아 있는 한 단짝 친구 다이애나 배리에게 충실할 것을 엄숙히 맹세합니다. 자, 이번에는 네가 내 이름을 넣고 똑같이 해봐."

다이애나는 웃으며 그 '맹세'를 따라 했고, 맹세가 끝나자 다시 웃으며 말했다.

"앤, 넌 진짜 특이한 아이구나. 네가 별나다는 말은 전에도 들었어. 하지만 난 널 무척 좋아하게 될 것 같아."

마릴라와 앤이 집으로 돌아갈 때 다이애나는 통나무 다리까지 배웅해주었다. 두 아이는 팔짱을 끼고 걸었다. 둘은 다음 날 오후에 다시 만나 무엇을 할지 산더미 같은 약속을 한 뒤 시냇가에서 헤어졌다.

"그래, 다이애나는 너랑 마음이 잘 맞는 아이였니?"

초록지붕집 정원을 지나면서 마릴라가 물었다. 그 말에는 빈정거림이 담겨 있었지만 행복감에 젖은 앤은 그것을 전혀 알아차리지 못한 채 마음이 놓인 듯 한숨을 내쉬었다.

"아, 그럼요. 마릴라 아주머니, 지금 저는 프린스에드워드섬에서 가장 행복한 소녀예요. 오늘 밤에는 진심을 다해서 기도할 거예요. 내일은 다이애나랑 윌리엄 벨 아저씨네 자작나무 숲에 가서 소꿉놀이 집을 짓기로 했어요. 장작을 쌓아두는 헛간에 깨진 도자기가 있던데, 가져가도 될까요? 다이애나는 2월에 태어났대요. 제 생일은 3월인데, 우연이라고 하기엔 정말 신기하지 않나요? 다이애나가 책을 빌려주기로 했어요. 엄청 재미있고 손에 땀을 쥐게 할 만큼 흥미진진한 내용이래요. 흑백합이 자라는 숲 안쪽도 보여주겠대요. 다이애나의 눈은 감정이 참 풍부해 보이죠? 제 눈도 그랬으면 좋겠어요. 다이애나는 〈개암나무 골짜기의 넬리〉라는 노래를 가르쳐준다고 했어요. 제 방에 걸어놓을 그림도 주겠대요. 연푸른색 실크 드레스 차림의 예쁜 여자가 그려진, 참 아름다운 그림이래요. 재봉틀 파는 사람에게 받았다고 해요. 저도 다이애나에게 무언가를 줬으면 좋겠어요. 키는 제가 2센티미터쯤 크지만, 다이애나는 저보다 통통해요. 자기는 마른 게 좋다고 하네요. 더 우아해 보인다면서요. 아무래도 절 위로하려고 그렇게 말한 것 같아요. 언젠가는 조가비를 주우러 해변에도 갈 거예요. 우린 통나무 다리 옆의 샘을 '드라이어드* 거품'이라고 부르기로 했어요. 완벽하게 우아한 이름이죠? 전에 읽었던 이야기에 그런 이름의 샘이 나와요. 드라이어드는 어른 요정인 것 같아요."

"그렇게 수다를 떨면 다이애나도 힘들어할 것 같구나. 그리고 이것만은 명심해야 한다. 종일 놀기만 할 수는 없어. 네가 집에서 할 일을 먼저 끝내도록 해."

앤이 든 행복의 잔은 이미 가득 찬 상태였지만 매슈가 이를 더 흘러넘치게 해주었다. 카모디의 가게에 갔다가 이제 막 돌아온 매슈는 호주머니에서 작은 꾸러미를 꺼내더니 멋쩍은 듯 마릴라의 눈치를 보며 앤에게 건넸다.

"초콜릿사탕을 좋아한다고 했지? 그래서 조금 사 왔다."

마릴라가 콧방귀를 뀌었다.

"흥, 이런 걸 먹으면 이가 썩고 배도 아플 거예요. 아니, 얘야.

---

*   그리스신화에 등장하는 나무의 요정

그렇게 슬픈 표정은 짓지 마라. 오라버니가 모처럼 사 온 거니까 먹어도 좋아. 이것 말고 박하사탕을 가져왔더라면 좋았을 텐데. 그게 몸에는 더 좋거든. 참, 한꺼번에 다 먹으면 안 돼. 그러면 배탈이 날 거야."

앤은 신이 나서 들썩거리며 말했다.

"에이, 안 그럴게요. 오늘 밤에는 하나만 먹으려고요. 마릴라 아주머니, 절반은 다이애나에게 줘도 될까요? 그러면 남은 절반은 두 배로 맛있을 거예요. 그 애한테 줄 게 있다고 생각하니 정말 기뻐요."

앤이 방으로 올라가자 마릴라가 매슈에게 말했다.

"저 아이는 인색하지 않아서 다행이에요. 욕심쟁이 아이는 딱 질색이거든요. 저 아이가 온 지 석 주밖에 안 됐지만, 마치 원래 여기 살았던 것 같은 기분이 들어요. 이제 앤이 없는 이 집은 상상조차 할 수 없네요. 이런, 그럴 줄 알았다는 듯한 얼굴로 쳐다보지 좀 마세요. 여자가 그러는 것도 싫은데 남자가 그런 표정을 짓는 건 도저히 참을 수 없어요. 뭐, 솔직히 인정할게요. 저 아이를 집에 들이겠다고 결심한 건 잘한 일이고, 갈수록 저 애가 좋아지는 것도 맞아요. 하지만 자꾸 그걸 들먹이지 좀 말아요, 매슈 커스버트 오라버니."

13장

기다리는 즐거움

"앤이 바느질을 할 시간인데."

마릴라는 시계를 힐끗 보고 나서 밖으로 눈을 돌렸다. 햇살이 노랗게 여문 8월 오후, 세상 만물이 더위에 지쳐 꾸벅꾸벅 조는 듯했다.

"약속한 시간보다 30분이나 넘겨서 다이애나하고 놀더니, 이제는 장작더미에 앉아 매슈 오라버니한테 쉴 새 없이 종알대고 있잖아. 일할 시간이라는 걸 분명히 알고 있으면서도 저런다니까. 오라버니도 완전히 얼이 나가서 아이 이야기를 듣고 있어. 저렇게 뭐에 푹 빠진 모습은 처음 보네. 참 나, 앤이 말을 많이 할수록 그리고 이상한 말을 할수록 더 좋아하는 꼴이라니. 앤 셜리, 당장 안으로 들어와! 내 말 듣고 있니?"

마릴라가 서쪽 창문을 똑똑 두드리자 그 소리를 들은 앤이 풀어헤친 머리를 반짝이는 물결처럼 휘날리며 마당에서 뛰어 들어왔다. 눈은 반짝거렸고 뺨은 분홍빛으로 물들어 있었다. 앤은 숨을 헐떡이면서 소리쳤다.

"마릴라 아주머니, 다음 주에 주일학교에서 하면 앤드루스 아저씨네 목장으로 소풍을 간대요. 반짝이는 호수 바로 옆에 있는 곳이에요. 그리고 주일학교 교장선생님인 벨 아주머니랑 린드 아주머니가 아이스크림을 만들어주실 거래요. 생각해보세요. 아이스크림이라니까요! 아주머니, 저 가도 되죠?"

"제발 시계 좀 봐라, 앤. 내가 몇 시까지 오라고 했니?"

"2시요. 그런데 소풍이라니, 정말 멋지죠? 그런데 저 가도 되나요? 전 이제껏 한 번도 소풍을 가본 적이 없어요. 꿈은 꾼 적이 있지만요. 실제로는…."

"그래, 2시에는 돌아오라고 했잖아. 지금은 3시 15분 전이다. 왜 내 말을 어긴 거냐? 어디 한번 얘기해봐라, 앤."

"아, 저는 정말 시간을 지키려고 했어요. 하지만 아주머니는 '고요한 황야'가 얼마나 매혹적인지 모르실 거예요. 매슈 아저씨한테 소풍 얘기도 해야 했고요. 아저씨는 제 얘기를 정말 잘 들어주시거든요. 그런데요, 저 가도 되죠?"

"그 고요한 뭔가 하는 게 얼마나 매혹적이든 간에, 넌 그걸 뿌리칠 줄 알아야 해. 그리고 내가 '언제까지'라고 하면 바로 그 시간을 말하는 거다. 30분 뒤가 아니라. 또, 아무리 네 이야기를 잘 들어주는 사람이 있다 해도 수다를 떠느라 오던 길을 멈추면 안 돼. 물론 소풍은 가도 된다. 너도 주일학교 학생이잖아. 다른 학생들이 모두 가는데 너만 못 가게 할 리는 없지 않겠니?"

앤이 우물거리며 털어놓았다.

"저기, 다이애나가 그러는데, 모두들 바구니에 먹을 걸 챙겨서 가야 한대요. 전 요리를 못 하잖아요. 퍼프소매가 달리지 않은 옷을 입고 소풍을 가는 건 괜찮은데, 바구니 없이 가면 정말 창피할 것 같아요. 다이애나한테 그 얘길 들은 뒤로는 계속 마음에 걸렸어요."

"걱정할 필요 없다. 내가 바구니를 준비해주마."

"와, 마릴라 아주머니 정말 고마워요. 와, 아주머니는 제게 너무 잘해주시네요. 와, 진심으로 감사드려요."

앤은 뛸 듯이 기뻐서 '와' 소리를 거듭 내며 마릴라의 품에 뛰어들었다. 그러고는 그녀의 창백한 뺨에 마구 입을 맞춰댔다. 마릴라의 얼굴에 어린아이가 자진해서 입술을 댄 것은 평생 처음 있는 일이었다. 이런 갑작스럽고 놀랍도록 감미로운 느낌은 마릴라의 가슴을 다시금 뛰게 만들었다. 마릴라는 앤의 충동적인 입맞춤을 받고 내심 큰 기쁨을 느꼈지만, 일부러 더욱 퉁명스럽게 말했다.

"애고머니나, 그렇게 입을 맞출 것까진 없어. 그보다 이제부터는 시킨 일을 제대로 하는지 확인할 거다. 이야기가 나왔으니 말인데, 슬슬 요리를 가르쳐줄까 생각하던 참이야. 하지만 넌 너무 덤벙대잖니. 그래서 네가 좀 얌전해지고 차분해지길 기다렸던 거야. 요리를 할 땐 정신을 바짝 차려야 하고, 중간에 딴생각하느라 하던 일을 멈춰서도 안 돼. 자, 이제 바느질거리를 가져와서 간식 시간 전에 조각보를 만들도록 해라."

"저는 조각보를 좋아하지 않아요."

앤은 우울한 얼굴로 바느질거리를 가지고 와서 빨갛고 흰 마름모 천 조각 더미 앞에 앉으며 한숨을 쉬었다.

"재미있는 바느질도 있지만, 조각보는 상상할 여지가 없어요. 하나를 꿰매면 다음 걸 이어서 하니까 어디로 간다는 생각이 들지 않는걸요. 하지만 다른 집에서 아무것도 안 하고 놀기만 하는 앤보다는 조각보를 만드는 초록지붕집의 앤이 더 나아요. 조각보를 이을 때도 다이애나랑 놀 때처럼 시간이 빨리 갔으면 좋겠어요. 아, 우리 둘이 얼마나 재미있게 노는지 아세요? 상상하는 일은 거의 제 차지지만 그건 제가 잘하는 거니까 상관없어요. 다이애나는 모든 게 완벽해요. 우리 집하고 배리 아저씨네 농장 사이를 흐르는 시냇물 건너편에 작은 공터가 있잖아요. 윌리엄 벨 아저씨네 땅이요. 거기 구석에는 하얀 자작나무들이 둥그렇게 둘러싼 곳이 있는데요, 세상에서 제일 낭만적인 장소예요. 마릴라 아주머니, 다이애나하고 저는 거기에서 소꿉놀이 집을 만들었어요. 그리고 '고요한 황야'라는 이름을 붙였죠. 아주 시적인 이름이죠? 그 이름을 생각해내느라 시간이 좀 걸렸어요. 정말이에요. 거의 밤을 새우다시피 했거든요. 그러다가 잠이 막 들려고 할 때 영감이 떠오른 거예요. 다이애나도 이 이름을 듣고 무척 황홀해했어요.

거기 지은 집도 아주 우아하게 꾸며놨어요. 아주머니가 보러 오셨으면 해요. 그래주실 거죠? 우린 이끼가 잔뜩 덮인 큰 돌을 가져다가 의자로 삼았고, 나무와 나무 사이에 선반도 만들었어요. 거기다가 우리 그릇을 전부 올려놨죠. 물론 다 깨진 것들이지만, 멀쩡하다고 상상하는 건 세상에서 가장 쉬운 일이에요.

그중에서도 특히 아름다운 건 빨갛고 노란 담쟁이 무늬가 그려진 접시예요. 그래서 우린 그걸 응접실에 두었죠. 거긴 요정 유리도 있어요. 요정 유리는 꿈결처럼 사랑스러워요. 그건 다이애나가 닭장 뒤편 숲에서 찾은 거예요. 유리 전체에 무지개가 여러 개 있는데, 아직 다 자라지 못한 어린 무지개들이에요. 다이애나 엄마는 그게 천장 등이 깨진 거라고 하셨어요. 하지만 어느 날 밤에 요정이 무도회를 하다가 잃어버린 거로 상상하는 게 더 멋질 듯해서 '요정 유리'라고 부르기로 했어요. 매슈 아저씨가 거기에 둘 탁자를 만들어주시겠대요.

아, 우린 배리 아저씨네 밭에 있는 작고 둥근 웅덩이에도 '버들 연못'이라는 이름을 붙였어요. 다이애나가 빌려준 책에서 딴 이름이에요. 그 책은 정말 재미있어요, 마릴라 아주머니. 여자 주인공한테 애인이 다섯 명이나 있어요. 전 한 명만 있어도 충분한데요, 그렇죠? 무척 예쁜 그 여자는 커다란 시련을 뚫고 나아가요. 게다가 기절도 아주 잘해요. 저도 기절할 수 있으면 좋겠어요. 아주머니는 안 그러세요? 정말 낭만적이잖아요. 하지만 전 이렇게 마른 것치곤 정말 튼튼해요. 그런데 요즘 살이 좀 붙은 것 같아요. 아주머니가 보시기엔 어때요? 전 매일 아침 일어나면 팔꿈치를 살펴봐요. 보조개처럼 움푹 패여 있지는 않은가 싶어서요.

다이애나는 소매가 팔꿈치까지 내려오는 새 원피스를 받을 거래요. 그래서 그걸 입고 소풍을 간다고 해요. 아, 다음 주 수요일은 날씨가 맑았으면 정말 좋겠어요. 무슨 일이 생겨서 소풍을 못 간다면 전 견디지 못할 만큼 실망할 거예요. 어떻게든 견더낼 수야 있겠지만 평생의 슬픔이 될 게 분명해요. 나중에 제가 소풍을 백 번 간다고 해도 아무런 소용이 없을 거예요. 어떻게 해도 이번에 못 간 걸 채울 수는 없으니까요. 반짝이는 호수에서 배도 탈 거고요. 아 맞다, 아이스크림. 제가 말씀드린 적 있죠? 전 아이스크림을 한 번도 먹어본 적이 없어요. 다이애나가 어떤 맛인지 설명해주려고 했지만, 아무래도 아이스크림은 제 상상력을 넘어서는 것인가 봐요."

"앤, 내가 시계를 봤는데 넌 정확히 10분 동안이나 쉬지 않고 계속 떠들어댔어. 자, 그 시간만큼 입을 다물 수 있는지 어디 한번 보자."

앤은 마릴라가 시키는 대로 입을 다물고 있었다. 하지만 한 주 내내 소풍 이야기를 하고 소풍을 생각하며 소풍 가는 꿈을 꿨다. 토요일에 비가 내리자 앤은 수요일까지 비가 계속될까 봐 불안해했다. 그래서 마릴라는 앤을 진정시키려고 조각보를 하나 더 만들게 했다.

일요일에 교회에서 집으로 돌아오는 길이었다. 앤은 소풍에 대한 공지를 들었을 때 너무 흥분한 나머지 온몸이 덜덜 떨렸다고 마릴라에게 털어놓았다.

"소름이 등을 타고 오르내렸어요, 마릴라 아주머니! 그때까지는 정말 소풍을 가는 건지 긴가민가했나 봐요. 혼자 상상한 건 아닐까 두려웠거든요. 그런데 목사님이 말씀하셨으니까 믿어도 되겠죠?"

마릴라가 한숨을 쉬며 말했다.

"넌 무슨 일이건 지나치게 집착하는구나. 앞으로 살면서 크게 실망할 일이 많을까 봐 걱정이야."

그러자 앤이 소리쳤다.

"아, 마릴라 아주머니. 원래 즐거움의 반은 기다림이에요. 원하는 걸 얻지 못하더라도 그걸 기다리면서 누리는 즐거움은 아무도 빼앗을 수 없거든요. 린드 아주머니는 '아무것도 기대하지 않는 사람은 복이 있나니 실망을 당하지 않을 것이다'라고 하셨어요. 하지만 저는 실망하는 것보다 아무것도 기대하지 않는 게 더 나쁘다고 생각해요."

마릴라의 옷에는 여느 때처럼 자수정 브로치가 달려 있었다. 그녀는 교회에 갈 때 항상 이 브로치를 달았다. 브로치를 집에 놓고 가는 건 성경책이나 헌금을 깜빡하는 것만큼 큰 죄라고 여기는 듯했다. 또한 이것은 마릴라가 가장 아끼는 보물이었다. 선원이었던 삼촌이 마릴라의 어머니에게 준 것을 다시 그녀가 물려받은 것이다. 브로치는 어머니의 머리카락이 들어 있는 자수정 주위를 작은 자수정이 둘러싼 구식의 타원형이었다. 보석에 대해 잘 몰라서 자수정의 가치를 가늠하지는 못했지만, 브로치는 마릴라의 눈에 무척 아름답게 보였다. 자신의 눈에 직접 띄지는 않아도 브로치가 고급 갈색 새틴 드레스 옷깃 위에서 보랏빛으로 반짝일 것을 생각하면 흐뭇한 마음이 들었다.

앤은 이 브로치를 처음 봤을 때 넋을 잃을 만큼 감탄했다.

"와, 마릴라 아주머니. 정말 우아한 브로치예요. 그걸 달고 어떻게 설교나 기도에 집중할 수 있죠? 저라면 그럴 수 없을 거예요. 자수정은 정말 멋져요. 제가 예전에 상상했던 다이아몬드의 모양이랑 같아요. 다이아몬드에 대한 글을 읽고 어떻게 생겼을

지 머릿속으로 그려봤거든요. 전 다이아몬드가 보랏빛으로 아름답게 반짝반짝 빛나는 보석이라고 생각했어요. 그런데 어느 부인의 반지에 박혀 있는 진짜 다이아몬드를 보고는 실망해서 울고 말았어요. 물론 그것도 아주 예뻤지만 제가 생각한 모양과 달랐거든요. 마릴라 아주머니, 브로치를 잠깐만 만져봐도 돼요? 그런데 자수정은 착한 제비꽃의 영혼이 아닐까요?"

14장

앤의 자백

소풍을 앞둔 월요일 저녁, 마릴라가 당황한 얼굴로 침실에서 나와 앤을 불렀다. 앤은 얼룩 하나 없이 깨끗한 식탁에 앉아 완두콩을 까면서 다이애나에게 배운 대로 활기차고 풍부한 감정을 담아 〈개암나무 골짜기의 넬리〉라는 노래를 부르고 있었다.

"앤, 내 자수정 브로치 못 봤니? 어제저녁 교회에서 돌아와 바늘꽂이에 꽂아둔 것 같은데 아무리 찾아봐도 보이질 않는구나."

앤이 조금 주저하듯 말했다.

"저, 오늘 오후에 아주머니가 자선 모임에 가셨을 때 제가 꺼내서 봤어요. 아주머니 방 앞을 지나가다가 바늘꽂이에 꽂혀 있는 브로치를 보고는 들어가서 구경했어요."

"브로치를 만졌니?"

마릴라가 엄하게 말하자 앤은 순순히 인정했다.

"네…. 어떤지 보고 싶어서 가슴에 달아봤어요."

"그래서는 안 된다. 어린아이가 남의 물건을 만지는 건 아주 나쁜 짓이야. 애당초 내 방에 들어가지 말았어야 했어. 그리고 네 것도 아닌 브로치에 손을 대면 안 되는 거야. 그래서 그걸 어디에 뒀니?"

"1분도 안 돼서 화장대 위에 다시 놓아두었어요. 함부로 만지려고 한 건 절대 아니에요. 방에 들어가서 브로치를 달아보는 게 나쁜 일이라고는 생각하지도 못했거든요. 하지만 이제 잘못을 깨달았으니 다신 그러지 않을게요. 그게 저의 장점 중 하나예요. 같은 잘못을 두 번 하지는 않으니까요."

"넌 그 자리에 다시 두지 않았어. 브로치는 화장대 위 어디에도 없다. 네가 어딘가로 가져갔거나 그걸로 뭘 한 게다, 앤."

"정말 거기 놓아두었어요. 바늘꽂이에 꽂았는지 도자기 쟁반에 올려놓았는지는 정확히 기억나지 않지만, 다시 제자리에 둔 것만큼은 확실해요."

앤이 다급히 말했지만 그런 모습을 당돌하다고 여긴 마릴라는 분명하게 짚고 넘어가기로 했다.

"다시 가서 보고 오마. 네 말이 사실이라면 지금도 거기 있겠지. 만약 브로치가 없다면 네가 도로 놔두지 않은 거다. 맞지?"

마릴라는 침실로 올라가서 화장대뿐만 아니라 브로치가 있을 만한 곳을 샅샅이 뒤져보았다. 하지만 결국 빈손으로 다시 부엌에 돌아왔다.

"앤, 브로치는 없었다. 그걸 마지막으로 만진 사람이 바로 너라고 네 입으로 분명히 말했지? 자, 그걸 어떻게 한 거니? 사실대로 말해. 밖에 갖고 나갔다가 잃어버렸니?"

앤은 화가 난 마릴라의 눈을 똑바로 쳐다보면서 억울하다는 듯 말했다.

"아니에요. 안 그랬어요. 브로치를 방에서 가지고 나온 적은 없어요. 단두대로 끌려간다고 해도 그건 사실이에요. 단두대가 뭔지는 정확히 모르지만요. 그러니까 그만하세요, 아주머니."

앤은 자신의 결백을 강조하기 위해 "그만하세요"라고 말했을 뿐이지만 마릴라는 그 말을 반항의 표시로 받아들였다. 마릴라가 날카로운 목소리로 말했다.

"아무래도 나를 속이는 것 같구나, 앤. 거짓말이 틀림없어. 그렇다면 사실대로 고백할 때까지 한 마디도 하지 마라. 냉큼 네 방으로 올라가. 정직하게 이야기할 마음이 생길 때까지는 한 발짝도 문 밖으로 나오지 마라."

앤은 그 말에 순순히 따랐다.

"알겠어요. 완두콩도 가져갈까요?"

"아니, 나머지는 내가 마저 까마. 넌 시킨 거나 해."

앤이 방으로 가자 마릴라는 심란한 마음으로 저녁에 할 일을 계속했다. 소중한 브로치 생각이 머릿속에서 떠나지 않았다.

'앤이 잃어버리기라도 했으면 어쩌지? 끝끝내 우기다니, 어쩜 저리도 뻔뻔할까? 아무리 봐도 저 아이가 그런 게 분명하잖아. 게다가 저렇게 천진한 얼굴로 거짓말까지 하다니!'

마릴라는 짜증스럽게 콩깍지를 벗기며 생각했다.

'이제 무슨 일이 벌어질지 정말 모르겠어. 물론 앤이 그걸 훔치거나 비슷한 짓을 하려던 건 아닐 거야. 그냥 갖고 놀거나 그걸로 자기가 좋아하는 상상을 해보려 했겠지. 하지만 저 아이가 브로치를 가져간 건 분명해. 앤이 다녀간 뒤로 저녁에 내가 들어갈 때까지 그 방에는 아무도 없었으니까. 그런데 브로치가 없어졌으니 어떻게 된 일인지 뻔하잖아. 아마도 그걸 잃어버리고는 혼날까 봐 말도 못 하는 게 분명해. 이런 거짓말을 하다니, 생각만 해도 무섭네. 성질을 부리는 것보다 훨씬 나쁜 일이야. 믿을 수 없는 아이를 집에 두는 건 정말 큰일이구나. 앤은 교활하고도 진실하지 않은 아이였어. 난 브로치를 잃어버린 것보다 그게 더 속상해. 앤이 솔직하게 얘기만 해줬어도 이렇게 괴롭지는 않았을 거야.'

마릴라는 저녁 내내 틈틈이 방으로 올라가 브로치를 찾아보았지만 헛수고였다. 잠자리에 들기 전에 동쪽 다락방을 살펴봤지만 아무런 성과도 얻지 못했다. 앤은 브로치가 어디 갔는지 모른다는 말만 계속했고, 그럴수록 마릴라는 앤의 소행이라는 확신이 들었다.

다음 날 아침 마릴라는 매슈에게 모든 이야기를 했다. 당황한 매슈는 착잡한 표정을 지었다. 앤에 대한 신뢰가 무너지지 않았지만, 상황이 앤에게 불리하다는 사실은 인정할 수밖에 없었다. 그저 이렇게 말하는 것이 고작이었다.

"화장대 뒤로 떨어진 건 확실히 아니겠지?"

"화장대도 옮겨보고 서랍도 열어봤어요. 틈새나 구석진 곳도 찾아봤고요. 브로치는 없었어요. 앤이 가져가놓고는 거짓말하는 거예요. 빤한 일이잖아요. 안 그랬으면 좋겠지만요. 매슈 커스버트 오라버니, 우린 이 사실을 받아들이는 게 좋겠어요."

마릴라가 분명한 확신을 가지고 대답하자 매슈는 암담한 얼굴로 물었다.

"저기, 그럼 어떻게 할 생각이지?"

매슈는 자기가 아니라 마릴라가 이런 일을 해결해야 한다는 사실에 내심 안도하는 눈치였다. 이번에는 뭐라고 참견할 생각조차 하지 못했다. 마릴라는 이 방법으로 성공했던 일을 떠올리며 단호하게 말했다.

"사실대로 말하기 전에는 방에서 나오지 못할 거예요. 두고 보세요. 앤이 그걸 어디로 가져갔는지 말하기만 하면 브로치를 찾을 수 있을 테니까요. 그렇다고 해도 그 아인 제대로 벌을 받아야 해요, 매슈 오라버니."

매슈가 모자에 손을 뻗으며 말했다.

"저기, 앤한테는 네가 벌을 줄 거지? 난 이 일과 아무런 상관이 없어. 네가 나더러 참견하지 말라고 했으니까."

마릴라는 모두에게 버림받은 느낌이 들었다. 린드 부인에게 조언을 구하러 갈 수도 없었다. 마릴라는 무척 심각한 얼굴로 동쪽 다락방에 올라갔다가 더 심각한 얼굴이 되어 아래로 내려왔다. 앤은 잘못을 끝까지 인정하지 않았다. 자기가 브로치를 가져가지 않았다는 말만 거듭했다. 앤이 계속 울고 있었던 것 같아서 마릴라는 속이 무척 상했지만, 마음을 독하게 먹고 감정을 추슬렀다. 그러다 보니 날이 저물 무렵에는 평소 입버릇처럼 말하듯 완전히 녹초가 되어버렸다.

"네가 잘못했다고 말할 때까진 방에서 나오지 못할 거다. 그건 각오가 되어 있겠지?"

마릴라가 단호하게 말하자 앤이 울면서 소리쳤다.

"하지만 내일은 소풍 가는 날이에요, 마릴라 아주머니. 설마 가지 못하게 하진 않으실 거죠? 오후에 잠깐만 나갈게요. 그렇게 하신다면 마음이 풀리실 때까지 절 여기 가둬놓으셔도 괜찮아요. 하지만 소풍은 꼭 가야 해요."

"솔직히 말하기 전까진 소풍이든 어디든 못 간다, 앤."

"아, 마릴라 아주머니."

앤은 헉하고 숨을 들이쉬었다. 하지만 마릴라는 문을 닫고 방을 나가버렸다.

수요일 아침이 되었다. 소풍을 위해 특별히 주문하기라도 한 것처럼 날씨가 맑고 화창했다. 새들은 초록지붕집 주변에서 지저귀었고, 정원의 흰 백합이 뿜어낸 향기는 눈에 보이지 않는 바람을 타고 모든 문과 창문을 거쳐 축복의 정령처럼 복도와 방을 떠돌았다. 골짜기의 자작나무들은 동쪽 다락방에서 아침 인사를 해왔던 앤을 기다리듯 즐겁게 손을 흔들었다. 하지만 창가에는 앤이 없었다. 마릴라가 아침식사를 가지고 방으로 올라갔을 때 앤은 창백하지만 결심이 선 듯한 얼굴로 침대에 얌전히 앉아 있었다. 입은 굳게 다물었고 눈동자는 반짝거렸다.

"마릴라 아주머니, 솔직하게 말씀드릴게요."

"그래, 뭐라고 말하는지 어디 한번 들어보자, 앤!"

마릴라는 쟁반을 내려놓았다. 자신의 양육법이 또 한 번 성공했지만 입맛은 무척이나 썼다. 앤은 외운 것을 암송하는 듯한 말투로 이야기했다.

"제가 자수정 브로치를 가져갔어요. 아주머니께서 말씀하신 것처럼 제가 가져간 거예요. 방에 들어갔을 땐 그럴 생각이 없었어요. 그런데 브로치를 가슴에 달아보니까 너무 예뻤어요. 그래서 저항할 수 없는 유혹에 빠져버린 거예요. 그걸 가슴에 달고는 고요한 황야에 가서 코델리아 피츠제럴드 부인 놀이를 하면 얼마나 짜릿할까 상상했죠. 진짜 자수정 브로치를 달면 제가 코델리아 부인이라고 상상하기가 훨씬 더 쉬울 것 같았어요. 다이애나하고 라즈베리로 목걸이를 만들어본 적 있는데, 자수정하고는 비교도 안 되잖아요? 그래서 브로치를 단 채로 밖에 나갔어요. 아주머니가 돌아오시기 전에 제자리에 다시 갖다 놓으면 된다고 생각했어요. 조금이라도 오래 가지고 있으려고 길을 멀리 둘러서 갔어요. 그러다가 반짝이는 호수 위의 다리를 건너던 중에 브로치를 한 번 더 보고 싶은 마음이 들었어요. 아, 햇살을 받아서 얼마나 빛났는지 몰라요! 그런 다음 다리에 기대어서 있는데 손에서 브로치가 미끄러졌고, 그렇게 아래로 떨어져서, 온통 보랏빛으로 물든 반짝이는 호수 바닥으로 영원히 가라앉은 거예요. 이게 제가 드릴 수 있는 최선의 고백이에요, 마릴라 아주머니."

마릴라는 가슴에서 다시 뜨거운 분노가 치미는 것을 느꼈다. 이 아이는 소중한 자수정 브로치를 가지고 나가 잃어버렸으면서도, 거리끼거나 뉘우치는 기색이 전혀 없이 태연하게 앉아서 일의 경과를 세세하게 말하고 있지 않은가. 마릴라가 침착한 모습을 보이려고 애쓰며 말했다.

"앤, 정말 소름이 끼치는구나. 너처럼 못된 아이가 있다는 얘기는 들어본 적도 없다."

앤은 순순히 동의했다.

"네, 저도 그렇게 생각해요. 그래서 벌을 받아야 한다는 것도 알고 있어요. 아주머니도 절 야단치시는 게 당연하고요. 그러니까 빨리 끝내주시면 안 될까요? 홀가분한 마음으로 소풍을 가고 싶거든요."

"소풍이라니, 정말이냐? 넌 오늘 소풍 못 간다, 앤 셜리. 그게 네 벌이야. 그 벌은 네가 저지른 잘못의 반도 안 되는 거야!"

앤은 벌떡 일어나 마릴라의 손을 꽉 잡았다.

"소풍을 못 간다고요? 하지만 가게 해주겠다고 약속하셨잖아요! 마릴라 아주머니, 전 소풍을 가야 해요. 그래서 사실대로 말씀드린 거예요. 그것만 아니면 어떤 벌을 주셔도 괜찮아요. 마릴라 아주머니, 제발 소풍 가게 해주세요. 아이스크림을 생각해 보세요! 잘은 모르겠지만 다시는 아이스크림을 먹을 기회가 없을지도 몰라요."

마릴라는 매달리는 앤의 손을 차갑게 뿌리쳤다.

"졸라도 소용없다, 앤. 소풍을 못 간다고 했으면 그런 줄 알고 이제 그만해."

마릴라의 마음을 돌릴 수 없음을 깨달은 앤은 두 손을 꼭 맞잡고 날카로운 비명을 지르며 침대에 몸을 던졌다. 그러고는 실의와 절망에 빠져 몸부림치며 울었다. 마릴라는 한숨을 쉬며 서둘러 방을 나섰다.

"세상에! 저 아인 머리가 이상해진 게 틀림없어. 제정신이라면 저럴 리가 없잖아. 그게 아니라면 아주 못된 아이일 테지. 맙소사! 레이철의 말이 맞는 건 아닐까? 하지만 이미 쟁기를 잡았으니까 이제 뒤를 돌아봐서는 안 돼.* 그렇고말고."

우울한 아침이었다. 마릴라는 죽어라고 일만 했다. 더는 할 일이 없자 현관 바닥과 축사의 선반까지 박박 닦았다. 사실은 굳이 안 해도 될 일이었다. 그런 다음 밖으로 나와 마당에서 갈 퀴질을 했다.

점심때가 되자 마릴라는 계단으로 가서 앤을 불렀다.

"내려와서 밥 먹어라, 앤."

눈물로 얼룩진 얼굴이 나타나 난간 사이로 서글픈 듯 아래층을 내려다보았다. 앤은 흐느끼듯 말했다.

"안 먹어도 돼요. 아무것도 못 먹겠어요. 마음이 찢어질 것 같아요. 아주머니는 제 마음을 아프게 한 일에 대해서 언젠가 양심의 가책을 느끼실 거예요. 그래도 전 아주머니를 용서해요. 그러니까 그때가 오면 제가 용서했다는 걸 기억해주세요. 하지만 밥 먹으라는 소리는 제발 하지 마세요. 삶은 돼지고기와 채소라면 더더욱 싫어요. 그것들은 비탄에 잠긴 사람에게 낭만적인 음식이 아니에요."

화가 머리끝까지 난 마릴라는 부엌으로 돌아가 이 어처구니없는 이야기를 매슈에게 쏟아냈다. 매슈는 원칙과 동정심 사이에서 괴로워했다.

"그러니까, 앤은 브로치를 가져가지 말았어야 했어. 거짓말을 한 것도 잘못이지."

• 신약성경 누가복음 9장 62절에 있는 예수의 말을 인용한 것으로, 앤을 키우기로 결정했으니 이제 후회하거나 망설이지 않겠다는 뜻이다.

매슈는 마지못해 인정하면서 낭만적이지 않은 돼지고기와 채소가 가득 담긴 접시를 서글픈 얼굴로 바라보았다. 그도 앤과 마찬가지로 이런 음식들이 이처럼 격한 기분이 들 때와 어울리지 않는다고 생각하는 듯했다.

"하지만 그 앤 아직 어리잖아. 워낙 엉뚱하기도 해. 그토록 소풍을 가고 싶어 하는데 못 가게 하는 건 앤에게 너무 가혹하지 않을까?"

"나 참, 매슈 커스버트 오라버니. 정말 어이가 없네요. 그동안 그 앨 너무 오냐오냐한 것 같아요. 자기가 얼마나 나쁜 짓을 했는지 반성하는 기색도 없잖아요. 난 그게 가장 걱정이에요. 진심으로 잘못을 뉘우친다면 그나마 다행이겠죠. 그런데 오라버니는 그걸 모르는 것 같네요. 언제나 그 아이 대신 변명을 늘어놓으니까요. 내 눈엔 그렇게 보여요."

매슈는 아까 한 말을 힘없이 되풀이했다.

"글쎄, 그 앤 아직 어린애야. 그리고 좀 봐줄 때도 있어야지, 마릴라. 앤은 제대로 교육을 받은 적이 없잖아."

"아니, 지금 교육을 받고 있잖아요!"

마릴라가 쏘아붙이자 매슈는 입을 다물었다. 하지만 완전히 납득한 기색은 아니었다. 이처럼 그날 점심 식사 자리는 무척이나 우울했다. 농장에 일하러 온 소년 제리 부트만이 쾌활한 얼굴이었는데, 마릴라는 그런 태도가 자신을 모욕하는 것 같아 오히려 짜증이 났다.

마릴라는 설거지를 하고 빵 반죽을 만든 다음 암탉에게 모이까지 주었다. 그러다 문득 자신이 아끼는 검정 레이스 숄의 올이 조금 풀려 있는 것을 떠올렸다. 월요일 오후 부인회에서 돌아와 숄을 벗었을 때 확인한 사실이었다.

마릴라는 숄을 수선하려고 침실로 갔다. 숄이 담긴 상자는 커다란 가방 안에 들어 있었다. 숄을 꺼내들자 창가에 촘촘하게 그물을 친 담쟁이덩굴 사이로 쏟아지는 햇살이 숄에 걸린 보랏빛의 무언가에 닿아 반짝거렸다. 마릴라는 숨을 삼키며 그것을 집어 들었다. 자수정 브로치가 레이스의 실에 매달려 있었다. 마릴라는 얼이 빠지는 것 같았다.

"세상에, 이게 어찌 된 일이지? 브로치가 여기 멀쩡하게 있잖아? 배리 씨네 연못 바닥에 있는 줄로만 알았지 뭐야. 왜 저 아인 자기가 이걸 가지고 나갔다가 잃어버렸다고 말한 걸까? 초록지붕집이 뭐에 홀린 게 아닌가 싶네. 아, 맞다. 월요일 오후에 숄을 벗어서 화장대 위에 잠깐 뒀어. 그때 브로치가 숄에 걸렸나 봐. 맙소사!"

마릴라는 브로치를 들고 동쪽 다락방으로 올라갔다. 앤은 울다가 지쳐서 맥없이 창가에 앉아 있었다.

"앤 셜리, 방금 내 브로치가 검정 레이스 숄에 걸려 있는 걸 봤다. 오늘 아침에 왜 그런 터무니없는 얘기를 한 거냐?"

마릴라가 엄한 목소리로 묻자 앤이 힘없이 대답했다.

"저, 제가 잘못을 털어놓기 전까진 방에서 못 나간다고 하셨잖아요. 그래서 잘못을 인정하기로 결심했어요. 소풍을 꼭 가고 싶었거든요. 가능한 한 그럴듯한 내용으로 꾸며내려고 어젯밤에 침대에 누워서 계속 생각했어요. 잊어버리지 않으려고 몇 번이나 되뇌기도 했죠. 하지만 결국 소풍을 가지 못했으니, 그런 고생이 죄다 수포로 돌아간 거예요."

마릴라는 자기도 모르게 웃음을 지었다. 그러면서도 양심의 가책을 느꼈다.

"앤, 넌 참 대단한 아이구나! 그래, 내가 잘못했다. 이제야 알 겠어. 넌 거짓말을 한 적이 없으니 네 말을 의심하지 말았어야 했지. 물론 하지도 않은 일을 했다고 말한 건 옳지 않아. 아주 나 쁜 짓이지. 하지만 내가 그렇게 하도록 만든 거야. 그러니 네가 날 용서해준다면, 나도 널 용서하마. 그리고 우리 다시 처음부 터 시작하자꾸나. 자, 이제 소풍 갈 준비를 하렴."

앤은 폭죽이라도 터진 것처럼 벌떡 일어났다.

"아, 마릴라 아주머니. 너무 늦은 거 아니에요?"

"아니, 아직 2시밖에 안 됐다. 이제 막 모이기만 했을걸. 한 시 간은 더 있어야 간식을 먹을 거야. 얼른 세수를 하고 머리를 빗 은 다음 갈색 체크무늬 옷을 입어라. 그동안 난 도시락 바구니 를 준비하마. 구워놓은 빵이랑 과자가 잔뜩 있단다. 그리고 제 리에게 마차로 소풍 장소까지 널 태워다주라고 하마."

앤은 환호성을 지르면서 세면대로 달려갔다.

"아, 마릴라 아주머니. 5분 전까지만 해도 전 태어나지 말았어 야 했다고 생각할 만큼 몹시 괴로웠어요. 하지만 지금은 천사하 고도 자리를 바꾸지 않을 거예요!"

그날 밤 앤은 몹시 지쳤지만 더할 나위 없이 행복한 모습으로 초록지붕집에 돌아왔다. 앤의 표정에서 말로 표현할 수 없을 만 큼 벅찬 감동이 묻어났다.

"마릴라 아주머니. 정말 '충만한' 시간이었어요. 아, 충만하다는 말은 오늘 새로 배운 단어예요. 메리 앨리스 벨 선생님이 그렇게 말씀하시는 걸 들었거든요. 정말 멋진 표현이죠? 모든 게 근사했어요. 간식을 맛있게 먹은 다음에는 하먼 앤드루스 아저씨가 우리 모두를 반짝이는 호수로 데려가서 배를 태워주셨어요. 한 번에 여섯 명씩 탔는데, 제인 앤드루스는 하마터면 물에 빠질 뻔했어요. 수련을 따려고 몸을 숙였거든요. 아저씨가 아슬아슬하게 허리띠를 잡아채지 않았다면 물에 빠져 죽었을지도 몰라요. 제가 그랬더라면 좋았을 텐데요. 물에 빠져 죽을 뻔하다니 정말 낭만적인 경험이잖아요. 가슴이 두근거리는 이야깃거리가 되었을 거예요. 그리고 아이스크림도 먹었어요. 저는 아이스크림의 맛을 말로는 표현할 수 없어요. 마릴라 아주머니, 장담하건대 정말 숭고한 맛이었어요."

그날 밤 마릴라는 양말 바구니를 앞에 놓은 채로 매슈에게 자초지종을 이야기해주었다. 그런 다음 솔직하게 인정했다.

"내가 실수한 게 맞아요. 하지만 좋은 공부가 되었어요. 앤이 한 '자백'을 생각하면 웃음을 멈출 수 없네요. 사실 그건 거짓말이니까 웃으면 안 되지만, 그 거짓말이 그렇게 나쁘다는 생각은 안 들어요. 어쨌든 그건 내 탓이니까요. 저 아이는 이해하기 힘든 면이 있지만, 결국에는 잘 자랄 거로 믿어요. 어쨌든 한 가지는 확실하네요. 앤이 있으면 이 집은 한시도 지루할 틈이 없을 거예요."

15장

학교라는 찻잔 속의 태풍

앤이 한껏 숨을 들이마시며 말했다.

"정말 멋진 날이야! 이런 날은 살아 있다는 것만으로도 참 좋지 않니? 아직 태어나지 않은 사람들은 참 안됐어. 오늘 같은 날을 보지 못하잖아. 물론 그들도 좋은 날을 만나겠지만, 오늘을 누릴 순 없지. 게다가 이렇게 아름다운 길을 지나 학교에 가다니 더 멋진 것 같아. 그렇지?"

"큰길로 돌아가는 것보다 이 길이 훨씬 좋아. 큰길은 먼지도 많고 너무 덥거든."

다이애나는 현실적인 이야기로 대꾸했다. 그러고는 점심 바구니를 들여다보면서 촉촉하고 맛있는 라즈베리타르트 세 개를 여자아이 열 명이 먹으면 한 사람당 몇 입씩 돌아갈 수 있을지 헤아려보았다.

에이번리 학교에 다니는 여자아이들은 항상 모여서 점심을 먹었다. 만약 라즈베리타르트 세 개를 혼자 다 먹거나 단짝 친구하고만 나눠 먹는다면 영원히 '치사한 아이'로 낙인찍힌다. 하지만 열 명이 나누면 감질날 게 뻔하다.

학교로 가는 길은 무척 아름다웠다. 앤은 다이애나와 함께 오가는 등하굣길이 어떤 상상으로도 보탤 것 없을 만큼 완벽하다고 생각했다. 연인의 오솔길, 버들 연못, 제비꽃 골짜기, 자작나무 길은 무척 낭만적이었다. 큰길로 다녔더라면 이런 기쁨을 누릴 수 없었을 것이다.

연인의 오솔길은 초록지붕집 과수원 아래에서 시작해 커스버트 농장 끝에 있는 숲까지 한참이나 이어져 있었다. 이곳은 암소를 뒤편 목초지로 데려가는 길이었고, 겨울에는 집으로 장작을 나르는 길이기도 했다. 앤은 초록지붕집에 온 지 한 달도 안 되었을 때 이 길에다가 '연인의 오솔길'이라는 이름을 붙였다. 마릴라에게는 이렇게 설명했다.

"연인이 실제로 이 길을 걸었다는 건 아니에요. 다이애나랑 아주 멋진 책을 읽고 있는데, 거기에 연인의 오솔길이 나오거든요. 그래서 우리도 이 길을 그렇게 부르기로 했어요. 정말 예쁜 이름이잖아요. 그렇죠? 얼마나 낭만적인지 몰라요! 연인이 걷고 있는 모습을 상상할 수 있으니까요. 전 그 오솔길이 좋아요. 상상하는 걸 큰 소리로 말해도 나더러 이상한 아이라고 할 사람이 없으니까요."

앤은 아침에 혼자 집을 나와 연인의 오솔길을 따라 개울가까지 내려가서 다이애나를 만났다. 두 소녀는 함께 단풍나무가 가지를 뻗어 아치를 이룬 곳을 지나 통나무 다리까지 걸어갔다. 앤이 감상에 젖어 말했다.

"단풍나무는 붙임성이 참 좋아. 언제나 우리에게 바스락거리며 속삭이잖아."

그런 뒤에 둘은 오솔길을 벗어나 배리 씨네 뒤편 들판과 버들 연못 옆을 지나갔다. 조금 더 가면 '제비꽃 골짜기'가 나온다. 앤드루 벨 씨네 넓은 숲 그늘에 있는 작고 푸른 구덩이에게 붙여준 이름이다.

"물론 지금은 그곳에 제비꽃이 없어요. 하지만 다이애나가 그러는데 봄이 되면 수많은 제비꽃으로 뒤덮인대요. 아, 마릴라 아주머니. 어떤 광경인지 상상이 되세요? 전 숨이 멎을 것 같아요. 제가 '제비꽃 골짜기'라는 이름을 지어주었어요. 다이애나가 그러는데, 저처럼 그곳에 딱 어울리는 멋진 이름을 붙이는 사람은 처음 본대요. 뭐든 잘하는 게 있으면 좋잖아요. 안 그런가요? 그런데 '자작나무 길'이라는 이름은 다이애나가 붙인 거예요. 그렇게 하자고 하기는 했지만, 저라면 그런 평범한 이름보다는 좀 더 시적인 이름을 생각해냈겠죠. 그런 이름은 누구나 생각할 수 있잖아요. 그래도 그 길은 세상에서 가장 예쁜 곳 중 하나예요, 마릴라 아주머니."

실제로 그랬다. 긴 언덕을 굽이 돌아 벨 씨네 숲으로 이어지는 그 좁다란 길을 우연히 지나는 사람들은 모두 앤과 같은 마음이 되었다. 겹겹이 포개진 에메랄드빛 잎을 뚫고 쏟아지는 햇살은 흠 한 점 없는 다이아몬드처럼 완벽하게 아름다웠다. 길가에는 하얗고 가느다란 줄기에서 여린 가지를 뻗은 어린 자작나무들이 늘어서 있고, 고사리와 기생꽃, 은방울꽃, 진홍색 자리공 덤불도 빽빽하게 자라났다. 공기에서는 언제나 상쾌하고 향긋한 내음이 감돌았고, 새들의 노랫소리가 들리는 가운데 머리 위로는 마치 숲이 속삭이기라도 하는 듯 바람이 불었다. 조용히 걷다 보면 이따금씩 토끼가 깡충거리며 길을 가로지르는 모습도 볼 수 있었다. 물론 앤과 다이애나는 좀처럼 토끼를 보진 못했다. 둘이서 조용히 있는 경우가 드물었기 때문이다. 계곡을 넘어가면 오솔길이 큰길과 이어졌고, 거기서 가문비나무 언덕을 따라 올라가면 곧바로 학교가 나왔다.

에이번리 학교는 회반죽을 하얗게 칠한 건물로, 처마는 낮고 창문은 컸다. 널찍한 교실에는 튼튼한 구식 책상이 줄지어 있었다. 세 세대에 걸쳐 쭉 쓰고 있는 물건이었다. 여닫을 수 있는 책상 뚜껑에는 학생들이 새긴 머리글자와 비밀 문자가 가득했다. 길가에서 안쪽으로 들어간 곳에 위치한 학교 건물 뒤에는 울창한 전나무 숲과 시냇물이 있었다. 아이들은 점심시간에 시원하고 맛있는 우유를 먹기 위해서 아침마다 집에서 가져온 우유병을 시냇물에 담가두었다.

9월 첫날, 마릴라는 학교에 가는 앤을 불안한 마음으로 바라보았다. 앤은 꽤나 별난 아이라서 다른 아이들과 잘 지낼 수 있을지, 얌전히 입을 다물고 수업을 받을 수나 있을지 걱정되었기 때문이다. 하지만 마릴라가 우려했던 일은 일어나지 않았다. 저녁 무렵 앤은 신이 나서 집으로 돌아왔다.

"전 이 학교를 좋아하게 될 것 같아요. 비록 선생님은 별로 마음에 들지 않지만요. 항상 콧수염만 꼬아대면서 프리시 앤드루스만 쳐다봐요. 프리시는 올해 열여섯 살인데, 그러면 다 큰 거나 진배없잖아요. 내년에 샬럿타운의 퀸스 전문학교에 가겠다면서 시험 준비를 하고 있어요. 틸리 볼터가 그러는데, 선생님은 프리시에게 푹 빠졌대요. 프리시는 얼굴도 예쁜 데다 갈색 곱슬머리를 틀어 올린 모습이 참 우아해요. 교실 뒤 긴 의자에 앉는데, 선생님도 대부분 거기 앉아 계세요. 공부를 가르쳐주려고 그런다나요. 그런데 루비 길리스 말로는, 선생님이 석판에 뭐라고 쓰니까 프리시가 그걸 보고 홍당무처럼 얼굴이 빨개져서 키득거렸대요. 공부랑은 상관없는 일처럼 보인다고 했어요."

마릴라가 따끔하게 꾸짖었다.

"앤 셜리. 다시는 내 앞에서 선생님을 그런 식으로 말하지 마라. 선생님을 흠보려고 학교에 가는 게 아니야. 선생님께서 가르쳐주시는 걸 잘 배우는 게 네 일이잖니. 집에 와서 선생님 욕을 하면 안 된다는 걸 명심해라. 올바른 행동이 아니야. 난 네가 착한 아이가 되길 바란다."

앤이 기분 좋게 말했다.

"전 착하게 굴었는걸요. 아주머니가 상상하시는 것처럼 어려운 일은 아니었어요. 학교에서는 다이애나 옆에 앉았어요. 창문 바로 옆이었는데 거기서 반짝이는 호수가 보였어요. 괜찮은 여자애들이 많아서 점심때 신나게 놀았죠. 같이 놀 애들이 많으니까 참 좋아요. 물론 전 다이애나를 가장 좋아하지만요. 앞으로도 그럴 거예요. 전 다이애나를 사랑하거든요. 그런데 전 다른 애들보다 배우는 게 많이 뒤처졌어요. 다들 5학년 책을 보고 있는데 저만 4학년 책이에요. 조금 부끄러웠어요. 그래도 저만큼 상상력이 뛰어난 아이는 없다는 걸 금세 알아차렸죠. 오늘은 읽기랑 지리랑 캐나다 역사랑 받아쓰기 수업을 했어요. 필립스 선생님은 제가 맞춤법을 너무 많이 틀린다고 하시면서 실수투성이의 제 석판을 들어 아이들에게 보여주셨어요. 그래서 전 무척 속상했어요. 처음 온 학생한테는 더 친절하게 대해야 하는 것 아닌가요? 루비 길리스는 제게 사과를 줬고, 소피아 슬론은 '너희 집에 놀러 가도 돼?'라고 쓴 예쁜 분홍색 카드를 빌려줬어요. 그건 내일 돌려줄 거예요. 틸리 볼터는 자기 구슬 반지를 제가 오후 내내 끼고 있도록 해줬어요. 다락방에 있는 바늘꽂이에서 진주 구슬 몇 개를 가져다 반지를 만들어도 될까요? 아, 그리고 마릴라 아주머니. 제인 앤드루스가 맥퍼슨에게 들었다는데, 프리시 앤드루스가 새러 길리스한테 제 코가 정말 예쁘다고 했대요. 예쁘다는 말은 난생처음 들어요. 그때 제 기분이 얼마나 이상했는지는 상상도 못 하실 거예요. 마릴라 아주머니, 제 코가 정말 그렇게 예뻐요? 아주머니라면 솔직하게 말씀해주실 테니까 여쭤보는 거예요."

"뭐, 그럭저럭 괜찮은 편이지."

마릴라는 짧게 대답했다. 사실 앤의 코가 놀랄 만큼 예쁘다고 생각했지만 속마음을 그대로 드러낼 생각은 없었다.

이후로 3주 동안 모든 일이 순조롭게 흘러갔다. 그리고 지금 이 상쾌한 9월의 아침에, 에이번리에서 가장 행복한 소녀들인 앤과 다이애나는 자작나무 길을 활기차게 걸어가고 있었다.

"오늘 길버트 블라이드가 학교에 올지도 몰라. 지난여름 내내 뉴브런즈윅에서 사촌들이랑 지내다가 토요일 밤에 집으로 돌아왔대. 진짜 잘생긴 애야, 앤. 그런데 여자아이들한테는 못되게 굴어. 피곤할 정도로 우릴 괴롭힌다니까."

다이애나의 말은 오히려 길버트가 괴롭혀줬으면 좋겠다는 뜻으로 들렸다.

"길버트 블라이드라고? 학교 현관 벽에 줄리아 벨하고 같이 적혀 있는 이름이잖아. 그 위에 '주목'이라는 말도 있었고."

다이애나가 앤을 홱 돌아보면서 말했다.

"맞아. 하지만 걔는 줄리아 벨을 별로 좋아하지 않는 게 분명해. 걔가 줄리아의 주근깨를 보면서 구구단을 외웠다고 말하는 걸 들었거든."

"아, 내 앞에서 주근깨 이야기는 하지 말아줄래? 나처럼 주근깨가 많은 사람들은 말만 들어도 예민해지거든. 그런데 벽에다가 남자애와 여자애 이름을 적고 거기에 '주목'이라고 쓴 건 정말 바보 같은 짓이라고 생각해. 누구든 내 이름을 남자애랑 같이 써놓기만 해봐!"

앤은 서둘러 덧붙였다.

"물론 그럴 사람은 없겠지만."

앤은 한숨을 내쉬었다. 그런 일이 일어나지 않기를 바랐지만, 실은 그럴 위험이 없다는 걸 생각하니 조금 창피하기도 했다.

"말도 안 된다, 얘."

다이애나가 말했다. 다이애나의 검은 눈동자와 윤기 나는 머리가 에이번리 남학생들의 마음을 흔들어놓은 터라, 다이애나의 이름은 이미 여섯 번이나 학교 현관 벽에 적혔다.

"그냥 장난으로 하는 거야. 게다가 네 이름이 적히지 않을 거라고 확신하진 마. 찰리 슬론이 너한테 빠져 있으니까. 걘 자기 엄마한테, 네가 학교에서 제일 똑똑하다고 얘기했대. 예쁘다는 것보다 더 좋은 말이잖아."

뼛속까지 여성스러운 앤은 그 말에 동의할 수 없었다.

"아니, 안 그래. 난 똑똑한 것보다 예쁜 게 좋아. 그리고 난 찰리 슬론이 싫어. 그렇게 눈이 부리부리한 아이는 질색이거든. 누가 나랑 걔 이름을 같이 적어놓는다면 그냥 넘어가지 않을 거야. 하지만 똑똑해서 1등을 하는 건 참 멋진 일이겠지."

"이제 길버트가 너랑 같은 학년이 될 거야. 전에는 걔가 1등이었어. 걘 좀 있으면 열네 살이 되는데 아직 4학년이야. 4년 전에 아버지가 편찮으셔서 앨버타로 치료를 받으러 가셨는데 그때 길버트도 따라갔어. 그런데 거기 3년이나 있으면서 학교를 거의 못 다녔나 봐. 길버트가 있으니 이제는 1등을 하기가 쉽진 않을 거야, 앤."

앤이 얼른 말했다.

"뭐, 잘됐네. 아홉 살이나 열 살 먹은 애들 사이에서 1등을 하는 건 별로 자랑스럽지 않거든. 어제는 '비등점'이라는 단어의 철자를 내가 알아맞혔어. 그때까지는 조시 파이가 1등이었는데, 걘 책을 보고 말한 거야. 필립스 선생님은 프리시 앤드루스만 보고 있어서 알아차리지 못했지만 난 분명히 봤어. 내가 경멸하는 눈빛으로 차갑게 노려보니까 그 앤 홍당무처럼 얼굴이 빨개졌지. 그다음에는 철자를 죄다 틀리더라."

"파이네 집 애들은 만날 거짓말만 해."

다이애나도 화를 내면서 말했다. 두 아이는 큰길 울타리를 넘어가던 참이었다.

"어제 거티 파이는 시냇물의 내 자리에 자기 우유병을 갖다 놨어. 너라면 그렇게 하겠니? 난 지금 걔랑 말도 안 해."

필립스 선생님이 교실 뒤쪽에서 프리시 앤드루스의 라틴어 공부를 봐주고 있을 때 다이애나가 앤에게 작은 소리로 말했다.

"앤, 네 자리에서 통로를 사이에 두고 앉아 있는 애가 길버트 블라이드야. 얼마나 잘생겼는지 확인해봐."

앤은 그 말을 듣고 눈을 돌렸다. 때마침 길버트 블라이드가 어떤 아이인지 확인하기에 딱 좋은 상황이었다. 길버트가 앞자리에 앉은 루비 길리스의 길게 땋은 금발 머리에 몰래 핀을 꽂은 뒤 의자 등받이에 고정하느라고 정신이 없었기 때문이다. 길버트는 키가 컸고 머리털은 갈색 곱슬머리였다. 담갈색 눈에는 장난기가 가득했고, 누군가를 놀리는 게 재미있다는 듯 입술을 비죽거리며 미소를 지었다. 잠시 후 루비 길리스는 선생님에게 덧셈 답안지를 제출하려고 일어서다가 외마디 비명을 지르면서 의자에 다시 주저앉았다. 머리카락이 뿌리째 뽑히는 듯 아팠기 때문이다. 모두가 자기를 쳐다보고 필립스 선생님까지 무서운 얼굴로 노려보자 루비는 울음을 터뜨렸다. 길버트는 얼른 핀을 뽑아 숨긴 뒤 세상에서 가장 진지한 얼굴로 역사책을 펼쳐들었다. 하지만 소동이 가라앉자마자 뭐라 말할 수 없이 장난스러운 얼굴로 앤을 바라보면서 눈을 찡긋거렸다.

앤은 다이애나에게 털어놓았다.

"그래, 너희의 길버트 블라이드는 잘생긴 게 맞아. 하지만 너무 뻔뻔해 보여. 아니, 처음 보는 여자애한테 눈을 찡긋거리는 건 예의가 아니잖아."

하지만 진짜 소동은 오후에 벌어졌다. 필립스 선생님이 교실 뒤에서 프리시 앤드루스에게 수학 개념을 설명해주는 동안 다른 아이들은 풋사과를 먹고, 수군거리고, 석판에 그림을 그리고, 실에 묶은 귀뚜라미를 통로에서 몰고 다니는 등 자유로운 시간을 보내고 있었다. 길버트 블라이드는 앤 셜리가 자기를 쳐다보게 하려고 안간힘을 썼지만 아무런 소용이 없었다. 그 순간 앤은 길버트 블라이드뿐만 아니라 에이번리 학교 모든 학생들의 존재 자체를 까맣게 잊어버렸기 때문이다. 앤은 두 손으로 턱을 괴고 서쪽 창문 너머 파랗게 빛나는 반짝이는 호수에 눈을 고정한 채 멋진 꿈나라로 떠나 있었던 탓에 황홀한 공상 속의 세계 외에는 보이지도 들리지도 않았다.

길버트 블라이드는 지금껏 여자아이가 자신을 쳐다보게 하는 데 어려움을 겪은 적도 없었고 실패한 적은 더더욱 없었다. 그런데 턱이 작고 뾰족하면서 눈이 커다란 빨간 머리 아이는 에이번리 학교의 여느 여학생과 달랐다. 길버트는 무슨 일이 있어도 저 아이가 자신을 쳐다보게 만들겠다고 마음먹었다.

길버트는 통로 너머로 손을 뻗어 길게 땋아놓은 앤의 빨간 머리를 잡았다. 그런 다음 번쩍 들어 올리면서 귀에 거슬리는 목소리로 속삭였다.

"홍당무다! 홍당무야!"

그러자 앤이 무서운 얼굴로 길버트를 노려보았다. 앤은 그걸로 그치지 않고 자리에서 벌떡 일어났다. 조금 전까지 빠져 있던 멋진 공상은 돌이킬 수 없게 망가져버렸다. 길버트를 쏘아보는 앤의 눈동자가 분노의 불꽃으로 번뜩였다. 그러나 곧바로 눈물이 흘러 그 불꽃을 사그라뜨렸다.

"이 비열하고 나쁜 자식! 어떻게 그런 말을 할 수 있어?"

흥분한 앤은 소리를 지르며 석판으로 길버트의 머리를 쾅 내리쳤다. 그러자 길버트의 머리가 아니라 석판이 두 동강 났다.

에이번리 학생들은 이런 구경거리라면 언제든 환영이었다. 게다가 이번 사건은 정말 흥미진진했기에 모두들 겁에 질렸으면서도 한편으로는 신나기도 해서 "와!" 하고 소리쳤다. 다이애나는 헉하고 숨을 들이마셨다. 소심한 루비 길리스는 울음을 터뜨렸다. 토미 슬론은 갖고 놀던 귀뚜라미들이 도망가는 것도 내버려두고는 입을 벌린 채로 눈앞에 벌어진 광경만 쳐다보았다.

필립스 선생님이 성큼성큼 걸어와서 앤의 어깨를 꽉 붙들고 화를 냈다.

"앤 셜리, 이게 무슨 짓이지?"

앤은 아무런 대답도 하지 않았다. 모든 학생 앞에서 자기가 '홍당무'라는 놀림을 받았다고 이야기하는 것은 피와 살을 떼어 달라는 요구나 마찬가지였기 때문이다. 그때 길버트가 용감하게 입을 열었다.

"제 잘못이에요, 선생님. 제가 얘를 놀렸거든요."

하지만 필립스 선생님은 길버트의 말에 개의치 않고 앤을 엄하게 꾸짖었다. 자신의 학생이 되었으니 아무리 미숙한 아이라 해도 마음에서 악이라는 감정을 모조리 뿌리 뽑는 게 지극히 당연하다는 말투였다.

"내 학생이 이렇게 앙심을 품고 성질을 부리다니 참 유감스럽

구나. 앤, 당장 교단으로 가서 오후 수업이 끝날 때까지 칠판 앞에 서 있어라."

앤은 차라리 회초리를 맞는 게 훨씬 나았을 것이다. 가뜩이나 예민한 앤은 마치 채찍으로 맞은 것처럼 부들부들 떨었다. 앤은 창백하게 굳은 얼굴을 하고는 선생님이 시키는 대로 했다. 필립스 선생님은 분필로 앤의 머리 위 칠판에 이렇게 적은 다음 아직 글을 모르는 1학년도 알 수 있도록 소리 내어 읽었다.

"앤 셜리(e를 빠뜨렸다)는 화를 잘 냅니다. 앤 셜리는 화를 가라앉히는 법을 배워야 합니다."

앤은 남은 오후 시간 동안 이 문구가 적힌 곳 아래 서 있었다. 울지도 않았고 고개를 숙이지도 않았다. 가슴속에서 여전히 분노가 끓어올랐기에, 이 뼈아픈 고통 속에서도 의연하게 버틸 수 있었다. 앤의 눈은 분노가 가득했고 뺨은 격정으로 달아올랐다. 그런 상태로 다이애나의 안타까운 눈빛과 찰리 슬론이 화가 나서 끄덕이는 고갯짓 그리고 조시 파이의 심술궂은 미소를 똑같이 마주보았다. 하지만 길버트 블라이드 쪽으로는 눈길조차 주지 않았다.

'다시는 저 아이를 처다보지 않을 거야! 두고 봐. 다시는 저 아이와 말도 섞지 않겠어!'

수업이 끝나자 앤은 빨간 머리를 꼿꼿이 들고 당당하게 밖으로 나갔다. 길버트 블라이드가 현관에서 앤을 가로막으며 뉘우치듯 작은 소리로 말했다.

"머리 색깔을 갖고 놀린 거 정말 미안해, 앤. 진심이야. 이제 그만 화 풀어."

하지만 앤은 들은 척도 않고 무시하며 지나쳤다.

"어머, 넌 참 대단해, 앤."

큰길에 접어들면서 다이애나가 반쯤은 감탄하고 반쯤은 책망하듯 말했다. 만약 자신이라면 길버트의 사과를 뿌리치지 못했을 것이라고 생각했기 때문이다. 하지만 앤은 단호하게 말했다.

"난 절대로 길버트 블라이드를 용서하지 않을 거야. 그리고 필립스 선생님도 내 이름을 쓰면서 e를 붙이지 않았어. 쇳덩이가 내 영혼을 짓누르는 것 같아, 다이애나."

다이애나는 그 말이 무슨 뜻인지 조금도 알아차리지 못했지만, 앤의 마음이 끔찍한 상태라는 건 분명하다고 생각하면서 앤을 달랬다.

"길버트가 네 머리를 놀려도 신경 쓸 필요 없어. 걔는 모든 여자애들을 놀려대거든. 전에는 내 머리가 너무 까맣다고 놀렸어. 나더러 열 번도 넘게 까마귀라고 했다니까. 게다가 지금까지 한 번도 사과하는 걸 본 적이 없어."

앤은 점잔을 빼면서 말했다.

"까마귀라고 부르는 거랑 홍당무라고 부르는 건 완전히 달라. 길버트 블라이드는 내 마음에 큰 상처를 줬어, 다이애나."

훗날 아무런 일도 일어나지 않았더라면 그 사건은 더 큰 문제를 일으키지 않고 잠잠히 지나갔을 것이다. 하지만 일이란 것은 한번 시작되면 계속 생겨나는 법이다.

에이번리 학생들은 점심시간이면 언덕 너머 넓은 목초지에 있는 벨 씨네 가문비나무 숲에서 나뭇진을 따며 시간을 보내곤 했다. 그곳에서는 필립스 선생님이 하숙하는 에벤 라이트 씨 집이 한눈에 보였다. 아이들은 필립스 선생님이 그곳에서 나오는 모습을 보자마자 학교로 달려갔다. 하지만 라이트 씨 집에서 오는 길보다 거리가 세 배는 더 길었기 때문에, 아이들은 숨을 헐떡이며 뛰어가야 했고 때로는 3분 정도 늦기도 했다.

다음 날 필립스 선생님은 자주 그러듯이 분위기를 쇄신해야 겠다는 생각을 했다. 그래서 점심을 먹으러 가기 전에 한 가지 발표를 했다. 자기가 돌아왔을 때 학생들 모두 자리에 앉아 기다리고 있어야 하며, 늦게 들어오는 사람에게는 벌을 주겠다는 내용이었다.

남자아이 전부와 몇몇 여자아이들이 평소처럼 벨 씨네 가문비나무 숲으로 갔다. '씹을 거리'인 나뭇진을 적당히 모을 만큼만 그곳에 있을 생각이었다. 하지만 가문비나무 숲은 참으로 매력적인 곳이었고, 노란 나뭇진을 따는 일도 재미있었다. 아이들은 나뭇진을 따고 숲을 어정어정 돌아다녔다. 늘 그렇듯 커다란 가문비나무 꼭대기에 올라가 있던 지미 글로버가 "선생님이 오신다"라고 외치는 소리를 들은 다음에야 아이들은 시간이 꽤 흘렀다는 사실을 깨달았다.

나무에 올라가지 않았던 여자아이들이 먼저 출발했고, 비록 아슬아슬하긴 했지만 제시간에 교실로 갈 수 있었다. 남자아이들은 나무에서 허둥지둥 내려오느라 여자아이들보다 늦게 뛰기 시작했다. 앤은 나뭇진을 따는 대신 숲의 끝자락에서 홀로 즐겁게 산책했다. 나무 그늘에 사는 숲속의 여신이라도 된 듯 흑백합으로 만든 화환을 머리에 쓰고 허리까지 자란 고사리 숲을 헤치며 조용히 노래를 불렀다. 그래서 결국 가장 늦게 출발했다.

하지만 앤은 사슴처럼 빠르게 달릴 수 있었다. 장난꾸러기 요정이라도 된 듯 열심히 달린 끝에 문 앞에서 남자아이들을 따라잡고는 함께 교실로 휩쓸려 들어갔다. 필립스 선생님이 막 모자를 벗어 걸어놓으려는 참이었다.

분위기를 바꿔보려던 필립스 선생님의 의지는 이미 수그러들었다. 그는 열 명 넘는 학생들에게 벌을 내리기가 귀찮아졌다. 하지만 자신이 내뱉은 말을 지키기 위해서는 뭐라도 해야만 했다. 그래서 희생양을 찾으려고 둘러보다가 앤에게서 시선이 멈췄다. 앤은 숨을 헐떡이며 의자에 막 앉으려던 참이었고, 미처 벗지 못한 백합 화환이 삐딱하게 한쪽 귀에 걸려 있어 유난히 어수선하고 흐트러진 모습이었다.

"앤 셜리. 넌 남자아이들과 함께 있는 걸 무척 좋아하는 모양이구나. 그러면 오늘 오후엔 네가 원하는 대로 하게 해주마. 머리에서 꽃을 떼고 길버트 블라이드 옆에 앉아라!"

필립스 선생님이 비아냥거리자 남자아이들이 히죽거리며 웃었다. 안쓰러운 마음이 들어 새파랗게 질린 다이애나는 앤의 머리에서 화환을 벗겨준 뒤 앤의 손을 꼭 잡았다. 앤은 석상이라도 된 것처럼 뻣뻣하게 굳은 모습으로 선생님을 바라보았다. 필립스 선생님이 다시 엄한 어조로 물었다

"내 말 못 들었니, 앤?"

앤은 천천히 대답했다.

"들었어요, 선생님. 하지만 꼭 그래야 하나요?"

"꼭 그래야 한다. 당장 시키는 대로 해."

여전히 빈정대는 말투였다. 모든 아이들, 특히 앤은 이런 말

투를 싫어했던 터라 더더욱 마음에 상처를 받았다.

잠시 동안 앤은 선생님의 말을 따르지 않으려는 것처럼 보였다. 그러다 어쩔 수 없다는 사실을 깨닫고는 고개를 꼿꼿이 들고 일어나서 통로를 가로질러 길버트 블라이드 옆에 앉았다. 그러고 나서 책상에 두 팔을 얹고 얼굴을 파묻었다. 앤이 고개 숙이는 모습을 힐끗 본 루비 길리스는 집에 갈 때 다른 아이들에게 말했다.

"그런 모습은 지금껏 한 번도 본 적이 없어. 얼굴이 너무 하얗게 질려서 그런지 시뻘건 주근깨가 가득해 보였다니까."

앤에게는 이 사건이 마치 세상의 종말과도 같았다. 열 명 넘는 아이들이 다 같은 잘못을 저질렀는데 자기만 벌을 받은 것도 충분히 가슴 아팠고, 여기에 더해 남자아이하고 같이 앉기까지 했다. 게다가 그 아이는 자신을 모욕한 길버트 블라이드였다. 앤은 이런 상황을 도저히 견딜 수 없을뿐더러, 억지로 견디려 해도 아무런 소용이 없을 거라고 느꼈다. 수치와 분노와 굴욕감으로 온몸이 끓어올랐다.

처음에는 아이들이 앤을 쳐다보면서 수군거리거나 서로 옆구리를 찔러대며 키득키득 웃었다. 하지만 앤이 고개를 들지 않고, 길버트가 수학 문제를 푸는 데만 몰두하자 아이들은 곧 앤을 향한 시선을 거두고 공부에 집중했다. 필립스 선생님이 역사 수업을 받는 학생들을 불렀을 때 앤도 나가야 했지만, 앤은 꼼짝하지 않았다. 전부터 필립스 선생님은 〈프리실라에게〉라는 시를 쓰고 있었는데, 학생들을 불러 모을 때도 시의 운율에 적합한 말을 생각하느라 앤이 없다는 사실도 눈치채지 못했다. 길버트는 보는 사람이 아무도 없을 때, 금색으로 "넌 감미로워"라고 새겨진 하트 모양의 작은 분홍색 사탕을 책상에서 꺼내 앤의 팔꿈치 밑으로 살짝 밀어 넣었다. 그러자 앤이 몸을 일으키더니 손가락 끝으로 사탕을 조심스럽게 집어서 바닥에 떨어뜨린 다음 발꿈치로 짓이겨 가루를 만들었다. 그런 다음 길버트는 거들떠보지도 않으면서 다시 엎드렸다.

수업이 모두 끝나자 앤은 자기 책상으로 성큼성큼 돌아가서는 책, 서판, 펜, 잉크, 성경책과 수학책까지 책상 속의 모든 물건을 보란 듯 꺼내더니 깨진 석판 위에 차곡차곡 쌓았다.

"왜 이걸 다 집에 가져가는 거야, 앤?"

학교에서 나와 길가에 이르자마자 다이애나가 물었다. 그 전까지는 물어볼 엄두를 내지 못했다.

"나 이제 학교에 안 다닐 거야."

놀라서 숨이 턱 막힌 다이애나는 그 말이 사실인지 확인하려는 듯 앤을 뚫어지게 쳐다보며 물었다.

"네가 그렇게 하도록 마릴라 아주머니가 허락해주실까?"

"그러셔야 할 거야. 저 선생님이 있는 한 학교에 다시는 가지 않을 거니까."

다이애나는 금세라도 울음이 터질 것만 같았다.

"맙소사, 앤! 정말 너무해. 난 어떻게 하라고? 필립스 선생님은 날 거티 파이 옆에 앉힐 거란 말야. 거티 파이는 지금 짝이 없으니까. 아, 생각만 해도 끔찍해! 제발 학교에 가자, 앤."

"널 위해서라면 난 뭐든지 할 수 있어, 다이애나. 네게 조금이라도 도움이 된다면 내 팔다리를 떼어 줘도 좋아. 하지만 이것만은 안 되겠어. 그러니 더는 말하지 말아줘. 네가 그러면 내 마음이 너무 괴로워질 것 같단 말야."

앤이 구슬픈 목소리로 이야기하자 다이애나가 울먹거렸다.

"재미있는 걸 다 못 한다고 생각해봐. 개울가에 아주 예쁜 집도 지을 거고 다음 주에는 공놀이도 할 거야. 너 공놀이 해본 적 없잖아. 엄청나게 재미있어. 그리고 새 노래도 배울 거야. 제인 앤드루스가 연습하고 있어. 앨리스 앤드루스는 다음 주에 팬지 부인이 지은 새 책을 가져올 거래. 그럼 우리는 모두 개울가에 앉아 소리 내어 한 장씩 읽을 거야. 너 소리 내어 읽는 거 좋아하잖아, 앤."

하지만 앤은 어떤 말에도 꿈쩍하지 않았다. 마음을 굳힌 앤은 집에 돌아와서 마릴라에게 말했다.

"필립스 선생님이 있는 한 학교에 절대로 가지 않을 거예요."

마릴라는 어이가 없었다.

"말도 안 되는 소리다."

"말도 안 되는 소리가 아니에요, 마릴라 아주머니. 저는 모욕을 당했다고요!"

앤은 원망스러운 눈빛으로 진지하게 마릴라를 쳐다보았다.

"모욕을 당했다고? 그게 무슨 말이냐! 아무튼 내일도 평소처럼 학교에 가야 한다."

"싫어요. 다신 학교에 가지 않을 거예요. 공부는 집에서 할래요. 말도 잘 듣고, 가능할진 모르겠지만 온종일 입도 다물고 있을게요. 하지만 학교에는 안 갈 거예요. 절대로요."

앤은 천천히 고개를 저었다. 마릴라는 앤의 작은 얼굴에서 절대 굽히지 않겠다는 의지를 읽었고 앤의 고집을 꺾기란 무척 힘들 것이라는 생각이 들었다. 그래서 그 순간에는 아무 말도 하지 않는 게 현명한 처사라고 판단했다.

'저녁에 레이철한테 가봐야겠어. 지금은 앤한테 옳고 그름을 따져봤자 말이 안 통하겠지. 내 말이 귀에 들리기나 하겠어? 저 아인 한번 마음먹으면 끝까지 고집을 부린다는 걸 잘 알잖아. 앤의 이야기를 들어보니까 필립스 선생님이 지나쳤던 것 같기는 해. 하지만 앤한테 그런 얘기를 해서는 안 되겠지. 일단 레이철하고 이야기해보자. 아이를 열 명이나 학교에 보낸 사람이니까 이런 상황에 어떻게 대처해야 할지를 알고 있겠지. 아마 지금쯤이면 레이철도 이 일에 대해 들었을 거야.'

마릴라가 찾아가자 린드 부인은 평소처럼 즐거운 얼굴로 부지런히 뜨개질을 하고 있었다. 마릴라가 멋쩍은 듯이 말했다.

"내가 왜 왔는지 알죠?"

린드 부인은 고개를 끄덕였다.

"앤이 학교에서 소란을 일으킨 것 때문이죠? 틸리 볼터가 하굣길에 여기 들러서 얘기해주더군요."

"앤을 어떻게 해야 할지 모르겠어요. 다시는 학교에 가지 않겠다고 하네요. 그렇게 흥분한 건 처음 봤어요. 앤을 학교에 보낼 때부터 무슨 일이 일어날 거라는 생각은 했어요. 그동안은 모든 게 너무 순조롭다 싶었죠. 앤은 지금 극도로 예민해져 있어요. 어떻게 하면 좋을까요, 레이철?"

남의 일에 조언하길 좋아하는 린드 부인이 다정하게 말했다.

"내 의견을 들려달라고 하니까 하는 말인데요, 마릴라. 나 같으면 당분간은 앤을 달래주겠어요. 내 생각엔 필립스 선생님이 잘못한 것 같아요. 물론 아이들에게 선생님이 잘못했다고 말하면 안 되겠죠. 어제 앤이 화를 냈을 때 벌을 준 것도 물론 잘한 일이에요. 하지만 오늘은 달라요. 늦게 들어온 아이 모두를 앤하고 똑같이 혼냈어야죠. 그건 당연한 일 아닌가요? 게다가 아무리 벌이라 해도 여학생을 남학생 옆에 앉히다니, 기가 막혀서 원. 잘못돼도 단단히 잘못된 일이에요. 틸리 볼터도 몹시 화를 내더군요. 그 아이 말로는, 자긴 하나부터 열까지 앤의 편이고 다른 아이들도 모두 그렇다고 해요. 어쨌든 앤이 아이들에게 인기가 많은가 봐요. 그렇게까지 학교에서 잘 지낼 거로는 생각도 못 했어요."

마릴라가 놀란 얼굴로 물었다.

"그럼 그 아일 집에 두는 게 낫다는 건가요?"

"맞아요. 나 같으면 앤이 먼저 말하기 전까지는 학교 이야기는 하지 않을 거예요. 괜찮아요, 마릴라. 일주일쯤 지나면 마음이 웬만큼 진정될 거고, 자진해서 학교에 가고 싶어 할 거예요. 하지만 지금 억지로 밀어붙인다면 다음엔 어떤 변덕과 짜증을 낼지 모르고 더 심한 말썽을 부릴 수도 있어요. 그런 일은 가능한 한 피하는 게 좋잖아요. 학교가 지금 같다면 등교하지 않는다고 해도 큰 문제는 없다고 봐요. 사실 필립스 선생님은 별로 좋은 스승이 아니에요. 그분의 교육 방식에 대해서는 이런저런 말이 많아요. 어린 학생들은 내버려둔 채 퀸스 전문학교를 준비하는 고학년들에게만 신경을 쓰니까요. 삼촌이 학교 이사가 아니었더라면 아마 학교에 붙어 있지도 못했을 거예요. 그냥 이사

정도가 아니죠. 다른 이사 두 명을 좌지우지하고 있으니까요. 정말 이 섬의 교육이 어떻게 되어가는지 모르겠어요."

린드 부인은 자신이 지역 교육기관의 책임자였더라면 모든 게 훨씬 잘 굴러갔을 것이라는 듯 고개를 절레절레 저었다.

마릴라는 린드 부인의 조언을 받아들여서 앤에게 더는 학교 가라는 말을 하지 않았다. 앤은 집에서 공부하면서 집안일을 했고, 보랏빛으로 물든 가을의 쌀쌀한 노을 아래서 다이애나와 놀기도 했다. 하지만 길에서나 주일학교에서 길버트 블라이드와 마주치면 싸늘하고 경멸에 찬 얼굴로 그냥 지나쳤다. 길버트는 앤의 마음을 풀어주고 싶어 하는 눈치였지만 앤은 마음의 문을 조금도 열지 않았다. 둘을 화해시키려는 다이애나의 노력은 헛일로 돌아갔다. 앤은 죽을 때까지 길버트 블라이드를 미워하겠다고 마음먹은 것처럼 보였다.

하지만 길버트를 미워하는 만큼 앤은 다이애나를 사랑했다. 열정적인 앤의 여린 마음엔 사랑과 증오가 비슷한 수준으로 강렬했다. 어느 날 저녁, 과수원에서 딴 사과 바구니를 들고 돌아오던 마릴라는 앤이 황혼에 물든 동쪽 창가에 앉아 서럽게 울고 있는 모습을 보았다.

"이번에는 또 무슨 일이니, 앤?"

앤은 요란하게 흐느꼈다.

"다이애나 때문이에요. 마릴라 아주머니, 전 다이애나를 정말 사랑해요. 다이애나 없이는 살 수 없어요. 하지만 어른이 되면 그 아이는 결혼해서 저를 두고 가버릴 테죠. 아, 그러면 전 어떻게 될까요? 전 다이애나의 남편 될 사람이 싫어요. 그냥 미치도록 미워요. 다이애나의 결혼식을 비롯해서 모든 걸 상상해봤어요. 그 아이는 눈처럼 하얀 옷을 입고 면사포를 썼어요. 아름답고 위엄 있는 여왕 같았죠. 저도 예쁜 드레스 차림으로 들러리를 섰어요. 물론 퍼프소매가 달린 옷이었어요. 하지만 얼굴은 웃고 있어도 가슴은 찢어질 듯 아파요. 그런 다음 다이애나에게 작별을 고하는 거예요. 안녀어어엉….”

앤은 감정을 추스르지 못하고 더욱 쓰디쓴 눈물을 흘렸다.

마릴라는 실룩거리는 얼굴을 가리려고 황급히 고개를 돌렸지만 헛수고였다. 옆에 있던 의자에 주저앉아 여느 때와 다르게 큰 소리로 웃음을 터뜨린 것이다. 마당에 있던 매슈가 그 소리에 놀라 걸음을 멈췄을 정도였다. 마릴라가 이토록 크게 웃은 적이 언제였는지 매슈는 기억조차 가물가물했다. 어느 정도 진정되어 웃음을 그친 마릴라가 말했다.

“그래, 앤 셜리. 그렇게 괜한 걱정을 해야겠다면 제발 부탁인데 집안일이나 신경 써주렴. 네가 정말 상상력이 뛰어나다는 건 인정할 수밖에 없겠구나.”

16장

비극으로 막을 내린 다과회

초록지붕집의 10월은 아름다웠다. 골짜기의 자작나무들은 햇살 닮은 황금색으로 물들었고, 과수원 뒤편의 단풍나무들은 멋진 진홍색, 오솔길 양편의 산벚나무들은 검붉은색과 짙은 초록색이 어우러져 아름답게 빛났다. 추수가 끝난 뒤 풀이 다시 자라난 들판은 강렬한 햇볕을 쬐고 있었다. 앤은 자신을 둘러싼 형형색색의 세상을 한껏 즐겼다.

어느 토요일 아침, 앤이 화려한 단풍잎이 달린 나뭇가지를 한 아름 안고 춤을 추듯 들어오면서 외쳤다.

"마릴라 아주머니, 10월이 있는 세상에 살고 있어서 기뻐요. 만약 9월에서 11월로 곧장 넘어가버리면 무척이나 끔찍할 거예요. 그렇죠? 이 단풍나무 가지를 보세요. 가슴이 터질 것 같지 않나요? 볼 때마다 그렇잖아요. 이걸로 제 방을 꾸미려고요."

미적감각이라고는 찾기 힘든 마릴라가 말했다.

"죄다 지저분한 것들이야. 넌 밖에 있는 걸 너무 많이 들고 와서 방을 어지럽히잖니. 침실은 잠을 자라고 있는 곳이다."

"음, 꿈을 꾸기 위한 곳이기도 해요. 방에 예쁜 것들이 있으면 꿈도 더 잘 꿀 수 있어요. 이 단풍나무 가지를 파란색 낡은 항아리에 꽂아서 책상에 올려놓을 거예요."

"계단 여기저기에 나뭇잎을 떨어뜨리지 않도록 조심해라. 나는 오늘 오후에 카모디에서 열리는 봉사회 모임에 갈 거다. 해가 진 뒤에나 돌아올 것 같아. 그러니 네가 매슈 오라버니하고 제리가 먹을 밥상을 차리도록 해. 식탁에 앉기 전에 차를 끓여야 한다. 지난번처럼 잊어먹으면 안 돼."

앤이 변명하듯 이야기를 늘어놓았다.

"그때 차를 깜빡한 건 정말 끔찍한 실수였어요. 하지만 그날 오후 내내 '제비꽃 골짜기'라는 이름을 짓느라 다른 건 생각할 겨를이 없었거든요. 매슈 아저씨는 고맙게도 절 야단치지 않으셨어요. 직접 차를 끓이시고는 조금만 기다리면 된다고 말씀하셨죠. 그래서 전 기다리는 동안 옛이야기를 들려드렸어요. 덕분에 아저씨도 그렇게 지루하진 않으셨을 거예요. 무척 아름다운 이야기였거든요. 내용을 잊어버린 탓에 결말은 그냥 제가 지어서 이야기했는데요, 매슈 아저씨는 어디서부터 제가 지은 부분인지 모르겠다고 하셨어요."

"앤, 매슈 오라버니는 네가 한밤중에 일어나 밥을 먹자고 해도 알겠다고 할 거야. 아무튼 이번엔 정신 똑바로 차려야 한다. 그리고 정말 이래도 될까 싶기도 하지만, 그러다 네가 평소보다 엉뚱하게 굴지도 모르겠지만, 다이애나를 불러서 차를 마시며 놀아도 좋을 것 같구나."

앤은 두 손을 마주 잡으며 소리쳤다.

"와, 마릴라 아주머니! 정말 멋져요! 아주머니도 드디어 상상력을 발휘하게 되셨나 봐요. 그렇지 않으면 제가 얼마나 그러고 싶어 했는지 모르셨을 테니까요. 정말 멋지고 어른스러운 시간이 될 거예요. 손님이 있으면 차 끓이는 걸 깜빡 잊어버릴 염려도 없겠죠? 마릴라 아주머니, 그럼 이따가 장미꽃 봉오리 모양의 찻잔을 써도 되나요?"

"장미꽃 봉오리 찻잔이라고? 말도 안 돼! 깨뜨리기라도 하면 어쩌려고. 다음엔 또 뭘 쓰겠다고 할 거냐? 그건 목사님이 오셨을 때나 봉사회 모임 때만 쓴다는 걸 너도 잘 알잖아. 저기 오래된 갈색 찻잔을 쓰도록 해라. 작고 노란 항아리에 들어 있는 버찌절임은 먹어도 돼. 맛이 들어서 먹을 때가 됐거든. 과일케이크와 생강과자를 먹어도 좋아."

앤은 황홀한 얼굴로 눈을 감으며 말했다.

"제가 식탁의 상석에 앉아 차를 따르는 모습을 지금 막 상상했어요. 다이애나에게 설탕을 넣을 건지도 물어보고 있어요. 다이애나는 설탕을 넣지 않는다는 걸 알지만 그래도 몰랐던 것처럼 물어볼래요. 그런 다음 과일케이크 한 조각을 더 주고 버찌절임도 더 들라고 권하는 거죠. 아, 마릴라 아주머니. 생각만 해도 가슴이 설레요. 다이애나가 오면 우선 손님방으로 안내해서 모자를 걸어놓으라고 해도 될까요? 그러고 나서 응접실에 앉으면 어떨까요?"

"아니. 너하고 네 손님이 놀기엔 거실만으로도 충분할 거야. 얼마 전 저녁에 교회 모임에서 마셨던 라즈베리주스가 반 병 정도 남아 있단다. 거실 찬장 두 번째 칸에 있으니까 꺼내 마셔도 돼. 오후에 과자하고 같이 먹어도 좋겠구나. 매슈 오라버니는 감자를 배에 실어다 주러 가니까 차 마시는 시간에 맞춰서 오지는 못할 거다."

앤은 골짜기 아래로 쏜살같이 달려갔다. 드라이어드 거품을 지나고 가문비나무 길을 따라 비탈길 과수원집에 도착해서는 다이애나에게 차를 마시러 오라고 초대했다. 마다할 이유가 없었던 다이애나는 마릴라가 마차를 타고 카모디로 떠나자마자 앤의 집에 왔다. 평소에는 노크도 없이 부엌 쪽으로 뛰어오곤 했지만, 오늘만큼은 예의 바르게 현관문을 두드렸다. 다이애나는 자기 옷 중에서 두 번째로 좋은 드레스를 차려입었고, 모임에 초대받은 사람에게 딱 어울리는 모습을 하고 있었다. 마찬가지로 두 번째로 좋은 옷을 입은 앤이 정중하게 문을 열어주었다. 두 아이는 마치 처음 만나는 사람들인 것처럼 점잖게 악수를 나눴다. 이렇듯 어색하게 진지한 분위기는 다이애나가 동쪽 다락방으로 안내받아 모자를 벗어놓은 뒤, 발끝을 가지런히 모으고 거실에 10분 정도 앉아 있는 동안 계속 이어졌다.

"어머님께서는 안녕하신가요?"

앤은 오늘 아침에 배리 부인이 건강하고 활기찬 모습으로 사과를 따는 모습을 보았다. 하지만 그런 일이 없었다는 듯 공손하게 물었다. 그러자 아침에 매슈의 마차를 타고 하먼 앤드루스 씨의 집에 다녀온 다이애나가 대답했다.

"덕분에 아주 잘 지내십니다. 커스버트 씨는 오늘 오후 감자를 운반하러 릴리샌즈에 가신다면서요?"

"네, 그렇습니다. 올해는 감자 농사가 잘되었어요. 댁네 아버님의 농사도 작황이 좋았으면 싶네요."

"저희도 꽤 좋습니다. 감사합니다. 벌써 사과도 많이 따셨나 보군요?"

"네, 정말 많이 땄습니다."

앤은 이렇게 말한 뒤 점잔 빼는 것도 잊고 벌떡 일어났다.

"다이애나, 과수원에 가서 빨간 사과를 좀 따자. 마릴라 아주머니가 나무에 남아 있는 건 전부 따도 된다고 하셨어. 아주머니는 참 너그러우신 분이야. 차를 마시면서 과일케이크랑 버찌절임도 먹으라고 하셨지. 하지만 손님한테 무얼 내놓을지 얘기하는 건 예의가 아니니까, 아주머니가 마셔도 된다고 한 게 뭔지는 말해주지 않을 거야. '라'로 시작하고 색깔은 새빨갛다는 것만 말해줄게. 난 빨간 음료가 좋아. 너도 그렇지? 다른 색깔보다 두 배는 맛있거든."

과수원에는 과실의 무게 때문에 가지들이 땅으로 축 늘어진 나무가 가득했다. 앤과 다이애나는 오후 시간 대부분을 이곳에서 즐겁게 보냈다. 서리를 맞지 않은 덕에 부드러운 가을 햇살이 아직 따뜻하게 머물러 있는 풀밭 한 구석에 앉아 사과를 먹으며 마음껏 이야기를 나누었다. 특히 다이애나는 하고 싶은 말이 아주 많았다. 학교에서 일어난 일만으로도 이야깃거리가 차고 넘쳤다.

"거티 파이와 같이 앉게 되어서 정말 싫어. 거티는 항상 연필로 찍찍거리는 소리를 내는데, 들을 때마다 소름이 끼치거든. 루비 길리스는 크리크에 사는 메리 조 할머니가 준 마법의 조약돌로 몸에 난 사마귀를 깨끗이 없앴대. 조약돌을 사마귀에 문지르고 나서 초승달이 뜰 때 왼쪽 어깨 너머로 던지는 거야. 그러면 사마귀가 흔적도 없이 사라진대. 찰리 슬론과 엠 화이트의 이름이 학교 현관 벽에 적혀 있었어. 엠 화이트는 불같이 화를 냈지. 샘 볼터는 수업 시간에 필립스 선생님께 말대꾸를 하다가 회초리를 맞았어. 그러자 샘의 아빠가 학교에 와서 필립스 선생님에게 화를 냈어. 또다시 우리 아이에게 손가락 하나라도 댄다면 가만히 두지 않겠다며 펄펄 뛰었지. 매티 앤드루스는 빨간색 모자랑 술이 달린 파란 솔을 새로 얻었다는데, 그걸 입고 거들먹거리는 모습을 보니까 짜증이 확 나더라. 리지 라이트는 메이미 윌슨하고 말도 섞지 않아. 메이미의 언니가 리지 언니의 남자 친구를 가로챘거든. 모두들 너를 보고 싶어 하고, 네가 다시 학교에 오길 바라고 있어. 그리고 길버트 블라이드는…."

하지만 앤은 길버트 블라이드의 이야기를 듣고 싶지 않았다. 그래서 서둘러 일어나 라즈베리주스를 마시러 가자고 말했다.

앤은 거실 찬장 두 번째 선반을 살펴보았지만 거기에 라즈베리주스가 담긴 병은 없었다. 다른 곳을 찾아보다가 맨 위 선반 안쪽에서 발견했다. 앤은 병과 큰 잔을 쟁반에 담아 가져와서 식탁에 내놓았다.

"어서 마셔, 다이애나. 난 별로 생각이 없어. 사과를 너무 많이 먹어서 지금은 더 못 먹을 것 같거든."

앤이 예의 바르게 말했다. 다이애나는 잔에 주스를 가득 따르고 선명한 붉은색을 감탄하듯 바라본 뒤 우아한 모습으로 조금씩 마셨다.

"와! 너무너무 맛있다, 앤. 라즈베리주스가 이렇게 맛있는 건지 몰랐어."

"맛있다니 참 다행이야. 얼마든지 마셔도 돼. 난 잠깐 나가서 불을 좀 살펴보고 올게. 살림을 잘 꾸려나가려면 신경 써야 할 일이 참 많거든."

앤이 부엌에서 돌아왔을 때 다이애나는 주스를 두 잔째 가득 채워 마시고 있었다. 앤이 더 권하자 다이애나는 사양하는 기색 없이 세 번째 잔을 마셨다. 꽤 큰 잔에 가득 담긴 라즈베리주스는 정말 맛있었다.

다이애나가 감탄했다.

"이렇게 맛있는 주스는 처음이야. 그렇게 자랑을 해대는 린드 아주머니네 것보다 훨씬 맛있어. 아예 차원이 달라."

앤은 무척 자랑스러워하며 말했다.

"당연하지. 마릴라 아주머니는 요리를 아주 잘하셔. 나한테 가르쳐주시려고 하지만, 솔직히 요리는 참 힘든 일이잖아. 요리할 때는 상상의 범위가 너무 좁아져. 정해진 대로만 해야 하니까 그런 것 같아. 저번에는 케이크를 구우면서 밀가루 넣는 걸 깜빡했어. 너하고 내가 등장하는 멋진 이야기를 구상하던 중이었거든. 네가 천연두에 걸려서 사경을 헤매고 있는데, 모두가 너를 떠났지만 난 용감하게 네 침상을 지키고 간호해서 마침내 널 살려냈지. 그런데 이번에는 내가 천연두에 걸려서 죽게 된 거야. 난 묘지에 있는 포플러나무 아래 묻혔고 넌 내 무덤 옆에 장미나무를 심고 눈물을 흘리면서 물을 주었어. 널 위해 목숨을 희생한 젊은 날의 친구를 넌 절대로, 절대로 잊지 않은 거야. 아, 정말 슬픈 이야기였어, 다이애나. 케이크 반죽을 하는 동안 비처럼 눈물이 뺨을 타고 흘렀지. 하지만 밀가루를 넣는 걸 잊어버리는 통에 케이크는 완전 실패작이 되었어. 케이크에서는 밀가루가 가장 중요하잖아.

마릴라 아주머니가 화를 많이 내셨는데, 사실 그럴 만도 해. 내가 하도 말썽을 부리니까 지긋지긋하시겠지. 지난주에는 푸딩 소스 때문에 아주머니가 굉장히 망신을 당하셨거든. 화요일 점심에 자두푸딩을 먹었는데 푸딩은 반쯤 남았고 소스는 항아리 하나 정도 남았어. 마릴라 아주머니가 내게, 그 정도면 한 끼 더 먹을 수 있으니까 항아리 뚜껑을 닫아서 찬장에 넣어두라고 하셨지. 난 정말로 뚜껑을 잘 닫아놓으려고 했거든. 그런데 그걸 가지고 가면서 내가 수녀가 되었다고, 그러니까 세상과 동떨어진 곳에 상처받은 마음을 묻어버리고자 베일을 쓴 거라고 상상해버린 거야. 물론 난 개신교 신자지만 상상 속에서는 가톨릭 신자가 된 거였지. 그러다가 깜빡 잊고 푸딩 소스 뚜껑을 열어두었지 뭐야. 다음 날 아침이 되어서야 그 생각이 나서 곧장 찬장으로 달려갔어. 그런데 세상에나! 쥐가 푸딩 소스에 빠져 죽은 걸 보고 내가 얼마나 무서워했을지 상상할 수 있겠니? 난 숟가락으로 쥐를 건져내서 마당에 버렸고, 그 숟가락을 물로 세 번이나 씻었어. 마릴라 아주머니는 밖에서 소젖을 짜고 계셨는데, 난 아주머니가 돌아오시면 소스를 돼지한테 줘도 되는지 물어보려고 했어. 그런데 아주머니가 돌아오셨을 때는 얼음 요정이 된 상상을 하고 있었어. 숲을 돌아다니면서 나무들을 빨갛고 노랗게, 그러니까 나무들이 원하는 색으로 바꿔주는 상상을 한 거야. 그래서 푸딩 소스에 대해 까맣게 잊어버렸고, 마릴라 아주머니는 내게 사과를 따서 가져오라고 하셨지.

그런데 그날 아침 스펜서베일에 사는 체스터 로스 부부가 우리 집을 방문하신 거야. 아주 멋있는 분들이잖아. 특히 부인은 말할 것도 없지. 마릴라 아주머니가 부르셔서 가보니까 점심은 이미 차려져 있었고, 모두들 식탁에 앉아 있었어. 난 가능한 한 예의 바르고 품위 있게 있으려고 애썼어. 부인한테 내가 예쁘지는 않더라도 숙녀답다는 인상을 주고 싶었거든. 모든 일이 그럭저럭 흘러가고 있었는데 마릴라 아주머니가 한 손에는 자두푸딩을, 다른 손에는 따뜻하게 데워진 푸딩 소스 항아리를 들고 오신 거야. 정말 끔찍한 순간이었어. 갑자기 모든 게 기억나더라고. 그래서 벌떡 일어나 소리를 질렀어. '마릴라 아주머니. 그 소스를 쓰면 안 돼요. 거기 쥐가 빠져 있었어요. 미리 말씀드린다는 걸 깜빡했어요.' 아, 다이애나. 난 백 살까지 살아도 그 끔찍한 순간을 절대 잊지 못할 거야. 체스터 로스 부인은 그저 날 쳐다보기만 했는데 난 창피해서 땅속으로 꺼지는 것 같았어. 부인은 흠 잡을 데 없이 완벽한 주부라던데, 부인이 우리를 어떻게 생각했을지 짐작되니?

마릴라 아주머니는 불이라도 붙은 것처럼 얼굴이 새빨개졌지만 아무런 말도 하지 못하셨어. 어쨌든 그때는 그러셨지. 아주머니는 소스하고 푸딩을 가지고 나가시더니 딸기절임을 들고 다시 오셨어. 내게도 좀 먹어보라고까지 하셨는데 난 도저히 삼킬 수 없었어. 머리에 숯불을 쌓아놓는 것 같았거든*. 체스터 로스 부부가 돌아가신 다음에 마릴라 아주머니가 나를 엄청 야단치셨지 뭐니. 어머, 다이애나. 너 왜 그래? 무슨 일이야?"

다이애나가 비틀거리며 일어났다가 두 손으로 머리를 감싸면서 주저앉더니 혀 꼬부라진 소리를 했다.

"나, 나 몸이 너무 안 좋아. 그냥, 지금, 집에 갈래."

"야, 차도 마시지 않고 집에 가다니 말도 안 돼. 지금 가서 차를 끓여올게. 잠깐이면 돼."

당황한 앤이 붙잡았지만 다이애나는 멍한 얼굴로 마음을 굳힌 듯 말했다.

"집에 갈래."

"그래도 뭘 먹기는 해야지. 과일케이크랑 버찌절임을 내올게. 소파에 잠깐 누워 있으면 괜찮아질 거야. 어디가 아프니?"

"집에 갈래."

다이애나는 마치 그것밖에 모르는 것처럼 똑같은 말을 거듭했다. 앤이 아무리 애원해도 소용없었다.

"차도 마시지 않고 돌아가는 손님이 어딨어? 다이애나, 너 혹시 천연두에 걸린 건 아니겠지? 만약 그렇다면 내가 널 간호할게. 나한테 의지해도 돼. 난 결코 널 버리지 않을 거야. 하지만 남아서 차를 마시고 갔으면 좋겠어. 대체 어디가 아픈 거야?"

---

* 구약성경의 잠언 25장 22절과 신약성경의 로마서 12장 20절에 나온 표현이다. 이 구절 앞에는 원수가 배고프면 먹을 것을 주고 목마르면 마실 것을 주라는 내용이 나온다. 원수에게 은혜를 베풀면 그들이 수치심을 느끼고 마음을 돌이킬 것이라는 뜻이 담겨 있다.

"나 지금 너무 어지러워."

다이애나는 비틀거리며 걷기 시작했다. 크게 실망한 앤은 눈물을 글썽이면서 다이애나에게 모자를 가져다주고 배리 씨네 마당 울타리까지 배웅했다. 그런 다음 내내 울면서 집으로 돌아와 남아 있는 라즈베리주스를 다시 찬장에 넣어둔 뒤 완전히 풀이 죽은 채로 매슈와 제리가 마실 차를 준비했다.

다음 날은 일요일이었다. 새벽부터 해 질 녘까지 비가 억수같이 쏟아진 탓에 앤은 집 밖으로 한 발짝도 나가지 못했다. 월요일 오후, 앤은 마릴라의 심부름으로 린드 부인 집에 갔다. 그런데 얼마 지나지 않아 앤은 뺨을 눈물로 흠뻑 적신 채 오솔길을 달려 집으로 돌아왔다. 그러고는 부엌으로 뛰어 들어와 소파에 엎드려 울기 시작했다. 마릴라가 걱정과 당혹감이 섞인 표정으로 물었다.

"앤, 이번엔 또 뭘 잘못한 거냐? 린드 부인에게 또 못되게 군건 아니었으면 좋겠구나."

앤은 입을 꾹 닫고 눈물을 흘리며 서럽게 흐느꼈다.

"앤 셜리, 내가 물어보면 넌 대답을 해야 하는 거다. 당장 여기 똑바로 앉아서 왜 우는지 말해봐."

앤이 일어나 앉았다. 그리고 마치 비극의 화신이라도 된 듯한 얼굴로 울먹거렸다.

"린드 아주머니가 배리 아주머니를 만나러 갔는데요. 배리 아주머니는 엄청 화가 나셨대요. 토요일에 제가 다이애나를 취하게 만들어놓고 창피한 몰골로 집에 보냈다는 거예요. 저더러 아주 못되고 나쁜 아이니까 앞으로 다이애나와 놀지 못하게 할 거라고 말씀하셨대요. 마릴라 아주머니, 이제 전 비통함에 빠져 뒹굴 일만 남았어요."

마릴라는 어이가 없어서 한동안 앤을 빤히 쳐다보다가 간신히 입을 열었다.

"다이애나를 취하게 만들었다고? 앤, 네가 정신이 나간 거니, 아니면 배리 부인이 그런 거니? 세상에, 너 다이애나한테 뭘 먹인 거야?"

"라즈베리주스뿐이에요. 그걸 마시고 취할 줄은 꿈에도 몰랐어요. 다이애나가 세 잔이나 가득 채워서 마셨다고 해도 말이에요. 다이애나는 마치, 그러니까 토머스 아주머니의 남편 같았어요! 하지만 정말로 취하게 할 생각은 없었다니까요."

"취하다니, 말도 안 되는 소리!"

마릴라는 거실 찬장으로 성큼성큼 걸어갔다. 그리고 선반에 있는 병 하나를 보자마자 왜 그런 일이 벌어졌는지 알아차렸다. 그 병에는 3년 전 집에서 담근 과실주가 담겨 있었던 것이다. 마릴라는 에이번리에서 과실주를 가장 잘 담그기로 정평이 나 있었다. 물론 고지식한 사람들은 술 담그는 일을 무척이나 못마땅하게 여겼고, 배리 부인도 그중 한 명이기는 했다. 그제야 마릴라는 자신의 실수를 깨달았다. 앤에게는 찬장에 주스병이 있다고 말했지만, 실은 지하실에 두었던 것이다.

마릴라는 과실주가 담긴 병을 손에 들고 부엌으로 돌아갔다. 자기도 모르게 얼굴이 실룩거렸다.

"앤, 넌 정말 말썽을 일으키는 데는 천재구나. 네가 다이애나에게 준 건 라즈베리주스가 아니라 과실주였어. 뭔가 다르다는 생각이 들지 않았니?"

"전 마시지 않았거든요. 그냥 주스인 줄 알았어요. 전 그냥, 그러니까 대접을 잘하려고 그랬던 거예요. 다이애나는 몸이 너무 아파서 집에 간 거고요. 다이애나가 술에 잔뜩 취해 있었다고 걔네 엄마가 린드 아주머니에게 말했대요. 무슨 일이 있었는지 물어봐도 다이애나는 바보같이 웃기만 하더니 자리에 쓰러져서 몇 시간이나 잤대요. 배리 아주머니는 술 냄새를 맡고 나서야 다이애나가 취한 걸 아셨다고 해요. 다이애나는 어제 하루 종일 머리가 깨질 듯 아팠나 봐요. 배리 아주머니는 무척 화가 나셨고요. 제가 일부러 그랬다고 생각하실 게 틀림없어요."

마릴라가 퉁명스럽게 말했다.

"내가 보기엔 다이애나부터 야단쳐야 할 것 같다. 설령 주스라고 해도 욕심을 부리고 석 잔이나 마셨으니 아플 수밖에 없지 않겠니? 음, 이번 일은 내가 과실주를 만든다고 수군거리는 사람들에게 좋은 구실이 되겠구나. 목사님이 반대한다는 걸 알고 나서는 3년 전부터 담그지도 않았어. 아플 때 쓰려고 남겨두었을 뿐이지. 얘야. 울지 마라. 일이 이렇게 된 건 안타깝지만, 네 잘못은 아닌 것 같다."

"계속 울음이 나오는걸요. 마음이 갈기갈기 찢어진 것 같아요. 하늘은 제 편이 아니에요. 마릴라 아주머니, 다이애나하고 저는 영원히 헤어지게 되었어요. 처음 우정의 맹세를 했을 때 이런 일이 벌어질 줄은 꿈에도 몰랐어요."

"바보 같이 굴지 마라, 앤. 네 잘못이 아니라는 걸 알게 되면 배리 부인도 마음이 풀릴 거야. 지금은 네가 어리석은 장난을

쳤다고 생각하겠지. 저녁에 찾아가서 어떻게 된 일인지 말씀드
리는 게 좋겠다."

"전 겁이 나요. 화가 잔뜩 난 다이애나 엄마의 얼굴을 마주할
자신이 없어요. 제 말은 듣지도 않으실 것 같아요. 아주머니가
대신 가주시면 안 될까요? 저보다는 아주머니의 말을 더 믿어
주실 거예요."

앤은 한숨을 푹 내쉬며 부탁했다. 마릴라도 그쪽이 더 낫겠다
고 판단했다.

"그러마. 그러니까 이제 그만 울어라, 앤. 다 잘될 거야."

하지만 비탈길 과수원집에 갔다가 돌아오는 동안 마릴라는
생각을 바꿀 수밖에 없었다. 앤은 마릴라가 오기만을 기다리고
있다가 그녀의 모습이 보이자 현관으로 달려가 맞았다.

"아, 마릴라 아주머니. 얼굴을 보니까 아무런 소용이 없었다
는 걸 알겠어요. 배리 아주머니가 절 용서하지 않으신 거죠?"

울음이 잔뜩 섞인 목소리로 앤이 묻자 마릴라는 마치 누군가
에게 쏘아붙이는 것처럼 말했다.

"배리 부인도 참! 그렇게 말귀를 못 알아먹는 여자는 처음 본
다. 실수로 벌어진 일이고 네게는 아무런 잘못이 없다고 말했
는데, 아예 믿으려 들지도 않더구나. 심지어 내가 과실주를 담
근 것까지 뭐라고 그러는 거야. 누가 마시든 아무런 문제가 없
을 거라고 하지 않았냐면서 짜증을 내더구나. 그래서 과실주를
한꺼번에 세 잔이나 마셨으니 당연히 문제가 생길 수밖에 없고,
만약 우리 집 아이가 그렇게 욕심을 부렸다면 엉덩이를 때려서
라도 정신을 차리게 했을 거라고 똑똑히 말해줬다."

마음이 착잡해진 마릴라가 부엌으로 가버리자 어쩔 줄 몰라 괴로워하는 어린 영혼만이 현관에 남았다. 앤은 곧바로 모자도 쓰지 않은 채 쌀쌀한 가을 어둠 속으로 발걸음을 내디뎠다. 마음을 굳게 먹은 듯 꿋꿋한 걸음으로 통나무 다리를 건너고, 시들어버린 클로버 들판을 지나 가문비나무 숲을 가로질렀다. 서쪽 숲 위에 낮게 걸린 작은 달이 창백한 얼굴로 주위를 비췄다. 배리 부인은 조심스럽게 두드리는 소리를 듣고 문을 열었다. 입술이 하얗게 질린 채로 문 앞에 서 있는 아이가 보였다. 아이는 무언가 애원하는 듯이 간절한 눈빛으로 부인을 쳐다보았다.

순간 부인의 얼굴이 딱딱하게 굳었다. 배리 부인은 편견이 심하고 혐오감을 잘 내보이는 사람이었다. 한번 화가 나면 차갑고 냉담해져서 좀처럼 마음을 풀지 않았다. 부인은 앤이 나쁜 생각으로 다이애나를 취하게 만들었다고 믿었기 때문에, 자기 딸이 이런 아이와 가깝게 지내다가 엇나가지는 않을까 진심으로 걱정하고 있었다.

"무슨 일이지?"

부인의 말에서 냉기가 돌았다. 앤은 두 손을 그러모았다.

"배리 아주머니, 제발 절 용서해주세요. 전 정말 다이애나를 취하게 만들려고 그런 게 아니었어요. 어떻게 제가 그랬겠어요? 한번 상상해보세요. 불쌍한 고아 여자아이가 친절한 사람들을 만났고, 세상에 하나뿐인 단짝 친구도 생겼어요. 아주머니라면 그런 친구를 일부러 취하게 만들 수 있으시겠어요? 전 그게 라즈베리주스인 줄 알았어요. 제 모든 걸 걸고 맹세할 수 있어요. 그러니 앞으로 다이애나와 놀 수 없다는 말씀만은 하지 말아주세요. 그렇게 하신다면 제 인생을 슬픔의 먹구름으로 덮어버리시는 거예요."

사람 좋은 린드 부인이라면 이 말을 듣고 눈 깜짝할 사이에 마음이 풀렸겠지만, 배리 부인은 달랐다. 앤의 말은 오히려 부인의 화만 더 돋웠을 뿐이었다. 앤의 과장된 말투와 연극배우 같은 몸짓이 의심쩍었던 배리 부인은 '이 애가 나를 놀리는 건가?'라고 생각했다. 그래서 쌀쌀맞게 쏘아붙였다.

"넌 다이애나의 친구로 적합한 아이가 아닌 것 같다. 집으로 돌아가. 그리고 앞으로는 행실을 똑바로 하는 게 좋을 거다."

앤의 입술이 파르르 떨렸다.

"그럼 한 번만이라도 다이애나를 만나게 해주시면 안 될까요? 작별 인사를 하고 싶어요."

"다이애나는 아빠랑 카모디에 갔다."

배리 부인은 앤의 간절한 부탁을 외면한 채 집으로 들어가 문을 쾅 닫았다. 절망에 빠진 앤은 입을 꼭 다물고 초록지붕집으로 돌아왔다.

"마지막 희망도 사라졌어요. 배리 아주머니를 직접 만났는데 절 무시하기만 하시네요. 별로 예의 바른 분은 아닌 것 같아요. 이젠 기도 말고는 다른 방법이 없겠지만, 사실 잘될 것 같진 않아요. 하느님도 배리 아주머니처럼 고집 센 사람은 어쩔 수 없으실 테니까요."

"앤, 그렇게 말하면 못 쓴다."

마릴라는 웃음이 새어 나오려는 것을 꾹 참으며 짐짓 엄하게 꾸짖었다. 사실 불경스럽게도 크게 웃음을 지을 만한 일이 점점 많아져 난감해하던 차였다. 실제로 그날 밤 마릴라는 매슈에게 앤이 겪고 있는 시련을 이야기해주면서 웃음보를 터뜨릴 수밖에 없었다.

하지만 잠자리에 들기 전 동쪽 다락방에 조용히 들어가서 울다 잠든 앤의 모습을 봤을 때, 마릴라의 얼굴에는 평소 찾아볼 수 없는 다정함이 떠올랐다. 마릴라는 눈물 젖은 아이의 얼굴에 붙어 있던 머리카락 한 올을 떼어주면서 중얼거렸다.

"가엾은 것."

그러고는 몸을 숙여 앤의 벌건 뺨에 입을 맞췄다.

17장

―

인생의 새로운 관심

다음 날 오후 앤은 부엌 창가에서 바느질을 하다가 문득 고개를 들어 밖을 내다보았다. 다이애나가 드라이어드 거품 옆에서 무슨 뜻인지 모를 손짓을 하고 있었다. 앤은 순식간에 밖으로 뛰쳐나가 골짜기까지 달려 내려갔다. 앤의 눈에 놀라움과 희망의 빛이 떠올랐다. 하지만 다이애나의 낙담한 얼굴을 보자 부푼 기대는 곧 사그라들고 말았다.

"엄마는 마음이 좀 풀리셨니?"

앤이 숨을 몰아쉬면서 묻자 다이애나가 우울한 표정으로 고개를 저었다.

"아니. 아직도 화를 내고 계셔. 다시는 너랑 놀지 말라고 하셨어. 계속 울면서 그건 앤의 잘못이 아니라고 말했지만 전혀 통하지 않았어. 너한테 작별 인사를 하고 오겠다는 허락도 겨우 얻었는걸. 딱 10분만 다녀오라고 하셨어. 지금 시계를 보면서 시간을 재고 계셔.”

“영원한 작별을 고하는 데 10분은 너무 짧아! 다이애나, 앞으로 더 친한 친구가 생기더라도 절대 나를, 너의 어린 시절 친구인 나를 잊지 않겠다고 진심으로 약속해주겠니?”

앤이 눈물을 글썽이자 다이애나도 흐느꼈다.

“맹세할게. 내 단짝 친구는 너뿐이야. 절대로 다른 아이랑 단짝 친구가 되지 않을 거야. 누구도 널 사랑하는 만큼 사랑할 수는 없으니까.”

앤이 다이애나의 손을 꼭 잡고 소리쳤다.

“어머, 다이애나. 너 날 사랑하니?”

“그럼, 물론이지. 그걸 몰랐단 말이야?”

앤이 숨을 깊이 내쉬었다.

“몰랐어. 물론 네가 날 좋아한다고 생각하기는 했어. 하지만 사랑하는 것까지는 바라지 않았어. 정말이야, 다이애나. 아무도 나를 사랑하지 않을 거라 생각했어. 지금까지 누가 나를 사랑해준 기억이 없거든. 아, 정말 놀라운 일이야! 이건 너와 이별한 뒤에 가야 하는 어둠의 길을 영원히 밝혀줄 한 줄기 빛이야. 다이애나, 한 번만 더 말해줄래?”

다이애나가 흔들림 없이 말했다.

“나는 진심으로 널 사랑해, 앤. 앞으로도 영원히 그럴 거야. 믿어도 좋아.”

앤이 엄숙한 말투로 손을 내밀었다.

“나도 언제까지나 그대를 사랑하겠소, 다이애나. 우리가 마지막으로 함께 읽었던 책에 적혀 있던 것처럼, 그대와 함께했던 기억은 나의 외로운 인생에서 별처럼 반짝일 거요. 다이애나, 영원히 보물로 간직할 수 있도록 그대의 칠흑 같은 머리카락을 조금 잘라서 내게 줄 수 있겠소?"

앤의 서글픈 말을 듣고 감상에 빠져 눈물을 흘리던 다이애나는 정신을 차리고 현실로 돌아왔다.

"머리 자를 만한 것 가지고 있니?"

"응, 마침 앞치마 주머니에 조각보 자르는 가위가 있어."

앤은 엄숙한 의식을 치르듯 다이애나의 머리카락 한 가닥을 잘랐다.

"잘 가게, 사랑하는 내 친구여. 앞으로 우린 바로 옆에 살면서도 낯선 타인으로 지내야 하는구려. 하지만 그대를 향한 내 마음은 영원히 변치 않으리…."

앤은 자리에 서서 다이애나의 모습이 보이지 않을 때까지 지켜보며 다이애나가 돌아볼 때마다 구슬프게 손을 흔들었다. 그리고 이처럼 낭만적인 이별에 적지 않은 위로를 받으며 집으로 돌아왔다.

"모든 게 다 끝났어요. 다른 친구는 절대 사귀지 못할 거예요. 전보다 더 나쁜 처지가 되었어요. 지금은 케이티 모리스도 비올레타도 없으니까요. 설령 그 아이들이 있다고 해도 전과 같지는 않을 거예요. 진짜 친구를 사귄 뒤로는 상상 속 친구들로 만족할 수 없으니까요. 다이애나와 저는 샘물가에서 정말 감동적인 이별을 했어요. 그 장면은 제 기억 속에 영원토록 거룩하게 남아 있을 거예요. 전 제가 생각할 수 있는 가장 슬픈 말을 골라서

'그대'라고 말했어요. '그대'는 '너'보다 훨씬 낭만적으로 들리니까요. 다이애나는 자기 머리카락도 잘라주었는데 전 그걸 작은 주머니에 넣어서 평생 목에 걸고 다닐 거예요. 제가 죽으면 그걸 무덤에 같이 묻어주세요. 전 그렇게 오래 살지는 못할 것 같으니까요. 제가 싸늘한 시신으로 누워 있는 걸 보면 배리 아주머니도 자신이 저지른 일을 후회하며 다이애나가 제 장례식에 오도록 허락해주실 거예요."

앤의 말에 동정이라고는 찾아볼 수 없는 말투로 마릴라가 대꾸했다.

"그렇게 계속 떠들 수만 있다면 슬퍼서 죽을 일은 절대 없을 것 같구나."

다음 주 월요일, 앤은 굳은 결심이라도 한 듯 입을 꼭 다문 채로 손에 책 바구니를 들고 방에서 나왔다. 이 모습을 본 마릴라가 깜짝 놀라자 앤은 이렇게 선언했다.

"학교에 다시 갈래요. 친구를 무자비하게 빼앗긴 지금, 제 인생에 남은 건 그것뿐이니까요. 학교에 가면 다이애나를 볼 수 있고, 지난날을 되새길 수도 있을 거예요."

마릴라는 뜻밖의 상황에 기뻤지만 내색은 하지 않았다.

"글쎄다. 수업 내용이나 수학 공식을 되새기는 게 더 낫지 않을까? 아무튼 학교에 다시 다닐 거라면 사람의 머리를 석판으로 내리치거나 그와 비슷한 이야기가 더는 들리지 않으면 좋겠다. 예의 바르게 행동하고 선생님 말씀을 잘 듣도록 해."

앤은 고개를 끄덕이며 풀이 죽은 듯한 말투도 대답했다.

"모범생이 되려고 노력하기는 할 거예요. 별로 재미없을 것 같긴 하지만요. 필립스 선생님이 미니 앤드루스더러 모범생이라고 하셨지만, 그 아이는 생기가 없고 상상력이라고는 눈곱만큼도 찾아볼 수 없어요. 따분하고 답답한 데다 재미있게 사는 것 같지도 않고요. 하지만 지금 전 너무 우울하니까 그렇게 지낼 수 있을 것 같아요. 오늘은 큰길을 돌아서 학교에 갈 거예요. 혼자서는 도저히 자작나무 길을 걸을 수 없으니까요. 그랬다가는 쓰디쓴 눈물을 흘리게 될 거예요."

앤이 학교에 가자 아이들은 두 팔 벌려 환영했다. 그동안 다 같이 놀 때는 앤의 상상력을, 노래를 부를 때는 앤의 목소리를, 점심시간에 큰 소리로 책을 읽을 때는 앤의 극적인 표현력을 그리워했던 것이다. 루비 길리스는 성경 낭독 시간에 파란 자두 세 개를 몰래 건네주었고, 엘라 메이 맥퍼슨은 식물도감 표지에서 오려낸 노란색 팬지꽃 그림을 선물했다. 에이번리 학교에서 책상 장식용으로 큰 인기를 끌고 있던 그림 중 하나였다. 소피아 슬론은 앞치마 가장자리 장식에 딱 어울리는, 완벽하게 우아한 레이스용 새 패턴을 가르쳐주겠다고 약속했다. 케이티 볼터는 석판 지우는 물을 담는 향수병을 주었고, 줄리아 벨은 테두리를 물결 모양으로 장식한 연분홍색 종이에다 정성스럽게 시를 적어서 주었다.

> 황혼이 커튼처럼 내려와
> 별을 핀으로 고정할 때면
> 친구가 있다는 걸 기억해주오.
> 먼 곳에서 방황하는 친구라 하더라도.

그날 밤 앤은 너무나 기쁜 나머지 숨을 크게 몰아쉬며 기쁜 얼굴로 마릴라에게 말했다.

"누군가에게 인정받는다는 건 정말 멋진 일이에요."

여자아이들만 앤을 '인정해준' 것은 아니었다. 필립스 선생님이 앤에게 정해준 자리는 모범생 미니 앤드루스 옆이었는데, 점심시간이 끝난 뒤 앤이 자리에 돌아갔을 때 책상 위에 크고 달콤한 '딸기 사과'가 놓여 있었던 것이다. 앤은 사과를 집어서 한 입 베어 물려다가 문득 한 가지 사실을 떠올리고는 하던 행동을 멈췄다. 에이번리에서 이런 사과를 재배하는 곳은 반짝이는 호수 건너편에 있는 블라이드 씨네 과수원밖에 없었던 것이다. 앤은 빨갛게 달궈진 석탄이라도 만진 것처럼 사과를 떨어뜨린 다음, 보란 듯이 손수건으로 손가락을 닦았다. 사과는 다음 날 아침까지 책상 위에 놓여 있었고, 학교에서 청소와 불 지피는 일을 맡은 티머시 앤드루스가 부수입 삼아 가져갔다. 이에 비해 점심시간이 끝난 뒤 찰리 슬론이 앤에게 준 석판용 연필은 훨씬 나은 대접을 받았다. 2센트나 하는 이 연필은 1센트짜리 평범한 것과는 다르게 빨간색과 노란색 종이로 만든 화려한 장식이 달려 있었다. 앤이 이 선물을 받고 기뻐하면서 미소를 보내자 앤에게 빠져 있던 찰리는 마치 천국에 간 것처럼 기분이 붕 떴다. 그 때문에 찰리는 받아쓰기에서 터무니없는 실수를 저질렀고, 방과 후에 남아서 틀린 부분을 다시 써야 했다.

하지만 그럴수록 거티 파이의 옆자리에 앉은 다이애나 배리에게 아무런 환영이나 인정을 받지 못했다는 사실로 앤은 더욱더 초라해졌다.

브루투스의 흉상이 사라진 카이사르의 행렬은
로마 최고의 아들이 사라진 자리를 떠올리게 할 뿐이다.*

그날 밤 앤은 마릴라에게 슬픈 얼굴로 말했다.
"아마 다이애나는 제게 한 번쯤은 미소를 지어줬을 거예요."
하지만 다음 날 아침, 앤은 놀랍도록 멋지게 접은 쪽지와 작
은 꾸러미 하나를 받았다.

사랑하는 앤에게(앞 사람에게 전달)
엄마가 학교에서도 너하고 놀거나 이야기하지 말라고
하셨어. 내 잘못이 아니니까 나한테 화를 내지는 마. 나는
변함없이 너를 사랑해. 내 모든 비밀을 털어놓을 수 있는
네가 무척 그리워. 그리고 난 거티 파이가 조금도 마음에
들지 않아. 너한테 주려고 빨간 습자지로 새 책갈피를 만들
었어. 요즘은 이게 유행이거든. 학교에서 이걸 만들 수 있
는 여학생은 세 명밖에 없어. 책갈피를 볼 때마다 너의 진
정한 친구 다이애나 배리를 기억해주렴.

앤은 쪽지를 읽은 뒤 책갈피에 입을 맞추고는 곧장 답장을 써
교실 반대편으로 보냈다.

---

* 영국 시인 조지 바이런(1788-1824)의 시 〈차일드 해럴드의 편력(遍歷)〉의 한 구
절로, 앤에게 다이애나의 빈자리가 그만큼 컸다는 것을 알려주기 위해 사용한
표현이다.

내 유일한 사랑 다이애나에게

물론 네게 화를 낼 리가 없지. 엄마 말씀을 따라야 해서 그런 거니까. 우리의 영혼은 서로 통할 수 있어. 네가 준 예쁜 선물을 영원히 간직할게. 비록 상상력은 전혀 없지만, 미니 앤드루스는 착한 아이야. 그래도 다이애나의 단짝 친구였던 내가 미니하고 단짝 친구가 될 수는 없지. 내가 맞춤법을 틀리더라도 이해해주길 바라. 조금 나아지기는 했지만 아직은 서툴거든. 죽음이 우리를 갈라놓을 때까지, 영원한 네 친구 앤 혹은 코델리아 셜리.

추신. 오늘 밤에는 네 편지를 베개 밑에 넣고 잘 거야. A. 혹은 C. S.*

마릴라는 앤이 다시 학교에 다니면서 더 많은 문제를 일으키지는 않을까 염려했다. 하지만 아무 일도 없었다. 어쩌면 앤이 미니 앤드루스에게 '모범생'의 자세를 조금은 배웠기 때문이 아닐까 싶었다. 그 뒤로는 필립스 선생님과도 별문제 없이 지냈다. 앤은 길버트 블라이드에게만큼은 어떤 과목이든 뒤지지 않으리라 마음먹고 공부에 전념했다. 두 사람의 경쟁은 금세 사람들 눈에 띄었다. 길버트 입장에서는 전적으로 선의의 경쟁이었지만 앤은 달랐다. 앤은 한번 품은 앙심을 좀처럼 떨쳐내지 못했다. 누군가를 사랑할 때도 그랬지만, 미워할 때도 정도가 지

---

*   Anne or Cordelia Shirley를 줄인 말

나쳤다. 앤은 길버트를 학교 공부의 경쟁자로 인정하지 않으려 했다. 그렇게 하면 그동안 그의 존재를 고집스럽게 무시했던 일이 허사로 돌아가기 때문이었다. 하지만 둘은 경쟁 관계가 분명했고 번갈아 1등을 차지했다. 길버트가 맞춤법에서 1등을 하면 다음에는 앤이 빨간 머리를 휘날리며 그 자리를 빼앗았다. 어느 날 아침 길버트가 연산 문제의 정답을 모두 맞혀 칠판 가장 윗부분에 이름을 올리면 다음 날 아침에는 앤이 십진법과 씨름한 끝에 1등 자리를 되찾았다. 어느 날에는 두 사람의 이름이 나란히 오르기도 했다. 동점을 받은 것이다. 하지만 앤에게는 두 사람의 이름이 벽에 '주목'이라는 말과 함께 적힌 것만큼이나 기분 나쁜 일이었기에, 길버트가 만족스러워하는 만큼 앤은 굴욕감을 느꼈다. 매월 말 치르는 필기시험에서는 긴장감이 극에 달했다. 첫 달에는 길버트가 3점 앞섰고, 두 번째 달에는 앤이 5점 차이로 이겼다. 하지만 길버트가 학생들 앞에서 진심으로 축하해주는 바람에 앤의 기분은 엉망이 되었다. 만약 길버트가 패배의 쓰라림으로 괴로워했다면 앤은 훨씬 달콤한 승리의 기쁨을 맛보았을 것이다.

필립스 선생님은 좋은 교사가 아닐지도 모른다. 하지만 앤처럼 강한 의지로 공부하는 학생이라면 어떤 선생님에게 배우든 실력이 향상될 수밖에 없을 것이다. 학기 말에 앤과 길버트는 나란히 5학년으로 올라가 라틴어, 기하학, 프랑스어, 대수학 등의 세부 과목을 공부하게 되었다. 그런데 앤은 기하학에서 워털루전투 같은 참패를 당했다.

앤이 끙, 앓는 소리를 내며 말했다.

"마릴라 아주머니, 기하학은 정말 끔찍한 과목이에요. 앞으로 도 지금처럼 헤맬 것 같아요. 뭐가 뭔지 잘 모르겠어요. 그 속에 는 상상할 만한 구석이 전혀 없어요. 필립스 선생님은 저처럼 기하학을 못하는 애는 처음 본다고 하셨어요. 길버, 아니 다른 아이들은 기하학을 참 잘해요. 정말 창피했어요. 다이애나도 저 보다는 잘해요. 하지만 다이애나에게 뒤지는 건 상관없어요. 지 금은 만나도 남남처럼 대하지만 전 여전히 다이애나를 사랑하 니까요. 그 사랑은 영원토록 꺼지지 않을 거예요. 가끔 그 애를 생각하면 너무 슬퍼요. 하지만 마릴라 아주머니, 이처럼 재미있 는 세상에 살고 있는데 이렇게 오랫동안 슬퍼할 수는 없잖아요. 그렇지 않을까요?"

18장

목숨을 구해준 앤

커다란 사건은 어떤 식으로든 작은 일에 영향을 끼치기 마련이다. 얼핏 생각할 때 캐나다 총리가 유세 일정을 짜면서 프린스에드워드섬에도 방문하기로 결정한 일은 초록지붕집의 아이 앤셜리의 운명과 아무런 상관이 없어 보인다. 하지만 실제로는 그렇지 않았다.

총리가 열성적인 지지자들과, 지지자까지는 아니더라도 샬럿타운에서 열리는 대규모 집회에 참석하길 원하는 사람들 앞에서 연설하기 위해 섬을 방문한 때는 1월이었다. 에이번리 주민은 대부분 현 총리의 정당을 지지했다. 그래서 집회가 열리는 날 밤이 되자 거의 모든 남성과 상당수의 여성이 약 50킬로미터나 떨어진 샬럿타운으로 모여들었다. 그중에는 레이철 린드 부인도 있었다. 린드 부인은 비록 자기와 정치적 입장이 다르더라도 자기를 빼놓고 정치 집회를 여는 것은 이치에 맞지 않는다고 믿을 만큼 정치에 관심이 많았다. 그래서 집회가 진행되는 도중 말을 돌보는 일에 제격인 남편 토머스를 데리고 이곳에 왔다. 마릴라 커스버트도 동행했다. 은근히 정치에 관심이 있었던 데다가 총리를 실제로 볼 수 있는 기회가 두 번 다시 오지 않을 거라고 생각했기 때문이다. 그래서 다음 날 자신이 돌아올 때까지 마쳐야 할 집안일을 앤과 매슈에게 맡겨놓고 길을 떠났다.

마릴라와 린드 부인이 마음껏 집회를 즐기는 동안 앤과 매슈는 초록지붕집의 아늑한 부엌에서 둘만의 시간을 보냈다. 구식 워털루 난로에서는 불이 밝게 타올랐고 유리창에 낀 서리가 청백색으로 빛났다. 매슈는 소파에서 『농민의 대변자』라는 잡지를 펼쳐놓은 채로 꾸벅꾸벅 졸았다. 앤은 식탁에 앉아 비장한 얼굴로 공부에 몰두하면서도 가끔씩 시계 선반 쪽을 힐끔 쳐다봤다. 제인 앤드루스에게 빌린 책이 거기 놓여 있었기 때문이다. 이 책에 가슴이 두근거릴 만큼 흥미진진한 내용과 단어가 그득하다고 장담하던 제인의 말이 뇌리를 떠나지 않았다. 당장이라도 책을 펴고 싶어서 손가락이 근질근질했다. 하지만 그렇게 하면 내일 시험에서 길버트 블라이드보다 낮은 점수를 받을 게 뻔했다. 그래서 앤은 시계 선반을 등지고 앉아 책이 그곳에 없다는 상상을 하려고 애썼다.

"있잖아요, 매슈 아저씨. 아저씨도 학교에 다닐 때 기하학을 배우셨나요?"

깜짝 놀라서 선잠을 깬 매슈가 대답했다.

"어, 음. 아니, 안 배웠는데."

"아, 배우셨으면 좋았을 텐데요. 그러면 제가 얼마나 힘든지 아실 테니까요. 기하학을 공부하지 않으셨으니 지금 제 심정을 이해하실 순 없을 거예요. 기하학이 제 인생에 먹구름을 드리우고 있거든요. 매슈 아저씨, 전 기하학에는 정말 젬병인가 봐요."

앤이 한숨을 쉬자 매슈가 위로했다.

"저기, 난 잘 모르겠다만 넌 뭐든지 잘하는 것 같은데…. 지난주에 카모디에 있는 블레어 씨네 가게에 갔다가 필립스 선생을 만났거든. 네가 학생들 중에 가장 똑똑할 뿐만 아니라 실력이 눈부시게 향상되고 있다더구나. '눈부신 향상'이라고 정확하게 말했어. 테디 필립스 씨를 헐뜯는 사람들도 있고 별로 대단하지 않다고들 말하지만, 난 그 사람이 훌륭한 선생님인 것 같다."

매슈는 앤을 칭찬하는 사람이라면 누구든 훌륭하다고 생각했을 것이다. 하지만 앤은 불평을 늘어놓았다.

"선생님이 글자만 바꾸지 않아도 전 기하학을 더 잘할 수 있을 거예요. 기껏 공식을 다 외워도 선생님은 칠판에 도형을 그리고 난 다음 책에 있는 것과 다른 글자를 적어놓아요. 그러니 제가 헷갈릴 수밖에 없죠. 아무리 선생님이라도 너무한 것 아닌가요? 지금은 농업을 배우고 있는데요, 그 길이 왜 빨간색인지 드디어 알게 됐어요. 기분이 정말 좋았어요. 마릴라 아주머니하고 린드 아주머니가 즐거운 시간을 보내고 계신지 궁금해요. 린드 아주머니 말씀으로는, 지금 오타와에서 하는 식으로 하다가는 캐나다가 엉망이 될 테니 유권자가 경각심을 가져야 한대요. 여자들에게도 투표권을 허용하면 세상이 좋아지는 모습을 금세 확인할 수 있을 거라고도 하셨고요. 그런데 매슈 아저씨는 어느

당에 투표하세요?"

"보수당이지."

매슈가 망설임 없이 대답했다. 보수당에 투표하는 일은 매슈에게 종교와 같았다. 그러자 앤도 단호하게 말했다.

"그럼 저도 보수당을 지지할래요. 다행이에요. 길버, 아니 학교 남학생 중 몇 명은 자유당 편이거든요. 필립스 선생님도 자유당인 것 같아요. 프리시 앤드루스네 아빠도 자유당을 지지하니까요. 루비 길리스가 그러는데 남자가 구혼을 할 때 종교는 여자의 어머니한테 맞추고 정치는 아버지한테 맞춘대요. 그 말이 맞나요, 매슈 아저씨?"

"글쎄, 난 모르겠는걸."

"아저씨도 누군가에게 구혼하신 적이 있어요?"

"어, 저기, 아니, 그런 적이 있었는지 생각도 안 나는구나."

매슈는 지금껏 단 한 번도 그런 적이 없었을뿐더러 꿈조차 꾸지 않았다. 앤은 손으로 턱을 괴고 생각에 잠겼다.

"구혼이라는 건 참 재밌을 것 같아요. 그렇죠? 루비 길리스는 어른이 되면 마음대로 부려먹을 수 있는 애인을 많이 만든 다음 전부 다 자기한테 홀딱 빠져들게 할 거래요. 그런데 그건 너무 지나친 생각 같아요. 저는 마음이 반듯한 사람 한 명이 더 낫다고 봐요. 아무튼 루비 길리스는 그런 걸 꽤나 많이 알아요. 언니가 여럿이라 그런가 봐요. 린드 아주머니는 루비하고 언니들이 신붓감으로 인기가 많을 거래요. 필립스 선생님은 거의 매일 저녁마다 프리시 앤드루스한테 가요. 만나서 공부를 도와주신다나요. 하지만 미란다 슬론도 같은 학교에 입학하려고 준비 중이잖아요. 미란다는 프리시보다 공부를 훨씬 못해요. 그러니까 정작 도움이 필요한 사람은 미란다인데, 선생님은 한 번도 저녁에 미란다를 도와주러 가신 적이 없어요. 세상에는 제가 이해할 수 없는 일이 너무 많아요, 매슈 아저씨."

"뭐, 그렇지. 나도 모든 걸 이해하지는 못하니까."

"아무튼 전 지금 하는 공부를 빨리 마쳐야 해요. 공부를 끝내기 전에는 제인에게 빌린 책을 펼치지 못하니까요. 하지만 유혹을 이겨내기가 참 어려워요. 책을 등지고 앉아 있는데도 눈앞에 어른거리거든요. 제인은 그 책을 읽고 펑펑 울었대요. 전 눈물을 흘리게 만드는 책이 좋아요. 하지만 전 그 책을 거실로 가져가서 잼을 보관하는 찬장에 넣고 잠근 다음 아저씨한테 열쇠를 맡겨둘 거예요. 아무리 제가 무릎을 꿇고 애원하더라도, 공부를 다 끝낼 때까지 제게 절대로 열쇠를 주시면 안 돼요. 말이야 쉽지, 유혹을 이긴다는 건 보통 일이 아니잖아요. 제게 열쇠가 없으면 훨씬 쉽게 떨쳐낼 수 있을 거예요. 지하실에 가서 갈색 사과를 좀 가져오려고요. 아저씨도 드실래요?"

"아, 뭐, 그럼 좀 먹어 볼까?"

사실 매슈는 갈색 사과를 먹는 법이 없었다. 하지만 앤이 그 사과라면 사족을 못 쓴다는 것쯤은 알고 있었다.

앤이 갈색 사과를 접시에 가득 담고 지하실에서 신나게 올라왔을 때, 밖에서 누군가 빙판길을 달려오는 소리가 들리더니 부엌문이 확 열리면서 다이애나 배리가 뛰어 들어왔다. 집에서 급하게 나온 듯 머리에 숄을 아무렇게나 뒤집어쓴 다이애나는 창백한 얼굴로 숨을 헐떡였다. 앤은 깜짝 놀라 촛불과 접시를 놓쳐버렸다. 그 바람에 접시, 양초, 사과가 요란한 소리를 내며 지하실로 굴러 떨어졌다. 다음 날 마릴라는 기름과 사과가 끈적하게 눌어붙은 지하실 바닥을 청소하면서 집에 불이 나지 않은 게 천만다행이라고 가슴을 쓸어내렸다.

"무슨 일이야, 다이애나? 엄마가 드디어 화를 푸셨어?"

다이애나가 잔뜩 겁먹은 얼굴로 애원했다.

"앤, 빨리 우리 집에 와줘. 내 동생 미니 메이가 많이 아파. 메리 조 언니가 그러는데 후두염이래. 엄마하고 아빠는 샬럿타운에 가셔서 지금 의사 선생님을 부르러 갈 사람이 없어. 동생은 아프지, 메리 조 언니는 어쩔 줄 몰라 하고 있지…. 앤, 나 무서워 죽겠어!"

매슈는 아무 말도 없이 모자와 외투를 챙기고는 다이애나 옆을 지나 어두운 마당 쪽으로 사라졌다. 앤도 서둘러 모자와 외투를 챙기면서 말했다.

"매슈 아저씨는 마차에 말을 매러 가신 거야. 카모디로 가서 의사 선생님을 모셔오려는 거지. 아저씨가 말씀하시지 않아도 난 다 알아. 아저씨하고 나는 마음이 통해서 서로 생각을 읽을 수 있거든."

"카모디에도 의사가 없을 거야. 블레어 선생님도 샬럿타운에 가셨고, 스펜서 선생님도 가셨을 것 같아. 언니는 후두염에 걸린 사람을 본 적이 없대. 린드 아주머니도 안 계시는데…. 아, 앤. 어쩜 좋아!"

다이애나가 흐느꼈다. 앤은 짐짓 밝은 목소리를 내려고 애쓰며 위로했다.

"울지 마, 다이애나. 난 후두염에 걸렸을 때 어떻게 해야 하는지 잘 알아. 해먼드 아주머니가 쌍둥이를 세 번이나 낳았다고 얘기해준 거 기억나지? 쌍둥이를 돌보다 보면 자연스럽게 온갖 경험을 할 수 있어. 그 집 아이들이 차례로 후두염에 걸렸거든. 잠깐만 기다려봐. 내가 토근즙*이 든 병을 찾아볼게. 너희 집에는 없을지도 모르니까. 자, 어서 가자."

두 아이는 밖으로 뛰어나가서 손을 잡고 연인의 오솔길을 지나 얼어붙은 들판을 가로질렀다. 숲길이 더 가깝지만 눈이 많이 쌓여서 그쪽으로는 갈 수 없었다. 앤은 미니 메이를 진심으로 걱정하면서도 한편으로는 이 상황이 무척 낭만적이라고 느꼈다. 무엇보다 마음이 맞는 친구와 다시 한번 이런 낭만을 누리는 시간이 참 달콤하다는 생각을 떨칠 수 없었다.

맑지만 매섭게 추운 밤이었다. 칠흑 같은 어둠 속에 눈 덮인 비탈이 은빛으로 빛났다. 커다란 별들이 고요한 들판 위에서 반짝였다. 여기저기 서 있는 뾰족한 전나무 가지마다 눈이 수북하게 쌓였고, 바람은 휘파람 소리를 내며 눈가루를 날렸다. 앤은 오랫동안 떨어져 있었던 단짝 친구와 신비롭고 아름다운 풍경 속을 달릴 수 있어서 무척 기뻤다.

세 살배기 미니 메이는 무척 아파 보였다. 열이 심하게 나서 잠들지도 못한 채 부엌 소파에 누워 있었고, 거친 숨소리가 온 집 안에 들릴 정도였다. 바닷가 출신의 메리 조는 얼굴이 넓적

---

* 토근은 꼭두서닛과의 상록 관목인 이페칵의 뿌리를 말린 것이다. 맛이 쓰고 불쾌한 냄새가 나며 가래를 없애거나 토하게 하는 데 쓰인다.

하고 포동포동한 프랑스 아가씨였다. 배리 부인이 집을 비울 때 아이들을 돌보기로 했지만 지금은 속수무책으로 안절부절못할 뿐이었다. 설령 대처 방법이 떠올랐더라도 제대로 해내지 못했을 것이 분명했다.

앤은 재빠르고 능숙하게 일을 시작했다.

"미니 메이는 후두염이 맞아. 꽤 심한 편이지만 난 더 심한 경우도 봤어. 우선 뜨거운 물이 많이 필요해. 그런데 다이애나, 주전자에 물이 한 컵 정도밖에 없잖아! 주전자부터 채워놓을게. 그리고 메리 조 언니는 난로에 장작을 좀 넣어줘요. 기분을 상하게 하려고 하는 말은 아니지만, 상상력이 조금이라도 있다면 이 정도는 했어야죠. 이제 미니 메이의 옷을 벗기고 침대에 눕힐 거야. 다이애나, 너는 부드러운 플란넬 천을 찾아봐줘. 나는 우선 미니 메이에게 토근즙을 먹일게."

미니 메이는 좀처럼 토근즙을 삼키려 하지 않았지만, 앤은 쌍둥이 세 쌍을 거저 키운 것이 아니었다. 앤은 요령 있게 토근즙을 미니 메이의 목으로 흘려 보냈다. 한 번이 아니라 길고 불안한 밤이 이어지는 동안 여러 번 먹였다. 고통스러워하는 미니 메이를 두 아이가 끈기 있게 돌보는 동안, 메리 조는 도움이 된다면 뭐라도 하려는 생각으로 불을 계속 지피면서 물을 끓였다. 그녀가 끓인 더운물은 후두염에 걸린 아이로 가득 찬 병원에서 쓰고도 남을 만한 양이었다.

새벽 3시가 다 되어서야 매슈가 의사를 데리고 왔다. 의사를 찾으러 스펜서베일까지 갔던 것이다. 긴박한 순간은 이미 지난 뒤였다. 미니 메이는 한결 나아진 상태로 곤히 자고 있었다.

"더는 힘들 것 같아서 거의 포기하려고 했어요. 미니 메이는 상태가 점점 나빠졌고, 어느 순간 해먼드네 쌍둥이보다 훨씬 심각해졌죠. 그 집의 막내 쌍둥이보다 더요. 이러다간 진짜 숨이 막혀 죽을 수도 있다고 생각했어요. 그래서 병에 들어 있는 토근즙을 한 방울도 남김없이 먹였고, 마지막 한 방울을 먹일 때는 마음속으로 이렇게 말했어요. '이것이 내게 남은 마지막 희망이다. 헛된 희망으로 남을까 봐 두렵구나.'* 물론 다이애나랑 메리 조 언니한테 말한 건 아니에요. 걱정을 끼치고 싶지 않았거든요. 제 마음을 달래려고 그렇게 한 거죠. 그런데 3분 정도 지나자 아이가 기침을 하면서 가래를 토해내더니 그때부터 상태가 좋아지기 시작한 거예요. 얼마나 안심이 되었는지, 선생님도 한번 상상해보셔야 해요. 말로 다 표현할 수 없었으니까요. 말로는 표현할 수 없는 게 있다는 걸 아시잖아요."

"그래, 나도 안다."

앤의 설명에 의사가 고개를 끄덕였다. 의사는 말로 표현할 수 없는 것들을 떠올리는 듯한 얼굴로 앤을 바라보았다. 하지만 배리 부부에게는 자기의 생각을 말로 표현했다.

"커스버트 씨 댁에 사는 빨간 머리 아이가 무척 야무지더군요. 그 아이가 생명을 구했어요. 미리 조처하지 않았더라면 제가 도착했을 땐 너무 늦었을 겁니다. 어쩌면 그렇게 침착하고 똑 부러지던지, 그 나이치고는 정말 대단합니다. 제게 상황을

---

* 영국 시인 펠리시아 헤만스(1793-1835)의 시 〈발렌시아 포위전〉에서 두 아들이 살아 돌아오기를 바라는 어머니의 심정이 담긴 구절을 인용한 것이다.

설명해줄 때 눈빛이 아주 또랑또랑하더군요."

앤은 서리가 아름답게 내린 아침이 되어서야 집으로 돌아왔다. 날을 꼬박 새운 탓에 눈꺼풀이 점점 내려앉았지만, 피곤한 기색도 없이 계속 매슈에게 말을 붙였다. 기다랗고 하얀 들판을 가로질러 온 두 사람은, 반짝이는 요정 같은 단풍나무 아치 아래로 난 연인의 오솔길을 걸었다.

"매슈 아저씨, 정말 멋진 아침이죠? 이 세상은 하느님이 즐기시려고 상상해낸 곳 같아요. 안 그런가요? 저 나무들은 제가 입으로 후 불면 휙 하고 날아가버릴 것 같아요. 후! 저는 하얀 서리가 있는 세상에서 살게 되어 참 기뻐요. 아저씨도 그렇죠? 해먼드 아주머니가 쌍둥이를 세 쌍이나 낳은 건 제게 참 다행스러운 일이었어요. 그렇지 않았다면 전 미니 메이한테 뭘 해줘야 할지 몰랐을 테니까요. 해먼드 아주머니가 쌍둥이만 낳는다고 화를 냈던 게 미안해요. 하지만요, 음, 매슈 아저씨. 저 너무 졸려요. 학교에는 못 갈 것 같아요. 눈이 자꾸 감겨서 바보 같을 거예요. 그런데 집에 있는 건 싫어요. 그러다가 길버, 아니 다른 애들이 1등을 하면 제가 따라잡기 힘들 테니까요. 물론 힘이 드는 만큼 만족감도 커질 것 같기는 하지만요. 그렇겠죠?"

매슈는 앤의 작고 창백한 얼굴과 눈 밑에 드리운 그림자를 보면서 말했다.

"음, 글쎄. 넌 다 잘 해낼 거야. 곧장 침대로 가서 곤히 자라. 집안일은 내가 다 해놓으마."

앤은 매슈의 말대로 침대에 누웠다. 한참을 곤히 자고 일어나 보니 온 세상이 희고도 장밋빛으로 물든 오후였다. 앤은 부엌으로 내려갔다. 그사이 집으로 돌아온 마릴라가 앉아서 뜨개질을 하고 있었다. 앤은 마릴라를 보자마자 큰 소리로 물었다.

"아주머니, 총리님을 보셨어요? 어떻게 생겼던가요?"

"뭐, 얼굴로 총리가 된 건 아닌 모양이다. 코가 어쩜 그렇게 생겼던지, 원! 하지만 연설은 꽤 잘하더구나. 내가 보수당을 지지한다는 게 자랑스러울 정도였으니까. 물론 자유당을 지지하는 레이철 린드는 그 사람이 싫겠지. 그리고 네 점심은 오븐에 넣어두었다. 찬장에서 자두절임을 꺼내 먹어도 돼. 배가 고플 만도 하지. 매슈 오라버니한테 어젯밤 일을 들었다. 네가 어떻게 대처해야 하는지를 알고 있어서 참 다행이야. 그런 상황에서는 나도 어쩔 줄 몰라 했을 거다. 이제껏 후두염에 걸린 아이는 본 적이 없으니까. 자, 이야기는 나중으로 미루고 점심부터 먹으렴. 할 말이 산더미 같다는 건 네 얼굴만 봐도 알겠다만, 일단 좀 참고 자리에 앉아라."

마릴라도 앤에게 할 말이 있었지만 잠시 미루었다. 그 말을 듣는 순간 앤이 너무 흥분한 나머지 식욕이나 식사처럼 현실적인 문제 따위는 내팽개칠 것이 뻔했기 때문이다. 마릴라는 앤이 자두절임을 다 먹고 나서야 입을 열었다.

"앤, 배리 부인이 오후에 다녀갔다. 널 만나고 싶어 했지만 난 널 깨우고 싶지 않았어. 부인은 네가 미니 메이의 목숨을 구했다고 하면서 과실주 문제로 심하게 군 일을 사과하더구나. 다이애나를 일부러 취하게 만든 게 아니라는 걸 알았으니 제발 자길 용서해주고, 다시 다이애나와 친하게 지냈으면 좋겠다고 했어. 가고 싶다면 오늘 저녁에 다녀와도 괜찮다. 다이애나는 어젯밤

심한 감기에 걸려서 집 밖으로는 한 걸음도 나갈 수 없대. 아이고, 앤 셜리. 제발 그렇게 흥분하지 좀 마라."

마릴라가 주의를 주었지만 앤은 개의치 않고 자리에서 벌떡 일어났다. 기분이 들떠서 하늘로 날아오를 것만 같았고 얼굴은 기쁨의 불꽃으로 환하게 빛났다.

"아, 마릴라 아주머니. 지금 당장 가도 되나요? 설거지는 이따가, 그러니까 집에 돌아와서 할게요. 이토록 가슴이 두근거리는 순간에 설거지처럼 낭만적이지 않은 일을 할 수는 없잖아요."

마릴라는 너그럽게 이해해주었다.

"그래, 그래. 얼른 가봐라. 앤 셜리, 너 정신 나갔니? 당장 돌아와서 뭐라도 걸치지 못해! 이거야 원, 내가 바람한테 말하는 것 같네. 아니, 모자도, 외투도 그냥 두고 가버렸잖아. 머리를 휘날리면서 과수원까지 신나게 내달리고 있어. 저러다 지독한 감기라도 걸리지 않을까 걱정이네."

자줏빛 겨울 석양이 질 무렵, 앤은 눈 덮인 들판을 춤추듯 지나서 집으로 돌아왔다. 멀리 남서쪽 하늘에서는 개밥바라기*가 진주처럼 반짝거렸다. 새하얀 들판과 어두운 가문비나무 골짜기 너머 보이는 하늘은 연한 황금빛과 맑은 장밋빛으로 얼룩져 있었다. 눈 덮인 언덕을 달리는 썰매의 방울 소리가 서릿발처럼 차가운 공기를 가르며 들려왔다. 하지만 요정이 종을 울리는 듯한 그 소리도 앤의 마음과 입에서 나오는 노래보다 달콤할 수는 없었다.

---

* 　저녁 무렵 서쪽 하늘에 보이는 '금성'을 이르는 말이다.

222 ✄ 223

"마릴라 아주머니, 아주머니는 지금 완벽하게 행복한 사람을 보고 계신 거예요. 전 이보다 더할 수 없을 만큼 행복해요. 제가 빨간 머리인 것도 상관없어요. 제 영혼은 빨간 머리라는 현실을 초월했으니까요. 배리 아주머니는 제게 입을 맞추면서 울먹거리셨어요. 정말 미안하다고, 어떻게 보답해야 할지 모르겠다고 하시던걸요. 전 당황해서 몸 둘 바를 몰랐지만, 할 수 있는 한 가장 예의 바르게 말씀드렸어요. '전 아주머니께 섭섭하지 않아요. 그리고 이것만은 꼭 말씀드리고 싶은데요, 전 다이애나를 일부러 취하게 만들지 않았어요. 과거는 이제 망각의 덮개로 덮어둘 겁니다*'라고요. 꽤 점잖은 말투였죠? 배리 아주머니는 머리에 불이 붙은 석탄을 올려둔 것처럼 얼굴이 벌게지셨는데요, 꼭 제가 원수를 은혜로 갚아서 부끄러워하시는 것 같았어요. 다이애나하고 저는 무척 즐거운 오후를 보냈어요. 다이애나는 카모디에 사는 이모에게 새로운 뜨개질 방법을 배웠다는데, 얼마나 멋진지 몰라요. 에이번리에서 그렇게 뜨개질을 할 수 있는 사람은 둘뿐이에요. 우리는 그걸 누구한테도 알려주지 않겠다고 엄숙하게 맹세했으니까요. 다이애나가 제게 장미 화환이 그려진 예쁜 카드를 주었는데, 거기엔 시가 적혀 있었어요.

내가 당신을 사랑하듯 당신이 나를 사랑한다면
죽음밖에는 그 무엇도 우리를 갈라놓지 못하리.

~~~~~~

* 펠리시아 헤만스의 시 〈제노바의 밤 풍경〉의 한 구절

그리고 이건 정말인데요, 마릴라 아주머니. 학교에서 다시 같이 앉게 해달라고 필립스 선생님께 부탁드릴 거예요. 거티 파이는 미니 앤드루스 옆자리로 가면 되거든요. 우린 우아하게 차도 마셨어요. 배리 아주머니가 가장 좋은 찻잔 세트를 내오셨어요. 제가 진짜로 손님이 된 것 같아서 가슴이 얼마나 두근거렸는지 몰라요. 지금껏 저한테 가장 좋은 찻잔을 내준 사람은 없었으니까요. 과일케이크랑 파운드케이크랑 도넛을 먹었고 아, 과일절임도 두 가지나 먹었어요. 배리 아주머니는 제게 차를 마시겠냐고 물어보시면서 다이애나 아빠한테 이렇게 말했어요. '여보, 앤에게 비스킷 좀 건네주시겠어요?' 어른이 되는 건 정말 멋진 일인 게 틀림없어요. 어른 대접만 받아도 이렇게 좋은걸요."

"그건 잘 모르겠구나."

마릴라가 짧은 한숨을 섞어 대꾸했다. 앤은 아랑곳하지 않고 단호하게 말했다.

"뭐, 어쨌든 제가 어른이 되면 어린 여자아이한테도 어른을 대하듯 말할 거예요. 그리고 아이들이 거창한 말을 써도 절대 웃지 않을 거고요. 그게 얼마나 사람 마음을 아프게 하는지는 전 이미 경험해봐서 잘 알거든요. 차를 마신 뒤에는 다이애나하고 태피 사탕을 만들었어요. 그런데 그건 별로 신통치 않았어요. 다이애나나 저나 만들어본 적이 없어서 그런가 봐요. 다이애나가 접시에 버터를 바르고 있는 동안 제가 반죽을 젓고 있어야 했는데 깜빡하고 다 태웠지요. 그러고 나서 반죽을 식히려고 받침에 놓아두었는데 고양이가 밟고 가는 바람에 버려야 했어요. 하지만 태피 사탕을 만드는 건 정말 재미있었죠. 그리고 집으로 돌아올 때 배리 아주머니가 제게 자주 놀러오라고 말씀하셨어요. 다이애나는 창가에 서서 제가 연인의 오솔길을 지나는 내내 입맞춤을 보내줬어요. 마릴라 아주머니, 오늘 밤은 정말 기도를 하고 싶은 기분이 들어요. 오늘 일을 기념할 수 있게 특별하고 새로운 기도를 생각해봐야겠어요."

19장

발표회와 대참사 그리고 고백

2월의 어느 저녁, 앤이 동쪽 다락방에서 뛰어 내려오더니 가쁜 숨을 몰아쉬며 물었다.

"마릴라 아주머니, 다이애나에게 잠깐 다녀와도 될까요?"

마릴라가 퉁명스럽게 말했다.

"날도 저물었는데 도대체 무슨 일로 나간다는 거냐? 너랑 다이애나는 학교에서 집까지 같이 왔고, 돌아와서도 눈을 맞으면서 30분 넘게 떠들었잖아. 한시도 입을 다물지 않았어. 그런데도 다이애나를 또 만나러 간다니, 기가 막혀서 원."

"하지만 다이애나가 제게 만나자고 했어요. 아주 중요한 이야기가 있대요."

"넌 그걸 어떻게 아는 거냐?"

"창문으로 신호를 보냈거든요. 촛불하고 마분지를 이용해서 신호 보내는 법을 고안해냈어요. 창턱에 촛불을 놓고 마분지를 앞뒤로 움직이면서 불빛이 깜빡거리게 만드는 거예요. 깜빡거리는 횟수에 따라 뜻을 정해놨어요. 제가 생각해낸 거예요."

"물론 네 머리에서 나온 것이겠지. 그 말도 안 되는 신호를 보내다가 커튼에 불이라도 붙으면 어쩌려고 그러니?"

"아, 저희가 얼마나 조심하는데요. 그런데 정말 재미있어요. 두 번 깜빡거리면 '너 거기 있니?'라는 뜻이고요, 세 번이면 '응', 네 번이면 '아니'예요. 다섯 번은 '최대한 빨리 와줘, 중요한 이야기가 있으니까'라는 뜻이에요. 방금 다이애나가 다섯 번이나 깜빡거렸어요. 무슨 일인지 궁금해서 미칠 것 같단 말이에요."

마릴라는 비꼬는 투로 말했다.

"미칠 것까진 없지. 그래, 다녀와. 하지만 10분 뒤에는 꼭 돌아와야 한다. 명심해라."

앤은 잊지 않고 약속한 시간에 돌아왔다. 10분이라는 제한된 시간 동안 다이애나와 중요한 대화를 나누느라고 얼마나 애를 먹었는지는 알 수 없지만, 적어도 앤이 그 짧은 시간을 무척 적절하게 활용했음은 분명해 보였다.

"아, 마릴라 아주머니. 어떻게 생각하세요? 내일이 다이애나의 생일이에요. 다이애나 엄마가 저한테 이렇게 물어보라고 하셨대요. 수업을 마친 뒤 다이애나 집에서 함께 놀다가 자고 가는 게 어떻겠냐고요. 뉴브리지에 있는 다이애나 사촌들도 큰 썰매를 타고 온대요. 내일 밤 회관에서 열리는 토론클럽 발표회에 가는데, 다이애나하고 저도 데려가겠다고 했어요. 물론 아주머니가 허락해주신다면요. 마릴라 아주머니, 저 가도 되죠? 아, 정말 기대되는 시간이에요."

"그렇게 흥분할 건 없다. 넌 못 가니까. 잠은 집에 있는 자기 침대에서 자는 게 가장 좋은 거야. 그리고 클럽 발표회라니, 말도 안 돼. 여자아이가 그런 데 가는 걸 허락할 수는 없다."

앤이 애원했다.

"토론클럽은 아주 건전한 모임이에요."

"건전하지 않다는 게 아니야. 하지만 발표회 같은 데를 다니며 밤새 밖에서 쏘다니도록 내버려둘 수는 없다. 어린아이에게 적합한 행동이 아니야. 배리 부인이 다이애나를 그런 데 가게 하다니, 믿기지 않는구나."

앤은 금세라도 눈물을 쏟을 듯한 얼굴로 매달렸다.

"하지만 이건 아주 특별한 일이에요. 생일이 흔한 날도 아니고, 다이애나 생일은 1년에 단 하루뿐이잖아요. 프리시 앤드루스가 〈오늘 밤 통행금지 종을 울리지 마오〉*를 낭송할 거래요. 그건 아주 교훈적인 시예요. 그 시를 들으면 제게 큰 도움이 될 거예요. 그리고 합창단은 슬프고도 감동적인 노래를 네 곡 부른다고 했어요. 찬송가만큼이나 좋은 곡이래요. 그리고 아, 마릴라 아주머니. 목사님도 참석하세요. 진짜예요. 오셔서 연설을 하신대요. 설교나 마찬가지잖아요. 제발요. 보내주시면 안 될까요, 마릴라 아주머니?"

"넌 내 말을 듣긴 한 거냐? 얼른 신발 벗고 가서 자라. 벌써 8시가 넘었어."

---

* 미국 시인 로즈 하트윅 소프(1850-1939)의 시

"한 가지 더 있어요. 배리 아주머니께서 다이애나랑 제가 손님방 침대를 써도 된다고 하셨대요. 생각해보세요. 아주머니의 아이 앤이 손님방 침대에서 자는 영광을 누린다니까요."

앤은 마지막 무기를 꺼냈지만 씨알이 먹히지 않았다.

"그런 것 없이 지내는 게 영광이다. 자러 가라, 앤. 더는 한 마디도 하지 말고."

앤은 두 뺨에 눈물을 흘리며 슬픈 얼굴로 올라갔다. 둘 사이에 대화가 오가는 동안 안락의자에서 잠든 것 같았던 매슈가 눈을 뜨고 단호하게 말했다.

"저기, 마릴라. 앤을 보내주자."

"어림도 없어요. 저 아이를 키우는 건 누구죠? 오라버니예요, 아니면 나예요?"

마릴라가 쏘아붙이자 매슈가 순순히 인정했다.

"뭐, 당연히 너지."

"그럼 참견하지 마세요."

"아니, 참견하는 게 아니고. 음, 너더러 이래라저래라 하는 게 아니라, 그냥 내 의견은 앤을 보내줘야 한다는 거지."

"오라버니는 앤이 가고 싶다 그러면 달에라도 보내주겠군요. 다이애나 집에서 하룻밤 자는 거야 허락할 수 있어요. 하지만 그게 전부가 아니잖아요. 발표회는 안 돼요. 그런 데 가면 분명히 감기나 옮을 테고, 말도 안 되거나 요상한 것들만 머릿속에 채워서 오겠죠. 그럼 또 일주일 동안은 들떠서 안절부절못할 거라고요. 난 그 아이 성격도, 그 아이한테 뭐가 좋은지도 오라버니보다 잘 알고 있어요."

마릴라가 최대한 부드럽게 말했지만 매슈는 고집을 꺾지 않고 같은 말만 반복했다.

"앤을 보내주는 게 낫겠어."

매슈는 논쟁에 젬병이었지만 한번 고집을 부리기 시작하면 절대 굽히지 않았다. 어쩔 줄 몰라 한숨만 쉬던 마릴라는 난처한 상황에서 벗어나기 위해 입을 꾹 다물었다.

다음 날 아침 앤이 부엌에서 설거지를 하고 있을 때, 매슈가 헛간으로 가다가 걸음을 멈추더니 마릴라에게 다시 말했다.

"앤을 보내줘야 할 것 같아, 마릴라."

마릴라는 잠시 동안 어안이 벙벙했다. 결국 어쩔 수 없다는 것을 깨닫고는 툭 쏘아붙였다.

"좋아요. 보내주도록 하죠. 그래야 오라버니의 속이 시원할 것 같다니 어쩌겠어요."

그러자 앤이 물이 뚝뚝 떨어지는 행주를 손에 들고 날아갈 듯 뛰어나왔다.

"아, 아주머니, 마릴라 아주머니. 방금 하신 축복의 말씀을 다시 한번 해주세요."

"한 번 말했으면 충분하다. 이건 매슈 아저씨가 허락해준 거고 난 이 일에서 손 뗄 거야. 다른 집 침대에서 자다가 몸에 문제가 생기거나 한밤중에 열기가 가득 찬 회관에 있다가 밖에 나와 찬 공기를 맞고 폐렴에 걸려도 내 탓은 아니다. 매슈 아저씨 때문이지. 앤 셜리, 온 바닥에 기름기 있는 물을 흘리고 있잖니. 너처럼 조심성 없는 애는 본 적이 없구나."

"아, 제가 골칫거리라는 건 알아요. 저는 실수를 참 많이 하죠.

하지만 제가 하지 않은 실수가 있다는 것도 알아주세요. 물론 앞으로 저지를지도 모르지만요. 학교에 가기 전에 모래를 가져다 얼룩을 닦아놓을게요. 마릴라 아주머니, 제 머릿속은 발표회에 대한 생각으로 가득 찼어요. 태어나서 한 번도 그런 데 가본 적이 없거든요. 학교에서 여자아이들이 발표회 얘기를 하면 외톨이가 된 기분이었어요. 아주머니는 제 마음이 어떤지 모르셨겠지만 보시다시피 매슈 아저씨가 알아주셨네요. 아저씨는 절이해하시는 분이에요. 누군가에게 이해받는다는 건 정말 멋진일이에요, 마릴라 아주머니."

앤은 무척 들뜬 나머지 그날 학교 수업에서 제 실력을 충분히 발휘하지 못했다. 맞춤법에서 길버트 블라이드에게 뒤졌을 뿐만 아니라, 암산에서는 한참 못 미쳤다. 하지만 발표회와 손님방 침대만을 생각하고 있었던 터라 평소보다 별로 창피하지 않았다. 앤과 다이애나는 종일 그 이야기만 계속했다. 만약 교실에 필립스 선생님보다 더 엄격한 교사가 있었더라면 틀림없이크게 혼이 났을 것이다.

앤은 행여나 발표회에 갈 수 없게 되었다면 괴로워서 견딜 수 없었을 것이라고 생각했다. 그날 학교에서는 온통 발표회 이야기뿐이었기 때문이다. 에이번리 토론클럽은 겨울철에 격주로 모임을 가졌고 여러 차례 소규모 행사를 열었다. 그런데 이번에는 도서관을 후원하기 위해서 입장료 10센트를 받는 등 대규모 행사를 치를 예정이었다. 에이번리 학생들은 몇 주 전부터 이행사를 준비했고, 특히 선배들도 참여하기 때문에 모두들 크게 기대하고 있었다. 아홉 살이 넘는 학생들은 캐리 슬론만 빼고 모두 발표회를 보러 가기로 했다. 캐리의 아버지는 어린 여자아이가 발표회를 보겠다면서 밤에 쏘다니는 것은 옳지 않다고 생각했다. 그런 점에서 마릴라와 의견이 같았던 것이다. 그 바람에 캐리 슬론은 오후 내내 문법책으로 얼굴을 가리고 울면서 더는 살아갈 의미가 없다고 생각했다.

앤은 수업이 끝나자 점점 더 흥분했고, 발표회 때는 황홀감을 느낄 지경에 이르렀다. 다이애나와 앤은 '완벽하게 우아한 차'를 마신 다음, 2층에 있는 다이애나의 아담한 방으로 가서 즐겁게 몸단장을 시작했다. 다이애나는 최근에 유행하는 방식으로 앤의 앞머리를 부풀려서 맵시를 냈다. 앤은 다이애나의 머리를 독특한 매듭 형태의 리본으로 묶어주었다. 그리고 두 아이 모두 적어도 대여섯 번 정도는 뒷머리를 이런저런 모양으로 바꾸어 보았다. 마침내 준비를 마친 아이들의 뺨은 붉게 상기되어 있었고 두 눈도 설렘으로 반짝거렸다.

사실 앤은 마음이 조금 상했다. 자신의 투박하고 검은 모자와 소매가 좁고 평범하게 생긴 회색 코트를, 다이애나의 예쁜 털모자나 깔끔한 외투와 비교하지 않을 도리가 없었기 때문이다. 하지만 어쩔 수 없었다. 앤은 마음을 고쳐먹고, 속으로 '내겐 상상력이 있으니 이것을 잘 활용하면 돼'라고 곱씹었다.

다이애나의 사촌인 머리 씨네 아이들이 도착했다. 이들은 짚을 간 커다란 상자 모양의 썰매에 털북숭이 덮개를 두르고 촘촘히 붙어 앉아 있었다. 앤은 회관으로 가는 여정을 마음껏 누렸다. 새틴 천처럼 매끈한 길을 썰매가 미끄러지듯 나아가자 쌓여 있던 눈이 바스락 소리를 내며 부서졌다. 장엄한 석양이 펼쳐진

가운데 눈 덮인 언덕과 세인트로렌스만의 짙푸른 바다가 석양과 찬란한 경계를 이루고 있었다. 마치 진주와 푸른 사파이어로 만든 커다란 그릇에 포도주와 불꽃이 가득 담긴 듯했다. 썰매에 달린 방울 소리, 숲의 요정들이 내는 듯 아련한 웃음소리가 사방에서 들려왔다.

"아, 다이애나. 난 지금 멋진 꿈속에 들어와 있는 것 같아. 나 어때? 보통 때랑 똑같아 보여? 난 평소와 전혀 다른 느낌이라 그런 게 얼굴에도 드러날 것 같은데."

앤은 이렇게 속삭이면서 덮개 밑으로 손을 넣어 벙어리장갑을 낀 다이애나의 손을 꼭 잡았다. 방금 어느 사촌에게 칭찬을 받은 다이애나는 이 말을 앤에게도 해줘야겠다고 생각했다.

"넌 오늘 정말 예뻐. 너처럼 얼굴빛이 사랑스러운 사람은 처음 본다니까."

그날 밤에 진행된 프로그램은 '두근거림'의 연속이었다. 적어도 객석의 한 청중에게는 그랬다. 앤이 다이애나에게 말한 것처럼 이 두근거림은 공연이 진행되면서 점점 더 커졌다. 분홍 실크 드레스를 입은 프리시 앤드루스가 하얗고 매끄러운 목에 진주 목걸이를 걸고 머리에는 진짜 카네이션(필립스 선생님이 프리시에게 주려고 일부러 시내에서 구해왔다는 소문이 있었다)을 단 모습으로 '한 줄기 빛도 없는 어둠 속에서 좁고 긴 사다리를 타고 올라왔을 때'*, 앤은 마치 그 자리에 프리시가 아니라 자기가 선

---

* 〈오늘 밤 통행금지 종을 울리지 마오〉의 한 구절로, 이 시를 읊기 위해 프리시가 등장하는 모습을 시의 한 구절을 인용해 묘사했다.

듯한 전율을 느꼈다. 합창단이 〈가녀린 데이지꽃 위로〉라는 노래를 부르자 천장에 천사들의 프레스코화가 그려져 있기라도 한 듯 위를 올려다보았다. 이어서 샘 슬론이 〈소커리는 어떻게 암탉이 알을 품도록 만들었는가〉라는 이야기를 하는 동안 앤은 내내 웃어댔다. 그러자 근처에 앉아 있던 사람들도 웃음을 터뜨렸다. 에이번리에서는 이미 잘 알려져 진부한 내용이었기에, 사람들은 이야기가 재미있다기보다 앤의 웃음소리를 듣고 덩달아 웃었던 것이다. 필립스 선생님은 안토니우스가 카이사르의 시체 앞에서 했던 연설을 문장이 끝날 때마다 프리시 앤드루스를 보면서 심금을 울리는 어조로 읊었다. 그 순간 앤은 로마 시민 한 명이라도 앞장선다면 자기도 즉시 반란에 가담할 수 있을 것만 같은 기분이 들었다.

앤의 흥미를 끌지 못한 공연이 딱 하나 있었다. 길버트 블라이드가 〈라인강 변의 빙겐〉을 낭송하는 동안 앤은 로다 머리가 도서관에서 대출해온 책을 빌려 읽었다. 낭송이 끝났을 때 다이애나가 손바닥이 얼얼할 때까지 박수를 쳤지만 앤은 손가락 하나 까딱하지 않고 꼿꼿하게 앉아 있었다.

앤과 다이애나는 녹초가 되어 집으로 돌아왔다. 시계는 11시를 가리키고 있었다. 하지만 오늘 있었던 일들을 처음부터 다시 이야기하는, 더욱 달콤한 즐거움이 남아 있었다. 모두 잠자리에 들었는지 집 안은 어둡고 조용했다. 둘은 뒤꿈치를 들고 살금살금 걸어서 응접실로 들어갔다. 손님방 문은 길고 좁은 응접실과 붙어 있었다. 응접실은 아늑하고 훈훈했으며, 벽난로에는 아직 불씨가 희미하게 살아 있었다.

"옷은 여기서 갈아입자. 따뜻하니까 참 좋아."

앤은 아직 흥분이 가시지 않아 가쁜 숨을 내쉬며 말했다.

"정말 재미있었지?" 무대에 올라가 시를 낭송하는 건 참 멋진 일이야. 다이애나, 우리도 무대에 서는 날이 올까?"

"그럼, 물론이지. 언젠가는 그렇게 될 거야. 시 낭송은 상급생들이 도맡아 하거든. 우리보다 겨우 두 살 많은 길버트 블라이드도 몇 번 했어. 앤, 어떻게 그 애가 시를 읊을 때 못 들은 척할 수 있니? 특히 이 부분을 낭송할 때 말이야. '또 한 명의 여인이 있소. 누이 말고 다른 사람 말이오.' 거기서 널 쳐다보던걸."

앤이 정색하며 말했다.

"다이애나, 넌 내 단짝 친구야. 하지만 그렇다고 해도 내 앞에서 그 애 이야기를 하는 건 허락할 수 없어. 이제 잘 준비 됐지? 누가 먼저 침대에 눕나 시합할까?"

다이애나도 찬성했다. 흰 잠옷을 입은 두 아이는 기다란 응접실을 쭉 달려가 손님방 문을 열고 동시에 침대로 뛰어들었다. 그러자 무언가가 두 사람 밑에서 꿈틀거리더니 숨을 헐떡이며 비명을 질렀다.

"에구머니나, 이게 무슨 일이냐!"

앤과 다이애나는 어떻게 침대에서 내려와 방에서 나왔는지 기억도 못 할 정도로 혼비백산해서 도망쳤다. 정신을 차리고 보니 둘은 벌벌 떨면서 위층으로 올라가고 있었다.

"누구, 아니 뭐였지?"

앤이 작은 소리로 속삭였다. 깜짝 놀란 데다 춥기까지 해서 이가 딱딱 부딪쳤다. 하지만 다이애나는 옆에서 숨을 헐떡이며 큰 소리로 웃어댔다.

"조지핀 할머니였어, 앤. 조지핀 할머니였다고. 거기 계실 줄은 몰랐네. 어쩌지? 할머니가 엄청 화내실 거야. 무서운 분이거든. 성격이 엄청 괴팍해서. 그래도 정말 우습지 않니, 앤?"

"조지핀 할머니가 누구야?"

"우리 아빠의 고모인데 샬럿타운에 사셔. 연세가 아주 많아. 아마 일흔이 넘으셨을걸? 할머니에게도 어린 시절이 있었다는 걸 믿기 힘들 정도지. 할머니가 우리 집에 오신다는 건 알고 있었지만 이렇게 일찍 오실 줄은 몰랐어. 아주 고지식하고 예의를 따지는 분이라 우릴 무섭게 혼내실 거야. 어쩔 수 없이 우린 미니 메이랑 자야겠다. 걔가 자면서 얼마나 발길질을 해대는지 넌 상상도 못할걸?"

다음 날 아침, 이른 식사 자리에서 조지핀 배리 할머니의 모습을 볼 수 없었다. 아무것도 모르는 배리 부인은 두 아이에게 다정한 미소를 지었다.

"어젯밤엔 즐겁게 놀았니? 너희가 집에 올 때까지 깨어 있으려고 했는데, 너무 피곤해서 까무룩 잠이 들고 말았구나. 조지핀 할머니가 오셨으니 너희는 2층에서 자야 한다고 말해주려 했거든. 다이애나, 할머니를 방해하진 않았겠지?"

다이애나는 조심스럽게 입을 다물고 있었지만 식탁을 사이에 두고 죄책감과 즐거움이 뒤섞인 미소를 앤과 몰래 주고받았다. 앤은 아침을 먹은 뒤 서둘러 집으로 돌아갔기 때문에 다이애나의 집에서 어떤 소동이 벌어졌는지는 전혀 몰랐다. 그러다가 늦은 오후 마릴라의 심부름으로 린드 부인 집에 갔을 때 자초지종을 들었다.

"지난밤 너랑 다이애나 때문에 가엾은 조지핀 배리 할머니가 겁에 질려 돌아가실 뻔했다면서? 조금 전에 배리 부인이 카모디에 가다가 여기에 잠깐 들렀어. 걱정이 산더미더구나. 배리 할머니는 아침에 일어나자마자 불같이 화를 내셨대. 그 할머니 성질은 장난이 아니야. 아유, 내가 잘 알지. 이제 다이애나랑은 말 한 마디도 섞지 않으실걸?"

린드 부인은 엄하게 말했지만 눈빛은 반짝이고 있었다.

"다이애나 잘못이 아니에요. 저 때문이죠. 침대까지 누가 먼저 가는지 제가 시합하자고 했거든요."

린드 부인은 뉘우치는 앤을 보며 의기양양하게 말했다.

"그럴 줄 알았다! 네 머리에서 나온 게 뻔했거든. 어쨌든 큰일 났어. 배리 할머니는 한 달 정도 계실 양으로 오셨는데, 이젠 하루도 머물고 싶지 않다고 하셨다더구나. 내일 당장 샬럿타운으로 돌아가신대. 일요일인 것도 상관없다고 하면서 고집을 부리셨지. 모시고 갈 사람만 있었어도 오늘 가셨을 거야. 원래는 다이애나의 음악 교습비 석 달 치를 내주시겠다고 했는데 이번 일로 마음을 돌렸다더구나. 저런 말괄량이한테는 한 푼도 주지 않을 거라고 잘라 말했단다. 아, 오늘 아침에 엄청난 소동이 벌어졌을 거야. 물론 배리 씨 부부는 굉장히 속상했겠지. 더구나 엄청나게 부자인 할머니와는 잘 지내고 싶었을 테니까. 물론 배리 부인이 나한테 그런 식으로 말하지는 않았지만, 난 사람들의 속마음을 꽤나 잘 파악하는 편이거든. 그건 사실이란다."

"전 정말 운이 나쁜 아이예요. 늘 난처한 상황을 만날 뿐만 아니라 목숨을 내줄 만큼 가까운 친구들도 곤경에 빠뜨리곤 하거든요. 린드 아주머니, 저는 대체 왜 그런 걸까요?"

"네가 너무 부주의하고 충동적이라서 그런 거다. 넌 일단 무슨 생각을 하면 멈추질 않아. 머릿속에 무언가 해야 할 말이나 행동이 떠오르면 잠깐이라도 고민하는 일 없이 곧바로 해치워 버리잖니."

"하지만 그게 가장 좋은걸요. 마음속에서 무언가 흥분되는 게 번쩍하고 떠오르면 바로 쏟아내야 해요. 신중히 생각해본다고 멈췄다가는 결국 다 망쳐버리고 말 테니까요. 아주머니는 그런 적이 없으신가요?"

린드 부인은 점잔을 빼며 고개를 저었다. 사실 부인은 지금껏 그랬던 적이 없었다.

"넌 차분하게 생각하는 법을 배워야 해. 네가 명심해야 할 속담이 있다. '돌다리도 두드려보고 건너라!' 특히 손님방 침대에 뛰어들 때는 더 그래야겠지."

린드 부인은 자신의 가벼운 농담이 마음에 들었는지 크게 웃었지만 앤은 생각에 잠겼다. 앤이 판단하기에 지금은 웃을 때가 아니었다. 상황이 무척 심각해 보였다. 앤은 린드 부인의 집에서 나오자마자 얼어붙은 들판을 가로질러 비탈길 과수원집으로 향했다. 다이애나가 부엌문 앞에서 앤을 맞이했다. 앤이 조심스럽게 물었다.

"할머니가 그 일로 화가 많이 나셨다면서?"

"맞아. 크게 화를 내셨지. 아, 내가 얼마나 혼이 났는지 몰라. 나처럼 버릇없는 아이는 처음 본다고 하시면서 부모님한테는 날 이렇게 키운 걸 부끄러워하라고 야단치셨지. 더는 여기 있지 않고 당장 가신다는데, 난 상관없어. 하지만 엄마하고 아빠는 안 그러신가 봐."

다이애나는 닫혀 있는 거실 문을 어깨 너머로 힐끗 돌아보면서 대답했다. 나직하게 웃고 있었지만 눈빛은 불안해 보였다.

"왜 내 잘못이라고 말하지 않았어?"

앤이 묻자 다이애나가 어이없다는 표정으로 말했다.

"내가 그런 짓을 할 것 같아? 난 고자질쟁이가 아니야, 앤 셜리. 어쨌든 나도 너만큼 잘못했잖아."

"그러면 내가 할머니한테 직접 가서 말씀드릴게."

앤의 말을 듣고 다이애나의 눈이 휘둥그레졌다.

"앤 셜리, 절대 안 돼! 할머니가 널 산 채로 잡아먹으실 거야!"

"지금도 무서워 죽겠는데 그렇게 겁을 주면 어떡하니? 차라리 대포 구멍을 향해서 걸어가는 게 낫지. 그래도 난 말씀드려야 해, 다이애나. 그건 내 잘못이니까 고백하는 게 당연하거든. 다행히 난 이런 일을 많이 해봤어. 괜찮을 거야."

"정 그렇다면 들어가도 돼. 할머니는 지금 안에 계셔. 나 같으면 절대 못 할 거야. 하지만 네가 그런다고 해서 상황이 나아질 것 같지는 않아."

다이애나의 응원을 받으면서 앤은 사자의 수염을 뽑으러 굴속으로 들어갔다. 결연한 마음으로 거실 문 앞에 도착해서 조심스럽게 똑똑 두드리자 날카로운 목소리가 들렸다.

"들어와!"

조지핀 배리 할머니가 난롯가에 앉아 우악스러운 몸짓으로 뜨개질을 하고 있었다. 원체 성마르고 고지식하며 엄한 모습인데다, 아직 화가 가라앉지 않아서 그런지 금테 안경 너머로 보이는 눈에는 분노가 가득했다. 다이애나가 왔다고 생각한 할머니는 의자에 앉은 채로 몸을 돌렸다가 하얗게 질린 채로 서 있는 여자아이를 보았다. 가까스로 용기를 냈지만 극심한 공포로 위축된 마음이 아이의 커다란 눈에 그대로 드러나 있었다.

"넌 누구냐?"

조지핀 배리 할머니가 인사도 없이 다짜고짜로 물었다. 어린 방문객은 양손을 맞잡은 특유의 몸짓으로 덜덜 떨면서 말했다.

"초록지붕집에 사는 앤입니다. 고백할 것이 있어서 왔어요. 괜찮으시다면요."

"무슨 고백을 한다는 건데?"

"어젯밤에 할머니가 계신 침대로 뛰어든 건 모두 제 잘못이에요. 제가 그러자고 했거든요. 다이애나는 그런 생각을 할 만한 애가 아니에요. 정말이에요. 다이애나는 숙녀답게 얌전한 아이거든요. 그러니까 다이애나를 혼내는 건 부당하다는 말씀을 드리고 싶어요."

"부당하다고? 흥! 다이애나도 침대에 같이 뛰어든 건 분명하잖니. 점잖은 집안의 아이가 어떻게 그런 짓을 할 수 있어!"

"하지만 저흰 그저 장난을 쳤던 거예요. 제발 용서해주세요. 이렇게 사과드릴게요. 적어도 다이애나만큼은 용서해주시고 음악 교습도 받게 해주세요. 다이애나가 얼마나 음악 교습을 받고 싶어 했는데요. 어떤 걸 간절히 바라다가 못 하게 될 때 그 마음이 어떤지 저는 잘 알아요. 누구를 꼭 혼내셔야 한다면, 절 혼내주세요. 전 어렸을 때 정말 많이 혼나봤기 때문에 다이애나보다 훨씬 잘 견딜 수 있어요."

배리 할머니는 분노가 차츰 누그러지면서 눈동자가 호기심으로 반짝거리기 시작했다. 하지만 말투만큼은 여전히 엄했다.

"아무리 장난이라고 해도 그건 핑계가 될 수 없다. 더군다나 여자아이들이 그럼 못써. 내가 어렸을 때 같으면 꿈도 꿀 수 없는 일이지. 먼 길을 온 터라 고단해서 깊이 잠들었는데, 누군가 내 위로 퍽 하고 올라타는 바람에 잠을 깼다면 기분이 어땠을 것 같니? 넌 죽었다 깨도 모를 거야."

"네. 그건 잘 모르겠어요. 하지만 상상이 가요. 정말 짜증이 나셨겠죠. 하지만 저희도 할 말은 있어요. 한번 상상해보세요. 저희도 그 침대에 누가 있다는 걸 몰랐기 때문에 깜짝 놀라서 기절할 뻔했어요. 가슴이 철렁 내려앉았다고요. 그리고 손님방에서 잘 수도 없었어요. 계획이 완전히 틀어져버렸죠. 할머니는 손님방에서 주무시는 게 익숙하겠지만, 아직 그런 영광을 한 번도 누리지 못했던 어린 고아라면 그때 어떤 기분이었을지 상상해보세요."

앤이 간절한 얼굴로 말했다. 배리 할머니의 얼굴에 남아 있던 분노의 빛이 이제는 모두 사라졌다. 할머니는 소리 내어 웃기까지 했다. 이 웃음소리에 부엌에서 초조하게 기다리던 다이애나는 크게 안도의 숨을 내쉬었다.

"내 상상력이 녹슨 것 같아 걱정이구나. 써본 지 너무 오래됐거든. 상대방의 입장을 생각해보라는 네 말은 설득력이 있는 것 같구나. 모든 일은 어떻게 보느냐에 따라 다르겠지. 자, 여기 앉아서 네 이야기를 좀 해주려무나."

앤이 똑 부러지게 말했다.

"저도 그러고 싶어요. 할머니는 참 재미있는 분 같고, 보이는 것과 다르게 저와 마음이 잘 통할 것 같으니까요. 하지만 지금은 그럴 시간이 없어요. 정말 죄송합니다. 마릴라 커스버트 아주머니가 계시는 집으로 돌아가야 하거든요. 절 맡아서 키워주시는 아주 친절한 분이세요. 아주머니는 최선을 다해 절 돌보시지만 저는 종종 실망을 끼치곤 해요. 제가 침대에 뛰어올랐다고 해서 마릴라 아주머니를 탓하시면 안 돼요. 그런데 제가 가기 전에 할머니가 다이애나를 용서해주실지, 예정대로 에이번리에 오래 머무르실지 말씀해주셨으면 좋겠어요."

"네가 가끔 들러서 나하고 이야기를 해준다면 그렇게 할 것 같기도 하다."

그날 저녁 배리 할머니는 다이애나에게 은팔찌를 선물로 주었고, 조카 부부에게는 꾸렸던 짐을 다시 풀어놨다고 말했다. 그러고는 솔직한 심정을 털어놓았다.

"그 앤이라는 아이하고 친해지고 싶어서 여기 더 있기로 했다. 참 재미있는 아이더구나. 이 나이쯤 되면 재밌게 해주는 사람을 만나기가 참 힘들지."

이 일을 전해 듣고 마릴라가 했던 말은 "내가 뭐랬어요"뿐이었다. 매슈더러 들으라고 한 말이었다.

배리 할머니는 예정했던 한 달이 훌쩍 넘도록 다이애나의 집에 머물렀다. 할머니는 다른 때보다 훨씬 기분 좋게 지냈다. 앤 덕분에 웃을 일이 많았기 때문이다. 머지않아 두 사람은 친한 친구가 되었다.

배리 할머니는 떠나면서 이렇게 말했다.

"앤, 시내에 올 일이 있으면 잊지 말고 우리 집에 찾아오렴. 가장 좋은 손님방 침대에서 재워주마."

앤이 마릴라에게 털어놓았다.

"알고 보니 배리 할머니는 저랑 마음이 잘 맞는 분이었어요. 겉으로는 아닌 것처럼 보이지만 그건 사실이에요. 매슈 아저씨처럼요. 매슈 아저씨도 처음에는 잘 모르지만 지내다 보면 알 수 있는 분이잖아요. 지금까지는 저랑 통하는 사람이 드물다고 생각했는데, 그건 아니었네요. 세상에 마음 맞는 사람이 많다는 걸 알게 되어 정말 기뻐요."

20장

상상력은 엉뚱한 방향으로 흘러가고

초록지붕집에 다시 봄이 찾아왔다. 아름답고 변덕스러우면서
마지못해 오는 듯한 캐나다의 봄은 4월과 5월, 상쾌하고 쌀쌀한
날들 속에서 이어졌고, 분홍빛 노을과 더불어 부활하고 성장하
는 기적을 만들어냈다. 연인의 오솔길에 늘어선 단풍나무들은
빨간 봉오리를 틔웠고, 드라이어드 거품 주위에는 고사리들이
고개를 숙인 모습으로 돋아났다. 사일러스 슬론 씨네 집 뒤쪽에
있는 황무지 너머 산사나무에서는 갈색 잎 아래로 별 모양의 분
홍색과 흰색 꽃들이 피어나면서 달콤한 향기를 뿜어댔다. 하늘
이 황금빛으로 물든 어느 오후, 여학생과 남학생 할 것 없이 모
두가 산사꽃을 따러 갔다. 아이들은 맑게 퍼지는 황혼 속에서
손이나 바구니에 전리품을 가득 담고 집으로 돌아갔다.

　앤이 마릴라에게 말했다.

"산사나무가 없는 곳에 사는 사람들은 참 가엾어요. 그들에게는 더 좋은 게 있을지도 모른다고 다이애나가 말했지만, 산사꽃보다 더 좋은 건 없잖아요. 그렇죠, 마릴라 아주머니? 그런데 다이애나는 애당초 산사꽃을 모른다면 그리워하지도 않을 거래요. 하지만 전 그런 게 세상에서 가장 슬픈 일이라고 생각해요. 산사꽃이 어떻게 생겼는지도 모르고, 그리워하지도 않는다는 건 정말 큰 비극이잖아요. 제가 산사꽃을 뭐라고 상상하는지 아세요? 그건 지난여름에 죽은 꽃들의 영혼이고, 여긴 그 꽃들의 천국이 틀림없다고 생각하는 거예요. 그리고 마릴라 아주머니, 우린 오늘 아주 멋진 시간을 보냈어요. 오래된 우물 옆 우묵하고 이끼가 가득 낀 빈터에서 점심을 먹었거든요. 얼마나 낭만적인 장소인지 몰라요. 찰리 슬론은 아티 길리스한테 우물을 뛰어넘어보라고 부추겼고 아티는 약한 모습을 보이기 싫었는지 그대로 뛰어넘었어요. 그러지 않을 사람은 학교에서 아무도 없을 거예요. 요즘은 대담한 행동을 하는 게 유행이거든요. 필립스 선생님은 자기가 꺾은 산사꽃을 전부 프리시 앤드루스에게 주었어요. 그때 저는 선생님이 '아름다운 사람에게 아름다운 꽃을'이라고 말하는 걸 들었어요. 아마 어느 책에서 본 표현이겠죠. 하지만 그런 말을 한 걸 보면 선생님도 상상력이 조금은 있는 것 같아요. 누가 저한테 산사꽃을 주고 싶다고 그랬지만 전 당연히 거절했어요. 말도 안 되는 일이잖아요. 그게 누군지는 말할 수 없어요. 그 아이의 이름을 평생 입에 담지도 않겠다고 맹세했으니까요. 우린 산사꽃으로 화환을 만들어 모자를 장식했어요. 그리고 집으로 돌아갈 때는 꽃다발과 화환을 들고 둘씩

짝을 지은 다음 줄을 맞춰서 큰길을 걸어왔어요. 〈언덕 위의 집〉이라는 노래를 한목소리로 부르면서요. 아, 정말 가슴이 두근거렸어요. 사일러스 슬론 아저씨네 가족이 우리를 보기 위해 몰려나왔고 길에서 만난 사람들도 모두 다 걸음을 멈추고 우릴 바라봤어요. 우리가 세상을 놀라게 한 거예요."

하지만 마릴라의 반응은 다음과 같았다.

"놀랄 일도 아니구나! 그런 바보짓을 했으니 어련하려고."

산사꽃이 지자 이번에는 제비꽃 순서였다. 제비꽃 골짜기는 온통 보라색으로 물들었다. 앤은 학교에 갈 때 공손한 발걸음과 경건한 눈빛으로 그 길을 걸었다. 누가 보면 성지에 발을 디디는 것으로 착각할 정도였다.

앤이 다이애나에게 말했다.

"여길 지날 때면 왠지 길버, 아니 우리 반 누구든 나보다 공부를 잘하거나 말거나 신경 쓸 것 없다는 생각이 들어. 하지만 학교에 도착하면 완전히 달라져. 평소처럼 다시 신경이 쓰이는 거야. 내 안에는 성격이 다른 여러 명의 앤이 있나 봐. 내가 말썽을 부리는 이유가 그것 때문인가 하는 생각이 가끔 들기도 해. 앤이 한 명뿐이면 훨씬 마음이 편했을 거야. 하지만 재미는 지금의 절반도 없었겠지."

6월의 어느 날 저녁, 앤은 다락방 창가에 앉아 있었다. 과수원에서는 다시 분홍색 꽃이 피어났다. 반짝이는 호수 위쪽 습지에서는 개구리들이 은방울을 굴리듯 낭랑하게 울어댔고, 클로버 들판과 전나무 숲이 내뿜은 향기가 사방에 가득했다. 공부를 하다가 날이 어두워져 책을 읽을 수 없자 앤은 눈을 크게 뜨고 눈의 여왕의 가지에 또다시 꽃송이가 별들처럼 뒤덮인 모습을 바라보면서 공상에 빠져들었다.

작은 다락방은 예나 지금이나 크게 달라진 것이 없었다. 여전히 벽은 하얀색이었고 바늘꽂이는 단단했으며, 딱딱한 노란색 의자가 똑바로 놓여 있었다. 하지만 분위기는 완전히 바뀌었다. 생동감 있고 활기찬 개성이 가득 넘쳐 방 안 곳곳에 배어들었다. 여학생의 교과서나 옷, 리본 때문이 아니었고, 사과꽃을 가득 꽂은 이 나간 파란색 꽃병이 탁자 위에 놓여 있는 것과도 무관했다. 오직 이 방에 살고 있는 활기찬 아이가 자나 깨나 꾸는 꿈 덕분이었다. 그 모든 꿈이 눈에 보이는 형태로 나타나서는 무지개와 달빛을 엮은 화려하고 투명한 천으로 텅 빈 방을 꾸며 놓은 것이다.

마릴라가 방금 다린 학교 앞치마 몇 벌을 들고 방으로 성큼 들어왔다. 그녀는 앞치마를 의자에 걸쳐놓고 짧게 한숨을 쉬며 앉았다. 그날 오후 마릴라는 평소 자주 앓던 두통으로 고생했다. 이제 아픔은 한결 가셨지만 기운이 다 빠진 모습이었고, 마릴라의 표현을 빌리자면 '기진맥진한' 상태였다. 앤은 맑은 눈동자로 안타까운 듯 마릴라를 바라보았다.

"제가 아주머니 대신 두통을 앓았으면 좋겠어요. 정말이에요. 아주머니를 위해서라면 즐겁게 견뎌낼 수 있을 거예요."

"네가 집안일을 해준 덕분에 내가 쉴 수 있었으니 너도 할 만큼은 한 거야. 일을 제법 잘했더구나. 보통 때보다 실수도 적었고. 물론 매슈 오라버니 손수건에 풀을 먹일 필요까지는 없었지만 말이다! 또 보통 사람들은 파이를 데우려고 오븐에 넣은 다음 적당히 뜨거워지면 꺼내 먹는단다. 너처럼 까맣게 탈 때까지 내버려두진 않아. 물론 그건 네 방식이 아닌 것 같다만."

마릴라는 두통을 앓을 때면 조금 빈정거리는 투로 말하곤 했다. 앤은 뉘우치듯 말했다.

"어머나, 죄송해요. 오븐에 파이를 넣어둔 걸 깜빡했어요. 점심 식탁에서 뭐가 빠진 것 같다고 느끼긴 했지만요. 오늘 아침 아주머니가 집안일을 제게 맡기셨을 때만 해도 단단히 결심했어요. 아무것도 상상하지 말고 사실만 생각하자고요. 파이를 오븐에 넣기 전까진 꽤 잘하고 있었죠. 그러다 그만 유혹에 넘어가고 말았어요. 제가 마법에 걸린 공주고, 탑에 갇혀서 외롭게 살고 있었는데, 잘생긴 기사가 새까만 말을 타고 와서 절 구해준다고 상상한 거예요. 그래서 파이를 꺼내야 한다는 걸 까맣게 잊어버렸죠. 손수건에 풀을 먹인 것도 몰랐어요. 다림질을 하는 내내 섬에다 무슨 이름을 붙일지 생각하고 있었거든요. 다이애나하고 저하고 개울 상류에서 새로 발견한 섬이요. 기가 막히게 아름다운 곳이에요, 마릴라 아주머니. 그 섬에는 단풍나무가 두 그루 있고 바로 옆을 돌아서 시냇물이 흘러요. 고심하다가 '빅토리아섬'이라고 부르면 아주 멋질 것 같다는 생각이 떠올랐어요. 다이애나랑 저는 여왕님에 대한 충성심이 무척 강하고, 섬을 발견한 날이 마침 여왕님의 생일이었거든요. 하지만 파이하고 손수건 일은 죄송해요. 오늘은 기념일이니까 특별히 더 잘하고 싶었는데, 뜻대로 되지 않았네요. 혹시 작년 오늘 무슨 일이 있었는지 기억하세요?"

"아니, 특별히 생각나는 건 없다."

"아, 마릴라 아주머니. 제가 초록지붕집에 온 날이잖아요. 전 절대 잊지 못할 거예요. 제 인생의 전환점이었으니까요. 물론 아주머니에게는 그렇게 중요한 날이 아닐 수도 있지만요. 지난 1년 동안 여기 살면서 전 정말 행복했어요. 물론 힘들었던 적도 있었지만, 그 정도는 감수할 수 있어요. 혹시 절 키우기로 한 걸 후회하시나요?"

마릴라는 앤이 초록지붕집에 오기 전까지 어떻게 살았을까 생각해보곤 했다.

"아니다. 후회한다고 말할 수 없지. 아니, 절대 후회하지 않아. 앤, 공부가 끝났으면 배리 부인한테 가서 다이애나의 앞치마 본을 빌려줄 수 있는지 여쭤보도록 해라."

"음, 지금 밖은 너무 어두운걸요."

"너무 어둡다니? 아직 초저녁이야. 넌 날이 완전히 저문 뒤에도 자주 나가곤 했잖니."

하지만 앤은 평소와 다르게 졸라댔다.

"내일 아침에 갈게요. 해가 뜨자마자 일어나서 다녀올게요, 예? 마릴라 아주머니."

"이번엔 머릿속에 무슨 생각이 떠오른 거냐? 오늘 저녁에 네가 입을 새 앞치마를 재단하려면 그 본이 있어야 해. 당장 다녀와. 그리고 엉뚱한 짓은 절대 하지 마라."

앤이 마지못해 모자를 집어 들며 말했다.

"그럼 큰길로 돌아가야겠네요."

"큰길로 돌아가면 30분이나 더 걸리잖니! 대체 무슨 생각을 하고 있는 거냐?"

"그렇다고 '유령의 숲'을 지나갈 수는 없잖아요."

앤이 절박한 얼굴로 외치자 마릴라는 어리둥절한 눈으로 앤을 쳐다보았다.

"유령의 숲이라니! 너 정신 나갔니? 대체 그게 뭐냐?"

앤이 기어 들어가는 목소리로 우물거렸다.

"시냇물 건너 가문비나무 숲이요."

"말도 안 돼! 유령의 숲 같은 건 세상에 없다. 그런 바보 같은 소린 누구에게 들었니?"

"누가 해준 말은 아니고요. 다이애나랑 제가 그 숲에 유령이 있다고 상상해본 거예요. 이 근처에 있는 곳들은 모두 너무 평범하잖아요. 그래서 우리가 그냥 재미로 생각해봤어요. 4월부터요. 유령의 숲이라니, 참 낭만적인 이름이죠? 가문비나무 숲이 음침하니까 그곳의 이름을 그렇게 정한 거예요. 우린 진짜 무서운 사건을 상상했어요. 밤에 이 시간만 되면 하얀 옷을 입은 여자가 두 손을 비벼대고 울부짖으며 시냇가를 돌아다녀요. 가족 중에 누가 죽으면 이 여자가 나타나요. 그리고 살해된 아이들의 유령이 고요한 황야 옆 모퉁이에서 나오죠. 살며시 뒤에서 다가와 차가운 손가락을 사람들 손에 갖다 대는 거예요. 이렇게요. 아휴, 생각만 해도 소름이 끼치네요. 또 머리 잘린 남자가 오솔길을 서성거리고, 해골들이 나뭇가지 사이로 노려보고 있어요. 마릴라 아주머니, 전 컴컴해진 뒤에는 무슨 일이 있어도 유령의 숲에 가지 않을 거예요. 하얀 무언가가 나무 뒤에서 손을 뻗어 절 붙잡을 게 틀림없다니까요."

하도 어이가 없어 가만히 듣고만 있었던 마릴라가 결국 소리를 버럭 질렀다.

"별 희한한 얘길 다 듣는구나! 앤 셜리, 네가 지어낸 황당한 이야기를 정말로 믿어서 나한테 말한 거냐?"

앤이 머뭇거리며 말을 더듬었다.

"다 믿는 건 아니에요. 적어도 낮에는 안 믿어요. 하지만 어두워지면… 그때는 달라요. 귀신들이 걸어 다닌단 말이에요."

"세상에 귀신 같은 건 없다, 앤."

"아니에요, 있어요. 귀신을 본 사람들을 알아요. 다들 점잖은 분들인걸요. 찰리 슬론이 그러는데 1년 전에 돌아가신 할아버지가 소를 몰고 집으로 가는 걸 할머니가 봤대요. 찰리 슬론의 할머니는 신앙심도 깊고, 허황된 이야기를 지어낼 분이 아니잖아요. 또 어느 날 밤에는 머리가 거의 잘려서 덜렁덜렁한 양이 몸에 불이 붙은 채로 토머스 아주머니의 아버지를 쫓아왔대요. 그분은 그것이 죽은 형의 영혼이며 자기가 9일 안에 죽는다고 경고하러 왔다는 걸 아셨대요. 9일은 아니었지만, 2년 뒤에 돌아가시기는 했으니까 그 경고가 들어맞은 거죠. 그리고 루비 길리스도 그러는데…."

마릴라는 앤의 말을 자르면서 단호하게 고개를 저었다.

"앤 셜리, 이제 그만해. 그렇게 터무니없는 이야기는 듣고 싶지 않다. 난 네가 상상을 하는 게 과연 좋은 일인지 늘 의문이었다만, 그 결과가 이런 거라면 더는 허락하지 않을 거다. 당장 배리 부인한테 다녀와. 반드시 가문비나무 숲 쪽으로 가야 한다. 이건 교육이면서 경고야. 유령의 숲 같은 이야기는 두 번 다시 꺼내지 마라."

앤은 울면서 사정하면 어떨까 생각했고, 실제로 그렇게 했다. 상상에 지나치게 몰입한 나머지 해가 진 뒤 가문비나무 숲에 가는 일이 죽을 만큼 무섭게 느껴졌기 때문이다. 하지만 마릴라는 가차 없었다. 귀신을 볼까 봐 잔뜩 움츠러든 앤을 샘물이 있는 곳까지 끌고 가서는, 다리를 건너 울부짖는 여자 귀신과 목 없는 유령이 가득한 어두운 숲으로 당장 들어가라고 떠밀었다.

"마릴라 아주머니, 정말 잔인하세요. 하얀 무언가가 절 낚아 채서 끌고 가면 어쩌려고 그러세요?"

앤이 흐느꼈지만 마릴라는 몰인정하게 말했다.

"그건 내가 감수해야겠지. 내가 한번 말한 것은 꼭 지킨다는 걸 잘 알고 있겠지? 유령이 나온다는 네 상상력을 고쳐줄 생각이다. 당장 앞으로 가. 어서!"

앤은 비틀거리며 다리를 건넌 뒤 무섭고 어두운 오솔길을 덜덜 떨면서 나아갔다. 앤은 그날 일을 절대 잊지 못했다. 상상력을 마음대로 발휘한 것에 대해 뼈아픈 후회가 들었다. 앤이 상상으로 만든 도깨비가 앤을 둘러싼 모든 곳의 그림자 속에 숨어서, 자기를 만들어낸 이 어린 소녀를 붙잡고자 차갑고 뼈만 남은 손을 뻗었다. 바람이 골짜기에서 싣고 와서 어두운 숲에 떨어뜨린 하얀 자작나무 껍질 조각을 보고 앤은 순간 심장이 얼어붙었다. 오래된 가문비나무 두 그루의 가지들이 서로 비벼대면서 길고 섬뜩한 소리를 내자 앤의 이마에는 식은땀이 맺혔다. 어둠 속에서 날갯짓하며 날아가는 박쥐들은 이 세상 동물이 아닌 것 같았다. 윌리엄 벨 씨네 밭에 다다랐을 때는 하얀 유령들이 떼 지어 쫓아오기라도 하는 듯해 쏜살같이 그곳을 가로질렀다. 배리 씨네 부엌문 앞에 도착했을 때는 숨이 턱까지 찬 나머지 앞치마 본을 빌리러 왔다는 말도 제대로 할 수 없는 지경이었다. 다이애나가 집에 없었기 때문에 앤은 그곳에 머무르겠다는 핑계를 댈 수도 없었다. 앤은 이 끔찍한 길을 따라 돌아와야 했다. 앤은 눈을 꼭 감고 길을 걸었다. 하얀 유령을 보느니 나뭇가지에 머리를 부딪치는 게 낫겠다고 생각한 것이다. 통나무 다리를 구르듯 건넜을 때에야 벌벌 떠는 와중에도 안도의 긴 숨을 쉴 수 있었다.

앤이 돌아오자 마릴라가 차갑게 말했다.

"그래, 뭐가 널 붙잡던?"

앤은 이를 딱딱 부딪치며 대답했다.

"마, 마릴라 아주머니. 이, 이제는 펴, 평범한 것에 대해서 부, 불평하지 않을게요."

21장

새로운 맛을 창조하다

"아, 세상엔 만남과 이별 말고는 아무것도 없어요. 린드 아주머니 말씀처럼요. 마릴라 아주머니, 오늘 학교에 손수건을 한 장 더 가져가서 정말 다행이었어요. 한 장 더 필요할 것 같은 예감이 들었거든요."

6월 마지막 날, 앤은 부엌 식탁에 석판과 책을 내려놓고는 축축하게 젖은 손수건으로 벌겋게 충혈된 눈을 닦았다. 그 모습을 본 마릴라가 말했다.

"네가 필립스 선생님을 그처럼 좋아할 거라고는 생각도 못 했다. 선생님이 가신다고 눈물을 닦을 손수건이 두 장이나 필요했다니 뜻밖이구나."

"제가 정말로 선생님을 좋아해서 운 것 같지는 않아요. 그냥 다른 아이들이 전부 우니까 저도 같이 울었어요. 루비 길리스가 처음 시작했죠. 만날 필립스 선생님이 싫다고 하던 아인데, 선생님이 작별 인사를 하려고 일어서자마자 눈물을 터뜨렸어요. 그때 여자아이들이 한 명씩, 한 명씩 울기 시작하더니 교실은 곧 울음바다가 되었어요. 전 참아보려고 했어요. 필립스 선생님이 저를 길버, 아니 그 남자아이 옆에 앉힌 때를 떠올렸죠. 칠판에다 제 이름을 적을 때 'e'를 붙이지 않은 일도요. 저처럼 기하학을 못하는 아이는 처음 본다며 혀를 차고, 제가 맞춤법을 틀렸을 때 비웃은 일도 생각났어요. 선생님은 제게 늘 못되게 굴었고 언제나 비꼬듯 말했어요. 그런데 어찌 된 일인지 도저히 눈물을 참을 수 없었어요. 결국 그냥 울어버렸죠. 제인 앤드루스는 필립스 선생님이 떠나면 정말 기쁠 거라고 한 달 전부터 입버릇처럼 말했어요. 자기는 눈물을 한 방울도 흘리지 않을 거라고 장담했지요. 그런데 제인이 우리들 중에서 가장 많이 울었어요. 나중에는 남동생한테 손수건을 빌려야 했어요. 손수건이 필요 없을 것 같아 한 장도 가져오지 않았거든요. 물론 남자애들은 울지 않았죠. 마릴라 아주머니, 정말 가슴이 아팠어요. 필립스 선생님은 '이제 우리가 헤어져야 할 때가 왔다'라는 말로 작별 인사를 시작했는데, 정말 멋지고 감동적이었어요. 선생님 눈에도 눈물이 고였죠. 아, 학교에서 떠들었던 일이랑 석판에 선생님을 그리면서 선생님과 프리시를 놀렸던 일이 너무나 죄송하고 후회돼요. 제가 미니 앤드루스 같은 모범생이었다면 좋았을 거예요. 미니라면 양심에 거리낄 게 하나도 없을 테니까요. 여자아이들은 학교에서 집으로 오는 내내 울었어요. 겨우 진정되었다가도 캐리 슬론이 몇 분마다 '이제 우리가 헤어져야 할 때가 왔다'라고 말하는 바람에 다시 울어버렸어요. 전 지금 정말 슬퍼요. 하지만 두 달이나 되는 방학이 눈앞에 다가왔는데 절망의 구렁텅이에 빠져 있을 수만은 없겠죠? 아, 그리고 오는 길에 새로 오신 목사님 부부랑 마주쳤어요. 역에서 막 나오시는 길이었어요. 필립스 선생님이 떠나서 몹시 슬펐지만 아무래도 새 목사님에게 관심이 갈 수밖에 없더라고요. 사모님은 정말 예뻐요. 화려하게 아름다운 건 아니에요. 물론 그래서도 안 되겠지만요. 목사님 부인이 너무 화려하면 사람들에게 본이 되지 않을 테니까요. 린드 아주머니가 그러는데 뉴브리지에 계신 목사님 부인은 너무 멋을 부려서 사람들에게 모범이 되지 못한대요. 새 목사님의 사모님은 예쁜 퍼프소매가 달린 파란색 모슬린 드레스를 입고, 장미꽃으로 장식한 모자를 썼어요. 제인 앤드루스는 그런 옷이 목사 사모님이 입기엔 너무 세속적인 것 같다고 했지만, 전 그처럼 야박하게 말하고 싶지는 않았어요. 퍼프소매를 입고 싶은 마음이 어떤 건지 잘 알고 있으니까요. 게다가 사모님은 목사님과 결혼하신 지도 얼마 안 됐으니까 그 정도는 이해해줘야 하지 않을까요? 두 분은 목사관이 준비될 때까지 린드 아주머니 댁에서 머무실 거래요."

그날 저녁 마릴라는 린드 부인 집에 들렀다. 지난겨울에 빌렸던 조각보 작업대를 돌려주러 간다는 이유였지만 사실은 호기심 때문이었다. 다른 에이번리 주민들도 마찬가지였다. 그날 밤 린드 부인이 빌려준 물건들, 심지어는 다시 돌려받을 것이라고는 기대도 안 했던 물건들까지 빌려간 사람들의 손에 들려 집으로 돌아왔던 것이다. 새로 부임한 목사, 게다가 아내와 함께 온 목사는 별다른 사건이 거의 없는 한적한 시골 마을에서 그야말로 합법적이고 정당한 호기심거리였다.

앤에게 상상력이 부족하다고 평가받았던 전임 목사 벤틀리는 지난 18년 동안 에이번리에서 일했다. 부임할 때부터 홀아비였던 터라 해마다 이런저런 여성과 결혼할 것이라는 소문이 돌았으나 그는 줄곧 독신으로 지냈다. 그러다가 지난 2월에 사임하고 마을을 떠났다. 마을 사람들은 무척 아쉬워했다. 설교는 별로였지만 오랜 세월 이 선량한 목사와 함께 지내면서 정이 많이 들었던 것이다. 그 뒤로 에이번리 교회는 매주 일요일마다 수많은 후보자들과 '대리 목사들'이 하는 시범 설교를 들었다. 각양각색의 설교는 색다른 즐거움을 주었다. 이스라엘의 아버지와 어머니를 자처하는 열성 신도들이 후보자들을 심사했다. 커스버트 가족석에 얌전히 앉아 있는 빨간 머리 여자아이도 후보들에 대해 나름의 생각이 있었고 그것을 매슈와 허심탄회하게 나누었다. 마릴라는 어떤 식으로든 목사를 비판하지 않는다는 원칙을 고수하며 이들의 대화에 끼지 않았다.

앤이 결론을 내렸다.

"스미스 목사님은 안 될 것 같아요, 매슈 아저씨. 린드 아주머니는 그분의 전달력이 형편없다고 하셨지만, 제가 생각하기에는 벤틀리 목사님과 같다는 게 가장 큰 결점이에요. 상상력이 없는 거죠. 그리고 테리 목사님은 상상력이 풍부하다 못해 너무 지나쳐요. 제가 유령의 숲에서 그랬던 것처럼 자기의 상상을 마구마구 펼쳐놔요. 게다가 린드 아주머니 말로는 그분의 교리가 정통이 아니래요. 그레셤 목사님은 아주 좋은 분이고 신앙심도 깊지만, 재미있는 이야기만 너무 많이 해서 사람들을 웃게 만들어요. 교회에서 그러면 너무 가벼워 보이잖아요. 목사님이라면 위엄이 조금은 있어야 하는 것 아닌가요, 매슈 아저씨? 저는 마셜 목사님이 매력적인 것 같아요. 하지만 린드 아주머니가 따로 조사해봤더니 그분은 미혼인 데다 아직 약혼도 안 했대요. 아주머니는 에이번리에 젊은 독신 목사님이 오시면 절대로 안 된다고 하셨어요. 신도 중 한 명과 결혼할 수도 있는데, 그랬다가는 문제가 생길지도 모르니까요. 린드 아주머니는 선견지명이 있는 분이세요. 그렇죠, 매슈 아저씨? 전 앨런 목사님으로 정해져서 정말 기뻐요. 그분이 맘에 들거든요. 설교도 재미있고, 기도도 습관이 아니라 진심으로 하는 것 같아요. 린드 아주머니 말로는 그분도 완벽한 건 아니지만, 1년에 750달러의 사례비로는 완벽한 목사님을 모시기 어려울 거래요. 그리고 아주머니가 교리를 하나하나 물어봤는데 대답을 들어보니 그 정도면 정통이라고 하셨어요. 아주머니가 사모님 친척들도 알고 있는데, 다들 훌륭한 분들이고 부인들도 살림을 잘한다나요. 린드 아주머니는 정통 교리를 따르는 남편과 살림 솜씨가 좋은 부인이 목사 부부의 이상적인 결합이라고 하셨어요."

신임 목사와 부인은 젊고 쾌활한 신혼부부였다. 이들은 스스로 선택한 평생의 사명을 향한 선하고 아름다운 열정으로 가득 차 있었다. 에이번리 사람들은 처음부터 마음을 열고 두 사람을 맞이했다. 나이 지긋한 사람이나 젊은이 할 것 없이 높은 이상을 품은 솔직하고 쾌활한 목사와 목사관의 안주인이 될 밝고 단정한 부인을 좋아했다. 앤은 곧바로 앨런 부인에게 빠져들었다.

마음이 맞는 사람을 한 명 더 만나게 된 것이다.

어느 일요일 오후, 앤이 확신을 가지고 말했다.

"새로 오신 사모님은 완벽하게 사랑스러운 분이에요. 사모님이 우리 반을 맡으셨는데 정말 훌륭한 선생님이셨어요. 선생님만 질문하는 건 바람직하지 않다고 말씀하셨죠. 그런데요, 마릴라 아주머니. 그게 바로 제가 늘 생각해왔던 거였잖아요. 사모님은 무엇이든 질문해도 된다고 하셨고, 전 질문을 정말 많이 했어요. 제가 워낙 질문을 잘하잖아요."

"두말하면 잔소리지!"

"루비 길리스 말고는 아무도 질문하지 않았어요. 루비는 이번 여름 주일학교에서 소풍을 갈 것인지 물었죠. 별로 적절한 질문 같지는 않았어요. 그날 사자 굴에 갇힌 다니엘에 대해 배웠는데, 그것과 아무런 관련이 없었으니까요. 하지만 사모님은 웃으면서 소풍을 가게 될 것 같다고 말씀하셨어요. 사모님은 웃는 모습도 얼마나 아름다운지 몰라요. 뺨에 보조개가 예쁘게 생기거든요. 저도 그랬으면 좋겠어요, 마릴라 아주머니. 처음 여기 왔을 때보단 살이 붙었지만 아직 보조개는 없잖아요. 보조개가 있다면 저도 다른 사람들에게 좋은 영향을 줄 수 있을 거예요. 누군가에게 좋은 영향을 끼치도록 항상 노력해야 한다고 사모님이 말씀하셨거든요. 그분은 무엇에 대해서든 아주 좋은 이야기를 해주세요. 신앙이 이렇게 즐거운 건지 전에는 정말 몰랐어요. 조금 우울한 거라고 생각했었는데, 사모님이 말해주는 신앙은 그렇지 않아요. 사모님처럼 될 수 있다면 저도 기독교인이 되고 싶어요. 벨 선생님 같은 기독교인 말고요."

"버릇없이 말하면 못쓴다. 벨 선생님은 참 좋은 분이야."

마릴라가 엄한 얼굴로 혼내자 앤은 고개를 끄덕였다.

"아, 물론 좋은 분이죠. 하지만 그분은 신앙에서 위로를 얻는 것 같지 않아요. 만약 제가 좋은 사람이 될 수 있다면 정말 기뻐서 온종일 춤추고 노래할 거예요. 사모님은 어른이니까 그럴 일이 없겠죠. 사모님이니까 위엄도 지켜야 하고요. 하지만 사모님은 자기가 기독교인이라서 기뻐하고 있는 게 느껴져요. 만약 기독교인만 천국에 가는 게 아니라고 해도 사모님은 기독교인이 되셨을 것 같아요."

마릴라는 심사숙고 끝에 말했다.

"언제 한번 목사님 부부를 초대해야겠다. 다른 집은 거의 다 방문하신 것 같더구나. 어디 보자, 다음 주 수요일이 괜찮겠어. 하지만 매슈 오라버니한테는 한 마디도 하지 마라. 목사님 부부가 오신다는 걸 알면 무슨 핑계를 대서든 자리를 비울 테니 말이다. 벤틀리 목사님이야 워낙 익숙했기 때문에 별 상관을 안 했지만, 새 목사님과 가까워지는 건 퍽 힘들어할 거야. 더구나 새로 오신 사모님 앞에서는 덜덜 떨 게 뻔하지."

"무덤까지 비밀을 가져갈게요. 음, 마릴라 아주머니. 있잖아요, 제가 그날 케이크를 구워도 될까요? 사모님께 뭔가 해드리고 싶어요. 아주머니도 아시다시피 저도 이젠 케이크를 꽤 잘 굽잖아요."

마릴라가 고개를 끄덕였다.

"그럼 레이어케이크를 만들어보려무나."

월요일과 화요일에 초록지붕집은 손님을 맞이할 준비로 분주했다. 목사 부부를 초대하는 것은 의미 있고 중요한 일이라서 마릴라는 에이번리의 그 어느 집 못지않게 잘 대접하겠다고 결심했다. 앤은 흥분과 기쁨으로 들떠 있었다. 앤은 화요일 해 질 녘에 다이애나를 만나 모든 이야기를 해주었다. 두 아이는 드라이어드 거품 옆에 있는 커다란 붉은 돌 위에 앉아 전나무 진을 적신 나뭇가지로 수면에 무지개무늬를 만들었다.

"준비는 다 됐어, 다이애나. 내일 아침에 내가 케이크를 굽고 마릴라 아주머니가 차를 마시기 직전에 내놓을 베이킹파우더 비스킷만 만들면 돼. 아주머니랑 나랑 지난 이틀 동안 엄청 바빴어. 목사님 부부를 집에 초대해서 차를 대접한다는 건 큰 책임이 따르는 일이거든. 난 지금껏 한 번도 이런 경험을 해본 적이 없어. 너도 우리 집 부엌을 한번 봐야 해. 정말 대단하다니까! 소스를 부은 닭고기하고 차가운 우설 요리를 낼 거야. 소스는 빨간 것과 노란 것을 준비했어. 휘핑크림을 얹은 레몬파이하고 체리파이, 쿠키 세 종류, 과일케이크가 있지. 그뿐만 아니라 아주머니의 장기인 자두절임도 있어. 목사님께 드리려고 특별히 보관해둔 거야. 파운드케이크랑 레이어케이크 그리고 아까 말한 비스킷도 있고. 빵은 새로 구운 것과 며칠 전에 구운 것 두 가지를 준비했어. 새로 구운 빵은 소화가 안 될 수도 있거든. 린드 아주머니가 그러는데 목사님들은 대부분 위가 약하대. 하지만 앨런 목사님은 목사가 되신 지 얼마 안 되었으니, 아직 그런 병을 앓지는 않으실 거야. 내가 만들 레이어케이크만 생각하면 식은땀이 나. 아, 다이애나. 케이크가 엉망이 되면 어떡하지? 어젯밤에는 커다란 레이어케이크 머리가 달린 무서운 도깨비한테

이리저리 쫓기는 꿈을 꿨어."

평소 앤의 마음을 가장 편안하게 해주는 친구답게 다이애나가 장담했다.

"괜찮아, 다 잘될 거야. 보름 전에 고요한 황야에서 점심을 먹었잖아. 그때 네가 만든 케이크는 완벽하게 우아한 맛이었어."

앤은 한숨을 쉬면서 나뭇진이 잔뜩 묻은 나뭇가지를 물에 띄워 보냈다.

"그건 그래. 하지만 케이크는 특별히 잘 만들려고 마음먹기만 하면 오히려 망쳐버리곤 하잖아. 어떻게 될지는 하늘에 맡기고 밀가루 반죽이나 열심히 만드는 수밖에. 어머, 저기 좀 봐, 다이애나. 정말 예쁜 무지개야! 우리가 가버리면 드라이어드 요정이 나타나서 저걸 스카프처럼 매지 않을까?"

"드라이어드 요정 같은 건 세상에 없어."

다이애나의 어머니는 유령의 숲에 대해 알게 되자 딸을 호되게 나무랐다. 그래서 다이애나는 앤을 따라 상상의 날개를 펴는 일을 그만두게 되었다. 또한 아무 해도 끼치지 않는 드라이어드라 하더라도 요정의 존재를 믿는 것은 어리석은 일이라고 생각하게 되었다.

"하지만 그런 게 있다고 상상하는 건 아주 쉬워. 나는 매일 밤 자기 전에 창문을 내다봐. 드라이어드가 진짜로 여기 앉아 샘의 수면을 거울처럼 들여다보면서 머리를 빗을지도 모르잖아. 가끔은 아침 이슬 속에 드라이어드의 발자국이 남아 있는지 찾아보기도 해. 그럴 때마다 얼마나 설레는데! 다이애나, 드라이어드에 대한 네 믿음을 버리지 말아줘!"

수요일 아침이 되었다. 앤은 해가 뜨자마자 일어났다. 흥분한 나머지 잠을 잘 수 없었던 것이다. 전날 밤에 샘물가에서 물장난을 쳐서 그런지 심한 감기에 걸려 머리가 아팠지만, 폐렴 정도에 걸린 게 아니라면 앤의 열정을 막을 수 없었다. 아침 식사가 끝난 뒤 앤은 케이크를 만들기 시작했다. 마지막으로 오븐 문을 닫고 나서야 앤은 길게 숨을 내쉬었다.

"이번에는 잊어버린 게 하나도 없어요, 마릴라 아주머니. 그런데 케이크가 제대로 부풀어 오를 것 같나요? 베이킹파우더가 좋지 않을 수도 있잖아요 새 통에서 꺼내 쓰긴 했는데, 괜찮겠죠? 린드 아주머니가 그러시는데 요새는 어떤 걸 구해도 불순물이 많이 섞여 있어서 구분하기 어렵대요. 아주머니 말씀으로는 정부가 이 문제를 해결해야 하는데 보수당 정부가 그런 일을 할 리는 없을 거라고 그러셨어요. 마릴라 아주머니, 케이크가 부풀어 오르지 않으면 어떡하죠?"

"케이크가 없어도 다른 음식이 충분하잖니."

마릴라는 늘 그렇듯 사안을 냉철하게 바라보았다.

다행히 케이크는 제대로 부풀었다. 오븐에서 꺼내보니 황금빛 거품처럼 가볍고 부드러운 모습이었다. 기뻐서 얼굴이 붉게 달아오른 앤은 루비처럼 붉은 젤리를 층마다 바르면서, 앨런 부인이 케이크를 먹고 한 조각 더 청하는 모습을 상상했다.

"물론 가장 좋은 찻잔 세트를 쓰실 거죠, 마릴라 아주머니? 제가 고사리하고 들장미로 식탁을 장식해도 될까요?"

마릴라는 콧방귀를 뀌었다.

"쓸데없는 짓이야. 중요한 건 음식이지 겉만 번지르르한 장식이 아니다."

"배리 아주머니도 식탁을 장식했어요. 목사님은 혀뿐만 아니라 눈도 만족시키는 식사라고 칭찬하셨다는데요."

앤이 꾀를 내어 말했다. 마릴라는 배리 부인뿐만 아니라 누구에게든 절대 지고 싶지 않았다.

"그럼 좋을 대로 해보려무나. 다만 그릇하고 음식 놓을 자리를 비워둬야 한다는 걸 명심해라."

앤은 배리 부인이 했던 장식과는 비교도 되지 않을 만큼 훌륭하게 식탁을 꾸미려고 애썼다. 장미와 고사리를 풍성하게 사용하고 앤만의 뛰어난 예술적 재능이 더해진 식탁에 앉자마자 앨리 목사 부부는 한목소리로 아름답다고 칭찬했다.

"앤이 장식한 것이랍니다."

마릴라는 짐짓 아무렇지도 않은 체하며 말했다. 앨런 부인이 감탄하며 미소를 짓자 앤은 더할 나위 없이 행복했다.

매슈도 그 자리에 있었다. 그의 마음을 어떻게 움직였는지는 하느님과 앤만 아는 일이었다. 워낙 수줍고 말이 없으며 사람들 앞에서 불안해하는 매슈인지라 마릴라는 거의 포기해버렸지만, 앤이 잘 구슬려 삶은 덕분에 매슈는 가장 좋은 옷에 흰 셔츠까지 갖춰 입고 식탁에 앉아 꽤나 흥미롭다는 듯 대화를 나누고 있었다. 물론 앨런 부인에게는 한 마디도 건네지 않았지만 그것까지 기대할 수는 없는 노릇이었다.

모든 일이 결혼식 종소리처럼 즐겁게 진행되었고 드디어 앤의 레이어케이크가 등장했다. 앨런 부인은 기억하기 어려울 만큼 다양한 음식을 먹은 터라 케이크는 사양했다. 하지만 앤의 실망한 얼굴을 본 마릴라가 미소를 지으며 말했다.

"한 쪽은 꼭 드셔야 해요. 앤이 사모님께 대접하겠다고 특별히 만들었거든요."

"와, 그렇다면 당연히 맛을 봐야죠."

앨런 부인은 웃으면서 도톰한 삼각형 모양의 케이크 한 조각을 접시에 덜었고, 목사와 마릴라도 뒤를 따랐다. 잠시 후 한입 가득 케이크를 먹은 앨런 부인의 얼굴에 기묘한 표정이 떠올랐다. 하지만 부인은 아무런 말도 하지 않고 남은 케이크를 꾸역꾸역 입에 넣었다. 이상한 낌새를 알아차린 마릴라가 얼른 케이크 맛을 보고는 이렇게 소리쳤다.

"앤 셜리! 도대체 이 케이크에 뭘 넣은 거냐?"

"조리법에 있는 것 말고는 아무것도 안 넣었어요. 먹을 만하지 않나요?"

앤은 몹시 당황해서 울먹거렸다.

"먹을 만하냐고? 정말 끔찍한 맛이야! 사모님, 이제 그만 드세요. 앤, 네가 한번 먹어봐라. 어떤 향료를 넣은 거야?"

"바닐라요."

케이크를 맛본 앤은 너무 부끄러워서 얼굴이 새빨갛게 달아올랐다.

"바닐라밖에 안 넣었어요. 맞아, 베이킹파우더가 분명해요. 아무래도 베이킹파우더에 문제가…."

"베이킹파우더라니, 말도 안 되는 소리! 가서 네가 넣었다는 바닐라병을 가져와봐라."

앤은 찬장으로 달려가서 작은 병을 가지고 왔다. 병에는 갈색

액체가 담겨 있었고 '최고급 바닐라'라고 적힌 노란 딱지도 붙어 있었다.

마릴라는 병을 받아들고 뚜껑을 열어 냄새를 맡았다.

"이런 세상에나. 앤, 넌 바르는 진통제를 케이크에 넣은 거야. 지난주에 내가 약병을 깨뜨려서 남은 걸 빈 바닐라병에 부어놓았거든. 진즉 네게 말해줄걸, 내 잘못도 있는 것 같다. 그건 그렇고, 왜 넌 냄새도 맡지 않은 거니?"

앤은 또다시 망신을 당하자 눈물을 글썽였다.

"냄새를 맡을 수 없었어요. 감기에 걸렸단 말이에요!"

앤은 다락방으로 뛰어 올라가서 침대에 몸을 던지고는 누구도 위로할 수 없을 만큼 서럽게 울어댔다.

이윽고 계단에서 가벼운 발소리가 들리더니 누군가 방으로 들어왔다. 앤은 고개도 들지 못한 채 흐느꼈다.

"마릴라 아주머니, 어떡하죠? 부끄러워서 견딜 수 없어요. 평생 이 수치를 씻을 수 없겠죠? 곧 마을에 소문이 날 거예요. 에이번리에서는 무슨 이야기건 금세 퍼지잖아요. 다이애나는 케이크에 대해 물어볼 테고, 전 사실대로 말해야겠죠? 앞으로 전 케이크에 진통제를 넣은 아이라고 손가락질을 당할 거예요. 길버, 아니 학교 남자아이들도 저를 두고두고 비웃을 게 뻔해요. 아, 마릴라 아주머니. 기독교인의 동정심이 조금이라도 있으시다면 내려가서 설거지를 하라고는 말씀하지 말아주세요. 목사님 부부가 가신 뒤에 할게요. 하지만 사모님 얼굴은 다시 볼 수 없어요. 제가 사모님을 독살하려 했다고 생각하실지도 몰라요. 린드 아주머니는 은인을 독살하려고 했던 고아 여자아이를 안다고 했어요. 하지만 제가 넣은 건 독약이 아니에요. 케이크에 넣으면 안 되지만, 먹어도 몸에 해가 되지는 않잖아요. 사모님 께 그렇게 말씀해주시겠어요, 마릴라 아주머니?"

"일어나서 직접 말하는 게 어떨까?"

명랑한 목소리에 놀란 앤이 벌떡 일어났다. 앨런 부인이 침대 옆에 서서 웃음 띤 눈으로 앤을 내려다보고 있었다. 부인은 앤 의 비극적인 표정을 보자 진심으로 안타까워했다.

"착한 아이는 이렇게 울면 안 된단다. 이건 재미있는 실수일 뿐이야. 누구나 저지를 수 있는 일이지."

앤이 쓸쓸하게 말했다.

"아니에요. 그런 실수는 저밖에 안 해요. 사모님께 정말 맛있 는 케이크를 대접하고 싶었는데…."

"그래, 알고 있어. 난 잘 구워진 케이크를 먹은 거나 마찬가지 야. 네 친절하고 사려 깊은 마음에 정말 감동했단다. 이제 그만 울고 나랑 같이 내려가서 네 꽃밭을 보여주렴. 커스버트 부인이 너만의 작은 꽃밭이 있다고 말씀하시던데, 난 그걸 보고 싶어. 나도 꽃에 관심이 아주 많거든."

앤은 아래층으로 내려가면서 앨런 부인이 자신과 마음이 잘 통하는 사람이라 정말 다행이라고 생각했다. 진통제를 넣은 케 이크 이야기가 더는 나오지 않았고, 손님들이 떠난 뒤 앤은 끔 찍한 사고가 있었지만 생각보다 즐거운 저녁 시간이었다고 생 각했다. 그래도 한숨을 푹 내쉬지 않을 수 없었다.

"마릴라 아주머니, 내일은 아직 아무런 실수도 저지르지 않은 새날이라는 게 참 멋진 것 같아요."

"내가 장담하는데, 넌 내일도 실수를 잔뜩 할 거야. 너 같은 실수투성이는 처음 본다니까."

앤은 슬프지만 인정할 수밖에 없었다.

"네, 저도 잘 알아요. 하지만 제게도 장점이 하나 있는데, 혹시 알고 계셨어요? 저는 같은 실수를 두 번 저지르진 않거든요."

"대신 항상 새로운 실수를 저지르지. 그게 그렇게 좋은 장점 인지는 잘 모르겠구나."

"어머, 정말 모르세요? 한 사람이 저지르는 실수에는 분명 한 계가 있을 거예요. 하나도 남김없이 저지르고 나면 더는 실수할 일이 없잖아요. 그렇게 생각하면 마음이 편해요."

"그건 그렇고, 케이크는 돼지한테나 주는 게 낫겠다. 사람이 먹을 만한 게 아니야. 제리 부트도 이건 못 먹어."

22장

다과회에 초대받은 앤

"눈이 왜 그렇게 튀어나와 있니, 응? 또 마음이 맞는 사람을 찾기라도 한 거냐?"

우체국에 심부름을 다녀온 앤을 보고 마릴라가 물었다. 앤의 눈동자는 반짝거렸고 불이라도 붙은 듯 흥분한 기색이 온몸을 마치 옷처럼 구석구석 감싸고 있었다. 앤은 바람을 타고 날아다니는 요정처럼 춤을 추면서, 8월 저녁의 부드러운 햇살과 나른한 그림자가 드리우는 오솔길을 걸어 집으로 돌아왔다.

"아뇨, 마릴라 아주머니. 글쎄요, 제가요, 내일 오후에 차를 마시러 목사관에 오라는 초대를 받았어요! 앨런 목사 사모님이 제 앞으로 우체국에 편지를 맡기셨더라고요. 이것 좀 보세요, 아주머니. '초록지붕집의 앤 셜리 양에게.' 누가 제 이름 뒤에 '양'을 붙여준 건 처음이에요. 가슴이 짜릿해서 못 견디겠어요! 이 초대장을 소중한 보물처럼 영원히 간직할 거예요."

"사모님이 주일학교 학생 모두를 차례로 불러서 차를 대접하겠다고 하더구나. 그러니까 그렇게까지 열을 올릴 필요는 없어. 뭐든 좀 차분하게 받아들이는 법도 배워야 한다, 애야."

마릴라는 이 멋진 행사를 아무렇지도 않게 여기는 듯했다. 하지만 천성이 바뀌지 않는 한 앤이 차분해질 일은 없을 것이다. 앤은 "영혼과 불과 이슬"*로 빚어진 아이였기에, 인생의 즐거움과 고통을 남보다 세 배는 더 강렬하게 느꼈다. 이런 사실을 알고 있었던 마릴라는 앤을 보면서 막연한 불안감으로 애를 끓이곤 했다. 이렇듯 충동적인 영혼이 앞으로 겪게 될 인간사의 부침을 견뎌낼 수 있을까 걱정이 되었던 것이다. 하지만 앤은 기뻐하는 능력도 탁월하기 때문에 그걸로 충분히 보상을 받을 수 있다는 사실을 마릴라는 이해하지 못했다. 그래서 앤에게 무슨 일이든 차분하게 받아들이는 습관을 길러주는 것이 자신의 의무라고 생각했지만, 이는 얕은 여울에서 춤추는 햇빛에게 가만히 있으라고 하는 것과 마찬가지로 어색하고도 부질없는 일이었다. 마릴라의 노력은 번번이 헛수고로 끝났고, 그녀도 이런 현실을 애석한 마음으로 인정했다.

앤은 자기의 희망이 깨지거나 계획이 틀어지면 '절망의 심연'에 빠져버렸고, 일이 잘 풀리면 눈부신 환희의 영토로 솟아올랐

---

* 영국 시인 로버트 브라우닝(1812-1889)의 시 〈이블린 호프〉에 나온 표현으로 앤의 열정적인 성격을 잘 드러낸다. 몽고메리는 이 표현이 포함된 구절을 책의 속표지에 적었다.

다. 마릴라는 세상 의지할 곳 없는 이 고아를 단정한 몸가짐의 모범적인 아이로 만들려고 했지만, 이제는 거의 체념하고 말았다. 속으로는 앤의 지금 모습을 진심으로 좋아하면서도 그 사실을 인정하려 들지 않았다.

그날 밤 앤은 기분이 울적해져서 말없이 잠자리에 들었다. 바람이 북동쪽에서 부는 것을 보니 내일은 비가 올 것 같다는 말을 매슈에게 들었기 때문이다. 집을 둘러싼 포플러나무의 잎사귀가 바스락거리는 소리를 듣고 앤은 점점 불안해졌다. 마치 빗방울이 떨어지는 소리처럼 들렸기 때문이다. 해안가에서 아득하게 들려오는 파도의 울부짖음도 여느 때 같으면 색다르고 낭랑하며 매혹적인 리듬이라 여기면서 즐겁게 귀를 기울였겠지만, 특별히 화창한 날을 고대하는 꼬마 소녀에게 이 소리는 폭풍이나 재해의 전조처럼 느껴졌다. 앤은 아침이 결코 오지 않을 것 같다는 생각까지 했다.

하지만 모든 일에는 끝이 있게 마련이다. 목사관 모임을 하루 앞둔 날 밤도 마찬가지였다. 밤이 지나고 아침이 되자 매슈의 예측과 달리 날씨가 화창했다. 앤의 기분은 하늘을 찌를 것만 같았다. 앤이 아침 설거지를 하면서 소리쳤다.

"마릴라 아주머니, 오늘 저는 만나는 사람 모두를 무조건 사랑하게 될 것 같아요. 기분이 엄청나게 좋거든요! 이런 기분이 계속 이어진다면 얼마나 멋질까요? 날마다 누군가에게 차를 마시러 오라는 초대를 받으면 전 아주 훌륭한 아이가 될 것 같아요. 하지만 아주머니, 이건 엄숙한 행사이기도 해요. 아, 정말 걱정되네요. 제가 예의 없게 행동하면 어쩌죠? 아주머니도 아시다시피 전 목사관에서 차를 마셔본 적이 한 번도 없잖아요. 예의 범절을 전부 다 아는 것도 아니고요. 여기 온 이후로『패밀리 헤럴드』신문의 예절란을 열심히 읽었지만, 그래도 뭔가 엉뚱한 짓을 하거나 해야 할 일을 잊어버리지는 않을까 정말 무서워요. 어떤 음식이 더 먹고 싶을 때 한 번 더 떠먹는 건 예의에 어긋나는 행동인가요?"

"네 문제는 네 생각만 너무 많이 한다는 거야. 앨런 목사 사모님의 입장이 되어보란 말이다. 어떻게 해야 사모님께 도움이 될지, 사모님을 기분 좋게 해드릴 수 있을지를 생각하면 돼."

마릴라가 지금껏 했던 조언 중에서 가장 명쾌하고 적절했다. 덕분에 앤은 무슨 뜻인지 금세 깨달았다.

"아주머니의 말씀이 맞아요. 앞으로는 제 생각만 하지 않도록 노력할게요."

앤은 '예의범절'에 크게 어긋나는 일 없이 목사관 방문을 마친 게 분명해 보였다. 높이 솟은 하늘에 엷은 자줏빛과 장밋빛 구름이 기다랗게 펼쳐진 해 질 녘, 앤이 행복한 얼굴로 집에 돌아왔기 때문이다. 앤은 커다란 붉은 돌 위에 앉아 마릴라의 체크무늬 치마에 곱슬머리를 얹고 오늘 있었던 일을 흡족한 말투로 전해주었다.

서쪽의 전나무 언덕에서 불어온 시원한 바람이 수확을 맞이한 넓은 밭을 건너와 포플러나무를 스치면서 휘파람 소리를 냈다. 밝은 별 하나가 과수원 위에 걸려 있었고, 반딧불이들이 연인의 오솔길을 스치듯 날아다니며 고사리와 바스락거리는 나뭇가지 사이로 반짝거렸다. 앤은 이야기를 하는 동안 이 모습을 바라보면서 바람과 별과 반딧불이가 하나로 녹아든 모습이 말로는 표현할 수 없을 만큼 달콤하고 환상적이라고 느꼈다.

"마릴라 아주머니, 전 정말 꿈같은 시간을 보냈어요. 제가 지금까지 헛산 게 아닌가 봐요. 다시는 목사관에 초대받지 못한다 해도 이 느낌은 영원히 남아 있을 거예요. 제가 도착하니까 사모님이 문간까지 나와서 절 맞아주셨어요. 연분홍색 얇은 모슬린으로 만든 아주 예쁜 드레스를 입고 계셨어요. 주름 장식이 많이 달렸고 소매가 팔꿈치까지 내려오는 옷이었죠. 꼭 천사 같았어요. 저도 커서 목사의 아내가 되고 싶다는 생각을 했죠. 목사님이라면 제 빨간 머리를 신경 쓰지 않을 거예요. 그런 세속적인 일에는 관심이 없을 테니까요. 물론 목사의 아내가 되려면 천성이 착해야겠죠. 전 그렇게 될 수 없을 테니까 부질없는 생각이겠네요. 천성이 착한 사람도 있고 아닌 사람도 있잖아요. 전 아닌 사람 쪽이에요. 린드 아주머니가 그러시는데 저한테는 원죄*가 아주 많대요. 아무리 착해지려고 노력해도 천성이 착한 사람들처럼 잘되지는 않을 거예요. 아, 그건 기하학이랑 비슷한 것 같네요. 하지만 열심히 노력하는 것도 가치 있는 일 아닐까요? 앨런 목사 사모님은 천성이 착한 분이에요. 전 사모님이 정말정말 좋아요. 매슈 아저씨랑 사모님처럼 아무런 거리낌 없이 곧바로 좋아할 수 있는 사람들도 있잖아요. 물론 애를 써야만 겨우겨우 사랑할 수 있는 사람들도 있어요. 린드 아주머니처

• 기독교의 교리 중 하나로 인류의 시조인 아담과 하와가 선악과를 따 먹은 죄 때문에 모든 인간이 날 때부터 가지고 있다는 죄

럼요. 그런 분들을 사랑해야 한다는 건 알아요. 아는 것도 많고 교회 일도 아주 열심히 하시니까요. 하지만 사랑해야 한다는 사실을 계속 떠올리지 않으면 잊어버리고 말아요. 목사관에는 차를 마시러 온 여자아이가 또 있었어요. 화이트샌즈 주일학교에서 왔대요. 이름이 로레타 브래들리였는데, 참 착한 아이였어요. 저랑 마음이 맞는 것 같진 않았지만, 그래도 꽤 괜찮은 애였죠. 우린 우아하게 차를 마셨어요. 다행히 저는 예의범절을 잘 지킨 것 같아요. 차를 마시고 나서는 사모님이 피아노를 치면서 노래를 불러주셨죠. 로레타와 제게도 노래를 시키셨죠. 사모님이 저더러 목소리가 좋대요. 주일학교 성가대에 들어오라는 말씀도 하셨어요. 제가 얼마나 설렜는지 상상도 못 하실 거예요. 저도 다이애나처럼 주일학교 성가대에서 노래하고 싶지만, 그건 제가 누릴 수 없는 영광이라고 생각했거든요. 로레타는 오늘 밤 화이트샌즈 호텔에서 성대하게 열리는 발표회 때 언니가 시를 낭송한다면서 먼저 집에 갔어요. 로레타 말로는 미국인들이 샬럿타운 병원을 후원하려고 2주에 한 번씩 그 호텔에서 발표회를 연대요. 그래서 화이트샌즈 사람들에게 자주 낭송을 부탁한다고 했어요. 언젠가 자기도 그런 부탁을 받을 것 같대요. 전 너무 놀라서 로레타를 쳐다보기만 했어요. 로레타가 간 다음에 사모님과 저는 마음을 털어놓고 이야기를 나누었어요. 전 모든 걸 얘기했죠. 토머스 아주머니랑 쌍둥이 이야기, 케이티 모리스와 비올레타 이야기, 초록지붕집에 오게 된 사연과 기하학 때문에 고생한다는 것도요. 그런데 사모님도 기하학에는 젬병이었다고 그러시는 거예요. 아주머니는 믿을 수 있으시겠어요? 그 말을 듣고 얼마나 힘을 얻었는지 몰라요. 제가 목사관을 나설 때 마침 린드 아주머니가 오셨어요. 무슨 일인지 아세요? 이사회에서 새 선생님을 뽑았는데, 여성분이라지 뭐예요? 선생님 성함은 뮤리얼 스테이시라고 했어요. 참 낭만적인 이름이죠? 린드 아주머니 말로는 이제껏 에이번리에서 여자 선생님을 뽑은 적이 없대요. 그러면서 혁신적이긴 한데 너무 위험한 시도가 아닌지 걱정된다고 하셨어요. 하지만 전 여자 선생님이 오신다니 정말 기대가 돼요. 개학까지 두 주나 남았는데, 그동안 어떻게 기다려야 할지 모르겠어요. 새로 오신다는 선생님을 뵙고 싶어 견딜 수 없거든요."

23장

명예를 지키려다 당한 사고

앤은 새 선생님을 만나기까지 예상보다 긴 시간을 기다려야 했
다. 그사이에 또 다른 소동이 벌어진 탓이다. 케이크에 진통제
를 넣은 사건 이후 거의 한 달이 지났으니, 앤이 슬슬 새로운 문
제를 일으킬 만한 때가 되기는 했다. 딴생각하다가 탈지유를 돼
지 먹이통이 아니라 식료품 저장실에 놓아둔 털실 바구니에 부
어버렸다든지, 공상에 푹 잠긴 채로 통나무 다리를 건너다가 개
울에 빠진 일 정도는 이제 문제라고 할 수도 없을 만큼 사소한
실수에 불과했다.

앤이 목사관에서 차를 마신 지 일주일 뒤에 다이애나 배리가
파티를 열었다. 앤은 이렇게 마릴라를 안심시켰다.

"우리 반 여자아이 몇 명만 초대하는 작은 파티예요."

모두들 재미있는 시간을 보냈고 별다른 일은 없었다. 적어도

차를 다 마실 때까지는 순조로웠다. 찻잔을 내려놓고 정원으로 나간 아이들은 이런저런 놀이에 싫증이 나자 색다른 장난을 치고 싶어졌다. 그래서 '도전 놀이'를 시작했다.

이 놀이는 당시 에이번리의 아이들 사이에서 크게 유행하고 있었다. 처음에는 남자아이들이 시작했지만 머지않아 여자아이들에게도 퍼졌다. 그해 여름 에이번리에서는 "도전"이라는 말을 들은 아이들이 온갖 바보 같은 일을 저질렀다. 일일이 적는다면 책 한 권은 족히 될 만한 정도였다.

먼저 캐리 슬론이 루비 길리스에게 집 현관 앞에 있는 커다란 버드나무 고목의 어느 지점까지 올라가보라고 했다. 루비는 나무에 우글거리는 통통한 송충이들이 무서웠고 새 모슬린 드레스가 찢어지기라도 하면 엄마에게 야단맞을 게 뻔해서 걱정되기도 했지만, 결국 민첩한 동작으로 나무에 올라가서 캐리를 무안하게 만들었다.

다음에는 조시 파이가 제인 앤드루스에게 오른발을 들고 왼발만 디디면서 정원을 한 바퀴 돌아보라고 했다. 중간에 멈추거나 오른발을 땅에 대면 안 된다는 조건이었다. 제인은 용감하게 도전했지만 세 번째 모퉁이에 이르렀을 때 힘이 빠진 나머지 실패하고 말았다.

조시가 의기양양해하면서 지나치게 뽐내자 앤이 나섰다. 앤은 조시에게 정원 동쪽의 판자 울타리 위를 걸어보라고 했다. 한 번도 해본 적 없는 사람이 시도하려면 생각보다 머리와 발꿈치를 움직이는 기술이나 균형 감각이 필요했다. 조시 파이는 비록 아이들의 호감을 사는 능력이 조금 부족했지만 판자 울타리를 걷는 일만큼은 재능을 타고났을뿐더러 몇 번 해본 적도 있었다. 이 정도는 도전 축에도 끼지 못한다는 듯 조시는 아무렇지도 않게 해냈다. 아이들은 마지못해하면서 찬사를 보냈다. 승리감에 도취되어 달아오른 얼굴로 울타리에서 내려온 조시는 앤에게 도전적인 눈길을 던졌다.

앤은 땋아 내린 빨간 머리가 흔들릴 만큼 고개를 세차게 가로저었다.

"이렇게 작고 낮은 울타리를 걷는 건 별로 대단한 일도 아니야. 메리즈빌에 사는 어떤 여자애는 지붕 꼭대기의 마룻대를 걸은 적이 있었어."

조시가 딱 잘라 말했다.

"말도 안 되는 얘기야. 마룻대를 걸을 수 있는 사람은 없어. 너도 못 하잖아."

"내가 못 한다고?"

앤이 앞뒤 가리지 않고 받아치자 조시가 시비조로 말했다.

"그럼 어디 한번 해봐. 이 집 부엌 지붕에 올라가서 마룻대를 걸어보라고."

앤은 새파랗게 질렸다. 그렇지만 지금은 이 일을 꼭 해내야만 했다. 앤은 부엌 지붕에 사다리가 걸쳐진 곳으로 다가갔다. 그 자리에 있던 5학년 여학생들은 흥분하기도 하고 당황하기도 해서 모두들 "와!" 하고 소리쳤다.

"앤, 그러지 마. 떨어져서 죽을지도 몰라. 조시 파이가 하는 말 따위엔 신경 쓰지 마. 그렇게 위험한 도전을 해보라니, 이건 공평하지 않아."

다이애나가 애원했지만 앤은 엄숙하게 말했다.

"난 해야 해. 이건 내 명예가 걸린 일이야. 떨어져 죽는 한이 있더라도 저 마룻대를 걸을 거야, 다이애나. 내가 죽으면 내 진주 반지는 꼭 네가 가져."

모두 숨을 죽이고 말없이 지켜보는 가운데 앤은 사다리를 올라가 위태롭게 마룻대에 서서 균형을 잡은 뒤 앞으로 걷기 시작했다. 자신이 아찔할 만큼 높은 곳에 있으며 마룻대를 걷는 데 상상력은 별로 도움이 되지 않는다는 사실을 깨닫자 앤은 현기증이 났다. 그럭저럭 몇 걸음을 옮겼지만 금세 재앙이 닥쳤다. 몸이 휘청 흔들리더니 중심을 잃고 비틀대다가 넘어진 것이다. 앤은 햇볕에 달아오른 지붕에서 쭉 미끄러져 담쟁이덩굴이 모여 있는 곳 위로 쿵 하고 떨어졌다. 아래쪽에 모여 있던 아이들은 하나같이 겁이 나서 비명을 질렀다.

만약 앤이 지붕에서 구를 때 사다리를 타고 올라간 쪽으로 떨어졌더라면 다이애나는 진주 반지를 물려받을 수 있었을 것이다. 다행히 앤은 반대쪽으로 떨어졌다. 그쪽은 지붕이 집 현관까지 내려와 있어서 지면과 가까운 편이라 떨어져도 크게 위험할 정도는 아니었다. 그렇지만 다이애나와 아이들은 충격을 받아 발이 땅에 붙어버린 루비 길리스를 내버려두고 미친 듯이 집 반대편으로 뛰어갔다. 앤은 창백한 얼굴로 온통 엉망이 된 담쟁이덩굴 사이에 축 늘어져 있었다. 다이애나가 비명을 지르며 친구 옆에 털썩 무릎을 꿇었다.

"앤, 너 죽은 거니? 앤, 사랑하는 앤. 뭐라고 한 마디만 해봐. 죽었는지 아닌지 말 좀 해줘."

"아니, 다이애나. 나 안 죽었어."

앤이 비틀거리며 몸을 일으킨 뒤에 머뭇거리며 대답하자 아이들 모두, 특히 조시 파이는 안도의 한숨을 내쉬었다. 아무리 상상력이 없는 조시 파이라 해도 앤 셜리를 비극적으로 요절하게 만든 장본인이라고 낙인찍힐 끔찍한 미래가 생생하게 보였던 것이다.

"그런데 나 감각이 없어진 것 같아."

"어디? 어디가 감각이 없어, 앤?"

캐리 슬론이 흐느꼈다. 앤이 대답하기도 전에 배리 부인이 나타났다. 앤은 부인을 보고 몸을 가누며 일어나려 했지만, 곧바로 날카로운 비명을 지르면서 주저앉았다.

"무슨 일이니? 어디 다친 거야?"

배리 부인이 다그치자 앤이 헐떡였다.

"발목이요. 아, 다이애나. 너희 아빠한테 날 집에 데려다 달라고 해줄래? 도저히 집까지 걸을 수 없을 것 같아. 한 발로 뛰어서 가기엔 너무 멀어. 제인은 이곳 정원도 다 못 돌았잖아."

잔뜩 열린 여름 사과를 따러 과수원에 나온 마릴라는 배리 씨가 통나무 다리를 건너 비탈길로 올라오는 모습을 보았다. 옆에는 배리 부인이 있었고 뒤로는 여자아이들이 줄지어 따랐다. 앤은 머리가 축 늘어진 채로 배리 씨의 팔에 안겨 있었다.

그 순간 마릴라는 갑자기 무언가에 찔린 것처럼 가슴이 아팠다. 그리고 밀려오는 두려움 속에서 앤이 자기에게 얼마나 소중한 존재인지를 명확하게 깨달았다. 그동안 마릴라는 자기가 앤을 좋아한다고, 아니 아주 많이 좋아한다고 인정했다. 하지만 비탈길을 정신없이 뛰어 내려가면서 앤이 자기에게 세상 무엇보다 소중한 존재라는 사실을 알게 되었다.

"배리 씨, 앤에게 무슨 일이 생긴 건가요?"

마릴라가 숨을 헐떡였다. 오랫동안 침착하고 분별 있는 모습만 보였던 마릴라였지만, 이번만큼은 핏기 없는 얼굴로 온몸을 덜덜 떨고 있었다. 앤이 고개를 들고 대답했다.

"너무 놀라지 마세요. 마룻대를 걷다가 아래로 떨어졌어요. 발목을 삐었나 봐요. 하지만 하마터면 목이 부러질 수도 있었잖아요. 불행 중 다행이라고 해야겠죠."

그제야 안심한 마릴라는 날카롭게 쏘아붙였다.

"널 파티에 보낼 때부터 네가 이런 일을 저지를 줄 알았다. 배리 씨, 앤을 안으로 데려가서 소파에 눕혀주세요. 아이고, 세상에나. 얘가 기절했네!"

말 그대로였다. 통증을 이기지 못한 앤은 소원 하나를 이루고야 말았다. 죽은 듯 기절해버렸으니까.

소식을 전해들은 매슈는 밭에서 곡식을 걷다가 서둘러 달려왔고 곧바로 의사를 부르러 갔다. 앤의 상태는 생각보다 심각했다. 발목이 부러진 것이다.

그날 밤 마릴라가 동쪽 다락방으로 올라갔을 때, 창백한 얼굴로 침대에 누워 있던 앤이 애처로운 목소리로 말했다.

"마릴라 아주머니, 제가 참 불쌍해 보이시죠?"

"네가 자초한 일이잖니."

마릴라는 이렇게 말하면서 블라인드를 내리고 등불을 켰다.

"그러니까 저를 불쌍히 여기셔야 해요. 전부 제 잘못이라는 생각이 절 더 힘들게 만들거든요. 다른 사람을 탓할 수 있다면 마음이 훨씬 편했을 거예요. 만약 아주머니가 어디 한번 마룻대를 걸어보라는 말을 들었다면 어떻게 하시겠어요?"

"나 같으면 뭐라고 하든 신경 쓰지 않으면서 단단한 땅에 발을 꼭 붙이고 있었을 거다. 정말 바보 같은 짓이었어!"

앤이 한숨을 쉬었다.

"하지만 아주머니는 의지가 강하시잖아요. 전 아니에요. 조시 파이가 비웃는 걸 참을 수 없었거든요. 그 애는 평생 우쭐댈 테니까요. 그리고 전 충분히 벌을 받았으니까 너무 화내지는 마세요. 어쨌든 기절해보니까 좋은 게 하나도 없네요. 의사 선생님이 제 발목뼈를 맞출 때는 끔찍하게 아프기도 했죠. 앞으로 여섯이나 일곱 주 정도는 돌아다니지 말라고 하셨는데, 그러면 새로 오신 여자 선생님도 볼 수 없어요. 제가 학교에 갈 때쯤이면 선생님은 새로 오신 분이 아닐 테니까요. 그리고 길버, 아니 다들 수업 시간에 저보다 앞서나갈 거예요. 아, 저는 고통받는 영혼이에요. 하지만 아주머니가 화를 내지 않으신다면, 전 이 모든 걸 용감하게 견뎌보겠어요."

"그래, 그래. 화나지 않았어. 넌 운이 없는 아이야. 그 점은 틀림없지. 하지만 네가 말한 것처럼 뒷감당은 스스로 해야 할 거다. 자, 이제 저녁을 먹으렴."

"그래도 제가 상상력이 풍부해서 다행이죠? 덕분에 이런 일도 잘 견딜 수 있잖아요. 상상력이 없는 사람은 뼈가 부러졌을 때 뭘 하면서 지낼까요?"

그 뒤로 지루하게 이어진 7주 동안 앤은 자신의 상상력에 감사할 일이 무척 많았다. 하지만 앤이 전적으로 상상력에만 의지한 것은 아니다. 병문안을 온 사람이 끊이지 않았기 때문이다. 여학생들은 하루도 빼놓지 않고 꽃이나 책을 가져다주면서 에이번리 아이들의 세계에서 일어난 일을 시시콜콜 들려주었다.

절룩거리면서 마루를 처음 걷게 된 날 앤이 흡족하다는 듯 길게 숨을 내쉬며 말했다.

"마릴라 아주머니, 모두들 다정하고 친절했어요. 누워만 있는 건 별로 즐거운 일이 아니지만 좋은 점도 있어요. 친구가 얼마나 많은지 알 수 있거든요. 벨 교장선생님까지 문병을 오셨잖아요. 정말 좋은 분이에요. 물론 저랑 마음이 통하는 건 아니지만, 그래도 전 그분이 좋아요. 벨 선생님의 기도를 나쁘게 말해서 죄송하다는 생각이 들어요. 이제는 그분이 진심으로 기도하셨다는 걸 알아요. 진심이 아닌 것처럼 말하는 습관이 있을 뿐이죠. 그 문제는 조금만 노력하면 해결될 거예요. 제가 자세한 방법을 살짝 귀띔했으니까요. 혼자 기도할 때도 재미있게 하려고 제가 얼마나 노력하는지 말씀드렸거든요. 벨 선생님은 자기가 어렸을 때 발목이 부러졌던 일을 하나부터 열까지 다 얘기해주셨어요. 선생님에게 어린 시절이 있었다는 걸 생각하면 정말 신기해요. 제 상상력에도 한계가 있나 봐요. 선생님이 어렸을 때를 상상해보려고 해도 희끗희끗한 구레나룻에 안경을 쓴 모습만 떠오르니까요. 주일학교에서 본 그대로인데 키만 작아진 모습이요. 앨런 목사 사모님의 어린 시절을 상상하는 건 이제 아주 쉬워요. 사모님은 절 보러 열네 번이나 와주셨잖아요. 그건 자랑할 만한 일이겠죠? 사모님은 할 일이 너무 많은데도 짬을 내서 오신 거잖아요! 사모님은 정말 기분 좋은 손님이에요. 제가 잘못했다고 말하지도 않고, 이 일을 계기로 더 좋은 아이가 되라는 말도 하지 않으시죠. 린드 아주머니는 문병을 오실 때마다 항상 그렇게 말하시거든요. 그런데 아주머니는 제가 착해지면 좋겠지만 진짜 그렇게 될 거라고 믿으시는 것 같진 않아요. 조시 파이도 병문안을 왔어요. 전 최대한 예의 바르게 맞이했죠. 그 애도 제게 마룻대를 걸어보라고 한 걸 미안해할 테니까요. 만약 제가 죽었다면 그 애는 평생 후회라는 어두운 짐을 짊어져야 했을 거예요. 다이애나는 정말 좋은 친구예요. 제가 외롭지 않도록 매일 와서 저를 즐겁게 해주니까요. 하지만요, 학교에 가면 참 기쁠 것 같아요. 새로 오신 선생님에 관해 흥미진진한 이야기를 많이 들었거든요. 여자아이들은 모두 선생님이 완벽하게 멋진 분이라고 생각해요. 다이애나가 그러는데, 선생님은 최고로 예쁜 금발 곱슬머리에 눈동자도 무척 매력적이래요. 옷도 잘 차려입고, 퍼프소매는 에이번리 사람들 중에서 제일 크다고 했어요. 두 주에 한 번씩 금요일 오후마다 낭송 수업을 하는데, 학생들은 모두 시를 외워 오거나 대화극에서 역할을 맡아야 한대요. 아, 생각만 해도 너무 멋져요. 조시 파이는 그 수업이 싫다고 하는데, 그건 상상력이 부족해서 그래요. 다이애나랑 루비 길리스랑 제인 앤드루스는 〈아침의 왕진〉이라는 대화극을 준비하고 있대요. 다음 주 금요일에 한다나 봐요. 낭송 수업이 없는 금요일 오후에는 선생님이 아이들을 모두 숲으로 데려간대요. 거기서 풀이나 꽃이나 새를 공부하는 거죠. 그리고 매일 아침저녁으로 체육 활동도 한다고 했어요. 린드 아주머니는 그런 건 들어본 적도 없고 여자 선생님이 오셨기 때문에 벌어진 일이라고 하셨지만, 전 정말 멋지다고 생각해요. 아무래도 전 스테이시 선생님과 마음이 통할 것 같아요."

"한 가지는 분명해 보이는구나, 앤. 배리 씨네 지붕에서 떨어졌는데도 네 혀는 전혀 다치지 않았어."

24장

스테이시 선생님과 학생들의
발표회 계획

10월이 되자 앤은 다시 학교에 갈 수 있었다. 눈부신 10월의 아침, 온 세상이 붉은빛과 금빛으로 물들고 가을의 정령이 부어놓은 것 같은 은은한 안개가 골짜기를 가득 채웠다. 태양에서 흘러나온 듯한 자수정빛, 진줏빛, 은빛, 장밋빛 그리고 잿빛 안개였다. 이슬이 덮인 들판은 은실로 짜놓은 천처럼 반짝거렸고, 나무들이 빽빽한 골짜기에는 낙엽이 여러 겹으로 쌓여 지날 때마다 바스락거리는 소리가 났다. 자작나무 길은 노란 덮개를 씌운 듯 보였고 그 아래를 따라 시들어 갈색으로 변한 고사리들이 늘어서 있었다. 공기 속에 감도는 짜릿한 향기가 어린 여학생들의 가슴을 뛰게 만들었고, 느릿느릿한 달팽이와는 달리 잰걸음으로 즐겁게 학교를 향해서 달려가도록 부추겼다. 앤은 다이애나 곁의 자그마한 갈색 책상에 다시 앉게 되어 무척 기뻤다. 루비 길리스가 통로 건너편에서 고개를 끄덕이고, 캐리 슬론이 쪽지를 보내고, 줄리아 벨이 뒷자리에서 껌처럼 씹는 나뭇진을 건네주었다. 앤은 연필을 깎고 책상 속에 있는 그림 카드를 정리하면서 숨을 깊이 내쉬었다. 앤의 숨소리에는 행복이 묻어 있었다. 인생이 참말로 즐겁게 느껴졌다.

앤은 새 선생님을 진실하고 친절한 친구처럼 여겼다. 젊고 이해심이 많으며 쾌활한 여성인 스테이시 선생님은 학생들의 사랑을 한 몸에 받았다. 그녀는 정신적으로나 도덕적으로 아이들의 장점을 이끌어내는 재능이 뛰어난 교사였다. 앤은 선생님에게 건전한 영향을 받으며 꽃봉오리가 터지듯 눈부시게 성장했고, 집에 돌아와서는 무슨 이야기든지 감탄하며 들어주는 매슈와 비판적으로 받아들이는 마릴라에게 학교 공부와 앞으로의 계획을 열정적으로 이야기했다.

"마릴라 아주머니, 전 스테이시 선생님을 진심으로 사랑해요. 선생님은 정말 숙녀답고 목소리도 예뻐요. 제 이름을 부를 때 끝에 e를 붙인다는 걸 본능적으로 느꼈어요. 우린 오늘 오후에 암송을 했어요. 제가 〈스코틀랜드의 여왕, 메리〉를 암송하는 걸 두 분이 들으셨어야 했는데! 영혼을 모조리 쏟아부었거든요. 루비 길리스는 제가 '이제 내 아버지를 위해 내 여인의 마음에 작별을 고하노라'라는 구절을 낭송했을 때 소름이 끼쳤다고 집에 오는 길에 말해줬어요."

"음, 그래. 시간이 날 때 내게도 들려주면 좋겠구나. 저기 헛간에서 해줄 수 있겠니?"

매슈의 제안을 승낙하면서 앤은 골똘히 생각했다.

"물론이죠. 하지만 학교에서처럼 잘하지는 못할 것 같아요. 아이들이 바로 눈앞에서 숨을 죽이고 제 말에 귀를 기울일 때처럼 흥분되지는 않을 테니까요. 아저씨를 소름 끼치게 만들기는 어려울 것 같아요."

"지난 금요일에는 남자아이들이 까마귀 둥지를 보러 벨 씨네 언덕에 있는 큰 나무 꼭대기까지 올라갔다면서? 린드 부인은 그 모습을 보고 심장이 멎는 줄 알았다고 하더라. 스테이시 선생님은 왜 아이들에게 그런 일을 시키는지 모르겠다."

마릴라가 불만스럽게 말하자 앤이 설명했다.

"자연 공부 때문에 까마귀 둥지가 필요했거든요. 그날 오후는 야외 수업이 있는 날이었어요. 그 수업은 정말 좋아요. 스테이시 선생님은 뭐든지 척척 설명해주신다니까요. 야외 수업에서 배운 걸 글로 써야 하는데, 그건 제가 제일 잘해요."

"자만하면 안 돼. 선생님이 인정하신 것도 아니고, 자기 입으로 할 소리는 아닌 것 같구나."

"선생님이 그렇게 말씀하신 거예요. 전 자만심 같은 건 없어요. 기하학을 그렇게 못하는데 어떻게 자만할 수 있겠어요? 물론 전보다 조금씩 나아지고 있기는 해요. 스테이시 선생님이 정말 알기 쉽게 가르쳐주시거든요. 그래도 전 기하학을 잘할 것 같지 않고, 그걸 생각하면 겸손해질 수밖에 없어요. 하지만 글쓰기는 좋아해요. 스테이시 선생님은 보통 우리더러 주제를 정하라고 하시지만, 다음 주에는 훌륭한 사람을 주제로 글을 쓰라고 하셨어요. 세상에는 훌륭한 사람이 참 많은데, 그중에서 한 명을 고르는 건 힘들어요. 죽은 뒤에도 사람들이 자신에 대한 글을 쓸 만큼 훌륭한 사람이 된다는 건 참 멋진 일이죠? 저도 훌륭한 사람이 되고 싶어요. 전 커서 간호사가 될래요. 적십자에 들어가 자비의 전령으로 전장을 누비고 싶어요. 해외 선교사가 더 낭만적이기는 하지만 솔직히 자신 없어요. 선교사가 되려면 아주 착해야 되잖아요. 그게 걸림돌이에요. 그리고 우린 날마다 체육 활동도 해요. 운동을 하면 몸매가 늘씬해질 뿐만 아니라 소화도 잘된대요."

"소화라니, 말도 안 되는 소리!"

마릴라는 그런 일이 쓸데없다고 생각했다.

하지만 스테이시 선생님이 11월에 하자고 제안한 행사 앞에서는 오후 야외 수업도 금요일 낭송 수업도 그리고 체육 활동도 그 빛을 잃었다. 에이번리 학생들이 크리스마스 저녁에 회관에서 발표회를 연다는 것이었다. 발표회 수익금은 학교 건물에 게양할 국기를 사는 데 보탠다는 기특한 목적도 있었다. 학생들은 모두 이 계획을 반겼고, 한마음이 되어 공연 준비에 들어갔다. 출연자로 뽑힌 학생 중에서 가장 흥분한 사람은 단연코 앤 셜리였다. 앤은 몸과 마음을 다해 열정적으로 임했지만 곧 마릴라의 반대에 부딪혔다. 마릴라는 이렇게 어리석은 짓을 왜 하는지 모르겠다고 투덜댔다.

"쓸데없는 생각으로 머릿속을 가득 채워서 공부할 시간까지 허비하게 만들 뿐이야. 아이들이 발표회 준비를 한답시고 우르르 몰려다니는 건 찬성할 수 없다. 허영심과 자만심만 키워주고 밖에 쏘다니는 걸 좋아하게 만들 뿐이야."

"하지만 훌륭한 목적도 있다는 걸 생각해주세요. 학교에 국기가 있으면 애국심을 길러줄 거예요."

"무슨 헛소리냐! 너희에게 뭐 그리 대단한 애국심이 있다고. 그저 재미있게 놀고 싶을 뿐이지."

"애국심과 재미를 합칠 수 있다면 좋은 일 아닌가요? 물론 발표회를 여는 건 무척 재미있어요. 합창도 여섯 번이나 하고 다이애나는 독창을 해요. 전 대화극 두 편에 출연할 거예요. 〈소문이 금지된 사회〉랑 〈요정 여왕〉이에요. 남자애들도 대화극을 한대요. 전 시 낭송도 두 번이나 해요. 생각만 해도 가슴이 떨리지만, 설레서 그러는 거예요. 마지막에는 활인화*도 해요. 제목은 〈믿음, 소망, 사랑〉이에요. 다이애나랑 루비랑 제가 하는데, 흰 옷을 걸치고 머리를 늘어뜨리기로 했어요. 제가 맡은 역할은 소망이에요. 두 손을 꼭 잡고 눈은 위를 올려다봐야 하죠. 저는 다락방에서 낭송 연습을 할 거예요. 신음 소리가 들려도 놀라지 마세요. 가슴이 찢어질 듯한 아픔을 표현하는 부분이 있거든요. 마릴라 아주머니, 예술적으로 신음 소리를 내는 건 참 어려워요, 조시 파이는 대화극에서 자기가 원하는 역할을 맡지 못했다고 토라졌어요. 요정 여왕 역을 하고 싶어 했거든요. 정말 우습죠? 조시처럼 뚱뚱한 요정 여왕이 어디 있겠어요? 요정 여왕은 날씬해야 하잖아요. 그래서 제인 앤드루스가 그 역을 맡았어요. 저는 시녀 중 한 명이에요. 조시는 빨간 머리 요정이 뚱뚱한 요정만큼 웃긴다고 했지만 그런 말에는 신경 쓰지 않으려고요. 저

---

* 배경을 적당하게 꾸미고 분장한 사람을 그림 속의 인물처럼 말없이 부동자세로 배치해서 역사나 문학의 한 장면, 또는 명화 등을 나타내는 공연이다.

는 하얀 장미 화환을 쓰고 루비 길리스한테 실내화를 빌려서 신을 거예요. 요정 역을 하려면 실내화가 꼭 필요한데 제게는 그런 게 없잖아요. 구두 신은 요정이라니, 상상이 되세요? 게다가 앞에 구리까지 덧댄 구두라면 더더욱 말이 안 되죠. 우린 가문비나무와 전나무 가지에 발표회의 목적을 적어놓고, 거기에 분홍색 습자지로 만든 장미를 붙여서 회관을 장식할 거예요. 손님들이 자리에 앉으면 엠마 화이트가 오르간으로 행진곡을 연주할 거고, 우리는 거기에 맞춰 두 줄로 입장할 거예요. 아주머니는 저처럼 신나지 않으시겠지만, 아주머니의 아이 앤이 주목받는 걸 보고 싶지 않으세요?"

"나는 네가 예의 바르게 행동하기를 바랄 뿐이다. 이런 야단법석이 전부 끝나고 네가 차분해진다면 진심으로 기쁘겠지. 지금 네 머릿속은 대화극이니 신음 소리니 활인화니 하는 쓸잘머리 없는 것들로 가득 차 있잖아. 네 혀가 닳아 없어지지 않는 게 놀라울 따름이야."

앤은 한숨을 쉬고 뒷마당으로 나갔다. 풋사과처럼 푸르른 서쪽 하늘에서 초승달이 반짝거렸다. 앙상한 포플러 가지 사이로 비치는 달빛을 받으며 매슈가 장작을 패고 있었다. 앤은 장작더미에 올라앉아 매슈에게 발표회 이야기를 했다. 매슈라면 기꺼이 들어주고 공감해주리라 믿었기 때문이다.

"음, 그래. 썩 괜찮은 발표회가 될 것 같구나. 너도 맡은 걸 잘해낼 거야."

매슈는 열의와 생기가 가득한 앤의 작은 얼굴을 보며 미소를 지었다. 앤도 미소로 응답했다. 둘은 가장 친한 친구였으며, 매슈는 자기가 앤을 교육하는 일에서 아무런 역할을 맡지 않아 다행이라고 종종 생각했다. 앤의 교육은 전적으로 마릴라의 의무였다. 만약 매슈가 앤의 교육을 맡았다면 자기의 성향과 의무감 사이에서 수없이 갈등하며 괴로워했을 것이다. 마릴라의 표현을 빌리자면, 지금 그는 마음껏 '앤을 망치고' 있었다. 하지만 그런 방식도 나쁜 것만은 아니었다. 가끔은 작은 칭찬이 세상의 온갖 훌륭한 교육만큼이나 좋은 효과를 거두기 때문이다.

25장

퍼프소매를 고집한 매슈

매슈에게는 괴로운 10분이었다. 쌀쌀하고 우중충한 어느 12월의 해 질 녘, 부엌으로 들어온 매슈가 장작통 한 귀퉁이에 걸터앉아 무거운 구두를 막 벗으려던 참이었다. 거실에서는 앤이 학교 친구들 여러 명과 발표회 때 공연할 〈요정 여왕〉 연습을 하던 중이었고, 그는 이 사실을 전혀 몰랐다. 그런데 갑자기 아이들이 웃고 떠들면서 현관을 지나 부엌으로 우르르 몰려왔다. 수줍음이 심했던 매슈는 아이들의 눈에 띄지 않도록 한 손에 구두를, 다른 손에는 구둣주걱을 들고 장작통 뒤편 어두운 곳에 숨었다. 그런 다음 아이들이 모자와 외투를 입어보면서 대화극과 발표회에 대해 이야기하는 모습을 10여 분 동안 몰래 지켜보았다. 앤은 친구들처럼 환한 눈빛에 생기 넘치는 모습으로 서 있었다. 하지만 매슈는 문득 앤이 친구들과는 무언가가 다르다는 느낌을 받았고, 그런 차이가 있어서는 안 된다는 생각이 들었다. 앤은 다른 아이들보다 얼굴이 밝고 생김새도 반듯했다. 특히 눈은 더 크고 반짝반짝 빛났다. 수줍은 성격 탓에 무엇을 자세히 보는 법이 없었던 매슈의 눈에도 그런 사실이 뚜렷하게 보였다. 하지만 매슈의 마음을 불편하게 만든 차이점은 그런 것들이 아니었다. 그렇다면 과연 무엇이었을까?

여자아이들이 서로 팔짱을 낀 채 꽁꽁 얼어붙은 오솔길로 내려가고 앤이 열심히 책을 읽는 동안에도 매슈는 의문을 해결하지 못했다. 마릴라에게 물어볼 수도 없었다. 그랬다가는 경멸하는 얼굴로 콧방귀나 뀌면서, 앤과 다른 여자아이들의 차이라면 여느 아이들은 가끔씩 입을 다물지만 앤은 절대 그러지 않는다는 것뿐이라고 할 게 뻔했기 때문이다. 그런 말은 들어봤자 아무런 도움도 되지 않는다.

그날 저녁, 매슈는 담배의 힘을 빌려 이 차이점을 알아내고자 고민했다. 마릴라가 넌더리를 냈지만 아랑곳하지 않았다. 두어 시간이나 담배를 피우며 머리를 짜낸 끝에 매슈는 답을 찾아냈다. 앤의 옷이 친구들과 달랐던 것이다!

매슈는 생각을 거듭할수록 앤이 초록지붕집에 온 뒤로 한 번도 다른 여자아이들처럼 옷을 입은 적이 없었다는 확신을 갖게 되었다. 마릴라는 앤에게 무난한 어두운색 옷만 입혔고, 모양마저 죄다 같은 것들뿐이었다. 매슈가 옷에도 유행이라는 것이 있다는 사실을 알았더라면 그것대로 대단한 발견이겠지만, 유행을 모르는 매슈도 앤의 옷소매가 친구들이 입은 옷과 크게 다르다는 것쯤은 알아챌 수 있었다. 그는 앤 주위에 있던 여자아이들의 모습을 떠올려보았다. 모두 붉은색, 파란색, 분홍색, 흰색처럼 밝은색 옷을 입고 있었다. 매슈는 마릴라가 왜 앤에게 장식이 없고 칙칙한 옷만 입히는지 의아했다.

물론 그렇게 하는 것이 교육적으로는 괜찮은 방식일 것이다. 마릴라는 앤에게 무엇이 가장 좋은지 알고 있으며, 앤의 양육을 도맡고 있기 때문이다. 아마도 현명하고 뜻깊은 의도가 있는 듯했다. 하지만 아이에게 다이애나 배리가 항상 입고 다니는 그런 예쁜 옷을 한 벌쯤 준다고 해서 해로운 일이 생길 것 같지도 않았다. 매슈는 앤에게 옷을 선물하겠다고 마음먹었다. 마릴라도 그 정도로는 쓸데없는 참견이라며 반대하지 않을 것 같았다. 크리스마스까지는 불과 2주밖에 남지 않았다. 멋진 새 옷은 선물로 제격일 것이다. 매슈는 만족스러운 듯 한숨을 쉬면서 파이프를 집어넣고 잠자리에 들었다. 그동안 마릴라는 문이란 문은 모두 열어놓고 실내를 환기했다.

매슈는 바로 다음 날 저녁에 옷을 사러 카모디로 향했다. 힘든 일일수록 빨리 끝내버리는 게 낫다고 마음먹은 것이다. 이말은, 곧 이런 일이 결코 쉽지 않다는 사실을 그가 확실히 알고 있다는 뜻이기도 하다. 어떤 물건은 별다른 흥정 없이 원하는 것을 꽤 잘 구입했지만, 여자아이 옷을 사는 경우라면 점원이 권하는 대로 끌려갈 수밖에 없었다. 매슈 스스로도 잘 아는 사실이었다.

매슈는 고심 끝에 윌리엄 블레어의 가게 대신 새뮤얼 로슨의 가게에 가기로 마음먹었다. 커스버트 가족은 윌리엄 블레어 가게 단골이었다. 이는 장로교회에 다니고 보수당에 투표하는 것처럼 거의 양심과 관련된 문제라고 할 수 있었다. 하지만 윌리엄 블레어의 가게에서는 두 딸이 손님을 맞을 때가 많았고, 매슈는 그녀들을 엄청나게 두려워했다. 원하는 것을 분명하게 알고 가리킬 수 있다면 어떻게든 이들을 상대하겠지만, 이번처럼 설명과 상담이 필요하다면 남자 점원이 카운터에 있어야 한다고 매슈는 생각했다. 그래서 로슨의 가게로 향했다. 그곳이라면 남자 주인이나 그의 아들이 맞아줄 것이기 때문이다.

하지만 매슈는 새뮤얼 로슨이 최근 가게를 확장하면서 여자 점원을 고용했다는 사실을 전혀 모르고 있었다. 새 점원은 새뮤얼 부인의 조카로, 무척 활달한 성격의 젊은 여성이었다. 그녀는 앞머리를 높이 부풀리고 갈색의 커다란 눈을 두리번거리며 시끄럽게 웃어댔다. 뿐만 아니라 지나치리만큼 옷차림에 신경을 쓴 데다 팔찌도 여러 개 차고 있어서 손을 움직일 때마다 반짝거리고 짤랑거리고 덜그럭거렸다. 매슈는 가게에 이 아가씨가 있다는 사실을 발견하자 어쩔 줄 몰라 했고, 팔찌 때문인지 단번에 넋이 나가버렸다.

"안녕하세요. 뭐 필요한 게 있으신가요, 커스버트 씨?"

루실라 해리스는 두 손으로 계산대를 툭툭 두드리면서 활기차고 싹싹하게 물었다.

"저기 혹시, 그게, 음, 정원용 갈퀴 있나요?"

매슈가 더듬거리며 입을 열자 해리스는 조금 놀란 표정을 지었다. 12월 중순에 정원용 갈퀴를 찾는 손님이 왔으니 그럴 만도 했다.

"한두 개 남아 있을 것 같은데요. 2층 헛간에 있어요. 가서 있는지 보고 올게요."

해리스가 자리를 비우자 매슈는 다음 도전에 대비하기 위해서 정신을 가다듬었다. 갈퀴를 갖고 돌아온 해리스가 쾌활한 목소리로 물었다.

"또 필요한 건 없으세요?"

매슈는 두 손에 힘을 꼭 주고 용기를 내어 대답했다.

"음, 물어보니까 말인데요. 혹시, 그… 건초 씨앗이 있다면 좀 사고 싶습니다만."

해리스는 매슈 커스버트가 괴짜라는 말을 들은 적이 있었다. 그런데 이제는 정신이 온전하지 않은 사람이라고 결론 내렸다.

"건초 씨앗은 봄에만 팔아요. 지금은 다 떨어졌네요."

"아, 물론… 물론… 말씀하신 대로죠."

가엾은 매슈는 더듬거리며 대답한 뒤 갈퀴를 들고 문을 향해 걸어갔다. 그러다 문 앞에 가서야 아직 돈을 내지 않았다는 사실이 생각나서 비참한 심정으로 돌아섰다. 해리스가 거스름돈을 세는 동안 매슈는 마지막 남은 힘을 끌어모아 가까스로 입을 열었다.

"아, 저기, 번거롭지 않으시다면… 그 뭐냐… 설탕을 좀 보고 싶은데…."

"백설탕인가요, 황설탕인가요?"

해리스가 참을성 있게 물었다. 매슈는 힘없이 대답했다.

"그러니까, 황설탕이요."

"저 통에 있어요. 우리 집에는 한 종류뿐이에요."

해리스가 팔찌를 짤랑거리며 말했다 매슈의 이마에 땀방울이

송골송골 맺혔다.

"그, 그럼 그걸로 9킬로그램 주세요."

매슈는 집에 절반쯤 와서야 정신을 차렸다. 끔찍한 경험을 했지만, 낯선 가게에 갔으니 당연한 결과라는 생각이 들었다. 그는 집에 도착하자마자 갈퀴는 공구실에 숨겼지만 설탕은 마릴라에게 가져갈 수밖에 없었다. 마릴라가 당황해서 소리를 지른 것은 당연했다.

"에구머니나, 황설탕을 왜 이렇게 많이 사 왔어요? 인부들에게 먹일 음식이나 과일케이크를 만들 때 말고는 설탕을 쓰지 않는다는 걸 알면서. 지금은 제리도 가버렸고 케이크도 만들 일이 없잖아요. 게다가 이건 거칠고 색깔이 어두운 게, 품질이 영 좋지 않네요. 이상하네. 윌리엄 블레어 가게에서는 이런 설탕을 갖다놓지도 않던데…."

"어, 난 그게… 언젠간 필요할 수도 있다고 생각해서…."

매슈는 이렇게 변명하며 무사히 그 상황을 벗어났다.

매슈는 궁리를 거듭한 끝에 이 문제를 해결하기 위해서는 여자의 손을 빌릴 수밖에 없다고 결론지었다. 물론 마릴라는 논외였다. 매슈의 계획에 즉시 찬물을 끼얹을 것이 분명했기 때문이다. 그렇다면 남은 사람은 린드 부인뿐이었다. 린드 부인 외에 매슈가 에이번리에서 조언을 구할 수 있는 여자는 없었다. 그래서 그는 린드 부인을 찾아갔고, 사람 좋은 린드 부인은 곤경에 빠진 이 남자의 고민을 기꺼이 떠맡아주었다.

"앤에게 줄 드레스를 골라달라고요? 당연히 도와드려야죠. 내일 카모디에 갈 예정이니까 거기서 사면 되겠네요. 특별히 염두에 둔 것이라도 있나요? 없죠? 그럼 제가 알아서 골라올게 요. 앤한테는 짙은 갈색이 잘 어울릴 것 같네요. 마침 윌리엄 블 레어 가게에 정말 예쁜 글로리아 옷감이 있어요. 아, 옷을 만드 는 일까지 제게 부탁하고 싶은 거죠? 마릴라가 만들면 앤이 미 리 알아차려서 깜짝 놀라게 해줄 수 없으니까요. 뭐, 그것도 제 가 할게요. 아뇨, 폐를 끼치다니 무슨 말씀이세요. 전 바느질을 좋아하잖아요. 제 조카인 제니 길리스의 몸에 맞춰서 만들면 될 거예요. 제니하고 앤은 쌍둥이처럼 체형이 비슷하니까요."

"음, 저기, 뭐라고 감사를 드려야 할지. 그리고, 아, 전 잘 모르 지만… 제 생각엔… 요즘은 소매를 옛날하고 다르게 만드는 것 같던데요. 번거롭지 않다면, 음… 새로운 방식으로 만들어주시 면 좋겠어요."

"퍼프소매요? 물론이죠. 그건 조금도 걱정할 필요가 없어요. 최신 유행으로 만들어 드릴게요."

매슈가 떠난 뒤 린드 부인은 혼잣말을 했다.

"그 불쌍한 아이가 한 번이라도 그럴듯한 옷을 입을 거라 생 각하니 정말 안심이 되네. 마릴라가 앤한테 입히는 옷은 아무 리 봐도 이상하다니까. 진짜야. 솔직히 말해주고 싶었던 적이 열 번도 넘어. 물론 그 말이 목구멍까지 나왔지만 참을 수밖에 없었지. 마릴라는 남의 충고를 듣고 싶어 하지 않잖아. 나잇살 이나 먹은 독신인 주제에 아이 키우는 일을 나보다 잘 안다고 생각하지. 세상일이란 게 다 그렇듯, 아이를 키워본 사람이라 면 모든 아이에게 적용되는 확실하고 빠른 방법이라는 건 없다 는 사실쯤은 알고 있어. 하지만 아이를 키워본 경험이 없는 사람들은 수학 공식처럼 단순하고 쉬운 방법이 있다고 생각해. 숫자만 대입하면 답이 금세 나오는 비례식처럼 말이야. 피와 살로 된 사람이 수학처럼 딱 떨어지겠냐고. 마릴라 커스버트는 그 부분에서 실수하고 있는 거야. 마릴라는 앤한테 그런 옷을 입혀서 겸손하게 만들려는 것 같은데, 그건 오히려 부러움과 불만만 키워줄 뿐이지. 물론 그 아이는 자기 옷이 친구들의 옷과 다르다는 사실을 알 수밖에 없어. 그런데 매슈가 그걸 알아차렸다는 건 상상도 못 했던 일이네! 그 남자는 60년 넘게 잠들어 있다가 이제 겨우 눈을 뜬 모양이야."

그 뒤로 2주 동안 마릴라는 매슈가 마음속에 무슨 꿍꿍이를 담고 있다는 사실은 알았지만 그것이 무엇인지는 짐작도 하지 못했다. 그러다가 크리스마스이브에 린드 부인이 가져온 새 옷을 보고 나서야 비로소 눈치를 챘다. 마릴라는 대체로 예의 바르게 행동했으나 린드 부인의 빈틈없는 이야기를 그대로 믿은 것은 아니었다. 린드 부인은 마릴라가 옷을 만들면 앤이 금세 알아차릴까 싶어 매슈가 걱정을 많이 했기 때문에 자신이 옷을 만들었다고 설명했다. 마릴라는 얼굴이 살짝 굳기는 했지만 최대한 내색하지 않고 말했다.

"그러니까 2주 동안 매슈 오라버니가 그처럼 이상하게 굴고 혼자 히죽거렸던 이유가 바로 이것 때문이네요, 그렇죠? 오라버니가 무언가 허튼짓을 꾸민다는 건 눈치챘어요. 음, 앤에게 옷이 더 필요한 건 아니라는 말은 꼭 해야겠네요. 튼튼하고 따뜻하면서 실용적인 옷을 올가을에 세 벌이나 만들어주었거든요. 그 이상은 사치예요. 이 소매에 들어간 천만으로도 블라우스 한

장은 더 만들 수 있겠어요. 결국 앤의 허영심만 키워줄 뿐이라고요. 지금도 앤은 공작새처럼 뽐내기만 하는걸요. 뭐, 어쨌든 그 아이도 이제 만족했으면 좋겠네요. 앤이 여기 왔을 때부터 그 바보 같은 소매 옷을 입고 싶어 어쩔 줄 몰라 했으니까요. 처음 조르고 난 뒤로는 한 마디도 안 했지만요. 그 퍼프소매란 것도 계속 커지면서 점점 우스꽝스러워지고 있어요. 지금은 풍선만큼 커졌잖아요. 내년쯤이면 퍼프소매를 입은 사람들은 문을 지나갈 때 옆으로 몸을 돌려야 할 거예요."

크리스마스 아침이 밝았다. 세상이 온통 하얗고 아름다웠다. 12월 내내 날씨가 무척 따뜻했던지라 사람들은 초록색 크리스마스를 예상했지만, 에이번리를 뒤덮기에 충분할 만큼의 눈이 간밤에 조용히 내린 것이다. 앤은 기쁨에 찬 눈으로 성에가 낀 다락방 창문 너머를 내다보았다. 유령의 숲에 사는 전나무들은 모두 새의 깃털처럼 아름다웠고, 자작나무와 벚나무들은 진주를 두른 것 같았다. 들판의 쟁기질 자국은 그 위에 눈이 덮이면서 보조개처럼 보였고, 상쾌한 공기는 짜릿한 향기를 머금었다. 앤은 초록지붕집 구석구석에 울려 퍼질 정도로 크게 노래를 부르며 아래층으로 뛰어 내려왔다.

"메리 크리스마스, 마릴라 아주머니! 메리 크리스마스, 매슈 아저씨! 정말 멋진 크리스마스죠? 화이트 크리스마스라서 정말 기뻐요. 눈이 오지 않으면 진짜 크리스마스 같지 않으니까요. 그렇죠? 전 그린 크리스마스가 별로예요. 진짜 초록색도 아니고, 그저 빛바랜 갈색과 회색만 있잖아요. 왜 사람들은 그런 걸 그린 크리스마스라고 부를까요? 왜… 어? 이건 뭔가요? 설마 제게 주시는 거예요? 와, 매슈 아저씨!"

매슈는 조심스럽게 종이 포장을 풀어 옷을 꺼낸 뒤 변명하듯 마릴라를 힐끗 쳐다보면서 앤에게 내밀었다. 마릴라는 못마땅한 표정으로 무관심한 척 찻주전자에 뜨거운 물을 붓고 있었지만, 호기심을 이기지 못하고 곁눈질로 이 광경을 지켜보았다.

앤은 옷을 받아들고 아무 말 없이 경건하게 바라보기만 했다. 정말 예쁜 옷이었다. 부드러운 글로리아 옷감은 실크처럼 광택이 흘렀다. 치마에는 프릴과 셔링 장식이 달려 있고, 상의 부분은 가장 유행하는 방식으로 공들여 단을 잡아놓았으며, 목 부분에는 얇은 레이스로 만든 주름 장식이 있었다. 하지만 무엇보다 눈에 띈 것은 소매였다. 이 소매야말로 영광의 절정과도 같았다! 팔꿈치까지 이어진 소맷부리 위에는 아름다운 퍼프소매가 있었고, 실크 리본도 달려 있었다.

매슈가 수줍게 말했다.

"앤, 네 크리스마스 선물이다. 음, 저기, 앤. 마음에 안 드니? 아, 그게….″

매슈의 이런 반응은 앤 때문이었다. 앤의 눈에 갑자기 눈물이 가득 차올랐던 것이다. 앤은 옷을 의자에 걸쳐놓고 두 손을 꼭 잡으며 말했다.

"매슈 아저씨, 정말 마음에 들어요! 완벽하게 아름다운 옷이에요. 아, 아무리 감사하다고 말씀드려도 부족할 거예요. 이 소매를 좀 보세요! 아, 저는 지금 정말 행복한 꿈을 꾸고 있는 것 같아요."

마릴라가 말을 가로막았다.

"자, 자. 이제 아침 먹자. 이 말은 해야겠구나, 앤. 네게 이 드레스가 필요하다고 생각하지는 않아. 하지만 매슈 오라버니가 선물한 거니까 얌전하게 입어야 한다. 이건 린드 부인이 주신 머리 리본이다. 드레스랑 잘 어울리는 갈색이야. 이제 여기 와서 좀 앉아라."

앤이 황홀한 얼굴로 말했다.

"아침을 먹을 수 있을지 모르겠네요. 이런 흥분되는 순간에 아침밥을 먹는다는 건 너무 평범한 일이라 어울리지 않아요. 차라리 이 드레스를 보면서 배부르다고 상상하는 게 나을 것 같아요. 퍼프소매가 아직 유행하고 있어서 정말 다행이에요. 제가 한 번도 입어보지 못한 채로 유행이 지나가버렸으면 너무 아쉬워서 견디기 힘들었을 테니까요. 전 사실 옷에 대해서는 완벽하게 만족한 적이 없었잖아요. 리본을 선물로 주시다니, 린드 아주머니는 정말 친절하신 분이에요. 진짜로 착한 아이가 되어야겠다는 생각이 들어요. 이럴 땐 제가 모범생이 아니라 속상해요. 모범생이 될 거라고 늘 결심하지만, 거부할 수 없는 유혹이 닥치면 결심을 지키기가 힘들거든요. 그래도 앞으로는 정말 더 열심히 노력해볼 거예요."

앤이 평범하다고 했던 아침식사가 끝났을 때 다이애나의 모습이 눈에 띄었다. 진홍색 코트를 입고 밝은 모습으로 새하얗게 변한 통나무 다리를 건너고 있었다. 앤은 다이애나를 맞으러 비탈길을 뛰어 내려갔다.

"메리 크리스마스, 다이애나! 아주 멋진 크리스마스야. 너한테 정말 멋진 걸 보여줄게. 매슈 아저씨가 진짜 예쁜 드레스를 선물해주셨어. 퍼프소매가 달려 있는 옷이야. 이것보다 좋은 건 상상할 수 없을 정도야."

다이애나가 숨을 헐떡이며 말했다.

"나도 너한테 줄 게 있어. 여기, 이 상자야. 조지핀 할머니가 우리 집에 큰 상자를 보내주셨어. 그 안에 여러 가지 물건이 있었는데, 이건 너한테 주시는 거야. 어젯밤에 가져왔어야 했지만 날이 저문 뒤에 상자가 도착하는 바람에 그럴 수 없었어. 깜깜할 때 유령의 숲을 지나갈 수는 없는 노릇이니까."

앤은 상자를 열고 들여다보았다. 먼저 "예쁜 앤에게, 메리 크리스마스"라고 쓴 카드가 보였다. 그리고 아주 귀여운 실내화가 있었다. 앞코는 구슬로 장식했고 새틴 리본과 반짝반짝 빛나는 장식도 달려 있었다.

"아, 다이애나. 정말 과분한 선물인걸! 난 지금 꿈을 꾸고 있는 게 틀림없어."

"하느님의 섭리가 아닐까? 이젠 루비한테 실내화를 빌리지 않아도 돼. 정말 다행이야. 루비 거는 너한테 두 사이즈나 크잖아. 요정이 발을 질질 끄는 소리가 들리면 끔찍할 거야. 물론 조시 파이는 고소해하겠지만. 그런데 있잖아, 너도 그 이야기 들었니? 그저께 밤에 연습이 끝난 다음 로브 라이트가 거티 파이하고 집에 같이 갔대."

에이번리 학생들은 발표회 날 회관을 장식하고 마지막 리허설을 진행하느라 엄청나게 들떠 있었다. 저녁이 되자 마침내 발표회가 시작됐고 결과는 대성공이었다. 작은 회관에는 사람들이 빼곡히 들어찼다. 출연자들 모두가 자기 역할을 훌륭하게 해냈지만, 그중에서도 단연 돋보인 사람은 바로 앤이었다. 질투심 많은 조시 파이도 이 사실을 인정할 수밖에 없었다.

"아, 정말 굉장한 저녁이었지?"

앤이 숨을 크게 내쉬었다. 모든 행사가 끝나고 별이 빛나는 밤하늘 아래 앤과 다이애나가 집으로 걸어가고 있었다.

다이애나는 현실적인 이야기를 했다.

"모든 게 다 잘됐어. 아마 10달러 정도는 벌었을 거야. 있잖아, 앨런 목사님이 오늘 발표회에 대한 글을 써서 샬럿타운 신문에 보내실 거래."

"와, 정말 우리 이름이 신문에 나는 거야? 생각만 해도 가슴이 떨려. 네 독창은 완벽하게 우아했어. 앙코르를 받았을 때 내가 더 자랑스럽더라. 난 속으로 이렇게 말했어. '저렇게 박수갈채를 받는 사람이 바로 내 단짝 친구야'라고 말이야."

"어머, 네가 낭송을 한 다음에도 회관이 떠나갈 듯 박수가 터졌잖아. 그 슬픈 구절을 읊을 때는 정말 최고였어."

"아, 다이애나. 난 정말 떨렸어. 앨런 목사님이 내 이름을 부르고 난 다음 내가 무대까지 어떻게 올라갔는지 하나도 생각 안나. 백만 개나 되는 눈이 날 꿰뚫어 보는 것 같았다니까. 그 순간에는 정말 무서워서 시작도 못 하는 줄 알았어. 그래도 내가 예쁜 퍼프소매 옷을 입고 있다는 걸 생각하면서 용기를 냈지. 이소매에 걸맞은 사람이 되어야 한다고 생각했거든. 그래서 입을 뗄 수 있었던 거야. 내 목소리가 아주 먼 데서 나오는 것 같았어. 마치 앵무새가 된 것 같았다니까. 다락방에서 몇 번이나 낭송연습을 한 게 얼마나 다행인지 몰라. 안 그랬으면 끝까지 마칠 수 없었을 거야. 그런데 내 신음 소리는 괜찮았어?"

"응, 정말 사랑스러운 신음소리였어."

"자리에 돌아가 앉으면서 보니까 슬론 할머니가 눈물을 훔치고 계시더라. 내가 누군가를 감동시켰다는 게 무척 뿌듯해. 발표회에 참여하는 건 참 낭만적인 일이지? 아, 오늘을 영원히 잊지 못할 거야."

"남자애들이 공연한 대화극도 괜찮았지? 길버트 블라이드는 정말 훌륭했어. 앤, 네가 길버트를 그렇게 대하는 건 옳지 않다고 생각해. 잠깐 내 말 좀 들어봐. 요정의 대화극이 끝나고 네가 무대에서 내려갔을 때 네 머리에서 장미꽃 한 송이가 떨어졌어. 그런데 길버트가 냉큼 그걸 줍더니 윗주머니에 집어넣더라. 어때? 넌 굉장히 낭만적이니까 그런 말을 들으면 좋아할 거라고 생각했어."

하지만 앤은 거만한 태도로 대답했다.

"그런 애가 뭘 하든 나는 상관없어. 그 애를 생각하면서 한순간도 낭비하고 싶지 않거든."

그날 밤 20년 만에 처음으로 발표회에 다녀온 마릴라와 매슈는 앤이 잠든 뒤 부엌 벽난로 앞에 잠시 앉았다. 매슈가 자랑스러워하며 말했다.

"음, 난 우리 앤이 다른 아이들 못지않게 잘한 것 같아."

"네, 그렇고말고요. 앤은 똑똑한 아이예요, 매슈 오라버니. 그리고 정말 예뻐 보였어요. 내가 발표회를 반대하기는 했지만, 그렇게 해로울 건 없다 싶네요. 어쨌든 오늘 밤은 나도 앤이 자랑스러웠어요. 물론 앤에게 이런 말을 하진 않을 테지만요."

"뭐, 저기, 나도 자랑스럽더라고. 나는 앤이 위층으로 올라가기 전에 그렇다고 말해줬어. 그리고 우린 앞으로 앤에게 뭘 해줄지 생각해봐야 해, 마릴라. 에이번리 학교에서 공부하는 것만으로는 부족할 테니까."

"생각할 시간은 아직 많아요. 앤은 이번 3월에 열세 살이 되니까요. 그런데 오늘 밤에는 부쩍 자란 게 느껴져서 깜짝 놀랐어요. 린드 부인이 드레스를 좀 길게 만들어 키가 더 커 보였나 봐요. 앤은 뭐든지 금방 배우니까 나중에는 퀸스 전문학교에 보내는 게 가장 좋겠죠. 그래도 앞으로 한두 해 동안은 그런 이야기를 할 필요가 없어요."

"음, 뭐, 가끔씩 생각해보는 것도 나쁘진 않겠지. 그런 일은 생각을 많이 할수록 좋은 법이니까."

26장

이야기 클럽 결성

에이번리의 아이들은 이전의 평범한 일상으로 돌아가기 힘들었다. 특히 앤은 몇 주 동안 흥분의 잔을 맛본 뒤로 모든 게 진저리가 날 만큼 밋밋하고 고루하며 무의미하게 느껴졌다. 발표회를 열기 전, 이제는 아득하게 느껴지는 그때처럼 소소한 즐거움을 누리며 살아갈 수 있을까? 앤은 그럴 수 없다고 생각했다. 그래서 마치 50년 전 일을 이야기하듯 서글픈 얼굴로 다이애나에게 한탄했다.

"아, 다이애나. 이제 내 인생은 예전 같지 않을 거야. 틀림없어. 시간이 지나면 익숙해지기는 하겠지만 발표회라는 건 사람들이 평범한 생활을 하지 못하도록 만들어놓는 것 같아. 그래서 마릴라 아주머니가 발표회를 반대했겠지? 아주머니는 정말 현명한 분이야. 현명한 사람이 되면 굉장히 좋을 거야. 그런데 내 생각에 나는 그런 사람이 되고 싶지 않은 것 같아. 별로 낭만적이지 않거든. 린드 아주머니는 내가 그런 사람이 될 위험이 없다고 하지만, 그건 아무도 모르는 일이잖아. 요즘은 내가 어쩌면 현명한 사람으로 클 수 있겠다는 느낌이 들어. 물론 피곤해서 그럴 수도 있겠지. 어젯밤에 잠을 설쳤거든. 누운 채로 계속 발표회를 떠올려봤어. 이게 바로 그런 행사의 장점 중 하나가 아니겠니? 다시 떠올려본다는 건 정말 멋진 일이야."

하지만 에이번리 학교는 서서히 일상으로 돌아왔고 이전의 관심사를 되찾았다. 물론 발표회의 흔적은 남아 있었다. 무대에서 좋은 자리를 차지하기 위해 다투었던 루비 길리스와 엠마 화이트는 3년이나 이어온 굳건한 우정을 깨뜨려버렸고, 교실에서 나란히 앉지도 않았다. 조시 파이와 줄리아 벨은 석 달 동안이나 말을 섞지 않았다. 낭송을 하려고 일어나서 인사하는 줄리아의 모습이 마치 닭이 고개를 까닥하는 것 같다고 조시 파이가 베시 화이트에게 말했는데, 베시가 그 말을 줄리아에게 고대로 전했기 때문이다. 슬론 씨네 아이들과 벨 씨네 아이들도 사이가 틀어졌다. 벨 씨네 아이들은 슬론 씨네 아이들이 무대에 너무 많이 나갔다고 불평했고, 슬론 씨네 아이들은 벨 씨네 아이들이 작은 배역조자 제대로 해내지 못했다고 대거리했기 때문이다. 찰리 슬론이 무디 스퍼전 맥퍼슨과 싸운 일도 있었다. 앤 셜리가 낭송을 하면서 잘난 척했다고 무디 스퍼전이 말하자 찰리 슬론이 주먹을 날린 것이다. 그 일로 무디 스퍼전의 여동생 엘라 메이는 겨울 내내 앤 셜리에게 말도 걸지 않았다. 이런 사소한 다툼을 제외하면 스테이시 선생님의 작은 왕국은 질서정연하고 평온하게 굴러갔다.

겨울은 금세 지나갔다. 어느 때보다 따뜻하고 눈도 별로 내리지 않아서 앤과 다이애나는 거의 매일 자작나무 길로 학교를 오갔다. 앤의 생일날 두 아이는 가벼운 발걸음으로 그곳을 지나며 즐겁게 이야기를 나누었다. 그러면서도 눈과 귀를 활짝 열고 주변을 잘 관찰했다. 스테이시 선생님이 '겨울 숲의 산책'이라는 제목으로 글짓기를 하겠다고 했기 때문이다.

앤이 들뜬 목소리로 말했다.

"있잖아, 다이애나. 오늘로 난 열세 살이 됐어. 내가 청소년˙이 됐다는 게 실감 나지 않아. 오늘 아침에 일어났을 땐 모든 게 달라진 것 같았어. 넌 한 달 전에 열세 살이 됐으니까 나처럼 새로운 느낌이 들지는 않을 거야. 왠지 인생이 훨씬 더 재미있을 것 같아. 이제 2년만 있으면 진짜 어른이 되는 거야. 그러면 거창한 말을 써도 사람들이 비웃지 않을 거라고 생각하니까 마음이 한결 가벼워졌어."

"루비 길리스는 열다섯 살이 되자마자 애인을 사귈 거래."

다이애나의 말에 앤은 경멸하는 얼굴로 대꾸했다.

"걔는 온통 그런 생각뿐이잖아. 누가 자기 이름 위에 '주목'이라고 써놓으면 화가 난 척하면서도 실제로는 좋아하고 말이야. 아, 내가 지금 누군가를 험담하는 건가? 남을 나쁘게 말하면 안 된다고 앨런 목사 사모님이 말씀하셨거든. 그런데 나도 모르

───────

˙ 원문은 teens다. 영어에서는 13부터 뒤에 접미사 -teen이 붙기 때문에, 13~19세를 청소년(십 대, 틴에이저)으로 분류한다.

게 그런 말이 자꾸 입에서 나오는걸. 예를 들어, 조시 파이에 대해서 좋게 이야기할 수는 없잖아. 그래서 난 조시에 대해서라면 입도 뻥긋하지 않기로 했어. 아마 너도 눈치챘을 거야. 다이애나, 난 사모님처럼 되려고 최대한 노력하는 중이야. 사모님은 정말 완벽해. 앨런 목사님도 그렇게 생각하시나 봐. 린드 아주머니가 그러는데 목사님은 사모님이 밟은 땅에도 절을 할 것 같대. 물론 목사가 사람한테 그토록 애정을 쏟는 건 바람직하지 않다는 말도 하셨어. 하지만 목사님도 사람인데 다른 사람들처럼 '얽매이기 쉬운 죄'*에 빠질 수 있잖아. 지난주 일요일 오후에는 그런 죄에 대해서 사모님과 재미있는 이야기를 나눴어. 일요일에 이야기하기 적당한 주제가 몇 개 있는데, 그중 하나였지. 내게 있어 얽매이기 쉬운 죄는 상상을 너무 많이 해서 할 일을 잊어버리는 거야. 나도 고치려고 애쓰고 있어. 이제 열세 살이 되었으니까, 아마 전보다 나아지겠지."

"이제 4년만 지나면 우리도 올림머리를 할 수 있겠다. 앨리스 벨은 열여섯 살밖에 안 됐는데 올림머리를 하고 다녀. 하지만 아무리 그래 봤자 우스꽝스러워 보일 뿐이지. 난 열일곱 살이 될 때까지 기다릴 거야."

앤이 단호하게 말했다.

"만약 내가 앨리스 벨처럼 코가 휘었다면, 난 절대로… 아, 이런! 그다음 말은 하지 않을 거야. 그건 남을 험담하는 거니까. 게다가 내 코랑 비교하다니, 그건 허영심이지. 오래전에 코가 예

•   신약성경의 히브리서 12장 1절에 나온 표현

쁘다는 칭찬을 들은 뒤로는 코 생각을 너무 많이 하는 것 같아 걱정이야. 솔직히 그것 때문에 위로를 받고 있긴 해. 아, 다이애나. 저 토끼 좀 봐. 숲에 대한 글을 쓸 때 기억해둘 만한 소재야. 겨울 숲도 여름만큼이나 아름답구나. 하얗고 조용한 숲이 예쁜 꿈을 꾸면서 잠들어 있는 것 같잖아."

다이애나가 한숨을 쉬었다.

"숲에 대한 글이라면 쓸 수 있을 것 같아. 막상 닥치면 어떻게든 되겠지. 하지만 월요일까지 제출해야 하는 글은 정말 골치 아파. 스테이시 선생님은 우리가 직접 이야기를 만들어서 쓰라고 하셨잖아!"

"왜? 그건 눈을 깜빡이는 것처럼 정말 쉬운데."

다이애나가 쏘아붙였다.

"너야 쉽겠지. 넌 상상력이 풍부하니까. 하지만 상상력 없이 태어난 사람은 어쩌라는 거야? 그런데 넌 벌써 다 썼어?"

앤은 고개를 끄덕였다. 우쭐대는 것처럼 보이지 않으려고 애썼지만 뜻대로 되지는 않았다.

"지난 월요일 저녁에 마쳤어. '질투하는 경쟁자'나 '죽음도 갈라놓지 못한 사랑'이라는 제목을 붙일 거야. 마릴라 아주머니한테 읽어드렸는데, 터무니없는 내용이라고 하셨어. 그래서 매슈 아저씨에게 들려드렸더니 좋다고 하시더라. 내가 듣고 싶었던 평가였지. 내가 쓴 건 슬프고도 매혹적인 이야기야. 쓰면서 어린애처럼 울어버렸지 뭐야. 코델리아 몽모랑시와 제럴딘 시모어라는 두 여성이 한마을에 살았는데, 둘은 무척 아름다웠고 서로 친하게 지냈어. 코델리아는 기품 있는 아가씨야. 칠흑 같은 머리를 땋아 왕관처럼 올렸고 까만 눈동자가 반짝반짝 빛났지. 제럴딘은 여왕처럼 위엄 있는 아가씨인데, 머리는 금실로 만든 것 같고 눈동자는 부드러운 보라색이야."

다이애나가 미심쩍은 얼굴로 말했다.

"난 눈동자가 보라색인 사람을 본 적 없는데."

"나도 그래. 단지 상상했을 뿐이야. 평범한 외모가 아니었으면 했거든. 제럴딘은 이마가 설화석 같아. 난 이제 설화석 같은 이마가 무슨 뜻인지 알아. 그것도 열세 살이 돼서 좋은 점 중 하나야. 열두 살 때보다 훨씬 많은 걸 알게 되거든."

"그럼 코델리아랑 제럴딘은 어떻게 되는 거야?"

다이애나는 등장인물의 운명에 흥미를 느끼기 시작했다.

"둘은 아름답게 자라서 열여섯 살이 됐어. 그런데 버트럼 드비어라는 사람이 마을에 왔다가 금발의 제럴딘과 사랑에 빠진 거야. 제럴딘이 탄 마차를 끌던 말이 마구 날뛸 때 버트럼이 목숨을 구해주었거든. 제럴딘은 그의 팔에 안긴 채로 정신을 잃었지. 버트럼은 제럴딘을 안고 5킬로미터나 떨어진 집으로 데려다줬어. 너도 알겠지만 마차는 산산조각이 났으니까. 청혼하는 장면을 상상하기란 꽤 어려웠어. 난 그런 걸 본 경험이 없거든. 그래서 루비 길리스에게 남자들이 어떤 식으로 청혼을 하냐고 물어봤지. 루비에게는 결혼한 언니가 많으니까 그런 일에 전문가일 거라고 생각했거든. 루비가 그러는데 맬컴 앤드루스는 수전 언니한테 청혼할 때 식료품 저장실에 숨어 있었대. 맬컴은 아버지가 농장을 자기에게 주셨다고 하면서 이렇게 말했대. '오, 내 사랑. 우리 이번 가을에 결혼하면 어떨까?' 그랬더니 수전 언니가 대답했어. '네… 아니… 모르겠어요… 그럴까요?' 그러고 나서 순식간에 약혼까지 한 거야. 하지만 이런 식의 청혼은 낭만적이지 않아. 그래서 내가 머리를 짜냈지. 무척 화려하고 시적인 장면으로 구성해봤어. 버트럼이 한쪽 무릎을 꿇는 거야. 그런 건 구식이라고 루비가 그랬지만, 아무튼 그렇게 했지. 제럴딘이 승낙하면서 하는 말이 한 페이지나 길게 이어져. 그 부분을 쓰느라 정말 고생했어. 다섯 번이나 고쳐 썼거든. 그래서 걸작이 나온 거야.

버트럼은 제럴딘에게 다이아몬드 반지랑 루비 목걸이를 선물하면서 신혼여행은 유럽으로 가자고 말했어. 그는 어마어마한 부자거든. 그런데 이들의 앞길에 컴컴한 그림자가 드리우기 시작해. 남몰래 버트럼을 연모했던 코델리아는 제럴딘에게 약혼했다는 이야기를 듣고 미친 듯 화가 났어. 특히 목걸이와 다이아몬드 반지를 봤을 땐 감정을 폭발할 뻔했지. 제럴딘에 대한 애정이 쓰디쓴 증오로 변한 나머지, 절대로 둘이 결혼하지 못하도록 만들겠다고 맹세했어. 하지만 겉으로는 여전히 제럴딘의 친구인 척했지. 어느 날 저녁, 두 사람은 다리 위에 서 있었어. 아래로는 강물이 세차게 흐르고 있었지. 주위에 아무도 없다고 생각한 코델리아는 '하, 하, 하' 비웃으면서 제럴딘을 밀쳐서 떨어뜨렸어. 그런데 버트럼이 이 모습을 지켜본 거야. 그는 곧바로 물속으로 뛰어들며 외쳤어. '내가 구해주겠소, 세상에 하나뿐인 내 사랑 제럴딘!' 하지만 아, 그는 자기가 헤엄을 치지 못한다는 걸 잊은 거야. 두 사람은 서로 껴안은 채 물에 빠져 죽었어. 얼마 지나지 않아 그들의 시신이 강변으로 떠밀려 왔어. 둘은 한 무덤에 묻히고 장례식이 엄숙하게 치러졌지. 결혼식보다 장례식으로 이야기를 끝내는 게 훨씬 낭만적이니까. 한편 코델리아는 양심의 가책으로 미쳐버렸고 결국 정신병원에 갔었어. 지은 죄에 걸맞은 시적인 벌이라고 생각해.”

“정말 근사하다! 어쩜 그렇게 감동적인 이야기를 지어낼 수 있니, 앤? 나도 너처럼 상상력이 풍부하면 좋을 텐데.”

다이애나가 한숨을 쉬었다. 매슈에 버금갈 만큼 호의적인 평가였다. 앤이 밝은 목소리로 말했다.

“연습하면 돼. 아, 방금 좋은 생각이 떠올랐어, 다이애나. 너랑 내가 우리만의 이야기 클럽을 만들어서 연습 삼아 이야기를 짓는 거야. 네가 혼자 할 수 있을 때까지 옆에서 도와줄게. 스테이시 선생님도 상상력은 기를 수 있는 거라고 말씀하셨잖아. 다만 올바른 방향으로 길러나가야겠지. 선생님께 유령의 숲 이야기를 했는데, 그건 잘못된 방향으로 상상한 거라고 하셨어.”

이렇게 해서 이야기 클럽이 생겨났다. 처음에는 다이애나와 앤뿐이었지만 얼마 지나지 않아 제인 앤드루스와 루비 길리스 그리고 상상력을 기르겠다고 마음먹은 아이들 한두 명이 더 참여했다. 오직 여자아이만 가입할 수 있었다. 남자아이들이 들어오면 더 재미있을 것이라고 루비 길리스가 주장했지만 나머지 회원들이 허락하지 않았기 때문이다. 클럽 회원은 각자 일주일에 한 편씩 이야기를 쓰기로 했다.

“정말 재미있어요, 마릴라 아주머니. 저마다 자기 이야기를 소리 내서 읽은 다음 다 같이 거기에 대한 의견을 나누는 거죠. 우린 그 이야기들을 신성하게 간직했다가 후손에게 전해줄 거예요. 다들 필명이 있는데, 저는 로저먼드 몽모랑시예요. 다들 제법 잘 써요. 루비 길리스는 감상적인 편이라서 그런지 이야기 속에 사랑에 대한 내용이 너무 많아요. 지나침은 모자람만 못한 법이잖아요. 제인은 완전히 달라요. 그런 내용을 소리 내어 읽으면 바보처럼 느껴진다고 하면서 지극히 현실적인 이야기만 쓰죠. 그리고 다이애나의 이야기에는 살인 사건이 너무 많아요. 등장인물들을 어떻게 다루어야 할지 모를 때마다 이야기 속에서 치워버리려고 죽인다는 거예요. 매번 제가 아이들에게 뭘 써야 하는지 알려줘야 하지만 별로 어렵진 않아요. 제게는 이야깃거리가 수백만 개나 있으니까요."

하지만 마릴라는 이렇게 비웃었다.

"이야기를 쓴다는 건 네가 이제껏 벌인 일들 중에서 가장 어리석은 짓 같구나. 머릿속을 말도 안 되는 생각으로 가득 채우면 공부할 시간만 낭비할 뿐이야. 이야기를 읽는 것도 나쁘지만 지어내는 건 더 나쁜 거다."

"하지만 우린 어떤 이야기든 교훈을 담으려고 애쓰는 중이에요. 제가 그러자고 했어요. 착한 사람은 모두 복을 받고 나쁜 사람은 적당한 벌을 받아요. 그러면 사람들에게 건전한 영향을 줄 수 있을 거예요. 교훈은 위대한 거라고 앨런 목사님이 말씀하셨거든요. 목사님 부부에게 제가 쓴 이야기 하나를 읽어드렸는데, 두 분 다 이야기 속에 훌륭한 교훈이 담겨 있다고 인정하셨어요. 다만 두 분은 엉뚱한 장면에서 웃으셨어요. 전 사람들이 제 이야기를 듣고 우는 게 더 좋은데…. 제인하고 루비는 제가 슬픈 부분을 읽어줄 때마다 눈물을 쏟곤 해요. 다이애나가 조지핀 배리 할머니에게 편지로 우리 클럽 이야기를 알려드렸더니 우리가 지은 이야기 몇 개를 보내달라고 답장하셨대요. 그래서 제일 잘 쓴 이야기 네 편을 고른 다음 베껴 써서 보내드렸어요. 얼마 뒤 이렇게 재미있는 이야기는 평생 처음 읽어봤다는 답장을 받았어요. 그 편지를 보고 우리는 어리둥절해졌죠. 무척 슬프고 거의 모든 등장인물이 죽는 이야기뿐이었거든요. 하지만 할머니가 좋아하셨다니 다행이에요. 우리 클럽이 세상에 도움을 주었다는 증거니까요. 사모님은 무슨 일이든 그런 목적을 가지고 해야 한다고 말씀하셨어요. 저도 그렇게 하려고 열심히 노력하지만, 재미있는 일을 하다 보면 목적을 잊어버릴 때가 많아요. 마릴라 아주머니, 저는 커서 사모님처럼 되고 싶은데, 그럴 가능성이 조금이라도 보이나요?"

"가능성이 높다고 말할 수는 없겠지. 앨런 부인이 너처럼 엉뚱하면서 뭐든지 잘 잊어버리는 아이는 아니었을 테니까."

마릴라가 할 수 있는 격려는 이 정도였다.

"그건 그렇겠죠. 하지만 사모님도 처음부터 훌륭한 분은 아니었어요. 제게 직접 말씀하셨는데, 어렸을 때는 못 말리는 말괄량이였고 늘 말썽만 부렸대요. 그 말을 듣고 전 용기가 났어요. 다른 사람이 말썽꾸러기였다는 말을 듣고 힘을 얻었다니, 저 참 못됐죠? 린드 아주머니가 그런 건 못된 심보라고 하셨거든요. 그 아주머니는 어렸을 때부터 누가 나쁜 짓을 했다는 말을 들으면 충격을 받으셨대요. 한번은 어느 목사님이 자기가 어렸을 때 이모네 부엌에서 딸기타르트를 훔쳐 먹은 적이 있다고 고백하는 걸 들었는데, 그 뒤로는 절대로 그 목사님을 존경할 수 없었대요. 하지만 저라면 그렇게 느끼지 않았을 거예요. 목사님이 그런 고백을 하는 건 정말 고귀한 일이라고 생각해요. 나쁜 짓을 저지르고 후회하는 남자아이들이라 해도. 나중에 자기가 커서 목사님이 될 수 있다는 걸 알게 되면 얼마나 큰 용기를 얻겠어요. 저라면 그렇게 생각할 것 같아요, 마릴라 아주머니."

"앤, 지금 내가 무슨 생각을 하는지도 알려줄까? 지금이야말로 네가 설거지를 하기에 딱 좋은 때라는 거야. 수다를 떠느라 30분이나 지나버렸잖니. 할 일부터 먼저 마친 다음에 이야기하는 법을 배워야겠다."

27장

바람을 잡듯 헛된 일[*]

4월 하순의 어느 저녁 무렵이었다. 봉사회 모임을 마치고 집으로 돌아가던 마릴라는 어느덧 겨울도 저물고 봄이 왔음을 느꼈다. 봄은 젊고 행복한 사람들뿐 아니라 나이 들고 울적한 사람들의 가슴까지 환희로 설레게 만드는 계절이다. 마릴라는 원래 자기의 생각이나 느낌을 하나하나 톺아보는 사람이 아니었다. 아마도 지금 그녀는 자기가 봉사회나 선교 헌금함이나 교회 부속실에 깔아둘 새 카펫을 생각한다고 여겼을 것이다. 하지만 이런 생각의 밑바닥에는 다른 것들이 조화를 이루며 들어서 있었다. 석양 아래 엷은 자줏빛 안개가 자욱하게 깔린 붉은 들판, 개울 너머로 길고 뾰족하게 드리워진 전나무의 그림자, 거울 같은

[*] 구약성경(공동번역)의 전도서 1장 14절에 나온 표현

숲속 연못 주위에서 진홍색 봉오리가 살짝 고개를 내민 단풍나무 그리고 세상에서 깨어나는 것들과 회색빛 잔디 아래 숨어 있는 맥박의 움직임을 느꼈던 것이다. 봄기운은 대지 여기저기에 퍼져 있었고, 중년의 차분한 발걸음은 마음속 깊이 솟아나는 기쁨으로 가볍게 들떠 있었다.

마릴라의 애정 어린 눈길이 빽빽한 나무들 사이로 모습을 드러낸 초록지붕집에 머물렀다. 창문에 반사된 햇살이 몇 줄기로 갈라지면서 눈부시게 빛났다. 마릴라는 질퍽해진 오솔길에서 발걸음을 재촉했다. 앤이 이 집에 오기 전까지는 봉사회 모임에 다녀오는 밤이면 춥고 쓸쓸한 집 안으로 발을 들여야 했다. 하지만 지금은 달랐다. 장작불이 탁탁 소리를 내며 타오르고 식탁에는 근사한 저녁이 차려진 모습을 떠올리니 마릴라는 마음이 무척 흐뭇해졌다.

하지만 마릴라가 부엌에 들어섰을 때 불은 꺼져 있었고 앤은 코빼기도 볼 수 없었다. 5시에는 저녁을 준비하라고 앤에게 당부했건만, 결국 모든 일은 마릴라의 몫이 되고 말았다. 마릴라는 크게 실망했고 왈칵 짜증이 났다. 두 번째로 좋은 옷을 입고 있던 마릴라는 재빨리 허드레옷으로 갈아입었다. 매슈가 밭에서 돌아오기 전에 저녁을 준비하려면 서둘러야 했다.

"이 녀석, 집에 돌아오면 호되게 야단쳐야겠어."

마릴라는 불쏘시개용 나뭇조각을 칼로 깎으며 말했다. 과장된 몸짓과 딱딱하게 굳은 목소리가 그녀의 심리를 말해주고 있었다. 어느새 돌아온 매슈는 늘 그랬듯 구석에서 참을성 있게 저녁밥을 기다리고 있었다.

"앤은 다이애나랑 어딘가를 싸돌아다니고 있을 거예요. 이야기를 만든다느니 대화극을 연습한다느니 하면서 쓸데없는 짓에 빠져 시간 가는 줄도 모르고 있겠죠. 자기가 해야 할 일 따위는 까맣게 잊어버렸을 거예요. 그런 짓은 당장 그만두게 해야겠어요. 앨런 부인이 앤처럼 똑똑하고 귀여운 아이는 처음 본다고 했지만 난 그런 건 상관없어요. 앤이 똑똑하고 귀여울진 몰라도 머릿속은 말도 안 되는 생각으로 꽉 찼고, 다음에 무슨 짓을 저지를지는 아무도 모르잖아요. 엉뚱한 짓 하나를 끝냈다 싶으면 금세 또 다른 말썽을 부린다니까요. 어머나! 오늘 봉사회에서 레이철 린드가 한 말 때문에 화가 났었는데, 내가 그 말을 똑같이 하고 있었네. 그때 사모님이 앤을 감싸줘서 정말 기뻤어요. 그러지 않았더라면 내가 사람들 앞에서 레이철한테 심한 말을 했을 테니까요. 앤은 결점투성이예요. 그건 다들 아는 사실이고 나도 인정해요. 하지만 앤을 키우는 사람은 레이철이 아니라 나예요. 만약 천사 가브리엘이 에이번리에 산다면 레이철은 천사의 결점까지도 찾아낼걸요? 그건 그렇고, 앤이 이렇게 집을 비우는 건 용납할 수 없어요. 오늘 오후에는 집안일을 해놓으라고 똑똑히 말했어요. 아무리 앤이 실수가 많다고 해도 그동안 내 말을 어기거나 무책임하게 굴지는 않았는데, 이제 보니 원래 그런 아이인 것 같아서 정말 실망했어요."

매슈는 참을성 있고 현명했으며 무엇보다 지금 배가 고팠다. 그래서 마릴라가 화를 마음껏 발산하도록 내버려두는 것이 최선이고, 괜한 논쟁으로 시간을 끌지만 않는다면 무슨 일이든 훨씬 빨리 끝낼 수 있다는 사실을 경험으로 알고 있었다.

"음, 글쎄, 난 잘 모르겠어. 너무 성급하게 판단하는 것일지도 몰라, 마릴라. 다만 네 말을 어긴 게 확실해질 때까지는 앤을 믿을 수 없는 아이라고 단정하진 말자. 그럴 만한 사정이 있다면 이야기하겠지. 앤은 설명을 아주 잘하니까."

마릴라가 쏘아붙였다.

"집에 있으라고 일렀는데 지금 여기 없잖아요. 그 애는 내가 납득할 만한 이유를 댈 수 없을 거예요. 물론 오라버니는 앤을 편들겠죠. 하지만 그 아이를 키우는 건 나예요. 오라버니가 아니라고요."

저녁 준비를 마쳤을 때는 날이 이미 어두컴컴해진 뒤였지만, 앤은 여전히 보이지 않았다. 할 일을 깜빡해서 미안해하는 기색으로 통나무 다리를 건너오거나 연인의 오솔길에서 숨을 몰아쉬며 허둥지둥 뛰어오는 낌새도 없었다. 마릴라는 화가 난 얼굴로 설거지를 하고 그릇을 치운 뒤 지하실에 들고 내려갈 촛불을 가지러 동쪽 다락방으로 올라갔다. 앤의 방에 있는 탁자에 항상 초를 놓아두었기 때문이다. 그런데 마릴라는 초에 불을 붙이고 돌아서다가 앤이 베개에 얼굴을 묻은 채로 침대에 누워 있는 모습을 보았다. 마릴라는 깜짝 놀라 외쳤다.

"세상에, 이게 무슨 일이람. 너 자고 있었니?"

"아뇨."

잔뜩 가라앉은 목소리였다. 마릴라는 침대로 다가가며 걱정스럽게 물었다.

"그럼 어디 아픈 거야?"

앤은 사람들의 시선을 영원히 피하고 싶다는 듯 베개에 얼굴을 깊이 파묻었다.

"그런 건 아니에요. 하지만 마릴라 아주머니, 절 보지 말고 그냥 가주시면 안 될까요? 제발 부탁이에요. 전 절망의 구렁텅이에 빠졌어요. 학교에서 누가 1등을 하고, 누가 글을 제일 잘 쓰고, 주일학교 성가대에서 누가 노래를 하는지 이제 더는 상관없어요. 그런 사소한 일들은 아무래도 좋아요. 전 다시는 어디에도 갈 수 없게 되었으니까요. 제 인생은 끝났어요. 제발요, 마릴라 아주머니. 절 보지 말고 그냥 가주세요."

"도대체 무슨 소리냐? 앤 셜리, 무슨 일이야? 무슨 짓을 한 거니? 당장 일어나서 말하지 못해! 내가 당장이라고 했다. 대체 무슨 일이야?"

어리둥절해진 마릴라가 캐물었다. 앤은 어쩔 수 없이 침대에서 미끄러지듯 내려와 힘없이 말했다.

"제 머리 좀 보세요."

마릴라는 촛불을 비춰서 등까지 무겁게 늘어져 있는 앤의 머리를 유심히 살펴보았다. 분명 해괴망측한 모습이었다.

"아니, 초록색이잖아! 앤 셜리, 머리카락을 어떻게 한 거야?"

이것이 지구에 존재하는 색깔이라면 초록색이라고 부를 수도 있겠지만, 실제로는 기묘하고 칙칙한 청동색이었으며 원래의 빨간 머리카락이 듬성듬성 섞여 있어서 섬뜩한 느낌을 주었다. 마릴라가 평생 한 번도 본 적 없는 해괴한 몰골이었다.

"맞아요. 초록색이에요. 전 머리색 중에서 빨간색이 가장 나쁘다고 생각했어요. 그런데 지금은 초록 머리가 열 배는 더 끔찍하다는 걸 알겠어요. 아, 마릴라 아주머니. 제 마음이 얼마나

비참한지 아주머니는 조금도 모르실 거예요."

"어쩌다가 이런 꼴이 됐는지 당최 모르겠구나. 어찌 된 영문
인지 들어보자. 여긴 너무 추우니까, 당장 부엌으로 내려가서
네가 무슨 짓을 한 건지 말해. 조만간 이상한 일이 생길 거라고
예상은 했다. 네가 두 달이나 아무런 말썽도 일으키지 않았으
니, 머지않아 뭔가 엉뚱한 일을 벌이겠다 싶었지. 자, 얼른 말해
봐. 머리에 무슨 짓을 한 거냐?"

"염색했어요."

"염색했다고? 머리카락을 말이냐? 앤 셜리, 그게 얼마나 나쁜
짓이란 걸 몰랐니?"

"조금 나쁜 짓이란 건 알았어요. 하지만 빨간 머리를 없애기
위해서라면 그 정도는 괜찮다고 생각했어요. 대가도 치를 각오
가 되었고요. 그러니까 다른 걸 잘해서 지금의 잘못을 덮을 수
있다고 생각한 거예요."

"글쎄다. 나 같으면 그런 각오로 염색을 할 바에는 좀 괜찮은
색으로 했을 거다. 적어도 초록색으로는 안 했겠지."

마릴라가 비아냥거리자 앤은 풀이 잔뜩 죽었다.

"저도 초록색으로 염색할 생각은 없었어요. 제가 나쁜 짓을
한 건 맞지만 저도 나름대로 이유가 있었다고요. 그 아저씨 말
로는 제 머리가 까마귀의 털 색깔처럼 아름다운 검은색으로 바
뀐댔어요. 장담까지 했다니까요. 그 말을 어떻게 의심했겠어요?
저는 자기가 한 말이 의심받을 때 어떤 느낌이 드는지 잘 알거
든요. 앨런 목사 사모님이 그러는데 확실한 증거가 없는 한 상
대방이 진실을 감춘다고 의심해선 안 된대요. 물론 지금은 증거

가 있죠. 초록색 머리야말로 누가 봐도 확실한 증거잖아요. 하지만 그땐 증거가 없어서 그 아저씨 말을 다 믿었어요."

"누가 그랬다고? 지금 누구 얘길 하는 거야?"

"오늘 오후 집에 찾아왔던 장사꾼이요. 그 아저씨한테 염색약을 샀어요."

"앤 셜리, 집에 이탈리아 사람을 들이면 안 된다고 내가 몇 번이나 말했잖아! 그런 사람이 들락거렸다니, 기가 막혀서 원!"

"아, 집에 들인 건 아니에요. 아주머니가 하신 말씀을 기억하고 있었거든요. 제가 문단속하고 밖에 나간 거예요. 현관 계단에서 그 아저씨의 물건을 구경했죠. 더구나 이탈리아 사람도 아니었어요. 독일에서 온 유대인이었다고요. 큰 상자에 신기한 물건을 잔뜩 갖고 와서는, 독일에 사는 아내와 아이들을 데려오기 위해 열심히 돈을 버는 중이라고 했어요. 너무나 진지하게 말하니까 듣는 동안 가슴이 뭉클해졌어요. 그렇게 훌륭한 목적을 가졌다면, 뭐라도 사서 도와야 하지 않나 생각한 거죠. 그러다가 염색약 병을 본 거예요. 그걸 쓰면 어떤 머리카락이든 까마귀처럼 아름다운 검은색으로 만들어주고, 아무리 머리를 감아도 절대 색이 빠지지 않을 거라고 그 아저씨가 장담했어요. 순간 새까만 머리카락의 제 모습이 떠올라서 유혹에 넘어간 거예요. 염색약은 한 병에 75센트였는데 그동안 제가 쥐꼬리 같은 용돈을 아껴서 모아둔 돈은 고작 50센트였어요. 그 아저씨는 친절하게도 제게만 특별히 50센트에 팔겠다면서 공짜나 다름없다고 했어요. 그래서 그걸 사버렸죠. 아저씨가 가자마자 전 설명서에 적힌 대로 낡은 빗에 약을 발라 머리를 빗었어요. 한 병을 다 썼죠. 그랬더니 머리가 끔찍한 색깔로 변했고, 전 나쁜 짓을 한 걸후회했어요. 정말이에요, 아주머니. 그때부터 계속 후회하는 중이에요."

마릴라가 엄하게 말했다.

"그래. 이번 일로 큰 교훈을 얻었으면 좋겠구나. 눈을 똑바로 뜨고 허영심 때문에 네가 어떤 일을 겪었는지 똑똑히 보란 말이다. 그건 그렇고, 이 일을 어떻게 해결해야 할지 모르겠구나. 우선 머리를 잘 감아봐라. 어쩌면 효과가 있을지도 모르니까."

앤은 비누와 물로 열심히 문지르며 머리를 감아보았다. 하지만 원래의 빨간 머리를 씻어내려고 하는 것이나 다름없었다. 그 장사꾼의 말은 죄다 의심스러웠지만 색이 빠지지 않는다는 것만큼은 틀림없었다.

아무런 소용이 없자 앤이 눈물을 글썽이며 물었다.

"아, 마릴라 아주머니, 저 이제 어쩌죠? 이렇게 살 수는 없어요. 사람들은 제가 진통제를 케이크에 넣은 일이랑 다이애나를 취하게 만든 일이랑 린드 아주머니한테 대들었던 일 같은 실수는 까맣게 잊었어요. 하지만 이번 일은 절대 잊지 않을 거예요. 사람들은 제가 이상한 아이라고 생각하겠죠? 아, 마릴라 아주머니. '처음 사람들을 속일 때 우린 스스로를 옭아맬 거미줄을 짜는 것이다'라는 시구절이 있는데, 그 말이 딱 맞아요. 아, 조시 파이가 얼마나 웃어댈까요? 조시 파이한테는 얼굴을 보여줄 수 없어요. 전 프린스에드워드섬에서 가장 불쌍한 아이예요."

앤의 불행은 일주일 동안 계속되었다. 그동안 앤은 아무 데도 가지 않고 날마다 머리를 감았다. 가족 외에 이 비밀을 아는 사람은 다이애나뿐이었다. 하지만 다이애나는 누구에게도 이 사실을 발설하지 않겠다고 엄숙히 약속했고, 그 약속을 끝까지 지켰다. 그렇게 일주일이 지나자 마릴라는 결단을 내렸다.

"이렇게 색이 빠지지 않는 염색약도 없을 거야. 안 되겠다. 머리카락을 잘라야겠어. 그런 상태로 밖에 나갈 수는 없잖니."

앤은 입술이 떨렸지만 마릴라의 말에 쓰디쓴 진실이 담겨 있다는 사실을 깨달았다. 앤은 참담한 마음으로 한숨을 쉬며 가위를 가져왔다.

"당장 잘라주세요, 마릴라 아주머니. 얼른 끝내고 싶어요. 아, 가슴이 찢어지는 것 같아요. 이건 정말 낭만적이지 않은 고통이에요. 책에 나오는 여자들은 열병에 걸렸거나 좋은 일에 쓸 돈을 마련하려고 머리카락을 잘라요. 저도 그런 이유라면 지금의 절반도 슬프지 않을 거예요. 하지만 끔찍한 색으로 염색된 머리카락을 자르는 건 아무런 위로가 될 수 없잖아요. 아주머니께 방해가 안 된다면, 머리카락을 자르는 동안 계속 울고 있을게요. 정말 비극적인 일이거든요."

앤은 눈물을 흘렸지만 나중에 2층으로 올라가 거울을 본 뒤로는 완전히 체념한 나머지 오히려 차분해졌다. 가능한 한 머리를 바짝 잘라야 했는데, 마릴라는 자신의 임무를 철저히 완수했던 것이다. 지금의 머리 모양은 앤에게 어울리지 않는다는 게 가장 점잖은 표현이었다. 앤은 거울을 벽 쪽으로 얼른 돌려놓으면서 소리쳤다.

"머리카락이 다 자랄 때까진 내 모습을 보지 않을 거야!"

그러다가 갑자기 거울을 다시 뒤집었다.

"아니야, 거울을 볼 거야. 나쁜 짓을 했으니 마땅히 참회해야지. 방에 들어갈 때마다 거울을 보면서 내가 얼마나 흉한 모습인지 확인할 거야. 상상으로 지우지도 말아야겠어. 난 내 빨간 머리에 대해서만큼은 허영심이 전혀 없다고 생각했는데, 이제 보니 아니었어. 비록 빨간색이기는 했지만 아주 길고 숱도 많고 곱슬거렸잖아. 이러다간 내 코에도 무슨 일이 생길지 몰라."

월요일이 되자 앤의 짧은 머리는 학교에서 큰 화제가 되었다. 다행히 아무도 진짜 이유를 짐작조차 못 했다. 조시 파이 또한 마찬가지였다. 하지만 조시는 앤에게 허수아비 같다고 비웃는 것만큼은 잊지 않았다.

그날 저녁 앤은 두통이 심해서 소파에서 누워 있던 마릴라에게 털어놓았다.

"조시가 그런 말을 할 때도 전 가만히 있었어요. 그것도 제가 받아야 할 벌 중에 하나라고 생각했거든요. 그래서 꾹 참았죠. 허수아비 같다는 말을 듣고 가만히 있기 힘들어 저도 뭐라고 되받아치고 싶었어요. 하지만 그러지 않았죠. 그냥 경멸하듯 힐끗 쳐다본 다음 용서해줬어요. 남을 용서하면 훌륭한 사람이 된 것 같은 기분이 들잖아요. 앞으로는 착한 사람이 되기 위해 최선을 다할 생각이에요. 다시는 예뻐지려고 하지도 않을 거고요. 물론 착한 사람이 되는 게 더 좋죠. 저도 알고는 있어요. 그런데 알고 있으면서도 진심으로 그렇게 생각하는 건 어려울 때가 있어요. 전 정말 착한 사람이 되고 싶어요, 마릴라 아주머니. 아주머니나 앨런 목사 사모님이나 스테이시 선생님처럼요. 전 커서 마릴라 아주머니에게 자랑스러운 사람이 되고 싶어요. 다이애나가 그러는데, 제 머리카락이 조금 자란 다음에 검은 벨벳 리본을 두르고 한쪽에 나비 모양으로 매듭을 지으면 아주 잘 어울릴 거래요. 전 그걸 '스누드'*라고 부를 거예요. 참 낭만적인 이름이잖아요. 그런데 제가 말을 너무 많이 했나요, 마릴라 아주머니? 머리가 많이 아프세요?"

"머리 아픈 건 이제 많이 좋아졌다. 오늘 오후에는 끔찍하게 아팠지. 두통이 갈수록 심해지는구나. 의사에게 진찰을 받아봐야겠다. 네가 수다 떠는 게 별로 신경 쓰이지 않는 걸 보니, 이젠 익숙해진 모양이야."

앤의 말을 듣는 게 좋다는 마릴라 나름의 표현이었다.

---

* snood는 스코틀랜드에서 처녀들이 머리에 두르던 끈이나 띠, 혹은 장식용 망을 뜻한다.

28장

비운의 백합 아가씨

"당연히 네가 일레인 역을 해야지, 앤. 난 거기까지 떠내려가는 건 자신 없어."

다이애나의 말에 루비 길리스가 몸을 바들바들 떨면서 맞장구쳤다.

"나도 그래. 두세 명이 같이 타고 앉아 떠내려가는 건 재미있을 거야. 하지만 바닥에 누워서 죽은 척하는 건 도저히 못 하겠어. 정말 무섭단 말이야."

제인 앤드루스도 고개를 끄덕였다.

"물론 낭만적이긴 하지만, 난 가만히 있지 못할 것 같아. 자꾸만 일어나서 우리가 지금 어디 있는지, 너무 멀리 떠내려가는 건 아닌지 확인할걸? 그러면 산통이 깨진다는 것쯤은 너도 알잖아, 앤."

앤이 침울한 표정으로 말했다.

"하지만 일레인의 머리카락이 빨간색이면 너무 웃기지 않을까? 나는 떠내려가는 게 무섭지 않고 일레인 역을 맡고 싶기도 해. 그래도 내가 하면 우스꽝스러울 거야. 일레인 역에는 루비가 딱이야. 피부도 하얗지, 머리도 길고 예쁜 금발이지. 너도 알다시피 책에서는 일레인의 외모를 '빛나는 머리가 물결치고 있었다'라고 설명했잖아. 게다가 일레인은 백합 아가씨야. 빨간 머리가 백합 아가씨라니, 가당키나 하니."

"네 안색도 루비만큼 하얀걸. 그리고 머리카락도 자르기 전보다 훨씬 짙어졌어."

다이애나가 진심을 담아서 말하자 앤은 기뻐서 얼굴을 붉히며 소리쳤다.

"와, 정말이야? 하긴 나도 가끔은 그런 생각이 들긴 했어. 그런데 감히 다른 사람한테 물어볼 수는 없었지. 아니라는 말을 들으면 실망할 것 같았거든. 지금은 적갈색이라고 해도 괜찮을까, 다이애나?"

"맞아. 그리고 진짜 예쁜 색깔이야."

다이애나는 앤의 머리카락을 바라보며 감탄했다. 앤의 짧고 부드러운 곱슬머리에는 깜찍한 검정 벨벳 리본이 달려 있었다.

모두들 비탈길 과수원집 아래의 연못 둑에 서 있었다. 자작나무로 에워싸인 땅이 곶처럼 튀어나와 있었고, 그 끝에는 나무로 된 작은 나루터가 있었다. 낚시꾼이나 오리 사냥꾼들이 주로 이용하는 곳이었다. 이곳에서 루비와 제인이 다이애나와 함께 한여름 오후 시간을 보내고 있었는데, 앤도 친구들과 같이 놀기 위해서 찾아온 것이다.

앤과 다이애나는 그해 여름에 주로 이 연못 주변에서 놀았다. 고요한 황야는 이미 추억의 장소가 되어버렸다. 지난봄에 벨 씨가 뒤쪽 목초지에서 둥그렇게 자라고 있던 나무들을 무참히 베어버렸기 때문이다. 앤은 나무 그루터기에 앉아 눈물을 흘렸다. 하지만 이런 상황이 낭만적으로 느껴지는 것만큼은 어쩔 수 없었다. 그리고 앤의 슬픔은 금세 진정되었다. 앤과 다이애나가 말했듯이, 머지않아 열네 살이 될 열세 살 소녀에게는 소꿉놀이처럼 유치한 것이 어울리지 않았고 연못가에서 더 매력적인 놀이를 찾을 수도 있었기 때문이다. 다리 위에서 송어 낚시를 하는 것은 정말 재미있었다. 그리고 다이애나의 아빠가 오리를 사냥할 때 타는 배에서 노를 젓는 법도 배웠다.

일레인 이야기를 연극으로 꾸며보자는 것은 앤의 생각이었다. 아이들은 지난겨울 학교에서 테니슨의 시*를 배웠다. 교육감이 프린스에드워즈섬에 있는 학교의 영어 수업 과정에 이 시를 포함시켰기 때문이었다. 시를 한 구절씩 분석하고 문법을 따져가면서 토막을 내는 통에 과연 의미가 남아 있는지 의심스러울 지경이었지만, 금발의 백합 아가씨, 랜슬롯 경, 귀네비어, 아서왕만큼은 아이들에게 실제 인물처럼 느껴졌다. 앤은 자신이 작품의 배경인 캐멀롯에 태어나지 않은 것을 안타깝게 여길 만큼 시에 푹 빠졌다. 앤의 말에 따르면 그 시대는 지금보다 훨씬

• 영국 시인 앨프리드 테니슨(1809-1892)의 장면 서사시 〈국왕 가집〉 중 〈랜슬롯과 일레인〉 부분을 말한다.

더 낭만적이었기 때문이다.

모두들 앤의 계획을 반겼다. 아이들은 나루터에서 배를 밀어 물에 띄우면 배가 물살을 타고 떠내려가다가 다리 밑을 지나 하류 후미진 지역의 또 다른 곳에서 멈춘다는 사실을 알아냈다. 몇 번이나 이런 식으로 배를 띄운 적이 있었으니 일레인 연극을 하기에는 이곳이 가장 적합하다고 생각한 것이다.

"그러면 내가 일레인을 맡을게."

앤은 마지못해서 아이들의 제안에 응했다. 주인공 역을 맡는 거야 기뻤지만 마음에 걸리는 점이 있었다. 이 역은 어울리는 사람이 맡아야 하는데, 아무리 생각해도 자기는 여러 가지 면에서 기준에 못 미치기 때문이다.

"루비, 너는 아서왕을 맡아줘. 제인은 귀네비어, 다이애나는 랜슬롯이야. 하지만 먼저 오빠와 아버지 역부터 해야 해. 나이 많은 벙어리 하인은 빼야겠다. 배에 한 사람이 누우면 남은 자리가 없으니까. 아주 새까만 천을 배에다 깔아야 하는데…. 아, 다이애나. 너희 엄마의 낡은 검정색 숄이 딱 맞을 것 같아."

앤은 다이애나가 가져온 검은 숄을 배 위에 펼친 다음, 바닥에 누워서 두 손을 가슴에 포개고 눈을 감았다. 루비는 어른거리는 자작나무 그림자 아래에 누워 꼼짝도 하지 않는 앤의 창백한 얼굴을 보자 겁을 잔뜩 먹었다.

"앤이 진짜 죽은 것처럼 보이잖아. 얘들아, 나 무서워. 이런 연극을 해도 괜찮을까? 린드 아주머니는 연극 같은 건 죄다 끔찍하게 못된 짓이라고 그러셨잖아."

앤이 진지하게 말했다.

"루비, 그런 얘길 하면 안 돼. 분위기만 어색해지잖아. 이건 린드 아주머니가 태어나기 몇백 년 전의 이야기라고. 제인, 네가 진행해줄래? 일레인은 이미 죽었는데 말을 하니까 이상하다."

임기응변에 능한 제인은 노란색 일본산 천으로 만든 낡은 피아노 덮개로 일레인을 덮을 황금 천을 대신했다. 하얀 백합도 구할 수 없었지만 길쭉하고 파란 붓꽃을 가지런히 모은 앤의 손에 쥐여주자 기대했던 효과가 났다.

"자, 이제 준비가 다 됐어. 우리는 앤의 평온한 이마에 입을 맞춰야 해. 그리고 다이애나의 대사는 '자매여, 영원히 안녕'이야. 루비는 '안녕, 사랑하는 자매여'라고 하는 거야. 둘 다 가능한 한 슬픈 목소리로 말해야 돼. 그리고 앤, 조금만 더 웃어봐. 일레인이 '미소를 지으며 누워 있었다'라고 적혀 있는 것 알잖아. 그래, 훨씬 낫다. 그럼 이제 모두 배를 밀자."

모두들 제인의 지시에 따랐다. 그러던 중 연못에 박혀 있던 낡은 말뚝이 배 밑바닥을 거칠게 긁었다. 다이애나, 제인, 루비는 배가 물살을 따라 다리 쪽으로 향하는 것까지 보고는 부리나케 숲을 지나 큰길을 가로질러서 아래쪽 곶으로 내려갔다. 세 아이는 그곳에서 랜슬롯과 귀네비어와 아서왕이 되어 백합 아가씨를 맞이할 준비를 했다.

처음 몇 분 동안 앤은 천천히 떠내려가면서 자신의 낭만적인 상황을 한껏 즐겼다. 하지만 머지않아 전혀 낭만적이지 않은 일이 벌어졌다. 배에 물이 새기 시작한 것이다. '일레인'은 벌떡 일어나서 노란색 덮개와 검은색 숄을 집어 들고 배 밑바닥의 갈라진 틈새를 망연히 바라보았다. 틈이 제법 벌어져서 말 그대로 물이 '쏟아져' 들어왔다. 배 바닥에 못으로 박아놓은 판자 조각이 나루터에 있던 날카로운 말뚝에 긁혀서 떨어져 나간 것이다. 앤은 이 사실까지는 몰랐지만, 그리 오랜 시간이 걸리지 않아 자신이 곤경에 처했다는 것만큼은 깨달았다. 이 속도라면 아래쪽 곶에 닿기 훨씬 전에 배에 물이 차서 가라앉을 것이다. 설상가상으로 노를 나루터에 두고 왔다!

앤은 헐떡거리며 비명을 질렀지만 아무도 듣지 못했다. 앤은 입술까지 하얗게 질렸지만 다행히 침착함을 잃지는 않았다. 기회는 단 한 번뿐이었다.

다음 날 앤은 앨런 부인에게 말했다.

"정말 끔찍하게 무서웠어요. 물은 계속 차오르는데 배가 다리로 떠내려가기까지 몇 년은 걸린 것 같았어요. 얼마나 간절히 기도했는지 몰라요. 하지만 눈을 감고 기도하지는 못했어요. 하느님이 저를 구해주실 유일한 방법은 배를 다리 기둥에 최대한 가까이 붙인 다음 제가 붙잡고 올라가는 것뿐이었으니까요. 기둥은 그냥 오래된 나무로 된 것이었어요. 옹이도 많았고 가지를 쳐낸 곳투성이였죠. 기도도 물론 중요하지만 우선 상황을 잘 살펴보고 파악하면서 제가 할 일을 하는 게 마땅했어요. 저는 그냥 '하느님, 배가 기둥 옆으로 가까이 가게 해주시면 나머지는 제가 할게요'라고 몇 번이고 거듭 기도했어요. 그런 상황에서는 멋있는 기도를 할 경황이 없으니까요. 그런데 제 기도는 응답을 받았어요. 금방 배가 기둥에 쿵 하고 부딪혔던 거예요. 저는 천과 숄을 어깨에 두른 채 하느님께서 내려주신 나무옹이를 잡고 기어올랐죠. 그리고 저는요, 사모님. 올라가지도 내려가지도 못한 채로 미끄럽고 오래된 나무 기둥에 매달려 있어야 했어요. 그건 전혀 낭만적이지 못한 자세였지만 그때는 그런 걸 생각할 겨를이 없었죠. 물의 무덤에서 막 빠져나온 터라 낭만 같은 건 머릿속에 떠오르지 않았으니까요. 전 곧바로 감사 기도를 하고 나서 있는 힘껏 매달려 있었어요. 뭍으로 돌아가려면 누군가의 도움이 필요했으니까요."

배는 다리 아래로 떠내려가다가 물 한가운데에 이르러 금세 가라앉았다. 아래쪽 곶에서 기다리던 루비, 제인, 다이애나는 자기들의 눈앞에서 배가 사라지는 모습을 보고 그 자리에 얼어붙었다. 앤도 함께 가라앉았다고 생각했기 때문이다. 비극적인 상황 앞에서 잠시 동안 창백한 얼굴로 가만히 서 있던 아이들은 곧 목이 터져라 비명을 지르며 미친 듯이 숲으로 내달렸다. 큰길을 가로지를 때도 멈춰 서서 다리 쪽을 쳐다보려고 하지 않았다. 불안정한 옹이에 필사적으로 매달려 있던 앤은 세 아이가 비명을 지르며 달려가는 모습을 보았다. 금세 누가 도와주러 올 거라고 생각했지만 기다리는 동안 버티고 있기에는 자세가 너무 불편했다.

시간은 점점 흘러갔다. 가엾은 백합 아가씨에게는 매 순간이 한 시간처럼 느껴졌다.

'왜 아무도 오지 않는 걸까? 애들은 대체 어디로 간 거야? 혹시 기절한 거 아냐? 전부 다 기절했을 수도 있잖아! 아무도 안 오면 어떡하지? 점점 힘이 빠질 테고, 팔에 쥐라도 나면 더는 매달려 있지도 못해!'

앤은 사악한 기운이 느껴지는 초록빛 수면에 길고 미끈거리는 그림자가 흔들거리는 모습을 보며 몸을 떨었다. 앤은 자신에게 닥칠 수 있는 섬뜩한 가능성을 모조리 떠올려보기 시작했다.

팔과 손목이 아파서 이제 더는 견딜 수 없다고 생각한 바로 그때, 길버트 블라이드가 하면 앤드루스 씨네 배를 타고 노를 저으며 다리 아래로 다가왔다! 길버트는 문득 위를 올려다보다가 깜짝 놀랐다. 하얗게 질린 얼굴이 자신을 경멸하듯 내려다보고 있었던 것이다. 커다란 회색 눈동자는 겁에 질려 있었지만 싸늘한 기색이 감돌고 있었다.

"앤 셜리! 도대체 어쩌다가 거기까지 간 거야?"

길버트는 대답을 기다리지 않고 기둥 옆으로 다가와 손을 뻗었다. 앤에게는 달리 방도가 없었다. 길버트 블라이드의 손에 매달려 굴러 떨어지듯 배에 올라탄 앤은 잔뜩 화가 난 얼굴로 뱃고물에 가서 앉았다. 온몸은 진흙투성이였고 끌어안은 숄과 천에서는 물이 뚝뚝 떨어졌다. 이런 상황에서 자존심을 내세운다는 것은 퍽 힘든 노릇이었다!

"어떻게 된 거야, 앤?"

길버트가 노를 들어 올리며 묻자 앤은 자신을 구해준 은인을 쳐다보지도 않고 쌀쌀맞게 대답했다.

"우린 일레인 연극을 하고 있었어. 내가 바지선을 타고, 그러니까 작은 배를 타고서 캐멀롯으로 떠내려가야 했는데, 배에 물이 새는 바람에 기둥으로 올라가 매달린 거야. 아이들은 도움을 청하러 갔어. 괜찮다면 나를 나루터까지 데려다줄래?"

길버트는 흔쾌히 나루터를 향해 노를 저었다. 목적지에 도착하자 앤은 길버트의 도움 따윈 이제 필요 없다는 듯 뭍으로 잽

싸게 뛰어내렸다.

"네게 큰 신세를 졌어."

앤은 도도하게 인사하고 몸을 홱 돌렸다. 그러자 길버트도 배에서 훌쩍 뛰어내리더니 앤의 팔을 붙잡으며 다급히 외쳤다.

"앤, 잠깐만. 우리 둘 말이야, 좋은 친구가 될 순 없을까? 그때 네 머리를 놀린 건 진짜 미안해. 널 화나게 하려던 건 아니었어. 그냥 농담이었을 뿐이야. 그리고 이제 시간이 꽤 지났잖아. 지금은 네 머리가 정말 예쁘다고 생각해. 정말이야. 그러니까 우리 친구로 지내자."

앤은 잠시 망설였다. 자존심 때문에 분노가 끓어오르면서도 전에 없이 묘한 기분이 들었다. 길버트의 담갈색 눈에 비친, 반쯤은 수줍고 반쯤은 간절한 기색이 무척 멋있게 보였기 때문이다. 앤의 심장은 이상하리만큼 빠르게 쿵쿵댔다. 하지만 곧 예전의 쓰디쓴 아픔이 앤의 흔들리는 마음을 다잡아주었다. 2년 전 그 장면이 어제 일처럼 생생하게 되살아났다. 길버트는 전교생 앞에서 앤을 '홍당무'라고 불렀다. 앤은 그 일로 톡톡히 망신을 당했다. 다른 아이들이나 어른들 같으면 웃어넘길 수 있는 사건이고 그런 일이 일어난 원인에도 개의치 않을 것이다. 하지만 앤의 분노는 시간이 지나도 가라앉거나 누그러지지 않았다. 앤은 길버트 블라이드가 미웠고 절대로 용서하고 싶지 않았다.

"싫어. 그런 일은 없을 거야, 길버트 블라이드. 난 너랑 친구가 되고 싶지 않아!"

앤이 차갑게 말하자 길버트도 화가 나서 얼굴을 붉히며 배 위로 뛰어올랐다.

"좋아! 나도 마찬가지야, 앤 셜리. 다시는 너한테 친구가 되자고 하지 않을 거야!"

길버트는 거칠게 노를 저으며 훌쩍 가버렸고 앤은 단풍나무 아래 고사리들이 무성한 비탈길을 따라 올라갔다. 고개를 꼿꼿이 들었지만 후회 같은 감정이 드는 것은 어쩔 수 없었다. 길버트에게 다른 식으로 대답했더라면 좋았을 거라는 생각마저 들었다. 물론 길버트가 앤에게 심한 모욕을 준 것은 사실이다. 하지만 지금은! 앤은 차라리 주저앉아서 실컷 울고 싶어졌다. 너무나 무서웠고 팔에 경련이 올 때까지 매달려 있었던 탓에 기운이 빠져 맥이 탁 풀린 것이다.

길을 절반 정도 올라갔을 때 앤은 거의 정신이 나간 모습으로 연못을 향해 달려오던 제인과 다이애나를 마주쳤다. 세 아이는 비탈길 과수원집으로 갔지만 배리 씨 부부가 외출 중이어서 아무도 만나지 못했다. 루비가 발작을 일으킨 탓에 진정할 수 있도록 그곳에 남겨놓고 제인과 다이애나는 유령의 숲을 지나 개울을 건너 초록지붕집으로 달려갔다. 하지만 그곳에도 사람이 없었다. 마릴라는 카모디에 갔고 매슈는 뒤쪽 밭에서 건초를 만들고 있었기 때문이다.

다이애나는 앤의 목을 끌어안고 안도와 기쁨의 눈물을 흘리면서 가쁜 숨을 몰아쉬었다.

"아, 앤! 우린 네가, 물에 빠진 줄 알았어. 우리가 널, 죽게 했다고 생각했어. 우리가 너한테, 일레인 역할을 맡으라고 했으니까. 루비는 지금 완전히 정신이 나갔어. 아, 앤. 그런데 어떻게 물에서 나온 거야?"

앤이 힘없이 대답했다.

"다리 기둥에 매달려 있었어. 그러다 길버트 블라이드가 앤드 루스 아저씨네 배를 타고 와서 기슭까지 데려다준 거야."

"어머, 앤. 길버트라니 참 멋지다! 정말 낭만적이야! 이젠 당연히 그 애랑 말을 주고받으면서 지내겠구나?"

마침내 말을 할 수 있을 만큼 숨이 돌아온 제인이 말했다. 하지만 본래의 기운을 회복한 앤이 발끈했다.

"아니, 절대로 그러지 않을 거야. 그리고 '낭만적'이라는 말도 다신 듣고 싶지 않아. 아무튼 모두를 놀라게 해서 정말 미안해. 전부 내 잘못이야. 뭔가 할 때마다 나랑 내 소중한 친구들을 곤경에 빠뜨리는 걸 보면, 난 불운한 별자리를 타고난 게 분명해. 다이애나, 우린 네 아빠 배도 잃어버렸어. 이제 더는 연못에서 배를 타고 놀지 못할 거야."

원래 불길한 예감은 들어맞기 쉬운 법이다. 앤의 예감은 그대로 적중했다. 오후에 일어난 일이 알려지자 배리 가족과 커스버트 가족이 엄청난 충격을 받은 것이다.

"넌 도대체 언제쯤 철이 들 거니, 앤?"

"곧 그렇게 될 거예요, 마릴라 아주머니. 제 생각에는 제가 철들 가능성이 어느 때보다 커진 것 같아요."

마릴라가 끙 앓는 소리를 냈지만 앤은 밝은 목소리로 대답했다. 동쪽 다락방에서 혼자 실컷 울고 난 뒤였기에 흥분도 가라앉고 평소처럼 쾌활한 모습으로 돌아왔다.

"도대체 무슨 소리를 하는지, 원."

"음, 전 오늘 새롭고 귀중한 교훈을 배웠거든요. 초록지붕집에 온 뒤로 여러 가지 실수를 했고, 그때마다 저의 큰 단점을 하나씩 고쳐왔어요. 자수정 브로치 사건이 있은 뒤로 다른 사람 물건에 손대지 않았고, 유령의 숲 사건 이후로는 상상력이 지나치게 뻗어나가지 않도록 주의하고 있어요. 케이크에 진통제를 넣은 사건 뒤로는 요리할 때 무척 조심하지요. 머리 염색 사건 덕분에 허영심을 버릴 수 있었고요. 지금은 머리나 코의 생김새 같은 건 전혀 신경 쓰지 않아요. 뭐, 아주 조금씩 생각하긴 하지만요. 오늘 한 실수는 지나치게 낭만적인 성향을 고쳐줄 거예요. 에이번리에서는 낭만을 찾으려고 애써도 소용없다는 결론에 도달했거든요. 탑이 가득한 수백 년 전 캐멀롯 같은 곳에서는 무척 쉬웠겠죠. 하지만 지금은 낭만이 별로 환영받지 못해요. 이런 면에서는 제가 훨씬 나아졌다는 걸 머지않아 확인하실 거예요. 저는 장담할 수 있어요, 마릴라 아주머니."

"그래. 제발 그렇게 되면 좋겠다."

마릴라가 미심쩍은 얼굴로 말했다. 하지만 지정석이나 다름없는 구석 자리에 가만히 앉아 있던 매슈는 마릴라가 나가자 앤의 어깨에 손을 얹으며 수줍게 속삭였다.

"앤, 낭만을 다 포기하진 마라. 조금은 남겨둬도 괜찮을 거야. 지나치면 안 되겠지만, 그래도 조금은 간직하도록 하렴."

29장

─────

인생에 한 획을 그은 시간

앤은 뒤편 목초지에서 소를 몰고 연인의 오솔길을 따라 집으로 돌아오는 중이었다. 9월의 어느 날 저녁, 숲속의 모든 틈새와 개간지에 루비빛 석양이 비쳤다. 오솔길 곳곳이 붉게 물들었지만 단풍나무 아래는 어둑어둑하게 그늘이 졌고, 전나무 아래는 투명한 포도주처럼 맑은 보랏빛 땅거미가 가득 차 있었다. 바람은 나무들 꼭대기 사이로 불었다. 저녁나절 전나무를 흔드는 바람소리는 세상 그 어떤 음악보다 감미로웠다.

소들은 몸을 흔들어대며 느릿느릿 오솔길을 내려갔고 앤은 지난겨울 학교에서 배운 〈마미온〉*의 전투 장면을 큰 소리로 읊으며 꿈꾸듯 소의 꽁무니를 따랐다. 수업 시간에 스테이시 선생

───〰〰〰〰〰〰〰〰〰〰〰〰〰〰〰〰〰〰〰〰〰〰〰───

• 　스코틀랜드의 작가이자 역사가인 월터 스콧(1771-1832)의 서사시

님은 이 시를 암송하게 했다. 돌격하는 병사들과 창이 서로 부딪치는 모습을 머릿속에 그려보는 동안 점점 감정이 고조되다가 마침내 다음 구절에 이르자 앤은 그 자리에 멈춰 섰다.

불굴의 창기병들은 한 치도 물러서지 않았고,
이들의 방어벽은 어두운 숲처럼 빈틈이 없네.

앤은 황홀한 표정으로 눈을 감았다. 자신이 그 영웅들 중 하나가 되었다고 상상하기에는 그게 훨씬 나았기 때문이다. 다시 눈을 뜨자 다이애나가 배리 씨네 밭으로 이어지는 문에서 나와 이쪽으로 오는 모습이 보였다. 긴한 이야기를 전하려는 듯 보였다. 앤은 무언가 중대한 소식이 있다고 짐작했지만 자기가 무척 궁금해한다는 기색을 내비치고 싶지는 않았다.

"오늘 저녁은 꼭 보랏빛 꿈 같지 않니, 다이애나? 이런 날이면 살아 있다는 게 정말 기뻐. 해가 떴을 때는 아침이 최고인 것 같다가도 해가 저물면 저녁이 더 예쁜 것 같거든."

"참 아름다운 저녁이야. 그런데 말이야. 놀라운 소식이 있어, 앤. 뭔지 알아맞혀봐. 기회는 딱 세 번이야."

앤이 소리쳤다.

"샬럿 길리스가 마침내 교회에서 결혼식을 올리기로 했고, 앨런 목사 사모님이 우리에게 식장의 장식을 맡기신다는 거지?"

"아니. 샬럿의 신랑은 어림도 없다고 할걸? 아직까지 교회에서 결혼한 사람이 없고, 또 그렇게 하면 장례식 같을 거라고 생각한다니까. 아무튼 정답이 아니야. 훨씬 더 재미있는 일이라고."

다시 생각해봐."

"제인의 엄마가 생일 파티를 해도 된다고 허락하셨니?"

다이애나는 고개를 가볍게 저었다. 웃음기를 잔뜩 머금은 다이애나의 검은 눈동자가 춤을 추듯 움직였다. 앤이 답답한 듯 가슴을 치며 말했다.

"아, 더는 생각이 안 나. 혹시 무디 스퍼전 맥퍼슨이 어젯밤 기도회를 마치고 너를 집까지 바래다준 건 아니야? 그랬니?"

다이애나는 발끈해서 소리쳤다.

"말도 안 돼! 설령 그렇다 해도 내가 그걸 자랑할 리는 없잖아. 그렇게 별로인 애가 바래다준 게 뭐 그리 대단한 일이라고. 거봐, 네가 못 맞힐 줄 알았어. 엄마가 오늘 조지핀 할머니의 편지를 받으셨어. 할머니가 너랑 나랑 다음 주 화요일에 샬럿타운으로 오라고 하셨어. 우리랑 같이 박람회에 가고 싶으시대. 박람회 말이야!"

앤은 금세라도 쓰러질 것 같아서 단풍나무에 몸을 기대며 나지막이 중얼거렸다.

"아, 다이애나. 그거 정말이야? 하지만 마릴라 아주머니가 보내주지 않으실 것 같아. 밖으로 나돌지 말고 집에 얌전히 붙어 있으라고 하실 테니까. 지난주에 제인이 화이트샌즈 호텔에서 미국인들이 나오는 음악회에 같이 가자고 했잖아. 자기 가족과 마차를 타고 가면 되니까 위험할 건 없다고 했지. 그때도 아주머니가 그렇게 말씀하셨거든. 난 가고 싶었지만 마릴라 아주머니는 집에서 공부나 하는 게 낫고 그건 제인도 마찬가지라고 하셨어. 정말 속상했어, 다이애나. 그날은 가슴이 찢어질 것 같아서 자기 전에 하는 기도도 빼먹었지. 물론 잘못을 깨닫고 한밤 중에 일어나 다시 기도를 드리긴 했지만."

"그럼 이렇게 하자. 우리 엄마더러 마릴라 아주머니한테 말해 달라고 부탁하는 거야. 어쩌면 마릴라 아주머니가 흔쾌히 허락 해주실지도 몰라. 그렇게만 된다면 우린 평생 최고의 시간을 보 낼 수 있다고, 앤. 난 박람회에 가본 적이 없어. 다녀온 아이들에 게 이야기를 들을 때마다 얼마나 속상한지 몰라. 제인하고 루비 는 두 번이나 갔었는데, 올해도 또 간다더라."

앤이 단호하게 말했다.

"내가 갈 수 있을지 없을지 확실해지기 전까지는 그 일을 생 각하지 않을 거야. 간다고 기대하다가 실망하면 더 견디기 힘들 어지잖아. 그런데 혹시라도 가게 된다면 새 외투가 그때쯤 준비 되니까 정말 다행이야. 마릴라 아주머니는 내게 새 외투가 필 요 없다고 생각하셔. 올겨울은 전에 입던 걸로 날 수 있으니까 새 드레스 하나로 만족하라고 하셨거든. 새 드레스는 정말 예 뻐, 다이애나. 감청색인데 요즘 유행에 딱 맞는 옷이거든. 이제 마릴라 아주머니는 유행에 맞춰서 옷을 만들어주셔. 매슈 아저 씨가 린드 아주머니한테 옷을 만들어달라고 부탁하는 건 딱 질 색이래. 그래서 난 정말 좋아. 유행하는 옷을 입으면 착한 사람 이 되기도 훨씬 쉽거든. 적어도 나한텐 그렇단 얘기야. 물론 착 하게 태어난 사람에게는 옷 따위가 상관없겠지? 매슈 아저씨가 내게 새 외투를 만들어줘야 한다고 말씀하시니까 마릴라 아주 머니는 예쁜 파란색 브로드 천을 사서 카모디의 전문 재봉사에 게 맡기셨어. 토요일 밤이면 외투가 완성될 거야. 일요일에 새 옷을 입고 모자를 쓰고 교회 복도를 거니는 내 모습을 상상하지 않으려 애쓰고 있어. 별로 좋지 않은 상상 같거든. 하지만 자꾸 생각나서 큰일이야. 모자도 참 예뻐. 함께 카모디에 갔던 날 매슈 아저씨가 사주셨어. 요즘 한창 유행하는 조그맣고 파란 벨벳 모자인데 금색 끈하고 술이 달려 있어. 아, 다이애나. 네 모자도 참 예쁘다. 너랑 잘 어울려. 지난 일요일에 교회로 오는 네 모습을 봤는데, 내가 너랑 가장 친한 친구라는 게 자랑스러워 가슴이 뿌듯했어. 그런데 우리가 옷에 대해 신경을 쓰는 게 잘못일까? 마릴라 아주머니는 굉장히 큰 죄라고 하셨거든. 하지만 옷 이야긴 참 재미있잖아, 그렇지?"

마릴라는 앤이 시내로 가는 것을 허락했고, 다음 주 화요일에 배리 씨가 아이들을 데려다주기로 했다. 샬럿타운은 에이번리에서 50킬로미터나 떨어져 있는 데다 배리 씨는 그날 돌아올 생각이어서 아침 일찍 떠나야 했지만 앤에게는 그마저도 큰 기쁨이었다. 손꼽아 기다리던 화요일이 되었고, 앤은 동이 트기도 전에 일어났다. 창밖을 흘긋 보니 유령의 숲 전나무 뒤편의 동쪽 하늘이 온통 은빛으로 빛나고 있었다. 구름 한 점 없이 맑은 날이었다. 비탈길 과수원집의 서쪽 다락방에서 새어 나온 불빛이 나무들 사이로 어른거렸다. 다이애나도 벌써 일어났다는 뜻이었다.

매슈가 불을 지피고 있을 때 앤은 이미 옷을 다 갈아입은 상태였고, 마릴라가 부엌으로 내려왔을 무렵에는 벌써 아침식사 준비까지 다 마쳤다. 하지만 정작 자기는 너무 흥분한 나머지 밥을 먹는 둥 마는 둥 했다. 아침식사가 끝나자 앤은 귀여운 새 모자를 쓰고 외투까지 차려입은 뒤 서둘러 집을 나섰다. 재빠른 걸음으로 시내를 건너고 전나무 숲을 지나 비탈길 과수원에 도착했을 때 배리 씨와 다이애나가 앤을 기다리고 있었다. 세 사람은 곧바로 길을 나섰다.

먼 길이었지만 앤과 다이애나는 매 순간이 즐거웠다. 추수가 끝난 밭 너머로 조금씩 붉게 젖어드는 새벽빛 속에서 이슬이 촉촉하게 내린 길을 따라 덜컹거리며 가는 기분은 더할 나위 없이 즐거웠다. 코끝에 스치는 공기는 맑고 상쾌했으며, 연기처럼 푸른 안개가 골짜기에서 소용돌이치듯 피어올라 언덕 위로 날아갔다. 마차는 단풍나무가 진홍빛 깃발 같은 잎을 내걸기 시작한 숲을 지났다. 강 위에 놓인 다리를 건널 때, 앤은 꽤 시간이 지나 반쯤은 기쁨이 되어버린 무서운 기억이 떠올라 몸을 움츠렸다. 항구를 따라 해안가로 접어들었을 때는 숱한 비바람을 맞아 잿빛으로 바랜 어부들의 오두막을 지나가기도 했다. 또다시 언덕에 오르자 완만하게 펼쳐진 능선과 안개 낀 푸른 하늘이 한눈에 들어왔다. 어디를 가더라도 아이들의 눈길을 끄는 이야깃거리는 끊이지 않았다. 마차는 정오가 다 되어서야 샬럿타운에 도착해서 '너도밤나무집'으로 가는 길에 접어들었다. 큰길에서 멀찍이 떨어져 조용한 곳에 위치한 그 집은 고풍스럽고 멋진 저택이었다. 집 주변에는 초록색 느릅나무와 가지를 무성하게 뻗은 너도밤나무들이 있었다. 조지핀 배리 할머니는 검고 예리한 눈을 반짝이며 현관에서 아이들을 맞이했다.

"드디어 나를 보러 왔구나, 우리 예쁜 앤. 아이고, 어쩜 이렇게 많이 컸니? 키가 나보다 크네. 얼굴도 훨씬 예뻐졌어. 하긴 내가 굳이 말 안 해도 이미 알고 있겠지?"

앤이 밝은 얼굴로 말했다.

"아뇨, 전혀 몰랐어요. 고맙게도 주근깨가 전보다 줄어들긴 했죠. 하지만 다른 곳까지 나아지리라고는 감히 바라지도 않았어요. 그렇게 봐주시다니 정말 기뻐요, 배리 할머니."

나중에 앤이 마릴라에게 했던 말을 그대로 옮기자면, 배리 할머니의 집은 "대단히 웅장하게" 꾸며져 있었다. 식사 준비가 다 되었는지 확인하려고 배리 할머니가 자리를 비우자 응접실에 남은 두 시골 아이는 그곳의 화려한 모습에 주눅이 들었다.

"궁전에 온 것 같지 않니? 나도 조지핀 할머니 집에 온 건 처음이라 이렇게 대단하리라고는 상상도 못 했어. 줄리아 벨한테 여길 보여주고 싶을 뿐이야. 그 앤 기회가 될 때마다 자기 엄마 응접실을 자랑하곤 하잖아."

다이애나의 속삭임을 듣고 앤은 한숨을 쉬었다. 얼굴은 황홀한 감정에 취해 있는 듯 보였다.

"이것 봐, 벨벳 카펫이야. 그리고 실크 커튼! 난 이런 걸 꿈꿔왔어, 다이애나. 하지만 막상 이런 것들에 둘러싸여 있으니까 왠지 마음이 편치 않아. 그래서 이상한 기분이 들어. 여긴 물건이 아주 많고 하나같이 화려하지만, 그래서인지 상상할 거리가 없어. 가난하다는 것도 위로가 될 수 있구나. 상상의 나래를 마음껏 펼칠 수 있잖아."

앤과 다이애나가 샬럿타운에서 보낸 시간은 몇 년이 지난 뒤에도 특별한 추억으로 남았다. 시작부터 마지막 순간까지 즐거운 일이 그득한 나날이었다.

수요일이 되자 배리 할머니는 두 아이를 데리고 박람회에 가서 종일 시간을 보냈다. 나중에 앤은 마릴라에게 자세한 이야기를 들려주었다.

"정말 굉장했어요. 그렇게 즐거울 거라고는 상상도 못 했다니까요. 뭐가 가장 재미있는지 고르지도 못할 정도였죠. 음, 말과 꽃과 수예품을 전시한 곳이 가장 좋았던 것 같아요. 조시 파이는 뜨개질 경기에서 1등을 했는데, 그때 제가 얼마나 기뻤는지 몰라요. 무엇보다 제가 기뻐했다는 사실이 가장 기뻤어요. 제가 점점 나아지고 있다는 증거잖아요. 그렇죠, 마릴라 아주머니? 하면 앤드루스 아저씨는 그레벤슈타인 사과로 2등을 했고, 벨 선생님은 돼지로 1등을 했어요. 다이애나는 주일학교 교장선생님이 돼지로 상을 받는 건 우습다고 했지만, 전 그게 왜 우스운 건지 모르겠어요. 아주머니는 어떻게 생각하세요? 다이애나는 앞으로 벨 선생님이 엄숙하게 기도할 때마다 이 일이 생각날 것 같대요. 클라라 루이즈 맥퍼슨은 그림으로 상을 받았고, 린드 아주머니는 수제 버터와 치즈로 1등을 했어요. 그러니까 에이번리 사람들이 상을 꽤 많이 받은 거네요, 그렇죠? 온통 모르는 사람들 사이에서 린드 아주머니의 얼굴을 봤을 때, 제가 아주머니를 얼마나 좋아하는지 알게 되었어요. 수천 명이 몰려 있다 보니 저라는 존재가 한없이 미약하게 느껴지더라고요. 배리 할머니는 우리를 경마장에서 가장 좋은 자리로 데려가셨어요. 린드 아주머니는 가지 않겠다고 했는데, 경마는 가증스러운 일일뿐더러 그런 곳에 가지 않음으로써 기독교 신자다운 모범을 보이는 것이 자기에게 주어진 의무라고 하셨어요. 하지만 사람들이 너무 많아서 거기에 린드 아주머니가 가지 않은 줄 아무도 몰랐을 거예요. 물론 저도 경마장에 자주 가면 안 된다고 생각해요. 너무 재미있어서 자칫하면 푹 빠질 수도 있으니까요. 다이애나는 몹시 흥분한 나머지 빨간색 말이 이긴다는 데에 10센트를 걸고 내기하자고 했어요. 저는 그 말이 이길 것 같지 않았죠. 하지만 내기는 하지 않겠다고 말했어요. 저는 사모님한테 모든 걸 얘기하고 싶은데, 내기를 했다는 말은 차마 할 수 없으니까요. 목사님의 아내에게 말할 수 없는 일을 하는 건 분명히 잘못이라고 생각해요. 사모님하고 친구가 되면 양심이 하나 더 생긴 것과 마찬가지인 것 같아요. 내기를 하지 않아서 정말 다행이에요. 빨간색 말이 이겼거든요. 10센트를 잃을 뻔했죠. 역시 착한 일을 하면 보답을 받는 건가 봐요. 우리는 풍선을 타고 하늘로 올라가는 사람도 봤어요. 저는 그 사람이 참 부러웠어요. 만약 제가 하늘을 난다면 가슴이 두근거릴 거예요. 그리고 점치는 사람도 봤어요. 10센트를 내면 작은 새가 그 사람의 운세를 집어다 줘요. 배리 할머니가 다이애나랑 제게 10센트씩 주면서 점을 쳐보라고 하셨어요. 제 점괘에 따르면 저는 피부가 어둡고 돈이 무척 많은 부자와 결혼하고 바다 건너 외국에서 산대요. 그 뒤로 저는 가무잡잡한 남자가 눈에 띌 때마다 유심히 살펴봤지만, 그중에는 마음에 드는 사람이 없었어요. 어쨌든 지금 결혼 상대를 찾는 건 너무 이른 감이 있어요. 아, 결코 잊을 수 없는 하루였어요. 너무 피곤한 나머지 오히려 밤에 잠이 오지 않을 정도였죠. 배리 할머니는 약속대로 우리에게 손님방을 내주셨어요. 무척 우아한 곳이었어요. 그런데 웬일인지 손님방에서 자는 건 상상과 달랐어요. 어른이 되면 안 좋은 점이 이런 건가 봐요. 어릴 때 간절히 원했던 것도 막상 손에 넣으면 기대에 반도 미치지 못한다는 걸 차츰 깨닫기 시작했어요."

목요일에 두 아이는 마차를 타고 공원을 돌아다녔다. 저녁이 되자 배리 할머니는 아이들을 데리고 음악회에 가서 유명한 프리마돈나의 노래를 들려주었다. 그날 저녁 앤은 눈이 부실 만큼 환상적인 기쁨을 맛보았다.

"아, 마릴라 아주머니. 말로는 설명할 수 없어요. 너무나 감동해서 할 말을 잃어버렸거든요. 어떤 느낌인지 아시죠? 넋을 잃은 채로 그저 잠자코 앉아만 있었어요. 셀리츠키 부인은 완벽하게 아름다운 분이었어요. 하얀 새틴 드레스를 입고 멋진 다이아몬드로 치장했죠. 그런데 노래가 시작되자 전 아무런 생각도 할 수 없었어요. 아, 제가 어떤 기분이었는지 도저히 표현할 수 없네요. 음, 착한 사람이 되는 일도 어렵지 않을 것 같았고, 하늘의 별을 올려다볼 때와 비슷한 기분이었어요. 눈물이 계속 흘러나왔지만, 그건 행복한 눈물이었죠. 음악회가 끝났을 때는 정말 아쉬워서, 이제 어떻게 평범한 삶으로 돌아갈 수 있을지 모르겠다고 배리 할머니께 말씀드렸어요. 그랬더니 할머니께서 길 건너편 식당에 들러 아이스크림을 먹으면 도움이 될 것 같다고 말씀하셨어요. 상상력이라고는 거의 없는 말이라고 생각했는데, 그 말이 진짜라는 걸 알고 깜짝 놀랐어요. 아이스크림은 정말 맛있었어요, 마릴라 아주머니. 밤 열한 시에 거기 앉아서 아이스크림을 먹는 일은 무척 근사했고, 적당히 방탕한 것 같다는 기분도 들었죠. 다이애나는 자기 성향이 도시 생활에 맞는 것 같다고 말했어요. 배리 할머니가 저는 어쩌냐고 물어보셨는데 전 아주 진지하게 생각해본 다음에야 제 생각을 말씀드릴 수 있을 것 같다고 대답했어요. 그래서 침대에 들어간 뒤에 곰곰이 생각해봤죠. 그때가 무언가를 생각하기에는 가장 좋은 시간이잖아요. 마침내 전 도시 생활에 맞지 않고, 그래서 다행이라고 결론 내렸어요. 어쩌다 한 번씩 밤 11시에 멋진 식당에서 아이스크림을 먹는 일은 참 멋져요. 하지만 보통 때라면 밤 11시에는 동쪽 다락방에 있는 게 더 좋아요. 저는 푹 자고 있지만 밖에서 별이 빛나고 바람이 개울을 가로질러 전나무 숲으로 불어온다는 걸 자는 중에도 알고 있으니까요. 다음 날 아침식사 때 고대로 말씀드렸더니 배리 할머니가 웃으셨어요. 할머니는 제가 무슨 말을 해도 웃으세요. 심지어 진지한 말을 할 때도요. 그건 별로 좋지 않아요. 재미있게 해드리려고 한 얘기가 아니었으니까요. 하지만 할머니는 참 너그러운 분이고 저희를 아주 정성껏 대접해주셨어요."

집으로 돌아가는 날인 금요일이 되었다. 배리 씨가 두 아이를 데리러 마차를 몰고 왔다.

배리 할머니가 작별 인사를 하면서 말했다.

"음, 둘 다 재밌게 지냈는지 모르겠구나."

다이애나가 말했다.

"정말 재밌었어요."

"넌 어땠니, 예쁜 앤?"

"매 순간 매 순간이 즐거웠어요."

앤은 이렇게 말한 다음 갑자기 노부인의 목을 끌어안고 주름진 뺨에 입을 맞추었다. 다이애나는 감히 그렇게 할 엄두도 내지 못했을 것이다. 배리 할머니는 자유분방한 앤의 행동에 그저 아연실색했다. 하지만 곧바로 무척 기뻐하면서 마차가 보이지 않을 때까지 베란다에 서서 아이들이 떠나는 모습을 지켜보았다. 그러고는 한숨을 쉬며 자기의 큰 집으로 다시 들어갔다. 생기발랄한 아이들의 빈자리가 너무도 쓸쓸하게 느껴졌던 것이다. 사실 배리 할머니는 조금 이기적인 노부인이었고 자신 외에 다른 사람에게는 별로 신경을 쓰지 않았다. 그동안 자기에게 도움이 되는지, 자기를 즐겁게 해주는지를 기준으로만 사람을 평가해왔던 것이다. 다행히 앤은 이 노부인을 즐겁게 해주었고 덕분에 호감을 얻었다. 하지만 배리 할머니는 앤의 엉뚱한 말보다는 생기 넘치는 열정, 솔직한 감정 표현, 애교 있는 모습, 눈매와 입가에서 드러나는 사랑스러움을 더 많이 생각한다는 사실을 문득 깨달았다.

배리 할머니가 혼자 중얼거렸다.

"마릴라 커스버트가 보육원에서 여자아이를 데려왔다는 이야기를 들었을 때 나잇살이나 먹은 사람이 바보 같은 짓을 했다고 생각했지. 그런데 이제 보니 마릴라가 실수한 게 아니었구먼. 앤 같은 아이가 늘 이 집에 있다면 난 훨씬 너그럽고 행복하게 살 수 있을 텐데."

마차를 타고 집으로 돌아오는 길은 가는 길만큼이나 즐거웠다. 아니, 그보다 더 즐거웠다. 이 길의 끝에서 집이 기다리고 있었기 때문이다. 해가 저물 무렵에 마차는 화이트샌즈를 지나 해변 길로 접어들었다. 저 멀리 엷은 자줏빛 노을이 진 하늘을 배경으로 에이번리의 언덕이 어둑하게 나타났다. 언덕 뒤쪽에서는 바다 위로 달이 떠올랐다. 달빛을 받아 온통 밝게 빛나는 바다는 평소보다 아름다워 보였다. 굽이치는 해변 길을 따라 바다가 육지로 쑥 굽이쳐 들어간 곳에서는 잔물결이 춤을 추며 반짝였다. 물결은 아래쪽 바위에 부드럽게 부딪쳤고 맑고 상쾌한 밤 공기에는 바다 내음이 가득 섞여 있었다.

앤이 길게 숨을 내쉬었다.

"아, 살아 있다는 것도, 집으로 돌아간다는 것도 참 좋다."

앤이 통나무 다리를 건너자 초록지붕집의 부엌 불빛이 다정한 환영의 눈짓을 보냈다. 열린 문 안쪽으로는 난롯불이 붉게 빛나면서 쌀쌀한 가을밤을 녹일 만한 온기를 내보냈다. 앤은 기쁜 마음으로 언덕길을 올라 부엌까지 쭉 달려갔다. 식탁에는 따뜻한 식사가 차려져 있었다.

마릴라가 뜨개질거리를 내려놓으며 말했다.

"이제 돌아오니?"

앤이 기쁜 얼굴로 대답했다.

"네. 집에 오니까 너무 좋아요. 무엇에게든 입을 맞추고 싶을 정도예요. 심지어 저 시계에도요. 아주머니, 닭고기를 구우셨네요! 설마 제 건 아니겠죠?"

"널 주려고 만든 거란다. 멀리서 오느라 배가 고팠을 테니까 맛있는 걸 먹여야겠다고 생각했지. 얼른 모자와 외투를 벗어라. 매슈 오라버니가 돌아오는 대로 저녁을 먹자꾸나. 네가 돌아와서 나도 참 기쁘다. 네가 없으니 어찌나 쓸쓸하던지. 나흘이 이처럼 길게 느껴진 적은 처음이었어."

저녁 식사가 끝난 뒤 앤은 난롯가에서 매슈와 마릴라 사이에 앉아 두 사람에게 이번 여행에서 있었던 일을 하나도 빼놓지 않고 들려주었다.

앤은 행복한 얼굴로 이야기를 마쳤다.

"정말 멋진 시간이었어요. 제 인생에 한 획을 긋는 것 같았어요. 하지만 무엇보다 좋은 건 집에 돌아왔다는 거예요."

30장

퀸스 입시반 개설

마릴라는 무릎에 뜨개질거리를 내려놓고 의자에 등을 기댔다. 눈이 피로했기 때문이다. 최근 들어 심심찮게 나타나는 증상이었다. 그래서 마릴라는 시내에 갈 일이 생기면 안경부터 바꿔야겠다고 마음먹었다.

해는 거의 저물고 11월의 짙은 황혼이 초록지붕집 주위로 내려앉았다. 춤을 추듯 타오르는 난롯불만이 컴컴한 부엌을 밝히고 있었다.

앤은 난로 앞 깔개에 튀르키예 사람처럼 책상다리를 하고 앉아 즐겁게 이글거리는 불빛을 바라보았다. 단풍나무 장작은 마치 수백 번의 여름을 지내며 차곡차곡 담아둔 햇살이 조금씩 타오르는 듯했다. 앤은 미소를 머금고 입을 살짝 벌린 채로 공상에 잠기기 시작했다. 읽고 있던 책은 어느새 미끄러져 바닥으로 떨어졌다. 앤의 생생한 공상 속에서는 스페인의 성이 안개와 무지개를 헤치고 찬란하게 빛나는 모습을 드러냈다. 꿈의 세계에서는 놀랍고도 매혹적인 모험이 펼쳐졌다. 모험은 언제나 승리로 끝났고, 실생활에서처럼 앤을 곤경에 빠뜨리지는 않았다.

마릴라는 앤을 사랑스러운 눈으로 바라보았다. 불빛과 그림자가 부드럽게 섞인 난롯가에서만 볼 수 있는 모습이었다. 밝은 곳에서는 좀처럼 그런 눈빛을 드러내지 않았다. 자신의 사랑을 상대가 알기 쉽도록 말이나 표정으로 표현하는 데 서툴렀기 때문이다. 지금껏 그런 지혜를 배운 적이 없으니 당연한 일이었다. 그런데 지금은 겉으로 보이지 않는 것보다 더 깊고 강렬한 마음으로, 깡마르고 회색 눈을 가진 이 아이를 사랑하게 되었다. 그 사랑이 점점 커지면서 앤을 오냐오냐하며 키우게 될까 봐 염려되었고, 한갓 인간에게 이토록 강렬한 애정을 품는 일이 죄가 아닌가 싶어 불안한 마음도 들었다. 그래서 마릴라는 앤을 더 엄하고 까탈스럽게 대함으로써 속죄를 대신하는 것처럼 보였다. 만약 이 아이가 그토록 소중한 존재가 아니었더라면 그렇게까지 하지는 않았을 것이다. 물론 앤은 마릴라가 자기를 얼마나 사랑하는지 모르고 있었다. 앤이 느끼기에 마릴라를 만족시키기란 정말 어려웠다. 또한 마릴라는 자기에게 공감하고 이해해주는 면도 부족해 보였다. 그래서 가끔씩 서운한 마음이 들었다. 하지만 그때마다 앤은 자기가 마릴라에게 얼마나 큰 빚을 지고 있는지 생각하면서 자책하곤 했다.

"앤, 스테이시 선생님이 오후에 다녀가셨다. 네가 다이애나하고 밖에 나갔을 때 말이다."

마릴라가 불쑥 말을 꺼내자 앤은 화들짝 놀라 한숨을 쉬며 공상의 세계에서 빠져나왔다.

"아, 선생님이 집에 오셨어요? 제가 없을 때 오셔서 아쉬워요. 그런데 왜 절 부르지 않으셨어요? 다이애나랑 같이 바로 저기 유령의 숲에 있었는데요. 요즘 숲이 참 예뻐요. 고사리랑 윤이 나는 이파리랑 풀산딸나무 같은 것들은 모두 잠이 들었죠. 누군가 봄이 올 때까지 이것들을 낙엽 이불로 덮어둔 것 같아요. 지난 밤 달빛이 비칠 때 무지개 스카프를 맨 작은 회색 요정이 살며시 발끝으로 걸어와서 그렇게 해놓았나 봐요. 그런데 다이애나는 이제 그런 이야기를 별로 하지 않아요. 유령의 숲에서 귀신이 나온다고 상상했다가 엄마한테 혼난 일을 절대 잊을 수 없대요. 그 사건은 다이애나의 상상력에 나쁜 영향을 주었어요. 상상력이 그야말로 시들어버린 거죠. 그런데 린드 아주머니는 머틀 벨이 시들었다고 말씀하셨어요. 루비 길리스한테 이유를 물어봤더니 남자가 배신해서 그런 것 같대요. 루비는 온통 남자 생각뿐이에요. 나이를 먹을수록 더 심해진다니까요. 물론 남자가 필요한 경우도 있지만, 모든 일에 다 끌어다 붙일 수는 없잖아요. 다이애나랑 저는 결혼하지 않고 멋진 독신 여성으로 평생 함께 살겠다고 약속하면 어떨까 진지하게 고민 중이에요. 다이애나는 아직 결심이 서지 않았나 봐요. 거칠고 무모한 데다 고약하기까지 한 남자와 결혼해서 그를 착한 사람으로 만드는 게 더 고귀한 일인 것 같다나요. 요즘 들어 다이애나와 저는 진지한 주제에 대해 많은 이야기를 나눠요. 전보다 많이 자랐으니 어린애 같은 문제에서는 벗어나는 게 좋겠다고 생각하거든요. 열네 살이 된다는 건 정말 엄숙한 일이니까요. 스테이시 선생님은 지난 수요일에 열세 살이 넘은 여자아이들만 따로 불러 시냇가에 데려가셨어요. 그리고 이 시기에 어떤 습관을 들일 것인지, 무슨 이상을 품을 것인지가 무척 중요한 문제이니 주의를 기울여야 한다고 말씀하셨죠. 스무 살이 될 때까지 사람의 성격이 형성되고 평생의 토대가 마련되기 때문이래요. 만약 토대가 흔들리면 그 위에 가치 있는 그 무엇도 세울 수 없다고 하셨죠. 다이애나랑 저는 수업을 마친 후 집으로 돌아오면서 이 문제를 이야기했어요. 우린 정말 엄숙한 기분이 들었어요, 마릴라 아주머니. 조심스럽게 주의를 기울여 좋은 습관을 기르고, 가능한 한 많은 걸 배우며, 최대한 현명한 사람이 되도록 노력하기로 결심했어요. 그러면 스무 살이 되었을 때 훌륭한 인격을 갖출 수 있겠죠? 스무 살이 된다는 생각만 해도 기분이 오싹해져요. 나이가 엄청나게 많고 다 큰 어른이 된 것 같잖아요. 아, 그런데 스테이시 선생님은 왜 오신 거예요?"

"내가 하려던 말이 바로 그거야. 나한테 한 마디라도 말할 기회를 줬어야지. 아무튼 선생님은 네 얘기를 하려고 오셨어."

"제 얘기라고요?"

앤은 겁먹은 표정을 지었다가 얼굴을 붉히며 소리쳤다.

"아, 선생님이 뭐라고 하셨는지 알겠어요. 저도 말씀드리려다가 깜빡했거든요. 정말이에요. 어제 오후 캐나다 역사 시간에 『벤허』를 읽다가 들키고 말았어요. 제인 앤드루스가 빌려준 책이에요. 점심시간에 읽고 있었는데, 전차 경주 장면에 이르렀을 때 수업이 시작됐죠. 결말이 어떻게 날지 궁금해서 참을 수 없었어요. 물론 벤허가 이길 거라고 확신했지만요. 벤허가 진다면 정의를 실현할 수 없으니까요. 아무튼 책상 위에 역사책을 펴놓고, 무릎에 『벤허』 책을 슬쩍 올려놓았어요. 겉으로는 캐나다 역사책을 읽는 것처럼 보였지만 실제로는 『벤허』에 빠져 있었죠. 그런데 책이 너무 재미있다 보니 선생님이 통로로 걸어오시는 것도 몰랐던 거예요. 문득 고개를 드니까 선생님이 꾸짖는 듯한 표정으로 저를 내려다보고 계셨어요. 얼마나 부끄러웠는지 몰라요. 특히 조시 파이가 키득대는 소리를 들었을 땐 쥐구멍에라도 숨고 싶었죠. 선생님은 아무런 말씀 없이 책만 가져가시고는 쉬는 시간에 저를 부르셨어요. 제가 한 행동은 두 가지 면에서 아주 잘못한 거라고 꾸중하셨죠. 첫 번째는 공부에 쏟아야할 시간을 낭비했다는 거였고, 두 번째는 역사책을 읽는 척하면서 소설책을 읽는 행동으로 선생님을 속인 거였어요. 전 충격을 받았어요. 그 순간까지도 제가 다른 사람을 속이고 있다는 걸깨닫지 못했거든요. 그래서 엉엉 울며 절 용서해달라고, 다시는 그러지 않겠다고 애원했죠. 그리고 벌을 받는다는 의미로 일주일 내내 『벤허』를 쳐다보지도 않겠다고 약속했어요. 전차 경주 결과가 아무리 궁금해도 확인하지 않겠다고 한 거예요. 하지만 스테이시 선생님은 그럴 필요까지는 없다고 하시면서 흔쾌히 절 용서해주셨어요. 그런데도 결국 집에까지 오셔서 아주머니께 그 일을 이야기하셨다니, 정말 너무해요.”

“앤, 스테이시 선생님은 그 일에 대해서 한 마디도 안 하셨다. 네가 속으로 켕기는 게 있으니까 그런 생각이 든 것이겠지. 학교에 소설책을 가지고 가다니, 당치도 않은 일이야. 어쨌든 넌 소설책을 너무 많이 읽는 것 같다. 내가 어릴 땐 소설책 같은 건 볼 수도 없었어."

앤이 석연치 않은 얼굴로 항의했다.

"『벤허』를 어떻게 소설책 같은 거라고 하실 수 있어요? 그건 종교 서적인걸요. 물론 일요일에 읽기엔 좀 흥미진진한 내용이기는 하지만요. 그래서 전 평일에만 읽었어요. 게다가 지금은 스테이시 선생님이나 앨런 목사 사모님이 열세 살하고도 아홉 달이 된 아이가 읽기에 적당하지 않다고 생각하시는 책은 거들떠보지도 않아요. 스테이시 선생님하고 그렇게 약속했거든요. 언젠가 제가 『귀신 들린 집의 무시무시한 수수께끼』라는 책을 읽는 걸 선생님이 보셨어요. 루비 길리스한테 빌린 책인데, 정말 재미있고 소름 끼치는 내용이에요. 온몸의 피가 얼어붙는 것 같았다니까요. 하지만 스테이시 선생님이 그런 책은 유치할 뿐만 아니라 건전하지 않으니 앞으로 읽지 말라고 당부하셨어요. 비슷한 책을 읽지 않겠다고 약속하는 건 괜찮지만 재미있게 읽던 책을 결말도 모른 채로 돌려준다는 건 정말 고통스러워요. 하지만 전 스테이시 선생님을 사랑하니까 그런 아픔을 참아내고 책을 돌려줬어요. 누군가에게 기쁨을 주기 위해 뭔가를 한다는 건 정말 멋진 일이에요, 마릴라 아주머니."

"그래그래. 나는 등불을 켜고 하던 일이나 마저 해야겠다. 아무래도 넌 스테이시 선생님이 뭐라고 말씀하셨는지 별로 궁금하지 않은 모양이야. 입을 놀리는 것에만 신경 쓰고 다른 일에는 전혀 관심이 없잖니."

"아, 잠깐만요, 마릴라 아주머니. 저 듣고 싶어요. 지금부터 입을 꾹 다물고 있을게요. 제가 말이 너무 많다는 건 알고 있어요. 그래도 고쳐보려고 애쓰는 중이에요. 하지만 저도 하고 싶은 말을 전부 다 하는 게 아니라는 걸 아주머니가 아신다면, 제 노력을 조금은 인정해주실 거예요. 그러니 제발 말씀해주세요, 마릴라 아주머니."

"알았다. 스테이시 선생님은 성적이 좋은 학생들을 따로 모아서 퀸스 전문학교 입학시험 준비반을 만들려고 하신대. 방과 후에 한 시간 동안 보충수업을 할 생각인데, 너를 그 반에 넣어도 되겠냐고 매슈 오라버니와 내게 물어보러 오신 거야. 넌 어떻게 하고 싶니, 앤? 퀸스에서 공부하고 자격증을 따서 선생님이 될 마음이 있니?"

앤은 벌떡 일어나 두 손을 마주잡았다.

"아, 마릴라 아주머니! 그건 제 평생의 꿈이었어요. 그러니까 여섯 달 전에, 루비하고 제인이 입학시험 준비를 한다는 이야기를 들은 뒤부터요. 하지만 차마 이야기를 꺼내지는 못했어요. 말해봤자 소용이 없을 거라고 생각했거든요. 네, 저도 선생님이 되고 싶어요. 그런데 학비가 엄청 많이 들지 않나요? 앤드루스 아저씨 말로는 프리시가 졸업할 때까지 150달러가 들 거래요. 프리시는 기하학을 못하는 편이 아닌데도요."

"그런 건 네가 걱정하지 않아도 된다. 매슈 오라버니와 나는 널 데려오면서 힘닿는 데까지 돌봐주고 교육도 잘 시키겠다고 결심했단다. 그럴 필요가 있건 없건 간에 여자도 생활비 정도는 스스로 벌 수 있는 능력을 갖춰야 한다고 생각해. 오라버니와 내가 여기 사는 한, 초록지붕집은 계속 네 집이야. 그래도 이 불

확실한 세상에서 무슨 일이 일어날지는 아무도 모르니 뭐든 준비해놓는 것도 나쁠 게 없지. 그러니까 네가 원한다면 퀸스 입시반에 들어가도 된단다, 앤."

앤은 마릴라의 허리를 감싸 안고 진심 어린 표정으로 그녀의 얼굴을 올려다보았다.

"아, 마릴라 아주머니. 정말 고마워요. 아주머니랑 매슈 아저씨에게는 정말 어떻게 감사드려야 할지 모르겠어요. 두 분에게 자랑스러운 아이가 되도록 최선을 다해서 공부할게요. 하지만 기하학은 기대하지 마세요. 그래도 그 외의 과목은 딴 애들보다 잘할 수 있을 것 같아요."

"그렇고말고. 넌 잘 해낼 거야. 스테이시 선생님도 네가 똑똑하고 성실하다고 하셨지."

세상이 뒤집힌다 해도 마릴라는 스테이시 선생님이 앤에 대해 칭찬한 말을 그대로 전하지 않을 생각이었다. 자칫 앤의 허영심만 부추길 수 있기 때문이다.

"죽기 살기로 책에만 매달릴 필요는 없단다. 입학시험까지는 아직 1년 반이나 남았으니까 서두르지 않아도 돼. 그래도 제때에 시작해서 기초를 철저히 다지는 편이 좋겠지. 스테이시 선생님도 그렇게 말씀하셨어."

앤은 더없이 행복한 얼굴로 다짐했다.

"앞으로 공부를 더 열심히 할 거예요. 인생의 목표가 생겼으니까요. 앨런 목사님은 누구나 뚜렷한 목표를 세우고 성실하게 추구해야 한다고 말씀하셨어요. 다만 그 목표가 가치 있는 것인지 먼저 확인해야 한다고도 하셨죠. 스테이시 선생님 같은 교사가 되겠다는 건 가치 있는 목표라고 생각해요. 그렇죠? 교사는 숭고한 직업인 것 같아요."

머지않아 퀸스 입시반이 개설되었다. 길버트 블라이드, 앤 셜리, 루비 길리스, 제인 앤드루스, 조시 파이, 찰리 슬론, 무디 스퍼전 맥퍼슨이 이 반에 들어갔다. 하지만 다이애나 배리는 빠졌다. 배리 씨 부부는 딸을 퀸스에 보낼 생각이 없었기 때문이다. 이는 앤에게 재앙이나 다름없는 일이었다. 미니 메이가 후두염에 걸렸던 그날 밤 이후로 앤과 다이애나는 무슨 일에서든 떨어져본 적이 없었다. 퀸스 입시반 학생들이 보충수업을 받으러 학교에 남은 첫날 오후, 앤은 다이애나가 다른 학생들과 함께 천천히 학교 밖으로 나가는 모습을 지켜보았다. 자작나무 길과 제비꽃 골짜기를 지나 집까지 혼자 걸어갈 다이애나를 보면서 앤은 친구의 뒤를 따라 달려가고 싶은 충동을 느꼈다. 하지만 꾹 참고 의자에 앉아 있어야만 했다. 목에 무언가가 걸린 것 같은 기분이 들었다. 앤은 재빨리 라틴어 문법책을 들어 올려서 눈물이 맺힌 눈을 가렸다. 세상이 뒤집힌다 해도 길버트 블라이드와 조시 파이에게는 눈물을 보이고 싶지 않았다.

그날 밤 슬픔에 잠긴 앤이 말했다.

"아, 마릴라 아주머니. 다이애나가 혼자 가는 모습을 보면서 앨런 목사님이 지난 일요일에 하신 말씀처럼 '죽음의 쓴맛'을 느꼈어요. 전 다이애나가 입학시험 공부만이라도 같이 했으면 얼마나 좋을까 하고 생각했어요. 하지만 린드 아주머니 말씀처럼 이 불완전한 세상에는 완벽한 게 존재할 수 없잖아요. 린드 아주머니는 대하기 불편할 때도 있지만, 옳은 말씀을 많이 하신다는 건 부인할 수 없어요. 그리고 퀸스 입시반은 굉장히 재미있을 것 같아요. 제인하고 루비는 선생님이 되는 게 꿈이에요. 루비는 2년만 교편을 잡은 뒤에 결혼하겠다고 했어요. 제인은 평생을 가르치는 일에 바칠 거고 결혼은 절대로 하지 않겠대요. 선생님으로 일하면 돈을 벌 수 있지만 결혼을 하면 남편이 따로 봉급을 지급하는 것도 아닐 테고, 무엇보다 달걀과 버터를 사게 생활비를 달라고 하면 불평이나 늘어놓을 거라면서요. 아마도 제인에게는 쓰라린 기억이 있는 것 같아요. 린드 아주머니가 그러시는데 제인의 아빠는 무척 괴팍한 데다 우유에서 지방을 두 번이나 떠낼 정도로 인색한 분이래요. 조시 파이는 단지 공부를 하고 싶어서 대학에 갈 생각이라고 했어요. 자기는 생활비를 벌 필요가 없으니까 누군가에게 도움을 받으며 사는 고아와는 처지가 다르대요. 고아들은 느긋하게 지낼 여유가 없다는 뜻이겠죠. 무디 스퍼전은 목사가 된대요. 그런 이름에는 목사가 딱이라고 린드 아주머니가 말씀하셨어요.* 이런 말을 하면 좀 그렇지만, 무디 스퍼전이 목사가 된다고 생각하면 웃음이 나와요. 걘 아주 웃기게 생겼잖아요. 크고 뚱뚱한 얼굴에 눈은 조그맣고 파란 데다, 귀는 날개처럼 튀어나왔어요. 하지만 어른이 되면 지적으로 보일 수도 있겠죠. 찰리 슬론은 정계로 나가 의원이 될 거래요. 하지만 린드 아주머니는 그럴 수 없을 거라며 고

---

* 19세기의 유명한 개신교 설교자인 미국의 드와이트 무디(1837-1899)와 영국의 찰스 스퍼전(1834-1892, 우리나라에서는 주로 "스펄전"이라고 부름)의 이름에서 따왔기 때문이다.

개를 저었어요. 슬론네 가족은 모두 정직한 사람들인데, 요즘에는 악당 같은 사람들만 정치판에서 성공하기 때문이래요."

"길버트 블라이드는 뭐가 되고 싶다니?"

앤이 카이사르에 대한 책을 펼치는 걸 보면서 마릴라가 물었다. 앤은 길버트를 깔보는 듯한 말투로 대답했다.

"그 애의 장래 희망 같은 건 몰라요. 그 애한테 그런 게 있는지도 모르겠고요."

길버트와 앤은 공공연한 경쟁 관계가 되었다. 전에는 한쪽만 열심이었지만, 이제 길버트도 앤과 마찬가지로 반에서 1등을 하겠다고 결심했기 때문이다. 그는 앤의 상대로 부족함이 없었다. 입시반의 다른 학생들은 두 사람의 실력을 암묵적으로 인정했고, 이들과 경쟁하려는 꿈조차 꾸지 않았다.

연못가에서 앤에게 용서해달라고 부탁했다가 거절당한 뒤로 길버트는 앤을 경쟁 상대로 정했을 뿐 평소에는 전혀 관심을 두지 않았다. 다른 여자아이들과는 이야기도 하고 농담도 나누었다. 책과 문제집을 바꿔서 보기도 하고, 수업 내용이나 앞으로의 계획을 의논하기도 했으며, 때로는 기도회나 토론회가 끝난 뒤 여자아이들 중 한두 명을 집까지 바래다주었다. 하지만 앤에 대해서는 철저히 무시했다. 앤도 무시당하는 일이 썩 달갑지 않다는 것을 깨달았다. 도리질을 하면서 "나는 상관없어!"라고 혼잣말을 해봤지만 소용없었다. 고집스럽지만 여린 마음 깊은 곳에서는 길버트가 신경 쓰였고, 만약 반짝이는 호수에서 있었던 기회가 다시 한번 주어진다면 그때와 전혀 다른 대답을 할 것이라는 사실도 알고 있었다. 앤은 길버트에게 오랫동안 품어왔던 분노가 갑작스럽게 사라진 것을 알고 몹시 당황했다. 분노의 힘이 가장 필요한 때인지라 당시의 모든 순간과 감정을 떠올려보면서 다시금 분노를 느껴보려고 했지만 뜻대로 되지 않았다. 그날 연못가에서 잠시 타올랐던 분노가 마지막이었던 것이다. 앤은 자기도 모르게 그 일을 잊어버리고 길버트를 용서했다는 사실을 깨달았다. 하지만 때는 이미 늦어버렸다.

앤이 자기가 그동안 거만하고 쌀쌀맞게 군 것을 얼마나 후회하는지는 길버트와 다른 아이들, 심지어 다이애나까지도 알아차리지 못했다. 앤은 감정을 망각의 덮개로 덮어두겠다고 결심했으며 실제로 그 일을 훌륭하게 해냈다. 길버트가 보복 삼아 일부러 무시하는 듯 행동했지만 앤은 전혀 개의치 않아 보였다. 그래서 겉으로 보이는 태도와 달리 사실은 앤에게 관심이 있었던 길버트는 아무런 위안을 얻을 수 없었다. 자기의 행동을 앤이 신경 쓰고 있다고 믿었지만 그런다고 마음이 후련하지는 않았다. 앤이 찰리 슬론을 매정하게 대하는 모습을 보면서 조금이나마 위로를 받을 뿐이었다.

이런 일들만 빼면 다들 즐거운 마음으로 각자에게 맡겨진 일과 공부를 하며 겨울을 보냈다. 앤의 하루하루는 1년이라는 목걸이에 꿰인 황금 구슬이 실에서 빠져나가듯 지나갔다. 앤은 모든 일에 관심을 갖고 열정적으로 임했으며 행복을 느꼈다. 배워야 할 과목과 얻어야 할 명예와 읽어야 할 재미있는 책이 있었다. 주일학교 성가대에서 새로운 노래를 연습하는 시간과 목사관에서 앨런 부인과 함께하는 즐거운 만남도 빼놓을 수 없었다. 그러는 동안 앤이 미처 깨닫기도 전에 봄이 초록지붕집을 찾아왔고 세상은 다시 꽃으로 가득해졌다.

봄이 되자 공부도 조금은 시들해졌다. 학교에 남은 퀸스 입시반 학생들은 수업을 마친 아이들이 푸르른 오솔길과 울창한 숲길과 목초지의 샛길로 흩어져 가는 모습을 창문 너머로 부러운 듯 바라보았고, 라틴어 동사와 프랑스어 연습문제를 공부하더라도 더는 지난겨울처럼 짜릿한 열정과 흥미를 느낄 수 없다는 것을 깨달았다. 앤과 길버트도 마음이 해이해지기는 마찬가지였다. 학기가 끝나고 즐거운 방학이 다가오자 선생님과 학생들의 마음은 장밋빛 날들을 기대하며 갈수록 부풀었다.

마지막 수업이 있던 날 오후, 스테이시 선생님이 학생들에게 말했다.

"여러분은 지난 1년 동안 열심히 공부했어요. 다들 재미있고 즐겁게 방학을 보낼 자격이 충분해요. 마음껏 뛰어놀면서 앞으로 여러분을 이끌어줄 건강과 활력과 꿈을 가득 담도록 하세요. 다들 알다시피 결전의 날이 1년 앞으로 다가왔답니다."

"스테이시 선생님, 새 학기에도 다시 뵐 수 있죠?"

조시 파이가 물었다. 조시 파이는 언제나 주저 없이 질문을 하곤 했는데, 적어도 이 순간만큼은 아이들 모두 조시에게 고마움을 느꼈다. 다들 궁금했지만 감히 물어볼 엄두를 못 냈기 때문이다. 얼마 전부터 놀랄 만한 소문이 돌았다. 스테이시 선생님이 고향에 있는 학교에서 교사로 와달라는 제안을 받았고 선생님도 이를 승낙했다는 것이다. 그래서 퀸스 입시반 학생들은 마음을 졸이며 대답을 기다렸다.

"네, 그럼요. 다른 학교로 옮길까도 생각해봤지만 에이번리에 남기로 결정했어요. 솔직히 말하면, 여기 있는 학생들과 정이 많이 들어서 떠날 수 없었어요. 이곳에 남아 여러분이 졸업하는 모습을 지켜보려고 해요."

"우아, 만세!"

무디 스퍼전이 환호성을 질렀다. 무디 스퍼전은 그동안 자기의 감정을 그렇게까지 겉으로 내보인 적이 없었다. 그래서 그 뒤로 일주일 동안 자기의 행동을 떠올릴 때마다 부끄러운 마음이 들어 얼굴을 붉혔다.

앤이 눈을 반짝이며 말했다.

"아, 정말 기뻐요. 선생님께서 다른 곳에 가신다는 건 생각하기도 싫을 만큼 정말 끔찍한 일이에요. 다른 선생님하고는 공부를 계속할 마음이 들지 않을 것 같거든요."

그날 저녁, 앤은 다락방에 있던 낡은 가방에 교과서를 모두 집어넣고 잠갔다. 그런 다음 열쇠를 이불장에 던져버리고 마릴라에게 말했다.

"방학 동안에는 교과서를 쳐다보지도 않을 거예요. 학기 내내 할 수 있는 데까지 정말 열심히 공부했어요. 기하학도 1권에 나온 공식을 전부 다 외울 만큼 책이 뚫어져라 들여다봤어요. 글자가 몇 개 바뀐다 해도 전혀 문제없을 정도예요. 논리적인 것이라면 이제 지긋지긋해요. 올여름엔 제 상상력을 마음껏 펼쳐볼 거예요. 아, 너무 놀라실 건 없어요. 적당한 선을 지킬 거니까요. 하지만 이번 방학은 정말 멋지고 즐겁게 보내고 싶어요. 어린아이로 보내는 마지막 여름일 테니까요. 린드 아주머니는 제가 내년에도 올해처럼 자란다면 긴 치마를 입어야 할 거래요.

제가 다리랑 눈만 커지는 것 같다고도 하셨어요. 어른처럼 긴 치마를 입으면 그에 걸맞게 행동해야 하고 품위도 갖춰야겠죠? 더는 요정 따위에 관심을 두면 안 될 것 같아서 아쉽네요. 그래서 이번 여름에는 진심으로 요정의 존재를 믿어보려고 해요. 아무튼 정말 즐거운 방학을 보낼 생각이에요. 머지않아 루비 길리스의 생일 파티도 있고, 주일학교에서 소풍도 갈 거고, 다음 달에는 선교 음악회도 열려요. 참, 배리 아주머니가 조만간 다이애나랑 절 데리고 화이트샌즈 호텔로 가서 저녁을 사주시겠대요. 사람들이 거기서 저녁을 먹기도 하나 봐요. 제인 앤드루스가 지난여름에 가본 적 있는데, 환한 전깃불과 곳곳에 장식된 꽃 그리고 아름다운 드레스를 입은 여자 손님들을 보는 것만으로도 눈이 부셨대요. 제인은 그때 처음으로 상류사회를 접했다면서 죽을 때까지 잊지 못할 거라고 했어요."

다음 날 오후 린드 부인이 찾아왔다. 마릴라가 왜 목요일 봉사회에 참석하지 않았는지 확인하러 온 것이다. 이는 곧 초록지붕집에 무언가 문제가 생겼다는 뜻이었다.

마릴라가 이유를 말했다.

"그날 매슈 오라버니의 심장에 문제가 좀 생겼어요. 혼자 두고 나갈 수 없었죠. 아, 지금은 괜찮아졌어요. 그래도 이런 일이 전보다 잦아서 걱정이에요. 의사는 흥분하지 않도록 주의하라고 말해줬는데, 그건 일도 아니죠. 매슈가 흥분할 만한 일을 하는 사람도 아니고, 지금껏 그런 적도 없었으니까요. 문제는 힘든 일을 하지 말라는 건데… 오라버니에게 일하지 말라는 건 숨을 쉬지 말라는 얘기나 다름없잖아요. 아, 모자랑 짐은 여기 놓아요, 레이철. 차라도 한잔 드시겠어요?"

"그러지요. 지나치게 사양하는 것도 예의가 아니니 잠깐 앉았다 갈게요."

대답은 이렇게 했지만 린드 부인은 이곳에 올 때부터 차를 마시지 않고 갈 생각은 전혀 하지 않았다.

린드 부인과 마릴라가 응접실에서 편히 앉아 있는 동안 앤은 차를 끓이고 비스킷을 구웠다. 특히 하얗고 부드럽게 구워진 비스킷은 까다로운 린드 부인조차 흠을 잡지 못할 정도였다.

"앤이 정말 똑똑하게 잘 자랐네요. 저 아이가 있어서 참 든든하겠어요."

해 질 녘에 오솔길이 끝나는 곳까지 배웅해준 마릴라에게 린드 부인이 이야기했다. 그러자 마릴라도 고개를 끄덕이며 맞장구쳤다.

"맞아요. 덤벙대는 성격을 못 고칠까 봐 걱정했는데, 정말 차분해지고 믿음직스러워졌어요. 이젠 뭐든지 믿고 맡길 만해요."

"3년 전에 여기서 앤을 처음 봤을 땐, 저 아이가 이렇게 달라질 거라고는 생각도 못 했어요. 아이고, 그런 성깔머리는 평생 잊지 못할 거예요! 전 그날 밤 집으로 돌아가서 남편에게 말했죠. '토머스, 두고 봐요. 마릴라 커스버트는 자기가 벌인 일을 평생 후회하며 살 거예요.' 그런데 내가 완전히 잘못 생각했었네요. 그래서 얼마나 다행인지 몰라요. 마릴라, 나는 자기 실수를 인정할 줄 아는 사람이에요. 지금껏 그렇게 살지 않았죠. 내가 앤을 오해하기는 했지만, 사실 그럴 만했어요. 그렇게 특이하고 어디로 튈지 모르는 아이는 세상에 또 없을 테니까요. 평범한 아이들과 같은 잣대로 앤을 판단할 순 없죠. 그런데 지난 3년 동안 앤이 얼마나 변했는지 정말 놀라울 따름이에요. 특히 외모가 그래요. 정말 예뻐졌어요. 비록 내가 창백한 피부와 커다란 눈을 썩 좋아하는 편이 아니지만요. 난 다이애나 배리나 루비 길리스처럼 생기 있고 건강해 보이는 아이들이 더 좋아요. 루비는 정말 예쁘잖아요. 앤의 외모가 한참 떨어지는 건 사실이죠. 그런데 어찌 된 일인지 앤이 그 아이들과 같이 있으면, 다른 아이들의 얼굴은 평범하고도 지나치게 꾸며놓은 것처럼 보여요. 앤이 수선화라고 부르는 6월 백합이 커다랗고 빨간 작약 옆에 피어 있는 것 같다니까요. 맞아요, 바로 그거예요.”

31장

시내와 강이 만나는 곳*

'멋진' 여름이었다. 앤은 더없이 즐거운 시간을 보냈다. 앤과 다이애나는 밖에서 살다시피 하며 연인의 오솔길, 드라이어드 거품, 버들 연못, 빅토리아섬이 전해주는 즐거움을 만끽했다. 마릴라는 앤이 밖으로만 나돌아도 크게 간섭하지 않았다. 방학이 시작되고 얼마 지나지 않았을 때 있었던 일 때문이었다. 미니 메이의 후두염을 치료했던 스펜서베일의 의사가 어느 환자를 치료하러 왔던 집에서 앤과 마주쳤는데, 그는 앤을 유심히 살펴보고 나서 입을 꾹 다물고 고개를 가로젓더니 다른 사람 편으로 마릴라 커스버트에게 이런 내용의 전갈을 보냈다.

• 　미국 시인 헨리 롱펠로(1807-1882)의 시 〈처녀 시절〉의 한 구절로 어린 소녀에서 성숙한 여인으로 성장해가는 시기를 뜻한다.

그 집에 사는 빨간 머리 여자아이를 여름 내내 밖으로 내보
내서 신선한 공기를 마시게 해야 합니다. 더 활기차게 걸을
때까지는 책을 읽지 못하게 하십시오.

마릴라는 온몸이 떨릴 만큼 충격을 받았다. 의사의 처방을 전
적으로 따르지 않으면 앤이 폐병으로 죽을 수도 있다고 이해한
것이다. 덕분에 앤은 행동의 제약 없이 즐거운 마음으로 산책하
고, 배를 젓고, 산딸기를 따고, 마음껏 공상에 잠겼다. 이렇듯 생
애 최고의 황금 같은 여름을 보내고 9월이 되자 앤의 눈에는 생
기가 넘쳐흘렀고, 발걸음은 스펜서베일 의사도 만족할 만큼 민
첩해졌으며, 마음은 다시 한번 꿈과 열정으로 가득 찼다.

앤은 다락방에서 책을 가지고 내려오며 선언했다.

"이제는 공부에만 집중하고 싶어요. 아, 정다운 옛 친구들. 변
함없는 얼굴을 다시 보니 정말 반갑다. 그래. 기하학, 너도. 마릴
라 아주머니, 전 정말 완벽하게 아름다운 여름을 보냈어요. 앨
런 목사님이 지난 일요일에 말씀하신 것처럼 '길을 달리기 기뻐
하는 장사'가 된 것 같아요. 목사님의 설교는 정말 훌륭하지 않
나요? 린드 아주머니는 목사님의 설교가 나날이 좋아지고 있다
면서, 이러다가는 도시 교회에 목사님을 뺏기고 우린 새파란 초
짜 목사님을 데려와 처음부터 키워야 할 판이라고 하셨어요. 하
지만 그런 일이 벌어지기 전에 지레 걱정한들 무슨 소용이겠어
요. 앨런 목사님이 여기 계시는 동안 좋은 설교를 기쁘게 들으

• 구약성경의 시편 19편 5절에 나온 표현

면 그만이죠. 제가 남자라면 목사가 되었을 거예요. 건전한 신학으로 사람들을 올바르게 이끌 수 있으니까요. 훌륭한 설교를 해서 신자들의 마음을 감동시킬 수 있다면 얼마나 가슴이 설렐까요? 그런데 여자는 왜 목사가 될 수 없는 거죠? 린드 아주머니께 물었더니 화들짝 놀라면서 말도 안 된다고 하셨어요. 미국에는 여자 목사가 있을지도 모르고 아마도 있겠지만, 캐나다는 아직 그런 단계까지 가지 않아 다행이라면서 앞으로도 그런 일은 생기지 않았으면 좋겠대요. 하지만 전 아주머니의 말씀이 이해가 안 가요. 여자도 훌륭한 목사가 될 수 있지 않을까요? 교회 모임이나 다과회 그리고 기금 모금 행사가 있을 때마다 여자들이 나서서 주도하잖아요. 린드 아주머니도 분명 벨 교장선생님만큼 기도를 잘하실 테고, 연습만 좀 하시면 설교도 잘하실 게 분명한걸요."

"그래, 네 말이 맞는 것 같구나. 레이철은 지금도 비공식적인 설교를 많이 하고 있으니까. 레이철이 지켜보고 있는 한 에이번리에서는 잘못된 길로 빠질 사람이 거의 없을 거다."

마릴라가 무덤덤하게 말하자 앤이 속마음을 털어놓았다.

"마릴라 아주머니, 여쭤보고 싶은 게 있어요. 사실 제게 고민이 있거든요. 일요일 오후, 그러니까 특히 이 문제를 생각할 때면 고민이 더 커져요. 전 정말 착한 사람이 되고 싶어요. 아주머니나 앨런 목사 사모님이나 스테이시 선생님과 함께 있을 때 그런 마음이 더 간절해져서 세 분에게 기쁨을 드릴 만한 일, 세 분이 칭찬하실 만한 행동을 하고 싶어지죠. 그런데 린드 아주머니하고 같이 있을 때는 마음이 비뚤어지면서 아주머니가 해서는 안 된다고 말하는 것들을 하고 싶어져요. 그러고 싶어서 못 견딜 정도예요. 왜 그런지 모르겠어요. 정말 제가 못된 사람이고 회개하지 않은 죄인이라서 그럴까요?"

마릴라는 의아한 표정을 짓다가 곧 웃음을 터뜨렸다.

"네가 못된 아이라면 나도 마찬가지일 거다. 레이철과 함께 있다 보면 종종 그런 생각이 들거든. 난 레이철이 지금처럼 사람들에게 올바른 행동을 하라고 잔소리를 해대지만 않는다면 오히려 더 좋은 영향을 끼칠 거라고 생각한 적도 있단다. 십계명에 잔소리를 하지 말라는 특별한 조항이 있다면 얼마나 좋겠니. 하지만 내가 그렇게 말해선 안 되겠지. 레이철은 훌륭한 기독교인이고 좋은 의도로 그러는 거니까. 에이번리에서는 레이철만큼 친절한 사람도 없을 거야. 이제껏 자기가 할 일을 마다한 적도 없었지."

"아주머니도 저처럼 느끼신다니 정말 다행이에요. 덕분에 힘이 나요. 앞으론 그 일로 너무 걱정하지 않을 거예요. 물론 또 다른 문제로 고민하게 되겠죠? 걱정거리는 자꾸자꾸 생겨나서 저를 당황하게 만드니까요. 한 가지 문제를 해결하면 곧바로 다른 문제가 생긴다니까요. 어른이 되어가면서 신중하게 생각하고 결정해야 할 일이 참 많아졌어요. 그런 일들을 곰곰이 따져보고 뭐가 옳은지 판단하느라 늘 바쁘다니까요. 어른이 된다는 건 쉬운 일이 아닌가 봐요. 그렇죠, 마릴라 아주머니? 하지만 아주머니나 매슈 아저씨, 앨런 목사 사모님하고 스테이시 선생님 같은 분들이 곁에 계시니까 저도 반듯하게 자라야 해요. 만약 그렇게 되지 않는다면 그건 전부 제 잘못이에요. 어른이 될 기회는 한

번뿐이니까 부담감이 무척 크네요. 제대로 자라지 못했다고 해서 아이 때로 되돌아가 다시 시작할 수는 없으니까요. 아, 그리고 올여름엔 제 키가 5센티미터나 자랐어요. 길리스 아저씨가 루비의 생일 파티 때 제 키를 재주셨지요. 아주머니가 새 옷을 길게 만들어주셔서 얼마나 다행인지 몰라요. 짙은 초록색이 참 예뻐요. 주름 장식까지 달아주셔서 정말 감사해요. 물론 꼭 필요한 건 아니지만 이번 가을에는 주름 장식이 유행하고 있잖아요. 조시 파이의 옷에는 전부 주름 장식이 달려 있어요. 새 옷을 입으면 공부가 더 잘될 것 같아요. 주름 장식만 생각하면 마음이 무척 편안해지거든요."

마릴라가 고개를 끄덕였다.

"그런 느낌이 든다면 소용없는 일은 아니겠구나."

교탁에 선 스테이시 선생님은 학생들이 공부에 대한 열의로 가득 차 있음을 느꼈다. 특히 퀸스 입시반 학생들은 결전을 앞두고 각오를 새로 다지고 있었다. 이듬해 연말에 있을 '입학시험'이라는 일생일대의 도전이 아이들의 앞길에 희미한 그림자를 드리웠기 때문이다. 입학시험만 생각하면 아이들 모두 마음이 발끝까지 내려앉는 것 같았다.

'합격하지 못한다면 어떻게 될까!'

앤은 그해 겨울, 깨어 있는 시간 내내 이 생각을 떨쳐버릴 수 없었다. 일요일 오후 시간도 예외는 아니어서 도덕이나 신학적인 고민도 비집고 들어갈 틈이 없었다. 앤은 심지어 악몽도 꿨다. 꿈속에서 앤은 길버트 블라이드의 이름이 맨 위에 자랑스레 적혀 있고 자기 이름은 어디에도 없는 합격자 명단을 비참한 얼굴로 바라보고 있었다.

이렇게 그해 겨울은 몹시 바쁘면서도 한편으로는 즐겁고 행복하게 쏜살같이 지나갔다. 공부는 여전히 흥미로웠고 순위 경쟁도 언제나처럼 치열했다. 사상, 감정, 야망의 새로운 세계가 그리고 아직 탐험하지 않은 지식의 신선하고 매력적인 분야가 앤의 간절한 눈앞에 펼쳐진 듯했다.

> 언덕 너머로 언덕이 이어지고,
> 알프스 너머로 알프스가 우뚝 서 있다.*

이 모든 것은 스테이시 선생님이 적절하고 신중하며 편견 없이 학생들을 지도한 덕분이었다. 선생님은 학생들이 스스로 생각하고 탐구해서 진리를 발견하도록 이끌었고, 과거의 상투적인 방식에서 벗어나도록 격려했다. 이런 교수법은 기존의 틀을 깨려는 모든 노력을 다소 미심쩍게 바라보는 린드 부인과 학교 이사회에게 충격을 안겨주었다.

앤은 공부 외의 활동도 활발하게 했다. 스펜서베일 의사의 충고를 새겨들었던 마릴라는 앤이 이따금씩 외출을 해도 별말 없이 내버려두었다. 토론클럽은 여전히 활발한 활동을 펼쳤고 발표회도 여러 차례 열었다. 어른들의 파티와 비슷한 모임도 한두 번 있었다. 앤은 썰매를 타고 먼 곳까지 나가기도 했으며 스케이트를 타고 즐겁게 놀기도 했다.

---

* 영국 시인 알렉산더 포프(1688-1744)의 시 〈비평론〉의 한 구절

그사이에도 앤은 쑥쑥 자랐다. 어느 날 마릴라는 앤과 나란히 서 있다가 아이가 자기보다 크다는 사실을 깨닫고 깜짝 놀랐다.

"세상에, 앤. 언제 이렇게 컸니?"

믿을 수 없다는 듯 탄성을 지르다가 마릴라는 곧바로 길게 한숨을 쉬었다. 앤이 훌쩍 커버리자 묘하게 서운한 감정이 들었던 것이다. 마릴라에게 사랑하는 법을 가르쳐준 꼬마는 어디론가 사라지고, 이제 그 자리에 키가 크고 진지한 눈빛의 열다섯 살 소녀가 있었다. 자그마한 얼굴에는 자신감이 가득했고 표정에서 사려 깊은 성격이 그대로 드러났다. 마릴라는 예전의 어린아이만큼이나 이 소녀를 사랑했지만, 무언가를 잃은 듯 슬프고 허전한 마음이 드는 것은 어쩔 수 없었다. 그날 저녁, 앤이 다이애나와 기도회에 가려고 집을 나선 뒤의 일이었다. 땅거미가 서서히 젖어드는 가운데 홀로 앉아 있던 마릴라는 갑자기 마음이 약해져 울음을 터뜨렸다. 등불을 들고 오던 매슈가 깜짝 놀라 쳐다보자 마릴라는 눈물이 그렁그렁한 채로 미소를 지었다.

"앤을 생각하고 있었어요. 이제 다 컸네요. 다음 겨울이면 우리와 떨어져 지내게 될 텐데, 그 애가 보고 싶어서 어쩌죠?"

"집에 자주 올 수 있을 거야. 그때쯤이면 카모디까지도 철도가 연장되겠지."

매슈가 위로의 말을 건넸다. 매슈에게 앤은 여전히 4년 전 6월 어느 오후에 브라이트리버에서 집으로 데려온, 조그맣고 호기심 많은 어린아이였고, 앞으로도 쭉 그럴 것이다.

"하지만 앤이 여기 늘 있을 때와는 다르겠죠. 하긴, 남자들은 이런 기분을 이해할 수 없을 거예요."

마릴라가 침울하게 한숨을 내쉬었다. 위로받을 수 없는 슬픔이라면 차라리 그 속에 푹 잠기겠다고 마음먹은 듯했다.

앤에게는 키가 자란 것 못지않게 두드러진 변화가 있었다. 무엇보다 무척 조용해졌다. 갈수록 생각이 많아지고 여전히 꿈도 많이 꿨을 테지만, 전보다 말수가 줄어든 것은 분명했다. 언젠가 앤이 달라졌다는 것을 눈치챈 마릴라가 넌지시 물어보았다.

"넌 예전에 비해 수다가 반으로 준 것 같구나. 요즘은 거창한 표현도 잘 쓰지 않고. 왜 그런 거니?"

앤은 얼굴을 붉히면서 살짝 웃더니 책을 내려놓고 꿈꾸듯 창밖을 바라보았다. 봄 햇살의 유혹에 반응하듯 담쟁이덩굴에서 붉은색의 커다랗고 통통한 꽃봉오리가 피어나고 있었다. 앤은 생각에 잠긴 듯 집게손가락을 턱에 가져다 대면서 말했다.

"말을 많이 하고 싶지 않아졌거든요. 왜 그런지는 저도 잘 모르겠어요. 사랑스럽고 예쁜 생각이 들면 그걸 보물처럼 가슴에 간직하는 게 더 좋아요. 입 밖에 내서 사람들의 웃음거리가 되거나 이상한 눈으로 바라보게 하고 싶진 않거든요. 어찌 된 일인지 더는 거창한 표현을 쓰고 싶지 않은데, 사실 그건 좀 안타까운 일이에요. 원한다면 그런 말을 해도 될 만큼 컸잖아요. 어른이 되어간다는 건 즐거운 면도 있지만 제 기대와는 조금 다르네요. 배우고, 생각하고, 해야 할 것이 너무 많아서 거창한 말을 쓸 시간도 없어요. 게다가 스테이시 선생님은 말을 짧게 할수록 더 설득력이 있다고 하셨어요. 우리에게 글을 최대한 간결하게 쓰라고 하셨죠. 처음엔 힘들었어요. 제가 떠올릴 수 있는 멋있고 거창한 말을 죄다 늘어놓는 일에 익숙했으니까요. 그런 말은 얼마든지 생각났거든요. 하지만 이제 간결한 글쓰기에 익숙해지니까 그게 훨씬 낫다는 걸 알게 됐어요."

"이야기 클럽은 어떻게 됐니? 꽤나 한참 동안 네게 그 이야기를 듣지 못한 것 같구나."

"아, 이야기 클럽은 이제 없어졌어요. 다들 시간도 없고, 무엇보다 싫증이 난 것 같아요. 연애와 살인, 사랑의 도피와 비밀을 소재로 글을 쓰는 게 이제는 시시하기도 하고요. 스테이시 선생님은 글쓰기를 가르칠 때 이야기를 써보라고 하실 때도 있지만 에이번리에 살면서 일어날 법한 일 외에는 쓰지 말라고 하셨어요. 그리고 우리가 쓴 글을 예리하게 비평하실 뿐만 아니라 자기 글을 스스로 평가하게 하죠. 직접 살펴보기 전에는 제가 쓴 글에 결점이 그렇게나 많은지 몰랐어요. 전 부끄러워서 글쓰기를 포기하고 싶었지만 스테이시 선생님은 혹독한 비평가가 되려고 노력한다면 글을 잘 쓰는 법도 배울 수 있다고 말씀하셨죠. 그래서 선생님 말씀대로 해보려고 애쓰는 중이에요."

"입학시험까지 겨우 두 달 남짓 남았구나. 어떠냐, 합격할 수 있을 것 같니?"

앤이 부르르 몸서리치며 대답했다.

"아, 잘 모르겠어요. 문제없다고 생각할 때도 있지만, 가끔은 겁이 많이 나요. 우린 열심히 공부해왔고 스테이시 선생님도 꼼꼼하게 지도해주셨지만, 시험에서 떨어질 수도 있는 거잖아요. 다들 약점 하나씩은 갖고 있어요. 저는 당연히 기하학이고, 제인은 라틴어, 루비와 찰리는 대수, 조시는 연산이에요. 무디 스퍼전은 영국사 시험에서 물먹을 거라는 예감이 뼛속 깊이 든대요. 6월에는 입학시험과 비슷한 난이도의 모의고사를 치러야 해요. 우리가 자기의 실력을 정확히 알 수 있도록 스테이시 선생님이 채점을 굉장히 엄격하게 하실 거래요. 얼른 시험이 끝났으면 좋겠어요, 마릴라 아주머니. 정말 괴롭거든요. 때로는 한밤중에 벌떡 일어나서는 떨어지면 어쩌나 걱정하기도 해요."

마릴라가 태연하게 말했다.

"뭐가 문제냐. 학교를 1년 더 다니고 시험을 또 보면 되지."

"어휴, 전 도저히 그렇게 못 해요. 불합격하면 얼마나 창피할까요? 특히 길버, 아니 다른 아이들이 붙고 제가 떨어진다면 정말 끔찍하겠죠. 시험을 볼 때 너무 긴장한 나머지 망쳐버릴 것만 같은 예감이 들어요. 저도 제인 앤드루스처럼 강심장이었으면 좋겠어요. 걔는 무슨 일이 닥쳐도 태연하거든요."

앤은 한숨을 쉬며 봄의 세상이 보여주는 마법에서 눈을 떼었다. 산들바람과 파란 하늘이 손짓하고 뜰에서는 푸른 싹이 돋아났어도 앤은 단단히 마음먹은 듯 책에 얼굴을 묻었다. 봄은 매년 돌아오겠지만 이번 시험에 합격하지 못한다면 다시는 마음껏 봄을 즐길 수 없으리라는 확신이 들었던 것이다.

32장

합격자 명단 발표

6월 말에 학기가 끝나면서 스테이시 선생님도 에이번리 학교를 떠나게 되었다. 그날 오후 앤과 다이애나는 기분이 축 가라앉은 채로 집까지 걸어갔다. 스테이시 선생님과 나눈 작별 인사는 3년 전 필립스 선생님 때 못지않게 감동적이었으며, 퉁퉁 붓고 벌게진 눈과 축축하게 젖은 손수건이 분명한 증거였다. 다이애나는 가문비나무 언덕 아래에서 학교 건물을 돌아보면서 한숨을 내쉰 뒤 가라앉은 목소리로 말했다.

"모든 게 다 끝난 것 같은 기분이야. 넌 어때?"

"아마 내가 너보다 두 배는 더 속상할걸? 넌 겨울 학기에 다시 여기로 돌아오겠지만 난 정든 학교를 영영 떠나야 할 테니까. 물론 운이 따라야 하니 장담할 순 없겠지."

앤은 손수건에서 마른 부분을 찾다가 포기했다.

"완전히 똑같을 순 없어. 스테이시 선생님도 안 계시고 너랑 제인이랑 그리고 루비도 없을 테니까. 난 교실에서 혼자 앉겠지. 너 말고 다른 아이와 짝이 된다는 건 말도 안 되는 이야기니까. 아, 우린 참 재미있게 지냈어. 그렇지, 앤? 이제 그 시간이 끝났다고 생각하니까 정말 슬퍼."

다이애나의 코 양쪽으로 굵은 눈물 두 줄기가 흘러내렸다. 그 모습을 보고 앤이 애원했다.

"울지 마. 그래야 나도 안 울지. 손수건을 치웠는데, 네 눈에 눈물이 가득한 걸 보니까 다시 눈물이 나기 시작하잖아. 린드 아주머니가 한 말 기억나지? '명랑할 수 없을 땐 가능한 한 명랑하게 굴어라.' 어쩌면 나도 내년에 여기로 돌아올 수 있어. 자꾸만 합격하지 못할 것 같다는 예감이 들거든."

"왜? 넌 스테이시 선생님이 낸 모의고사에서 무척 좋은 점수를 받았잖아."

"그건 그래. 하지만 그땐 떨지 않았으니까 그랬을 뿐이야. 진짜 시험을 생각할 때마다 심장이 얼마나 쿵쿵 뛰면서 온몸이 오싹해지는지 넌 상상도 못 할 거야. 게다가 내 수험번호는 13번이야. 조시 파이가 그러는데 재수 없는 번호래. 난 미신을 믿지 않고 그런 건 시험과 아무런 상관이 없다는 건 알지만, 그래도 13번이 아니었더라면 더 좋았을 거야."

"내가 너랑 같이 가면 좋을 텐데. 그럼 둘이서 정말 멋들어진 시간을 보낼 수 있지 않을까? 물론 넌 저녁에 죽어라 공부만 해야겠지."

"아니야. 스테이시 선생님은 우리한테 이제 더는 책을 보지 말라고 당부하면서 다짐까지 받으셨어. 그래 봤자 피곤하고 혼란스럽기만 할 거래. 시험 생각은 절대로 하지 말고, 대신 밖에 나가 산책하거나 일찍 잠자리에 들라고 하셨지. 좋은 조언이긴 하지만 그대로 지키기는 어려울 것 같아. 조언이라는 게 원래 그렇잖아. 프리시 앤드루스는 시험을 치르는 그 주에 날마다 한밤중까지 죽기 살기로 공부했대. 나도 그렇게 해볼 생각이야. 고맙게도 배리 할머니는 내가 시내에 있는 동안 너도밤나무집에서 지내라고 하셨어."

"거기 가 있는 동안 편지해줄 거지?"

"화요일 밤에 편지를 써서 첫날 시험이 어땠는지 알려줄게."

앤이 약속했다. 그러자 다이애나도 맹세했다.

"수요일엔 우체국에서 기다리고 있을 거야."

앤은 다음 주 월요일에 시내로 갔다. 수요일이 되자 다이애나는 앤과 약속한 대로 우체국에서 기다리다가 편지를 받았다.

사랑하는 다이애나에게

지금은 화요일 밤이고, 난 너도밤나무집 서재에서 이 편지를 쓰는 중이야. 어젯밤에는 어쩌나 외롭던지, 네가 여기에 같이 있으면 참 좋겠다는 생각이 들었어. 그리고 스테이시 선생님과 했던 약속 때문에 '벼락공부'는 하지 않았어. 다만 역사책을 펼치고 싶은 유혹을 떨쳐내느라 한참 동안 애를 먹었지. 공부를 끝내기 전에는 소설책을 읽지 않으려고 꾹 참는 것만큼이나 힘들더라.

오늘 아침엔 스테이시 선생님이 날 데리러 와주셨어. 퀸스 전문학교로 가는 길에 제인이랑 루비 그리고 조시도 불러서 다 같이 갔어. 루비가 자기 손을 만져보라고 내밀었는데, 정말 얼음처럼 차가웠어. 조시는 내가 한숨도 못 잔 것처럼 보인다면서, 만약 입학을 한다고 해도 몸이 약해서 힘든 교직 과정을 견뎌내지 못할 것 같다고 얄밉게 말하더라. 조시 파이를 좋아해보려는 내 노력이 과연 결실을 맺을 날이 올지는 잘 모르겠어!

학교에는 섬 곳곳에서 온 학생들이 잔뜩 있었어. 처음 마주친 사람은 무디 스퍼전이야. 혼자 계단에 앉아서 무언가를 중얼거리고 있었지. 제인이 걔한테 대체 여기서 뭘 하는 거냐고 물었더니 불안한 마음을 달래려고 구구단을 계속 외우는 중이래. 그러면서 제발 자길 방해하지 말라고 사정하는 거야. 잠깐이라도 멈추면 너무 무서워져서 아는 걸 까맣게 잊어버릴 것 같다나. 하지만 구구단을 외우면 공부한 내용이 전부 제자리에 잘 붙어 있을 거래!

배정된 교실로 들어가자 스테이시 선생님은 우릴 두고 나가셔야 했지. 제인하고 난 함께 앉았어. 걘 어쩜 그렇게 차분하던지, 정말 부러웠어. 제인은 착하고 성실하고 똑똑하니까 구구단 같은 건 필요 없을 거야! 내가 긴장했다는 사실이 겉으로 드러날까 봐, 내 심장이 뛰는 소리가 교실 끝까지 들릴까 봐 얼마나 걱정했는지 몰라. 잠시 후 한 남자가 들어오더니 영어 시험지를 나눠 주었어. 시험지를 집어 드는데 순간 손이 차가워지고 머리가 어질어질해졌어. 정말 끔찍한 기분이었지. 4년 전 마릴라 아주머니에게,

내가 초록지붕집에 살아도 되는지 물어볼 때랑 똑같은 기분이랄까? 그러고는 머릿속이 맑아지면서 심장도 다시 뛰기 시작했어. 아, 잠시 심장이 멎었다는 이야기를 깜빡했구나! 아무튼 시험지를 보니까 그럭저럭 풀 수 있겠다는 생각이 들었던 거야.

정오에는 집에 가서 점심을 먹었고 오후에 다시 학교로 가서 역사 시험을 봤어. 문제는 꽤 어려운 편이었는데, 특히 사건이 일어났던 연도가 무척 헷갈렸지. 그래도 오늘은 그럭저럭 잘한 것 같아. 하지만 아, 다이애나. 내일은 기하학 시험이야. 그 사실을 떠올릴 때마다 유클리드 기하학 책을 펼치지 않겠다는 결심을 계속 다잡아야 해. 만약 구구단을 외우는 게 조금이라도 도움이 된다면 지금부터 내일 아침까지 계속 해볼 생각이야.

저녁엔 다른 여자아이들을 만나러 갔어. 가는 길에 무디 스퍼전을 만났는데 얼이 빠진 얼굴로 서성대고 있더라. 역사 시험에 낙제한 것 같다면서, 자긴 부모님을 실망시키려고 태어난 게 분명하다고 했어. 아침에 기차를 타고 집으로 돌아갈 거래. 목사가 되는 것보단 목수가 되는 게 더 쉬울 거라나? 난 걔 기분을 풀어주고는 시험을 끝까지 봐야 한다고 설득했어. 도중에 포기하면 스테이시 선생님께 폐를 끼치는 거잖아. 얼마나 속상하시겠니? 난 가끔씩 남자로 태어났더라면 좋았겠다고 생각하지만, 무디 스퍼전을 볼 때마다 내가 여자라는 게 그리고 내가 걔 여동생이 아니라는 게 정말 다행이다 싶어.

다른 아이들이 머무는 숙소에 가보니까 루비는 정신이 거의 나간 것 같았어. 영어 시험에서 치명적인 실수를 범한 걸 깨달았다는 거야. 루비가 진정한 다음 우린 시내에서 아이스크림을 먹었어. 다들 너도 이 자리에 같이 있었다면 정말 좋았을 거라고 말했지.

아, 다이애나. 기하학 시험만 끝나면 한숨 돌릴 수 있을 것 같아. 그래도 린드 아주머니의 말씀처럼 내가 기하학 시험에 낙제하든 말든 해는 계속 뜨고 질 거야. 맞는 말이지만 별로 위로는 안 돼. 내가 낙제하면 태양이 움직이지 않는 게 차라리 나을 것 같으니까!

너만을 사랑하는 앤

기하학 시험을 비롯해서 모든 과목의 시험을 마치고 앤은 금요일 저녁 집으로 돌아왔다. 조금 피곤하기는 했지만 앤에게는 고난을 이겨낸 승리의 기운이 감돌고 있었다. 앤이 도착하자 다이애나도 초록지붕집에 들렀고 두 사람은 몇 년 만에 만나는 사람들처럼 반가워했다.

"앤, 정말 보고 싶었어. 네가 다시 돌아와서 얼마나 기쁜지 몰라. 네가 시내에 간 지 1년은 지난 것 같아. 시험은 어땠니?"

"그럭저럭 본 것 같아. 아, 기하학만 빼고! 합격인지 아닌지는 모르지만, 왠지 떨어질 것 같은 소름 끼치고 불길한 예감이 들어. 아무튼 돌아오니까 정말 좋다! 초록지붕집은 세상에서 가장 소중하고 사랑스러운 곳이야."

"다른 애들은 어떻게 됐니?"

"여자애들은 하나같이 불합격할 것 같다며 울상을 짓는데, 말은 그렇게 해도 내 생각엔 다들 꽤 잘 본 것 같아. 조시는 기하학이 열 살짜리도 너끈히 풀 수 있을 만큼 쉬웠다는 거야! 무디스퍼전은 아직까지 자기가 역사 시험에서 낙제했다고 믿는 것 같아. 찰리는 대수를 망쳤대. 하지만 합격자 명단이 나올 때까지 결과는 아무도 모르는 거잖아. 두 주 뒤에 발표한다는데, 이렇게 조마조마한 채로 두 주나 기다려야 하다니! 그때까지 깨지 않고 계속 잠들어 있었으면 좋겠어."

다이애나는 길버트 블라이드에 대한 이야기를 꺼내지 않았다. 물어봤자 소용없다는 것을 알고 있기 때문이다. 그래서 그냥 이렇게만 말했다.

"넌 꼭 합격할 테니까 걱정하지 마."

"합격자 명단의 위쪽에 있는 게 아니라면 차라리 떨어지는 게 나을 것 같아."

앤은 얼굴이 붉어졌다. 길버트 블라이드보다 좋은 성적을 거두지 못한다면 합격을 해도 진정한 성공이 아니며 기분이 무척 씁쓸할 것이라는 생각이 들었기 때문이다. 다이애나도 이 말에 담긴 속뜻을 알고 있었다.

이런 목표를 두었던 터라 앤은 시험을 치르는 내내 신경이 곤두서 있었다. 길버트도 마찬가지였다. 두 사람은 길에서 셀 수 없이 마주쳤지만 아는 척도 하지 않고 지나쳤는데, 그때마다 앤은 고개를 더 꼿꼿이 들었다. 앤은 길버트가 사과하면서 친구로 지내자고 했을 때 제안을 받아들였어야 했다고 안타까워하면서도, 입학시험만큼은 그를 앞지르겠다고 다짐했다. 두 사람 중에 누가 1등을 할 것인가는 에이번리 학생들의 커다란 관심사였으며, 앤도 이 사실을 잘 알고 있었다. 지미 글로버와 네드 라이트가 내기를 걸었고, 심지어 조시 파이는 하늘이 두 쪽 나도 길버트가 1등이라는 사실에는 변함이 없다고 말했다. 그래서 앤은 만약 불합격이라도 한다면, 도저히 견딜 수 없는 굴욕을 당할 것이라고 생각했다.

하지만 앤이 단지 그런 이유 때문에 높은 점수를 얻고 싶어 한 것은 아니었다. 앤에게는 좀 더 고귀한 동기가 있었다. 매슈와 마릴라를 위해, 특히 매슈를 위해 '탁월한 성적으로' 합격하고 싶었던 것이다. 매슈는 앤이 "프린스에드워드섬 전체에서 1등을 할 것이 분명하다"라고 말했다. 앤이 느끼기에는 꿈에서도 바라기 어려울 만큼 허황된 일이었다. 하지만 앤은 적어도 10등 안에 들어서 매슈의 자상한 갈색 눈동자가 자부심으로 빛나는 모습을 보고 싶었다. 그것이야말로 상상할 여지가 전혀 없는 방정식이나 동사 변화와 끈질기게 씨름해온 수고에 대한 달콤한 보상이라고 믿었다.

2주가 다 되어갈 무렵, 앤은 제인, 루비, 조시와 함께 타는 속을 누르며 우체국에 '지키고 서 있기' 시작했다. 떨리는 손으로 샬럿타운의 신문들을 펼칠 때마다 입학시험을 치렀던 주에 경험했던 것만큼이나 혹독한 감정을 억지로 달래고 가라앉혀야만 했다. 찰리와 길버트도 우체국을 드나들었지만 무디 스퍼전은 절대로 이 대열에 끼지 않았다. 그러면서 그는 앤에게 말했다.

"난 냉정하게 신문을 볼 용기가 없어. 그냥 누가 불쑥 와서 내가 붙었는지 떨어졌는지 알려줄 때까지 기다릴 거야."

3주가 지나도 합격자 명단이 발표되지 않았다. 조마조마하면서 긴장의 끈을 놓지 않았던 앤은 더 견디지 못할 지경이 되었다. 입맛도 없어지고 에이번리에서 일어나는 일에 대한 관심도 시들해졌다. 린드 부인은 보수당 교육감이 책임자로 있으니 기대할 게 뭐가 있겠냐고 했다. 앤이 날마다 우체국에 갔다가 오후가 되면 핼쑥한 얼굴로 기운 없이 터벅터벅 돌아오는 모습을 본 매슈는 다음 선거 때 자유당에 투표하는 것이 낫지 않을까 진지하게 고민하기 시작했다.

그러던 어느 날 오후, 드디어 소식이 도착했다. 앤은 창가에 앉아 활짝 열어젖힌 창문 밖으로 노을이 지는 모습을 바라보고 있었다. 여름날 황혼 녘의 아름다움에 취해 있을 때만큼은 시험 걱정이나 세상의 근심을 잊을 수 있었다. 아래쪽 정원에서 풍겨온 달콤한 꽃향기가 코끝에 닿았고 포플러잎은 바스락바스락 소리를 냈다. 노을은 전나무 위의 동쪽 하늘을 은은한 분홍빛으로 물들이고 있었다. 앤은 색깔의 요정이 있다면 저런 모습이 아니었을까 생각하며 공상에 잠겼다. 그때 다이애나가 전나무 숲을 지나고 통나무 다리를 건너서 비탈길을 뛰어 올라오는 모습이 보였다. 손에 쥔 신문이 바람에 펄럭거렸다.

앤은 신문에 무슨 내용이 실렸는지 알아채고 벌떡 일어났다. 합격자 명단이 발표된 것이다! 순간 머리가 핑 돌면서 심장이 아플 정도로 쿵쾅거렸다. 앤은 한 발짝도 움직일 수 없었다. 다이애나가 복도를 지나 노크도 없이 방문을 박차고 들어올 때까지 한 시간은 걸린 것 같았다. 다이애나는 잔뜩 흥분한 상태로 소리쳤다.

"앤, 너 합격했어. 1등으로 합격했다고! 헉헉, 너랑 길버트가, 공동 1등이래. 헉헉, 그래도 네 이름이 앞에 있어. 아, 난 네가 정말 자랑스러워!"

다이애나는 탁자 위에 신문을 던져놓고 앤의 침대에 주저앉았다. 너무 숨이 차서 더는 말을 할 수 없었던 것이다. 앤은 등불을 밝히려고 했지만 손이 떨리는 바람에 성냥갑을 뒤엎고 말았다. 그러고도 성냥을 대여섯 개나 버린 뒤에야 겨우 불을 붙였다. 앤은 서둘러 신문을 움켜쥐었다. 그렇다, 합격이었다. 그것도 200명이나 되는 명단의 맨 위쪽에 앤의 이름이 있었다! 삶의 보람이 느껴지는 순간이었다.

"정말 잘했어, 앤."

다이애나는 입을 열 수 있을 만큼 진정되자 일어나 앉아서 숨을 헐떡이며 말했다. 앤은 어찌할 바를 몰라 눈만 깜빡거리며 한 마디도 하지 않았다.

"아버지가 10분 전에 브라이트리버에서 신문을 가지고 돌아오셨어. 이 신문은 오후 기차로 온 거잖아. 그러니 우편으로는 내일이 돼야 여기 올 거야. 난 합격자 명단을 보자마자 미친 듯이 여기로 달려왔어. 너희 모두 합격이야! 떨어진 사람이 한 명도 없다고. 무디 스퍼전까지 전부 다야. 걘 역사시험을 다시 보는 조건이지만, 어쨌든 붙었으니 된 거지. 제인하고 루비는 성적이 꽤 좋아. 중간 정도 되는 것 같아. 찰리도 그렇고. 조시는 합격선에서 겨우 3점 위였지만 자기가 1등이나 한 것처럼 뻐기고 다니겠지. 스테이시 선생님도 정말 기뻐하실 거야. 아, 앤. 합격자 명단 맨 위에 네 이름이 있는 걸 본 기분이 어때? 나 같으면 기뻐서 정신이 나갔을 거야. 난 지금도 거의 미칠 것 같아. 그런데 넌 봄날 저녁처럼 차분하고 침착하구나."

"머리가 너무 복잡해서 그래. 하고 싶은 말이 백 개는 되는 것 같은데 뭐라고 말해야 할지 모르겠어. 꿈에도 생각하지 못했던 일이야. 아니, 딱 한 번 있었어! '내가 1등을 한다면 어떨까?'라고 생각해봤거든. 하지만 내가 섬 전체에서 1등을 한다는 건 생각만 해도 건방지고 주제넘은 일이라 온몸이 부들부들 떨리더라. 잠깐만, 다이애나. 당장 밭으로 달려가 매슈 아저씨께 말씀드려야 해. 그런 다음에 큰길로 같이 가서 다른 아이들에게도 이 기쁜 소식을 전해주자."

둘은 헛간 아래쪽 들판으로 서둘러 달려갔다. 매슈는 건초를 둥글게 묶고 있었다. 공교롭게도 린드 부인이 근처의 오솔길 울타리에서 마릴라와 이야기를 나누고 있었다.

앤이 소리쳤다.

"매슈 아저씨, 저 합격했어요. 1등이에요. 아니, 공동 1등이에요! 잘난 척하는 게 아니라 감사해서 드리는 말씀이에요."

매슈가 합격자 명단을 흐뭇하게 바라보면서 말했다.

"아, 저기, 내가 항상 말했지. 네가 다른 아이들을 너끈히 앞설 줄 알았어."

"잘했다, 앤. 정말 잘했어."

마릴라는 앤이 더할 나위 없이 자랑스러웠지만 남을 흠잡기 좋아하는 린드 부인 앞에서 그런 내색을 하지 않으려 조심하면서 말했다. 하지만 사람 좋은 린드 부인은 오히려 진심으로 축하해주었다.

"앤은 늘 잘해왔어요. 두말하면 잔소리죠. 앤, 넌 너를 아는 모든 사람들의 자랑거리가 되었구나. 암, 그렇고말고. 우린 모두 네가 자랑스럽단다."

그날 밤 앤은 목사관에서 앨런 부인과 짧지만 진지한 대화를 나누며 즐거운 저녁 시간을 보낸 뒤 집으로 돌아왔다. 앤은 달빛이 비치는 창가에 기쁜 마음으로 무릎을 꿇고 가슴에서 우러나오는 감사와 열망을 담아 기도를 드렸다. 지난날을 감사하며 앞날에 대한 소망을 담은 경건한 기도였다. 새하얀 베개에 머리를 누이고 잠이 든 앤은 또래의 소녀라면 누구나 바랄 법한 맑고 밝고 아름다운 꿈을 꾸었다.

33장

호텔 발표회

"하얀 오건디 천으로 만든 옷이 가장 낫다니까!"

다이애나가 앤에게 딱 잘라 말했다. 두 아이는 동쪽 다락방에 함께 있었다. 황혼이 깃들 무렵이었다. 구름 한 점 없는 푸른 하늘이 황록색으로 조금씩 젖어들고 있었다. 유령의 숲에 걸려 있는 커다란 보름달은 희미하게 빛나다가 반짝이는 은빛으로 서서히 짙어졌다. 주위를 맴도는 공기는 졸음에 겨운 새들이 지저귀는 소리, 변덕스러운 바람 소리, 멀리서 들려오는 말소리와 웃음소리처럼 달콤한 여름의 소리로 가득했다. 하지만 앤의 방은 블라인드가 내려지고 등불이 밝혀져 있었다. 앤이 중요한 날을 앞두고 옷단장하는 중이었기 때문이다.

동쪽 다락방은 4년 전 그날 밤과 전혀 다른 곳으로 바뀌었다. 그때는 방에 아무것도 없었고, 사람을 전혀 반기지 않는 듯 싸늘한 기운이 가슴속 깊은 곳까지 스며들었다. 그 뒤로 방에 조금씩 변화가 일어났다. 마릴라도 포기하고 못 본 체한 덕분에 이곳은 어느덧 어린 소녀가 동경할 만큼 달콤하고 사랑스러운 보금자리로 탈바꿈했다.

앤이 어렸을 때 꿈꾸던 분홍색 장미 무늬 벨벳 카펫과 분홍색 실크 커튼이 생긴 것은 아니지만, 자라면서 꿈도 바뀐지라 이것들이 없어도 그렇게까지 아쉬워하지는 않았다. 바닥에는 예쁜 깔개가 놓여 있었고, 높은 창문을 부드럽게 장식한 연초록색 모슬린 천 커튼이 산들바람에 살랑살랑 흔들렸다. 비록 금실과 은실로 짠 태피스트리는 없었지만 벽에는 예쁜 사과꽃 무늬의 벽지 위에 앨런 부인이 준 멋진 그림들이 걸려 있었다. 앤은 스테이시 선생님의 사진을 가장 눈에 띄는 곳에 걸고 아래 선반에 신선한 꽃을 놓아두었다. 선생님에 대한 애정의 표현이었다. 오늘 밤에는 백합 한 다발이 온 방을 꿈결같이 은은한 향기로 가득 채웠다. '마호가니 가구'는 아니지만 책이 가득 꽂힌 흰색 책장과 쿠션을 얹은 버들가지 흔들의자, 새하얀 모슬린 천으로 장식한 화장대 그리고 하얀색의 낮은 침대가 놓여 있었다. 본래 손님방 침실에 걸려 있던 거울에는 고풍스러운 금색 테두리가 붙어 있었고, 거울 위쪽 아치에는 통통한 분홍빛 큐피드와 보라색 포도가 그려져 있었다.

앤은 화이트샌즈 호텔에서 열리는 발표회에 가려고 옷을 차려입는 중이었다. 호텔 투숙객들이 샬럿타운 병원을 돕기 위해 준비한 행사였다. 주최 측에서는 주변 마을의 재능 있는 사람들을 물색해서 공연에 참가해달라고 초청했다. 화이트샌즈 침례 교회 성가대의 버사 샘프슨과 펄 클레이는 이중창을 부르기로 했고, 뉴브리지의 밀턴 클라크는 바이올린 독주를 맡았다. 카모디의 위니 아델라 블레어는 스코틀랜드 민요를 부를 예정이었고, 스펜서베일의 로라 스펜서와 에이번리의 앤 셜리가 시 낭송을 하기로 되어 있었다.

언젠가 앤이 말한 것처럼 이 일은 '인생에 한 획을 긋는 사건'이었다. 앤은 온몸에 전율을 느낄 만큼 흥분한 상태였다. 매슈도 앤에게 그토록 영예로운 기회가 주어지자 자부심을 느끼며 마치 천국에라도 간 듯 기뻐했다. 마릴라도 매슈와 별반 다르지 않았지만 그런 내색을 하느니 차라리 죽음을 택할 만한 사람답게, 어린 학생들이 믿을 만한 인솔자도 없이 호텔을 쏘다니는 것은 바람직하지 못하다고 말했다.

앤과 다이애나는 제인 앤드루스 그리고 제인의 오빠 빌리와 함께 그 집 마차를 타고 가게 되었다. 이들 외에도 에이번리의 학생들 몇 명이 참석하기로 했다. 시내에서도 손님이 여럿 방문할 예정이며, 발표회가 끝난 뒤에는 출연자들에게 저녁을 제공한다고 했다.

"정말 이 오건디 옷이 가장 나을까? 내 파란 꽃무늬 모슬린 옷이 더 예쁜 것 같은데. 이 옷은 유행하는 것도 아니잖아."

앤이 걱정하자 다이애나가 장담했다.

"하지만 이게 너한테 훨씬 잘 어울려. 소재가 무척 보드랍고, 주름 장식이 있으면서 몸에도 착 감기잖아. 모슬린 옷은 뻣뻣한 데다 지나치게 차려입은 것처럼 보여. 그런데 이 오건디 옷은 너랑 마치 한 몸 같거든."

앤은 한숨을 쉬면서 그 말에 따랐다. 다이애나는 옷을 고르는 안목이 뛰어나다는 평가를 받기 시작했으며, 옷차림에 대해 조언을 요청받은 적도 많았다. 오늘처럼 특별한 밤, 사랑스러운 들장미색 드레스를 입은 다이애나는 무척 아름다워 보였다. 앤은 영원히 꿈도 꾸지 못할 법한 분홍색이었다. 하지만 다이애나는 발표회에 출연하지 않는 터라 자신의 옷차림에 개의치 않고 모든 신경을 앤에게 쏟았다. 다이애나는 에이번리의 명예를 위해 앤의 옷과 머리 모양과 장신구 모두를 여왕도 만족할 정도로 꾸며주겠다고 마음먹었다.

"주름 장식을 조금 당겨봐. 응, 그렇게. 내가 허리띠를 매줄게. 이제 실내화를 신어보자. 머리는 두 갈래로 굵게 땋고 나서 중간을 하얗고 커다란 리본으로 묶을 거야. 아니, 이마에 곱슬머리를 늘어뜨리면 안 돼. 그냥 자연스럽게 갈라지도록 둬. 그래야 너한테 잘 어울리는 머리 모양이 되거든. 앨런 목사 사모님도 네가 머리를 그렇게 손질하면 성모마리아 같다고 그랬잖아. 귀 뒤쪽엔 하얀 장미를 꽂을 거야. 우리 집 정원에 딱 한 송이가 피었는데, 네게 주려고 가져왔어."

"진주 목걸이는 어때? 지난주에 매슈 아저씨가 시내에서 사다주셨거든. 내가 목걸이 한 걸 보고 싶으실 거야."

다이애나는 입을 뾰족하게 내밀고 검은 머리를 한쪽으로 갸웃하더니 목걸이를 해도 어울리겠다고 말했다. 그러고는 앤의 뽀얗고 가느다란 목에 목걸이를 걸어주었다.

"네게는 뭔가 세련된 분위기가 있어. 고개를 꼿꼿이 세울 땐 무척 근사하거든. 아마도 네 체형 덕분인 것 같아. 난 뚱뚱하잖

아. 항상 그게 신경 쓰였는데, 이젠 그러려니 해. 내 몸매가 그런 걸 어쩌겠어. 받아들일 수밖에 없지."

다이애나가 시샘 없이 감탄하는 목소리로 말했다. 앤은 눈앞에 있는 예쁘고 발랄한 다이애나의 얼굴을 보며 다정하게 미소를 지었다.

"하지만 네겐 보조개가 있잖아. 얼마나 사랑스러운지 몰라. 크림에 살짝 자국이 난 것 같달까? 나도 보조개가 있었으면 좋겠지만 이제 기대를 접었어. 보조개를 갖고 싶다는 내 꿈은 절대로 이루어지지 않을 거야. 하지만 실현된 꿈도 정말 많으니까 불평해서는 안 되겠지. 아, 이제 다 된 거니?"

"준비 완료!"

그때 마릴라가 문 앞에 나타났다. 전보다 흰머리도 늘었고 여전히 각진 모습이지만 표정은 훨씬 부드러워졌다.

"마릴라 아주머니, 잘 오셨어요. 우리 낭송 전문가 좀 보세요. 정말 예쁘죠?"

마릴라는 코웃음인지 앓는 소리인지 분간하기 어려울 만큼 미묘한 말투로 대답했다.

"단정하고 얌전해 보이는구나. 머리를 그렇게 묶으니 마음에 들어. 하지만 흙먼지와 밤이슬을 헤치면서 마차를 타고 가는 동안 옷이 망가질까 봐 걱정이다. 그리고 이렇게 눅눅한 밤에 입기엔 옷이 너무 얇은 것 같기도 해. 어쨌든 오건디는 세상에서 가장 쓸모없는 천이야. 매슈 오라버니가 이걸 사왔을 때도 그렇게 말해줬지. 하지만 요즘에는 오라버니에게 무슨 말을 해도 통하지 않아. 전에는 내 조언을 잘 받아들이더니 지금은 앤한테 준다고 아무거나 사버린다니까. 카모디의 상점 점원들도 오라버니에게는 뭐든지 팔 수 있다는 사실을 알고 있어. 옷이 예쁘다, 멋있다고만 하면 앞뒤 재지도 않고 넙죽넙죽 돈을 내놓거든. 아무튼 치마가 마차 바퀴에 닿지 않도록 조심하고 따뜻한 외투도 꼭 챙겨 입으렴."

이렇게 말한 뒤 마릴라는 아래층으로 내려갔다. 자기가 보기에도 앤은 "이마에서 왕관까지 이어진 한줄기 달빛"*이라는 표현이 떠오를 만큼 정말 예뻐서 마릴라는 무척 자랑스러웠다. 한편으로는 앤의 낭송을 직접 들으러 발표회에 갈 수 없다는 점이 아쉬웠다.

"이 옷을 입기엔 날씨가 너무 눅눅하지 않을까?"

앤이 걱정하자 다이애나가 블라인드를 걷어 올리며 밖을 내다보았다.

"걱정할 필요 없어. 아주 완벽한 밤인걸. 이슬도 내리지 않을 거야. 저 달빛을 봐."

앤이 다이애나 곁으로 다가가며 말했다.

"이 창문은 동쪽으로 나 있어서 정말 좋아. 아침 해가 긴 언덕 위로 떠올라 전나무 꼭대기에서 빛나는 모습은 말로 표현할 수 없을 만큼 멋진 광경이야. 하루하루가 새롭게 다가오거든. 이른 아침 햇살에 영혼이 씻기는 것 같아. 아, 다이애나. 이 작은 방은 내게 너무나 소중한 존재야. 다음 달에 시내로 갈 텐데, 이 방이 아닌 곳에서 어떻게 지낼 수 있을지 모르겠어."

---

* 영국 시인 엘리자베스 브라우닝(1806-1861)의 시 〈오로라 리〉의 한 구절

다이애나가 사정했다.

"오늘 밤만큼은 네가 떠난다는 얘길 하지 마. 그 생각은 하고 싶지 않아. 말만 들어도 우울해지거든. 오늘 저녁은 즐겁게 보내고 싶단 말이야. 그런데 발표회에서 어떤 시를 낭송하는 거니? 떨리진 않아?"

"하나도 안 떨려. 사람들 앞에서 낭송을 많이 했더니 이젠 익숙해졌나 봐. 난 〈처녀의 맹세〉를 낭송하기로 했어. 정말 애처로운 내용이야. 로라 스펜서는 재미있는 걸 낭송하기로 했다지만, 난 사람들을 웃기는 것보다 울리는 게 더 좋거든."

"앙코르를 받으면 뭘 낭송할 거야?"

"사람들이 앙코르를 외칠 리가 없잖아."

앤은 빙긋 웃었지만 속으로는 그런 일이 벌어지기를 바라고 있었다. 다음 날 아침 식탁에서 매슈 아저씨에게 앙코르를 받았다고 이야기하는 자신의 모습까지 상상해봤을 정도였다.

"아, 다이애나. 빌리하고 제인이 온 것 같아. 마차 소리가 들리잖아. 어서 가자."

빌리 앤드루스는 앤이 자기와 함께 앞자리에 앉아야 한다고 고집을 부렸다. 그래서 앤은 어쩔 수 없이 앞자리에 올라탔다. 사실 앤은 뒷자리에서 여자아이들과 함께 앉는 것이 훨씬 좋았다. 마음껏 웃고 떠들 수 있기 때문이다. 빌리와 함께 가면 그럴 만한 일이 없었다. 빌리는 덩치가 크고 뚱뚱한 스무 살 청년으로, 둥글고 표정 없는 얼굴에다 말재주도 한숨이 나올 만큼 형편없었다. 하지만 앤을 엄청나게 흠모했던 그는 날씬하고 말쑥한 소녀의 옆자리에 앉아 화이트샌즈로 간다는 자부심에 가슴이 부풀어 있었다.

앤은 여자아이들과 어깨 너머로 이야기하고 때로는 빌리에게도 예의 바르게 말을 건넸다. 그럴 때마다 빌리는 미소를 짓거나 소리 내 웃었지만 때맞춰 제대로 된 답변을 하지는 못했다. 그래도 앤은 어떻게든 마차를 타고 가는 시간을 즐기려고 애썼다. 오늘 밤은 즐겁게 보내야 했기 때문이다. 길에는 호텔로 향하는 마차가 가득했고 가는 내내 은구슬처럼 맑은 웃음소리가 사방에서 메아리쳤다. 마차가 호텔에 도착했을 때 현기증이 날 만큼 화려한 불빛이 꼭대기부터 바닥까지 건물 전체를 휘감은 모습이 눈에 들어왔다. 발표회 위원인 부인들이 아이들을 맞이했고, 그중 한 명이 앤을 샬럿타운 관현악 클럽 단원들로 가득한 출연자 대기실로 안내했다. 그들 틈에 끼자 앤은 갑자기 부끄러워지면서 겁이 덜컥 났다. 자신이 촌스럽게 느껴지기도 했다. 동쪽 다락방에서는 자신의 드레스가 무척이나 귀엽고 예뻐 보였지만 이곳에서는 소박하고 단순한 옷일 뿐이었다. 반짝반짝 광택이 나면서 사각거리는 비단 드레스나 레이스 장식이 달린 드레스와 비교했을 때 자기가 입은 옷은 지나칠 정도로 평범하고 단조롭게 보였던 것이다. 진주 목걸이는 옆에 있는 키 크고 아름다운 부인의 다이아몬드 목걸이에 비할 바가 아니었다. 다른 사람들이 달고 있는 온실 꽃에 비해 자신의 작고 흰 장미는 얼마나 초라한지! 앤은 모자와 외투를 벗고 비참한 기분으로 구석에 웅크리고 앉았다. 한시바삐 초록지붕집의 하얀 방으로 돌아가고 싶은 마음뿐이었다.

호텔의 큰 공연장 무대에 섰을 때는 더욱 힘들었다. 전등의 강렬한 불빛 때문에 눈을 뜨고 있기도 어려울 지경이었으며, 향수 냄새와 웅성거리는 소리에 정신이 혼미해졌다. 얼른 다이애나와 제인이 앉아 있는 객석으로 가고 싶었다. 두 사람은 즐거운 시간을 보내고 있는 듯했다. 앤은 분홍색 실크 드레스를 입은 뚱뚱한 부인과 흰색 레이스 드레스를 입고 비웃는 듯한 표정의 키 큰 소녀 사이에 끼어 있었다. 뚱뚱한 부인은 이따금씩 고개를 돌려 안경 너머로 앤을 훑어보았다. 너무 빤히 쳐다보는 바람에 앤은 비명이라도 지르고 싶을 만큼 신경이 예민해졌다. 흰색 레이스 드레스를 입은 소녀는 객석에 있는 '시골뜨기'와 '촌닭 같은 여자'에 대한 이야기를 옆 사람에게 떠들어대면서, 시골 재주꾼들의 공연이 '얼마나 우스꽝스러울지' 기대가 된다고 시큰둥하게 말했다. 앤은 죽을 때까지 옆의 소녀를 미워할 것만 같은 기분이 들었다.

앤에게는 불행한 일이었지만, 마침 이 호텔에는 전문 낭송가가 머물고 있었는데 그녀는 낭송을 해달라는 요청을 듣자 흔쾌히 승낙했다. 눈동자가 검고 나긋나긋한 여성이었다. 달빛으로 짠 것처럼 반짝이는 가운을 걸치고 목과 검은 머리를 보석으로 장식한 모습이 무척 멋져 보였다. 그녀의 목소리는 놀랄 만큼 다채로웠고 표현력도 풍부했다. 청중은 그녀의 시 낭송에 열광했다. 앤도 자신의 차례가 다가오고 있다는 생각조차 잊은 채 눈을 반짝이며 넋을 잃고 들었다. 하지만 낭송이 끝나자 앤은 불현듯 두 손으로 얼굴을 가렸다.

'저분의 뒤를 이어서 낭송할 수는 없어. 절대 안 돼. 아, 왜 내가 이곳에서 낭송을 할 수 있다고 생각했을까? 지금이라도 초

록지붕집으로 돌아갈 수만 있다면 얼마나 좋을까!'

운 나쁘게도 앤의 이름이 불렸다. '촌뜨기' 운운하던 흰색 레이스 드레스 차림의 소녀가 살짝 움찔하면서 조금 미안해하는 표정을 지었지만 앤은 전혀 눈치채지 못했다. 설령 보았다고 해도 그 안에 담긴 미묘한 찬사를 이해하지는 못했을 것이다. 어쨌든 앤은 자리에서 일어나 휘청거리며 앞으로 나갔다. 앤의 얼굴이 너무 창백해 보여서 객석에 앉아 있던 다이애나와 제인은 가슴을 졸이며 서로 손을 꼭 잡았다.

무대에 선 앤은 공포심에 압도되었다. 사람들 앞에서 낭송한 적은 여러 번 있었지만 이렇게 많은 관객 앞에 선 적은 없었다. 그들을 바라보는 것만으로도 온몸에서 힘이 완전히 빠져버렸다. 줄지어 앉은 이브닝드레스 차림의 여성들, 날카롭게 바라보는 얼굴들, 자신을 둘러싼 부유하고 교양 있는 분위기… 하나같이 낯설고 눈부시고 당혹스러웠다. 토론클럽의 허름한 벤치에 앉아 있던 친구들과 이웃의 따뜻하고 호의적인 얼굴과는 딴판이었다. 관객 모두 무자비한 비평가처럼 느껴졌다. 왠지 옆자리 소녀가 그랬던 것처럼 '촌스러운' 노력을 보면서 비웃을 것 같았다. 앤은 크게 절망했다. 부끄럽고 비참해서 견딜 수 없었다. 무릎이 떨리고 심장은 두방망이질했으며 현기증이 나서 거의 쓰러질 지경이었다. 혀가 뻣뻣하게 굳어져 한 마디도 할 수 없을 것 같았다. 평생 치욕을 안고 살아간다 하더라도 이 순간만큼은 무대에서 도망치고 싶다는 생각이 간절했다.

그런데 겁에 질려 휘둥그레진 앤의 눈동자가 한곳에 멈췄다. 공연장 뒤편에서 몸을 앞으로 내민 채 웃고 있는 길버트 블라이드의 모습이 보였던 것이다. 앤에게는 그 미소가 승리감에 젖어 자기를 비웃는 것으로 느껴졌다. 하지만 사실은 그렇지 않았다. 길버트는 즐겁게 공연을 관람하고 있었으며, 특히 새하얀 옷을 입은 앤의 날씬한 몸매와 고상한 얼굴이 뒤쪽의 야자나무와 어우러져 만들어내는 효과에 감탄하던 중이었다. 길버트와 함께 마차를 타고 와서 지금 그의 옆자리에 앉아 있는 조시 파이야말로 승리감에 젖어 비웃는 표정을 짓고 있었다. 하지만 앤은 조시를 보지 못했고 설령 보았다 하더라도 신경 쓰지 않았을 것이다. 앤은 깊이 숨을 들이마시고 당당하게 고개를 들었다. 전기 충격이라도 받은 것처럼 용기와 결의가 온몸에 퍼졌다. 길버트 블라이드 앞에서 실패할 수는 없었다. 코앞에서 비웃음을 살 수는 없었다. 그런 일은 절대로 용납할 수 없었다. 두려움과 초조함을 떨쳐버린 앤은 낭송을 시작했다. 맑고 달콤한 목소리가 떨리거나 갈라지는 일 없이 공연장 가장 먼 구석까지 울려 퍼졌다. 앤은 무시무시했던 무력감을 만회하듯 어느 때보다 훌륭하게 낭송을 마쳤다. 앤의 순서가 끝나자 진심 어린 박수갈채가 쏟아졌다. 부끄러움과 기쁨으로 얼굴이 붉게 물든 앤이 자리에 돌아와 앉자 분홍색 실크 드레스를 입은 뚱뚱한 부인이 앤의 손을 붙잡고 힘차게 흔들었다.

"얘야, 참 잘했다. 난 아기처럼 울었지 뭐니. 정말이란다. 저기 좀 봐, 사람들이 앙코르를 외치고 있어. 너더러 무대에 다시 나오라고 하는 거야!"

"아, 전 도저히 못 하겠어요. 하지만 나가야겠죠? 그러지 않으면 매슈 아저씨가 실망하실 테니까요. 아저씬 사람들이 앙코르

를 외칠 거라고 하셨거든요."

앤이 어쩔 줄 몰라 하자 부인이 웃으며 격려했다.

"아무렴. 매슈 아저씨를 실망시키지 말아야지."

앤은 상기된 얼굴로 미소를 짓고 눈을 반짝이며 다시 무대로
올라갔다. 앤이 고풍스럽고 재미있는 내용의 짧은 시를 낭송하
자 청중은 전보다 더 크게 환호했다. 이후부터는 앤이 승리의
기쁨을 만끽하는 시간이었다.

분홍색 옷을 입은 뚱뚱한 부인은 알고 보니 미국인 백만장자
의 아내였다. 그녀는 발표회가 끝나자 앤을 옆에 끼고 다니면서
사람들에게 소개했다. 모두들 앤을 친절하게 대했다. 전문 낭송
가인 에번스 부인도 앤을 찾아와 이야기를 나누면서 앤의 목소

리가 무척 매력적인 데다 작품을 아름답게 해석했다고 칭찬했다. 흰색 레이스 드레스를 입은 소녀까지도 멋쩍은 태도로 의례적인 인사말을 건넸다. 모두 널찍하고 아름답게 장식된 식당에서 저녁을 먹었다. 다이애나와 제인도 앤의 동행인 자격으로 함께했지만 이처럼 성대한 자리가 두려웠던 빌리는 코빼기도 내밀지 않고 마차에서 기다렸다. 식사가 끝난 뒤 세 아이는 고요하고 하얀 달빛 속으로 즐겁게 걸어 나왔다. 앤은 숨을 깊이 들이마시며 전나무의 검은 가지들 너머로 펼쳐진 맑은 밤하늘을 올려다보았다.

앤은 맑고 고즈넉한 밤의 세계로 다시 돌아온 것이 자못 행복했다. 바다의 속삭임이 부드럽게 들려왔고, 그 너머의 컴컴한

절벽은 마법에 걸린 해안을 지키는 엄숙한 거인 같았다. 모든 것이 위대하고 고요하며 멋지게 느껴졌다.

돌아오는 길에 제인이 한숨을 쉬었다.

"정말 완벽한 시간이었지? 나도 돈 많은 미국인이었으면 좋겠다. 여름엔 호텔에 머물며 가슴까지 파인 드레스에 보석을 걸치고 아이스크림이랑 치킨샐러드를 먹으면서 하루하루를 즐겁게 보내는 거야. 학교에서 가르치는 일보다는 훨씬 재미있을 것 같아. 앤, 오늘 넌 끝내주게 잘했어. 처음에는 네가 시작도 못할까 봐 조마조마했는데, 내 생각엔 에번스 부인보다 네가 낭송을 더 잘한 것 같아."

앤이 재빨리 제인의 말을 가로막았다.

"어머, 아니야. 그런 말도 안 되는 소린 하지 마. 내가 에번스 부인보다 잘할 수는 없잖아. 그분은 전문가고 난 그저 낭송에 조금 재주가 있는 학생일 뿐이야. 사람들이 내 낭송을 듣고 좋아했다면 그걸로 만족해."

이번에는 다이애나가 말했다.

"앤, 널 칭찬하는 말을 들었어. 그 사람의 말투로 짐작해보면 어쨌든 그건 칭찬이 맞아. 제인하고 내 자리의 뒤쪽에 미국인 한 사람이 있었거든. 머리와 눈이 칠흑같이 까만 게 무척 낭만적으로 생긴 남자였어. 조시 파이 말로는 유명한 화가래. 보스턴에 사는 조시 엄마의 사촌이 그 사람의 동창생과 결혼했다고 하더라. 어쨌든 우린 그 화가가 이렇게 말하는 걸 들었어. '무대에 있는 아가씨는 누구지? 정말 멋진 티치아노 머리의 소녀 말이야. 그림으로 그리고 싶은 얼굴이야.' 내 말이 맞지, 제인? 그런데, 앤. '티치아노 머리'란 게 무슨 뜻이야?"

앤이 빙긋 미소를 지었다.

"굳이 해석하자면 그냥 빨간 머리라는 뜻일 거야. 티치아노는 아주 유명한 화가인데 빨간 머리 여자를 즐겨 그렸거든."

"얘들아, 너희도 여자들이 달고 있던 다이아몬드 봤지? 진짜 눈이 부실 만큼 화려하더라. 너희는 부자가 되고 싶지 않니?"

제인이 한숨을 쉬었지만 앤은 당당하게 말했다.

"우리도 부자야. 우리는 16년 동안 자랑스럽게 살았고 여왕처럼 행복하잖아. 많든 적든 상상력도 가졌어. 얘들아, 저 바다를 좀 봐. 은빛으로 빛나면서 그림자가 있고 눈에 보이지 않는 환상이 가득해. 백만장자가 되어 다이아몬드를 줄로 엮어 다닌다 해도 우리는 바다의 아름다움을 지금보다 더 즐길 수는 없어. 만약 오늘 봤던 여자들 중 한 명처럼 될 수 있다 해도 그러고 싶지 않을 거야. 하얀색 레이스 드레스를 입은 소녀가 되고 싶지는 않잖아? 세상을 경멸하려고 태어난 것처럼 평생 얼굴을 찌푸리고 다니는 게 뭐가 좋겠니? 분홍색 옷을 입은 부인이 되고 싶지도 않지? 친절하고 좋은 사람이지만 뚱뚱하고 키가 작아서 볼품이 없잖아. 에번스 부인? 그 슬픈 눈빛을 떠올려봐. 표정이 그렇게 어두운 걸 보면 틀림없이 불행한 시절을 겪었을 거야. 너도 그러고 싶지는 않잖아, 제인 앤드루스!"

"사실 잘 모르겠어. 그래도 다이아몬드는 사람들에게 꽤나 위안을 줄 것 같아."

제인은 아직 납득이 안 가는 표정이었다. 하지만 앤은 단호하게 말했다.

"글쎄, 난 나 말고 다른 사람은 되고 싶지 않아. 평생 다이아몬드를 갖지 못한다 해도 마찬가지야. 난 진주 목걸이를 건 초록지붕집의 앤으로 충분히 만족스러워. 분홍색 옷을 입은 부인의 보석에 결코 뒤지지 않는 사랑을 매슈 아저씨가 이 목걸이에 담아주셨다는 걸 알거든."

34장

퀸스의 여학생

그 뒤로 3주 동안 초록지붕집 사람들은 무척 분주한 시간을 보냈다. 앤이 퀸스 전문학교에 입학할 준비를 하면서 바느질거리도 늘었고 의논하며 준비할 일도 많았기 때문이다. 매슈가 신경 쓴 덕분에 앤은 옷을 넉넉히 마련했고, 심지어 하나같이 예뻤다. 이번만큼은 마릴라도 매슈가 무엇을 사든, 어떤 제안을 하든 토를 달지 않았다. 그러던 어느 날 저녁, 마릴라는 우아한 연초록색 천을 가득 안고 동쪽 다락방으로 올라갔다.

"앤, 이건 가볍고 멋진 드레스를 만들 옷감이다. 네겐 이미 예쁜 옷이 많으니까 딱히 필요 없을 수도 있겠지. 하지만 샬럿타운에서 지낼 때 파티에 가거나 비슷한 자리에 초대라도 받으면 입고 갈 만한 멋진 옷이 필요할 것 같았어. 제인하고 루비하고 조시도 그럴 때 입을 번듯한 옷을 장만했다고 하더구나. 그런 옷을 '이브닝드레스'라고 부른다지 아마. 난 네가 그 아이들한테 뒤처지지 않았으면 좋겠다. 이 옷감은 지난주에 시내에서 앨런 부인의 도움을 받아 고른 거야. 옷 만드는 건 에밀리 길리스에게 맡기려고 해. 에밀리는 안목도 높고 둘째가라면 서러울 만큼 솜씨도 좋으니까."

"우아, 마릴라 아주머니. 참 예뻐요. 정말 감사드려요. 제게 이렇게까지 잘해주시지 않아도 되는데…. 자꾸 이러시니까 집을 떠나기가 점점 힘들어져요."

초록색 드레스가 완성되었다. 에밀리가 주름 장식을 충분히 넣고 한껏 솜씨를 발휘해서 만든 옷이었다. 어느 날 저녁 앤은 이 드레스를 입고 부엌에서 매슈와 마릴라를 위해 〈처녀의 맹세〉를 낭송했다. 밝고 생기 넘치는 얼굴과 우아한 몸짓을 보면서 마릴라는 앤이 초록지붕집에 처음 왔던 그날 밤을 떠올렸다. 겁에 질린 별난 아이가 볼품없이 누렇게 바랜 혼방 옷을 입고, 눈물이 그렁그렁한 눈으로 가슴이 찢어질 듯 자신을 쳐다보는 모습이 또렷하게 떠오른 것이다. 가슴이 뭉클해지면서 마릴라의 눈에 눈물이 맺혔다.

"어머, 마릴라 아주머니. 제 시 낭송을 듣고 우시는 거예요? 제가 정말 잘했나 봐요."

앤은 밝은 표정으로 의자에 앉은 마릴라에게 다가가 허리를 굽히더니 뺨에 나비처럼 가볍게 입을 맞췄다. 하지만 마릴라는 약한 모습을 보이는 걸 못마땅해하는 사람답게 말했다.

"아니다. 네 시 낭송을 듣고 우는 게 아니야. 네 어릴 적 모습이 생각났을 뿐이다. 난 네가 어린아이로 남아 있었으면 했단다. 그럴 수만 있다면 터무니없이 엉뚱한 짓을 하는 것쯤은 대수도 아니지. 이젠 너도 이렇게 커서 우리 곁을 떠나는구나. 키도 정말 컸고 맵시가 나. 더군다나 이 옷을 입으니까 이렇게… 아, 정말… 달라 보이는구나. 이젠 에이번리 사람 같지 않아. 그런 생각을 하니 좀 쓸쓸한 기분이 들었지 뭐냐."

앤은 체크무늬 치마를 입은 마릴라의 무릎에 앉아 주름진 얼굴을 두 손으로 감싸면서 진중하고도 부드러운 눈으로 마릴라를 바라보았다.

"마릴라 아주머니, 전 조금도 변하지 않았어요. 정말이에요. 그냥 가지를 다듬고 길게 뻗어나간 것뿐이죠. 진짜 제 모습은, 그러니까 여기 이 안쪽은 그대로예요. 제가 어디를 가든 겉모습이 얼마나 변하든 진짜 제 모습은 조금도 달라지지 않을 거예요. 마음속에 있는 저는 언제까지나 아주머니의 아이 앤이겠죠. 아주머니와 매슈 아저씨 그리고 정다운 초록지붕집을 날마다 더 많이 사랑할 앤이요."

앤은 자기의 젊고 탄력 넘치는 뺨을 마릴라의 파리한 뺨에 대고 한 손을 뻗어 매슈의 어깨를 쓰다듬었다. 앤처럼 자신의 감정을 말로 표현하는 능력이 있었다면 마릴라도 얼마든지 그렇게 했을 것이다. 타고난 성향과 습관이라는 벽에 가로막혀서 그저 두 팔로 앤을 꼭 안은 채 이 아이가 떠나지 않으면 얼마나 좋을까 바랄 뿐이었다.

매슈도 눈에 무엇인지 모를 물기가 어리자 일어나 밖으로 나갔다. 그는 푸른 여름밤의 별빛을 받으며 포플러나무 아래 마당 입구로 휘우듬히 걸어가면서 자랑스럽게 중얼거렸다.

"음, 저 아인 뭐, 그렇게 버릇없이 자란 것 같진 않아. 내가 가끔씩 참견했지만 그게 아이한테 해롭지는 않았던 거야. 앤은 똑똑하고 예쁘고, 무엇보다 사랑스럽기까지 하잖아. 저 아인 우리에게 축복이었지. 스펜서 부인이 저지른 실수만큼 운 좋은 일은 없을 거야. 운이라는 게 있다면 말이지. 하지만 운은 아닌 것 같아. 그건 하느님의 섭리였어. 전능하신 그분은 우리에게 그 아이가 필요하다는 걸 알고 계셨던 거야. 암, 그렇고말고."

마침내 앤이 시내로 가야 할 날이 되었다. 9월 어느 화창한 아침, 앤과 매슈는 마차를 타고 떠났다. 앤과 다이애나는 눈물을 뚝뚝 흘리며 작별 인사를 했다. 마릴라는 눈물 없이 담담하게 앤을 배웅했다. 하지만 앤이 떠난 뒤의 태도는 전혀 달랐다. 다이애나는 눈물을 닦고 카모디에서 온 사촌들 몇 명과 화이트샌즈 해변으로 소풍을 가서 그럭저럭 즐겁게 놀았다. 반면 마릴라는 종일 가슴이 미어지는 고통에 시달리며 별로 중요하지도 않은 일에 매달렸다. 마치 심장이 타 들어가고 갈가리 찢기는 것 같았다. 언제라도 눈물이 쏟아질 것 같았지만 그것만으로는 도저히 씻을 수 없을 만큼 고통스러웠다. 그날 밤 잠자리에 들었을 때, 마릴라는 결국 베개에 얼굴을 파묻고 흐느꼈다. 이제 복도 끝 작은 다락방에 생기 넘치는 아이가 없고 부드러운 숨결도 느껴지지 않는다는 사실에 비참한 기분이 들었다. 조금 진정된 뒤에는 신이 아닌 죄 많은 인간에게 이렇게 빠져버린 것이 얼마나 사악한 일인지를 깨닫고 당황하기까지 했다.

앤과 에이번리 학생들은 때맞춰 샬럿타운에 도착했고, 서둘러 학교로 향했다. 첫날에는 모든 신입생이 모여 친구를 사귀고, 교수들의 얼굴을 익히고, 반을 배정받고, 시간표를 짜면서 들뜬 마음으로 즐겁게 보냈다. 앤은 스테이시 선생님의 조언에 따라 2학년 과정을 신청했다. 길버트 블라이드도 같은 과정을 선택했다. 성적이 좋다면 2년이 아니라 1년 만에 1급 교사 자격증을 취득할 수 있는 대신, 그만큼 공부할 내용도 많고 이수하기가 힘든 과정이기도 했다. 제인, 루비, 조시, 찰리, 무디 스퍼전은 욕심을 부리지 않고 2급 교사 과정을 신청하는 데 만족했다. 50명의 동급생과 함께 강의실에 앉은 앤은 가슴이 아릴 듯한 외로움을 느꼈다. 모두 낯선 얼굴이었다. 키가 큰 갈색 머리 남학생 한 명은 예외였지만, 그를 안다고 해서 딱히 도움이 될 것 같지 않다는 비관적인 생각만 들었다. 하지만 같은 반이 되어 기쁘다는 사실만큼은 부인할 수 없었다. 예전처럼 경쟁할 상대가 있었기 때문이다. 만약 그것마저 없었더라면 앤은 앞으로 무엇을 해야 할지 혼란스러워했을 것이다.

'경쟁자가 없었다면 마음이 이처럼 편하진 않았을 거야. 길버트는 이곳에서 메달을 받겠다고 단단히 마음먹은 것 같아. 아, 그런데 저 애는 턱이 참 멋있게 생겼구나! 전에는 전혀 몰랐어. 제인이랑 루비도 1급 교사 과정에 들어왔으면 좋았을 텐데. 그래도 다른 친구들을 사귀면 지금처럼 남의 집 다락방에 들어간 고양이 같은 기분은 들지 않겠지. 여자애들 중에서는 누구랑 친구가 될까? 이런 걸 추측해보는 것도 꽤 재미있네. 물론 난 퀸스 여자아이들하고 친해져도 다이애나만큼 소중하게 여기진 않겠다고 약속했어. 하지만 두 번째로 친한 친구는 얼마든지 사귈 수 있잖아. 진홍색 블라우스를 입은 갈색 눈의 아이가 괜찮아 보여. 발랄하고 생기가 넘치잖아. 저기 창밖을 보고 있는 금발의 얼굴 하얀 아이도 마음에 든다. 머리 모양도 예쁘고 꿈에 대해서 이야기가 잘 통할 것 같아. 저 둘과 알고 지내면 정말 좋겠다. 팔로 허리를 두르고 서로 별명을 부를 수 있을 만큼 친해지면 더 좋겠지? 하지만 난 저 아이들을 모르고 쟤들도 날 몰라. 특별히 날 알고 싶어 하지도 않을 것 같아. 아, 정말 외롭다!'

그날 해 질 녘, 홀로 침실에 있던 앤은 외로움을 더욱더 심하게 느꼈다. 다른 여자아이들은 샬럿타운에 사는 친척집에 머물렀지만 앤은 혼자 지내야 했기 때문이다. 조지핀 배리 할머니가 앤을 데리고 있으려 해도 너도밤나무집은 학교에서 너무 멀리 떨어져 있었다. 결국 배리 할머니가 하숙집을 찾아주었고 앤에게 적당한 곳이라며 매슈와 마릴라를 안심시켰다.

"이곳을 관리하는 부인은 가세가 기울면서 하숙을 치게 됐지만 원래는 귀부인이었어요. 남편은 영국군 장교였고, 부인도 하숙생을 들일 때 이것저것 깐깐하게 따진다오. 이 집 지붕 아래 있으면 앤이 이상한 사람들과 만날 일은 없을 겁니다. 식사도 잘 나오고, 무엇보다 학교와 가까워서 좋아요. 조용한 건 두말할 필요가 없고요."

직접 살아보니 배리 할머니의 말은 모두 사실이었다. 하지만 앤이 처음으로 겪게 된 향수병을 달래주지는 못했다. 앤은 자신의 좁고 작은 방을 쓸쓸히 바라보았다. 칙칙한 색깔의 벽지를 바른 벽에는 아무런 그림도 걸려 있지 않았고, 가구라고는 작은 철제 침대와 텅 빈 책장이 전부였다. 초록지붕집의 하얀 방을 떠올리자 속에서 뜨거운 것이 울컥 치밀어 올라 목이 메었다.

집 밖으로 웅장하고 푸른 자연이 고즈넉하게 펼쳐져 있고, 정원에서는 콩이 자라고, 과수원에는 달빛이 쏟아지고, 비탈길 아래에는 시냇물이 흐르고, 그 건너편에는 가문비나무가 밤바람에 흔들리고, 광활한 하늘에는 별이 빛나며, 다이애나의 창문에서 비치는 불빛이 나무들 틈을 지나 반짝거리는 모습이 떠올랐다. 하지만 여기에는 그런 것이 하나도 없었다. 창밖으로 보이는 건 온통 살풍경한 모습뿐이었다. 촘촘한 전화선이 하늘을 가리고, 누군지 모르는 사람들의 발소리가 들려왔으며, 수천 개가 넘는 전등은 낯선 얼굴을 비추고 있었다. 앤은 울음이 터져 나올 것 같았지만 꾹 참았다.

"난 울지 않을 거야. 그러면 한심하고 약해빠져 보일 테니까. 아, 그런데 코 옆으로 벌써 눈물이 세 방울째 흐르고 있잖아. 이런, 또 흐르네! 뭔가 재미있는 생각이라도 해서 눈물을 멈춰야 해. 하지만 재미있는 일이라곤 에이번리와 관련된 것들밖에 없어. 그걸 생각하면 더 슬퍼질 뿐이잖아. 네 방울, 다섯 방울…. 다음 주 금요일엔 집에 갈 거지만, 그때까지 백 년은 더 남은 것 같아. 아, 매슈 아저씨는 지금쯤 집에 거의 도착하셨겠지? 마릴라 아주머니는 현관에서 오솔길을 바라보고 계실 거야. 여섯, 일곱, 이제 여덟 방울이네. 눈물이 몇 방울인지 세어봤자 무슨 소용이 있겠어. 이제 곧 홍수처럼 쏟아질 텐데! 아, 기운이 빠진다. 하지만 기운 따윈 내고 싶지도 않아. 그냥 비참한 채로 있는 게 나을 거야!"

때마침 조시 파이가 찾아오면서 눈물이 홍수처럼 쏟아지는 비극만은 피할 수 있었다. 낯익은 얼굴을 보자 무척 기쁜 나머지 앤은 자기와 조시의 사이가 별로 좋지 않다는 사실마저 잊고 말았다. 에이번리 생활의 일부분이라면 조시 파이마저도 반가웠다. 그래서 앤은 진심으로 말했다.

"네가 와서 정말 기뻐."

조시는 동정하는 기색을 내비쳤다.

"울고 있었구나. 향수병에 걸렸나 보네. 뭐, 그런 감정을 자제하지 못하는 사람들도 있게 마련이지. 난 향수병 같은 건 안 걸려. 정말이야. 갑갑하고 고리타분한 에이번리에서 벗어나 도시에 오니 정말 즐거운걸. 그동안 그런 곳에서 어떻게 살았나 몰라. 앤, 울지 마. 그곳에서 어떻게 그처럼 오랫동안 있었는지 모르겠어. 울지 마, 앤. 꼴불견이야. 코하고 눈부터 시작해 얼굴이 죄다 빨개질 거라고. 오늘 학교에서 받은 수업은 정말 굉장했어. 프랑스어 교수님은 정말 귀엽더라. 너도 교수님의 콧수염을 봤으면 가슴이 쿵 뛰었을 거야. 그런데 뭐 먹을 거 있니? 난 배가 고파 죽겠어. 왠지 마릴라 아주머니가 케이크를 싸 주셨을 것 같아서 여기 들렀거든. 안 그랬으면 지금쯤 프랭크 스토클리하고 같이 악단 연주를 들으러 공원에 갔을 거야. 프랭크는 나하고 같은 곳에 묵고 있는데 정말 재미있는 친구야. 오늘 교실에서 널 보더니 나한테 저 빨간 머리 여자애가 누구냐고 물었어. 커스버트 집안에 입양된 고아인데 그 전에 뭘 했는지 제대로 아는 사람은 아무도 없다고 얘기해줬지."

조시 파이와 함께 있을 바에는 외로움과 눈물이 더 낫지 않을까 고민하던 차에 제인과 루비가 찾아왔다. 두 사람의 외투에는 퀸스를 상징하는 2.5센티미터 정도 길이의 자주색과 진홍색 리본이 자랑스레 달려 있었다. 조시는 제인과 '말도 하지 않는' 중이었기 때문에 다행히도 입을 다물었다.

제인이 한숨을 쉬며 말했다.

"휴, 아침부터 지금까지 몇 달은 지난 것 같아. 돌아가서 베르길리우스의 시를 공부해야 해. 무서운 노교수님이 내일부터 당장 스무 행이나 수업을 하겠다고 하셨거든. 하지만 오늘 밤엔 앉아서 공부할 기분이 아니야. 앤, 그거 눈물 자국이니? 울고 있었다면 그렇다고 털어놔. 그럼 내 자존심도 회복될 테니까. 나도 루비가 올 때까지 펑펑 울어댔지 뭐야. 나만 겁쟁이처럼 군 게 아니라면 마음이 편해질 것 같아. 어, 케이크네? 나 조금만 줄 수 있니? 고마워. 진짜 에이번리의 맛이네."

루비는 책상에 놓인 퀸스 학교의 일정표를 보면서 앤에게 금메달을 따려고 마음먹었는지 물었다. 앤은 새빨개진 얼굴로 그럴 생각이라고 인정했다. 그러자 조시가 말했다.

"참, 그러니까 생각났다. 퀸스에서도 한 명을 뽑아서 에이버리 장학금을 준대. 오늘 통지가 왔다고 프랭크 스토클리가 그랬어. 걔네 삼촌이 학교 이사회에 있잖아. 내일 학교에서 발표한다던데."

에이버리 장학금! 앤의 심장이 더 빨리 뛰었고 가슴에 품은 꿈은 마법이라도 걸린 듯 멀리까지 퍼져나갔다. 조시가 이 소식을 말해주기 전까지 앤의 목표는 1년 뒤에 1급 교사 자격을 얻는 것과 가능하다면 금메달까지 따는 것 정도였다. 하지만 조시가 한 말의 여운이 채 사라지기도 전에 앤은 에이버리 장학생으로 뽑히고 레드먼드 대학에 들어가 문학사 과정을 이수한 뒤 졸업 가운을 입고 학사모를 쓴 자신의 모습을 떠올렸다. 에이버리 장학금은 영어 성적이 우수한 학생에게 지급되는 것이라서 앤은 마치 고향 땅에 선 것처럼 자신감이 생겼다.

뉴브런즈윅의 어느 부유한 사업가가 사망하면서 유산의 일부를 교육에 써달라고 기부했는데, 이것이 에이버리 장학금이다. 캐나다 연해 지역의 여러 고등학교와 전문학교 학생들에게 일정한 기준에 따라 지급되었다. 퀸스에도 장학금이 배정될지는 알 수 없는 상황이었는데 마침내 그 문제가 해결된 것이다. 이제 학년말에 영문학 과목에서 최고 점수를 받은 졸업생은 레드먼드 대학에서 공부하는 4년 동안 해마다 250달러씩 장학금을 받게 된다. 그날 밤 앤이 뺨이 벌겋게 달아오른 채로 잠자리에 든 것은 당연한 일이었다!

"열심히 공부해서 꼭 장학금을 받을 거야. 내가 문학사 학위를 받으면 매슈 아저씨가 얼마나 자랑스러워하실까? 아, 꿈을 갖는 건 참 설레는 일이야. 더구나 이렇게 큰 꿈이라니! 꿈에는 끝이 없는 것 같아. 그게 바로 꿈의 가장 좋은 점이겠지? 하나를 이루자마자 더 높은 곳에서 빛나는 다른 꿈이 보여. 그래서 인생이 재미있나 봐."

35장

퀸스에서 보낸 겨울

앤의 향수병은 차차 나아졌다. 주말마다 집에 다녀온 덕분이었다. 날씨만 괜찮으면 에이번리 학생들은 매주 금요일 밤 새로 연결된 철도를 이용해 카모디까지 갔다. 다이애나와 여러 친구들이 마중하러 나왔고, 모두 즐겁게 무리를 지어 에이번리까지 걸어갔다. 에이번리의 집집마다 깜빡거리는 불빛을 바라보고 황금빛으로 물든 공기를 마시며 가을 언덕을 한가롭게 거니는 금요일 저녁이 앤에게는 한 주의 가장 소중한 시간이었다.

길버트 블라이드는 거의 언제나 루비 길리스와 함께 걸었고 가방도 들어주었다. 루비는 무척 예쁜 아가씨로 자랐다. 어느덧 어른이 다 되었고 본인도 그 사실을 아는 듯했다. 치마도 어머니가 허락하는 한 가장 길게 입었고, 시내에 있을 때는 머리를 틀어 올렸다. 다만 집에 갈 때는 머리를 풀어야 했다. 루비의 커다란 눈동자는 연초록빛을 띠었고 안색도 무척 좋았으며 몸매는 보기 좋게 통통했다. 잘 웃고 쾌활한 성격에 마음씨까지 착한 루비는 인생의 즐거움을 마음껏 누리고 있었다.

"하지만 루비는 길버트의 이상형과 거리가 먼 것 같아."

제인이 앤에게 속삭였다. 앤도 같은 생각이었지만 지금 당장 에이버리 장학금을 준다 해도 그렇게 말할 수는 없었다. 물론 길버트 같은 친구와 장난도 치고 수다도 떨면서 책이며 공부며 꿈 이야기를 한다면 얼마나 좋을까 생각하기는 했다. 앤은 길버트에게도 꿈이 있다는 사실을 알고 있었다. 하지만 루비 길리스는 진지하게 그 꿈을 나눌 만한 상대가 아닌 듯했다.

길버트에 대한 앤의 마음에 어리석은 감상 따위는 없었다. 앤이 남학생들에 대해 생각하는 것이라고는 그저 좋은 동무가 될 수 있을까 정도였다. 만약 길버트와 친구 사이였다면 그에게 다른 친구가 얼마나 많든 그가 누구와 길을 걷든 전혀 신경 쓰지 않았을 것이다. 앤은 친구를 사귀는 데 천부적인 재능이 있었고, 여자 친구들은 넘치도록 많았다. 하지만 남자와 친구가 된다면 우정의 개념이 풍부해지고 시야가 넓어져서 무엇을 판단하고 분석할 때 도움이 되지 않을까 막연히 생각할 뿐이었다. 물론 앤이 이 문제에 대한 감정을 명확하게 정의한 것은 아니다. 다만 기차역에서 집까지 길버트와 함께 온다면, 상쾌한 들판을 지나 고사리가 가득한 샛길을 따라 걷는 동안 자기들 앞에 펼쳐진 새로운 세계와 희망 그리고 꿈에 대해 즐겁고 흥미로운 대화를 풍성하게 나눌 수 있을 것이라고 생각하곤 했다. 길버트는 총명한 청년이었다. 무슨 일에 대해서든 뚜렷한 주관을 가지고 있었으며, 최고의 인생을 살기 위해 최선을 다하겠다는 결심도 확고했다. 루비 길리스는 길버트가 하는 이야기의 절반도 알아듣지 못하겠다고 제인 앤드루스에게 실토했다. 마치 앤 셜리가 무슨 생각을 번쩍 떠올렸을 때 하는 말과 비슷하다는 것이다. 자기는 별로 필요 없다고 생각하는 책이나 그와 비슷한 것에 관심을 갖는 성향에도 그다지 재미를 느끼지 못했다. 프랭크 스토클리는 훨씬 더 남자답고 쾌활했지만 외모가 길버트의 절반에도 미치지 못했기 때문에 루비는 자신이 누구를 더 좋아해야 할지 도저히 정할 수 없었다!

학교에서 앤은 자기처럼 사려 깊고 상상력이 풍부하고 꿈을 가진 친구들과 어울리면서 무리를 이루기 시작했다. '붉은 장미' 같은 여학생 스텔라 메이너드, '꿈꾸는 소녀' 프리실라 그랜트와도 금세 가까워졌다. 프리실라는 창백하고 신앙심이 깊어 보였지만 실은 장난기가 넘치는 성격이었고, 생기발랄한 검은 눈의 스텔라는 무지개를 닮은 자유로운 꿈과 공상을 앤만큼이나 한가득 품고 있는 소녀였다.

크리스마스 연휴가 지나자 에이번리 학생들은 금요일마다 집에 가는 것도 포기하고 공부에 몰두했다. 이때쯤 퀸스 학생들의 실력은 어느 정도 판가름이 났으며, 각자의 특성에 따라 여러 등급으로 나뉘기 시작했다. 금메달을 받기 위해 경쟁하는 학생은 모두가 인정하듯 길버트 블라이드, 앤 셜리, 루이스 윌슨, 이렇게 세 명으로 압축되었다. 에이버리 장학금 후보는 이보다 불확실해서 여섯 명의 후보 중 한 명일 거로만 예상하는 정도였다. 수학 성적 우수자에게 주는 동메달은 재미있는 성격에 여기

저기 헝겊을 덧댄 외투를 입고 다니는, 뚱뚱하고 이마가 튀어나온 시골 남학생이 이미 받은 것이나 다름없다고들 여겼다.

루비 길리스는 올해 학교에서 가장 예쁜 여학생으로 인정받았다. 2학년 과정에서는 스텔라 메이너드가 최고 미녀의 영예를 누렸지만, 몇몇은 앤 셜리가 더 낫다는 의견을 내기도 했다. 에설 마는 머리 모양이 가장 뛰어나다고 모두에게 인정받았으며, 순수하고 꾸밈없고 성실한 제인 앤드루스는 가정학 과목에서 우등생이라는 영예를 얻었다. 심지어는 조시 파이까지 퀸스에서 가장 탁월한 독설가로 손꼽혔다. 이처럼 스테이시 선생님의 옛 제자들은 더 수준 높은 교육 과정에 진학한 뒤에도 좋은 성과를 거두고 있었다.

앤은 꾸준히 공부에 매진했다. 길버트와 경쟁하는 관계가 에이번리 학교에서처럼 치열하게 이어졌지만, 급우들은 이런 사실까지는 몰랐다. 예전에 느꼈던 쓰라림도 사라졌다. 이제 앤은 길버트를 꺾으려는 마음보다 뛰어난 적수와 정정당당하게 겨뤄 승리했을 때 느끼는 기쁨을 맛보고 싶다는 욕구가 더 컸다. 이기는 것은 물론 가치 있는 일이었지만, 졌다고 해서 살 가치가 없다는 생각은 들지 않았다.

열심히 공부하는 중에도 학생들은 틈을 내어 즐거운 시간을 보냈다. 앤은 시간이 날 때마다 너도밤나무집을 찾아갔다. 특히 일요일이 되면 그곳에서 식사를 하고 배리 할머니와 교회에 가곤 했다. 배리 할머니는 스스로가 인정하듯 나이가 들었지만, 검은 눈은 아직 흐려지지 않았고 매서운 혀도 시들지 않았다. 하지만 앤에게는 날카로운 말을 하지 않았다. 이 까다로운 노부인은 여전히 앤을 가장 좋아하는 듯했다.

"우리 예쁜 앤은 늘 나아지고 있어. 다른 여자아이들은 금세 싫증이 나거든. 항상 똑같아 보여서 짜증이 날 지경이야. 그런데 앤은 무지개처럼 색깔도 다채롭고 또 어떤 색이 나타나건 정말 예뻐. 물론 지금도 어렸을 때처럼 재미있는 아이인지는 모르겠지만, 그래도 그 아인 내가 자기를 사랑하게 만들어주고 있어. 나는 남이 자신을 사랑하게 만들어주는 사람이 좋아. 사랑하려고 애쓰는 수고를 덜어주니까."

봄은 사람들이 알아차리기도 전에 찾아들었다. 에이번리 주변, 눈이 군데군데 남아 있는 황야에서는 산사나무가 분홍빛 싹을 내밀었고 숲과 계곡에서는 '초록빛 안개'가 일기 시작했다. 하지만 샬럿타운에서는 그동안 공부에 지친 퀸스 학생들이 오로지 시험만 생각하고 이야기할 뿐이었다.

"이번 학기가 거의 다 끝났다는 게 믿어지지 않아. 작년 가을에는 너무 멀고 아득해 보이기만 했잖아. 겨우내 해야 할 공부랑 들어야 할 수업이 너무 많았지. 그런데 이제 다 끝났네. 다음 주는 드디어 시험이야. 얘들아, 난 시험이 전부인 것처럼 느껴질 때도 있지만, 저 밤나무에 크게 돋은 꽃봉오리와 길 끝에 있는 안개 같은 푸른 공기를 보면 시험이라는 건 그 절반도 중요하지 않다는 생각이 들어."

앤의 하숙집에 들른 제인과 루비와 조시는 그 의견에 동의하지 않았다. 이들에게는 코앞에 닥친 시험이 언제나 가장 중요했다. 밤나무 꽃봉오리나 봄 안개보다 훨씬 중요한 문제였다. 적어도 합격만은 확실한 앤이라면 시험을 무시하는 여유를 가질 수도 있겠지만, 모든 미래가 이 시험에 달려 있다고 진심으로 믿는 처지에서는 그처럼 철학적으로 생각할 수 없었다.

"난 2주 동안 3킬로그램이나 빠졌어. 걱정하지 말라는 소린 하지 마. 난 걱정할 거니까. 걱정하는 것도 약간은 도움이 돼. 걱정하고 있을 땐 내가 뭐라도 하고 있는 것 같거든. 겨우내 퀸스에만 다니고 돈도 그렇게 많이 썼는데 자격증을 따지 못한다면 정말 끔찍할 거야."

제인이 한숨을 쉬자 조시 파이가 말했다.

"난 상관없어. 올해 떨어지면 내년에 다시 도전하지 뭐. 우리 아빠가 학비 정도는 내주실 수 있거든. 앤, 프랭크 스토클리한 테 들었는데 트라메인 교수님 말씀이 금메달은 길버트 블라이드가 받을 게 확실하고 에밀리 클레이가 에이버리 장학금을 받을 것 같다는 거야."

앤이 웃으며 말했다.

"조시, 네 말에 기분이 나빠지려면 내일은 돼야 할걸? 제비꽃이 초록지붕집 아래쪽 골짜기를 온통 보랏빛으로 물들이고 연인의 오솔길에서는 작은 고사리들이 고개를 내밀고 있다는 걸 알고 있는 한 내가 에이버리 장학금을 타든 못 타든 별반 다를 것은 없다는 게 지금의 솔직한 심정이야. 난 최선을 다했고 '경쟁의 즐거움'이 무슨 뜻인지도 이해하기 시작했어. 노력해서 이기는 것 다음으로 좋은 건 노력해서 실패하는 거야. 얘들아, 시험 이야기는 그만하자! 저기 집들 위로 펼쳐진 연초록 하늘을 보면서 에이번리의 검보라색 너도밤나무 숲 위에는 어떤 하늘이 펼쳐져 있을지 떠올려보렴."

"졸업식에는 뭘 입고 갈 거야, 제인?"

루비가 현실적인 질문을 던졌다.

제인과 조시 둘 다 금세 대답했고 이야기는 패션이라는 다른 화제로 옮겨갔다. 하지만 앤은 창틀에 팔꿈치를 얹고 양손을 부드러운 뺨에 댄 채 꿈이 가득한 눈으로 멍하니 밖을 내다보았다. 도시의 지붕과 첨탑 너머로 노을 지는 하늘이 빛나는 돔처럼 펼쳐졌고, 앤은 젊은이들의 전유물인 '낙관주의'의 황금빛 실로 미래에 펼쳐질 꿈을 엮어보았다. 저 너머에 있는 전부가 모두 앤의 것이었다. 앞으로 다가올 시간에는 장밋빛 가능성이 숨겨져 있었다. 한 해 한 해는 모두 가능성이라는 장미꽃이며, 이 꽃들이 한데 엮여 불멸의 화관을 만들어갈 것이다.

36장

영광과 꿈

최종 시험 결과가 학교 게시판에 발표되는 날 아침, 앤과 제인
은 함께 길을 걷고 있었다. 제인은 흐뭇하게 웃고 있었다. 시험
이 다 끝났고 적어도 합격은 했으리라는 자신감이 들어서 마음
이 편했기 때문이다. 제인은 합격 이상을 바라며 마음을 졸이지
않았다. 원대한 꿈이 없었던 제인은 옆에서 불안해하는 친구의
영향을 받지 않았다. 세상에서는 누구나 씨를 뿌린 대로 거두는
법이다. 원대한 꿈은 쟁취할 가치가 있긴 하지만 이루기는 쉽지
않다. 피나는 노력과 자제력, 불안과 좌절이라는 대가를 치러야
한다. 앤은 창백한 얼굴로 한 마디도 하지 않았다. 앞으로 10분
이 지나면 누가 메달을 받고 누가 에이버리 장학금을 받는지 밝
혀질 것이다. 앤에게 10분 뒤는 아예 존재하지 않는 시간으로
느껴졌다.

"너는 둘 중 하나를 받게 될 거야."

제인은 교수들이 전혀 다른 결정을 내릴 만큼 불공평할 수 있다는 것을 이해하지 못하는 듯했다. 그러자 앤이 대꾸했다.

"에이버리 장학금은 바라지 않아. 모두들 에밀리 클레이가 받게 될 거라고 해. 난 게시판으로 달려가진 않을 거야. 모두가 보는 앞에서 결과를 확인할 용기는 없거든. 제인, 난 여학생 탈의실에 가 있을 테니까 네가 발표를 보고 내게 결과를 말해줘. 우리 두 사람의 우정을 걸고 부탁할게. 가능한 한 빨리 알려줬으면 해. 내가 떨어졌다 해도 에둘러 말하지 말고 동정도 하지 말아줘. 약속해줘!"

제인은 엄숙하게 약속했다. 하지만 애초에 필요 없는 약속이었다. 두 사람이 퀸스 학교로 들어가는 계단에 올라서자 남학생들이 복도에 잔뜩 모여 길버트 블라이드를 목말 태우고 목청껏 외쳐댔던 것이다.

"메달 수상자, 블라이드 만세!"

잠시 동안 앤은 패배감과 실망감으로 가슴이 쓰렸다. 앤은 졌고 길버트는 이겼다! 추호의 의심도 없이 앤이 메달을 받게 될 것이라고 확신하는 매슈에게 실망감을 안겨줄 것이 뻔했다.

바로 그때, 누군가 큰 소리로 외쳤다!

"에이버리 장학금 수상자 셜리 양에게 만세 삼창!"

두 사람은 열렬한 환호를 받으며 여학생 탈의실로 달려갔다. 제인이 숨을 헐떡거리며 외쳤다.

"아, 앤! 네가 정말 자랑스러워! 너 참 대단하다."

곧 여학생들이 두 사람 주위로 모여들었다. 모두들 앤을 에워싸고 환하게 웃으며 축하해주었다. 수많은 손길이 앤의 어깨를 두드리고 손을 잡아 흔들었다. 밀고 당기며 껴안는 와중에 앤이 제인에게 속삭였다.

"아, 매슈 아저씨와 마릴라 아주머니가 얼마나 기뻐하실까! 당장 이 소식을 편지로 알려야겠어."

졸업식은 성적 발표 다음으로 중요한 행사였다. 학교의 넓디 넓은 강당에서 졸업식이 열렸다. 연설 뒤에는 논문 낭독이 있었고 축가가 이어졌다. 학위증과 상장과 메달도 수여되었다.

매슈와 마릴라도 졸업식에 참석했다. 두 사람의 눈은 옅은 초록색 원피스를 입고 볼을 약간 붉힌 채 눈을 반짝이며 단상 위에 서 있는 훤칠한 소녀에게 쏠려 있었다. 참석자들은 가장 뛰어난 논문으로 뽑힌 글을 읽고 있는 저 학생이 에이버리 장학금 수상자라고 소곤거렸다.

"저 애를 키우길 잘한 것 같지, 마릴라?"

앤이 낭독을 마치자 매슈가 속삭였다. 강당에 들어와 처음 한 말이었다. 마릴라가 쏘아붙이듯 응수했다.

"그런 생각을 한 건 이번이 처음은 아니잖아요. 도대체 같은 얘기를 몇 번이나 하는 거예요?"

두 사람 뒤에 앉아 있던 배리 할머니가 몸을 앞으로 숙이며 양산으로 마릴라의 등을 콕 찔렀다.

"앤이 참 자랑스럽지 않우? 난 아주 자랑스럽구려."

그날 저녁 앤은 매슈 남매와 함께 에이번리로 돌아왔다. 4월 이후로 집에 간 적이 없던 앤은 하루도 지체할 수 없었다. 사과 꽃이 활짝 피어난 세상은 곳곳마다 새로운 활기로 가득했다. 초록지붕집에서는 다이애나가 앤을 기다리고 있었다. 마릴라는 앤의 하얀 방 창가에 탐스럽게 피어난 장미꽃을 꽂아두었다. 앤은 주변을 돌아보면서 행복에 겨운 한숨을 내쉬었다.

"아, 다이애나. 집에 다시 돌아오다니, 정말 기뻐. 분홍빛 하늘을 찌르듯 솟아오른 전나무를 다시 봐서 참 좋다. 저 하얀 과수원과 오래된 눈의 여왕도 마찬가지야. 박하향이 무척 달콤하지 않니? 게다가 이 장미꽃은 어떻고! 모든 것이 노래와 희망과 기도를 한데 섞어놓은 듯해. 그리고 다이애나, 널 다시 만나서 얼마나 기쁜지 몰라!"

"난 네가 나보다 스텔라 메이너드를 좋아하는 줄 알았지 뭐야. 조시 파이가 그랬거든. 앤이 그 애한테 푹 빠졌다고."

다이애나가 서운한 듯 말하자 앤은 웃으며 시든 꽃다발 가운데 6월 백합을 뽑아 다이애나에게 던졌다.

"스텔라 메이너드는 내가 가장 사랑하는 친구지. 이 세상에 단 한 사람만 빼고. 그 사람이 바로 너, 다이애나야. 난 그 어느 때보다 널 사랑해. 네게 해줄 이야기가 참 많아. 하지만 지금은 이곳에 앉아 너를 바라보기만 해도 좋은걸. 난 몹시 지쳤어. 치열하게 공부하고 야심을 불태우느라 기진맥진해버렸지. 내일은 적어도 두 시간 동안은 아무 생각도 하지 않고 과수원 풀밭에 누워 있을 거야."

"앤, 넌 정말 잘해냈어. 에이버리 장학금을 받았으니 당장 교사가 되진 않겠구나?"

"그래. 9월부터 레드먼드 대학에 다닐 거야. 정말 근사하지 않니? 3개월 동안 황금 같은 방학을 맘껏 누린 다음 새로운 꿈을 키워나갈 생각이야. 제인과 루비는 선생님이 될 거래. 무디 스퍼전과 조시 파이까지도 모두 합격하다니, 참 대단하다."

"뉴브리지 학교 이사회에서 제인에게 자기 학교로 오라고 했 대. 길버트 블라이드도 선생님이 될 거래. 그래야만 할 거야. 형 편이 어려워서 내년에 대학을 갈 수 없거든. 그래서 길버트는 자기 힘으로 학비를 마련할 작정이야. 에이머스 선생님이 학교 를 그만두면 길버트가 후임으로 올 것 같아."

앤은 놀라면서도 한편으로는 묘한 실망감을 느꼈다. 길버트 의 사정을 몰랐던 앤은 그도 레드먼드 대학에 진학할 줄로 알 았던 것이다. 앞으로 서로에게 자극을 주는 경쟁자 없이 어떻게 공부할까? 학문을 본격적으로 연구하는 남녀공학 대학에서 친 구이자 맞수인 길버트가 없으면 맥이 풀리지 않을까?

다음 날 아침 식사 자리에서 앤은 매슈의 건강 상태가 좋지 않다는 것을 알아채고 깜짝 놀랐다. 머리카락도 1년 전보다 훨 씬 하얗게 세었다.

매슈가 밖으로 나가자 앤이 마릴라에게 조심스레 물었다.

"마릴라 아주머니, 매슈 아저씨 몸은 괜찮으신가요?"

"아니, 별로 좋지 않아. 올봄에 아주 심한 심장 발작을 겪었거 든. 그런데도 좀처럼 쉬질 않는구나. 나도 걱정이 이만저만 아 니란다. 하지만 요즘은 좀 나아진 것 같긴 해. 일을 도와줄 사람 도 구했으니 오라버니가 좀 쉬면서 몸을 챙겼으면 좋겠다. 이제 네가 집에 돌아왔으니 한결 나을 거야. 너는 늘 오라버니의 기 분을 좋게 만들어주잖니."

앤이 탁자 위로 몸을 기울이더니 두 손을 뻗어서 마릴라의 얼굴을 감쌌다.

"아주머니도 제 생각과는 다르게 안색이 좋지 않아요. 피곤해 보여요. 그동안 일을 너무 많이 하신 것 같아 걱정이네요. 좀 쉬셔야 해요. 이제 제가 집에 있으니 걱정 마세요. 오늘 하루만 그리운 옛 장소들을 둘러보고 옛 꿈들을 찾아볼게요. 그런 다음 집안일은 전부 제가 할 테니 아주머니는 좀 쉬세요."

마릴라는 애정 어린 눈길로 앤을 바라보며 미소 지었다.

"일 때문이 아니야. 두통 때문이지. 요즘 두통이 부쩍 잦아졌단다. 특히 눈 뒤쪽이 무척 아파. 스펜서 선생은 안경 갖고 법석을 떨었지만, 안경은 별로 도움이 되질 않더구나. 6월 말에 실력 있는 안과의사가 섬에 오니까 꼭 만나보라고 스펜서 선생이 그러더라. 나도 같은 생각이야. 이제는 바느질이며 책을 읽는 게 아주 불편해. 그런데 앤, 퀸스에서는 정말 잘했더구나. 1년 만에 1급 교사 자격증을 받고 에이버리 장학금까지 따내다니. 뭐, 레이철 린드 부인은 교만은 파멸을 부른다면서 여자가 교육을 너무 많이 받으면 분수에 맞지 않는다고 반대하지만 내 생각은 전혀 다르다. 레이철 얘기가 나와서 생각나는데, 최근에 애비 은행에 관해 들은 얘기가 있니?"

"좀 위태롭다고 하던데, 왜 그러세요?".

"레이철도 같은 소리를 하더구나. 지난주에 우리 집에 와서는 그런 소문을 들었다고 했어. 매슈 오라버니도 걱정이 많던데. 우리가 저축한 돈이 전부 거기 있거든. 나는 애당초 저축 은행에 돈을 맡기자고 했지만, 오라버니는 애비 씨가 아버지와 절친한 친구였다면서 늘 그 은행을 이용했어. 그 사람이 책임자로 있는 은행이라면 어디든 믿을 만하다고 장담했지."

"애비 씨는 꽤 오랫동안 명목상 책임자였던 것 같아요. 지금은 나이가 너무 많아 실제로는 조카가 은행을 맡고 있대요."

"아닌 게 아니라, 레이철한테 그 말을 듣고 나서 오라버니에게 당장 돈을 모두 찾자고 했더니 생각해보겠다고 했어. 그런데어제 러셀 씨가 매슈 오라버니에게 그 은행이 멀쩡하다고 말했다는구나."

그날 앤은 바깥세상과 벗하며 즐거운 하루를 보냈다. 앤에게는 잊지 못할 시간이었다. 그림자 하나 없는 화창한 날씨에 모든 것이 황금빛으로 빛나는 데다 온갖 꽃들이 만발했다. 앤은과수원을 거닐며 풍요로운 시간을 만끽했고, 드라이어드 거품,버들 연못과 제비꽃 골짜기도 돌아보았다. 목사관에 들러 앨런 부인과 실컷 얘기를 나눈 뒤 저녁에는 매슈와 함께 방목장에서 소 떼를 몰고 연인의 오솔길을 지나 집으로 돌아왔다. 숲에는 빛의 세례를 받은 듯 황혼이 비쳐들었고, 찬란하면서 따뜻한빛이 언덕을 지나 서쪽 골짜기로 흘러내렸다. 매슈가 고개를 숙이고 느릿느릿 걷는 탓에 키가 크고 자세가 꼿꼿한 앤도 본래의경쾌한 발걸음을 매슈에게 맞춰 걸었다.

"매슈 아저씨, 오늘 일을 너무 많이 하셨어요. 앞으로는 일을좀 줄이셔야 해요."

앤이 나무라듯 말하자 매슈가 문을 열어 소들을 들여보내며대답했다.

"음, 글쎄. 그게 잘 안 되는구나. 늙어서 그렇겠지. 나이가 들고 있다는 걸 자꾸만 잊어버리거든. 그래, 뭐 지금껏 늘 열심히 일했으니, 만약 쓰러지더라도 일을 하다 그렇게 되는 편이 낫겠다 싶어."

"제가 만약 아저씨가 바라셨던 남자아이였다면, 지금쯤 아저씨께 큰 도움이 되고 아저씨의 짐도 덜어드렸을 거예요. 그래서인지 제가 남자였다면 좋았겠다는 생각을 하곤 해요."

앤의 말에서 아쉬움이 묻어났다. 매슈가 앤의 손을 토닥이며 말했다.

"음, 글쎄다. 나는 그깟 사내아이 열둘보다 너 하나가 더 좋은 걸. 앤, 명심하렴. 사내아이 열둘보다 네가 훨씬 낫다는 거 말이다. 에이버리 장학금을 탄 사람도 사내는 아니었지? 여자아이였어. 내 딸, 내가 자랑스러워하는 내 딸이었지."

매슈는 앤에게 수줍은 미소를 보내며 뒤뜰로 들어갔다. 그날 밤 매슈의 미소를 마음에 품고 방으로 돌아간 앤은 창문을 열어놓고 한참 동안 창가에 앉아 과거를 생각하며 미래를 꿈꾸었다. 창밖으로는 하얀 눈의 여왕이 달빛을 받아 안개처럼 흐릿한 자태를 드러냈고 비탈길 과수원집 너머 늪에서는 개구리들이 울어댔다. 앤은 은빛으로 물든 아름답고 평화롭고 향기롭고 고요하던 그날 밤을 언제까지나 잊지 않았다. 앤의 인생에 슬픔이 닥치기 전의 마지막 밤이었다. 차갑고 신성한 슬픔의 손길이 닿은 인생이라면 아무리 해도 전과 같을 수 없는 법이다.

37장

죽음이라는 이름의 추수꾼•

"오라버니… 오라버니… 왜 그래요? 매슈 오라버니, 어디 아픈
거예요?"

마릴라가 불안한 목소리로 외쳤다. 단어 하나하나가 입에 걸
려서 제대로 말을 할 수 없었다. 앤은 때마침 하얀 수선화를 한
아름 안고 부엌에 들어서는 중이었다(앤은 그 뒤로 한참 동안 수
선화를 볼 수도, 향기를 맡을 수도 없었다). 마릴라의 다급한 목소리
가 나는 쪽을 바라보니 매슈가 손에 접힌 신문을 쥔 채 해쓱해
진 잿빛 얼굴로 현관에 서 있는 모습이 눈에 들어왔다. 앤은 꽃
을 떨어뜨리고 부엌을 가로질러 매슈에게 달려갔다. 마릴라도
마찬가지였다. 하지만 이미 늦었다. 매슈는 두 사람의 손이 닿

•   헨리 롱펠로의 시 〈추수꾼과 꽃〉의 한 구절

기도 전에 쓰러지고 말았다.

마릴라가 숨을 가쁘게 몰아쉬며 말했다.

"오라버니가 정신을 잃었어. 앤, 얼른 가서 마틴을 불러와라. 빨리! 어서 서둘러! 헛간에 있을 거야."

우체국에서 마차를 몰고 방금 집으로 돌아온 일꾼 마틴이 의사를 부르러 달려갔다. 가는 길에 비탈길 과수원집에 들러서 배리 씨 부부에게 소식을 전했다. 때마침 볼일이 있어서 그 집에 와 있던 린드 부인도 함께 왔다. 그동안 앤과 마릴라는 매슈의 의식을 되돌리기 위해서 미친 듯이 애를 쓰고 있었다.

린드 부인은 마릴라와 앤을 옆으로 물리고 매슈의 맥박을 짚어보았다. 그런 다음 가슴에 귀를 갖다 댔다. 잠시 뒤 린드 부인은 불안에 떠는 앤과 마릴라의 얼굴을 슬픈 눈빛으로 쳐다보더니 눈물을 흘리며 무겁게 입을 열었다.

"아, 마릴라. 이젠 우리가 할 수 있는 일이… 없는 것 같아요."

"린드 아주머니, 설마… 설마… 매슈 아저씨가…."

앤은 그 무시무시한 말을 차마 입 밖에 낼 수 없었다. 앤의 얼굴이 하얗게 질렸다.

"그런 것 같구나. 얘야, 이 얼굴을 보렴. 나처럼 이런 얼굴을 많이 보게 되면 지금이 어떤 상황인지 알 수 있단다."

앤은 매슈의 평온한 얼굴을 바라보았다. 신의 손길이 닿은 흔적을 또렷하게 느낄 수 있었다.

집으로 찾아온 의사는 죽음이 순식간에 닥쳐서 고통은 없었을 것이며, 무언가 갑작스러운 충격을 받은 것이 사인으로 보인다고 진단했다. 충격의 정체는 매슈가 손에 들고 있던 신문에서 찾을 수 있었다. 마틴이 그날 아침 우체국에서 가져온 신문에 애비 은행의 파산 소식이 실려 있었던 것이다.

매슈의 사망 소식은 에이번리 일대에 금세 퍼졌다. 온종일 친구와 이웃들이 초록지붕집에 찾아와서 고인과 유족을 위해 일손을 도왔다. 수줍고 조용하기만 했던 매슈 커스버트가 처음으로 마을의 중심인물이 되었다. 하얗고 장엄한 죽음이 그에게 다가와 머리에 왕관을 씌워주면서, 그는 이제 마을 사람들과 다른 존재가 되었다.

고요한 밤이 초록지붕집 위로 부드럽게 내려앉자 세상은 쥐 죽은 듯 평온해졌다. 응접실에 관이 놓였고 그 속에 매슈 커스버트가 누워 있었다. 기다란 잿빛 머리카락이 얼굴을 감싸고 있었기 때문에 그의 표정은 다정한 미소를 짓는 것처럼 보였다. 마치 즐거운 꿈이라도 꾸는 듯했다. 시신 주위에는 꽃들이 둘러져 있었다. 매슈의 어머니가 신혼 시절 정원에 심어놓았고, 매슈가 비밀로 간직하면서 마음속 깊이 사랑했던 향기로운 옛 시절의 꽃이었다. 앤은 그 꽃을 꺾어 매슈에게 가져왔다. 매슈를 위해 할 수 있는 마지막 일이었다. 앤의 창백한 얼굴에서 비통에 잠겨 눈물마저 말라버린 두 눈이 반짝거렸다.

배리 씨 부부와 린드 부인이 그날 밤 그들의 곁을 지켰다. 다이애나는 동쪽 방으로 올라가 창가에 서 있는 앤에게 조심스레 말을 걸었다.

"앤, 오늘 밤 내가 네 방에서 같이 잘까?"

앤이 진심 어린 눈으로 친구를 바라보며 말했다.

"고마워, 다이애나. 하지만 난 혼자 있고 싶어. 이렇게 말했다고 해서 오해하진 않을 거지? 무섭지는 않아. 아저씨가 돌아가신 후로 잠시도 혼자 있지 못했어. 지금은 혼자 있고 싶어. 아무 말도 하고 싶지 않아. 무슨 일이 일어난 건지 그저 조용히 생각해보려고 해. 도무지 실감이 안 나. 매슈 아저씨가 돌아가셨다는 게 믿기지 않기도 하고, 어떤 때는 돌아가신 지 아주 오래됐는데 이후로 내가 줄곧 이 끔찍하고 둔탁한 고통을 느껴온 것 같기도 해."

다이애나는 앤의 말을 좀처럼 이해할 수 없었다. 평생 지켜오던 습관과 자제력을 깨뜨리고 폭풍처럼 쏟아내는 마릴라의 애절한 슬픔이 앤의 눈물 없는 고통보다 이해하기가 훨씬 쉬웠던 것이다. 하지만 다이애나는 앤이 홀로 슬픔에 잠겨 있도록 조용히 물러났다.

앤은 혼자 있으면 눈물이 쏟아질 것이라고 생각했다. 자신을 그토록 사랑하고 언제나 다정하게 대해준 매슈 아저씨를 위해 눈물도 흘리지 않는다는 것은 정말 끔찍한 일이었다. 어제 해 질 무렵만 해도 함께 걸었던 매슈 아저씨가 지금은 오싹할 정도로 평화로운 기색을 띠고 아래층 희미한 불이 켜진 방 안에 누워 있었다. 그런데 처음에는 눈물이 한 방울도 나오지 않았다. 어두컴컴한 방의 창가에서 무릎을 꿇고 앉아 언덕 너머로 별들을 올려다보며 기도까지 올렸지만, 여전히 눈물은 흐르지 않았고 비탄이 주는 끔찍하고 무딘 고통으로 가슴이 저릴 뿐이었다. 그날 겪은 아픔과 놀라움에 기진맥진해서 잠이 들 때까지 고통은 잦아들지 않고 앤을 괴롭혔다.

앤은 한밤중에 깨어났다. 주변은 적막하고 어두웠다. 문득 그날의 슬픈 기억이 파도처럼 앤을 덮쳤다. 어제저녁 문가에서 헤어지며 미소 짓던 매슈 아저씨의 얼굴이 보였다. 아저씨의 목소리가 들렸다. "내 딸. 내가 자랑스러워하는 내 딸." 그러자 눈물이 쏟아지기 시작했다. 앤은 가슴이 터지도록 울었다. 이 소리를 들은 마릴라가 앤을 달래기 위해 방으로 들어왔다.

"자, 자, 울지 마라, 얘야. 운다고 아저씨가 살아 돌아오는 건 아니야. 그렇게, 그렇게 울면 안 된다. 나도 오늘 그러면 안 되는 걸 알면서도 어쩔 수 없었어. 언제나 자상한 오라버니였는데…. 하느님이 가장 잘 아시겠지."

앤이 흐느끼며 말했다.

"실컷 울게 놔두세요, 마릴라 아주머니. 가슴이 미어지는 것보단 우는 게 덜 아파요. 잠깐만 곁에서 절 안아주세요. 다이애나랑 함께 있을 수가 없었어요. 다이애나는 착하고 친절하고 다정하지만 이건 다이애나의 슬픔이 아니니까요. 다이애나는 저를 도와줄 만큼 제 마음 가까이 다가올 수 없어요. 이건 우리의 슬픔이에요. 아주머니와 저의 슬픔이요. 아, 마릴라 아주머니. 아저씨 없이 우린 앞으로 어떻게 살죠?"

"네게는 내가 있고, 내게는 네가 있잖니, 앤. 만약 네가 없었다면, 나는 앞으로 어떻게 해야 할지 몰랐을 거다. 네가 우리 곁에 오지 않았더라면…. 앤, 내가 그동안 너를 엄하고 쌀쌀맞게 대했다는 건 잘 안다. 하지만 내가 너를 매슈 오라버니만큼 사랑하지 않아서 그런 건 아니야. 말이 나온 김에 전부 이야기해주고 싶구나. 이런 때가 아니면 속마음을 털어놓는 게 쉽지 않거든. 나는 너를 내 친자식처럼 사랑한단다. 네가 이 집에 온 뒤로 줄

곧 넌 나의 기쁨이자 위안이었어."

이틀 후 매슈 커스버트는 자기가 일군 밭과 사랑하던 과수원, 직접 심었던 나무들을 뒤로하고 떠났다. 에이번리는 여느 때의 평온함을 되찾았고, 초록지붕집의 불행도 어느덧 일상에 묻혀버렸다. 익숙한 것을 잃어버린 상실감까지 떨쳐내지는 못했지만, 모두가 이전의 생활로 돌아가 각자의 일에 몰두했다. 앤은 사람들이 매슈 없이도 예전과 다름없이 지낼 수 있다는 사실에 새삼 슬퍼졌다. 여전히 전나무 숲 뒤로 해가 떠올랐고 정원에는 연분홍 꽃봉오리가 맺혔다. 앤은 이런 풍광을 보면 여느 때처럼 기뻤고, 다이애나가 찾아와 재미있는 이야기를 하면 즐겁게 떠들 수 있었다. 왠지 그래서는 안 될 것 같은 가책과 후회가 밀려들었지만, 아름다운 꽃들이 만발한 세상, 사랑과 우정은 조금도 변함없이 앤의 상상력을 채워주고 감동을 불러일으켰으며, 삶은 여전히 온갖 목소리로 앤을 고집스레 불러댔다.

어느 날 저녁 앤은 앨런 부인과 목사관 정원을 거닐며 애석한 표정으로 말했다.

"매슈 아저씨가 돌아가셨는데도 기쁨을 느끼다니, 꼭 아저씨를 배신하는 것 같아요. 전 아저씨가 무척 보고 싶어요. 계속 그랬어요. 그래도 세상과 인생은 참 아름답고 즐거워요. 오늘도 다이애나가 재미있는 얘기를 해서 웃어버렸어요. 아저씨가 돌아가셨을 땐 다신 웃지 못할 줄 알았거든요. 어쩐지 웃으면 안 될 것 같기도 하고요."

앨런 부인이 다정하게 말했다.

"매슈 아저씨는 네 웃음소리를 좋아했잖니. 아저씨는 네가 주

변의 즐거운 일 속에서 기쁨을 찾길 바라셨어. 아저씨는 지금 여기 안 계시지만, 네가 예전처럼 지내길 원하실 거야. 자연이 우리에게 안겨주는 치유의 힘을 거부해서는 안 된다고 봐. 하지만 네 기분은 나도 이해한단다. 이런 일을 겪는다면 너뿐만 아니라 누구든 같은 느낌이 들 거야. 사랑하는 사람과 더는 기쁨을 나눌 수 없는데도 우리만 즐거워할 수 있다는 사실이 화가 나고, 다시금 삶에 관심을 갖게 되면 진심으로 슬퍼하지 않는 것 같은 느낌이 들게 마련이란다."

"아까 매슈 아저씨의 무덤에 장미를 심고 왔어요. 아주 오래 전에 아저씨의 어머니가 스코틀랜드에서 가져오셨다는 흰 장미 묘목이에요. 매슈 아저씨는 그 장미를 가장 좋아하셨어요. 줄기에 가시가 많지만 아주 작고 예쁜 꽃이 피죠. 아저씨의 묘지 옆에 그 장미를 심을 수 있어서 참 기뻤어요. 곁에 놓으면 아저씨가 무척 기뻐하실 것 같았거든요. 천국에도 그 장미가 있었으면 좋겠어요. 여름이 되면 아저씨가 사랑하시던 작고 하얀 장미의 넋들이 모두 아저씨를 만나려고 그곳에 올지도 모르죠. 이제 집에 가봐야겠어요. 마릴라 아주머니가 혼자 계시는데 해가 지면 적적해하시거든요."

"네가 대학에 가면 더 쓸쓸해하실 텐데, 걱정이구나."

앤은 대답하지 않고 작별 인사를 한 뒤 초록지붕집으로 느릿 느릿 발걸음을 옮겼다. 마릴라는 현관문 앞에 앉아 있었다. 앤도 마릴라 곁에 앉았다. 두 사람 뒤로 문이 열려 있었는데, 닫히지 않도록 문틈에 커다란 분홍색 조가비를 끼워놓았다. 조가비 안쪽의 매끄러운 나선형 무늬는 바다에서 해가 지는 광경을 떠올리게 했다.

앤은 엷은 노란색 인동덩굴 가지들을 주워 모아 머리에 꽂았다. 움직일 때마다 머리 위에서 하늘이 축복하듯 달콤한 향기가 쏟아지는 것이 좋았다.

마릴라가 입을 열었다.

"네가 없을 때 스펜서 선생이 다녀가셨다. 내일 안과 의사가 온다면서 꼭 검사를 받으라고 하더구나. 나도 그게 좋겠다고 생각해. 내 눈에 맞는 안경을 쓸 수 있다면 뭘 더 바라겠니? 그런데 나 없는 동안 혼자 있어도 괜찮겠어? 나는 마틴이 태워다 줄 거야. 다림질거리도 좀 있고 빵도 구워야 하는데…."

"전 괜찮아요. 다이애나가 와서 같이 있을 거예요. 다림질도 해놓고 빵도 맛있게 구워놓을게요. 손수건에 풀을 먹이거나 케이크에 진통제를 넣진 않을 테니 걱정 마세요."

마릴라가 웃음을 지었다.

"그 시절엔 실수도 곧잘 했지. 넌 하루가 멀다 하고 말썽을 부렸어. 그땐 네가 뭐에 홀린 줄 알았다니까. 머리카락에 염색했던 일은 기억나니?"

앤은 맵시 있게 땋아 내린 탐스러운 머리 가닥들을 만지작거리며 쑥스러운 듯 웃었다.

"그럼요. 절대 잊지 못할 일이죠. 머리카락 때문에 고민했던 걸 생각하면 웃음이 난다니까요. 하지만 많이 웃지는 않아요. 당시 제게는 아주 큰 고민거리였으니까요. 머리카락과 주근깨 때문에 마음고생이 심했거든요. 이제 주근깨는 완전히 없어졌고, 요즘은 사람들이 제 머리가 적갈색이라고 해요. 아, 조시 파이만 빼고요. 어제 조시가 제 머리를 보더니 유난히 더 빨갛다고 했어요. 제 검정 드레스 때문에 그런 것 같다면서요. 오랫동안 빨간 머리로 지내면 그것에 익숙해지냐고 묻는 거 있죠. 조시 파이를 좋아해보려고 했는데 이젠 그 생각을 접어야겠어요. 전에는 그렇게 하려고 애를 많이 써봤지만, 아무리 해도 조시 파이를 좋아하게 될 순 없을 것 같아요."

마릴라가 냉정하게 말했다.

"조시도 파이 집안 아이다. 마음에 들지 않는 게 당연하지. 그런 사람들도 사회에 도움이 되긴 하겠지만, 도대체 엉겅퀴만큼이라도 쓸모가 있을 것 같지는 않구나. 그럼 조시도 선생님이 되는 거냐?"

"아니요. 조시는 내년에 퀸스로 다시 돌아간대요. 무디 스퍼전이랑 찰리 슬론도 같이요. 제인과 루비는 선생님이 될 거예요. 둘 다 학교도 정해졌어요. 제인은 뉴브리지 학교에서, 루비는 서쪽 어딘가에 있는 학교에서 가르칠 거래요."

"길버트 블라이드도 선생님이 되겠구나. 그렇지?"

"네."

앤이 짧게 대답했지만 마릴라는 무심한 표정으로 말을 이어나갔다.

"그 애는 참 잘생겼더구나. 지난 일요일에 교회에서 봤는데 키도 훤칠하게 큰 데다 아주 남자답더라. 그 애 아버지의 젊었을 때랑 똑 닮았어. 존 블라이드도 정말 멋진 청년이었지. 그와 나는 좋은 친구였어. 사람들은 존이 내 연인이라고 했단다."

앤은 마릴라의 말을 놓칠세라 귀를 쫑긋하며 물었다.

"어머나! 마릴라 아주머니, 그래서 어떻게 됐어요? 왜 아주머
니는 그분과…"

"우리는 다퉜어. 존이 사과를 했는데도 내가 용서하지 않았
지. 사실 시간이 좀 지난 뒤에 용서하려고 했거든. 처음에는 토
라지고 화가 나서 혼내주려고 한 거야. 그런데 그는 다시 돌아
오지 않았어. 블라이드 집안 사람들은 자존심이 무척 세거든.
나는 그 일을 두고두고 후회한단다. 기회가 왔을 때 그를 용서
했더라면 좋았을 텐데…"

앤이 다정하게 말했다.

"그럼 아주머니 인생에도 로맨스가 있었던 거네요."

"그래, 네가 그렇게 말할 줄 알았다. 내게 그런 일이 있었을
거라곤 상상도 못 하겠지? 하지만 사람은 겉만 봐서는 모르는
법이야. 다들 나와 존의 관계를 까맣게 잊었지. 나조차도 잊고
지냈으니까. 그런데 지난 일요일에 길버트를 보니까 기억이 되
살아나더구나."

38장

길모퉁이

다음 날 시내로 나갔던 마릴라는 저녁나절에야 돌아왔다. 앤이 다이애나와 함께 비탈길 과수원집에 갔다가 돌아와 보니 마릴라가 손으로 머리를 괴고 부엌의 식탁 옆에 앉아 있었다. 무슨 일 때문인지 낙심해 있는 마릴라를 보자 앤은 가슴이 철렁 내려앉으면서 오싹한 기분을 느꼈다. 마릴라가 그렇게 무기력한 모습은 처음 봤기 때문이다.

"마릴라 아주머니, 많이 피곤하세요?"

마릴라가 지친 표정으로 앤을 올려다보았다.

"그래…. 아니, 사실 잘 모르겠다. 피곤한 것 같긴 한데, 그 때문은 아닌 것 같아."

앤이 걱정스레 물었다.

"안과 의사는 만나셨어요? 뭐라고 하던가요?"

"그래, 의사에게 눈 검사를 받았지. 앞으로 책을 읽거나 바느질을 해서는 안 된다더구나. 눈에 무리가 갈 만한 일은 절대로 하지 말래. 심지어 우는 것도 조심해야 한다는 거야. 처방해준 안경을 끼면 눈이 더 나빠지지 않고 두통도 나아지겠지만, 자기 말대로 하지 않으면 6개월 안에 눈이 아예 멀어버린다고 했어. 앞을 못 보다니! 앤, 어쩌면 좋니?"

앤은 놀라 외마디 소리를 지르고는 잠시 동안 입을 다물었다. 마땅한 말이 떠오르지 않았다. 잠시 후 앤은 목멘 소리로 씩씩하게 말했다.

"마릴라 아주머니, 그런 생각은 하지도 마세요. 희망이 있다잖아요. 조심하기만 한다면 시력을 아예 잃지는 않을 거예요. 게다가 안경을 써서 두통이 낫는다면 좋은 일이죠."

하지만 마릴라는 여전히 비통에 빠져 있었다.

"그런 걸 희망이라고 할 수는 없지. 책도 읽을 수 없고, 바느질도 할 수 없다면 대체 뭘 하면서 살아야 할까? 눈이 먼 것과 다를 게 없잖니. 죽은 거나 마찬가지야. 그리고 울지 말라는 것도 그래. 홀로 외로워지면 울지 않을 도리가 있겠냐고. 그래, 말해봐야 무슨 소용이겠니. 차를 가져다주면 고맙겠구나. 난 이제 다된 것 같다. 어쨌거나 아직은 아무에게도 이 이야길 하진 마라. 사람들이 몰려와 어떻게 된 거냐고 묻고 동정하고 이러쿵저러쿵 떠들어대는 건 견딜 수 없어."

마릴라가 저녁 식사를 끝내자 앤은 마릴라를 달래며 잠자리에 눕혔다. 그런 다음 앤도 동쪽 방으로 가서 어두컴컴한 창가에 앉았다. 마음은 한없이 무거웠고 어느새 눈물이 줄줄 흘렀다. 집으로 돌아와 창가에 앉던 날 이후로 모든 것이 슬프게 변해버렸다! 그날 밤 앤의 마음은 희망과 기쁨으로 가득했으며 장밋빛 미래에 대한 기대감으로 잔뜩 부풀어 있었다. 그 뒤로 세월이 몇 년이나 지나버린 듯한 기분이었다. 그러나 잠자리에 들 때쯤 앤의 입가에는 다시 미소가 감돌았고 마음에는 평화가 깃들었다. 앤은 자기의 의무를 용기 있게 받아들이고 일생의 벗으로 삼겠다고 마음먹었다. 솔직하게 대하면 의무마저 친구처럼 느껴지지 않던가.

며칠이 지난 어느 오후, 마릴라는 뜰에서 누군가와 이야기를 나눈 후 천천히 집으로 들어왔다. 앤이 살펴보니 그는 카모디에서 온 존 새들러였다. 앤은 그가 무슨 말을 했기에 마릴라의 표정이 저렇게 변했는지 궁금해졌다.

"새들러 씨가 무슨 일로 오신 건가요?"

"내가 초록지붕집을 내놨다는 말을 듣고 찾아온 거야. 이 집을 사겠다고 하더구나."

마릴라가 창가에 앉아 앤을 바라보며 말했다. 안과 의사가 그토록 말렸지만 눈가에는 눈물이 어려 있었고, 목소리도 갈라져 나왔다. 앤은 자기가 잘못 들은 것은 아닌지 거듭 확인했다.

"팔아요? 이 집을 판다고요? 아, 마릴라 아주머니, 정말 초록지붕집을 파실 생각은 아니죠?"

"앤, 아무리 생각해도 뾰족한 수가 떠오르지 않더구나. 내가 눈이라도 온전하다면 여기 남아 집안일을 돌보고 괜찮은 일꾼을 하나 쓰면서 어떻게든 해보겠지만, 지금으로서는 자신이 없어. 시력을 완전히 잃을 수도 있고…. 어쨌든 혼자서는 감당할 수 없단다. 나도 이 집을 팔 날이 오리라고는 꿈에서도 생각해 본 적이 없어. 하지만 좋지 않은 일이 연달아 일어나면 결국엔 이 집을 사겠다는 사람이 없을지도 몰라. 우리 집 돈은 모조리 그 은행에 묶여 있는 데다가 지난가을에 매슈 아저씨가 쓴 어음 도 갚아야 한단다. 린드 부인은 농장을 팔고 어딘가에서 하숙을 하는 게 어떻겠느냐고 했어. 아마 자기 집으로 오라는 뜻이겠 지? 이 집을 팔아도 큰돈을 벌지는 못할 거야. 작고 낡았으니까. 하지만 나 혼자 먹고살기에는 충분할 것 같다. 그나마 네가 장 학금을 받아서 얼마나 다행인지 몰라. 앤, 방학이 되어도 돌아 올 집이 없어서 정말 미안하구나. 그 점이 몹시 아쉽긴 하겠지 만, 넌 어떻게든 잘해낼 거라 믿는다."

마릴라는 슬픔을 참지 못하고 흐느꼈다. 그 모습을 본 앤은 마음을 단단히 먹고 단호하게 말했다.

"마릴라 아주머니, 초록지붕집을 팔면 안 돼요."

"앤, 나도 그랬으면 좋겠구나. 하지만 너도 알잖니. 나 혼자 이 집에서 살 수는 없어. 갈수록 힘에 부치기도 하고, 무엇보다 쓸 쓸해서 못 견딜 거야. 게다가 시력도 점점 떨어져서 언젠가 앞 을 못 볼 게 뻔해."

"이 집에 혼자 계시지 않아도 돼요. 제가 아주머니와 같이 지 낼 거니까요. 전 레드먼드 대학에 가지 않겠어요."

"레드먼드에 가지 않겠다고? 도대체 무슨 말을 하는 거냐?"

마릴라가 두 손으로 감싸고 있던 얼굴을 치켜들고 앤을 쳐다 보았다. 몹시 지친 표정이었다.

"말씀드린 대로예요. 장학금을 포기하겠어요. 아주머니가 시내에 갔다가 돌아오신 날 밤 마음먹었어요. 저를 키우느라 고생을 많이 하셨는데, 제가 아주머니만 홀로 두고 떠날 수 있다고 믿으시는 건 아니죠? 저도 심사숙고하면서 방법을 찾아봤어요. 제 계획을 말씀드릴게요. 배리 아저씨가 내년에 우리 농장을 빌리고 싶어 하세요. 그러니 농사는 걱정하지 않으셔도 돼요. 저는 선생님이 될게요. 이곳 학교에 지원서를 냈지만, 아마 일하기는 힘들 것 같아요. 제가 알기론 학교 이사회에서 이미 길버트 블라이드를 채용하기로 결정했으니까요. 그래도 카모디 학교는 가능할 거예요. 어제저녁 상점에 갔을 때 블레어 아저씨가 그렇다고 말씀해주셨어요. 물론 에이번리 학교처럼 다니기 편하지는 않을 거예요. 하지만 적어도 날씨가 따뜻할 때만큼은 집에서 마차로 다닐 수 있어요. 겨울에는 금요일마다 집에 오면 되죠. 그러니까 말도 팔면 안 돼요. 마릴라 아주머니, 전 이미 계획을 세워뒀어요. 제가 함께 지내면서 책도 읽어드리고 마음 편히 지내도록 돌봐드릴게요. 아주머니가 지루하고 쓸쓸하게 살도록 내버려두지 않을 거예요. 아주머니랑 저는 여기서 아늑하고 행복하게 지낼 수 있어요. 우리 둘이 함께요!"

마릴라는 꿈꾸듯 앤의 말에 귀를 기울이고 있었다.

"아, 앤. 나야 네가 여기 있어만 준다면 더할 나위 없이 좋겠지. 하지만 네가 나를 위해 희생하게 둘 수는 없단다. 턱없는 얘기야. 암, 그렇고말고."

앤이 쾌활하게 웃으며 말했다.

"희생이라니, 말도 안 돼요! 초록지붕집을 포기하는 것보다 더 나쁜 일은 없어요. 그보다 마음 상할 일은 결단코 없을 거예요. 우린 이 정든 집을 지켜야만 해요. 마릴라 아주머니, 전 이미 마음을 정했어요. 레드먼드에 가지 않고 여기 남아서 학생들을 가르칠 거예요. 그러니 제 걱정은 조금도 하지 마세요."

"하지만 네 꿈은 어쩌고? 게다가…."

"제 꿈은 그 어느 때보다 큰걸요. 목표만 좀 수정했을 뿐이죠. 좋은 선생님이 되는 것 그리고 아주머니의 눈을 지켜주는 것! 공부는 집에서 하려고요. 제 힘으로 대학 과정을 조금씩 공부해 나갈 거예요. 아, 전 계획이 정말 많아요. 일주일 내내 생각했거든요. 이곳에서 최선을 다하면 보답을 받게 되겠죠. 퀸스 전문 학교를 졸업할 때만 해도 제 앞날이 탄탄대로일 줄로만 알았어요. 그 길을 따라가면 수많은 이정표를 보게 되리라 믿었죠. 이제 그 길에서 굽은 모퉁이를 맞닥뜨렸어요. 모퉁이를 돌면 무엇이 있을지 저도 모르겠어요. 하지만 가장 좋은 것이 기다린다고 믿을래요. 모퉁이는 그것대로 매력이 있어요. 그 너머로 어떤 길이 이어질지 궁금해요. 초록빛 영광이 있을지도 모르죠. 부드럽고 다채로운 빛과 그림자가 있을 것 같기도 해요. 어떤 새로운 풍광이 펼쳐질지, 어떤 새로운 아름다움을 보게 될지, 어떤 모퉁이와 언덕과 골짜기가 있을지 궁금해요."

"네가 장학금을 포기하게 두어서는 안 될 것 같아."

마릴라가 장학금을 언급했지만, 앤은 웃으며 말했다.

"하지만 절 말릴 순 없으실걸요? 이제 제 나이도 열여섯이 훌쩍 넘었고, 린드 아주머니의 말씀대로 고집이 노새처럼 세니까요. 마릴라 아주머니, 저를 가엾게 여기지 마세요. 전 동정을 받는 게 싫어요. 그럴 필요도 없고요. 정든 초록지붕집에 살 수 있다는 생각만으로도 너무 좋아요. 아주머니와 저만큼 이 집을 사랑하는 사람은 없으니, 우리가 여길 지켜야 해요."

"정말 고맙다, 앤! 네가 내게 새 생명을 준 것만 같아. 너를 어떻게든 대학에 보내겠다고 고집을 부려야 하지만, 지금은 어쩔 도리가 없구나. 네 말을 따르련다."

앤 셜리가 대학 진학을 접고 집에 머물며 학생들을 가르치기로 했다는 소식이 에이번리 일대에 퍼지자 사람들 사이에 온갖 말이 오갔다. 마릴라의 눈이 어떤 상태인지 몰랐던 선량한 이웃들은 대부분 그녀가 어리석은 결정을 내렸다고 생각했다. 하지만 앨런 부인은 달랐다. 앨런 부인에게 격려를 받은 앤은 기쁨의 눈물을 흘렸다. 마음씨 좋은 린드 부인도 마찬가지였다. 향기로운 어느 여름날 오후, 앤과 마릴라가 집 밖에 나와 앉아 있을 때 린드 부인이 찾아왔다. 앤과 마릴라는 정원에 하얀 나방들이 날아다니고 이슬을 머금은 대기 속에 박하 향기가 그득히 차는 황혼 무렵 집 밖에 나와 앉아 있는 것을 좋아했다.

린드 부인은 피로와 안도가 뒤섞인 한숨을 길게 내쉬며, 커다란 분홍색과 노란색 접시꽃이 줄지어 피어 있는 문가의 돌 의자에 육중한 몸을 내려놓았다.

"앉으니 좀 살겠어요. 종일 정신없이 돌아다녔거든요. 몸무게가 90킬로그램이나 되니까 두 다리로 걸어 다니는 게 여간 힘든 일이 아니네요. 마릴라는 뚱뚱하지 않은 걸 감사히 여겨야 해요. 날씬하다는 건 축복이나 다름없으니까요. 그래, 앤, 대학에 진학하지 않기로 했다는 얘기가 들리더구나. 얼마나 다행인지 모른다고 생각했다. 넌 여자치고는 이미 과분할 만큼 교육을 받았어. 여자가 남자들과 함께 대학에 가서 머릿속에 라틴어니 그리스어니 하는 터무니없는 것들을 잔뜩 집어넣는 건 다 쓸데 없는 짓이야."

"하지만 전 라틴어와 그리스어를 공부할 건데요. 여기 초록지 붕집에서 인문학 과정을 공부할 거예요. 대학에서 배우는 학문 은 다 해보려고요."

앤이 웃으며 대꾸하자 린드 부인은 기가 차다는 듯 두 손을 들어 올렸다.

"앤 셜리, 사서 고생이구나."

"전혀 그렇지 않아요. 전부 잘해낼 거예요. 조사이아 앨런 부 인°이 말했듯이, '중용'을 지키면서 무리하진 않을 생각이에요. 기나긴 겨울밤엔 시간이 많이 남을 테고, 전 자수 같은 데는 소 질도 없거든요. 아시겠지만 앞으로 카모디에서 아이들을 가르 치려고 해요."

"아니, 그건 몰랐다. 나는 네가 여기 에이번리 학교에서 가르 치는 줄로만 알았지. 이사회에서 네게 교사 자리를 주기로 결정 했다던데?"

앤은 깜짝 놀라 자리에서 벌떡 일어났다.

"왜요? 길버트 블라이드로 정해진 것 아닌가요?"

"그랬지. 하지만 네가 이 학교에 지원했다는 소식을 듣자마 자 길버트가 지원을 포기하겠다면서 너를 채용해달라고 했대. 어젯밤에 학교 이사회가 열렸거든. 길버트가 자기는 화이트샌

● 미국의 풍자 작가 마리에타 홀리(1836-1926)의 필명이다.

즈 학교에서 가르치겠다고 말했다는 거야. 물론 길버트는 네가 얼마나 마릴라와 같이 있고 싶어 하는지 알고 양보한 것이겠지. 정말 너그럽고 사려 깊은 청년 아니냐? 화이트샌즈에서 지내려면 하숙비도 들 텐데, 너를 위해 많은 걸 희생했잖니. 길버트가 대학엘 가려면 스스로 돈을 벌어야 한다는 건 다들 아는 일이지. 하여튼 그래서 이사회가 네게 기회를 주기로 결정했단다. 토머스가 집에 돌아와서 그 소식을 알려주었는데, 그 말을 듣고 기뻐서 어쩔 줄 모르겠더구나."

"그 제안을 받아들이면 안 될 것 같아요. 제 말은, 저 때문에 길버트가 희생하도록 내버려둘 수는 없다는 거예요."

"이젠 길버트를 말릴 수도 없다. 이미 화이트샌즈 학교와 계약을 해버렸거든. 그러니까 네가 거절해도 길버트에겐 아무런 도움이 안 돼. 당연히 네가 에이번리 학교로 가야지. 넌 잘 해낼 거야. 이젠 학교에 파이 집안 아이들이 없거든. 조시가 마지막이었으니 천만다행이지. 그 집 애들이 무려 20년 동안이나 에이번리 학교를 다녔잖니. 그 애들 인생의 목표는 선생님을 못 살게 구는 일인 것 같더라. 어머나! 배리 씨네 집에서 깜빡거리는 저 불빛은 다 뭐니?"

"다이애나가 저더러 와달라고 신호를 보내는 거예요. 어렸을 적부터 그렇게 해왔거든요. 잠깐만요, 다이애나가 무슨 말을 하려는 건지 알아보고 올게요."

앤은 미소 띤 얼굴로 클로버 비탈길을 사슴처럼 달려 내려가 유령의 숲에 드리워진 전나무 그늘 속으로 사라졌다. 린드 부인이 너그러운 눈빛으로 앤의 뒷모습을 바라보았다.

"어떻게 보면 아직도 애 같아요."

"다른 면으로 보면 숙녀다운 구석이 훨씬 더 많아요."

마릴라가 예전의 딱딱한 모습을 잠시 되찾은 듯 대꾸했다. 그러나 이제는 마릴라에게서 그런 모습을 찾기가 어려웠다. 그날 밤 린드 부인이 남편에게 말했다.

"마릴라 커스버트의 성격이 참 부드러워졌어요. 아, 정말이라니까요."

다음 날 저녁 앤은 에이번리의 작은 묘지를 찾아가 매슈의 무덤가에 새 꽃을 놓아두었고 스코틀랜드 장미에 물을 주었다. 일을 마친 뒤에도 평화롭고 고즈넉한 묘지의 분위기가 좋아서 땅거미가 내릴 때까지 주변을 거닐었다. 포플러잎이 바스락거리는 소리가 친근한 속삭임처럼 들렸고, 풀잎들의 이야기도 들리는 듯했다. 앤은 해가 완전히 지고 난 뒤에야 묘지에서 나와 반짝이는 호수까지 이어진 긴 언덕길을 내려왔다. 꿈결 같은 저녁 잔광에 물든 에이번리의 풍경은 평온하고 아름다웠다. '태곳적의 평화가 깃든' 것만 같았다. 꿀처럼 달콤한 클로버 들판을 거쳐서 불어오는 바람은 상큼했고, 농장 나무들 사이로 집집마다 불빛이 반짝거렸다. 저 멀리 안개 같은 자줏빛 바다 너머에서도 찰랑대는 파도 소리가 끊임없이 소곤거렸다. 온갖 아름다운 색깔로 부드럽게 물든 서쪽 하늘이 연못에 비쳐 한층 더 신비로운 풍경을 자아냈다. 앤은 자연의 아름다움에 가슴이 두근거렸고, 기꺼이 영혼의 문을 활짝 열었다.

●　　테니슨의 시 〈예술의 궁전〉의 한 구절

"정다운 옛 세상, 정말 사랑스럽구나. 네 품에서 살 수 있어 얼마나 좋은지 몰라."

앤이 언덕을 중간쯤 내려왔을 때 키 큰 청년이 휘파람을 불며 블라이드 씨네 농장 문에서 나왔다. 길버트였다. 그는 앤을 알아보고 휘파람을 멈추었다. 정중하게 모자를 벗기는 했지만, 앤이 걸음을 멈추고 손을 내밀지 않았더라면 틀림없이 조용하게 지나쳤을 것이다.

앤이 두 뺨을 붉히며 말을 건넸다.

"길버트, 날 위해 교사 자리를 양보해줘서 고마워. 넌 정말 친절한 사람이야. 내 마음을 꼭 알려주고 싶었어."

길버트는 앤이 내민 손을 진심 어린 마음으로 잡았다.

"특별한 친절을 베푼 건 아냐, 앤. 너를 위해 작은 일이라도 할 수 있어서 참 기뻐. 이제부터 우리 친구가 될 수 있을까? 예전에 저지른 내 잘못을 용서해줄 수 있겠니?"

앤은 웃으며 손을 빼려 했지만 소용없었다.

"네가 연못가에 나를 내려줬을 때 이미 용서했는걸. 미처 깨닫지 못했을 뿐이야. 바보처럼 고집만 부렸지. 솔직하게 털어놓으면, 난 그때부터 쭉 후회하고 있었어."

길버트가 함박웃음을 지었다.

"우린 좋은 친구가 될 거야. 너와 나는 태어날 때부터 좋은 친구가 되도록 정해졌는데, 넌 지금껏 운명을 거스른 셈이지. 우린 여러 면에서 서로에게 도움을 줄 수 있을 거야. 공부는 계속할 거지? 나도 그럴 생각이야. 가자, 집까지 바래다줄게."

앤이 부엌으로 들어오자 마릴라가 호기심 어린 눈으로 앤을

쳐다보며 물었다.

"앤, 너랑 함께 오솔길을 걸어온 청년이 누구니?"

"길버트 블라이드예요. 배리 아저씨네 언덕에서 만났어요."

앤이 얼굴을 붉히고 난처해하면서 말하자 마릴라가 천연덕스
레 웃었다.

"문가에 서서 30분이나 이야기를 나눌 만큼 둘 사이가 그렇
게 가까운 줄은 몰랐는걸."

"좋은 관계는 아니었어요. 뭐, 근사한 적수긴 했죠. 하지만 앞
으로는 좋은 친구가 되는 게 훨씬 더 분별력 있는 행동이라고
판단했어요. 우리가 정말 30분이나 같이 서 있던가요? 고작 몇
분이었던 같은데요. 어쨌건 우리에게는 5년 동안이나 밀린 얘
기가 있었거든요."

그날 밤, 앤은 흐뭇한 마음으로 오랫동안 창가에 앉아 있었
다. 바람이 벚나무 가지 사이로 부드럽게 가르랑댔고, 박하 향
기가 은은히 바람에 실려 왔다. 골짜기에 뾰족히 솟은 전나무들
위로 별들이 반짝였으며, 다이애나의 방에서 새어 나온 불빛이
나무 틈새 사이로 어렴풋하게 비쳤다.

퀸스 전문학교에서 돌아와 창가에 앉던 날 밤 이후로 앤 앞에
놓인 넓은 지평은 닫혀버렸다. 하지만 앤은 길이 좁아진다 해도
그 길을 따라 고요하고 평화로운 행복의 꽃이 피어나리라고 확
신했다. 앤에게는 진실한 노력과 훌륭한 열망, 진정한 우정에서
비롯된 기쁨이 있었다. 그 무엇도 타고난 상상력과 그것으로 그
려내는 꿈같은 세계를 앤에게서 앗아가지 못할 것이다. 길에는
늘 모퉁이가 있기 마련이다!

앤은 나지막이 속삭였다.

"하느님은 하늘에 계시니, 세상 모든 것이 평화롭도다."[•]

• 로버트 브라우닝의 시 〈피파가 지나간다〉의 한 구절

루시 모드 몽고메리의 삶과 작품

루시 모드 몽고메리(Lucy Maud Montgomery, 1874-1942)는 '빨간 머리 앤' 시리즈가 탄생한 순간을 이렇게 적었다. "1904년 봄, 주일학교 신문에 실을 짧은 연재물을 구상하기 위해 노트를 뒤적였다. 그러다가 오래전에 기록해둔 희미한 글귀를 발견했다. '노부부가 고아원에 남자아이를 입양하겠다고 요청한다. 그런데 실수로 여자아이가 온다.' 문득 바로 이것이라는 확신이 들었다."

몽고메리는 1906년 1월 빨간 머리 앤 시리즈의 첫 번째 책인 『초록지붕집의 앤』(Anne of Green Gables)을 탈고하고 여러 출판사에 원고를 보냈다. 하지만 번번이 외면당했고, 결국 다섯 번째 거절 편지를 받자 출간을 단념한 채 원고를 모자 상자에 넣어두었다. 1년 뒤 몽고메리는 이 소설을 단편으로 개작해보려고 검토하다가 다시 한번 용기를 내어 미국 보스턴에 있는 출판사 L. C. 페이지 앤드 컴퍼니에 투고했다. 이번에는 좋은 소식이 들려왔다. 마침내 출간이 결정된 것이다. 이처럼 빨간 머리 앤은 녹록지 않은 과정을 거쳐 세상에 나왔다.

❋ 고아 아닌 고아, 앤을 닮은 어린 시절

몽고메리는 1874년 11월 30일 캐나다 프린스에드워드섬의 클리프턴 (현재의 뉴런던)에서 태어났다. 몽고메리가 태어난 지 21개월 만에 어머니 클라라 울너 몽고메리(Clara Woolner Montgomery)가 세상을 떠났고, 아버지 휴 존 몽고메리(Hugh John Montgomery)는 캐번디시의 처가에 어린 딸을 맡기고 클리프턴에서 사업을 했다. 이후 아버지는 캐나다 서부로 이주했으며 서스캐처원주의 프린스앨버트에 정착하고 새 가정을 꾸렸다. 그래서 몽고메리는 외할아버지 알렉산더 마르퀴스 맥닐(Alexander Marquis Macneill)과 외할머니 루시 울너 맥닐(Lucy Woolner Macneill)의 손에서 자랐다. 우체국을 경영하던 외조부모는 둘 다 고지식했고 특히 외할아버지는 여성 교육에 부정적이었다. 하지만 외할머니가 고집한 덕분에 몽고메리는 학교를 다닐 수 있었다. 캐번디시에는 맥닐의 집안사람들이 많이 살았는데, 이들은 부모가 버린 아이라는 이유로 몽고메리를 데면데면히 대했다고 전해진다. 뿐만 아니라 친척들은 고아나 다름없는 아이를 데려다 기른 외할아버지와 외할머니께 진심으로 감사하며 예의 바르게 지내야 한다고 몽고메리에게 잔소리를 해댄 듯하다. 이런 분위기 탓에 몽고메리는 틈만 있으면 집을 빠져나와 자연에서 뛰놀았고, 집에 있을 때는 상상의 친구와 대화하며 책 속으로 깊이 빠져들었다.

아버지와 꾸준히 편지를 주고받던 몽고메리에게 기쁜 소식이 찾아왔다. 아버지로부터 함께 지내자는 연락을 받은 것이다. 몽고메리는 1890년 부푼 가슴을 안고 프린스앨버트로 갔다. 하지만 기대와 달리 그곳에서는 이복동생을 돌보고 집안일을 하느라 무척 고된 날들이 이어졌다. 학교도 제대로 다닐 수 없었다. 무엇보다 새어머니는 그녀를 딸로 인정하지 않았다. 몽고메리는 구슬픈 심정을 일기장에 토로했다. "나는 새어머니를 '몽고메리 부인' 외에 다른 호칭으로 부를 수 없다. 아버지의 체면 때문에 사람들 앞에서 '어머니'라고 불러야 할 때를 제외하면." 아버지도 새어머니의 눈치를 보느라 딸을 살갑게 대하지 않았다. 부모를

어린 시절(왼쪽, 1882년)과 20대(오른쪽, 1899년)의 모습

그리워하며 자랐던 몽고메리에게는 너무나 가혹한 가정사였다. 결국 그녀는 이듬해에 캐번디시로 돌아오고야 말았다. 하지만 그 시기가 온통 암울했던 것만은 아니었다. 샬럿타운에서 발행하는 신문인 『패트리엇』에 그녀의 시가 실린 것이다. 몽고메리는 1890년 12월 7일 일기에 벅찬 감격을 털어놓았다. "아, 오늘은 내 인생에서 가장 자랑스러운 날이다! … 내 작품이 신문에 실리다니!"

다시 공부를 시작한 몽고메리는 1893년 샬럿타운의 프린스오브웨일스 전문학교에 입학해서 2년 과정을 1년 만에 마치고 교사 자격을 얻었다. 1894년 7월에는 프린스에드워드섬 비더포드의 시골 학교에서 교사로 첫발을 내디뎠으며, 이후 벨몬트, 로어베데크에서 학생들을 가르쳤다. 1895년에는 교사 생활을 하면서 번 돈으로 노바스코샤주 핼리팩스의 댈하우지 대학에 입학해 1년 동안 영문학을 공부했다. 당시 여성으로서는 드물게 고등교육을 받은 것이다. 이는 작품 속에서 앤이 퀸스 전문학교를 졸업하고 에이번리에서 학생들을 가르쳤으며, 레드먼드 대학에

몽고메리 생가(1885년)

서 공부한 것을 떠올리게 한다.

✽ 복잡한 애정사 그리고 빨간 머리 앤의 탄생

몽고메리는 로어베데크에서 교편을 잡을 때 하숙집 아들인 허먼 리어드(Herman Leard)과 가까운 사이가 되었다. 하지만 그녀는 당시 친척인 에드윈 심슨(Edwin Simpson)과 약혼한 상태였다. 몽고메리는 리어드와 열정적인 사랑에 빠졌으면서도 한편으로는 농부인 그가 자신과 맞지 않는 상대라고 생각했다. 또 자신이 약혼자 심슨을 사랑하지 않는다는 사실을 깨달았으면서도 당시 파혼은 관습에 어긋나는 일이었던지라 속으로만 끙끙 앓았다. 심지어 어느 날에는 두 남자와 함께 있는 상황이 벌어졌다. 심슨이 하숙집으로 찾아온 것이다. 몽고메리는 그날의 일을 이렇게 적었다. "나는 한 지붕 아래에서 두 남자와 함께 있었다. 한 사람은 내가 사랑하지만 결코 결혼할 수 없는 사람, 다른 사람은 결혼을 약속했지만 결코 사랑할 수 없는 사람이었다! 그날 밤 두려움과 수치와 불안 속에서 얼마나 고통스러워했는지 말로 표현할 수 없다." 그러다가 1898년 3월 외할아버지가 세상을 떠나자 몽고메리는 외할머니를 돌보기 위해 집으로 돌아갔고, 이때 리어드와 관계를 끊었으며 이후 심슨과도 파혼했다. 감정의 폭풍을 겪은 뒤 좀 더 현실적인 연애관을 갖게 된 몽고메리는 1905년 무렵부터 네 살 위인 이완 맥도널드(Ewen 또는 Ewan MacDonald, 1870-1943) 목사와 친해졌고, 두 사람은 1906년에 약혼했다. 결혼은 외할머니가 돌아가실 때까지 미루기로 했다. 몽고메리는 약혼자를 뜨겁게 사랑하지는 않았지만 무척 존경했으며, 맥도널드는 이전의 연애 상대들보다 그녀에게 잘 어울리는 짝이기도 했다.

캐번디시로 돌아온 후 몽고메리는 1901년부터 1902년 사이에 9개월 남짓 핼리팩스의 신문사에서 일했던 시기를 제외하면 줄곧 외할머니와 함께 지냈다. 할아버지가 운영하던 우체국에서 일하며 글을 썼는데, '빨간 머리 앤' 시리즈의 첫 번째 권인 『초록지붕집의 앤』도 이때 집필한 것이다. 탈고 시기는 자서전이나 일기마다 차이가 있지만 1905년에서 1906년 사이로 추정된다. 이 원고는 여러 출판사에서 거절을 당하다가 우여곡절 끝에 1908년 한 권의 책으로 나왔다. 당시에는 여성 작가라는 사실을 숨기는 게 관례였던 터라 저자 이름에 약자를 사용해서 L. M. Montgomery로 표기했다. 이 책은 출간 후 5개월 동안 1만 9천 부가 판매되었을 만큼 커다란 인기를 끌었고, 특히 대문호 마크 트웨인은 주인공 앤을 가리켜 "불멸의 앨리스 이후 더없이 사랑스럽고 감동을 주는 유쾌한 아이"라고 하면서 찬사를 보냈다. 첫 책을 출간하면서 출판사와 맺은 계약에 따라 몽고메리는 이듬해인 1909년에 후속편 『에이번리의 앤』 (Anne of Avonlea)을 출간했다.

1911년 3월 외할머니가 세상을 떠나자 몽고메리는 집에서 나와야 했다. 외할아버지가 모든 재산을 외삼촌에게 물려주고 할머니에게는 한 푼도 남기지 않았던 터라 더는 그 집에서 살 수 없었기 때문이다. 친척들은 몽고메리와 외조부모가 살던 집을 제대로 관리하지 못했으며 나중에는 헐어버렸다. 지금은 집터만 덩그러니 남아 있다.

　몽고메리는 외할머니를 여의고 파크코너의 친척 집에 머물다가 그해 7월에 이완 맥도널드와 결혼했다. 3개월간 영국으로 신혼여행을 다녀온 두 사람은 온타리오주의 리스크데일에 정착했다. 1926년에는 맥도널드의 부임지를 따라 노발로 거처를 옮겼고, 맥도널드가 은퇴한 뒤에는 토론토에서 살았다. 노발의 목사관은 몽고메리 유산 협회가 2017년에 사들여서 박물관과 문예회관으로 활용하고 있다.

✱ 성공한 작가의 가슴 아픈 삶

『초록지붕집의 앤』 출간 이후 몽고메리는 명성을 얻고 성공한 작가로 자리 잡았다. 1923년 캐나다 여성 중에서는 처음으로 왕립예술협회 회원이 되었으며, 1935년에는 대영제국훈장(4등급, OBE)을 받았다. 1924년에는 '캐나다에서 가장 위대한 여성 12인'으로 꼽히기도 했다(캐나다 권위지 『토론토 스타』 선정). 하지만 문학적 성취와 달리 그녀의 삶에는 그늘이 길게 드리워져 있었다. 가족의 몰이해와 그녀를 둘러싼 지역사회의 편견 때문이었다. 이는 작가가 활동한 시대의 한계를 고스란히 드러낸다. 유명 인사가 된 몽고메리는 사람들의 시기 어린 시선을 받고 여러 차례 구설수에 올랐다. 또 다른 성공작인 『초승달 에밀리』(*Emily of New Moon*)에는 당시 몽고메리가 느꼈던 두려움이 거듭 등장한다. 게다가 남편은 몽고메리가 벌어다주는 돈으로 풍족한 생활을 누리면서도 아내의 직업을 인정하지 않았다. 그는 몽고메리의 소설을 한 권도 읽지 않을 뿐만 아니라 결혼 전의 성이 적힌 편지가 올 때마다 불쾌감을 내비쳤다고 한다. 또한 젊었을 때부터 앓았던 우울증이 점점 심해지는 바람에 몽고메리는 바쁜 생활 중에도 남편의 병간호로 녹초가 되곤 했다. 심지어 시가 쪽 친척들은 몽고메리에게 수시로 돈을 요구해왔다.

두 아들(체스터, 스튜어트)과 몽고메리(1917년)

자식 농사도 순탄하지 않았다. 몽고메리는 체스터(Chester, 1912년), 휴 (Hugh, 1914년), 이완 스튜어트(Ewen Stuart, 1915년) 등 세 아들을 두었는 데, 그중에 둘째는 사산했고 애정을 쏟았던 큰아들은 걸핏하면 문제를 일으켰다. 체스터는 학교에서 유급하는가 하면 부모 몰래 결혼하고 아이 까지 가졌다. 이 사실을 알게 된 몽고메리는 큰 충격을 받아 한동안 마음 고생을 톡톡히 했다.

건강 문제도 있었다. 목사의 아내로 살아가며 어머니의 의무를 다하는 동안 그녀는 여러 차례 우울증을 앓았고, 남편과 자식 문제 때문에 증세 가 점점 악화되었다. 1918년에는 당시 전 세계에서 수천만 명의 목숨을 앗아간 스페인독감에 걸려 거의 죽을 뻔했다. 극심한 스트레스로 편두통 에 시달리기도 했다.

안팎의 어려운 상황에도 굴하지 않고 몽고메리는 계속 글을 써나갔다.

집필 중인 몽고메리(1932년)

하지만 이번에는 출판사와의 분쟁이 그녀를 괴롭혔다. 빨간 머리 앤 시리즈를 처음 출판했던 보스턴의 출판사가 인세를 속여서 지급했던 것이다. 몽고메리가 항의했지만 출판사는 도리어 터무니없는 요구를 하면서 계약이 만료된 뒤에도 마음대로 책을 찍어냈을 뿐만 아니라 그녀가 쓴 작품들의 저작권을 상의 없이 다른 회사에 팔아버리기까지 했다. 양측의 다툼은 결국 법정으로 이어졌다. 출판사는 시간을 질질 끌면서 상대방이 지쳐서 나가떨어지게 만들려고 했지만 몽고메리도 절대 포기하지 않았다. 1917년에 시작된 소송은 1928년이 되어서야 몽고메리의 승리로 끝났다. 그러나 이미 출판사가 영화 판권을 넘긴 터라 그녀는 영화 두 편에 대한 저작권료를 받지 못했다. 또한 소송비용을 마련하기 위해 더 많은 작품을 써야 했다.

몽고메리는 지인들에게 수많은 편지를 썼고 팬레터에도 일일이 답장을 보냈다. 그러면서도 내밀한 속마음은 주로 일기장에 털어놓았다. 그녀는 글을 쓰면서 마음의 안식과 삶의 기쁨을 찾곤 했다. 그러나 인생의 황혼에 이를수록 편지와 일기를 쓰지 못할 만큼 정서적으로 어려움을 겪었다. 제2차 세계대전에 대한 두려움, 집안의 우환, 점점 심해지는 우울증 등이 원인이었으리라 추정된다. 결국 몽고메리는 1942년 4월 24일, 향년 68세를 일기로 토론토 자택 침대에서 숨진 채 발견되었다. 사망 진단서에 기록된 주요 사인은 관상동맥혈전증이었다. 하지만 2008년 9월 몽고메리의 손녀인 케이트 맥도널드 버틀러(Kate Macdonald Butler)는 할머니가 우울증을 앓던 할아버지를 오랫동안 돌보면서 정신이 피폐해진 상태였으며, 약물을 과다 복용해서 스스로 생을 마감했다고 밝혔다.

몽고메리의 유해는 어린 시절의 추억이 깃든 캐번디시의 공동묘지에 묻혔다. 인생의 여정을 마친 뒤 그토록 사랑하고 그리워하던 프린스에드워드섬으로 돌아온 것이다.

❋ 영감의 원천과 문학적 평가

장편소설 21권, 단편소설 530편, 시 500편 등 수많은 작품을 남긴 몽고메리는 『내 안의 빨간 머리 앤』(*The Alpine Path: The Story of My Career*)이라는 자전적 에세이에서 이렇게 말했다. "내가 글을 쓰고 있지 않았던 때, 혹은 내가 작가가 되려고 작정하지 않은 때가 기억나지 않는다. … 나는 어릴 때부터 지칠 줄 모르고 뭔가를 끄적거리곤 했다."

몽고메리는 자신이 창조해낸 인물들처럼 이야기로 가득 찬 사람이었다. 빨간 머리 앤 시리즈의 앤과 에밀리 시리즈의 에밀리를 비롯해서 1911년에 발표한 『이야기 소녀』(*The Story Girl*)의 새러는 그녀와 무척 닮았다. 자기 안에서 터져 나오는 이야기에 압도되었던 몽고메리는 어린 시절부터 작가를 꿈꾸었고 결국 거장의 자리에 우뚝 섰다. 특히 우리에게 『빨간 머리 앤』으로 알려진 『초록지붕집의 앤』은 전 세계적으로 엄청난 판매고를 기록했으며, 1947년에 실시한 설문조사에 따르면 그녀는

프린스에드워드섬 캐번디시 공동묘지에 있는
몽고메리와 그녀의 남편 맥도널드의 무덤

찰스 디킨스에 버금갈 만큼 사랑받는 작가였음을 알 수 있다. 그녀가 단
지 문학적 재능만으로 이런 성과를 거둔 것은 아니었다. 교사로 일할 때
아침 일찍 일어나 글을 쓴 다음 출근했을 정도로 진지하고 꾸준한 습작
을 계속한 결과이기도 했다.

하지만 대중적 인기와는 다르게 당시 문학계의 평가는 놀라우리만치
냉정했다. 특히 미국의 비평가들은 몽고메리의 작품을 캐나다 시골의 여
성 작가가 쓴 '아동문학'이라고 폄하하면서 제대로 평가하려는 노력조
차 하지 않았다. 그러다가 사후 30여 년 뒤인 1970년대에 와서야 비로소
몽고메리의 작품이 문학계에서 정당한 평가를 받기 시작했다. 연구자들
은 앤과 에밀리를 비롯해 몽고메리가 만들어낸 독특한 인물들이 대중에
게 사랑받는 이유를 탐구했으며, 작품의 의의와 가치를 본격적으로 연

구했다. 몽고메리가 남긴 일기와 편지도 중요한 자료로 인식되었다. 그녀의 작품이 단지 상업적으로 성공한 변방의 아동문학이 아니라 문학사에 남을 중요한 유산으로 정당한 자리를 차지하게 된 것이다. 1943년 캐나다 연방 정부는 몽고메리를 '역사적 인물'(Persons of National Historic Significance)로 선정했으며, 이후 그녀의 흔적이 남아 있는 여러 장소를 국립 사적지로 지정해서 보존하고 있다. 해마다 몽고메리의 작품에 묘사된 삶의 방식에 직간접적으로 영향을 받은 수십만 명이 그녀가 그토록 사랑했던 곳을 보기 위해 프린스에드워드섬을 찾는다. 오늘날에도 루시 모드 몽고메리는 가장 사랑받는 작가로 손꼽히며 수많은 독자에게 인생의 고귀한 가치와 순수한 상상력에서 비롯된 기쁨을 전해주고 있다.

빨간 머리 앤,
세상에서 가장 사랑스러운 소녀

빨간 머리 앤 시리즈의 첫 번째 책인 『초록지붕집의 앤』은 1908년 출판된 뒤 공식 집계만으로도 5천만 권 넘게 팔렸으며, 1909년 스웨덴어를 시작으로 지금까지 36개 이상의 언어로 번역되었다. 우리나라에서는 일본의 선례를 따라 원제와 다르게 『빨간 머리 앤』으로 통용되고 있다. 이 작품이 큰 성공을 거두자 몽고메리는 다른 소설을 발표하는 틈틈이 빨간 머리 앤 시리즈의 후속편을 썼다. 작품 속 시간의 흐름과 출판 순서가 엇갈리기도 하는데, 이는 앤 시리즈가 1921년까지 총 6권으로 일단락된 후 중간 시기를 배경으로 1936년과 1939년에 2권이 더 나왔기 때문이다. 몽고메리가 유작으로 남긴 앤 시리즈의 마지막 원고는 2009년에야 온전한 모습으로 출판되었다.

✱ 빨간 머리 앤 시리즈 각 권 내용
 1. 『초록지붕집의 앤』
  고아원에서 살던 소녀 앤 셜리가 에이번리의 초록지붕집에 와서 훌륭하게 성장해가는 과정을 그려냈다. 일손을 도울 남자아이를 데려오려다

권	제목	출판 연도	앤의 나이	시대
1	초록지붕집의 앤 *Anne of Green Gables*	1908	11~16	1876-1881
2	에이번리의 앤 *Anne of Avonlea*	1909	16~18	1881-1883
3	레드먼드의 앤 *Anne of the Island*	1915	18~22	1883-1887
4	바람 부는 포플러나무집의 앤 *Anne of Windy Poplars*	1936	22~25	1887-1890
5	앤의 꿈의 집 *Anne's House of Dreams*	1917	25~27	1890-1892
6	잉글사이드의 앤 *Anne of Ingleside*	1939	34~40	1899-1905
7	무지개 골짜기 *Rainbow Valley*	1919	41~43	1906-1908
8	잉글사이드의 릴라 *Rilla of Ingleside*	1921	49~53	1914-1918

빨간 머리 앤 시리즈 목록

가 착오가 생겨서 앤이라는 소녀를 만나게 된 커스버트 남매는 고심 끝에 앤을 맡아 키운다. 앤의 엉뚱한 말과 행동 때문에 크고 작은 소동이 계속 일어나지만 커스버트 남매는 앤의 순수한 성정과 사람을 끄는 매력을 통해서 그동안 느끼지 못했던 인생의 즐거움을 깨달아간다. 단짝 친구 다이애나와 우정을 쌓아가고, 때로는 길버트와 경쟁하면서 열심히 공부한 앤은 퀸스 전문학교를 우수한 성적으로 졸업하고 에이번리의 학교의 교사가 된다. 빨간 머리 앤 시리즈의 출발점이자 대표적인 작품이며, 몽고메리의 고향이기도 한 프린스에드워드섬을 배경으로 등장인물의 감정을 생생하게 묘사한 점이 돋보인다.

2. 『에이번리의 앤』

앤이 에이번리 학교에서 학생들을 가르치던 시기의 이야기다. 순수한 동심을 가진 아이들과 즐거운 시간을 보내면서도 자신의 신념과 현실 사이의 간극을 깨닫고 괴로워하기도 한다. 교사 생활 틈틈이 길버트와 다이애나를 비롯한 친구들과 힘을 합해 에이번리 마을 개선협회를 조직해서 여러 가지 활동을 펼친다. 초록지붕집에는 마릴라의 먼 친척이 낳은 여섯 살배기 쌍둥이 남매가 와서 함께 지낸다.

3. 『레드먼드의 앤』

앤이 레드먼드 대학에서 공부하던 시절의 이야기다. 몽고메리가 처음 지은 제목은 『레드먼드의 앤』(*Anne of Redmond*)이었지만, 출판사가 『섬의 앤』(*Anne of the Island*)으로 바꿔서 출간했다. 꿈을 향해 한 걸음씩 나아가는 앤의 모습, 친구들과 하숙을 하면서 겪었던 여러 가지 일 그리고 앤과 길버트의 사랑 이야기를 그려냈다. 빨간 머리 앤 시리즈 중에서는 예외적으로 사건의 주 무대가 프린스에드워드섬이 아니라 섬 건너편 육지인 노바스코샤다. 앤은 잘생긴 부자 청년 로이 가드너의 청혼을 거절하고 길버트와 결혼을 약속한다.

4. 『바람 부는 포플러나무집의 앤』

앤은 대학을 졸업하고 프린스에드워드섬 서머사이드 학교의 교장으로 부임했는데, 이곳에서 지역 명문가인 프링글 가문과 힘겨루기를 하는 상황이 흥미롭게 전개된다. 시리즈의 나머지 책들과 달리 내용의 상당 부분이 편지글로 되어 있다. 원래 제목은 『바람 부는 버드나무집의 앤』(*Anne of Windy Willows*)이었지만 영국 작가 케네스 그레이엄(Kenneth Grahame)이 1908년에 펴낸 아동문학 『버드나무에 부는 바람』(*The Wind in the Willows*)과 혼동할 수 있어서 제목을 바꾸었다. 영국, 오스트레일리아, 일본에서는 원래 제목으로 출간되었다.

5. 『앤의 꿈의 집』

길버트와 결혼한 앤이 에이번리를 떠나 포윈즈 항구에 정착해서 살아가는 이야기다. 앤의 신혼 시절을 담았다. 바다와 해안 마을의 아름다운 풍경 묘사가 많으며 새로 만난 이웃들의 이야기, 부부가 함께 인생의 여러 문제를 용기와 사랑으로 극복해나가는 모습이 실감 나게 펼쳐진다. 앤 시리즈 중에서는 성인 독자의 취향에 가장 가까운 작품이다. 몽고메리도 이 작품이 거둔 문학적 성취에 만족했다고 자평했다.

6. 『잉글사이드의 앤』

'꿈의 집'을 떠나 잉글사이드라는 이름의 저택으로 이사한 앤이 여섯 아이를 기르며 살아가는 이야기다. 아이들의 심리 묘사가 탁월하다. 앤은 자신을 탐탁지 않게 여기는 메리 마리아 고모(길버트의 친척)의 방문으로 마음고생을 하고, 남편을 오해하며 가슴을 졸이기도 한다. 결국 남편의 변함없는 사랑을 확인하고, 잠든 아이들을 보며 행복감에 젖는다.

7. 『무지개 골짜기』

글렌세인트메리 교회에 새로 부임한 홀아비 메러디스 목사의 네 자녀가 앤의 아이들과 친해지면서 여러 가지 사건이 벌어진다. 앤의 가족보다는 메러디스 목사의 재혼에 초점을 두고 이야기가 전개된다.

8. 『잉글사이드의 릴라』

열다섯 살이 된 앤의 막내딸 릴라가 주인공이 되어 이야기를 이끌어 나간다. 제1차 세계대전이 발발하면서 릴라의 오빠들과 연인을 비롯해 많은 젊은이가 전장에 나간다. 전쟁의 소용돌이에 휘말린 사람들이 겪게 된 가슴 아픈 이야기가 펼쳐진다. 제1차 세계대전을 여성의 관점으로 바라본 소설이며 실제 인물에 대한 평가도 들어 있기 때문에 문학작품으로뿐만 아니라 당시의 사회상을 담은 중요한 사료로 인정받고 있다.

그 외에도 몽고메리는 에이번리 마을 사람들을 주인공으로 한 단편을 모아서 1912년에 『에이번리 연대기』(Chronicles of Avonlea)를, 1920년에는 『속 에이번리 연대기』(Further Chronicles of Avonlea)를 발표했다. 앤은 『에이번리 연대기』중 '서두르는 뤼도비크'와 '프리시 스트롱의 결혼'에서 조역으로 등장한다. 『속 에이번리 연대기』에서는 '에밀리 양의 작은 갈색 책'에서 화자이자 주역으로 등장하며, 다른 단편 '신시어 이모의 페르시아 고양이'와 '헤스터의 귀환'에서는 짤막하게 언급된다.

『앤의 추억의 나날』(The Blythes Are Quoted)은 빨간 머리 앤 시리즈의 마지막 원고이자 몽고메리의 유작이다. 앤이 40세에서 75세 사이에 일어난 일을 다루었다. 1974년 『어제로 가는 길』(Road to Yesterday)이라는 이름의 축약본으로 소개되었고, 원고 대부분을 포함한 판본은 학자들의 연구 끝에 2009년 출판되었다. 시와 산문과 가족들의 대화가 섞인 독특한 구성이다.

✱ 작가의 삶과 닮은 이야기

비록 몽고메리는 인정하지 않았다고 하지만, 빨간 머리 앤 시리즈는 작가의 자전적 이야기가 분명하다. 작품의 주인공 앤은 몽고메리와 비슷한 점이 많고, 앤의 인생과 작품의 배경, 묘사된 사건 등에서 작가 본인의 흔적이 짙게 나타나기 때문이다. 몽고메리는 자신이 꿈꾸던 삶을 앤이라는 소녀에게 투영해서 독특한 인물을 만들어냈다. 앤을 거두어 키운 매슈와 마릴라는 몽고메리가 바랐던 이상적인 할아버지와 할머니의 모습이었다고 해도 과언이 아니다. 몽고메리가 어렸을 때 이웃집에는 작품 속 커스버트 남매와 비슷한 나이의 독신 남매가 어린 조카딸과 살고 있었다고 한다. 숱하게 들었던 친척들의 잔소리는 레이철 린드 부인의 대사에 투영되었다. 하지만 평생 몽고메리를 괴롭혔던 친척들과 달리 린드 부인은 결정적인 순간에 앤의 편을 들었고, 앤이 낳은 아이들을 진심으로 사랑했다. 앤이 마릴라를 처음 만난 자리에서 자신을 코델리아로 불러달라고 당돌하게 부탁하는 장면은 몽고메리가 장식장 유리에 비친 자신의 모습에 케이티 모리스라는 이름을 붙여준 일화를 떠올리게 한다. 몽고메리가 자신의 이름을 이야기할 때 모드(Maud) 뒤에 'e'가 붙지 않는다고 강조했다는 사실도 흥미롭다. 앤도 사람들에게 자기 이름은 'e'가 붙은 앤(Anne)이라고 힘주어 말하기 때문이다.

집 근처에 단짝이 살고 있었던 앤과 달리 몽고메리는 어린 시절 주변에 또래가 없어서 늘 외롭게 지냈다. 한번은 샬럿타운으로 여행을 가서 또래 아이와 만난 적이 있었는데, 몽고메리는 그때의 경험을 이렇게 적었다. "손에 주전자를 들고 있던 작은 소녀를 만났다. 우리는 둘 다 가던 걸음을 멈추고 어린아이의 본능적이면서 자유로운 동지애를 발휘해 친근하고 은밀한 대화를 나눴다. 그 아이의 눈동자는 검은색이었으며, 검은 머리를 두 갈래로 땋아 늘어뜨렸다. 우리는 서로에게 자기 나이를 알려주었고, 가진 인형이 몇 개인지를 비롯해서 거의 모든 이야기를 속속들이 나누었다. 하지만 둘 다 상대방의 이름을 물어볼 생각은 하지 못했다. 헤어질 때는 마치 평생 사귄 친구와 작별하는 것처럼 서운한 마음이 들었다." 이 친구를 만난 기억은 훗날 작품에서 검은 눈동자에 검은 머리를 두 갈래로 땋은 다이애나로 형상화된다.

몽고메리가 프린스오브웨일스 전문학교에서 교사 자격증을 얻은 뒤 교편을 잡는 동안 틈틈이 소설을 썼던 것처럼 앤도 퀸스 전문학교를 졸업하고 교사로 일한다. 이 시리즈의 첫 번째 책인 『초록지붕집의 앤』마지막 부분에서 앤은 장학금을 받고 레드먼드 대학에 다닐 수 있었지만, 혼자 남은 마릴라를 돌보기 위해 대학 진학을 포기하고 에이번리에 남는다. 이런 결말은 몽고메리가 외할머니를 돌보기 위해 고향으로 돌아온 사실과 겹친다. 몽고메리는 로어베데크에서 교사로 일하다가 1898년 외할아버지가 세상을 떠나자 외할머니와 함께 지내려고 캐번디시로 왔으며, 1902년에는 핼리팩스의 신문사에서 일하다가 고향으로 돌아와 외할머니를 돌보았다.

그 외에도 몽고메리가 처했던 환경과 겪었던 일들이 작품 곳곳에 투영되었다. 그녀가 둘째 아이를 사산한 것처럼 앤도 첫아이를 잃는다. 앤은 분홍색 옷을 입힐 수 있는 딸을 낳아서 기쁘다고 말하는데, 이는 아들만 둔 몽고메리의 속마음을 표현한 것이라고 여겨진다. 앤이 자주 찾던 '반짝이는 호수', '연인의 오솔길', '버들 연못', '제비꽃 골짜기', '자작나무 길'은 실제로 몽고메리가 어린 시절 자주 찾던 장소에 붙인 이름이었으며, 이는 그녀가 남긴 일기에서 확인할 수 있다.

✽ 꿈의 무대, 프린스에드워드섬

빨간 머리 앤 시리즈의 배경은 상당 부분이 프린스에드워드섬이다. 몽고메리가 쓴 장편소설은 대부분 이 섬을 무대로 이야기가 전개된다. 몽고메리는 섬의 자연과 문화, 사람들의 삶을 감성적이고 실감 나게 묘사함으로써 이 작은 지역을 영원히 기억될 상상력의 공간으로 만들었다. 앤시리즈에 등장하는 여러 곳은 관광지로 꾸며져 있다. 캐번디시에는 앤이 자란 초록지붕집(Green Gables Heritage Place)을 비롯해 작품 속의 공간을 그대로 옮긴 듯한 에이번리 마을이 있으며 뉴런던에는 몽고메리의 생가가 남아 있다. 1937년에는 이 집을 포함한 캐번디시 북쪽 지역이 국립공원으로 지정되었다. 주도인 샬럿타운에서는 《뮤지컬 빨간 머리 앤》(*Anne of Green Gables: The Musical*)을 관람할 수 있다. 1965년에 초연된 이 뮤지컬은 해마다 공연되는 뮤지컬 중에서 가장 오래된 작품으로 기네스북에 올랐다. 이처럼 프린스에드워드섬은 빨간 머리 앤을 사랑하는 사람이라면 일생에 한 번쯤은 찾아가고 싶은 성지로 자리 잡았다.

✽ 번역에 얽힌 이야기

전 세계적으로 사랑받고 있는 빨간 머리 앤 시리즈는 특히 일본에서 큰 인기를 끌었다. 이 책을 일본어로 처음 번역한 사람은 무라오카 하나코(村岡花子, 1893-1968)라고 알려져 있다. 일본에서 선교사로 활동하며 영

어를 가르치던 로레타 쇼(Loretta Shaw)는 1939년에 캐나다로 돌아가면서 제자인 무라오카 하나코에게 『초록지붕집의 앤』을 선물로 주었다. 무라오카 하나코는 제2차 세계대전 중 이 책을 번역했으며, 1945년 도쿄 대공습 때는 집 마당의 방공호에 선물로 받은 책과 번역 원고를 보관해두었다고 한다. 이 원고는 1952년 『빨간 머리 앤』(赤毛のアン, 미카사쇼보 역간)이라는 제목으로 출간되었는데, 이후 일본에서 앤 열풍이 불었고 이런 분위기에 힘입어 무라오카 하나코는 앤 시리즈의 다른 책과 몽고메리의 여러 작품을 번역했다. 무라오카 하나코와 로레타 쇼의 일화는 2014년 NHK에서 〈하나코와 앤〉(花子とアン)이라는 90부작 드라마로 만들어졌으며, 평균 시청률 20퍼센트가 넘을 만큼 큰 인기를 끌었다.

우리나라에서는 이화여고에서 교편을 잡고 있었던 신지식(1930-2020)을 통해 『초록지붕집의 앤』이 알려졌다. 한국전쟁이 끝나가던 1953년 4월, 서울 인사동 헌책방에서 무라오카 하나코의 일본어 번역본을 발견한 신지식은 1962년 이화여고에서 매주 발행하는 교지에 이 책의 번역 원고를 조금씩 싣기 시작했다. 「붉은 머리 앤」이라는 제목으로 연재된 이 글은 학생들의 엄청난 호응을 얻었고 여러 곳에 소문이 나면서 1963년 단행본(육민사 역간)으로 출간되었다. 책의 제목은 일어판과 같은 『빨강 머리 앤』이었다(그 뒤로 우리나라에서는 '빨강 머리 앤'과 '빨간 머리 앤'이 혼용되고 있으며, 표준국어대사전에는 '빨간 머리 앤'이 표제어로 등재되어 있다). 1964년에는 시리즈 8권에 『에이번리 연대기』와 『속 에이번리 연대기』까지 포함한 전집(창조사 역간)이 나왔다. 이후 신지식은 에밀리 시리즈 등 몽고메리의 다른 작품도 번역했다.

한편 빨간 머리 앤 시리즈 가운데 우리나라에서 가장 먼저 단행본으로 출간된 것은 제2권 『에이번리의 앤』이었다. 신지식이 번역한 이 책은 1960년 『앤의 청춘』이라는 제목으로 대동사에서 출판했다. 신지식은 역자 후기에서 무라오카 하나코의 일본어판을 중역했으며 출판사의 요청으로 원고 분량을 줄였다고 밝혀두었다.

✽ 빨간 머리 앤의 확장성과 생명력

우리나라와 일본에서 빨간 머리 앤이 인기를 얻게 된 주요 이유로 동명의 애니메이션을 꼽을 수 있다. 일본 후지 TV에서는 1979년에 '세계명작극장' 시리즈 중 하나로 〈빨간 머리 앤〉 50부작을 방송했다. 지브리 스튜디오의 설립자 중 한 명인 타카하타 이사오(高畑勳)가 연출하고 미야자키 하야오(宮崎駿)도 제작 과정에 참여했다. 당시 상당한 각색이 이루어진 세계명작극장 시리즈와는 다르게 이 작품은 원작을 충실히 재현한 것으로 유명하다. 제작진이 천방지축 소녀 앤의 심리 상태에 공감하기 힘들어서 원작에 따르는 쪽으로 방향을 잡았다는 이야기가 전해지며, 실제로 원작의 대사를 그대로 옮긴 부분이 애니메이션에서 상당수 발견된다. 이 작품은 앤의 고향인 캐나다에서도 화제가 되었고, 감독인 타카하타 이사오는 앤 협회의 초청으로 캐나다를 여러 차례 방문하기도 했다. 우리나라에서는 1985년 〈빨강 머리 앤〉이라는 제목으로 KBS를 통해 시리즈 일부가 방송되었고, 1986년에는 전편이 방송되었다. "주근깨 빼빼 마른 빨강 머리 앤, 예쁘지는 않지만 사랑스러워"라는 가사로 시작하는 주제가는 우리나라에서 만든 것으로(박준영 작사, 정민섭 작곡) 영상 못지않은 인기를 끌었다. 이 애니메이션은 이후 여러 방송국에서 재방영되었고, 영화로 만들어지기도 했으며, DVD를 비롯해 다양한 상품으로 제작되었다. 제작된 지 40년이 넘은 텔레비전 애니메이션이 계속해서 인기를 끌고 있는 것은 상당히 드문 경우라고 할 수 있다.

빨간 머리 앤은 영화로도 여러 차례 제작되었다. 가장 처음 나온 것은 1919년 윌리엄 데즈먼드 테일러(William Desmond Taylor) 감독의 무성영화다. 보스턴의 출판사가 몽고메리의 허락 없이 판매한 영화 판권을 토대로 만든 작품이며, 지금은 스틸컷 몇 장만 남아 있다. 몽고메리는 영화의 후반부에서 성조기가 휘날리는 장면을 보며 불쾌해했다고 한다. 그리고 앤 역을 맡은 배우에 대해서도 "너무 귀엽고 예쁘기만 해서 나의 진중한(gingerly) 앤과는 전혀 달랐다"라고 일기에 적었다. 몽고메리에게 인

1919년에 개봉한 영화의 한 장면

정받은 작품은 1934년에 나온 조지 니컬스 주니어(George Nicholls, Jr.) 감독의 흑백 유성영화다. 주연배우의 이름은 앤 셜리(Anne Shirley)였는데, 이는 돈 오데이(Dawn O'Day)라는 이름으로 활동하던 배우가 이 영화의 주연을 맡으면서 예명을 바꾸었기 때문이다. 몽고메리는 후반부에 길버트와의 로맨스에만 집중한 것과 마릴라의 이미지가 원작과 다른 것을 지적하기는 했지만, 영화 자체는 전반적으로 마음에 들어 했다고 한다. 이 영화에서 마릴라 역을 맡은 헬렌 웨스틀리(Helen Westley)는 소설처럼 마른 체격이 아니었다. 하지만 당대의 실력 있는 배우였기 때문에 연기에 대한 지적은 없었다. 1949년에는 이 영화의 후속작으로 《바람 부는 포플러나무집의 앤》이 제작되었다.

빨간 머리 앤 시리즈는 1941년 영국 BBC를 시작으로 여러 차례 라디오 드라마로 제작되었으며 원작을 소재로 삼은 연극과 뮤지컬도 활발하게 공연되었다. 원작의 내용이 길어서 영화보다는 텔레비전 드라마로 적합한데, 최초의 작품은 1952년 영국 BBC에서 제작되었으며 이후 캐나다를 중심으로 여러 시리즈가 나왔다. 그중에서도 가장 주목받은 작품은 케빈 설리번(Kevin Sullivan) 감독이 연출한 1985년 텔레비전 미니 시리즈다. 이 작품은 후속편이 계속 나올 만큼 인기를 끌었다. 2016년 캐나다 YTV에서 방송된 〈L. M. 몽고메리의 초록지붕집의 앤〉도 호평을 받았다. 특히 매슈 커스버트 역을 헐리우드의 명배우 마틴 쉰(Martin Sheen)이 맡아서 화제가 되었다.

캐나다 방송국 CBC와 미국의 다국적 기업 넷플릭스가 공동 제작한 드라마 *Anne with an E*(2017년 첫 방영)는 다시금 앤의 열풍을 일으켰다는 평가를 받고 있다. 우리나라에서는 〈빨간 머리 앤〉이라는 제목으로 방영되었다. 내용 중 상당 부분은 원작을 각색했고, 무엇보다 오늘날의 시선으로 작품을 해석한 점이 돋보인다. 하지만 등장인물의 외모와 성격은 원작과 가장 흡사하다는 찬사를 받고 있다.

✱ 역자 후기

전형적인 성장 서사의 주인공이면서도 특유의 찬란한 생기로 반짝이는 앤은 주위 사람들이 편견을 가질 만한 요소를 두루 갖추었다. 서양 문화에서 사악하고 드센 여자를 연상시키는 빨간 머리에다가 가족의 안온함을 느껴보지 못한 채 갑자기 남의 집에서 살게 된 고아 소녀였기 때문이다. 하루아침에 캐나다 벽지의 섬으로 내던져졌지만 소녀는 자신이 처한 환경 때문에 좌절하지 않았다. 도리어 긍정적인 천성과 풍성한 상상력을 바탕으로 풍경 하나하나에 이름을 붙이고, 사람들과 돈독한 관계를 맺으며 장애물을 하나씩 극복해나간다. 선하고 근면하지만 편견과 아집으로 똘똘 뭉친 어른, 마음이 넓고 개방적이지만 유약한 어른, 세심하고 질서 정연하지만 고독한 어른 등 다채로운 인물들과 교류하면서 소녀는 자기가 사는 세계를 넓히고 성숙한 인간으로 성장해간다.

번역을 하는 내내 작가가 묘사하는 자연 풍광의 섬세함에 탄성을 질렀고, 그 속에서 천진한 상상력을 발휘하는 아이들의 재치와 순진하면서도 날카로운 질문에 어린 시절이 떠올라 깔깔대기도 했다. 19세기 말과 20세기 초 사람들이 느꼈던 전쟁에 대한 공포와 경각심도 생생하게 체험할 수 있었다. 무엇보다 자신을 사랑하며 당당한 자세로 살아가는 앤의 모습은 한계를 극복하고 꿈을 향해서 한 걸음씩 나아가려는 이들에게 커다란 용기와 위로를 줄 것이라고 믿는다. "꿈에는 끝이 없는 것 같아. 그게 바로 꿈의 가장 좋은 점이겠지? 하나를 이루자마자 더 높은 곳에서 빛나는 다른 꿈이 보여. 그래서 인생이 재미있나 봐"(1권).

당대 화가들이 묘사한
작품 속 주요 장면

『빨간 머리 앤』의 초판은 1908년 미국 보스턴의 L. C. 페이지 앤드 컴퍼니에서 출간되었다. 표지 그림은 조지 기브스(George Gibbs, 1870-1942)의 작품으로, 여성지 『딜리니에이터』(*The Delineator*) 1905년 1월호에 실렸던 것을 활용했다. 본문 그림은 총 8컷이며 M. A. 클라우스(Claus, 1882-?)와 W. A. J. 클라우스(1862-1926)의 작품이다.

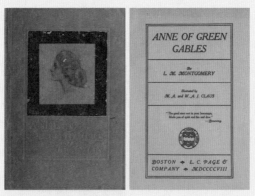

초판본 표지(왼쪽)와 속표지(오른쪽)

"매슈 오라버니, 이 아이는 누구죠? 남자애는 어디 있고요?"

마릴라가 앤을 보고 깜짝 놀라 소리치는 장면(3장)

"난 아주머니가 미워요."

앤이 자기를 무시한 린드 부인에게 화를 내는 장면(9장)

초록지붕집의 앤 ✂ 초판본 일러스트

아이들은 앤을 보면서 교리문답 책으로 입을 가리고 수군거렸다.

꽃으로 장식한 모자를 쓰고 교회에 나타난 앤을
아이들이 호기심 어린 눈으로 바라보는 장면(11장)

흥분한 앤은 소리를 지르며 석판으로 길버트의 머리를 쾅 내리쳤다.

앤이 자기를 놀린 길버트에게 화를 내는 장면(15장)

초록지붕집의 앤　✄　초판본 일러스트

앤은 사다리를 올라가 위태롭게 마룻대에 서서
균형을 잡은 뒤 앞으로 걷기 시작했다.

앤이 조시 파이의 도전을 받아들이고 지붕 위를 걷는 장면(23장)

길버트는 대답을 기다리지 않고 기둥 옆으로 다가와 손을 뻗었다.

길버트가 물에 빠질 뻔한 앤을 구해주는 장면(28장)

초록지붕집의 앤 ✄ **초판본 일러스트**

다이애나가 장담했다. "하지만 이게 너한테 훨씬 잘 어울려."

앤이 발표회에 입고 갈 옷을 다이애나가 골라주는 장면(33장)

"가자, 집까지 바래다줄게."

앤과 길버트가 화해하고 함께 걷는 장면(38장)

초록지붕집의 앤　✀　초판본 일러스트

✱ 앤의 고향, 프린스에드워드섬

캐나다 동부의 프린스에드워드섬은 빨간 머리 앤 시리즈의 공간적 배경이자 저자인 몽고메리의 고향이다. 앤은 건너편 육지인 노바스코샤주의 볼링브로크에서 태어나 11세 때 이곳에 왔지만 따뜻한 가정과 정겨운 친구들이 있고 소중한 추억이 깃든 이 섬을 고향으로 여겼다. "난 뼛속까지 프린스에드워드섬 사람이야"(3권).

프린스에드워드섬은 섬 자체가 하나의 주를 이룬다. 면적은 제주도의 3배 정도로 캐나다의 주 중에서 가장 작다. 주도(州都)는 샬럿타운이다. 북쪽은 세인트로렌스만과 접해 있으며 남쪽은 노섬벌랜드해협을 사이에 두고 뉴브런즈윅주와 노바스코샤주를 마주하고 있다.

프랑스와 영국 식민지를 거쳐 1873년 캐나다 연방에 가입한 이 섬은 북아메리카에서 가장 스코틀랜드다운 섬으로 알려져 있다. 18세기 후반부터 19세기 중반까지 스코틀랜드에서 많은 사람이 이주했고, 이들이 공동체를 이루어 자기들의 정체성을 지키며 살았기 때문이다. 몽고메리도 이곳에 정착한 스코틀랜드 이민자의 후손이다. 샬럿타운은 1864년 캐나다 자치 정부 수립을 위한 회의가 열린 역사적 장소이기도 하다.

프린스에드워드섬의 기후는 내륙 지역에 비해 온화한 편이다. 겨울이 길어서 4~5월이 되어야 봄이 기지개를 켜며, 여름에는 지나치게 덥지 않고 쾌적한 날씨가 이어져 많은 관광객이 찾아온다. '정원 같은 주'(Garden Province)라는 별칭답게 경치가 빼어나고 많은 지역에서 농사를 짓고 있으며 봄여름이면 집집마다 정원을 아름답게 가꾼다. 앤과 다이애나가 처음 만났을 때 다이애나의 집 정원에도 온갖 꽃이 흐드러지게 피어 있었다(1권). 앤은 프린스에드워드섬의 여름을 사랑해서 "항상 6월인 세상에 살면 어떨지 궁금해요"라고 말하기도 했다(3권).

● 프렌치리버: 5~8권의 배경지 ● 서머사이드: 앤이 고등학교 교장으로 근무하던 곳(4권)
● 뉴런던: 몽고메리의 고향, 옛 지명은 클리프턴 ● 캐번디시: 에이번리의 배경지

몽고메리와 앤의 꿈이 고스란히 담긴 프린스에드워드섬

몽고메리가 살았던 시절의 농업 풍경(1899년)

프린스에드워드섬의 해안가

섬의 주도인 샬럿타운

프린스에드워드섬 국립공원에 속해 있는 초록지붕집의 현재 모습

✽ 에이번리의 초록지붕집

몽고메리는 프린스에드워드섬의 캐번디시를 배경으로 에이번리라는 가상의 마을을 창조해냈다. 캐번디시에는 앤의 보금자리였던 초록지붕집의 모델이 남아 있다. 몽고메리의 외가 쪽 친척인 데이비드 맥닐이 1830년대에 지은 집으로, 빅토리아시대(1837-1901) 후기의 전형적인 농가의 모습을 보여준다. 몽고메리가 어렸을 때 이 집에는 외할아버지의 사촌인 마거릿과 데이비드 주니어 남매가 살았다. 이들은 작품 속 매슈와 마릴라처럼 평생을 독신으로 지냈다. 지금은 작품 속의 공간을 재현한 관광 명소가 되었다. 주변 경관과 어울리는 초록색 지붕은 앤이 처음 이 집을 봤을 때 느꼈던 설렘을 고스란히 전해준다.

실내에는 앤의 방, 마릴라의 방, 매슈의 방, 부엌, 응접실 등이 실감 나게 꾸며져 있다. 앤이 도착한 첫날 밤 이불을 뒤집어쓰고 울었던 구식 침대를 비롯해 '보니'라는 이름을 붙여준 제라늄 화분 등 작품 속 소품들도 비슷하게 배치했다. 집 근처에는 '연인의 오솔길'과 '유령의 숲'이 있는데, 특히 유령의 숲 산책로는 몽고메리가 『초록지붕집의 앤』을 집필한 곳인 외조부모의 집터와 연결된다. 관람객들은 이곳에서 앤의 발자취를 따라 걸으며 상상에 빠져들 수 있다.

1권의 원제 *Anne of Green Gables*에서 Gables는 '박공'(搏栱)을 뜻하는 건축용어다. 박공은 옆면 지붕 끝머리에 '∧' 모양으로 붙여놓은 두꺼운 널빤지를 가리킨다. 박공지붕은 마치 책을 엎어놓은 것처럼 상부가 삼각형 모양으로 이루어진 형태. 역사가 오래된 지붕 양식으로 서양에서는 빅토리아시대에 크게 유행했는데, 특히 초록지붕집처럼 박공 부분을 밝게 칠하는 경향이 있었다. 우리나라에서는 '맞배지붕'이라고 불리며 조선 초까지 중요한 건물에 많이 쓰였다.

삼각형 모양의 박공지붕

초록지붕집 1층

식당

매슈의 방

낙농실 · 식료품 저장실 · 뒤 베란다

매슈의 방 · 부엌

식당

응접실

현관

응접실

식료품 저장실

초록지붕집 2층

마릴라의 방

바느질하는 방

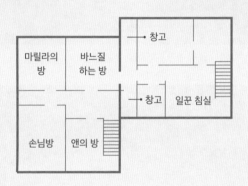

손님방

앤의 방

작품 속에서 앤이 거닐던 연인의 오솔길

초록지붕집 근처에 있는 몽고메리의 외갓집 터

초록지붕집의 앤 ✂ 작품의 공간적 배경

앤이 사는 에이번리 마을의 상상도

① 초록지붕집
② 눈의 여왕
③ 연인의 오솔길
④ 유령의 숲
⑤ 다이애나의 집
⑥ 버들 연못
⑦ 제비꽃 골짜기
⑧ 자작나무 길
⑨ 학교
⑩ 반짝이는 호수
⑪ 고요한 황야
⑫ 길버트의 집
⑬ 교회
⑭ 레이첼 린드의 집
⑮ 카모디로 가는 길
⑯ 화이트샌즈로 가는 길
⑰ 뉴브리지로 가는 길

✱ 댈하우지 대학과 옛 묘지

앤의 삶은 몽고메리를 닮았다. 앤이 퀸스 전문학교를 졸업하고 에이번리에서 학생들을 가르쳤듯이 몽고메리도 샬럿타운의 프린스오브웨일스 전문학교를 졸업한 뒤 1894년부터 섬 서쪽의 비더포드에서 교편을 잡았다. 1895년에는 노바스코샤주 핼리팩스의 댈하우지 대학에 입학해서 1년 동안 영문학을 공부했는데, 이 학교가 바로 앤이 졸업한 레드먼드 대학의 모델이라고 알려져 있다. 1818년 영국 귀족이자 노바스코샤주 총독 대리였던 조지 램지가 설립했고 오늘날 연구 중심의 종합대학으로 성장한 이 학교는 노벨 물리학상 수상자와 캐나다 총리를 배출한 유서 깊은 대학이기도 하다.

댈하우지 대학은 1881년에 여성의 입학을 허용했으며 몽고메리가 입학하기 1년 전인 1894년에야 여성 졸업생을 배출했다. 또한 캐나다 최초의 여성 대졸자가 1875년에 나온 점을 감안하면, 몽고메리는 여성의 고

몽고메리가 수업을 들었던 댈하우지 대학교 포레스트 빌딩

옛 묘지의 시배스터폴 기념비

등교육이 허용되었던 초기에 대학에서 공부했음을 알 수 있다.

작품 속에서 레드먼드 대학은 킹즈포트라는 가상의 도시에 있다. 앤의 하숙방에서는 지역의 명소인 올드세인트존 공동묘지가 보인다. 친구와 함께 이곳을 산책하던 앤은 해군 장교 후보생의 묘비를 보면서 영미전쟁 때 영국의 섀넌호와 미국의 체서피크호가 벌인 전투 장면을 상상한다(3권). 영미전쟁은 1812년 6월에 영국과 미국 사이에서 일어난 전쟁이다. 프랑스와 전쟁을 벌이던 영국이 우세한 해군력을 바탕으로 프랑스의 해안을 봉쇄하자 무역에 타격을 입은 미국이 영국에게 선전포고를 했다. 당시 제임스 로렌스 함장이 지휘하던 체서피크호는 1813년 6월 보스턴 만에서 섀넌호와 전투를 벌인 끝에 나포되어 당시 영국 해군 기지가 있던 핼리팩스로 끌려갔다. 점점 심각해지는 피해를 감당할 수 없었던 두 나라는 1814년 12월에 강화를 맺었다.

실제로 댈하우지 대학 근처에는 세인트폴 묘지라고도 불리는 옛 묘지

(The Old Burying Ground)가 있으며, 1813년 전투에서 사망한 제임스 로렌스 함장의 유해가 이곳에 안치되었다가 훗날 미국 뉴욕으로 보내졌다. 1749년 핼리팩스가 세워진 해에 조성된 이곳은 100여 년간 도시의 주요 매장지 역할을 했다. 현재 1,200여 기의 무덤을 비롯해 크림전쟁을 기념해서 세운 시배스터폴 기념비 등이 남아 있다. 대학에 다닐 때 몽고메리도 앤처럼 이곳을 거닐며 상상의 나래를 펼쳤을 것이다.

✱ '꿈의 집'의 배경이 된 프렌치리버

빨간 머리 앤 시리즈 5권부터 8권까지의 공간적 배경은 뉴런던만의 서쪽에 위치한 프렌치리버, 파크코너, 뉴런던 일대다. 5권에서 앤이 사는 포윈즈 항구의 배경지는 뉴런던 항구이며 6권에 등장하는 글렌세인트메리는 뉴런던 근처의 프렌치리버로 추정된다. 앤은 신혼집인 '꿈의 집'(5권)을 떠나 이곳의 잉글사이드 저택으로 이사를 간다. 뒷이야기인 7권과 8경의 공간적 배경도 이곳이다.

작품에서 포윈즈는 뉴런던만에 접해 있으며, 프렌치리버는 뉴런던만을 사이에 두고 캐번디시와 마주보는 어촌 마을이다. 배경을 묘사할 때 언덕이 자주 등장하는 것처럼 실제로 이 지역은 언덕이 마을을 둘러싸고 있으며, 사암 절벽이 군데군데 자리하고 있다. 또한 이곳에는 짐 선장의 등대(5권)에 영감을 준 것으로 알려진 케이프 트라이언 등대(1905년 완공)가 있다.

파크코너에는 몽고메리의 이모가 살던 집이 있는데, 지금은 박물관으로 활용되고 있다. 몽고메리는 이 집을 '은빛숲(Silver Bush)의 집'이라고 불렀으며, 근처의 호수에 '반짝이는 호수'라는 이름을 붙였다. 이는 앤이 배리 씨네 연못을 반짝이는 호수라고 불렀던 장면(1권)을 떠올리게 한다. 몽고메리는 이곳을 자주 방문해서 친척들과 함께 지냈다. 파크코너는 몽고메리가 훗날 이 지역을 배경으로 작품을 구상했을 만큼 그녀에게 소중한 추억과 영감을 준 곳이다.

짐 선장의 등대를 떠올리게 하는 케이프 트라이언 등대

프렌치리버의 어촌 마을

앞면지 Library and Archives Canada, public domain

467쪽 public domain(왼쪽, 오른쪽)

468쪽 public domain

471쪽 public domain

472쪽 public domain

474쪽 Lucy-Maud-Montgomery-Grave-Tombstone-Ann-of-Green-Gables by
  Doctorsecrets, Wikimedia Commons, CC-BY-SA-3.0

485쪽 Realart Pictures, public domain

488쪽 public domain(왼쪽, 오른쪽)

489쪽 M. A. and W. A. J. Claus, public domain

490쪽 M. A. and W. A. J. Claus, public domain

491쪽 M. A. and W. A. J. Claus, public domain

492쪽 M. A. and W. A. J. Claus, public domain

493쪽 M. A. and W. A. J. Claus, public domain

494쪽 M. A. and W. A. J. Claus, public domain

그린이 유보라

대학에서 애니메이션과 만화를 공부했다. 현재 일러스트레이터이자 문구 디자이너로 바쁘게 활동하고 있다. 특히 어릴 적 누군가 찍어 주었던 사진 속 아이처럼 마냥 행복했던 그 순간을 사람들에게 전하고 있다.

옮긴이 오수원

대학과 대학원에서 영어영문학을 공부하고 현재 파주 출판도시에서 동료 번역가들과 '번역인'이라는 작업실을 꾸려 활동하고 있다. 철학, 역사, 예술, 문화 관련 양서를 우리말로 맛깔나게 옮기는 것이 꿈이다. 총 8권에 이르는 빨간 머리 앤 전집을 번역하면서 작가 몽고메리가 펼쳐놓은 인간의 우정과 신의, 자연과 영성에 대한 섬세한 감성, 상실에 대한 쓰라린 통찰을 독자에게 전하려 했다.

빨간 머리 앤 전집 1

초록지붕집의 앤

1판 1쇄 발행 2023년 6월 14일

발행인 박명곤 **CEO** 박지성 **CFO** 김영은
기획편집 채대광, 김준원, 박일귀, 이승미, 이은빈, 이지은, 성도원
디자인 구경표, 임지선
마케팅 임우열, 김은지, 이호, 최고은
펴낸곳 (주)현대지성
출판등록 제406-2014-000124호
전화 070-7791-2136 **팩스** 0303-3444-2136
주소 서울시 강서구 마곡중앙6로 40, 장흥빌딩 10층
홈페이지 www.hdjisung.com **이메일** main@hdjisung.com
제작처 영신사

© 현대지성 2023

"Inspiring Contents"
현대지성은 여러분의 의견 하나하나를 소중히 받고 있습니다.
원고 투고, 오탈자 제보, 제휴 제안은 main@hdjisung.com으로 보내 주세요.